D1300911

El eco de la piel

El eco de la piel

Elia Barceló

Rocaeditorial

© 2019, Elia Barceló

Publicado en acuerdo con UnderCover Literary Agents.

Primera edición: abril de 2019

© de esta edición: 2019, Roca Editorial de Libros, S. L.
Av. Marquès de l'Argentera 17, pral.
08003 Barcelona
actualidad@rocaeditorial.com
www.rocalibros.com

Impreso por LIBERDÚPLEX, S. L. U.
Sant Llorenç d'Hortons (Barcelona)

ISBN: 978-84-17305-68-0
Depósito legal: B. 6930-2019
Código IBIC: FA

RE05680

Todos los personajes y circunstancias que aparecen en esta novela son producto de mi imaginación. Cualquier parecido con hechos o personas reales, tanto vivas como muertas, es pura coincidencia.

E. B.

Oh, benvinguts, passeu passeu, ara ja no hi falta ningú,
o potser sí, ja me n'adono que tan sols hi faltes tu.
També pots venir si vols, t'esperem, hi ha lloc per tots.
El temps no compta, ni l'espai, qualsevol nit pot sortir el sol.

(Oh, bienvenidos, pasad, pasad, ahora ya no falta nadie,
o tal vez sí, ya me doy cuenta de que sólo faltas tú.
También puedes venir, si quieres, te esperamos, hay sitio para todos.
El tiempo no cuenta, ni el espacio, cualquier noche puede salir el sol.)

JAUME SISA, en *Qualsevol nit pot sortir el sol*

* * *

«Reality exists in the human mind, and nowhere else. [...]
If both the past and the external world exist only in the mind,
and if the mind itself is controllable —what then?»

(La realidad existe en la mente humana y en ningún otro lugar. [...]
Si tanto el pasado como el mundo exterior existen sólo en la mente,
y si la mente misma es controlable —¿qué pasa entonces?)

GEORGE ORWELL, en *1984*

Estimada lectora,
estimado lector:

Gracias por otorgarme de nuevo tu confianza y estar a punto de embarcarte en esta aventura. Te deseo que saques algunas conclusiones para tu propia vida y, sobre todo, que disfrutes del viaje que te ofrezco. ¡Feliz travesía! ¡Esta va por ti!

E. B.

«*Who controls the past controls the future.*
Who controls the present controls the past.»
(Quien controla el pasado controla el futuro.
Quien controla el presente controla el pasado.)

GEORGE ORWELL, *1984*

*T*odo es como se cuenta, y sólo permanece lo que se ha narrado, como en los cuentos infantiles, casi con las mismas palabras, una y otra vez, una y otra vez, hasta que esas palabras en ese orden se convierten en la historia de una persona, de un pueblo, de un país, en la Historia con mayúsculas. Todo lo demás —lo que no se ha narrado por olvido, por descuido, porque no parecía tan importante o no se adaptaba al tono general que uno quería conseguir— se desdibuja, desaparece, llevándose consigo los matices, los tonos grises, las aparentes contradicciones que son lo que realmente hace la vida humana, la realidad de un ser en el tiempo.

Cuando una vida se acaba, lo que queda es el recuerdo en la mente de los que sobreviven al difunto, un recuerdo hecho de palabras; palabras ajenas, impuestas sobre la vida de quien se ha ido. No permanece lo que a uno le habría gustado que quedara de su paso por la tierra, sino lo que los demás dicen de él o de ella, lo que han seleccionado de ochenta o noventa o cien años de vida. Y ni siquiera ha sido una selección pensada y ponderada, sino la inercia de las frases repetidas, de las anécdotas más intrascendentes, de lo banal.

Quedan también los objetos: las cosas de uso cotidiano que de repente se convierten en territorio de nadie, en trastos que se juzgan en función de su posible utilidad y supervivencia en las casas de los que se pasean entre ellos decidiendo qué se guarda y qué se tira; las cosas que uno, erróneamente, llama «recuerdos», pero que sólo recuerdan algo a quienes los amaban y que no evocan nada a nadie ajeno a ellos.

¿Cómo saber que aquel pisapapeles tan cursi de cristal veneciano era para la tía Marta una tarde de sol en la laguna, con las góndolas cabeceando suavemente frente al café donde ella y el tío Gonzalo se miraban a los ojos, felices de estar solos por primera vez en el extranjero, en su luna de miel?

Quizá, en alguna ocasión, ella hubiera dicho con una sonrisa: «Esto lo trajimos de nuestro viaje de novios». Quizá no. Pero para nadie que no sea ella es accesible la chispa traviesa en los ojos de un Gonzalo de veintiocho años, su mano acariciando la rodilla de su mujer por debajo de la mesita de mármol, el recuerdo que comparten de la noche anterior, el sabor del vino tinto y de los besos.

Eso nunca lo sabrá nadie y se perderá con la tía Marta, para siempre. El pisapapeles cambiará de manos; con suerte, llegará a una tienda de trastos viejos y alguien se lo llevará a su casa para imbuirlo de recuerdos nuevos que también se perderán. El ciclo de la vida y de la muerte, de la pérdida, de la recuperación... y vuelta a la nada.

Sin embargo... sin embargo...

14

Si alguien, la tía Marta misma, o una de sus sobrinas, o incluso alguien ajeno a la familia, pone palabras a ese pisapapeles y de pronto tiene una historia, esa historia permanece; aunque no sea verdad, aunque sea una invención, interesada o no, las palabras lo dignifican, lo ennoblecen, hacen más difícil perderlo, regalarlo, tirarlo a la basura... porque de pronto esa cursilada de pisapapeles pertenece a la historia familiar.

«El padre del tío Gonzalo se lo trajo de la guerra. Un soldado italiano se lo dio en agradecimiento por haberle escrito una carta a sus padres cuando se estaba muriendo en un hospital de campaña.»

«Se lo regalaron a la abuela de la tía Marta, que era cantante de ópera. Una vez, en la Fenice, después de una Butterfly, una señora se le acercó ya en la puerta y, sin palabras y con los ojos llenos de lágrimas, se lo puso en la mano y desapareció en la noche.»

«Lo compraron la tía Marta y el tío Gonzalo en su viaje de bodas, en la tienda de un anciano que iba a cerrar para siempre porque sus dos hijos habían muerto en la guerra y no tenía a quién pasársela. Los dos sabían que era una cursilada, pero les dio pena el viejo.»

¿Importa realmente cuál de esas versiones refleja la verdad cuando los protagonistas de la historia han dejado de existir? ¿Importa el amor y el dolor expresados en una carta antigua cuando ya apenas sabemos quién fue la persona que la escribió?

¿Cómo saber quién es aquel desconocido? ¿Cómo saber quiénes somos nosotros mismos?

Primero somos lo que nos dicen que somos, después, con suerte, lo que nos decimos a nosotros mismos cuando empezamos a poner palabras a nuestro yo, a nuestra identidad. Nada más nacer una criatura, la primera pregunta de todos los padres es: «¿qué es?» Y con eso sólo se refieren a si es varón o hembra, la primera marca de una vida. Poco a poco te van marcando cada vez más: «eres una niña», «eres la mayor de tres hermanos», «eres el pequeño y tendrías que haber sido chica», «fuiste un error de Nochevieja», «eres tonto», «eres muy inteligente», «eres especial», «nunca llegarás a nada», «serás médico, como todos en esta familia», «eres una marimacho», «pareces mariquita», «eres muy guapa», «no eres gran cosa, pero tienes pase», «no te pareces nada a tus hermanos»…

Es difícil salir de las palabras que otros te imponen y conforman tu identidad, tu mundo, tu historia. Y después de muerto es imposible. La muerte te arrebata el control incluso sobre quién fuiste, dejándote en manos de los que te narran, te explican, te definen.

Estamos hechos de palabras, propias y ajenas. De amor y tiempo y palabras. El amor nos da vida, el tiempo nos mata, las palabras nos hacen ser lo que somos y permanecer en el recuerdo de los demás. O morir para siempre.

(Fragmento de *La memoria es un arma cargada de coartadas. Recuerdos y reflexiones*, de Selma Plath, 1979)

PRIMERA PARTE

1965

Cinco días en Miami. Le parecía increíble lo que había logrado en sólo cinco días. Se estiró como una gata en la tumbona del hotel, entre el mar y la piscina, disfrutando de la maravillosa sensación de triunfo que la llenaba en ese momento. Sabía que no duraría. Siempre era así. Cada éxito le duraba apenas unas horas; enseguida había otro proyecto, algo más que conseguir, otro desafío por aceptar, otra lucha. Pero ahora era ahora y los cocoteros se balanceaban en la brisa que venía del océano contra un cielo azul surcado por nubes blancas, gordas y esponjosas, nubes de verano, a pesar de que era noviembre. Noviembre en el Caribe.

Había hecho bien en aceptar la invitación de Brian y de Juan —Johnny para los amigos—, uno americano, cubano el otro, uno dueño de una gran cadena de zapaterías, el otro proveedor de calzado para el mundo del espectáculo. En cinco días le habían presentado a varios posibles clientes con los que habían salido a cenar, a bailar, a pescar, a jugar al tenis… y entre mojitos y daikiris, boleros y salsa, había ido cerrando unos negocios con los que sus competidores, especialmente los de Monastil, no podían ni soñar.

Tendría que volver a ampliar la plantilla, quizá también la fábrica, pero valía la pena. De esta podía dar el salto definitivo, pasar de ser una empresa mediana a una grande, de las más grandes, si no la mayor del país, y de ahí empezar a diversificarse. Siempre había querido hacer bolsos. Desde una vez que, siendo muy pequeña, aún en Montpellier, había visto a una señora elegantísima bajando de un coche negro y reluciente. Aún recordaba al chófer abriéndole la puerta, las brillantes medias de seda, el sombrerito gris con una pluma corta de pavo real y un bolso que parecía un ser vivo. Un bolso de serpiente, le había dicho su madre, a la que también se le habían ido los ojos detrás de aquella mujer.

Ahora, con lo que iba a ganar gracias a todos aquellos nuevos clientes americanos, podría montar una fábrica y crear sus propios bolsos.

Cerró los ojos tras las gafas oscuras, disfrutando del calor del sol sobre su piel ya bronceada. Acababa de estrenar un bikini amarillo con lunares blancos, lo más moderno y atrevido de Florida, una prenda que no podría ponerse en España en ningún sitio, pero que aquí la hacía sentirse parte del escenario, como una actriz de Hollywood en una película en technicolor.

Había comprado un billete para un mes, con la fecha de vuelta abierta, porque no tenía ni idea de cuánto tiempo haría falta para sentirse satisfecha con lo conseguido, pero, siendo sincera consigo misma, ya tenía lo que había venido a buscar. Debería volver en los próximos dos o tres días, aunque no le apeteciera encerrarse de nuevo en el pueblo, pero tenía que pensar en su hijo. Luis estaba solo para llevarlo todo adelante y, aunque estaba en la fábrica desde la muerte de Mito, no tenía más que veinticinco años y no estaba acostumbrado a tomar decisiones de importancia. Suspiró. En aquel momento preciso preferiría olvidarse de todo: de la fábrica, de Luis, de Gloria, de todo lo que le esperaba en cuanto pusiera el pie de nuevo en Monastil, en cuanto Ángel la recogiera en el aeropuerto y empezara a contarle lo que había sucedido en su ausencia.

No paraba de darle vueltas a la posibilidad de coger un vuelo a Nueva York aprovechando que estaba en Estados Unidos y visitar a Selma después de tanto tiempo, así, sin avisar. Tenía su dirección, a la que había escrito tantas cartas, a pesar de que no le gustaba escribir en español porque nunca lo había aprendido de verdad y tenía muchas faltas de ortografía que la hacían parecer una ignorante. ¿Se atrevería a presentarse allí, sin más, después de todo lo que había sucedido? Ahora Selma estaba casada y había descubierto una vena artística diferente, la litografía, sin dejar de diseñar modelos para calzado de señora. Se lo había contado en una de sus cartas; pero una cosa era estar en contacto epistolar y otra muy diferente presentarse en su casa, por muy amigas que fueran, o que hubieran sido en aquella época terrible de sus vidas a la que apenas si consiguieron sobrevivir. Quizá Selma, a pesar de todo lo que se habían escrito, preferiría no volver a verla, ir olvidando poco a poco, entrar en esa nueva vida, en ese nuevo país.

Se imaginaba llegando allí a media tarde, llamando al timbre o bien preguntando por ella al portero, como había visto hacer en las películas americanas, uno de esos porteros uniformados y con gorra. Se imaginaba la cara de sorpresa de Selma, ¿o más bien de horror? «¿Qué haces tú aquí, Ofelia? ¿Cómo es que no me has avisado antes?» Su mano fina y fuerte tapándose la boca, mirándola de hito en hito, entre asustada y feliz de verla tan morena, tan guapa, con su pelo recién teñido y sus labios rojos, como si nunca hubiera sucedido nada de particular; como si lo que vivieron, lo que hicieron juntas, con Mito, en aquel sanatorio de los Pirineos no hubiera sido más que un mal sueño, una de esas pesadillas que trae la fiebre.

Se daría dos días para pensarlo. Así aún tendría tiempo de disfrutar algo más de Miami, de la piscina, del Ball and Chain, un local nocturno en la calle 8 de Little Havanna, donde habían bailado hasta el amanecer, en el patio de las palmeras, abarrotado de luces de colores, bajo las estrellas de ese otro cielo que era más libre y más feliz. Un lugar lleno de hombres con trajes blancos o guayaberas impolutas, de mujeres con vestidos ajustados y escotes de vértigo, con brillantes zapatos de tacón cubano ellos y sandalias de altos tacones en todos los colores del arco iris, ellas. Sonrió pensando en qué diría Gloria de un sitio así, donde corría el alcohol y la cocaína, donde el sexo estaba a flor de piel y una sonrisa era el único contrato para una eternidad de una sola noche.

Se levantó de la tumbona sin quitarse las gafas de sol y, poco a poco, bajando los escalones de la piscina azul, fue deslizándose en el agua tibia hasta sentir cómo acariciaba todo su cuerpo mejor que cualquier amante.

Una idea vaga empezó a tomar forma en su mente. Aquella ciudad, a pesar de su modernidad, comparada con España, y su par de rascacielos, seguía siendo un terreno baldío, lleno de caimanes y serpientes, pero tenía futuro. En cuanto llegara Brian, o Johnny, a buscarla, les pediría que la llevaran a una in-

21

mobiliaria. Se le había ocurrido echar una mirada a los precios del terreno en la línea de costa o en una de las islas o en Miami Beach. Si podía permitírselo, estaba segura de que podría ser una buena inversión y, como había aprendido de pequeña, nunca había que poner todos los huevos en la misma cesta. Esta cesta estaba lo bastante lejos del Mediterráneo como para no interferir con otros negocios.

Volvió a suspirar mientras chapoteaba en el agua sin nadar. No quería mojarse el pelo recién arreglado y el gorro de goma blanca con flores de plástico amarillas había quedado en la tumbona. Le habría gustado tener a Mito a su lado, discutirlo con él, buscar un terreno que les gustara a los dos, llevarlo al Ball and Chain… pero Mito estaba muerto y enterrado en el panteón familiar, tras una losa de mármol negro.

Los ojos empezaron a pincharle y supo que si se dejaba llevar acabaría por echarse a llorar como una tonta, de modo que se mojó las mejillas con las manos y miró a su alrededor, a los rascacielos de diez y doce pisos que la rodeaban, al jardín del hotel, a las otras mujeres que tomaban el sol con sus bikinis de colores, sus labios rojos, naranjas, fresas, y sus largas uñas pintadas; a los hombres que tomaban un trago en la barra con sus camisas blancas abiertas y en pantalones cortos, y decidió, como siempre, olvidar el pasado, disfrutar del instante, dejar de reprocharse todo lo terrible que había hecho en la vida, tratarse con cariño por una vez, sentirse orgullosa de sí misma.

—*Darling, you look wonderful* —la voz profunda de Brian desde el borde de la piscina—. *Can I get you a drink?* —Su español trabajoso, de erres marcadas—. ¿Mojito? ¿Daikiri? ¿Cubalibre?

—*Paloma, dear.*

—*Your wish is my command.*

«Tus deseos son órdenes para mí». ¡Qué caballero!

Ofelia salió del agua como Venus recién nacida de la espuma del mar, disfrutando de las miradas tanto de Brian como del resto de los hombres. ¡A veces resultaba tan fácil manejarlos! Las películas de Ava Gardner le habían enseñado mucho aunque, al parecer, ella siempre había tenido un talento de partida, siempre había sido una cazadora que había ido mejorando con la edad.

Se envolvió en una gran toalla blanca y se acercó a la barra donde Brian la esperaba con un Paloma en la mano, un cóctel mexicano que había descubierto hacía poco.

—¿Me llevarías a ver si encuentro un terreno que me guste y me pueda permitir?

—¿Estás pensando en venirte aquí a vivir? —Sus ojos chispeaban.

Lo miró sonriente y bajó los párpados hacia el Paloma, como si estuviese a punto de ruborizarse.

—¿Quién sabe, querido, quién sabe? Hace veinte años ni se me habría ocurrido que algún día podría estar aquí, en Miami. El futuro no está escrito. Igual que el pasado.

—¿El pasado tampoco?

Ella negó con la cabeza mientras chocaban el borde de los vasos y daba un sorbo a su cóctel.

—El pasado no existe. Sólo existe lo que recordamos, lo que contamos, lo que nos confesamos que sucedió. Lo demás… desaparece.

—Estás tú muy filosófica esta mañana.

—Tienes razón. Olvídalo y pídeme otro. ¿Has traído bañador?

Él negó con la cabeza, sonriendo como disculpándose por su olvido.

—Pero vengo de recoger el Chevy nuevo. Descapotable. Color cereza. ¿Te apetece estrenarlo? —Su orgullo de propietario era tan evidente que resultaba casi infantil, así como la ilusión que le hacía enseñárselo, impresionarla.

—Llévame a comer langosta; y esta noche nos vamos a bailar. Quiero disfrutar de cada momento.

23

Sandra

$\mathcal{N}$unca he querido creer en el azar. Ni en el destino. Me fastidia la idea de que nuestra vida no esté en nuestras manos, que nuestras decisiones no siempre sean las que marcan los resultados de lo que hacemos, que no seamos más que el producto de fuerzas ciegas y locas que no podemos controlar.

Por eso digo que no quiero creer. No que no crea. Al fin y al cabo he estudiado historia, sigo estudiando historia y seguiré haciéndolo toda mi vida, supongo, a menos que el maldito azar en el que no creo se empeñe en llevarme por otro camino; y cuando una se dedica a la historia sabe muy bien que, independientemente de las grandes decisiones pensadas y ponderadas, en multitud de ocasiones las cosas salieron de determinada forma por pura casualidad.

Un ejemplo: en 1945, cuando los americanos decidieron lanzar la bomba atómica sobre Japón, no se supo hasta el último momento cuáles iban a ser las ciudades elegidas, y si la elección recayó sobre Hiroshima y Nagasaki fue simplemente porque ese día el cielo estaba despejado sobre ellas. ¡También fue mala suerte para todos los que vivían allí que aquel día hiciera buen tiempo! Los japoneses hubiesen capitulado igual si las bombas hubieran caído sobre Kyoto y Yokohama, pero para los habitantes de esas cuatro ciudades la diferencia fue considerable. Y fue pura casualidad.

Si en 1865 Abraham Lincoln no hubiera ido al teatro, no habría sido asesinado. Ni tampoco John F. Kennedy, si no hubiera estado en Dallas aquella mañana de noviembre de 1963. En esos casos y en miles más un mero azar lo cambió todo.

O quizá fuera el destino. Si no hubiese sido en el teatro, habría sido en un paseo, afirman los que creen que todo está escrito. Si no en Dallas, quizá en Miami o en San Francisco, pero su destino estaba fijado y lo hubiese alcanzado igual.

Una vez leí que las vidas humanas son como la estructura de un soneto: cuando vas a escribir un soneto, sabes que tienes que atenerte a ciertas reglas para que lo sea: catorce versos, dos cuartetos y dos tercetos, encadenados o no, con una rima muy concreta. El tema es asunto tuyo. Tú decides lo que va a decir tu soneto, pero la estructura te viene dada y no puedes añadir un verso más para acabar de decir lo que querías. La estructura vendría a ser el destino, lo que no eliges, lo que está decidido desde siempre: cuándo empiezas, cuándo acabas y por qué líneas tienes que pasar.

El contenido es lo que pones tú; pero sin olvidar que, cuando tu primer verso termina en «or» porque has escogido la palabra «amor», luego no tienes más remedio que usar «dolor» o «loor» o «pavor» en el tercer verso, porque si usas algo que no termine en «or» no rima y el soneto ya no lo es, y además es un desastre.

Y si has elegido «feliz», ¿qué te queda? ¿«Regaliz»? ¿«Desliz»? ¿«Perdiz»? Quizá por eso haya tantas vidas cojas, por esas desastrosas elecciones, tomadas con ilusión, con alegría, con planes de futuro que luego se tuercen, sin pensar que cada elección condiciona las siguientes, que con cada puerta que se abre se cierran otras tras de ti.

En mi caso el azar se presentó un día de principios de octubre, cuando, sentada en el metro para ir al trabajo, sonó mi móvil de buena mañana. Estuve a punto de no cogerlo porque no suelo estar demasiado dicharachera a las ocho menos cuarto, pero vi que la llamada era del tío Félix y contesté.

—¿Hablo con mi sobrina favorita?

—Con la única, sí, pero gracias, Félix. Siempre anima.

—Dime, ¿sigues trabajando en esa tienda de ropa?

—Ajá. Hasta el sábado que viene, que me echarán, porque ya llevo tres meses.

—Pues perfecto.

—¿Y eso? —Tengo que reconocer que me había picado la curiosidad. El tío Félix tiene mucho sentido del humor pero nunca lo usa para humillar a nadie ni hace burlas sobre temas sensibles como lo del trabajo.

—Porque a lo mejor te he conseguido algo que puede gustarte.

—¿En el pueblo?

Debió de oír la reticencia en mi voz porque soltó una risa suave.

—Esa es la parte mala, sí.

—Cuéntame la buena, anda.

—Es de lo tuyo, sólo te ocupará un par de meses y te pagarán bien.

—¿Qué hay que hacer? —Aquello parecía la proverbial oferta de la que hay que desconfiar, demasiado buena para ser verdad.

—Escribir un libro.

—¿Un libro? ¿Yo? ¿Qué clase de libro?

—Bueno, de hecho un librito. De historia. Es decir… una biografía, una… semblanza.

—Explícate. —Ya había llegado a mi parada y daba la sensación de que todo el vagón había decidido bajar en la misma. Todo el mundo de pie, empujándose para ser el primero en salir, acomodándose mochilas y bolsos, dando codazos y pisotones. Mil perfumes y desodorantes en guerra. Todos con los auriculares puestos y hablando por teléfono o escuchando una música que oíamos claramente. Apenas reconocía mis propios pensamientos—. Espera, espera, déjame que salga a la superficie.

—Suenas como si fueras un buzo.

Me hizo gracia y aún estaba riéndome cuando llegué arriba y me arrimé a un kiosco de revistas para poder hablar tranquila.

—A ver, dime. Ya puedo.

Félix se embarcó en una larguísima explicación de las que tanto le gustan, de modo que, con una mirada al reloj, decidí echar a andar para no llegar tarde a la tienda. Boris tenía muy mala leche y no dejaba pasar una. La mayor parte de la población se debía de sentir igual porque casi todos iban casi corriendo.

—Sabes de quién te hablo, ¿no? ¿Te acuerdas de don Luis Arráez?

—Pues no.

—¡Hija! Parece que no seas del pueblo.

No contesté. Siempre había tenido la ilusión de, efectivamente, no ser del pueblo, olvidar poco a poco, con los años, que nací en un pueblo vulgar y aburrido, repentinamente enriquecido con la industria en los años sesenta y setenta, lleno de nuevos ricos ignorantes y horteras.

—Don Luis Arráez es el dueño de las fábricas de calzado más importantes de España. No me digas que no te suena la marca *Ofelia Arráez* o las colecciones *Gloria Márquez* o la línea *Ofelia de noche*.

Tuve que conceder que sí me sonaba, a pesar de que yo no estoy en posición de gastarme quinientos euros en un par de zapatos.

—Pues de eso hablamos. Don Luis es hijo de doña Ofelia Arráez, que fue quien fundó la empresa y se convirtió en una de las primeras mujeres empresarias de España después de la guerra. Ahora Ofelia iría a cumplir cien años y don Luis, que adoraba a su madre, quiere publicar un librito sobre su vida, su trayectoria y la empresa, bueno… el consorcio de empresas… ya te irás enterando, para regalarlo a sus clientes y amigos.

—Un panegírico, vamos.

—Sin exagerar, nena.

Había llegado a la puerta de la tienda, pero por fortuna el cierre aún estaba echado, lo que me daba unos minutos más que habría querido gastar en comprarme un café con leche en la cafetería de al lado, pero la cola y el ruido me disuadieron y me quedé fuera viendo cómo acabar la conversación con el tío Félix. La verdad era que el proyecto no me interesaba demasiado en aquellos momentos. Pero el tío Félix puede ser muy persuasivo.

De hecho, Félix ni siquiera es mi tío; quiero decir, que no somos consanguíneos. Se trata de uno de los amigos más antiguos de mis padres, de cuando ellos tres y cinco o seis locos más, en los años ochenta, fundaron un grupo de teatro de aficionados que los llevó a hacer bolos por toda la provincia e incluso actuar en lugares tan exóticos como Játiva o Ayora. Félix ha estado siempre presente en mi vida, desde que tengo memoria. Es bibliotecario, director de la biblioteca municipal, y mis primeros recuerdos son de aquel espectacular edificio y de sus inmensas estanterías atestadas de libros.

27

—¿Cuánto piensa pagar don Luis por la hagiografía de su madre? —pregunté de golpe, al ver que el cierre de la tienda empezaba a levantarse.

Oí la risa de Félix.

—¡Qué culta se ha hecho mi niña! ¡Hagiografía! —Siguió cloqueando—. Doña Ofelia, si viviera, estaría a punto de cumplir los cien, y mucho me temo que era una señora de armas tomar, muy poco dada a santos, dulzuras y milagros.

—Eso ya suena más interesante. ¿Cuánto? Tengo que irme, Félix.

—Puedes ganar seis mil euros si lo haces bien. Tres mil ahora y tres mil cuando entregues.

Estuvo a punto de darme un pasmo. En la tienda me estaban pagando quinientos ochenta. Y el sábado me dirían que teníamos que dejarlo una temporada, estaba segura, para que no pudiera acumular antigüedad y así tener derecho a quedarme más tiempo si me contrataban por otro periodo. ¡Cómo si yo quisiera quedarme allí, en aquella cueva oscura con su perenne música tecno!

—Dile que sí. —Enrique, el segurata, había empezado a hacerme señas perentorias y, por sus muecas, estaba claro que hoy Boris estaba de un particular mal humor—. ¿Cuándo tengo que empezar?

—Ay, ay, ay… lo que se hace por dinero… —bromeó.

—A ti querría yo verte en esta tienda de mierda después de dos másters en Historia.

—Si de verdad te echan el sábado, el lunes podrías venir y el martes vamos a ver a don Luis.

Ya a punto de entrar, con una sonrisa a Enrique, se me ocurrió una última pregunta:

—Oye… ¿por qué no lo haces tú? Eres genealogista y bibliotecario, vives en el pueblo y seguro que hasta conociste a doña Ofelia.

—Yo ya tengo trabajo, tú necesitas el dinero. Y así podré disfrutar de tu compañía durante unas semanas.

—¿Semanas?

—Tendrás que documentarte, visitar archivos y bibliotecas privadas, hablar con gente… —Debió de oírme tragar saliva porque añadió—: es un trabajo, ¿sabes? No son vacaciones.

Luego, para la fase de redacción, ya no hace falta que estés aquí, si no quieres.

—¿Tienen algo que ver mis padres en esto? —En esta pregunta ya había puesto el móvil en voz alta porque me estaba poniendo el uniforme de la tienda.

—Te juro que no. No se lo he dicho aún para que no se hagan ilusiones.

—Lo pensaré. Tengo que empezar.

—¿No me habías dicho ya que sí? ¿Sí o no? He quedado con Luis para desayunar y, después de un mes diciéndole que mi sobrina es lo que está buscando, no quisiera tener que darle largas ahora que se ha decidido por ti.

Suspiré. Me clavé la identificación en el jersey negro. Miré el móvil que mostraba la cara redonda y sonriente de Félix con un fondo de libros. Al alzar la vista, Boris, con los brazos cruzados y los labios formando una línea recta, me miraba.

—¿Después de tres meses aún no sabes que los móviles están prohibidos en el trabajo, princesa?— Era increíble que una palabra tan bonita pudiera sonar, dicha por él, como un insulto pringoso.

—Perdona, Boris. Ya voy.

—¿Le digo que aceptas? —oímos Boris y yo de repente. Nuestras miradas se cruzaron. Él, perplejo; yo, triunfante.

—Sí, tío Félix. Dile que acepto —contesté alto y claro, con una sonrisa.

Colgué. Guardé el aparato en el bolso y el bolso en el cajón.

—¿Qué es lo que aceptas? —preguntó Boris cogiéndome del brazo cuando pasé por su lado.

—¿Después de tres meses no sabes aún que no tengo por qué contestar preguntas sobre mi vida privada, príncipe?

Sé que fue una niñería, pero su expresión de furia me calentó el corazón durante toda la mañana. En lo que me equivoqué fue en lo del sábado. Me echaron ese mismo día.

* * *

Nunca me ha gustado viajar en autobús, pero resulta mucho más barato que el tren y, además, te deja exactamente en el pueblo al que quieres ir. Antes el tren también lo hacía, pero ahora, desde que pusieron el AVE, llegas mucho más deprisa a donde no quieres ir, y desde allí tienes que tomar un taxi que te cuesta un riñón, o coger un autobús interurbano al cabo de una hora o dos. Y a eso lo llaman progreso.

Como la película que echaban era infame, me recosté y cerré los ojos pensando en mi vida en general. Había estudiado historia en Valencia, luego un máster de contemporánea en Madrid y otro *online* por la Universidad de Stanford, carísimo, regalo de mis padres, que acababa de terminar con buenas notas y que me iba a servir lo mismo que todo lo anterior, para nada, para que me echaran de un trabajo de dependienta en una de las grandes cadenas de moda europeas.

Mi hermano Salva, no más inteligente, pero bastante más listo que yo, había estudiado ingeniería y estaba trabajando en la zona de Hamburgo, donde el tiempo es asqueroso, pero los sueldos son altos, los servicios funcionan estupendamente y, en resumen, se vive muy bien. No habrá tapeo ni compadreo, pero hay muchas otras cosas que hacen la existencia agradable.

Como tantas veces, tenía la impresión de haber nacido en mal momento, demasiado tarde, cuando todo el tejido social empezaba a deshacerse otra vez, después de lo que se había conseguido en los años ochenta y noventa.

Mis padres, o incluso mis abuelos, habían nacido en el momento perfecto, cuando todo iba constantemente a mejor: mejores sueldos, mejores casas, mejores trabajos, mejor nivel de vida… Mientras que ahora la precariedad lo está invadiendo todo y la gente de mi edad no tiene demasiadas perspectivas, a menos que se anime a buscarse la vida en un país que no sea España, cosa que, poco a poco, estaba empezando a considerar y probablemente ya habría hecho si hubiese estudiado medicina o fuese peluquera o tuviera algún tipo de conocimientos prácticos que me permitiesen ofrecer mis servicios en otro país. Pero siendo historiadora…

Estoy plenamente convencida de que nuestra sociedad necesita gente que estudie el pasado, que lo analice, que lo comprenda, que saque conclusiones para ayudarnos a tomar en el presente las decisiones adecuadas y no comprometer nuestro futuro. El problema es que muy poca gente lo ve así. Nuestros políticos son, por lo general, unos ignorantes ávidos de poder y privilegios, que no están dispuestos a dejarse aconsejar ni a aprender de lo que ya pasó. A veces pienso que son como los adolescentes: convencidos de que no necesitan consejos ni experiencia de nadie, y mucho menos de las generaciones anteriores, seguros de que son más listos y más hábiles que sus antepasados y que ellos no caerán en los mismos errores, que ellos están en la cresta de la ola y seguirán allí por siempre, inmóviles, triunfantes, sin ver que las olas, por su misma naturaleza, están destinadas a romperse más pronto que tarde, arrastrando en su caída al pobre tonto que pensaba que aquella columna de agua era un pedestal de piedra en medio de un jardín.

Di un largo trago al té que me había preparado antes de salir de casa, mirando el monótono paisaje de la Mancha, plano como una mesa, —«Castilla es ancha y plana como el pecho de un varón», que decía Machado, o quizá fuera Ortega y Gasset— imaginando lo que sería haber nacido en alguno de aquellos poblachos en el siglo XIX. Y sin embargo la gente se suicida ahora mucho más que entonces. Debe de ser porque entonces no había tele ni redes sociales y no sabían lo que se estaban perdiendo. Lo mismo pensaban que todo el mundo tenía una vida tan miserable como la que ellos arrastraban.

Saqué la delgada carpeta de la mochila y, aunque no soy mucho de leer en autobús porque me mareo en las curvas, empecé a leer las primeras páginas. En la Mancha no hay una sola curva durante doscientos kilómetros.

Antes de salir de casa había hecho una pequeña búsqueda en la red para ver lo que salía al meter «Ofelia Arráez» en el buscador. Descartando todo lo que tiene que ver con el calzado, los bolsos y los accesorios, es un nombre tan poco frecuente que había ciertas posibilidades de éxito, y no me equivoqué. No había mucho, pero más de lo que me había imaginado:

> Nacida en 1918, muerta en 2010, a los noventa y dos años; fundadora de la fábrica de calzado Viuda de Anselmo Márquez, que más adelante cambiaría de nombre; primera mujer en formar parte de la Asociación de fabricantes de calzado de España, más adelante primera presidenta de la misma asociación; gran protectora de los desfavorecidos, impulsó numerosas obras de caridad. Casada una

31

sola vez con Anselmo Márquez Tejada, de quien tuvo un hijo, Luis, quien heredó la dirección de las fábricas que, para su mayoría de edad, ya eran varias. Enviudó joven y se consagró a su hijo y a su trabajo. Gran modernizadora de los sistemas tradicionales de producción. Hija predilecta de Monastil, mi pueblo.

No parecía que fuese a dar para mucho la vida de doña Ofelia, a quien ya empezaba a imaginarme como una matrona de derechas —tenía que haber sido franquista para que la vida le hubiese ido tan bien en aquellos tiempos—, de misa y comunión, si no diaria, al menos semanal, trabajadora incansable —habría tenido que luchar como una leona para sobrevivir, siendo viuda, en aquel mundo masculino—, conservadora y discreta.

No había encontrado fotos en la red pero estaba segura de que don Luis tendría cientos y estaría encantado de enseñármelas. Luego yo escogería una docena para ilustrar las diferentes etapas de la vida de su madre y al final saldría un librito presentable que a él le daría una gran satisfacción y a mí me habría permitido vivir bien durante unos meses haciendo algo relacionado con mi especialidad, aunque no me había especializado en historia oral, que era seguramente lo que más me habría ayudado en esas circunstancias, dado que tendría que entrevistar a unas cuantas personas que la hubiesen conocido, aunque sólo fuera en los últimos tiempos. No pensaba que quedase nadie de su generación con la cabeza lo bastante clara como para recordarla.

Repasé los cuatro papeles y me llamó la atención que don Luis tuviese el mismo apellido de su madre, como si fuese hijo de soltera; pero se decía que doña Ofelia había sido una gran modernizadora... quizá hubiese adoptado el apellido de su marido como se hacía en otros países de Europa.

Aunque... volví a comprobarlo, no, el marido se llamaba Anselmo Márquez. Luego don Luis debería llamarse Márquez Arráez. ¡Pobre hombre, cuánta zeta! Bueno, ya encontraría la respuesta en cuanto hablase con él. No era un gran misterio, pero al menos ya había algo que quería preguntar.

Haría un capítulo sobre la infancia de Ofelia y el ambiente del pueblo en los años veinte hasta la guerra. Luego no tendría más remedio que hablar un poco de la guerra, situar a la familia de Ofelia en uno de los dos bandos y pasar con rapidez a los años de posguerra, que seguramente habrían sido también los de la fundación de la empresa. Después vendría la parte del noviazgo, boda, nacimiento de don Luis, paulatina modernización de los sistemas de producción y de la sociedad en general. Luego tal vez algo sobre las obras de caridad a las que se había dedicado ella; tocaría tangencialmente el papel de don Luis en las fábricas, que por entonces ya serían varias —los Arráez fabricaban calzado de señora, bolsos y accesorios de piel—, y terminaría con el homenaje del pueblo con ocasión de hacer a Ofelia hija predilecta y unas frases sobre su muerte, ejemplar, por supuesto, y el vacío dejado por su ausencia. Si conseguía hacer todo eso bien, todos contentos.

En aquellos momentos no intuía que lo que me esperaba iba a ser mucho más complicado y más estimulante de lo que yo estaba imaginando, y mucho más angustioso y, sobre todo, decisivo en mi vida. ¿Me habría vuelto a Madrid de haberlo sabido? Es posible. Nunca he sido particularmente valiente y siempre me he considerado una mujer inteligente, dispuesta a aprender de la experiencia ajena. Si alguien me hubiese dicho lo que me esperaba en las próximas semanas, quizá me habría quedado en Madrid y hubiese buscado trabajo de lo que fuera, pero nadie me dijo nada, mi intuición estaba en punto muerto y la verdad era que una parte de mí se alegraba de volver al pueblo una temporada, vivir en casa con mis padres, dejarme mimar un poco, olvidar que a mis casi treinta años aún no tenía nada estable: ni casa, ni trabajo, ni pareja, ni siquiera un sueño que perseguir, como dicen en las películas americanas.

Mi abuela, a mi edad, tenía ya tres hijos mayorcitos, una casa tan grande que se mataba a limpiar y que habitó hasta su muerte, y un marido con el que llevaba ya cerca de quince años, contando el noviazgo, y que fue el único hombre que conoció en su vida, usando «conocer» en su acepción bíblica.

Los tiempos cambian, sí, pero no necesariamente para mejor.

Poco antes de llegar al pueblo me dormí y soñé algo extraño: estaba en una casa desconocida, en penumbra, sabiendo que, aunque la casa estaba deshabitada, no tenía derecho a encontrarme allí. Los muebles eran antiguos pero elegantes, bien cuidados, y olían levemente a pulimento para madera, un olor que me hacía pensar que todo estaba como debía. En el perchero de la entrada había dos sombreros, uno de hombre y otro de mujer, varios paraguas y una de esas prendas que mi abuelo llamaba «gabán». En el espejo, cuando me asomé a sus verdes profundidades, se reflejaba la pared de enfrente. Mi rostro y mi cuerpo no estaban, pero en vez de asustarme, me pareció muy natural. Seguí avanzando, dejando a mi derecha la escalera que llevaba a los pisos superiores, y entré a mi izquierda en un salón muy grande con una mesa que brillaba como el agua y que debía de tener más de veinte sillas a su alrededor. Lo crucé y, tras unas puertas correderas, había una salita más pequeña, con chimenea, y un tresillo de terciopelo verde frente a una mesa de marquetería con un centro de flores de porcelana. Después, no sé cómo, me encontré en una biblioteca de altísimo techo, donde debía de haber sitio para más de diez mil volúmenes y que incluso tenía un estrecho balcón al que se accedía por dos coquetas escaleras de caracol de hierro forjado pintado de blanco. Una mesa larga y estrecha con lámparas verdes y dos sillones orejeros junto a la ventana completaban el conjunto.

Había una extraña vibración en el aire, como si mi presencia hubiese activado una alarma que estaba sonando en algún lugar, avisando de que la casa había sido descubierta o invadida. Empecé a sentir miedo y quise buscar la entrada, donde estaba el perchero, pero el plano de la casa había cambiado mientras tanto y, al salir de la biblioteca, me encontré en medio de la escalera, con un tramo que subía —los escalones perdiéndose en la oscuridad— y otro que bajaba, también en penumbra. De algún modo no conseguía decidir cuál de las dos opciones me permitiría salir de la casa y aún estaba dudando cuando, de repente, toda la oscuridad que me rodeaba se coaguló en una figura que flotaba frente a mí pero a la que no podía verle la cara, y en mi interior resonó una palabra: «NO». Como si fuera una piedra lanzada contra mí que se estrelló en algún lugar de mi cerebro. Sólo eso: NO. Y yo supe que no debería estar allí, que no debería haber entrado a fisgar en aquella casa antigua y tranquila.

Y en ese mismo instante todas las puertas se cerraron de golpe con un estruendo que hizo que me despertara, asustada, y sin saber dónde estaba ni qué me había pasado.

—Monastil —oí una voz muy cerca de mí—. ¿No te bajabas aquí?

El chófer me miraba con sorna, como si dormirse en un autobús no fuera lo más normal del mundo.

Asentí con la cabeza, aún enredada con las imágenes del sueño, y empecé a recoger mis cosas a toda velocidad.

—Debes de haber tenido una pesadilla —dijo como al desgaire mientras se apartaba para que pudiera coger la mochila que había puesto arriba—. Te has pasado el rato diciendo «no». He estado a punto de pedirle a alguien que te despertara.

—Lo siento. No me acuerdo de nada —mentí—. Gracias.

Bajé del autobús con una opresión en el pecho que sólo desapareció al ver a mis padres, que habían venido a recogerme y sonreían como si yo fuera una aparición milagrosa.

1

—¿*Q*ué dices, Diego? ¿Estoy presentable? —Don Luis Arráez se miraba críticamente al espejo moviéndose apenas a izquierda y derecha, lo poco que le permitía el nuevo bastón de tres patas que acababa de sustituir a las muletas y que aún no controlaba del todo. Se había puesto unos pantalones de entretiempo con un jersey fino sobre una de sus camisas favoritas y, después de muchas dudas sobre si ponerse corbata o no, se había decidido por uno de los pañuelos de seda italiana en tonos azules para que contrastara delicadamente con el resto.

—Hecho un chaval —contestó Diego con una sonrisa.

—No te pago para que me mientas, listillo. A los casi ochenta años ya nadie está como un chaval.

—Que no, don Luis, que no miento. Está usted muy bien, en serio. Y tenemos que irnos ya, si no quiere llegar tarde.

—No va a hacer falta. Anoche llamé a Félix para cambiar la cita. Pensé que ya habría ocasión de ir a la fábrica cuando yo ya pueda moverme mejor y enseñárselo todo. Les he pedido que vengan aquí. Una especie de desayuno de trabajo. Carmela ya debe de tenerlo todo listo.

—¡Venga! Pues entonces... ¡a las escaleras!

Don Luis resopló. Sabía que era la única manera de recuperar la movilidad después de la operación de cadera, pero no quería agotarse tan pronto, ni le apetecía que lo vieran tan tembloroso sus invitados.

—No. Hoy bajo con la silla.

—Le conviene andar...

—A la tarde. Cuando no me vean.

—Dos veces.

Diego llevaba sólo tres semanas con don Luis pero le habían bastado para saber que no iba a convencerlo, y que a lo más que podía llegar era a obligarlo a hacer el doble de ejercicio por la tarde, de modo que se puso a su lado por si perdía el equilibrio y lo acompañó hasta la amplia escalera que descendía a la entrada del chalé. Su jefe se acomodó en la silla y la puso en marcha mientras él bajaba los peldaños tratando de no hacerlo demasiado deprisa para no darle envidia. Ya se había dado cuenta de que a don Luis le fastidiaba compararse con él y quedar por debajo.

—¿A qué hora vienen? —preguntó.

—Dentro de siete minutos. Le he dicho a Carmela que sirva el desayuno en la biblioteca.

Lo que don Luis llamaba «la biblioteca» era una amplia habitación que daba al suroeste, con salida directa al jardín, y tenía dos grandes estanterías. En una había, además de muchos adornos y trastos caros, enciclopedias y diccionarios; en la otra, novelas policiacas y algunos *best sellers* de años anteriores. También había un piano de madera clara que no tocaba nadie desde que Nerea, la hija de Alberto, se había marchado a la universidad, un conjunto de sofás de color marfil frente a la chimenea y una mesa de café, puesta ahora con el servicio de flores azules y totalmente cubierta de exquisiteces.

—Cógete lo que quieras de la cocina, Diego —dijo don Luis, acomodándose en el sillón de cara a la puerta.

—Gracias. Cuando se vayan los invitados, me paso por si me necesita. —Había quedado claro que estaba de más y que no pensaba presentarle a la sobrina de Félix. Al menos, de momento.

—Si tienes algo que hacer por ahí, ahora es buen momento. Seguro que no te necesito en las próximas dos horas.

—Estupendo.

En ese instante sonó el timbre de la puerta y a Diego le dio tiempo justo de desaparecer por el pasillo que llevaba a la cocina antes de que Carmela fuese a abrir.

Le resultaba un poco extraño estar trabajando en una casa tan grande y con servicio. Ni siquiera había pensado que por allí, por la zona de Alicante, hubiese gente con tanto dinero como el que al parecer tenía don Luis. A él lo habían contratado para volver a poner al viejo en marcha después de la operación

37

y le habían dejado muy claro que sería él quien tuviese que ir a casa de don Luis y, salvo a la hora de dormir, estar siempre a sus órdenes hasta que se recuperase por completo. Era la primera vez que lo hacía y, aunque el sueldo era estupendo y don Luis bastante agradable, suponía que también iba a ser la última. No le gustaba nada esa sensación de estar constantemente al servicio de una sola persona.

Igual que, sin saber bien por qué, tampoco le gustaba tener que hablarle de usted y decirle don Luis, pero eso había quedado claro desde el primer momento. Aunque, por otro lado, tenía que confesar que el viejo se estaba portando maravillosamente con él. En cuanto se había enterado de que no era del pueblo, Alberto, el socio de don Luis, lo había convencido para que le prestara la casa que había sido la de su infancia. En sus casi diez años de fisioterapeuta a domicilio no le había pasado nada parecido.

De todas formas, considerando los progresos que estaba haciendo su paciente, en dos o tres semanas más podría dejarlo con buena conciencia y volver a su vida normal.

Cogió un par de minicroissants que aún estaban tibios y, masticándolos, salió por la puerta de detrás.

2

—*L*uis, por fin tienes aquí a Sandra. No, no te levantes, hombre. Sandra, este es don Luis Arráez.

La muchacha le tendió la mano para estrechársela y pareció quedarse algo sorprendida cuando él la giró levemente y casi se la besó.

—Don Luis, es un placer.

—Igualmente, señorita. Siéntese, se lo ruego. Acomódate, Félix.

Todos tomaron asiento y, durante unos segundos, se limitaron a mirarse sin saber bien cómo continuar.

—¿Sirvo el café? —Preguntó Félix para romper el hielo.

—¡Carmela! No pensarás dejar que nuestros invitados trabajen…

—No, señor. —La mujer parecía haberse materializado en un rincón de un momento a otro—. ¿Prefieren té o café?

Mientras Carmela servía las tazas, don Luis miraba a Sandra como si estuviera tratando de memorizar todos sus rasgos.

—Se parece usted mucho a su madre, señorita.

—Gracias, don Luis, eso suelen decirme.

—¿Sabes, Félix? Estoy muy contento de que tu sobrina sea tan educada. Últimamente ya no es lo normal. ¿Os podéis creer que cuando llegó el fisioterapeuta me llamó Luis y de tú, como si nos conociéramos de toda la vida? A mí, a un hombre de setenta y siete años, un chaval de treinta.

—Es lo que se hace últimamente —dijo Félix, sin levantar la vista de la bandeja llena de *petit-fours* de la mejor pastelería del pueblo, pensando en cuál escoger para empezar.

—Se supone que crea un clima de camaradería y confianza

—añadió Sandra, que tenía dos amigas enfermeras y las había oído varias veces hablar del tema.

—A mí lo único que me crea es un auténtico mal humor, y me parece una falta de respeto. En mis tiempos, el tú era un tratamiento que se reservaba para la familia más cercana y los amigos íntimos; algo especial que llegaba poco a poco, con la confianza en una relación. Yo llevo media vida siendo don Luis para casi todo el mundo y no pienso cambiar ahora porque alguien haya decidido que es lo moderno y que así uno se siente más joven. Yo tengo la edad que tengo y no me voy a sentir más joven porque un chavea me llame de tú. ¿Le molesta eso, señorita?

—No, don Luis, en absoluto. Si quiere que le diga la verdad, casi lo prefiero. Pero usted a mí puede llamarme Sandra y de tú, si quiere.

—Siempre he sido partidario del término medio: Sandra, y de usted, ¿le parece?

—Perfecto.

Hubo un minuto de casi silencio que llenaron con la elección de los pastelillos, el remover del azúcar en las tazas y las ofertas de Carmela de prepararles unos huevos revueltos o un poco de *bacon* frito, que rechazaron.

El sol entraba por las cristaleras y toda la habitación parecía un pisapapeles de ámbar, cálido, traslúcido, contenido en sí mismo; un lugar donde estaba empezando a nacer algo.

—Sandra —comenzó don Luis, pasándose la servilleta por los labios después de dejar la taza sobre el platillo—, ya le habrá contado Félix lo que espero de usted. —Sandra asintió con la cabeza—. No estamos hablando de una novela ni de una biografía de trescientas páginas, aunque no le voy a poner tasa a lo que escriba. Eso sí, quiero ir viendo los resultados; es decir, a medida que vaya teniendo los capítulos listos, quiero ir leyendo lo que escribe y haciéndole sugerencias si creo que debe quitar o añadir algo.

Félix la miró, como expectante. Conocía a Sandra desde antes de nacer y sabía que a veces podía ser muy arisca cuando se le pedía algo que no estaba dispuesta a aceptar. Ella no tuvo que pensarlo. Ya lo había pensado la noche antes, en la cama. Aquello ni le iba ni le venía; era un trabajo, un encargo, el capricho de un anciano que le iba a pagar bien. Haría lo que él quisiera.

—Por supuesto.

Félix se relajó y cogió un pastelillo de *mousse* de chocolate.

—Me alegra que nos entendamos. —Don Luis sonrió; una sonrisa que llenó su rostro moreno de arrugas que, curiosamente, lo rejuvenecían. Era un hombre atractivo, con el pelo corto plateado, los ojos azul oscuro, y un exquisito gusto para vestir—. Aquí le he preparado esta caja con cosas que puede ir ya mirando. Son, digamos, de la vida pública de mamá. Dentro de tres o cuatro días, cuando yo esté ya un poco más móvil, visitaremos la fábrica y le daré más cosas. También puede pasarse por la biblioteca, donde Félix le irá sacando lo que tenga por allí.

—Puedes echarle un ojo a todas las revistas de Fiestas Mayores que tenemos en el archivo. Allí verás el desarrollo del pueblo y muchas fotos de cómo han ido cambiando las cosas —completó Félix—. Mira por dónde te vas a enterar de un montón de detalles que no conoces. Lo mismo acabas por cogerle cariño a Monastil —terminó con un guiño. Ella sintió que se ruborizaba y preguntó algo a toda velocidad para que la conversación no fuera por aquellos derroteros. No le parecía buena idea que su casi jefe supiera que ella no era de esas personas entregadas al pueblo y a todos sus mitos y tradiciones.

—¿Hay fotos en la caja, don Luis?

—¿Fotos?

—De doña Ofelia, por ejemplo. Es que nunca he visto una foto suya y necesitaría hacerme una idea de cómo era si voy a trabajar sobre su vida.

—Claro, claro. Sí, hay bastantes. —Se enderezó en el asiento como buscando algo con la vista—. Pero, mire, ahí, sobre el piano, tiene una.

Sandra se levantó, se acercó al piano y se quedó mirando la foto en un marco de plata brillante. La mujer que parecía devolverle la mirada tendría unos cuarenta y tantos años y llevaba una especie de media melena cardada a la moda de los años sesenta. Tenía los ojos grandes, almendrados, de color ámbar, el pelo oscuro y los labios sensuales, pintados de un rojo discreto. Era una mujer que irradiaba fuerza, como una de las grandes divas del cine del neorrealismo italiano. Una leona.

—¡Qué guapa!

—Sí. Mi madre era una mujer preciosa. Pero eso era lo de menos. Lo más importante era su carácter, su independencia, su fuerza, su valor… una mujer como hay pocas. Por eso quiero que escriba sobre ella. Es un homenaje y una manera de preservar su recuerdo. Soy su único hijo y, como yo no he tenido hijos, todo acabará conmigo. Quiero que, al menos, quede ese librito… esa modesta contribución a la memoria de mi madre.

—Lo haré lo mejor que sepa, don Luis, se lo prometo.

El hombre volvió a sonreír. Agitó la campanilla de plata que había sobre la mesa.

—¡Carmela! Haz el favor de acompañar a la señorita Sandra al salón. Allí hay un cuadro de mi madre pintado por uno de los mejores retratistas de Madrid. Vaya a verlo.

Sandra salió de la biblioteca siguiendo a Carmela.

—¿Qué? —preguntó Félix, después de servirse otro café con leche—. ¿Qué te parece la chica?

—Me gusta. Vamos a ver qué tal escribe.

—Escribe muy bien, ya lo sabes. Te he dado varios trabajos suyos.

—Académicos. Esto es otra cosa.

—También escribe cuentos. Buenos. Pero aún está en la fase de que no quiere que se sepa. Manías de jóvenes. Si consigo convencerla, te daré alguno para que te hagas una idea.

3

*E*l salón, como lo había llamado don Luis, era una habitación enorme que debía de ocupar la mitad de la planta baja de la casa. La pared frontera era prácticamente un solo cristal por el que se veía la terraza, el jardín y los altos árboles que ocultaban la verja. A la derecha, rodeada de sillas de diseño, había una gran mesa de madera pulida con un par de objetos modernos de cristal de colores intensos, probablemente venecianos, y una gran lámpara que parecía un ovni, llena de cosas que colgaban y relucían. A la izquierda, un grupo de sillones de cuero negro frente a una chimenea con embocadura de mármol. Sobre la chimenea, un cuadro al óleo que representaba a doña Ofelia sobre los treinta o treinta y cinco años con un sencillo y elegantísimo traje de noche: pequeñas lentejuelas negras que se ajustaban a su cuerpo como una segunda piel hasta poco antes de la cintura, a partir de donde fluía la seda negra que cubría su cuerpo hasta los tobillos. Estaba de pie, apoyada en una chimenea que podría ser la misma sobre la que ahora estaba el cuadro, ligeramente inclinada hacia el contemplador, como ansiosa por oír algo que este estaba contando, con una luz de interés y curiosidad en los ojos maquillados y una sonrisa expectante. Llevaba unos preciosos pendientes de perlas y diamantes y de su cuello pendía una larga cadena con un original colgante de oro con una gruesa perla.

De algún modo le recordaba el retrato de la condesa de Vilches que había pintado Madrazo a finales del siglo diecinueve, aunque posiblemente se parecían sólo en la frescura, en la presencia de la retratada.

El artista había captado la fuerza de la mujer y, aunque se había esforzado por hacerla bella, mundana e incluso algo traviesa, no había podido evitar que hubiese una palpable aura de peligro, como si en vez de ser una empresaria de éxito fuese una mujer fatal, una espía de entreguerras. «Una mujer de armas tomar», había dicho Félix en su primera conversación. Sí. Se notaba. No le habría gustado tener a aquella mujer por enemiga.

¿Sería verdad todo lo que ya había empezado a imaginar al ver su retrato? Ya se vería. No podía dejarse llevar de ese modo por la fantasía. Se limitaría a montar todos los datos que fuera recopilando para que dieran una imagen congruente, sin novelerías absurdas. Doña Ofelia no sería menos de lo que fue en vida, pero tampoco más. Sobre todo, más no. No añadiría nada de su cosecha. Eso tenía que dejarlo para sus cuentos, si le daba tiempo a escribir alguno.

4

—¿*Q*ué? ¿Qué tal te ha ido con don Luis? —Ana estaba lavando la ensalada cuando entró Sandra a la cocina.

—Bien. Parece agradable. Aunque, eso sí, ya me ha advertido de que quiere ir viendo resultados y que piensa ejercer derecho de veto y de censura. He estado a punto de decirle que si tiene tan claro lo que quiere que se diga sobre su madre por qué no lo hace él, pero luego me he acordado de los seis mil euros y he decidido dejarlo pasar.

—Es lo que tiene hacer trabajos de encargo: te pagan, pero mandan ellos.

Sandra abrió la nevera, sacó unas olivas que habían quedado de la noche antes y se abrió una cerveza light.

—¿Y qué sugieres como trabajo que no sea de encargo?

—Lo que te he dicho siempre: o estudiar otra cosa o hacer oposiciones.

—Yo no me veo dando clase. Y para hacer otra carrera ya es tarde.

—¿Tarde a los treinta años?

—Veintinueve. Eres mi madre, deberías saberlo.

—Lo sé, pero redondeo. A ver, quita de ahí y pon la mesa, tu padre está al caer. —Se agachó a sacar los macarrones del horno—. No sé por qué eres tan reacia a enseñar. A nosotros siempre nos ha gustado.

—Pues a mí no. Aún, dar clase en la universidad a gente que ha elegido esa carrera tendría algún sentido pero así… a chavales que no tienen ningún interés y lo hacen por obligación… ¿Qué les voy a contar yo de la España medieval que pueda interesarles?

—A mí me encanta enseñarles la parte de épica medieval, el Poema del Cid, la sociedad en la que surge... ¡Pues no hay cosas!

—Irrelevantes hoy día. Feudalismo... ¡ja!

—Así se darían cuenta de que es lo mismo que está pasando ahora, sólo que antes cuando un señor te tomaba como vasallo tenía el deber de protegerte, y ahora te explotan igual, pero no te protege nadie.

—Antes el señor tenía todos los derechos, incluso a maltratarte, ¿no te suena el *ius malétractandi*?

—Sí. E incluso el *ius primaenoctis* en algunas regiones. Lo que se conoce erróneamente como «derecho de pernada» que, como sabes, era otra cosa. Pero si lo miras bien... ¿no te maltratan hoy en día todas esas empresas gigantes, multinacionales, que te ofrecen trabajos miserables, mal pagados, sin ningún derecho, donde vives en un «ay» constante y te obligan a hacer más horas que un reloj? ¿O esos «trabajos sin remuneración» que anuncian a veces y que algunos desgraciados aceptan con la esperanza de que sea una forma de tener un pie dentro de la empresa o al menos de hacer currículum? Sigo pensando que enseñar historia en los institutos es fundamental para crear pensamiento crítico.

—Depende de cómo la enseñes y de qué les enseñes. Como bien sabes, la historia es lo que uno cuenta, lo que uno quiere que sea.

—¿Ya estáis otra vez discutiendo? —Miguel, el padre de Sandra, acababa de llegar a casa y había metido la cabeza en la cocina al oír las voces. Le dio un beso a su mujer y otro a su hija y fue a lavarse las manos antes de comer.

—Pues si te decidieras por la enseñanza, podrías contarles la historia como tú la ves y animarlos a que saquen conclusiones diferentes de las que les presentan los medios de comunicación —insistió Ana, mientras ponía los macarrones en la mesa y, de un vistazo, se aseguraba de que estuviese todo—. Faltan las servilletas.

—A mí no me va la manipulación. Si me fuera, me habría metido en política y ahora mi partido me habría puesto ya en algún cargo autonómico o al menos local con un sueldo decente y no tendría que hacer esto.

—No sabía yo que te habías vuelto cínica tan joven... Aparte de que, si no te apetece hacer este tipo de trabajo, no sé yo qué esperabas para el futuro al decidirte por historia sabiendo que no querías enseñar.

—Ay, mamá, ¡qué pesada puedes llegar a ponerte! Apenas hace dos días que estoy aquí y ya estás dándome caña. ¿No puedes dejarme un poco en paz?

—La boca cerrada y el monedero abierto, ¿no? El sistema perfecto en las relaciones de padres e hijos.

Sandra bufó y, por un instante, estuvo a punto de levantarse, decir que no tenía hambre y largarse a comer un bocadillo por ahí. Pero los macarrones olían de maravilla, su padre acababa de entrar comentando una noticia del periódico y ella, al fin y al cabo, tampoco tenía quince años. Hacía tiempo que se había propuesto intentar tener una relación adulta con su familia, de modo que se levantó a buscar las servilletas y decidió cambiar de tema.

—¿Alguno de vosotros conoció a doña Ofelia?

—Hombre —dijo Miguel—, conocer es mucho decir, pero claro que en este pueblo todos sabemos quién es y la hemos visto en mil ocasiones. Una señora… ¿cómo decir? Una… *grande dame*. Fuerte, enérgica, siempre bien vestida, metida en todos los asuntos públicos, presidenta de cien asociaciones… una de esas mujeres que siempre consigue lo que quiere. Por las buenas o por las malas —terminó, sirviéndose una copa de tinto bajo la mirada de reprobación de su mujer.

—¿Qué quieres decir con eso?

—A tu padre le gusta exagerar, ya lo sabes.

—Por lo que se dice, doña Ofelia, aparte de los zapatos y las fábricas de bolsos y demás, también prosperó mucho gracias al negocio de la construcción a lo grande, a sus excelentes relaciones con todos los políticos corruptos que lo hicieron posible e incluso con ciertos elementos menos presentables…

—¿Como quién?

—Se rumorea que en un tiempo, ciertos rumanos que aparecieron por aquí a la caída de Ceaucescu, y después la mafia rusa, los que se instalaron en la costa, desde Benidorm a Torrevieja.

—Suena de película.

—Y yo que tú, no le diría una palabra a don Luis de todo esto, pero es lo que siempre se ha comentado en el pueblo.

—No hay que hacer caso. Es la envidia —comentó Ana.

—Vale. Puede que también. Pero no me digas que el tipo ese que le hacía de chófer, de mano derecha y de todo no daba escalofríos.

—¿Quién? ¿Ángel?

—No me acuerdo del nombre. Ese tipo grande, con cara de matón que apareció muerto en un barranco al lado de su moto.

—¡Pues no hace tiempo de aquello!

—Sí, ya, lo menos treinta años, pero fue un asunto turbio.

—Tienes una imaginación... Ángel era el hijo de Gloria, la mejor amiga de doña Ofelia. Doña Ofelia se encargó del muchacho toda la vida. Creo que lo mandó a estudiar y luego, al volver, lo empleó como asistente personal o algo así. Era el padre de Alberto.

—¿Alberto?

—El socio de Luis Arráez. Pero Ángel y Alberto no se hablaban. De eso sí que me acuerdo.

—Entonces tengo una buena excusa para investigar sobre él —Sandra se hizo una nota en el móvil—. ¿Sabéis el apellido?

—Creo que Duarte, pero no te lo juro. ¿Alguien quiere más macarrones? —Los dos cabecearon y Ana puso un cuenco de fruta en la mesa—. Y no me digáis que ya estáis muy llenos y no queréis fruta... es buena para la salud.

Padre e hija se miraron con resignación, Sandra cogió un racimo de uva y Miguel, como siempre, un plátano, que era lo más fácil de comer.

—¿Sabes dónde puedes ir a preguntar? —dijo Ana mientras iba metiendo los platos en el lavavajillas—. Durante un tiempo doña Ofelia iba mucho a las fiestecillas y las conferencias que organizaban en la Asociación de Amas de Casa, creo que era bastante amiga de la presidenta, aunque debía de ser mucho mayor que ella. Seguro que allí te cuentan muchas cosas. ¿Sabes dónde tienen la sede?

Sandra asintió con la cabeza.

—Pero primero voy a ir a la biblioteca a mirar revistas antiguas. Quiero hacerme una idea de cómo fue su evolución y ver fotos. Ah, y también quiero ir al ayuntamiento, a ver lo de su nombre.

—¿Qué de su nombre? —preguntó Miguel.

—Por qué se llaman ella y su hijo igual. ¿No había padre? ¿Es hijo ilegítimo?

Ana sonrió.

—Eso es fácil. No se llaman igual. Don Luis se llama Márquez Arráez, pero como la fábrica que fundó doña Ofelia, la primera, se llamaba Ofelia Arráez, cuando su hijo empezó a hacerse cargo de ciertas cosas, lo llamaban Luis Arráez y al final se quedó así.

—Un misterio resuelto. —Sandra se levantó de la mesa—. Nos vemos a la noche.

5

*D*iego estaba inquieto porque, aunque nunca le había gustado trabajar todas las horas del día, tampoco tenía costumbre de estar mano sobre mano y, mucho peor, siempre en el mismo sitio. Cuando se especializó en servicios de fisioterapia a domicilio para gente que no podía desplazarse con facilidad, bien porque había sufrido una fractura de consideración y vivía en un quinto sin ascensor, bien porque su edad ya no le permitía mucha movilidad, bien porque el paciente estaba internado en una residencia y sufría de demencia senil, lo que más le gustaba del asunto era precisamente moverse, ir de un lado a otro, subirse al coche y hacer unos cuantos kilómetros para encerrarse una hora con otro cliente.

Nunca le había resultado atractiva la idea de montar un estudio propio o compartirlo con un equipo de colegas, y crear ese ambiente estándar de música relajante, velas aromáticas y colores suaves, ponerse la bata blanca y sonreír como un buda satisfecho cada vez que, a ritmo de cincuenta minutos con diez para el cambio y la taza de té, alguien entrara a tumbarse en la camilla. Él prefería con mucho ir a las casas de sus pacientes, cambiar de aires, ver cómo vivían los demás, entrar y salir de residencias de ancianos —sobre todo salir— y tomarse un café aquí y allá con las enfermeras, masajistas, otras fisioterapeutas o familiares jóvenes de los pacientes más ancianos.

Ahora se encontraba de pronto fuera de su elemento y además empezaba a pensar que quizá hubiera hecho mal dejándolo todo para aceptar la oferta de don Luis. Cuando el viejo se repusiera, tal vez no le fuera tan fácil volver a encontrar pacientes.

Soltó un bufido y se encogió de hombros. No era propio de él darle tantas vueltas a las cosas. Se acercaría al bar de Juanmi a tomar una caña y luego se plantearía si contestar al whatsapp de Andrea, pero la verdad era que tenía una mala sensación. Se habían conocido en un pub irlandés el sábado anterior, habían pasado la noche juntos y él, como un idiota, la había llevado a la casa donde estaba viviendo —la casa que don Luis le había prestado— y la había dejado cotillear un poco mientras él preparaba unos vodkas con limón.

No era que hubiese sucedido nada de particular, pero cuando se había dado cuenta, la pava había subido a las habitaciones de arriba —donde don Luis le había pedido que no subiese ni siquiera él— y estaba revolviendo cajones y abriendo armarios.

—¡Mira qué abrigo más guay! ¡Puro *vintage*! Si pones esto en eBay sacas un pastón, me juego lo que sea… —Andrea sostenía entre las manos un abrigo de piel que había sacado de la funda de plástico y se lo restregaba una y otra vez por la cara y el cuello—. ¡Qué bien huele! Un poco pasado, pero perfume de calidad.

—Venga, deja eso. Mi habitación está abajo —le había dicho tratando de abrazarla para sacarla de allí. Andrea se había zafado sin violencia, le había tendido la funda para que la ayudara a guardar de nuevo el abrigo y había seguido curioseando entre las prendas colgadas.

—Es que los vestidos de este armario son todos del año de la pera, pero buenos. Juraría que de marca, de grandes marcas. Me encantaría probarme alguno.

—¡Venga, vámonos, joder! Vas a conseguir que me echen.

Andrea se encogió de hombros con una sonrisa y se dejó llevar hacia las escaleras. Luego él, de madrugada, con la excusa de ir al baño, le había revisado la mochila por si había cogido algo de las habitaciones de arriba. Por suerte Andrea dormía y él no había encontrado nada sospechoso pero, aunque lo habían pasado bien juntos, no le acababa de gustar la idea de volver a llevarla a la casa. Era de esas personas que enseguida se quitan los zapatos, se ponen cómodas en el primer sofá que pillan y luego se van a abrir la nevera a ver qué hay; cosa que, en su propio piso no le habría molestado tanto, porque no había nada que ver; pero en una casa prestada, y si eso ponía en peligro su sueldo, la situación era diferente. De momento no pensaba llamarla.

51

6

La biblioteca municipal estaba en uno de los edificios de lo que ahora era un gran conjunto de escuelas que iban desde una guardería para los más chiquitines que parecía una casita de chocolate hasta una especie de chalet donde tenían clase los alumnos de selectividad. Sandra había estudiado en uno de los tres institutos del pueblo, en el Gabriel Miró, donde trabajaban sus padres, pero había ido viendo el desarrollo del colegio Emilio Castelar a lo largo de toda su vida hasta convertirse en lo que era ahora: prácticamente un campus vallado en mitad del centro urbano con grandes zonas verdes, copudos árboles, canchas de deporte y, por supuesto, el edificio más antiguo, la biblioteca, que ella recordaba desde siempre, aunque ahora le habían añadido dos pabellones unidos al cuerpo central por pasillos de cristal.

Saludó con la cabeza a la becaria que ocupaba el escritorio de la entrada y que Félix ya le había presentado, y subió directamente al despacho del director. Tocó brevemente con los nudillos y entró.

Siempre le resultaba curioso ver a Félix en su puesto de trabajo y compararlo con el estudio que tenía en su propia casa. Aquí todo estaba ordenado, aunque había libros y archivadores por todas partes; en su piso, las pilas de libros se tambaleaban por los rincones y había que hacer un esfuerzo visual para ubicar el sofá debajo de los montones de papeles y revistas que solían cubrirlo.

Félix se levantó, rodeó el escritorio, le dio un abrazo y la empujó suavemente hacia la sala de lectura.

—Ya te he colocado los diez primeros años de la revista aquí, en tu mesa de siempre. Como la he llenado tan temprano, nadie se ha atrevido a disputármela —terminó bajando la voz con una sonrisa traviesa—. Además, ahí tienes también el resultado de mis pesquisas genealógicas. No es que sea nada del otro mundo, pero hay un par de cosas curiosas.

—¿Qué? A ver. —Sandra se acomodó en la mesita que siempre había preferido porque daba al jardín y desde allí, en los días de viento, se veía agitarse un eucalipto gigante que siempre le había dado una sensación de calma, como mirar las olas del mar. —Dice que nació en Onil, provincia de Alicante, o sea, que sus padres se instalaron aquí después, hija de Francisco y Clara Magdalena. ¡Qué gracia!

—¿Qué es lo gracioso?

—Los dos hermanos fundadores de los franciscanos: San Francisco de Asís y Santa Clara. Es una tontería, pero me ha hecho gracia.

—No se me había ocurrido, ya ves.

—El padre se llamaba Francisco Mallebrera y era agricultor. La madre, Clara Arráez, sus labores. O sea, que doña Ofelia adoptó el nombre de su madre. Curioso. Porque aquí dice que es hija legítima.

—Sí. Legítima, aunque no he sido capaz de encontrar su partida de nacimiento ni su fe de bautismo en ninguna de las iglesias de Onil. Parece que se quemó casi todo cuando la guerra. Hija única, al parecer. Se empadronaron aquí en 1928 y, según el acta del ayuntamiento, para entonces Francisco ya no figuraba como agricultor, sino como zapatero. Cuando lo mataron, casi al final de la guerra, era o había sido cortador en la fábrica de los Vidal.

—¡Ah! ¿Lo mataron? ¿Quiénes, los rojos o los azules?

—Eso te lo contará don Luis en persona. Es su historia favorita y no quiero destripársela. Las revistas que te he sacado empiezan en 1925 y tienes también una edición especial de «Monastil en Imágenes Antiguas»; así puedes ir haciéndote una idea de cómo era el pueblo. ¡Verás qué diferencia! Hale, te dejo trabajar y me pongo a lo mío.

Sandra pasó la mano por la cubierta del libro. Las revistas habían sido encuadernadas en grupos de cinco, pastas azules con letras doradas: Revistas Fiestas Mayores.

Como siempre que estaba a punto de ponerse a bucear en el pasado, sintió una especie de ahogo que la forzó a respirar hon-

53

do antes de abrir la tapa. Era como bajar a una cripta en una
película de misterio: unas escaleras mohosas en penumbra des-
cendiendo a un lugar donde esperan los muertos encerrados en
sus cajas de maderas nobles, con sus fechas en un oro desvaído.

«¡Qué gilipolleces se te ocurren, nena! Esto no es más que
una revista de pueblo, llena de fotos borrosas, con una prosa
insoportablemente hinchada y unas noticias que no lo eran
ni entonces.»

Sin embargo, la otra parte de su mente, la imaginativa, se
empeñaba en decirle: «Todos muertos, Sandra. Todas sus ilusiones, sus amores, sus planes… todo polvo en el cementerio.
¿Te imaginas la cantidad de secretos que podrías desvelar si
tuvieses cómo? Aunque, al fin y al cabo… ¿para qué? ¿a quién
le importan?» Y como siempre, algo en ella se preguntaba por
qué se sentía atraída por todas esas historias de personas que
no había conocido y ni siquiera habían hecho nada memorable
que las hiciese dignas de recuerdo, de que se escribiesen sus
hazañas. Sin embargo, todos habían sido protagonistas de sus
propias vidas, papel estelar absoluto, aunque fuera en un pueblecito a treinta kilómetros del mar, que trataba de salir de la
miseria de la vida agrícola para lanzarse a la modernidad que
prometían la industria y la maquinización.

Las fotos eran como las esperaba: en un blanco y negro
desvaído que hacía aún más difícil la identificación de personas
y lugares. Sacó la lupa que siempre llevaba en la mochila cuando iba de archivo y, lentamente, la pasó por la primera foto de
media página: «La tertulia del Casino con ocasión del sesenta
aniversario de don Ramón Cortés. 1927». Diez o doce hombres
de traje oscuro, muy repeinados, brindando con el fotógrafo,
alrededor de un caballero orondo y sonriente que sujetaba un
enorme puro con la mano derecha.

La foto había sido tomada, al parecer, en el jardín del Casino, que no se parecía en nada a la actualidad. Lo único que
permitía ubicarla eran las torres de la iglesia de Santa Ana que
se veían al fondo.

Resultaba increíble pensar que aquellos hombres que parecían tan ancianos en la foto tenían entre cincuenta y sesenta
años, la edad de sus padres quizá, la edad en la que ahora la
gente hace deporte, viaja al otro lado del mundo y en muchas

ocasiones vuelve a casarse y a veces, tratándose de hombres, incluso decide tener hijos con una mujer mucho más joven. Claro, que eso siempre se había hecho.

Fue pasando las páginas lentamente, fijándose en los detalles. Todas las fotografías mostraban un pueblo agrícola, muy pobre, de casas bajas y calles de tierra, sin ningún encanto; un pueblo que de algún modo le recordaba a algunas novelas decimonónicas y que imaginaba lleno de ojos detrás de las persianas, espiando, de mujeres arracimadas en la fuente entregadas a los más despiadados cotilleos, de gente trabajando de sol a sol sin más aliciente en sus vidas que algún baile o alguna romería en primavera.

Desde un punto de vista histórico era realmente impactante la velocidad con la que se habían desarrollado las cosas desde los años veinte del siglo xx. Anteriormente, la vida de los hijos apenas difería de la vida que habían llevado sus padres y de la que llevarían los nietos, por eso la experiencia podía intentar pasarse de unas generaciones a otras, mientras que ahora todo iba tan deprisa que el mundo que ella había conocido en su infancia ya prácticamente no existía, y el mundo de sus abuelos —el que ahora estaba contemplando en aquellas fotos antiguas— era casi la imagen de otro planeta. Por supuesto no sólo en lo exterior.

Por mucho que pusiera de su parte, tenía la impresión de que jamás conseguiría comprender por completo cómo se sentían las personas que habitaban aquellas fotografías, qué barreras y limitaciones tendrían sus mentes, qué cosas les parecerían correctas y cuáles no.

Siempre podía uno leer novelas de la época, ver películas, empaparse de sesudos ensayos, pero nunca sería suficiente; igual que nunca bastaría con los testimonios de las personas que aún quedaban de aquellos tiempos. Sabía muy bien, por experiencia propia y ajena, que al pasado se lo traga el olvido con inaudita rapidez y que las cosas cotidianas, especialmente las menos agradables, tienden a difuminarse en la memoria hasta que se pierden por completo.

Su madre le contaba a veces que en su primera infancia, aunque el agua ya llegaba a las casas, las mujeres aún iban a la fuente pública a traer en cántaros el agua para beber; que no había más alumbrado que una bombilla en el cruce de las calles;

55

que ninguna casa tenía ducha y la gente se bañaba sólo una vez por semana, normalmente los sábados, y que el agua de la bañera se aprovechaba para varios miembros de la familia...

Todo sonaba a pura Edad Media, pero era la forma de vida normal cincuenta años atrás, y la mayor parte de la gente lo había olvidado, como si las duchas, los coches, los móviles y el Internet fueran no sólo lo normal, sino lo mínimo exigible para una vida civilizada.

De todas formas, hablar con personas que conocieron a doña Ofelia, aunque se hubieran olvidado de muchas cosas, era algo que tenía que hacer para, al menos, satisfacer su prurito de investigadora. Le pediría a don Luis una lista de las personas que mejor conocieron a su madre y que aún siguieran vivas y las entrevistaría una tras otra. Con ello esperaba arrojar alguna luz sobre la figura de doña Ofelia y, quizá aún mejor, sobre el ambiente en el que vivió. Modestamente, le gustaría que esas pocas páginas sirvieran también para recrear, siquiera un poco, el mundo del pasado y la evolución del pueblo desde aquel triste poblacho en blanco y negro hasta la ciudad moderna y consumista en la que Monastil se había convertido en el siglo XXI. Si fuera posible, no quería que aquel encargo se limitase a unas semanas de trabajo bien pagado, sino que aquel librito que pensaba escribir fuera algo presentable dentro de su currículo profesional, aunque don Luis la había avisado ya de que no quería notas a pie de página que pudieran hacer farragosa la lectura.

Una hora después había terminado de mirar las revistas correspondientes a los años que iban de 1925 a 1935 sin encontrar ninguna mención a Ofelia Arráez, o a Ofelia Mallebrera Arráez, mucho menos una fotografía, cosa que en el fondo era de esperar porque sus padres y ella no se habían establecido en el pueblo hasta 1928 y Ofelia, en 1935, habría sido una chica de diecisiete años.

Ahora tendría un perfil en Facebook lleno de fotos vestida de mil maneras. En media hora habría podido conseguir más información sobre ella que en dos semanas a base de entrevistas y periódicos; pero en su época, una chica de diecisiete años no era nadie. Como mucho, una muchacha que empezaba a ser casadera, especialmente si sus padres podían darle una buena dote, lo que no parecía ser el caso de Ofelia.

Antes de levantarse a hacer una pausa y tomarse un café volvió a mirar los papeles que Félix le había dejado en la carpeta azul y se dio cuenta de que se le había pasado un dato importante: Clara, la madre de Ofelia, había muerto en 1930.

Comprobó algo que creía recordar y que había anotado al decirlo Félix: Francisco, su padre, había sido asesinado al final de la guerra; en 1939, pues. Lo que significaba que la muchacha se había quedado huérfana de padre y madre a los veintiún años. ¡Pobre chica, qué mala suerte! Sola en el mundo apenas salida de la adolescencia.

Aunque antes las cosas eran distintas. Una muchacha de veintiún años era ya una mujer hecha y derecha, acostumbrada a llevar una casa y, en muchas ocasiones, ya madre de uno o dos hijos. Tendría que averiguar cuándo se casó y cuándo dio a luz a su hijo Luis. No es que fuera nada del otro mundo, pero eran los datos básicos que todo el mundo espera en una biografía.

Fue al mostrador, devolvió las dos publicaciones y pidió que le sacaran las correspondientes a 1935-1945. Quizá ahí encontrase algo más.

57

Sacó un capuchino de la máquina, salió por la puerta trasera y se quedó arrimada a la pared, caliente del sol de la mañana, mirando el balanceo de las copas de los árboles en la brisa. El recreo de los niños debía de haber sido antes, o sería después, porque no se veía un alma en todo el jardín. Por un momento lamentó haber dejado de fumar. Aunque, de todas formas, no podría hacerlo allí, en el recinto escolar. En lugar de encender un cigarrillo, sacó el móvil. La maldita compulsión de ver si había algo nuevo, alguien que quisiera decirle algo. El camino más rápido a la frustración.

Había un mensaje de don Luis preguntándole si le iría bien pasarse a verlo en casa sobre las cinco de la tarde para charlar un poco. Contestó de inmediato diciendo que pasaría con mucho gusto. Se acabó el café, tiró el vaso al contenedor de plástico —otra más de las cosas que en su infancia no existían— y subió a su mesa a hacer una lista de las preguntas que quería hacerle.

7

—*L*e haré un resumen de lo más importante, Sandra. Básicamente, lo que todo el que haya conocido a mi madre sabe más o menos, y luego le contaré algunas cosas que me parecen cruciales y son privadas, cosas que ni siquiera he decidido aún si quiero que consten en su biografía, aunque sí me parece relevante que usted las sepa para ir haciéndose una idea de qué clase de persona era. ¿Le apetece un whisky, un vodka… algo, mientras me escucha?

Estaban de nuevo en la «biblioteca», pero esta vez ya con algunas lámparas bajas encendidas y sentados frente a la chimenea que Carmela acababa de prender. Sandra aceptó un gintonic y unos pistachos, y sacó la grabadora del bolso.

—Si no le importa… así es más cómodo para mí, porque puedo concentrarme en lo que me cuenta y tomar notas sólo de cosas que no quiero que se me pasen.

Don Luis torció el gesto medio segundo. Fue como si sobre un paisaje hubiera cruzado la sombra de una nube, pero enseguida volvió a sonreír.

—Nunca me han gustado esos cacharros. A mi madre, sin embargo, le encantaban. No era mucho de escribir, pero en cuanto salieron los magnetófonos se compró uno y más tarde debió de ser la primera en tener una grabadora de casetes y luego un dictáfono. Llevaba locas a las secretarias… —cloqueó, perdido en sus recuerdos—. Yo soy más clásico y prefiero dictarles directamente, aunque ahora todo eso ya lo lleva Alberto solo.

—¿Su encargado?

—Mi mano derecha, mi socio, mi heredero, el director de hecho de nuestras empresas, aunque en los papeles siga figurando yo. Ya lo conocerá. Un gran chico.

—Entonces, ¿puedo grabar?

—Grabe, grabe.

Sandra apretó el botón y se quedó mirándolo.

—Ay, qué situación más tonta, no se me ocurre nada ahora de pronto, sabiendo que ese trasto está ahí.

—Le haré preguntas para empezar, si le parece. A ver... su madre nació en Onil según mis informaciones. ¿Sabe usted por qué vinieron luego a Monastil, cuando ella tenía sobre los diez años?

—Sí. Mi abuelo era de allí; mi abuela, de Valencia capital. Sus padres no querían que se casaran porque, al parecer, él no era más que un agricultor mientras que ella y su familia eran digamos de clase media. Creo que mi bisabuelo era funcionario de Correos y vivían bastante bien. Pero debieron enamorarse perdidamente y acabaron casándose contra la voluntad de la familia. Mi abuela Clara se fue al pueblo de su marido y al cabo de un par de años, cuando una helada les mató todos los naranjos y los almendros, se fueron a Francia. Mi madre, que debía de tener unos meses, se crio allí hasta que, no sé por qué, decidieron regresar a España y se instalaron aquí.

—Entonces, doña Ofelia hablaba francés —comentó Sandra, sorprendida. De algún modo, no se le habría pasado por la cabeza imaginar a una mujer que podría ser su bisabuela hablando otro idioma además del propio.

—Perfectamente, aunque no solía comentarlo. Esa fue una de las cosas que ayudó al principio a que conocieran nuestros zapatos en el extranjero: que ella podía tratar directamente con los clientes.

—He visto que se quedó huérfana muy joven...

—Sí. Perdió a su madre sobre los diez o doce años, y debió de ser terrible porque nunca hablaba de ello.

—¿No solía hablar de las cosas malas?

—No. Mi madre no hablaba casi nunca del pasado. Estaba obsesionada con el futuro, con el progreso. Por eso nos fue tan bien, porque apenas se enteraba de algún adelanto ya estaba probándolo, y siempre fuimos los primeros en todo. No le importaba correr riesgos. Para eso era muy poco femenina.

—¿Me lo explica? —preguntó enarcando una ceja.

Don Luis soltó una breve carcajada.

—Ya está usted pensando que soy un machista; y lo mismo tiene razón considerando cuándo y dónde me crié... pero no es cierto. Lo que pasa es que eso de «poco femenina» era algo con lo que mi madre tuvo que enfrentarse toda su vida. Piense que siempre se movió en un mundo de hombres y no tuvo más remedio que ir endureciéndose para que la tomaran en serio, pero llegó a ser la primera presidenta de la Asociación Nacional de Fabricantes de Calzado, lo que no es ninguna tontería. Y, si hubiese querido, habría sido alcaldesa, o diputada, pero nunca le interesó la política. Al menos no directamente.

Sandra no preguntó, pero se quedó mirando a Luis esperando que se explicase un poco más.

—Antes o después alguien le dirá que mi madre conocía a todos los políticos de la Comunidad Valenciana desde mucho antes de que existiera el estatuto de autonomía, y no sólo a nivel local o autonómico. También tenía muchas amistades en Madrid: diputados, ministros, banqueros, constructores... Tenía mucha influencia, sí; prácticamente todos, de jóvenes, pasaron por sus manos a pedir dinero o apoyo para su campaña, o a preguntarle sobre ciertos asuntos, o... ya sabe... había que contar con doña Ofelia.

—Suena casi mafioso.

Ahora don Luis sí que se rio abiertamente.

—Eso es justo lo que seguro que alguien le dice tarde o temprano: que mi madre estaba metida en todo tipo de negocios sucios, que a ver, si no, cómo podemos habernos hecho tan ricos... ese tipo de cosas. Pero no hay nada, se lo digo yo. Todo lo que tenemos lo hemos conseguido con mucho trabajo, y algo de suerte, claro. La suerte siempre es un factor importante.

—Usted me iba a contar sobre doña Ofelia. ¿Qué le parece si empezamos por sus primeros recuerdos?

—¿Los míos?

—Claro —Sandra sonrió, se echó hacia atrás en el sillón y se acomodó con un puñado de pistachos en el cuenco de la mano, como si estuviera viendo una película. Don Luis carraspeó y se arregló el foulard de seda que llevaba metido en el pico del jersey.

—Recuerdo a mis padres como un matrimonio sólido, muy

bien avenido. Muy trabajadores los dos. Yo fui el único hijo. En casa no se hablaba de eso, pero me figuro que no podrían tener más, por lo que fuera. Siempre me sentí querido y apreciado por los dos, aunque si soy sincero, mi padre era más cariñoso que mi madre. Ella era la que más pensaba en la fábrica, la que más se movía… empezó a viajar siendo yo muy pequeño. Iba a ferias, a visitar proveedores, clientes importantes… de todo. También hay que decir que mi padre enfermó de tuberculosis cuando la guerra y, a pesar de que se suponía que se había curado, siempre tuvo los pulmones débiles y ya ve lo joven que murió. Tenía quince años cuando me quedé sin padre. Él no llegó a los cuarenta y seis.

—Y su madre ¿no volvió a casarse?

El hombre movió la cabeza negativamente.

—Creo que mi madre siempre fue mujer de un solo hombre. Se querían, llevaban una vida feliz, mi padre nunca le prohibió nada… no me mire así, en aquellos tiempos un marido podía prohibirle cien cosas a su mujer, luego le cuento si quiere. El caso es que la idea de casarse de nuevo era arriesgada. Ella tenía una fábrica que iba cada vez mejor, su libertad, su hijo… ¿para qué iba a poner en peligro todo eso? Viajaba mucho, tenía a sus amigas, luego empezamos a construir este chalé, a relacionarnos con los clientes americanos…

—¿Y ella no tuvo ni siquiera… alguna… aventura?

—Sandra no sabía hasta qué punto podía entrar en ese tipo de temas, pero decidió probar. Si él se cerraba, quedaría claro dónde estaba el límite.

—La verdad, Sandra, ni lo sé ni me importa. Hay cosas que los hijos no contamos a nuestros padres y cosas que los padres no cuentan a sus hijos. Yo creo que está bien así; son asuntos privados. ¿Saben sus padres cuántas relaciones ha tenido usted? Y no me refiero a novios oficiales, sino más bien a… ya sabe… rollos de una noche… aventuras, por usar la palabra que usted ha elegido.

Mortalmente fastidiada, Sandra notó que se sonrojaba, de modo que trató de cubrir su turbación con una sonrisa y un manoteo.

—No, claro.

—Pues pensamos lo mismo. Además de que no me parecería bien que en el libro que llevamos entre manos hubiese un capítulo, por corto que fuera, dedicado a los posibles escarceos de una señora viuda y, por tanto, libre de hacer lo que le pareciera.

—Perdone, don Luis.

—No, mujer, si no me ofendo. La verdad es que me alegra muchísimo que seamos capaces de hablar con tanta franqueza.

En ese momento se oyó la cerradura de la calle y medio segundo después una voz masculina.

—¡Luis! Soy yo. ¿Dónde estás?

—Pasa, pasa, Alberto. Estamos en la biblioteca.

Un hombre delgado y fibroso, vestido con vaqueros azules y americana negra sobre una camiseta azul plomo de cuello a caja y una bufanda suelta, apareció en la puerta del cuarto. Llevaba el pelo corto y una barba bien recortada; su nariz era excepcionalmente recta y sus ojos oscuros tenían una mirada penetrante que asustaba un poco hasta que su sonrisa venía a disipar la primera impresión.

—Hombre, tú debes de ser la famosa biógrafa de la que tanto habla Luis —dijo, acercándose a ella con la mano tendida.

Sandra se levantó, regando al hacerlo la alfombra de cáscaras de pistacho, y se estrecharon la mano. Luego Alberto se acercó al sillón de Luis y lo besó cariñosamente en la mejilla mientras ella recogía apresuradamente las cáscaras.

—Suena fatal eso de «biógrafa» —comentó ella, sentándose de nuevo, después de haber echado las cáscaras en el cuenco.

—Pues a Luis le sienta de maravilla. Fíjate cómo le brillan los ojos. ¿Molesto? —preguntó, ya a medias de servirse un whisky, a pesar de que los cubitos de hielo se habían derretido hacía tiempo.

—No, hombre. Lo más que puede pasar es que te aburras. Todo lo que le estoy contando a Sandra son cosas que ya sabes. ¿Ha surgido algo en la fábrica?

—Tranquilo. Sin novedad en el frente. Sólo he venido un momento a ver cómo estabas porque esta noche ceno con los de Barcelona y no podré pasarme después.

—¡Ah! Dale recuerdos a Blay y dile a su hijo que si nos vuelve a gastar otra putada como la del año pasado con los zapatos de fiesta, es la última vez que les servimos.

—No sufras. Lo tengo todo controlado. ¿Por dónde vais?

—Por la muerte de mi padre.

—Yo no lo conocí —explicó Alberto mirando a Sandra—. Empecé en la empresa en 1986. Da miedo decirlo, pero es que era apenas un chaval recién salido de la universidad con mi título de empresariales bajo el brazo y sin la más remota idea de cómo llevar una empresa en la práctica.

—Por eso te hice empezar por abajo, para que aprendieras de verdad.

Alberto sonrió y se acabó el whisky en un par de sorbos rápidos.

—Tengo que irme ya, pero me voy tranquilo porque sé que lo estás pasando muy bien —dijo, guiñándole un ojo a su socio—. Espero que volvamos a vernos, Sandra. Estaría bien que vinieras a la fábrica un día de estos a hacerte una idea de lo que Ofelia levantó.

—¿Usted la conoció, verdad?

—Claro. Y no me hables de usted. Tampoco soy tan viejo. Ni tan clásico como Luis. Yo conocí a la tía Ofelia de toda la vida. Mi padre era Ángel, su hombre de confianza. Por eso aquí somos todos casi familia.

—¿Te importaría que te hiciera una entrevista?

—No sólo no me importaría sino que lo estoy deseando. Es la primera vez que me hacen una entrevista, dejando aparte las presentaciones de las colecciones importantes. ¿Te va bien pasado mañana?

—Cuando quieras tú. Yo soy más flexible.

—Apúntate mi número, hazme una perdida y te llamo yo para quedar.

Sandra y Luis se quedaron mirándolo mientras cruzaba la habitación hasta el vestíbulo; allí lo oyeron intercambiar unas palabras con Carmela y después el ruido de la puerta al cerrarse. Alberto era una de esas personas que dejan una ausencia perceptible, como si las luces hubiesen bajado de intensidad.

—¿Dónde estábamos? —preguntó Sandra al cabo de unos momentos.

Justo cuando Luis estaba a punto de contestarle, sonaron unos golpecitos en el marco de la puerta y un chico fuerte, de pelo enmarañado y barba oscura, se los quedó mirando.

63

—¿Molesto, don Luis? Es la hora de los ejercicios…

—¡Vaya por Dios, qué fastidio! Sandra, este es Diego, mi fisioterapeuta, o mejor dicho, mi torturador.

Los jóvenes se sonrieron. Sandra se levantó y empezó a recoger sus cosas.

—Los dejo, entonces. ¿Qué tal si vuelvo mañana, don Luis? Pero un poco antes, para que no se nos vaya el tiempo.

—La espero a las cuatro. Trataré de hacerme un guion de lo que quiero contarle, ¿le parece?

—Perfecto.

Con una última sonrisa dirigida a los dos hombres, Sandra se colgó la mochila al hombro y salió de la casa.

8

*D*urante la cena, Sandra no paraba de darle vueltas a la conversación con don Luis, a su atrevimiento al preguntar sobre posibles amantes de doña Ofelia, a la reacción de él dejándole bien claro que ni sabía ni quería saber.

A lo largo de su vida universitaria había escrito un montón de trabajos sobre todo tipo de temas, pero nunca había hecho nada biográfico y ni siquiera se había planteado realmente lo que le esperaba al aceptar aquel encargo. No podía evitar ir interesándose poco a poco por la persona cuya biografía iba a escribir, pero una vida está hecha de mucho más que actos que pueden resumirse en éxitos y fracasos. Una vida, si uno quiere ser lo más preciso posible al reflejarla y explicarla al lector, tiene que englobar necesariamente los sentimientos de la persona cuya semblanza se pretende hacer: hay que presentar su actitud frente a los padres, los hijos, los amigos, los empleados, hay que esbozar sus posiciones políticas y religiosas, sus reacciones a ciertos hechos históricos que le tocó vivir. Y en la vida de doña Ofelia no habían faltado precisamente momentos estelares desde el punto de vista histórico. Nacida en 1918, vivió de primera mano la guerra civil en España, la segunda guerra mundial, toda la posguerra, la construcción del muro de Berlín e incluso su destrucción, la Guerra Fría, la entrada de España en la ONU, la guerra de Vietnam, el *flower power*, la Revolución del 68, el desarrollo del país hacia una equiparación con Europa, el *boom* turístico y el de la construcción, la muerte de Franco, el advenimiento de la monarquía, la transición democrática, el cambio de milenio, el inicio de la era de la informática, la entrada de España en la Unión Europea… Tendría que investigar un poco, pero si la memoria no la engañaba, doña Ofelia habría pasado de ver instalar la electricidad en las casas hasta ver el primer ser humano en la Luna e incluso el milagro de Internet. Por no hablar de todos los cambios que se habrían producido a lo largo de su vida en cuestiones de mentalidad, de gustos, de comportamientos que habían pasado de resultar escandalosos a ser aceptados con absoluta normalidad.

Todo eso no podía estar ausente de una biografía, pero tampoco podía perderse en minucias cuando se trataba de escribir cien páginas en las que se describiera sin sobresaltos la vida de una mujer desde sus humildes orígenes en un pequeño pueblo agrícola hasta el final de su vida, convertida en una empresaria de prestigio y en un pilar de la sociedad.

¿Qué era más importante: ser fiel a la verdad exponiendo las luces y las sombras, o llevar a cabo el encargo de don Luis del modo que él esperaba?

—Estás muy callada, nena —dijo Miguel, después de cruzar una mirada con su mujer—. ¿Problemas con el trabajo?

—No, papá. Es que cada vez me interesa más la figura de doña Ofelia, pero cada vez tengo más claro que no voy a poder mostrarla de verdad como era.

—Bueno, a mí eso siempre me ha parecido bastante evidente. Es como cuando quieres describir un lugar en el que has estado y, por mucho que te esfuerces, cuando otra persona va al mismo sitio nunca encuentra lo que tú has descrito.

—Además, cada uno es diferente según para quién —intervino la madre.

—Un poco sí, claro —concedió Sandra— pero en el fondo uno siempre es el mismo, ¿no? A menos que tenga algún terrible secreto que ocultar y se pase la vida disimulando.

—No hace falta guardar secretos horribles. Mírame a mí —empezó a explicar Ana—, tú me conoces desde el punto de vista de hija. Sabes que, por lógica, yo también he sido una chica joven, pero no te lo puedes creer realmente. Para ti siempre he sido mayor, alguien que tiene o ha tenido autoridad sobre ti, alguien contra quien hay que rebelarse para poder ser tú misma. Estoy segura de que tu padre no me ve así. Y tu abuela, mi madre, tampoco me vio así nunca. Sin embargo yo soy eso y más cosas. También soy lo que mis compañeros de trabajo contarían sobre mí, y los vecinos, y los que venden en el mercado, a los que llevo toda la vida comprándoles las patatas y los fiambres. Hay cosas que ellos creen saber sobre mí, porque se las he contado, pero sólo cuento lo que quiero que sepan, claro. No voy a ir por ahí enseñando lo más íntimo de mis sentimientos y pensamientos. Es lo que hacemos todos en general. Los hay más y menos abiertos, pero hay cosas que no enseñas hacia fuera, y cosas que nadie sabe de ti.

—Hoy le he preguntado a don Luis por qué su madre no volvió a casarse, si tuvo amantes después de viuda.

Miguel empezó a reírse bajito.

—¿Y no te ha echado aún? —preguntó.

—No. Dice que se alegra de que podamos hablar con tanta franqueza, pero me ha dejado muy claro que no quiere que investigue por ese lado.

—Lógico —dijo Ana.

—¿Por qué «lógico»?

—Porque él te paga para que escribas algo con la intención de que la admiren, algo público, para gente que no forma parte de un círculo íntimo.

—Entonces ¿tengo que mentir? —Su voz ya empezaba a sonar agresiva.

—No. Tienes que omitir, suponiendo que haya cosas que nadie tiene por qué saber. De todas formas, en una biografía la mayor parte es omisión. No puedes contarlo todo. Sería aburridísimo para el lector. Tienes que centrarte en los momentos estelares de la vida desde el punto de vista que te hayas fijado; en este caso la idea es hacer brillar a doña Ofelia como una gran mujer, pionera de la industria del calzado y de la moda. Lo demás ni cuenta ni importa.

—¡Hay que ver qué claro lo tienes todo, mamá!

—Es que he leído muchas biografías en esta vida. Estoy tratando de ayudarte para que no te pierdas en vericuetos innecesarios.

—Gracias, pero es asunto mío.

—Como quieras.

Hubo un silencio tenso hasta que Sandra preguntó:

—¿Tú no dices nada, papá?

—Yo creo que tu madre tiene razón esta vez, pero el problema es tuyo y lo resolverás a tu manera. Si quieres hablar, aquí estamos, pero luego no te quejes de que te demos nuestra opinión.

—Vale. Comprendido. —Sandra se esforzaba por no mostrar el enfado que sentía para que no volvieran a decirle que su actitud era infantil, pero de hecho lo que más le habría apetecido habría sido pelearse abiertamente con sus padres que, a sus casi treinta años seguían empeñados en decirle lo que tenía que hacer—. Me voy a dar una vuelta, a ver si veo a alguien.

—¿Has llamado a algún amigo? —preguntó Ana cuando ella ya estaba en la puerta de la cocina.

—Ninguno vive ya aquí. Salgo a ver si hay suerte y me encuentro con alguien conocido, del instituto o así.

—¿No has llamado a Milio? Él sí que vive aquí.

Sandra soltó un bufido.

—Hace dos años que lo dejamos, mamá.

—Pero para tomar una copa… Así tendrías con quién hablar…

—Déjala en paz, Ana. Anda, hija, vete a tomar un rato el aire.

Cuando se quedaron solos, los padres se miraron, preocupados.

—No sé si ha sido una buena idea esto de la biografía —dijo Miguel. Ella se encogió de hombros mientras, entre los dos, terminaban de recoger la mesa y de dejar la cocina arreglada.

—Sandra siempre ha sido así. Primero pregunta, medio desesperada, y cuando le das una respuesta, la que sea, siempre está en contra. ¡Tengo unas ganas de que encuentre a un hombre que la aguante!

Miguel le pasó el brazo por los hombros.

—Anda, vamos a ver un capítulo de alguna serie y a la cama. Nuestra hija es adulta. Ella sabrá lo que hace.

—Ese es precisamente el problema, que no lo sabe.

—¿Lo sabías tú a su edad?

—A su edad yo ya tenía un hijo y estábamos pensando en tener otro; teníamos una hipoteca que pagar y estaba tratando de centrarme en mi trabajo para ver de sacar la plaza. Yo no tenía tiempo para darle vueltas a cuestiones académicas.

—Es otra generación.

—Ya.

—Nosotros hicimos más o menos lo mismo que nuestros padres: buscar un trabajo, casarnos para toda la vida, tener hijos y criarlos. Ellos ya no.

—¡Y así les va!

—Tú eres la historiadora.

—De la literatura.

—Ya. ¿No te acuerdas de que me has contado mil veces que hay montones de textos clásicos donde los ancianos se quejan de que la juventud está perdida y que todo se está yendo a pique? Eso se dice desde que el mundo es mundo y de alguna forma la especie siempre consigue sobrevivir.

—¡Cómo se nota que eres biólogo!

—¿Por lo de la supervivencia? —Le guiñó un ojo y la besó en el pasillo—. Nosotros hemos puesto de nuestra parte: dos hijos. Hemos cumplido con la supervivencia de la especie. ¡Anda, vamos a tomarnos algo y a la cama!

69

Padres e hijos

$\mathcal{N}$o hay relación tan íntima ni relación tan difícil. Una cadena de oro hecha de amor y de miedo, de palabras, de caricias, de preocupaciones, de esperanzas.

Desde que nace una criatura, o desde el momento en que sabes que esa criatura va a ser tu responsabilidad, empiezan a establecerse unos lazos que pueden ser tu vida o tu muerte, tu salvación o tu perdición, porque son para siempre y, aunque has elegido ese compromiso, no sabes con quién. Incluso si lo has engendrado tú, si lo has concebido y llevado diez lunas en tu seno, no sabes quién es.

Ni eliges a tus padres ni eliges a tus hijos. Ni siquiera has sido elegido para ser una cosa o la otra. Todo ha sido producto del azar, de un accidente biológico —ya que, aunque se trate de un hijo muy buscado y deseado, el hecho de la concepción de ese ser en concreto es un accidente biológico— y no sabes si te va a gustar esa hija en concreto, ese hijo, esa madre, ese padre. Lo vas a querer, tanto la biología como la sociedad te empujan a ello, pero no es seguro que vaya a gustarte, porque eso depende de otros factores —la afinidad de carácter, los gustos y aficiones, a veces incluso el timbre de la voz— que no siempre puedes influenciar, por mucho que se hable de la educación y el ejemplo.

Los padres —y al decir «padres» me refiero también a parejas no heterosexuales o a personas sobre las que ha recaído el cuidado y educación de una criatura, tradicionalmente tías o abuelas o viudos—, en circunstancias ideales, hacen todo lo que está en su mano para alimentar, proteger y preparar a los niños para enfrentarse con el mundo, pero hay muchas formas de hacerlo. Algunos piensan que si les avisan a tiempo de los peligros o de las decepciones que les esperan pueden entrenarlos para sufrir menos. En consecuencia, les dicen que el mundo es malo, peligroso, cruel… que casi nunca se cumplen las ilusiones, que no hay que desear demasiado, que al final siempre se fracasa, que el amor no existe o que tiene fecha de caducidad.

Otros dicen a sus hijos que el mundo es un lugar agradable, que la gente es buena, que si trabajas y te esfuerzas puedes conseguir lo que deseas, que el amor es real y puedes encontrarlo; que, si los dos quieren, todo puede ser; que a veces las cosas salen mal, pero pueden salir bien.

Hagan lo que hagan los padres bienintencionados —no se trata ahora de las personas violentas, agresivas, maltratadoras que no deberían tener jamás la responsabilidad de otro ser vivo— siempre se equivocan en algo, siempre reciben antes o después los reproches de los hijos por haber sido demasiado duros, o demasiado tolerantes, o haber hablado poco o mucho, o haber callado cosas que podrían haberles ayudado o haberles dicho otras que les hicieron daño.

Cuando los hijos llegan a la edad de necesitar —a veces desesperadamente— saber quiénes son, sienten con frecuencia el impulso irrenunciable de separarse física o psíquicamente de los padres, demostrar que no los necesitan, que ellos son diferentes, mejores, independientes. Precisamente porque tienen miedo de no serlo y tienen que probárselo a sí mismos. En muchos casos empiezan entonces a atesorar secretos, a negar a los padres el acceso a su vida, igual que los padres les negaron durante tanto tiempo el acceso a las «cosas de mayores». Ahora son ellos los que callan y los padres los que se encuentran frente a un muro infranqueable que les asusta porque no saben qué han hecho para merecerlo.

El sexo es uno de estos caminos secretos a los que ni los unos ni los otros quieren abrir la puerta; un camino hecho de sombras y silencios, de inseguridad, de miedo.

La relación entre padres e hijos está hecha de amor, pero también de miedo. Piénsalo. Miedo a no hacerlo bien. Miedo a no ser bastante. Miedo a la muerte de quien amas —de tus padres, de tus hijos— a su enfermedad, a su dolor. Miedo a defraudarlos. Miedo a depender de ellos. Miedo a que te cierren el acceso a su vida. Miedo a que dejen de quererte. Miedo a que no te necesiten. Miedo a necesitar. Miedo a que sepan quién eres realmente y no les guste. Miedo al rechazo. Miedo a la soledad. Miedo al futuro, el terrible e incontrolable futuro.

(Fragmento de *La memoria es un arma cargada de coartadas. Recuerdos y reflexiones*, de Selma Plath, 1979)

9

*S*andra caminaba con las manos en los bolsillos del abrigo, la cabeza baja y los pensamientos acumulando vapor en su interior como en una olla exprés con la tapa cerrada. Encontraba oscuramente gracioso volver a sentirse así, como se recordaba de los quince o dieciséis años, desesperada por marcharse de allí para ir a algún lugar que valiera la pena, un lugar donde no estuviera siempre agresiva, enfadada, con ganas de pelearse con alguien.

La diferencia desde entonces es que ahora sabía que el lugar no tenía mucho que ver; que el sentirse en paz o en guerra era algo que se llevaba por dentro, que tenía que ver más con una misma y sus expectativas que con el punto geográfico en el que se encontrara.

Vivir en Valencia y después en Madrid no le había mejorado el carácter ni le había hecho sentirse más en paz consigo misma; más bien al contrario, ya que, sobre todo en Madrid, había mucha más gente con la que compararse y quedar por debajo, gente de su edad que tenía trabajos estables dentro de su especialidad, una pareja de varios años, unos proyectos de vida firmes, un piso propio… todo lo que ella no había conseguido.

Oyó la voz de su madre añadiendo «aún», «todo lo que aún no has conseguido» y tuvo que esbozar una sonrisa torcida. Era más que posible que su madre tuviese razón. En una época en la que la vida media de una mujer alcanzaba los ochenta y siete, tener veintinueve años no era demasiado. Cabía la posibilidad de que las cosas mejorasen. Sólo que en ese preciso instante no conseguía verlo de modo positivo.

Se esforzó, mientras seguía caminando cuesta abajo sin saber demasiado bien adónde se dirigía, y empezó a confeccionar una lista mental de las cosas buenas de su vida: «Eres joven.» *Relativamente.* «Sana.» *Vale.* «Aceptablemente inteligente y con un currículo presentable.» *Según a qué me presente.* «Escribes bien.» *Para lo que me sirve...* «Atractiva.» *¿Y por qué no he encontrado aún al hombre de mi vida?* «Simple mala suerte, tampoco has tenido tantos.»

Pensó en Milio y como siempre sintió una mezcla de nostalgia y sentimiento de culpa. Habían estado juntos casi cuatro años, aunque el último ella había seguido en Madrid y él, al terminar la carrera, había conseguido trabajo en Alicante y había vuelto a vivir en el pueblo, esperando que ella terminase también pronto y volviera. Se llevaban bien, lo pasaban bien juntos, podían imaginarse un futuro común, pero había un obstáculo que ninguno de los dos había conseguido salvar y habían preferido dejarlo.

Apartó los pensamientos porque no quería volver a caer en el mismo carrusel mental. El Horas muertas seguía existiendo y sin pensarlo más empujó la puerta y entró. No habría más de una docena de personas y todos se volvieron un instante a ver quién era. No había nadie conocido.

Se acercó a la barra pensando si pedir algo y llevárselo a una mesa o quedarse allí mismo. Si se iba a una mesa, acabarían pensando que tenía una cita y la habían dejado plantada. Si se quedaba en la barra, pensarían que buscaba plan. ¡Qué manía de estar siempre dándole vueltas a lo que los demás, incluso los perfectos desconocidos, pudieran pensar de ella!

—¿Qué te pongo? —preguntó el barman, un chico de su edad pero ya bastante calvo y con una barriga considerable.

—Un gin-tonic, por favor. De Bombay Saphire y Nordic-Mist.

Sin comentarios, un momento después tenía frente a ella lo que había pedido. ¡Cuánto habían mejorado las cosas en su pueblo! Se acordaba aún de cuando, a los diecisiete años, después de haber pasado el verano en Inglaterra, pidió un té con leche y le pusieron delante una taza de leche hirviendo con una bolsita dentro.

—¿Eres Sofía, la que escribe sobre doña Ofelia?

La voz masculina tras ella la sobresaltó. Se volvió y allí estaba el fisioterapeuta de don Luis, sonriéndole.

73

—¡Hola! Sí, soy yo, pero me llamo Sandra.

—Perdona, tía. Soy horrible para los nombres. ¿Me dejas que te invite a eso? —Señaló el gin-tonic. Ella asintió, y en cuanto se acercó el barman dijo—: Lo mismo.

Media hora después Diego ya le había contado lo que se aburría en Monastil, lo tiránico que podía ser el viejo y la generosidad que le había demostrado al prestarle sin condiciones la casa de su infancia.

—Lo que pasa es que aquello parece el túnel del tiempo, tía. Hay veces que da miedo, te lo juro. Todo está como en los años sesenta o así. Parece que cuando se construyeron el chalet donde viven ahora no se llevaron ni un alfiler de la casa. Va una mujer una vez por semana y lo tiene todo limpio.

—Suena superatractivo.

—Pues, si quieres, te hago una visita guiada en cuanto tú digas.

—Le preguntaré a don Luis. Para el libro sería muy importante que me haga una idea de cómo vivían, de sus gustos, de su evolución.

—Figúrate, tía, hasta los armarios están llenos de su ropa.

—¿De la de don Luis?

—No, mujer, de la de su madre.

—O sea, que ya has estado husmeando por allí —dijo Sandra.

Diego le lanzó su sonrisa luminosa y se encogió de hombros.

—El viejo me dijo que dejase en paz el piso de arriba, donde están los dormitorios, pero te confieso que me picaba la curiosidad y, como no he hecho más que mirar y él no se va a enterar de todas formas…

—¿Y no lo encuentras poco ético?

El muchacho volvió a encogerse de hombros.

—Pues no mucho, no, la verdad. No he hecho mal a nadie, tía.

—¿Por qué no vives en el chalet? Aquello es grandísimo y así estarías más a mano.

Diego le dio un par de vueltas a su vaso.

—Me lo ofreció, pero me agobiaba la idea de estar siempre allí, de que pudiera llamarme a media noche, como hace a veces con Carmela cuando se le ocurre de pronto que le apetece un sándwich o una infusión. Me he dejado deslumbrar por el sueldo y ahora empiezo a pensar que no tendría que haber aceptado, pero ya no queda mucho. Para Navidad se acabó. —Se dio cuenta de la expresión en el rostro de Sandra y preguntó—: ¿A ti te ha pasado igual?

Ahora fue ella la que se encogió de hombros.

—Un poco. El sueldo me decidió, como a ti. Y no te creas, el trabajo me gusta. Sólo que no sé si seré capaz de hacer lo que él quiere.

—¿Por qué no?

—Porque yo también tengo mis opiniones, mi concepto de lo que hay que hacer y mis principios éticos.

—¡Joder, tía! Ya estamos otra vez con la ética…

—Pues sí. Y si encuentro algo que me parece que debe formar parte de la biografía y él no quiere…

——Lo quitas.

——No.

—Entonces te despedirá y contratará a otro. ¿A ti qué más te da? Mira, yo todo lo que he oído de doña Ofelia viene a resumirse en que era un bicho, que todo el mundo le tenía miedo, que siempre hacía su santa voluntad, que tenía a su hijo en un puño, que sólo se llevaba realmente bien con Ángel, su ahijado y guardaespaldas…

—¿Guardaespaldas? —se le escapó. Todo aquello que le estaba contando Diego era nuevo para ella y había empezado a escandalizarla.

—Por lo que yo he oído, a lo largo de los últimos treinta o cuarenta años la buena mujer tuvo sus más y sus menos con la mafia rusa de aquí, del Mediterráneo, y en esas circunstancias era fundamental tener un chófer y mano derecha que supiera usar una pistola y dar de hostias a quien hiciera falta.

—Pero… pero si no era más que la dueña de una fábrica de calzado, por dios. Eso era lo que tenía.

—Y tropecientos mil negocios, tía. Sobre todo de construcción. Y hay quien dice —añadió bajando la voz— que también estaba metida en cosas de puticlubs de alto nivel y cosas parecidas. Como socia capitalista, claro. A ver, tía, ¿por qué te crees que don Luis tiene tanto empeño en lavar su nombre, en que quede para la posteridad como un ángel de Dios?

Sandra se había quedado sin habla. Tomó un par de tragos de su gin-tonic antes de volver a hablar.

—Daba mucho dinero a todo tipo de obras caritativas, estaba metida en todas las asociaciones habidas y por haber…

—Claro, tía. Hay que dar una buena imagen y, de paso, desgravar impuestos. Me juego la mano derecha a que siguen teniendo millones y millones en las Caimán o las Seychelles o en cualquiera de esos paraísos fiscales.

—Joder. Me has dejado planchada.

—Psé. ¿A ti qué más te da? ¿Te apetece otro? —Señaló los vasos vacíos.

—No, gracias. Mañana madrugo y tengo que tener la cabeza en su sitio.

—¿Quieres que te enseñe la casa?

—Cuando hable con don Luis.

—Gallina. Te juro que no te voy a hacer nada.

Sandra sonrió. Le resultaba simpático aquel chaval, a pesar de que sus opiniones no coincidían mucho con las de ella, al menos por el momento, y que estaba empezando a ponerla nerviosa eso de que la llamara «tía» constantemente.

—Mañana o pasado. Estoy segura de que me dirá que sí.

—¿Me estás pidiendo una cita? —preguntó enarcando exageradamente una ceja.

Ella se rio y le devolvió el cumplido:

—¿Qué pasa? ¿No te atreves con una mujer proactiva? ¡Gallina!

Ahora se rieron los dos. Diego pagó los gin-tonics y salieron a la calle.

—Te acompaño.

—No hace falta, son apenas cinco minutos.

—Así hago algo de ejercicio antes de meterme en la cama. No tengo costumbre de trabajar tan poco, tía. Pensé que sería estupendo y ahora resulta que echo de menos mi vida normal, el ir siempre loco de acá para allá, el acabar destrozado al final del día.

—Podrías hacer un master *online* o alguna formación especial.

Él se detuvo y la miró como si se hubiese vuelto loca.

—Yo ya he estudiado todo lo que pienso estudiar en mi vida. Ni una línea más.

—¿Y eso?

—A mí nunca me ha gustado estudiar, tía. Hice esto para poder ganarme la vida, pero leer y aprender me parecen un coñazo.

—Vaya.

—Vaya, ¿qué?

—Que yo no me puedo imaginar nada mejor.

—Pues sí que eres rara, tía. Toda la gente que conozco es como yo.

A punto ya de contestar lo mismo, que toda la gente que ella conocía era como ella, se dio cuenta de que no era verdad y se calló. Por eso se sentía siempre tan fuera, tan rara, tan no perteneciente a nadie ni a nada, precisamente porque la mayor parte de las personas que conocía no eran como ella.

Caminaron unos minutos en silencio hasta llegar a su puerta.

—Me alegro de haberte encontrado —dijo Diego—. No sabes lo que puedo llegar a aburrirme aquí por las noches, tía. ¿Te parece que quedemos mañana? Podríamos ir primero a cenar y luego a tomar algo como hoy.

—De acuerdo. Yo también me aburro horriblemente, y eso que es mi pueblo. ¿Cuándo quedamos? Y ¿dónde?

—En La mamita, si quieres. Se come bien y hay buen ambiente. ¿A las nueve? —Se dio cuenta de que algo la había sorprendido y añadió—. Sí, ya sé que es pronto, pero así nos dura más. Como te retiras tan temprano…

Sandra miró el reloj y vio que eran las doce menos veinte. La verdad era que aún podrían haber ido a tomar otra copa, pero ahora no quería que pensara nada raro, de modo que se limitaron a intercambiar los números de móvil y se despidieron con dos besos hasta la noche siguiente.

Ofelia Arráez era una mujer impresionante. Yo la conocí a los quince años, cuando empecé a trabajar en la Feria del Calzado, de azafata, en 1972. Entonces ella debía de tener sobre los cuarenta y tantos, y era la única mujer empresaria, dueña de una fábrica con cientos de operarios. Era como una artista de cine, modernísima, vestida como en las películas. Me acuerdo de que fumaba con boquilla y entrecerraba los ojos cada vez que daba una calada mientras te miraba de arriba abajo para ver si habían hecho bien al elegirte. Fue ella la que se empeñó en que todas las azafatas fuéramos capaces de entendernos en otro idioma, además del español. Decía que no estábamos allí de decoración, que lo de ser monas estaba bien, pero lo importante era que fuéramos inteligentes y finas. Odiaba la vulgaridad y el provincianismo, me acuerdo muy bien.

Ella no nos elegía, claro, tenía cosas más importantes que hacer, pero todo el mundo le pedía opinión para todo y, como la Feria era una cosa crucial para nuestro pueblo, lo que nos estaba haciendo famosos en España y el extranjero hasta que se hizo tan grande que Madrid nos cogió envidia y se la llevaron, pues claro, le pidieron a doña Ofelia que se pasara por allí el día en que las aspirantes nos presentábamos —ahora lo llamaríamos casting— para que diera su visto bueno.

Como mis padres habían sido emigrantes en Suiza, yo hablaba francés y eso le gustó; por eso me eligieron, a pesar de que había chicas más altas y más guapas que yo, incluso mayores, ya de dieciocho y veinte años. Me dio su tarjeta de visita —era la primera vez en la vida que alguien, y más una mujer, me daba una tarjeta de visita— y me dijo que si alguna vez la necesitaba, que no dudara en llamarla.

La guardé entre las páginas de mi diario y dos años después, cuando terminé el COU y mis padres me dijeron que no estaban dispuestos a gastarse dinero en que yo fuera a la universidad, que lo que yo tenía que hacer era colocarme en alguna fábrica, o en un banco si lo conseguía, y empezar a buscarme un marido, me armé de valor, llamé a doña Ofelia y le conté la situación. Me preguntó por mis planes, le conté que quería estudiar derecho y, después de hablar con mis padres y de ver mis notas, decidió becarme —al menos así lo llamó ella entonces— y mandarme a Valencia. El trato era que cuando me licenciara trabajaría para ella un par de años para devolverle lo que había invertido en mí. Mis padres estaban encantados de que me hubiera convertido en la protegida de doña Ofelia, la mujer más rica del pueblo; por eso fue un drama cuando, a punto de terminar tercero de derecho y después de tres años actuando en un grupo de teatro de aficionados, me presenté a los exámenes de ingreso de Arte Dramático, sin decírselo a nadie, me admitieron, y me presenté en el despacho de doña Ofelia para decirle que estaba dispuesta a trabajar en su fábrica todos los veranos que le parecieran necesarios para pagarle lo que había invertido en mí, pero que ya no iba a ser abogado, que iba a ser actriz.

Recuerdo con toda claridad la situación: yo, nerviosísima, pero dispuesta a no dejarme liar para cambiar de opinión, esperando a que me recibiera en su despacho de la fábrica principal, en un bloque de oficinas recién construido y amueblado al estilo escandinavo, que en la época era algo que aún no se había visto por aquí y que era como estar metida en el set de una película, con un montón de secretarias arregladísimas y hombres trajeados.

Doña Ofelia abrió ella misma la puerta de su despacho y me invitó a pasar. No se me olvidará en la vida. Iba vestida con un traje de chaqueta y pantalón de tela vaquera pero cortado por un magnífico sastre, con bordados de flores en los bajos y las solapas. Una camisa de seda que jugaba con los mismos colores completaba el conjunto. Los zapatos de plataforma y la melena cardada le hacían una cabeza más alta que yo. Ahora que lo pienso, doña Ofelia siempre parecía como sacada de una película, como si no formara parte de la misma realidad que los demás, y eso era lo que le daba ese aura intimidante que unos llamaban arrogancia y otros distanciamiento, frialdad, sofisticación, falsedad… he oído muchas cosas diferentes a lo largo de la vida.

En fin… Tardé un par de minutos en ser capaz de decirle lo que quería y, cuando terminé, pensé que me iba a decir lo mismo que mis padres, que era idiota además de desagradecida, y que tendría que devolverle cada peseta que había invertido en mi formación.

Me miró en silencio durante un buen rato fijándose en todo: el vestido medio hippy de florecillas que llevaba, la melena lisa con dos trencitas interiores en los laterales, la estrella violeta que me había pintado en el pómulo, las botas camperas que llevaba noche y día… y al final sólo me preguntó:

—¿Por qué quieres dejar de estudiar derecho?

Lo había pensado mucho y me había preparado muchas respuestas lógicas y sensatas que pudieran mostrarle que no estaba tan loca como mis padres decían, pero enfrentada a sus ojos, acabé por decir:

—Porque estudiando derecho no soy yo. Yo soy actriz, doña Ofelia; no puedo evitarlo.

Me miró durante otro par de minutos y asintió con la cabeza.

—Uno no puede ir contra su naturaleza, hija. Haz lo que te pida el cuerpo. Tampoco me vas a servir de nada siendo una mala abogada.

No estaba segura de que me estuviera diciendo que podía estudiar lo que quería y ella seguiría manteniéndome como hasta el momento. Por eso insistí.

—Y ¿cómo se lo pagaré cuando termine?

—Entradas gratis en primera fila para todas las obras que interpretes, tanto si son de poca monta como si llegas al Real. Pero tienes que prometerme que harás todo lo que esté en tu mano para ser la mejor. No siempre dependerá de ti; la suerte es importante y eso no lo controlas, pero quiero que cuando te vayas a la cama cada noche cierres los ojos sabiendo que has puesto de tu parte todo lo que tenías. ¿Trato hecho?

Me tendió la mano perfectamente seria y chocamos como si acabáramos de cerrar un negocio importante.

Salí casi flotando del despacho. Ni yo podía creerme cómo había salido todo.

De eso hace casi cincuenta años y nunca me he arrepentido, aunque no he llegado a la fama con mayúsculas, ni me han dado un Oscar ni un León de oro, ni un Goya siquiera, pero he vivido toda mi vida del teatro, he conocido a gente muy interesante y he podido ayudar a otros jóvenes que querían ser actores. Y por supuesto, doña Ofelia tuvo siempre entradas de primera fila y vino a verme muchas veces, desde las primeras representaciones en garajes y teatros de mala muerte de mediados de los setenta hasta las grandes salas de Madrid y Barcelona donde también actué.

Muchos dicen que era interesada y despótica, pero yo lo cuento como lo he vivido. Para mí doña Ofelia siempre fue un hada madrina y le estaré agradecida mientras viva.

(Transcripción de parte de la entrevista realizada a Alicia Soler, actriz. 18 de octubre)

81

10

$\mathcal{D}$espués de otra mañana en la biblioteca, a las cuatro de la tarde, como habían convenido, Sandra estaba de nuevo sentada frente a frente con don Luis, con la grabadora entre los dos y una tetera humeante.

—Si no le importa, Félix me ha dicho que tiene usted una historia estupenda sobre la muerte de su abuelo materno —entró directamente en materia.

—¿No se la ha contado él ya?

Sandra agitó la cabeza en una negativa.

—Me dijo que era usted quien debía contármela.

Don Luis se arrellanó en su sillón, como disfrutando del momento.

—Hemos tenido suerte, Sandra. A mí se me había ocurrido lo mismo y por eso tengo esto a mano. —Se abrió los botones de la chaqueta de punto gris que llevaba sobre una camisa de dibujitos rosados, y, con cierta dificultad, soltó el pasador que sujetaba la corbata violeta y se lo tendió en el cuenco de la mano.

Ella lo recibió cuidadosamente y se quedó mirándolo. Estaba segura de haberlo visto antes en alguna parte, o al menos otra joya que se le parecía mucho, pero no conseguía recordar dónde.

—¿Sabe usted qué es? —preguntó el anciano.

—No entiendo la pregunta. Es una joya muy original que consta de un estrecho cilindro de oro cerrado por una perla redonda.

—No es oro, es latón bañado de oro. La perla es auténtica. Se trata de una vaina o casquillo de bala de una pistola Astra del nueve largo.

Se quedó mirándola con ojos chispeantes, comprobando su confusión.

—¡Qué cosa más curiosa para llevar en la corbata!

—Ahora es un alfiler de corbata, pero durante mucho tiempo fue un colgante que mi madre llevó al cuello durante años. Usted lo ha visto en el retrato que le enseñé el primer día, ¿se acuerda? Me lo regaló por mi sesenta y cinco cumpleaños.

—¿Y forma parte de la historia que me quiere contar? —pregunté, devolviéndoselo. Él se lo prendió de nuevo en la corbata y empezó a acariciarlo distraídamente con el pulgar.

—Esta es la bala con la que mi madre mató al asesino de su padre. De mi abuelo.

A Sandra se le dilataron los ojos. Don Luis estaba disfrutando visiblemente.

—Eran los últimos días de la guerra, aquí en el pueblo. Los rojos sabían que habían perdido y la mayor parte trataba de huir, aunque sabían que había muy pocas posibilidades de salir de España, sobre todo viviendo en esta zona, tan lejos de la frontera. El último gobierno de la República se había instalado aquí cerca, en Elda y en El Poblet, pero estaba claro que tenían los días contados.

Muchos intentaron llegar a Alicante porque se rumoreaba que había aún algunos barcos a punto de zarpar con los que se podría intentar llegar a Marruecos o a Gibraltar o a Portugal y de ahí a América, a México sobre todo. Muchos, sin embargo, sabiendo que la huida era prácticamente imposible, decidieron resistirse a ser detenidos o incluso pensaron que, antes de ser ejecutados, iban a hacer lo posible por llevarse por delante a algunos nacionales que se habían significado por su crueldad.

Los franquistas, que acababan de llegar y habían tomado el mando, estaban muy crecidos sabiendo que pronto tendrían el control absoluto y podrían dar rienda suelta a sus deseos.

Monastil estaba muy revuelto y la mayor parte de la gente de bien se había encerrado en sus casas a la espera de que por la radio se comunicara el fin de la guerra. Piense que le estoy hablando de los últimos días de marzo del 39.

Mi abuelo era falangista y, por lo que he oído, debía de ser un franquista fanático. En Monastil fue uno de los primeros en ponerse la camisa azul. Nunca supe bien qué hizo durante la guerra ni dónde. Sólo sé que se marchó del pueblo y, cuando quedó claro que habían ganado la guerra, regresó, supongo que a «ajustar cuentas». Debía de ser una persona odiosa, ¿para qué nos vamos a engañar? Son cosas que a uno no le dicen a la cara, pero parece ser que mi abuelo fue responsable de muchos de los paseos y asesinatos en las tapias del cementerio ya incluso antes de la guerra, cuando los de izquierdas se metían con los curas y las monjas y los de derechas se dedicaban a «limpiar» el pueblo de rojos. Usted sabe que en esta zona los franquistas no ganaron por goleada como en otras. Quiero decir que hubo represiones y represalias; los muertos no se contaron por miles, como en Andalucía, por ejemplo, pero también hubo gente que hizo mucho daño, entre ellos mi abuelo Mallebrera. Hay que decir las cosas como son.

El caso es que a finales de marzo, sin que nadie haya podido decirme nunca exactamente por qué, hubo un tiroteo en la placeta de la Fraternidad, muy cerca de donde vivían entonces mi madre y mi abuelo. Ella salió de casa al oír los disparos porque sabía que su padre estaba por allí y llegó a tiempo de ver cómo Pascual Hernández, un sastre muy conocido por su ideología socialista, le pegaba un tiro a Francisco, mi abuelo. Las pocas veces que la oí hablar de ello, mamá siempre contaba que no pudo evitarlo, que sin saber lo que hacía, se agachó, cogió la pistola de su padre y le pegó un tiro al sastre, sin más. Entre los ojos. Un falangista se tiró sobre ella para cubrirla del tiroteo que se desencadenó después y al cabo de un par de minutos todo había acabado.

Cuando la levantaron para ver si estaba herida, seguía apretando la pistola en la mano. Se agachó junto al cadáver de su padre, recogió el casquillo de la bala que le había atravesado la cabeza al sastre y se lo metió en el bolsillo del delantal, de recuerdo.

Desde entonces se hizo muy famosa en el pueblo. La huérfana..., ya sabe usted que tenía sólo diez años cuando perdió a su madre, que acababa de vengar a su padre matando a un rojo. Se convirtió en una heroína en Monastil. Incluso salió la noticia en el primer número del periódico local, *El Heraldo del Vinalopó*, en cuanto se normalizó la situación y se retomó su publicación, con otro equipo, claro.

Luego, cuando las cosas empezaron a arreglarse otra vez después de la victoria de los nacionales la trataron bien, le regalaron la casa donde vivía y que aún estaban pagando cuando murió el abuelo, y le dieron una medalla al valor. Mucho después, ya casada con mi padre y cuando empezaron a irles bien las cosas, fue a una joyería a que le hicieran ese encargo y desde entonces llevaba el colgante con mucha frecuencia. Curiosamente, nunca hablaba de él.

Mientras don Luis había ido narrando la historia de su madre, la luz había ido bajando en la biblioteca. Durante unos minutos los últimos rayos de sol habían teñido de naranja y rosa la habitación, para desaparecer dejando sólo una penumbra violeta primero y luego azulada. Sandra casi no le veía los ojos ya.

—¿De él?

—De su padre. Parece que no le gustaba recordar aquello. Y fíjese lo buena que era que, en cuanto tuvo suficiente para vivir, empezó a pasarle una pequeña cantidad a la mujer del sastre, que se había quedado viuda con tres hijos. Decía que ella no tenía la culpa de lo que hubiera sido o hecho su marido muerto y que una madre necesita poder dar de comer a sus hijos.

—Muy generosa, sí.

—Siempre lo fue. Ya ha visto, Alberto es hijo de Ángel. Pues Ángel es hijo de Gloria, también viuda de guerra, que se presentó en casa cuando mis padres estaban recién casados pidiendo por dios un trabajo que le permitiera criar a su hijo. Mi madre necesitaba una mujer para las faenas de la casa y la empleó al poco de acabar la guerra. Desde entonces siempre estuvo con nosotros. Yo llamaba tía a Gloria, y Ángel llamaba tía a mi madre, que era su madrina.

—¿Cómo que doña Ofelia era su madrina? ¿Era recién nacido cuando Gloria llegó a pedir trabajo?

—No, qué va. Tenía ya dos años y medio pero, como su padre era comunista, no lo habían bautizado, así que mi madre lo llevó a acristianar. En aquella época no estar bautizado era peligroso, muy peligroso. Mi padre fue su padrino.

—¿Y usted?

—Yo no había nacido aún. Luego Ángel fue para mí una especie de primo mayor, pero éramos muy diferentes y no hacíamos casi nada juntos, sobre todo ya en la adolescencia.

—Sin embargo, por lo que he oído, Ángel era la mano derecha de doña Ofelia.

Don Luis esbozó una sonrisa vaga.

—Bueno… según se mire. La verdad es que mi madre y

Gloria eran íntimas, Ángel no daba para mucho intelectualmente y, como había que emplearlo en algo, al final lo que mi madre decidió fue ponerlo de chófer, porque a él le encantaban los coches y sabía algo de mecánica. Luego, poco a poco, como la acompañaba a todas partes, claro, fue llevando también otras cosas, encargos, recados, organizar citas… Como la gente los veía siempre juntos pensaban que él era imprescindible, pero ya le digo… nada… todo para que Gloria estuviese contenta y Ángel pudiera vivir bien. Pero era un bala perdida. Dejó a una chica embarazada, se casó, la abandonó a los dos años, volvió a liarse con otra, se divorció en cuanto llegó el divorcio, luego vinieron varias más, al final tuvo a Alberto con una chica estupenda que lo dejó a él… siempre estuvo metido en líos de peleas, de alcohol… le gustaban los puticlubs… ya se hace una idea. La verdad es que al final era bastante vergonzoso; Alberto llevaba años sin hablarle. Pero, como la familia no se elige…

—En este caso sí —dijo Sandra, sonriendo para quitarle hierro a la situación.

—Eligieron mis padres hace mucho tiempo. Cuando yo nací, ya estaba todo elegido y me limité a apechugar con lo que había, como hacemos todos. ¿Ha hablado ya con Alberto?

—No. Hemos quedado para mañana. Me va a enseñar la fábrica y luego iremos a comer y a hacer la entrevista.

—Me habría gustado enseñársela yo, pero me cuesta estar tanto tiempo de pie con este bastón. De todas formas, a lo mejor voy también un ratito y luego ya os dejo tranquilos.

Carmela se asomó discretamente a la biblioteca.

—¿Quieren que dé la luz o están bien así a oscuras?

—Enciende, enciende, Carmela. Ya casi no nos vemos.

Un segundo después, ambos parpadeaban bajo las intensas luces que Carmela había encendido y que, de un momento a otro, habían hecho desaparecer toda la sensación de mundo perdido que el anciano había recreado para ella.

—Perdone, don Luis, antes de que se me olvide. Ayer conocí a Diego, su fisioterapeuta, y se me ha ocurrido que, si usted me da permiso, podría ser interesante que me diese una vuelta por la casa donde sus padres y usted vivieron durante tanto tiempo.

Hubo una pausa, como si él no supiera qué contestar, como si fuera una pregunta que nunca se hubiese esperado.

—¿Le parece necesario? —El hombre la miraba fijo, con cara de póquer. Sandra empezó a sentirse incómoda. Unos minutos atrás todo parecía fluir y ahora, de repente, algo que ella no sabía identificar se había instalado entre ellos. De un momento a otro, se sentía como una intrusa, como una extraña que acaba de dar un paso en falso.

—Bueno... para mí es... una cuestión de captar la atmósfera, las sensaciones del pasado... —comenzó, sabiendo que sonaba un poco vago y nada convincente—. También había pensado ir al cementerio, por ejemplo; visitar las tumbas de su familia...

—¿Para qué? —La voz de don Luis, al interrumpirla, sonó seca.

Como tantas veces cuando pasaba de la timidez absoluta a su auténtico ser, notó que empezaba a ponerse agresiva y la respuesta le salió más dura de lo que había calculado.

—Porque siempre he pensado que una buena forma de conocer a la gente y a las sociedades es saber cómo come y cómo entierra a sus muertos.

—Mis muertos están enterrados como se merecen, con lo mejor.

Se miraron tensamente durante unos segundos.

—No lo dudo —dijo ella por fin—. Pero si prefiere que no vaya, no iré. No es fundamental para mi trabajo.

—Puede pasarse cuando quiera, tanto por el cementerio como por la casa. No tengo nada que ocultar. Y ahora, si me disculpa, esto me ha cansado más de lo que había calculado...

—Don Luis... —Sentía una imperiosa necesidad de arreglar las cosas, de que volvieran a estar en buenos términos, pero no quería disculparse porque no era consciente de haber hecho nada mal. El hombre no entró al trapo.

—Pasado mañana a la misma hora, aunque quizá nos veamos mañana mismo un ratito.

Sandra estuvo a punto de añadir algo pero triunfó la sensatez, estaba claro que no era momento de seguir hablando con don Luis, recogió sus cosas y con un saludo musitado dejó al hombre hundido en su sillón y salió a la calle con un enorme alivio y un montón de informaciones que no sabía bien cómo ni dónde colocar.

87

11

*C*uando se quedó solo, Luis Arráez apretó la cabeza contra el respaldo del sillón y cerró los ojos con fuerza durante unos segundos. No estaba seguro de qué era lo que había salido mal, pero lo que él había imaginado como algo agradable que le ocuparía varias semanas —recordar tiempos pasados, discutir la brillante figura de su madre, enaltecer su recuerdo— se había convertido de pronto en un campo de minas.

No sabía exactamente por qué pero la idea de que Sandra se paseara por la casa de su infancia buscando pistas para explicar a Ofelia le molestaba. Lo del cementerio, aunque era absurdo, sí sabía por qué no le gustaba.

Se pasó la mano por los ojos, por el corto cabello, hizo una inspiración profunda que no sirvió para calmarlo. Tendió la mano hacia la tetera, que seguía caliente gracias a la velita que tenía debajo, y se dio cuenta de que estaba temblando.

«Pistas. Buscando pistas.» ¿Por qué había pensado esa palabra? Pistas sonaba a investigación policial, a indicios que llevaban a revelar un secreto, a resolver un crimen. Y en su familia no había crímenes. Ni secretos.

Había cosas desagradables, sí, como en todas las familias del mundo, o ligeramente vergonzosas, o cosas de las que no se hablaban con extraños, sin más; pero ningún secreto culpable. No tenía por qué sentir ese desasosiego al pensar que la chica iba a empezar a husmear en la casa de su infancia o en el panteón familiar. ¿Qué narices pensaba encontrar en un panteón?

En la casa sí había cosas. En la casa estaban todavía algunos de los abrigos de mamá, algunos de sus vestidos antiguos, ni siquiera los mejores. Los abrigos de pieles y los vestidos de grandes marcas estaban en el cuarto refrigerado que había mandado construir en la fábrica por si en algún momento podía realizar su sueño de crear un museo Ofelia Arráez y por si, hasta que llegara el día, podía ceder algunas piezas a exposiciones temporales en museos de la moda de cualquier lugar del mundo.

Los vestidos importantes son frágiles y deben ser conservados adecuadamente, como los cuadros. Un vestido de pedrería, colgado en una percha, por muy cubierto que esté con una funda, no dura ni un mes en perfectas condiciones. Por eso era necesario protegerlos.

Aún no tenía claro si le iba a decir a Sandra que existía ese cuarto y mucho menos si le iba a permitir visitarlo.

Ahora que habían empezado, se daba cuenta de que estaba celoso de lo que Sandra pudiera averiguar por su cuenta y de lo que pudiera querer comunicar en su libro.

Ofelia siempre había sido su madre y de nadie más, la figura central en su vida, la mujer más admirable que hubiese conocido; nunca la había compartido con nadie. Él era el guardián de su memoria, del tesoro de su vida, con todos sus recuerdos, sus objetos, sus historias. El dragón de la cueva que duerme sobre los montones de oro y joyas que ha amasado y le pertenecen por derecho. Sin embargo, como los dragones de los cuentos, ahora tenía una joven prisionera, alguien que tenía que cantar para él. ¿Podía negarle que al menos jugara con el tesoro?

¡Ridícula comparación! Ni él era un dragón ni Sandra era su prisionera.

¿Debería decirle a la muchacha que podía quedarse con el adelanto y que él mismo terminaría el libro?

Sería un fracaso. Él no sabía escribir, nunca había sabido ni tenía la mínima práctica. No había escrito ni cartas en su vida. De algún modo no conseguía ordenar sus pensamientos por escrito, las ideas se mezclaban unas con otras y lo que salía al final no tenía ni pies ni cabeza. Por eso procuraba rodearse de gente que lo hiciera bien y era de las primeras cosas que exigía en una secretaria. Se había comentado muchos años atrás que, cuando examinaba a una candidata, además de pedirle que escribiera unas cuantas cartas comerciales clásicas, también le pedía una redacción sobre algún tema que se le ocurriese de pronto. Si el resultado era un texto claro, comprensible y orde-

89

nado, la chica valía la pena y se quedaba. Si lo único que sabía hacer era escribir cartas comerciales típicas sin un ápice de personalidad, entonces el puesto no era para ella.

Empeñarse en escribir el libro él mismo sólo podía desembocar en un fracaso total. Pedirle a Félix que lo hiciera él tampoco era solución. Se sentiría ofendido por que hubiese prescindido de Sandra sin explicaciones y tampoco podía estar seguro de que Félix, que sí había conocido personalmente a Ofelia Arráez durante muchos años, no tuviese de ella una imagen ya formada que resultara contradictoria con la que él quería que tuviesen los lectores. No. Lo único que podía hacer era quitarse de encima esos pensamientos tan negros que no tenían razón de ser.

La muchacha era simplemente una buena profesional, consciente de la importancia de su trabajo. Tenía que entregarle las fotos que le había pedido ya el primer día, más de las que había puesto en la primera caja; quizá algún álbum, quizá alguna carta antigua para que se hiciera una idea de su letra, de su estilo, de su elegancia… dejar que tocara sus vestidos, al menos los de la casa, quizá enseñarle sus joyas… Era realmente mala suerte no estar en condiciones de moverse solo y acompañarla en sus pesquisas, hacer que poco a poco se fuera aficionando a Ofelia, quizá hasta enamorando de Ofelia, pero también estaba Alberto para guiarla.

Ahora, al parecer, también había conocido a Diego, lo que no acababa de gustarle. Diego era una persona vulgar, sin matices, muy propenso a creerse cualquier cosa, sobre todo si era escandalosa en alguna medida. Era un buen fisioterapeuta, tenía sentido del humor y bastante paciencia, y la verdad era que lo estaba ayudando mucho a recuperar la movilidad, pero a medida que lo iba conociendo se daba cuenta de que era un cotilla, no era de fiar, y por eso no le hacía gracia la idea de que Sandra y él pudieran hacerse amigos hasta el punto de que ella empezara a comentarle lo que iba encontrando o a leerle lo que escribía. Eso no era asunto suyo. Hablaría con ella y le pediría discreción. Lo mejor habría sido añadir una cláusula de confidencialidad en el contrato, pero ahora ya estaba firmado y lo único que podía hacer era apelar a su conciencia. O bien introducir una adenda… Tendría que pensarlo.

También tendría que hacer lo posible por ponerse mejor cuanto antes y prescindir de los servicios de Diego, aunque para lograrlo no le quedaría más remedio que darle alguna explicación a Alberto de por qué quería seguir adelante sin su ayuda, y no le apetecía decirle la verdad. Alberto le diría lo de siempre, que estaba obsesionado con su madre y con el maldito libro, y acabarían peleándose. Luego le reprocharía que no era capaz ni de confiar en nadie ni de delegar nada, que estaba obsesionado con el control de todo y de todos, y al final se marcharía dando un portazo y harían falta unas semanas para arreglar el desaguisado.

Decidió intentar relajarse, dejar de pensar sólo en lo negativo, tomarse un jerez con almendras ahumadas, esperar a que se hiciesen las siete para la sesión de fisioterapia, someterse con docilidad y quedar libre para la noche.

Sandra

*C*uando lo pienso ahora, me da rabia recordar la ilusión que me hacía tener una cita para cenar. No llevaba aún una semana en casa de mis padres y ya me fastidiaba la idea de tener que volver, cenar los tres juntos, hablar de cómo me había ido, aguantar sus opiniones sobre cómo estaba haciendo mi trabajo. Llevaba más de diez años viviendo fuera de casa, aunque siempre volvía para unas u otras vacaciones, y me costaba cada vez más tener que adaptarme al papel de hija que ellos esperaban, de modo que la idea de arreglarme un poco, salir y hablar con alguien de fuera de la familia me hacía auténtica ilusión, aparte de que Diego me había resultado simpático desde el primer momento aunque, si tengo que ser sincera, el comentario que había hecho la noche antes sobre la lectura le había quitado bastantes puntos en mi baremo personal. Un hombre que no lee no puede interesarme, por mucha buena voluntad que le eche en otros campos.

Desde luego, si no tenía otras cualidades, su puntualidad era más que perfecta. Cuando llegué, cinco minutos antes para mi mortificación (detestaba la idea de que pensara que estaba deseando verlo), él ya estaba sentado a una mesa junto a la ventana y me saludó a través del cristal, antes de que yo consiguiera desaparecer, dar una vuelta a la manzana y llegar ligeramente tarde.

Iba vestido exactamente igual que el día anterior, con lo cual yo me sentí un poco idiota por haberme puesto una blusa un poco más mona y haberme pintado los ojos. Era evidente que para él no se trataba de nada especial y no se había tomado el menor trabajo para gustarme.

Yo aún estaba molesta por la conversación que había tenido con don Luis, de eso me acuerdo perfectamente. Me sentía mal por esa sensación que me había dado de estar tratando de meterme en lo que no me importaba, cuando la verdad era que no estaba haciendo nada más que mi trabajo, el trabajo para el que él mismo me había contratado.

Me había contado que su madre era una asesina, vengativa y fascista y lo había hecho además en tono admirativo y triunfal para convencerme de que era una heroína. ¡Su hazaña había salido en el periódico local en cuanto ganaron los franquistas! ¡Y eso lo hacía sentirse orgulloso! Tenía que preguntarle si de verdad quería que en un estado de derecho, en un país democrático, en pleno siglo XXI, de verdad de la buena quería que yo escribiera esa historia como comienzo de la vida pública de Ofelia Arráez.

Traté de ahuyentar ese tipo de pensamientos y concentrarme en la carta del restaurante. Aquello era un simple trabajo. Ahora eran las nueve de la noche y mi tiempo era mío.

Pedimos unas cervezas y unas pizzas y, con toda naturalidad, como si nos conociéramos ya de mucho tiempo, nos lanzamos a hablar de todo tipo de cosas. Era cómodo estar con Diego. Daba la sensación de no tener preocupaciones ni pensamientos oscuros ni de hacerse grandes calvarios por lo que pudiera o no traer el futuro; justo lo contrario de lo que hacía yo constantemente. Creo que eso fue lo que primero me gustó de él: lo fácil que parecía todo.

Bueno, y su pelo revuelto, y los ojos oscuros y brillantes, y la sonrisa de buen chico a punto de cometer una travesura simpática.

No recuerdo mucho de lo que hablamos aquella noche, salvo algo que se reveló de importancia para mi investigación. Cuando me explicó que el restaurante donde estábamos, La mamita, había sido fundado originariamente por unos cubanos escapados del régimen castrista, aunque luego lo habían vendido y se habían marchado del pueblo, eso, curiosamente, nos hizo volver al tema de mi libro.

—¿No has ido aún a hablar con doña Muerte, tía? —preguntó Diego.

Me quedé de piedra y solté una breve carcajada. Aquello, aunque yo no lo hubiese captado y no tuviese la menor gracia, debía de haber sido un chiste.

—¿Con quién?

—Doña Muerte es una curandera o adivina o cosa así, muy conocida en toda la región.

—Pues, con ese nombre, no sé cómo se atreven a ir.

—El nombre tiene su gracia, sí. Es que es hija de un revolucionario cubano de la primera hora. Tuvo tres hijas, dos de ellas gemelas, las primeras. A esas les puso Patria y Libertad. Cuando nació la tercera, algún vecino gracioso le dijo: «Compay, después de las jimaguas, ya no le queda más que ponerle Muerte a la última». —Diego imitaba realmente bien el fuerte acento cubano—. Y el muy salvaje fue y se lo puso, tía. Dicen que a la pobre madre casi le da un pasmo.

Nos echamos a reír un rato.

—Cuando murió el padre, la viuda, que, en el colmo de los colmos, se llamaba Victoria —volvimos a reírnos—, aprovechó que Castro permitió la salida de Cuba a todos los que no quisieran seguir en la isla…

—La salida de Mariel en 1980 —completé por pura deformación profesional—. Más de 125.000 cubanos que se marcharon rumbo a Estados Unidos, a los que, después, los de fuera llamaron «marielitos» y los de dentro «gusanos».

—Exacto. Eres una enciclopedia, tía. Y se vino a España con la pequeña. Patria y Libertad se quedaron en Cuba, ya casadas. La madre empezó a trabajar con ancianos, que era casi el único curro que podía encontrar una mujer sin estudios y no muy joven, y la chica, que según dicen, siempre había tenido «poderes» —atajó mi gesto y añadió—: yo me limito a contar lo que se dice, tía, no lo que yo creo, se puso a trabajar de curandera y echadora de cartas. En un par de años tenía una clientela formidable; venía gente hasta de Madrid y de más lejos.

—¿Y qué tiene eso que ver con doña Ofelia? —le pregunté.

—Pues que, por lo que se dice, doña Ofelia no daba un paso sin consultar antes con doña Muerte, a pesar de que la chica debía de ser lo menos cuarenta años más joven.

Como me sucedería tantas otras veces, Diego me dejó perpleja. Ya me había comentado don Luis el primer día, como de pasada, que era muy cotilla, pero aun así me parecía extraordinario todo lo que parecía saber.

—Oye, Diego, ¿tú cómo sabes todas estas cosas?

—Porque hablo con la gente y la gente habla conmigo, tía; y pregunto, y nos reímos, y no les pongo una grabadora delante de las narices. ¿Qué pasa, que no te lo crees?

El restaurante se había ido llenando de gente, las conversaciones habían subido de tono, alguien había pedido que le dieran voz al televisor. Ya nos habíamos acabado las pizzas y casi no nos oíamos en aquel jaleo.

—¿Y si salimos de aquí? —pregunté.

—¿Quieres ver la casa? ¿Te ha dado permiso el viejo? —me preguntó Diego, desafiante.

Le dije que sí sin contarle la rara tensión que se había instalado entre nosotros cuando le pedí que me permitiera verla, y fuimos caminando hasta el barrio donde don Luis había vivido de pequeño con sus padres.

Por las revistas y los planos, además de mis propios recuerdos de infancia, yo sabía que el barrio del Progreso había sido construido en la época de la República como barrio obrero un poco alejado del núcleo urbano, donde el terreno era más barato, aunque ahora estaba en el mismo centro del pueblo y era casi un lujo ser propietario de una de esas casas.

Hoy en día, con los precios del metro cuadrado, no habría ningún obrero que pudiera permitirse tener una casa como aquellas: de dos plantas con terraza arriba y patio florido.

Diego sacó una llave grande, abrió la puerta de la vivienda, entró primero y encendió la luz del pasillo.

Me quedé clavada en la puerta, mirando con un punto de angustia la escalera que, a nuestra derecha, subía hacia el piso alto mientras a nuestra izquierda un perchero antiguo con espejo y astas como de ciervo, daba cobijo a un abrigo largo y un sombrero masculino. El suelo del pasillo era de baldosas hidráulicas perfectamente conservadas y terminaba en unas puertas acristaladas con marcos blancos de inspiración modernista.

Aquella, sin ser exacta a la de mis recuerdos, podría muy bien ser la casa del sueño que había tenido en el autobús el día que llegué al pueblo.

Sentí un escalofrío recorriéndome entera y una rara sensación gomosa en las rodillas. Algo me decía que no era buena idea entrar en aquella casa. Recordaba con bastante claridad la sombra fantasmal que en mi sueño había aparecido en mitad

95

de la escalera y, sobre todo, recordaba ese «NO» que alguien había proyectado dentro de mi cerebro.

—Anda, pasa, no te quedes ahí. Ven que te enseñe un poco.

Me parecía ridículo decir que tenía miedo y por eso di un par de pasos, lo justo para que él cerrase la puerta tras de mí, cosa que no me hizo ninguna gracia porque de pronto, como idiota que soy, me recordó las películas de terror, al castillo de irás y no volverás.

No me quité el abrigo y, estúpidamente, agarré fuerte el bolso, como si eso pudiera protegerme de un peligro impreciso. Diego, delante de mí, iba abriendo puertas.

—Mira, este es mi cuarto. Me resulta un poco raro dormir en la planta baja, separado de la acera por unos centímetros de pared, tía, pero, como la ventana tiene rejas, al menos no tengo que preocuparme de que alguien pueda colarse dentro mientras duermo.

—¿Duermes con la ventana abierta?

—Claro, tía. No es sano dormir demasiado caliente y sin oxígeno.

Supongo que pensé que no éramos compatibles en absoluto. Yo soy feliz durmiendo en un horno sin la menor ventilación.

El cuarto era muy sencillo, pero tenía lo necesario para alguien que no leía nunca ni necesitaba una mesa de trabajo: una cama de matrimonio, dos mesitas, un armario de luna y un tocador con espejo y cajoncitos a los lados. Todo de madera oscura, maciza. La cama estaba cubierta con una colcha de color cereza.

—Aquí enfrente —dijo, precediéndome— hay una especie de sala de estar bastante inútil.

—Es lo que se solía llamar «salita de recibir» —aporté yo—. Era para las visitas.

—¿Qué visitas?

—Cuando venía alguien a ver a los que vivían en la casa, pero no estaban invitados a comer y por tanto no los pasabas al comedor, ni había confianza como para dejarlos entrar en la cocina. Estas salitas siempre estaban limpias y arregladas, con los objetos más de lucir y a veces con un mueblecito para un par de botellas de mistela o de coñac y unas copitas.

—Pues ese sofá es cantidad de incómodo, tía. Lo he probado, pero prefiero tumbarme en la cama cuando quiero ver una peli.

—Es que las visitas no venían a repantigarse en casa ajena, y televisión no había. Venían a charlar o a dar la enhorabuena si había habido un nacimiento, o el pésame en caso de una defunción.

A mí misma me hacía un efecto raro estar contándole esas cosas a alguien que debía de ser de mi edad y que, al parecer, no tenía ni idea de cómo se vivía un par de generaciones atrás.

—¡Qué gente más rara, tía! —Diego salió de la salita y echó a andar hacia las escaleras hablando todo el tiempo—. Al fondo, detrás de esas puertas, está primero el comedor, enorme, y luego la cocina, más enorme aún, y un baño muy grande y muy frío, pero no hay nada demasiado interesante. Desde la cocina se sale a una terraza y de ahí una escalera sube a otra terraza donde hay un cuartito para leña o lavadero o algo así. Ya lo verás de día, si te interesa. Ahora mejor vamos a ver los dormitorios de arriba.

Tuve que hacer un esfuerzo para pisar aquellas escaleras. Diego las subió de dos en dos, dejándome en el primer peldaño y aunque lo oía hacer ruidos en el piso de arriba, supongo que abriendo un armario o un cajón, de repente la casa pareció quedarse en un silencio expectante, como pendiente de ver qué iba a hacer yo.

—¿Subes, tortuga?

—¡Vaya con los animales! Ayer gallina, hoy tortuga... —dije empezando a subir, aliviada de que su voz hubiese vuelto a atenuar la sensación que me ahogaba—. A ver cuándo me toca algo que valga la pena.

—¿Como qué? —oí desde uno de los cuartos.

—No sé. Leona, por ejemplo. Tigresa.

Me contestó su risa.

—Cuando te lo ganes, tía.

La habitación de arriba, la que estaba encima del cuarto de Diego, era más grande porque le habían cogido espacio a la contigua y era evidentemente un dormitorio femenino y con personalidad propia.

Ahora que ha pasado el tiempo no recuerdo todos los detalles, pero sigo teniendo muy clara la sensación de espacio, limpieza, rigor. El color dominante era el azul en distintos matices, combinado con cremas y marfiles. Textiles de calidad, cortinas

97

de gran caída, dos silloncitos de terciopelo y una mesa de café en el mirador por el que, en otros tiempos, se verían los árboles que sombreaban la calle. Los había visto en muchas de las fotos antiguas, pero en blanco y negro no se apreciaba qué clase de árboles eran.

Un armario empotrado cubría una de las paredes. Todo su frente era de espejo. En los años sesenta aquello debía de haber costado una fortuna.

Diego ya había empezado a abrir puertas.

—Mira, mira, tía…

Allí debía de haber docenas de vestidos y conjuntos, todos enfundados, con los zapatos a juego justo debajo y, en una balda un poco más alta, bolsos y bolsos de todos los colores, hechuras y tamaños. En otra parte del armario había abrigos y chaquetones. En otra, complementos: cinturones, pañuelos, guantes, collares de fantasía, algún sombrero, varias pelucas…

Me acerqué, sorprendida, y toqué una de ellas, rubia, de pelo corto, apenas un poco por debajo de las orejas. Pelo natural.

—Joder, tía —dijo Diego que, al parecer, nunca había abierto aquella puerta—. Da casi yuyu.

—En los sesenta se puso muy de moda lo de las pelucas. Las mujeres querían cambiar de aspecto de vez en cuando, ser más sofisticadas, imitar a las actrices de las películas americanas… y además era muy práctico si no habías ido a la peluquería y tenías que ponerte presentable en poco tiempo. ¡Anda, vámonos a tomar algo por ahí! Ya miraré más cuando haya luz del día.

—¿No quieres ver los otros cuartos?

Yo ya había empezado a bajar las escaleras. Sin saber por qué, volvía a tener prisa por marcharme de allí. No me gustaba estar en aquella casa de noche, en aquella habitación.

—¿Y esas prisas? —insistió Diego.

—Llevo todo el día dándole vueltas al pasado. Vámonos a bailar un rato, ¿te apetece?

Recuerdo que Diego puso la típica cara que ponen los hombres cuando piensan «¡qué raras son las tías!» y luego sonrió.

—Venga. Me has convencido, tía. ¿Te animas a llegar hasta Alicante? Conozco un sitio que te va a gustar.

En aquel momento habría podido abrazarlo de puro alivio.

Los armarios

¿ Q ué tienen los armarios de los demás que nos resultan tan atractivos y, a la vez, nos producen esa extraña vergüenza cuando nos atrevemos a curiosear en ellos?

La ropa es la parte externa de nuestra identidad. Es producto de nuestras elecciones y refleja nuestra personalidad, lo que queremos mostrar de nosotros mismos; a veces incluso cosas que no sabemos o, aunque sí las sepamos, no somos conscientes de querer mostrarlas: ese impulso de elegir un color fucsia de vez en cuando para nuestro guardarropa tan discreto y profesional a base de tonos grises y beiges; esa blusa blanca un poco hippy con sus volantes y sus lazos de niña ingenua que nos recuerda nuestra juventud; esos pantalones finos de cuero negro, porque no nos atrevemos con la cazadora de pinchos y tachuelas de plata que es lo que realmente querríamos; ese severo traje de chaqueta de mujer de carrera que nos encantaría tener ocasión de llevar pero que no resulta posible en nuestro trabajo; esos tacones rojos de aguja que no nos vamos a poner jamás pero que nos hacen guiños desde las profundidades del armario y nos calzamos a veces frente al espejo, después de haber cerrado bien la puerta del dormitorio.

Echar una mirada a lo que guarda el armario de otra persona es un poco como bucear en aguas desconocidas, es satisfacer nuestro voyeurismo y la parte más antigua de nuestro cerebro, la parte reptiliana, la que aún cree en la existencia de los tesoros enterrados.

Deberíamos estar acostumbrados a buscar entre montones de ropa, las tiendas actuales, al menos aquí, en Nueva York, se basan cada vez más en eso, en dejar que cada cliente busque, cace, encuentre, se pruebe prendas y prendas, todo lo que quiera hasta encontrar lo que desea, lo que tiene que llevarse a su guarida a cualquier precio.

No hace ni quince años eso era algo que resultaba apenas imaginable. Cuando una quería comprarse un vestido para una ocasión especial, tenía que entrar en una tienda, explicar su necesidad a la dueña o a una dependienta y confiar en que le ofrecieran prendas de su agrado; y después de probárselas, si no lo eran, dar mil justificaciones para no comprar lo ofrecido o arriesgarse a quedar mal con las personas que llevaban un par de horas enseñándote el género que tú ahora rechazabas.

Sin embargo, y a pesar de que los tiempos han cambiado, abrir un armario ajeno, pasar la mano por las prendas que encierra, buscar en los cajones, levantar con cuidado la ropa interior buscando lo que puede haber debajo —casi todas las mujeres guardamos algo allí— nos produce una sensación a medio camino entre la excitación de lo prohibido y la vergüenza de lo inmoral.

Abrir un armario ajeno es siempre un pequeño descenso a los infiernos.

Quizá también porque, hasta cierto punto, incluso cuando se trata del propio, lo que guarda un armario que no hemos mirado en cierto tiempo son las máscaras de los distintos rituales en los que participamos, las pieles descartadas de lo que somos o fuimos, los ecos de nuestro yo pasado, de todos los yos que una vez fuimos o quisimos ser o al menos aparentar; vestigios de recuerdos o de espejismos.

(Fragmento de *La memoria es un arma cargada de coartadas. Recuerdos y reflexiones*, de Selma Plath, 1979)

12

Al volver de haber estado todo el día con Alberto —la fábrica de zapatos, las oficinas, la comida en un restaurante japonés, la fábrica de bolsos—, horas y horas de información y conversación y saludar y estrechar manos, Sandra estaba agotada. Sabía, sin embargo, que al menos tendría que apuntar un resumen de las cosas más importantes que había oído, antes de que se desdibujaran o se mezclaran entre sí como un magma del que luego ya no sería capaz de separar los distintos componentes.

Dando gracias por estar sola en casa, se sentó a su escritorio, el mismo en el que había hecho todos los deberes de su vida, y empezó a hacer una lista de los temas fundamentales para luego ir añadiendo datos bajo cada una de las rúbricas.

Fábricas/Historia/Producción
Don Luis
Doña Ofelia
Don Anselmo
Alberto/Relación con don Luis/Planes de futuro para la empresa

El primer punto podría rellenarlo sin problemas con la información procedente de los distintos folletos que llevaba en la mochila y las cifras de producción y venta que las secretarias de Alberto le habían prometido. Esa parte no era peligrosa ni comprometida; ahí podía confiar en que le suministraran lo necesario y ella pudiera limitarse a incluirlo sin miedo de contrariar a don Luis.

Se había reunido brevemente con Alberto y ella en la visita a las oficinas, pero luego no los había acompañado a comer porque tenía un compromiso con un cliente que se había anunciado apenas unas horas antes.

—Lo conozco desde hace cuarenta años —les había dicho—, pero viene poco. A vosotros tengo más ocasiones de veros.

A Sandra le había parecido muy bien la ausencia de don Luis porque tenía interés en otro punto de vista para que la historia de Ofelia no se convirtiera simplemente en la visión de su hijo, así que, una vez instalados en el restaurante, había empezado a preguntarle a Alberto primero por su propia vida y luego, poco a poco, por sus opiniones sobre los demás miembros de esa familia que, aunque no por línea de sangre, también era la suya.

Sobre sí mismo no había contado mucho: una ex–mujer vuelta a casar y que vivía en Holanda, una hija de veintisiete años, médico, que había decidido alejarse todo lo posible del mundo de la moda y «hacer algo sensato con su vida», las comillas habían sido claramente audibles, lejos tanto de su padre como de su madre, y la dirección de las empresas Ofelia Arráez y sus diferentes marcas que le absorbía a tiempo completo. No parecía ser de esos hombres que disfrutan hablando de sí mismos, algo muy de agradecer.

—Mira, Sandra —le había dicho, sacando el móvil y cambiando de tema lo antes posible—, te he traído algo que te va a gustar. Es una de las favoritas de Luis, pero como no estaba muy seguro de que fuera a enseñártela, le he hecho una foto. Ahora te la mando por WhatsApp. Para que veas a la familia junta.

Era una foto que mostraba a Ofelia con su marido y su hijo, los tres muy arreglados y sonrientes. Abajo, a la izquierda, escrito a mano, se leía: *Inauguración del teatro María Guerrero, 1955.*

Amplió la imagen y la observó con tranquilidad, por secciones. Ofelia llevaba un vestido de gran falda, con una cintura estrechísima y una estola de piel, pendientes de brillantes y el pelo recogido en un moño complicado. Casi demasiado *glamour* para un teatro de pueblo, pensó, con un punto de maldad. El hijo, Luis, fácilmente reconocible a pesar del tiempo transcurrido, era un chico guapo, fino, en el punto de equilibrio entre la niñez y la adolescencia, aún sin sombra de barba. Debía de tener trece o catorce años y posaba orgulloso con su traje de adulto, con camisa y corbata, tratando de parecerse a su padre; tenía una sonrisa esplendorosa, que parecía iluminar el mundo a su alrededor. El marido de Ofelia, Anselmo, de esmoquin, también sonriente, le arrancó una exclamación:

—¡Qué guapo! No me lo imaginaba así.

—¿No? ¿Por qué?

—No sé. Supongo que Ofelia es una mujer tan impresionante, tan fuerte, tan… no sé… faraónica —Alberto sonrió ante la elección de la palabra—, que me figuraba que su marido sería muy poquita cosa.

—Un calzonazos, vaya, por dejar que fuera ella la que llevara la voz cantante. No te hacía yo tan machista.

Sandra se sonrojó. Alberto había adivinado exactamente la imagen que ella se había formado de Anselmo.

—Yo no llegué a conocerlo —continuó Alberto—, pero parece que de calzonazos no tenía nada. Lo que pasa es que él empezó a encargarse cada vez más de la parte de diseño y moda, y ella más de la producción y venta, lo que en la época era poco frecuente, sí. ¿Nunca te han contado lo de los topolinos?

Ella negó con la cabeza mientras se metía en la boca el primer maki.

—Al poco de poner su primer taller de calzado, cuando Anselmo aún seguía trabajando en la fábrica de los Navarro durante el día, y hablamos de semanas de seis días y diez horas de trabajo diario, por la noche iba a su propio taller y seguía currando allí hasta las tantas. Ofelia era la que se encargaba del día a día del taller, y hacía todo lo que hiciera falta, aparar incluso, si tenían mucha faena. Era al poco de acabar la guerra y resultaba difícil encontrar material para las suelas; iban consiguiendo cuero y goma, pero no siempre en las cantidades que necesitaban. Había que ir a ver a los proveedores y convencerlos de que te vendieran a ti, ofrecer un poco más, tentarlos con lo que fuera para que te sirvieran a ti antes. Para evitarle el esfuerzo a su marido, que nunca estuvo realmente bien de salud, Ofelia decidió encargarse de ello, hizo un viaje hasta cerca de Valencia y consiguió la promesa de que le enviarían la remesa de goma que necesitaban para hacer las suelas de los zapatos de la temporada de otoño–invierno. Pero iba pasando el tiempo

103

y la goma no llegaba. Cuando al final, después de varias cartas, Anselmo consiguió hablar con el proveedor para quejarse, le dijeron que la culpa era suya por haber mandado a su mujer en lugar de ir él mismo. No podían servirles la goma porque ya la habían enviado a otra fábrica.

Sandra seguía comiendo, pendiente de la historia de Alberto.

—¡Qué hijos de puta!

—Sí. En aquellos tiempos lo de mandar a tu mujer era una ofensa; pero les salió el tiro por la culata porque Ofelia tuvo una idea genial. En lugar de poner suelas de goma como todo el mundo, fue a hablar con unos carpinteros, los puso en contacto con los hormeros del taller, y se inventaron unas suelas de madera que quedaban estupendas con todos los zapatos, no sólo los de verano. Se llamaban topolinos y hacían un ruido al andar como de zuecos holandeses —dijo casi riendo, mientras pescaba un maki con los palillos—, pero tuvieron un éxito increíble. Luego les pusieron unos topecitos de goma para que no cantaran tanto. Ese fue el primer éxito de Ofelia Arráez. Bueno… miento, la empresa se llamaba entonces Anselmo Márquez todavía, aunque todo el mundo sabía que el éxito había sido de Ofelia. Ah, y años después, cuando los de Valencia estaban pasando una mala racha, los compró. Barato, además. Echó a los antiguos dueños y se quedó con el suministro de goma.

—Parece que era una mujer de armas tomar.

—Sí que lo era. Una luchadora nata.

Comieron unos minutos comentando la calidad del restaurante. Sandra seguía echando ojeadas a la foto, que abría de vez en cuando, aprovechando que el móvil seguía sobre el mantel.

—Era elegantísimo este hombre —dijo al cabo de varias miradas.

—Tenía estilo, sí. Un tanto anticuado, incluso para su época, siempre con sombrero, con trajes cruzados… pero tenía un rostro fino, con carácter. Fíjate qué nariz más perfecta, qué ojos más expresivos. Luis lo adoraba. Sólo tenía quince años cuando murió. No pasa semana que no lo nombre.

—A pesar del tiempo que hace de su muerte…

—El amor no está ligado al tiempo, Sandra. Luis siempre ha querido ser como él, o al menos como el recuerdo que él tiene de cómo era, lo que ya es mucho más jodido.

—¿Y cómo era?

Alberto se encogió un poco de hombros.

—Por lo que dicen, y no sólo lo que cuenta Luis, era cariñoso, creativo, con clase, muy buen padre, muy buen marido… Según su hijo, perfecto, vamos.

—¿Por eso no se casó don Luis, por miedo a no estar a la altura del matrimonio de sus padres?

Alberto se quedó mirándola con esos ojos oscuros que casi daban miedo cuando su expresión no quedaba mitigada por una sonrisa.

—Tuvo un par de novias, estuvo incluso prometido dos o tres años, pero al final le bastó con su madre. No podía imaginarse a otra mujer en la casa, en la fábrica. No podía imaginarse repartiéndose entre las dos, tomando partido por una de las dos. Al menos es lo que yo supongo. Cuando yo entré en la empresa, Luis tenía ya más de cuarenta años, pero Ofelia aún vivía y cuando ella murió, él ya andaba por los setenta y estaba más allá de la edad de casarse.

—¡Qué lástima! Las madres tan posesivas pueden destruir a los hijos.

Alberto movió la cabeza en una negativa.

——No. Aquí la posesiva nunca fue Ofelia.

—¿No?

—Para nada. Ofelia llevaba su vida, viajaba mucho… siempre le dio a Luis toda la libertad del mundo, desde pequeño. El que era posesivo era él. Bueno… ya lo has visto, sigue siéndolo.

—Sí —dijo ella, evitando su mirada.

—¿Qué?

—Nada.

—Venga, te juro que no se lo cuento.

Sandra volvió a cruzar la mirada con Alberto. Le gustaba hablar con él, pero no sabía hasta qué punto fiarse de que no lo comentara con Luis.

—Cuando le dije que me gustaría ver la casa de su infancia y el panteón familiar, estuvo a punto de prohibírmelo.

Alberto apretó los labios.

—A veces se obsesiona con algunas cosas, sí. Ya hablaré con él.

—No, no hace falta —se apresuró ella a explicarle—. Ya me ha dado permiso; es sólo que tuve la sensación de que no quiere compartir a su madre ni sus recuerdos con nadie, y eso me pone en una situación muy incómoda porque resulta que me ha contratado precisamente para eso. ¿O lo he entendido mal?

—¿Vas a tomar algo de postre?

Ella negó con la cabeza.

—Un café solo.

—Dos —dijo Alberto girándose hacia el camarero—. No, Sandra, lo has entendido bien. Sigue a tu manera. Ahora iremos a ver la fábrica de bolsos, si te parece. También idea de Ofelia, cuando los zapatos ya casi iban solos. No podía estarse quieta. Tenía más ideas que minutos para hacerlas realidad. A veces pienso que no quería pararse y tener tiempo para pensar. Era como una huida constante, una huida hacia delante, claro. Un desafío tras otro.

—¿De qué huía, Alberto? ¿De qué crees tú que huía?

—Nunca lo he sabido. Quizá ahora tú lo averigües —terminó con una sonrisa, poniéndose de pie.

106

13

*P*or la mañana, como tenía tiempo hasta las cuatro, hora de su entrevista habitual con don Luis, aprovechando que hacía un estupendo día de sol, Sandra decidió dar un paseo hasta el cementerio.

Le había dicho la verdad a don Luis, siempre le habían gustado los cementerios y, cuando iba de viaje, solía hacer un hueco para visitar alguno. Era realmente muy definitorio de una cultura la forma que tenía de enterrar a sus muertos: si los confiaban a la tierra o los emparedaban en filas de nichos, si cultivaban plantas floridas y plantaban árboles sobre las tumbas o preferían llevar flores cortadas que se marchitaban pronto y producían la sensación de ser cadáveres vegetales sobre cadáveres humanos; si ponían ramos de flores de plástico que, con el tiempo iban adquiriendo un aspecto grisáceo, fosilizado, como si fueran ramilletes de huesos balanceándose precariamente sobre el reborde del nicho; si el cementerio era un jardín donde los vivos iban a pasear y a recordar a sus seres queridos o si se trataba simplemente de un lugar donde librarse de los muertos y olvidarlos allí.

También le resultaba raro el que, en otras religiones, los cementerios eran lugares descuidados que producían un efecto de abandono porque tenían prohibido reparar o arreglar las tumbas y el raro paseante se encontraba con lápidas caídas, yerbajos invadiéndolo todo, desolación completa. En otras culturas, sin embargo, los familiares acudían periódicamente a las tumbas a comer y a brindar por sus difuntos, hacían música y les contaban las últimas noticias de sus allegados.

En los cementerios cristianos, se intentaba mantener un simulacro de cuidado y al menos una vez al año todo el mundo acudía a las tumbas para limpiarlas, cambiar las flores secas y aparentar algo de preocupación por su estado.

Subió paseando sin prisa la cuesta que llevaba hacia la salida del pueblo. En su infancia, el camposanto estaba realmente a las afueras y era una buena caminata. Ahora había adosados por todas partes y daba la sensación de que no había manera de ampliar el cementerio más que hacia arriba, construyendo una especie de necrópolis de rascacielos mortuorios, un Benidorm de la muerte. Algunos de los edificios de nichos tenían más de cinco alturas y se veían con toda claridad por encima de la tapia. Se le antojó impúdico, además de feo, pero los ayuntamientos, en general, no se destacaban precisamente por su buen gusto en cuestiones estéticas.

Hacía mucho que no había estado allí y apenas recordaba dónde estaban enterrados sus propios abuelos, aunque sí tenía imágenes claras de su madre, su hermano y ella llenando los jarros para poner las flores que habían traído, casi siempre gladiolos rojos o rosa, porque la florista decía que duraban mucho.

Cruzó la entrada y, casi de inmediato, la cubrió la sombra de los enormes cipreses que flanqueaban las puertas de hierro. Una vez fuera del sol, la temperatura bajaba considerablemente. Se cerró la chaqueta y, después de mirar a ambos lados sin saber bien adónde ir, se dirigió a la casita que hacía las veces de oficina, pero antes de alcanzarla vio salir a un hombre vestido de faena, probablemente el sepulturero.

Le preguntó por el panteón de los Arráez y el hombre le dio unas indicaciones inequívocas: la calle principal hacia abajo, la tercera a la derecha, no tenía pérdida, era un mausoleo grande, de mármol negro, con un gran ángel de alas abiertas.

El cementerio no estaba tan desierto como Sandra había imaginado. Aunque aún faltaban dos semanas para Todos los Santos, ya había mujeres, casi todas de más de cincuenta años, limpiando algunas tumbas, y unos cuantos hombres solitarios, sentados en los bancos de piedra, al sol de las diez, mirando fijamente un nombre con sus fechas, o con la vista clavada en el suelo. Viudos recientes, probablemente, que aún no se habían acostumbrado a la ausencia de sus mujeres y no sabían cómo llenar las horas de sus vidas.

Caminó despacio, saludando con la cabeza a las personas con las que se cruzaba y que la miraban como si la reconocieran, aunque ella no tenía la sensación de conocer a nadie. Quizá el parecido con su madre fuese tan evidente para ellos que podían estar seguros de quién era aquella muchacha joven que creía poder ir de incógnito al cementerio de su pueblo.

Reconoció de inmediato el panteón de la familia Arráez: era efectivamente enorme y faraónico, haciendo juego con doña Ofelia, uno de esos monumentos que muestran bien a las claras que no se ha reparado en gastos para construirlo. Lo mejor de lo mejor. Mármol negro con chispitas plateadas en sus profundidades, pulido como una joya; mármol blanco para el gran arcángel que, con las alas extendidas, velaba sobre los moradores del panteón. Un bello ángel andrógino, con una túnica que cubría todo su cuerpo y una melena suave que le caía hasta los hombros. Una estrella dorada en la frente destacaba sobre la blancura y contra el cielo intensamente azul. Tenía las manos extendidas con las palmas hacia arriba y su expresión era de dulzura, de comprensión, de perdón. El escultor era, sin duda, un artista. Casi daba lástima que aquella obra estuviese arrinconada en el cementerio de una pequeña ciudad.

Sacó el móvil y tomó varias fotos, tanto de la escultura como del mausoleo en sí.

Las puertas eran de rejas doradas. Detrás de ellas, unos escalones llevaban al interior donde, a izquierda y derecha, tres filas de nichos dispuestos en horizontal ofrecían espacio a seis difuntos. Tanto sitio para una familia sin descendencia.

Sandra apretó la manivela de la puerta con pocas esperanzas. Sin embargo se abrió al empuje de su mano sin un mínimo chirrido, dejando el paso franco.

Echó una mirada sobre su hombro, preguntándose si debía entrar sin pedir permiso; luego recordó que don Luis le había dicho que él no tenía nada que ocultar y ella podía mirar lo que quisiera, y sin darle más vueltas, bajó los peldaños hasta el interior de la cripta. Al fondo, una hermosa cristalera de colores permitía el paso de la luz y delante, un mínimo altar, también de mármol negro, sostenía un crucifijo muy simple, un gran cirio de cera de abeja que desprendía una dulce fragancia de miel y una cajita dorada que contenía una caja de cerillas.

Se dio la vuelta admirando las proporciones de aquel espacio de brillante negrura donde la luz del sol se rompía en colores al entrar por la vidriera.

Sólo había dos nichos ocupados, frente a frente, en la altura del medio. Las letras doradas, imitando una escritura a mano, rezaban *Anselmo*, sin fechas, sin apellidos, y *Ofelia*, también sin fechas ni más nombres. Bonito. Original. Curioso.

Sandra pasó los dedos por el nombre de Anselmo, como si fuera ciega. Las letras eran suaves y estaban muy frías. Se imaginó al hombre de la foto, ese hombre tan guapo y tan elegante, metido en un cajón, detrás de todo aquel mármol. ¿Qué quedaría de él? Un puñado de huesos. Si había muerto cuando su hijo tenía quince años y Luis ahora tenía setenta y siete, no podía ser de otro modo. ¡Qué lástima!

Delante de la losa con el nombre, una cajita dorada igual que la del altar le llamó la atención. No pudo contener la curiosidad y la abrió, aunque estaba claro que también contendría cerillas o un recambio de vela. Sin embargo, lo que vio la dejó perpleja. ¿Qué hacía aquello allí?

Se apresuró a cerrar de nuevo la caja y se dio la vuelta para ver si la tumba de Ofelia tenía algo parecido. No. El nicho de doña Ofelia, justo enfrente del que fue su marido, no tenía nada más que su nombre. No había ninguna caja.

¿Se habrían equivocado y le habrían puesto a él lo que debía estar en la tumba de ella? Tenía que preguntárselo a Alberto. Mejor a Alberto. No se veía capaz de decirle a don Luis que había estado en el panteón y había llegado tan lejos como para fisgar y abrir las cajitas.

De todas maneras, aunque se tratara de una confusión, era raro que aquello estuviese allí. No era algo que uno espera encontrar en una tumba.

En ese mismo momento se dio cuenta de que no había flores. Ni naturales, ni secas, ni de tela, ni de plástico. Volvería después del 1 de noviembre, a ver si don Luis le había llevado flores a sus padres. No sabía bien qué significado tendría el que lo hiciera o el que no lo hiciera, pero sentía curiosidad.

Estaba casi segura de que para el 1 de noviembre la tumba de doña Ofelia tendría un enorme ramo. ¿Sería igual con Anselmo? ¿Le seguiría llevando flores a su padre, que murió a mediados de los cincuenta, si no recordaba mal? Eso la llevó a pensar ¿cuántos años tenía Ofelia cuando enviudó?

Rebuscó en su bolso hasta encontrar la libretita donde apuntaba los datos básicos. Treinta y siete. No se había dado cuenta de que se llevaban tantos años ella y su marido. Ni de que, en ese caso, se había pasado sola, sin pareja, más de cincuenta años.

Tenía que tratar de entender cómo había sido esa mujer. No se sentía capaz de escribir sobre ella si no la entendía, si no sabía quién era, qué sentía, qué clase de persona había sido, qué evolución había seguido.

¿Qué clase de mujer, a los veintiún años, mata con sus propias manos al asesino de su padre? Y luego, unos meses más tarde, se casa con un hombre nueve años mayor y que ha vuelto de la guerra enfermo de tuberculosis, tiene un único hijo y empieza a trabajar como una leona hasta convertirse en la empresaria más importante de la región en una época en que las mujeres sólo se dedicaban a las labores del hogar.

Aunque tenía que reconocer que en aquella región y concretamente en aquel pueblo, las mujeres habían empezado muy pronto a trabajar en los talleres y las fábricas para contribuir a la economía familiar, lo que las había hecho más fuertes y seguras de sí mismas que en otros lugares, a pesar de que, por supuesto, seguían teniendo que encargarse de las faenas del hogar y el cuidado de los hijos. Toda una generación de *superwomen*. Tendría que tomar eso en cuenta en su biografía. Claro que Ofelia era un caso especial, pero en Monastil no era tan raro como lo habría sido en otros lugares.

Empezaba a darse cuenta de que, si quería hacerlo bien, iba a necesitar bastante más que un par de semanas. Ya no era sólo reunir información y redactar unos cuantos capítulos de modo coherente; cada vez más sentía la necesidad de estar a la altura de aquella mujer que aún encontraba tan contradictoria, una mujer que se le escapaba como el humo cuando quería apresarla en su mente.

Pasó las yemas de los dedos por su nombre: Ofelia. El día de su bautizo alguien había elegido muy mal. Aquella mujer no era débil, ni estaba tan necesitada de cariño y protección como su tocaya en la obra de Shakespeare, ni era de las que se suici-

111

dan cuando las cosas empiezan a ir mal. No podía imaginarse a doña Ofelia suicidándose, ahogándose en el río, loca de amor, rodeada de flores, como la protagonista de *Hamlet*.

A pesar de que lo que había hecho por su padre y lo que sabía de su relación con Anselmo decían lo contrario, Sandra no podía imaginarse a Ofelia queriendo a alguien. En su mente, sin saber bien por qué, Ofelia era una mujer dura, egoísta, incapaz de amar; una depredadora que había conseguido todo lo que se había propuesto en la vida sin importarle a qué precio tuviese que conseguirlo.

Ya había transcrito unas cuantas entrevistas con gente que la había conocido y le habían contado anécdotas de todo tipo. Como era de esperar, había un poco de todo, pero lo bueno era abrumador y, sin embargo, a ella sólo se le habían quedado en la cabeza las cosas que, de algún modo, dejaban mal a Ofelia.

Sabía que era lo peor que podía hacer una historiadora, y mucho más una biógrafa; sabía que tener esas ideas preconcebidas le iba a dificultar innecesariamente el trabajo, pero no conseguía encontrarla simpática. Y eso iba a ser un problema.

Echó una última ojeada a la cripta, se arregló la bufanda para marcharse y volvió a pasar los dedos por el nombre de Anselmo.

Ya en las escaleras, volvió sobre sus pasos, abrió de nuevo la cajita, sacudió la cabeza, perpleja, y salió al exterior.

—Me da igual lo que te hayan contado de ella. La tía era una zorra. ¿Para qué vamos a andarnos con tonterías? Mi padre me lo contaba siempre; ella tan fina, tan de iglesia, tan de obras de caridad, y luego te sacaba las entretelas en cuanto te descuidabas. Nosotros teníamos unos terrenos que habían sido de mi bisabuelo y que siempre habían estado plantados de olivos que apenas si daban para unas cuantas tinajas de aceite.

Cuando las cosas empezaron a ir mejor en el pueblo, mi padre pensó edificar en ese terreno para hacernos un chalé a mi hermana y a mí, y otro para ellos. Nada grande, no te creas, tampoco teníamos tanto dinero, pero con un préstamo habríamos podido sin problemas. Pero, claro, aquello eran fincas rurales y no se podía construir; no era terreno urbanizable, así que, a pesar de todo lo que intentó el hombre, no hubo nada que hacer.

Ofelia le compró los terrenos por cuatro perras. Para regalarlos al ayuntamiento y que hicieran allí el centro de subnormales, le dijo.

—¿Para discapacitados mentales? —corrigió Sandra casi automáticamente.

—Eso será. Antes decíamos subnormales y no pasaba nada, todo el mundo sabía lo que uno quería decir.

—¿Y entonces?

—¿Entonces? La muy zorra no le regaló nada a nadie. Se los quedó. Se esperó un par de años hasta que cambió el ayuntamiento y entonces, de golpe, los terrenos eran zona urbana, edificables, y la tía se puso las botas haciendo adosados. El alcalde se compró un BMW de cojones y nosotros nos quedamos con un palmo de narices. ¡Imagínate que tuvo los santos cojones de mandarnos los folletos por si nos apetecía comprarnos uno en los terrenos que habían sido nuestros!

—¿Los compraron?

——¡Antes muertos! Nos quedamos en el piso de siempre y después compramos un apartamento en la playa. A otra constructora, claro. Pregunta a quien quieras. En este pueblo casi todas las familias tienen una historia que contar sobre doña Ofelia y, menos los estómagos agradecidos y los pelotilleros, que nunca faltan, ninguna es buena…

(Fragmento de la entrevista mantenida con Fernando Moreno Rivas, fabricante de calzado, jubilado. 24 de octubre)

14

$\mathcal{A}$pesar de que desde que se le ocurrió la idea de la biografía ya había ido juntando muchas de las cosas que pensaba enseñarle a la persona que fuera a ocuparse de escribirla, Luis las iba sacando de una caja y metiéndolas en otra para, sin poder evitarlo, volver a juzgar la conveniencia de elegir esta foto y no aquella, de añadir o quitar una, de dejar este programa, aquel catálogo, esta carta de agradecimiento de un gobernador, de un ministro, la foto dedicada de un presidente, de un director de cine, de una cantante de ópera, de un premio Nobel.

No quería parecer arrogante, pero tampoco quería arriesgarse a no hacer honor a su madre escamoteando las piezas más valiosas que, por su gusto, habrían estado enmarcadas en la biblioteca a la vista de todo el mundo y que Ofelia siempre se negó a exponer. Y también quería que Sandra tuviese una imagen completa de su madre, no sólo como empresaria, como triunfadora, sino también como mujer, como esposa y madre, y amiga y todos los papeles que la vida le había hecho representar a lo largo de sus noventa años.

Le habría gustado empezar por su infancia, pero no quedaban fotos de cuando era pequeña. Los pobres no se hacían fotos en aquella época y sus antepasados habían sido pobres de solemnidad, campesinos y más tarde obreros. La más antigua que conservaba era una en blanco y negro, muy pequeña, de bordes aserrados, en la que se veía a Ofelia con otra muchacha de su edad, posiblemente durante la guerra, las dos vestidas con pantalones y camisas, y apoyadas en un camión abierto lleno de hombres jóvenes con fusiles al hombro. Apenas resultaba reconocible si no fuese por la oscuridad de su mirada y la seriedad de su rostro. En las pocas fotos realmente antiguas que conservaba, Ofelia no sonreía jamás, como si aquello de dejarse fotografiar fuese algo tremendamente serio.

La siguiente era la de su boda, una foto de estudio en la que Anselmo, muy joven y circunspecto, estaba sentado, mientras ella, de pie tras él y con una mano en su hombro, miraba fijamente a la cámara con ojos asustados, de una intensidad salvaje. Ambos iban vestidos de oscuro, muy elegantes, él de traje cruzado, ella con un vestido de seda y un prendedor de florecillas, posiblemente falsas, a un lado del escote. Junto a ella, sobre una peana, reposaba un pequeño ramo de flores blancas con forma de estrella. Más que una boda parecía un funeral, pensó Luis, con una sonrisa, como tantas veces.

Cogió otra foto, mucho más grande que las anteriores, una de las que más le gustaban, en la que se veía a seis parejas en una fiesta de carnaval, los hombres disfrazados de mujeres y las mujeres vestidas de hombres. Ellos sentados, ellas de pie detrás de cada silla, cada oveja con su pareja.

Siempre se le iban los ojos a la derecha, donde estaban sus padres. Sin pasión filial, podía decir que eran los más guapos, porque a los demás se les veía exagerados, vulgares, posiblemente un poco borrachos incluso, mientras que Anselmo y Ofelia estaban elegantes, con un toque mundano, equívoco, que los hacía muy atractivos. Ella con traje oscuro, camisa blanca, chaleco cruzado por la leontina del reloj, el pelo bien pegado al cráneo con brillantina y un bigotito pintado que le daba una gracia especial junto a sus ojos maquillados de oscuro. Parecía eso que en la generación de sus abuelos se llamaba «un señorito calavera».

Él magníficamente maquillado, con un sombrero cloché que le cubría medio ojo y los labios pintados de rojo oscuro con «pajarita», el pico de los labios muy perfilado, sonreía coqueto a la cámara. Llevaba un vestido de color claro con encaje en el cuello y en las mangas, y un collar de perlas de dos vueltas.

Detrás, en una tinta tan descolorida que parecía arena: «Primera fiesta de disfraces. Casino de Monastil. 1948».

Luis pasó la yema del dedo por encima del rostro de su padre, el hombre que más había admirado en su vida, un hombre que incluso vestido de mujer resultaba magnético. ¡Qué pena que hubiera tenido que morir tan joven! ¡Cuánto le habría gustado tener una relación de adulto con él! Aunque, por otro lado, quizá hubiese sido mejor así. Si nunca llegó a animarse a hablar claro con su madre, a pesar de lo moderna y lo liberal que era, ¿cómo habría podido enfrentarse a su padre y al temor de su rechazo?

Volvió a mirar la foto. ¿Estaría bien enseñársela a Sandra y arriesgarse a que pensara mal de ellos? ¡Qué estupideces se le ocurrían! ¿Por qué iba a pensar mal por una foto de carnaval? Esa foto era precisamente lo que hacía falta para enseñarle que Anselmo y Ofelia no sólo eran un matrimonio ejemplar, trabajador y cabal, sino que también tenían muchos amigos y sabían divertirse.

Añadió unas cuantas fotos de las fiestas de Moros y Cristianos en las que se veía a sus padres vestidos de moros marroquíes y más tarde Ofelia, ya viuda, vestida de mora musulmana con varias amigas de su escuadra, y otra en la que se los veía a los dos, a él mismo y a su madre, montados a caballo, cuando fueron capitán y abanderada en las fiestas de 1981. Ella tenía sesenta y cuatro años y estaba impresionante con su turbante de plumas y la larga capa bordada.

Luego fue eligiendo algunas fotos de viajes —Ofelia con la torre Eiffel, Ofelia en el Empire State, Ofelia en el puente de Praga, Ofelia con la catedral de San Basilio, Ofelia en el Pan de Azúcar—, añadió las fotos más oficiales, ya todas de ella con personajes famosos o en situaciones importantes —estrechando la mano del rey, presidiendo el congreso internacional de la moda en Milán, abrazada a Madonna, sonriendo junto a Michael Jackson—, y cuando hubo terminado, volvió a repasarlas para añadir otras más antiguas y familiares en las que también se veía a Gloria, a Ángel y, muchos años después, a Alberto, primero de pequeño, en Navidad, en el tiovivo, en la playa y poco a poco, de colegial, de adolescente, de universitario. Se detuvo un par de minutos en una de sus favoritas: Alberto, Ángel, Ofelia y él mismo, todos sonrientes, el día en que el chico terminó empresariales y se fueron a celebrarlo a Machete, un restaurante de dos estrellas Michelin, los cuatro solos porque, para entonces, ni Anselmo ni Gloria estaban en el mundo ya y no había más familia.

117

Recordaba claramente lo difícil que había sido reunirlos. Alberto no quería que Ángel estuviera presente en la celebración; él habría preferido tener consigo a su madre, pero ella se negaba a compartir mesa con su exmarido. Ofelia no estaba dispuesta a aceptar que Ángel, el padre del homenajeado, no estuviera invitado. Él mismo habría preferido que estuvieran los tres solos: Alberto, Ofelia y él, pero comprendía que era de muy mal gusto decirle a Ángel que estaba de más y que su propio hijo no quería verlo. Por fin, como siempre, Ofelia se salió con la suya y luego resultó que la cena discurrió con suavidad y acabaron pasándolo muy bien, aunque de vez en cuando se notaba que el chico sufría.

Ahora, tantos años después, sólo quedaba esa foto en la que todos sonreían y parecían una familia bien avenida, feliz de estar celebrando algo importante, el comienzo del futuro profesional de Alberto. Nadie sabría nunca la cantidad de amargura que había existido en esa relación entre Alberto y su padre, la rabia y los celos que Ángel había sentido siempre al darse cuenta de que Luis era cada vez más importante en la vida de su hijo.

118

Añadió la foto al montón de las elegidas sin pensarlo más. Para Sandra no era fundamental saber nada de todo eso. Sería un momento más en la vida de Ofelia, el momento feliz en el que su casi nieto entraba en la empresa.

Al final, antes de cerrar la caja, decidió añadir también un par de fotos en las que se veía a Ofelia ya muy mayor, elegante y bien vestida como siempre, pero apoyada en su bastón de puño de plata y con la mirada que fue cultivando en la última década de su vida: una mezcla de la intensa, ardiente mirada de su juventud con un fuego de arrogancia y casi de odio hacia el contemplador, como si le ofendiera la idea de que le quedaba poco tiempo en este mundo mientras que tantas otras personas menos creativas, menos luchadoras, menos apasionadas, aún eran jóvenes y tenían por delante años y años que desperdiciarían sin más.

Era una expresión difícil de juzgar con ecuanimidad y suponía que a alguien que no hubiese conocido a Ofelia le daría la idea de una mujer temible, sin ápice de dulzura, pero no tenía más remedio que aceptar que muchas de las personas que aún quedaban con vida y la habían conocido en su última etapa, la recordaban precisamente así: con el pelo plateado, la mirada imperiosa, los labios fuertemente apretados. Una aristócrata rusa de antes de la Revolución, una lady victoriana, una reina tirana.

Ofelia nunca llegó a tener, a pesar de la edad, la típica boca de tiburón, de paréntesis curvado hacia abajo. Los tratamientos, las cremas y la férrea gimnasia facial que siempre se impuso lo evitaron, pero sus labios se fueron haciendo más duros y su sonrisa menos frecuente. Odiaba hacerse vieja, perder fuerza, perder facultades.

A veces pensaba que incluso le resultó agradable verlo envejecer a él, verlo cumplir los setenta años, el hecho de que su único hijo fuera convirtiéndose en un anciano. El día de su cumpleaños le obsequió una de sus raras sonrisas junto con la frase «¡Qué viejos nos hemos hecho, Luisito!». Como si el compartir la desgracia de haber perdido la juventud los igualara, los uniera de algún modo.

Poco después había fallecido. Y él seguía vivo.

Aunque, a su edad, tenía que ir pensando en arreglar ciertas cosas. No le gustaba la idea de que la muerte podía llegar en cualquier momento, pero no era conveniente apartar de su mente ese tipo de ideas y fingir para sí mismo que tenía treinta años, como hacía tantas veces. Era muy importante dejar los asuntos de la empresa bien arreglados mientras aún estaba en posesión de todas sus facultades; y Alberto no era, oficialmente, nada suyo. Ni hijo, ni sobrino, ni ninguna relación familiar que permitiese un traspaso de poderes y de bienes con la mínima pérdida. Era su socio, sí, pero había muchas otras propiedades que considerar. No iba a tener más remedio que ceder y decirle a Alberto que había decidido dejar de posponer esa conversación que el muchacho llevaba meses pidiéndole.

Suspiró. Últimamente no hacía más que ceder en todo. ¿Sería eso la vejez?

119

Sandra

Otra vez a vueltas con el azar, o con el destino, o con lo que sea que se nos presenta de vez en cuando sin haberlo llamado y que cambia la dirección de nuestros planes, de nuestra vida.

Debían de haber pasado dos o tres días desde la primera vez que entré en la casa donde ahora vivía Diego, y si volví, más que por el deseo de seguir curioseando aquellos armarios, fue porque me había invitado a comer y era una buena forma de ahorrarme la comida en casa.

De día, aquella vivienda ya no parecía tan tétrica y no me recordaba tanto al ominoso lugar de mi sueño en el autobús. La cocina era grande y luminosa y la salsa que Diego estaba preparando para la pasta olía realmente bien, mucho mejor de lo que me hubiese atrevido a esperar.

Por otra parte, era verdad eso de que parecía que nos hubiésemos metido en el túnel del tiempo. Todo seguía estando en buen uso, pero era auténtico de los años sesenta o quizá principio de los setenta, desde los azulejos a los electrodomésticos, pasando por los armarios y la batería de cocina. Diego llevaba un delantal que parecía sacado de *Pleasantville* y la salsa se iba espesando en una olla de esmalte blanco con dibujos psicodélicos en tonos rojos y naranjas.

Me sirvió una copa de tinto y dejó sobre la mesa un cuenco con almendras fritas para que pudiéramos ir picando mientras se cocía la pasta. Él estaba ajetreado preparando la ensalada y removiendo la salsa de vez en cuando. No me dejó ayudar en ningún momento.

—¡Que no, tía, que estás de invitada! ¡Quédate quieta un rato, joder! Anda, ¿por qué no subes a dar una vuelta por ahí arriba y miras algo mientras yo termino aquí? Ya te llamaré cuando lo tenga listo.

Cogí un par de almendras, me limpié la mano en su delantal, lo que me valió una radiante sonrisa y, llevándome la copa de vino, subí las escaleras sin ningún tipo de sensación fuera de lo común. Los fantasmas, si los había, se habían retirado durante las horas de luz.

Una vez arriba, di una vuelta por toda la planta: tres dormitorios, un baño muy grande, una especie de sala de estar gigante que ocupaba el espacio donde en el piso de abajo estaban el comedor y la cocina. Esta tenía salida a una terraza que, aunque el piso llevaba décadas deshabitado, seguía teniendo muchas plantas en macetas e incluso una palmera y un par de árboles de sombra en grandes macetones. Miré por la ventana pero no salí. El tiempo se había puesto gris y desapacible. La palmera se agitaba como una mujer desmelenada, aunque al llegar no me había parecido que hiciera tanto viento.

Decidí dejarlo todo para más adelante y echar otra mirada al armario, aprovechando que ahora estaba sola y no tenía que darle explicaciones a Diego sobre lo que me interesaba y lo que no.

121

Abrí con cuidado las puertas correderas por la parte donde sabía que estaban los bolsos. Sé que suena terriblemente a cliché, pero me chiflan los bolsos, a pesar de que en mi vida cotidiana las mochilas son lo que más uso. ¿Adónde voy a ir yo, siendo quien soy y llevando la vida que llevo, con un bolso de Vuitton o ni siquiera de Furla? Aunque pudiera permitírmelo gracias a una lotería o me lo hubieran regalado, todo el mundo pensaría que era del top manta. Ya se dice que el cristal en la mano del rico es diamante y el diamante en la mano del pobre es cristal. Pero gustarme, me gustan, y aquello era como el escaparate de una pastelería para un niño hambriento.

Nada más abrir, se me fueron las manos solas hacia un bolsito *vintage* de un tejido color caramelo con asa de algo que parecía ámbar aunque seguramente era uno de los primeros plásticos. El cierre era como un broche de solapa, una auténtica joya, y el forro, de raso negro, estaba en perfectas condiciones. Una divinidad. Metí la mano, temiendo y deseando que hubiese algo dentro, pero lo único que había era el papel de seda que mantenía la forma redondeada del bolsito.

Lo dejé en su sitio y cogí uno mucho más grande, de líneas rígidas, de la mejor piel de serpiente que había visto en mi vida; uno de esos bolsos que se pasan de madres a hijas y que duran más que sus propietarias. Era una belleza y estaba en perfecto estado. Me lo eché al hombro, di un par de pasos y me planté frente al espejo admirando su reflejo que, extrañamente, no quedaba nada mal con mis botas, mis vaqueros gastados y mi jersey negro. Era como un *understatement*, como si yo fuera una joven millonaria en un día libre de trabajo. ¡Qué pena que aquello estuviera muriéndose de asco en un armario porque Ofelia no había tenido a quien pasárselo!

Lo abrí con cuidado, disfrutando del gesto, imaginando a Ofelia abriéndolo con manos fantasmales a la vez que yo. El forro era de un raso gris perla elegantísimo y en el bolsillito había un espejo de maquillaje que, por la parte de atrás, estaba forrado con la misma piel de serpiente del resto del bolso. ¡Menudo lujo! No había nada más, ni una miserable horquilla de pelo, pero de todas formas, pasé la mano por el fondo, disfrutando de la suavidad, imaginando lo que habría contenido al correr de los años.

122

Ya a punto de cerrarlo, me di cuenta de que la parte donde la tela del forro se unía al cierre metálico superior estaba un poco suelta. Metí la uña y forcejeé para desencajarlo un poco mientras el corazón empezaba a latirme. ¿Y si había descubierto algo?

—Tres minutos y comemos —oí la voz de Diego desde la cocina—. ¿Me oyes?

—Sí —grité, apresurándome. Fuera lo que fuera aquello, no quería que Diego lo viera y empezara a preguntarme.

Metí la punta de los dedos con cuidado para no romper nada. Dentro había un sobre alargado, de un color marfil que ya se había vuelto amarillento y crujía un poco a cada movimiento mío. Lo saqué procurando no estropear ni el bolso ni el sobre, lo dejé encima de la cama y volví a cerrarlo todo como estaba. Luego le eché una mirada rápida sin tocarlo. La dirección estaba escrita en una letra picuda, con las mayúsculas grandes y llenas de florituras, en una tinta negra que con los años se había vuelto casi marrón. Por fortuna, el papel debía de haber sido de calidad y no había sufrido demasiado.

Me levanté la ropa y metí la carta entre el jersey y la camiseta. Bajé las escaleras de dos en dos sobre la voz de Diego gritando «¡a comeeeeer!», saqué mi carpeta de la mochila, guardé el sobre dentro y entré en la cocina displicentemente.

—¿Qué, has encontrado algo?

Me llené la boca de almendras para no tener que contestar de inmediato mientras negaba con la cabeza.

—He dado una vuelta por el piso de arriba —dije cuando pude hablar. Eso era verdad—. Un día de estos empezaré a mirar la ropa del armario. Lo mismo hay algo en algún bolsillo. ¡Uy, me he dejado la copa arriba!

—¡Deja, tía, yo te la traigo! Tú acomódate.

Estaba deseando quedarme sola y leer aquellas páginas, pero sabía que no era el momento adecuado y, sobre todo, no quería tener que leerlas con Diego mirando por encima de mi hombro, de modo que no tuve más remedio que resignarme y esperar a mejor ocasión, sin dejar de darle vueltas a qué sería aquella carta, quién la habría escrito, cuándo... si diría algo interesante para mi investigación o serían simples listas de proveedores o de compradores o lo que fuera.

Me había parecido leer París en la dirección y un nombre de mujer, pero no estaba segura y en ese momento ya no me daba tiempo de ir a mirar. Tendría que tener paciencia, una de las cosas que peor se me dan en este mundo.

—Oye —dijo Diego apareciendo en ese mismo instante con mi copa en la mano—, estoy pensando que sí que es buena idea eso de mirar en los bolsillos de la ropa colgada en el armario. A veces se encuentran cosas interesantes.

—¿Lo sabes por experiencia? —pregunté por preguntar.

Me miró por encima del hombro mientras le daba un par de vueltas a la ensalada. Fue de esas veces en que tienes claro que la otra persona está calculando hasta qué punto puede fiarse de ti. Debí de pasar la prueba porque, encogiéndose un poco de hombros, contestó:

—Una vez me cayeron setecientos pavos.

—¡Joder! —se me escapó.

—Era una señora muy mayor en una residencia. Nos llevábamos de puta madre. Emilita, se llamaba. No le gustaba nada tener que hacer fisio y se alegraba un montón cuando me iba una semana de vacaciones y me «olvidaba» de buscar un

123

sustituto. Decía que así ella también tenía vacaciones. —Puso entre los dos la olla con la pasta y empezó a servirla—. Tenía una familia odiosa, tía. Un hijo superdesagradable, ruin como pocos, y una nuera casi peor. Una tarde que llegué a la hora de siempre, a la pobre le había dado un telele por la noche y estaba agonizando, casi inconsciente. El hijo y la nuera aún no habían acudido porque tenían el día muy liado, y total... ¿qué más daba, si igual estaba inconsciente? Eso es lo que dijeron por teléfono, los muy cabrones, cuando los avisaron.

Me quedé un ratito haciéndole compañía, aunque seguramente no se enteraba de nada. Emilita tenía una tortuga muy graciosa, africana, de madera negra, que me había prometido. Me la metí en el bolsillo, le di a ella un beso en la frente y, casi a punto de marcharme, me acordé de que por Navidad y en su cumpleaños siempre me daba una propina que sacaba de un vestido verde oscuro. Abrí el armario, encontré el vestido, metí la mano en el bolsillo y allí había unos billetes. Me los guardé sin mirarlos, aunque sólo fuera para fastidiar al cabrón de su hijo. Luego, en casa, me di cuenta de que era mucho, pero ya no podía devolver el dinero porque tendría que haber explicado que había abierto el armario y había buscado entre su ropa. Así que me callé y le llevé un ramo bonito al entierro. Te parece mal, ¿no? —preguntó después de una pausa.

Seguí mirándolo mientras masticaba. Sí, me parecía mal. Muy mal. Sin embargo era muy parecido a lo que yo misma acababa de hacer. ¿Qué haría yo si ahora, al abrir el sobre, lo que había dentro era dinero? ¿Volvería a meterlo en el bolso de serpiente para que fuera otro quien lo encontrara y se lo quedase? No. Seguramente no.

Me encogí de hombros.

—Ella ya no lo necesitaba —dije por fin.

Diego sonrió y levantó la mano para que se la chocara.

—Está genial esta pasta —dije, con la esperanza de cambiar de tema.

—Pues ya sabes, tía, cuando quieras. Guisar es de las pocas cosas que me gustan en serio. Si te animas, otro día te invito a una cena de muchos tenedores pero, eso sí, tarde, porque hasta las ocho o así no termino con el viejo y luego necesito al menos tres horas.

—¿El sábado?

—Hecho.

Me sonrió, adelantó la mano hacia mí y, con suavidad, me metió un mechón de pelo detrás de la oreja sin dejar de mirarme a los ojos. Como siempre en circunstancias similares y a pesar de que ya no tenía quince años, se me formó una bola en la boca del estómago. ¿Iba a besarme? ¿Quería yo que me besara?

—Me caes bien, tía —dijo en voz baja sin dejar de sonreír—, a pesar de que eres una empollona insoportable y no dejas de dar la vara con la puta ética.

Volvió a coger su tenedor y comimos en silencio durante un par de minutos. Yo pensaba «si esto fuera una película, aquí se acabaría la escena y no tendríamos que pasar por todo lo de después hasta el momento de volver a salir a la calle», pero como no era una película, ni siquiera una novela, nos terminamos la pasta y luego él se levantó, fue a la nevera y trajo dos tiramisús de supermercado.

—Ahora pongo un café, si quieres. O nos lo tomamos luego en un bar. ¿Tienes planes para la tarde?

Asentí con rapidez.

—Tengo mucho que transcribir, tengo que organizar las entrevistas de la gente que aún recuerda a doña Ofelia y tengo que ver de pedirle a Félix que me arregle una cita con doña Muerte. Aparte de que a las cuatro me espera don Luis, como siempre.

—Siempre tan ocupada. ¿Y si te quedas y echamos una siesta? —Su mirada dejaba claro que entre sus planes no se contaba precisamente dormir. Creo que incluso me ruboricé.

—No me gusta hacer las cosas tan deprisa. Y hemos quedado para el sábado, ¿no?

Él asintió con elegancia, sin insistir, lo que me sorprendió bastante. Luego, al salir a la calle, me di cuenta de que ni siquiera me había preguntado si cuando yo había dicho eso de «no hacer las cosas tan deprisa» me refería a que nos conocíamos desde hacía demasiado poco tiempo como para meternos juntos en la cama o que la hora y media que nos quedaba me parecía poco para lo que él tenía planeado.

Me encogí de hombros y apreté el paso. Estaba deseando leer aquella carta antigua.

15

Alberto y Luis estaban terminando de comer en la cocina. Carmela se había asegurado de que tenían todo lo necesario y se había retirado, dejándolos solos.

—¡Mira que le sale bien el arroz con conejo a esta mujer! —dijo Alberto, sirviéndose más.

Luis llenó las copas mientras tanto sin saber bien cómo iniciar la conversación que le interesaba. Hasta el momento habían discutido las cuestiones pendientes, el día a día de la empresa, y Alberto se marcharía en cuanto terminasen de comer. Desde que él no podía encargarse de casi nada por la maldita cadera, Alberto había tenido que cargar con el doble de trabajo.

—¿Sabes? —dijo por fin Luis, con cuidado—. He estado pensando…

—¡Uf! *Molt malament,* como dicen nuestros amigos catalanes. Cuando tú te pones a pensar, yo me echo a temblar. A ver, cuenta… ¿qué se te ha ocurrido ahora?

—Es sobre aquello que me dijiste…

—Llevamos más de treinta años juntos, Luis. Te he dicho miles de cosas. ¿A cuál de ellas te refieres?

Luis se metió en la boca otra cucharada de arroz y lo miró fijamente, como a la espera de que Alberto comprendiese por sí solo. La cosa funcionó porque, de repente, sus ojos se iluminaron.

—¡No me digas que has decidido aceptar!

Luis se limpió los labios con la servilleta, tomó un sorbo de vino y volvió a alzar la vista.

—Digamos que ya no me niego en redondo. Lo he estado pensando y… bueno… le veo ciertas ventajas a la solución.

De un segundo a otro Alberto perdió la expresión ilusionada.

—No es una «solución», Luis. —Las comillas eran perfectamente audibles—. Por supuesto que la cosa tiene muchas ventajas económicas y resolvería ciertos problemas que, por desgracia, antes o después acabarán por presentarse, pero tú sabes muy bien que no se trata de eso. Al menos, para mí, no se trata de eso. —Alberto enfatizó el «para mí» y apartó el plato que tan a gusto se estaba comiendo.

Luis siguió en silencio, masticando voluntariosamente, aunque el maravilloso arroz con conejo de Carmela en esos momentos le sabía a arena.

—A ver, habla claro por una vez en tu vida —continuó—. ¿Sí o no?

—Alberto...

—Ya lo sé, Luis, ya sé que te cuesta, pero... por tu padre, llevamos treinta años en esta situación. Yo, la verdad, es que ya no puedo más.

—Por mi padre... —La boca de Luis se giró hacia abajo en una mueca de tristeza—. Tú sabes muy bien que precisamente por respeto a mi padre llevo treinta años aguantando.

127

—Pues ya va estando bien, ¿no crees? ¡Tu padre murió hace casi sesenta años! Mientras vivió Ofelia, yo comprendía hasta cierto punto que no quisieras enfrentamientos, pero, por el amor de dios, Luis, tu madre lleva ya mucho enterrada. Nadie te va a juzgar.

—¡Todo el mundo me va a juzgar! —Si hubiese tenido la movilidad de siempre, se habría puesto de pie, arrojando la servilleta sobre la mesa y habría empezado a caminar de un lado a otro de la cocina. Así, no tuvo más remedio que conformarse con lo de la servilleta—. ¡Soy don Luis Arráez! Todo el mundo va a tener algo que decir y no van a ser precisamente piropos.

—¿Y a ti qué más te da? De Ofelia decían que era una mafiosa y a ella le entraba por una oreja y le salía por la otra.

—No es lo mismo.

—No. Efectivamente. Porque lo que ella hacía era ilegal, además de inmoral, y lo nuestro no es ni una cosa ni otra.

—Según se mire.

—¿Sigues pensando que es una perversión? ¿Que tiene cura?

Luis se pasó la mano por la frente, por los ojos, en silencio. Alberto se levantó, dio la vuelta a la mesa y se acuclilló frente a él.

—Escúchame. Estoy harto de secretos, de disimulos, de gilipolleces. Yo te quiero y tú me quieres a mí. Llevamos toda la vida juntos, al menos yo; tú ya tenías tus años cuando empezamos —Luis esbozó una sonrisa pálida ante el tono jocoso de Alberto que daba a entender que él ya había tenido muchas experiencias de todo tipo antes de comprometerse con él—. Si nos casamos, las ventajas en cuestiones de herencia son evidentes, pero yo no te pedí matrimonio por eso, y tú lo sabes muy bien. Yo quiero que seas mi marido, quiero que todo el mundo se entere de que somos pareja, quiero poder cogerte de la mano para salir a pasear por la playa de Alicante, ¿te enteras? No puedo más, Luis.

Alberto apoyó la cabeza en el regazo de Luis. Él empezó a acariciarle el pelo.

128

—No quiero reprocharte nada, tú lo sabes… —continuó— pero llegué incluso a casarme para que nadie sospechara de nada, para que tu buen nombre no sufriera descalabros… ¡Pobre Mar! ¡Pobre Nerea! Menos mal que nos divorciamos y cada uno lleva su vida.

—¿Y no te preocupa que tu hija sepa que su padre es maricón? —Luis pronunció la última palabra con todo el desprecio que pudo reunir. Alberto no entró al trapo, aunque sabía que era una provocación voluntaria.

—En absoluto. Soy gay, lo he sido siempre, y si cometí el error de casarme y hacer desgraciada a una buena chica fue porque en aquel entonces pensaba que no había otra solución para poder estar contigo. De lo que no me arrepiento es de haber tenido a mi hija. Nerea es, salvo su puñetero carácter, una mujer estupenda.

—Sí. Y muy buena médica.

—También. Y si no le gusta tener un padre gay, a mí tampoco me gusta que se haya ido al quinto infierno a ponerse en peligro para ayudar a la gente de allí. Pero los dos somos mayores de edad y hacemos lo que mejor nos parece.

Alberto se puso en pie, acercó una silla, cogió las dos manos de Luis y volvió a mirarlo con toda la intensidad que pudo poner en sus ojos.

—¡Cásate conmigo, Luis! ¡Dame esa alegría!

Luis cerró los ojos. Una lágrima se le escapó entre los párpados cerrados.

—Imagínate —insistió Alberto—, podremos vivir juntos en esta casa. O en otra, sin recuerdos de nadie, donde tú quieras —añadió, interpretando un cambio en la expresión del rostro de Luis—. Podremos dormir juntos todas las noches, irnos de vacaciones en el mismo avión, hacer todos los días lo que sólo hacemos cuando no estamos en Monastil... Ahora ya no es ningún escándalo, ahora se puede. Nos lo hemos ganado después de toda una vida fingiendo, ¿no crees?

Luis asintió lentamente con la cabeza. Sí. Se lo habían ganado, pero llevaban tantos años fingiendo, disimulando, que ya no se creía capaz de mostrar la verdad. No quería ni imaginarse paseando por la playa de la mano de Alberto y encontrarse con algún conocido, los comentarios soeces, las miradas de reojo, el convertirse de un momento a otro en un maricón viejo en lugar de seguir siendo un respetado empresario.

—Dime que sí, Luis, dime que sí —insistió Alberto.

Luis abrió los ojos y lo miró. Su amor, su muchacho maravilloso. Tenía tanto miedo de hacerle daño, de que lo abandonara... y tanto miedo de lo que le estaba pidiendo...

A punto ya de decir «de acuerdo», volvió a cerrar los labios. Alberto le estaba proponiendo matrimonio. Se había arrodillado delante de él y lo miraba con esos ojos, oscuros y brillantes como el mejor charol. No podía decir «de acuerdo» como si fuera un trato difícil con un cliente particularmente duro.

—Sí, Alberto —dijo por fin, notando que se le desgarraba el pecho de puro terror—. Sí. Quiero casarme contigo.

Alberto lo levantó de la silla, lo envolvió en un abrazo estrecho como si quisiera fundirse con él y le susurró un «gracias, amor» al oído que estuvo a punto de hacer que se desmayara de emoción. Él quería a Alberto, quería hacerlo feliz, pero no podía evitar el temblor que sentía al pensar lo que se le iba a venir encima en el momento en que la gente supiera lo que llevaban tantos años ocultando.

129

«¡Qué callado se lo tenían!» «Resulta que don Luis es marica y además lleva toda la vida liado con un chaval que podría ser su hijo» «Yo siempre dije que tanta moda y tanto pañuelo italiano...» «No pensarán que pueden seguir viniendo al Casino y al Club de Campo como si nada. Habrá que someterlo a votación.» «Y se tira a Alberto, el hijo del guardaespaldas de doña Ofelia; así todo queda en casa.»

Mientras se besaban, Luis oía en su interior los cotilleos, veía con total claridad las miradas, las risitas, los guiños, los comentarios a sus espaldas justo a tiempo para que los oyese al pasar, los gestos afeminados al referirse a él o a Alberto. ¿Era necesario? ¿De verdad era necesario después de tanto tiempo? Así estaban bien. Tenían costumbre. No hacía falta ponerse en evidencia de ese modo. ¿Para qué?

Los jóvenes estaban empeñados en sacarlo todo a la plaza pública, en poner fotos íntimas en Facebook para que todo el mundo supiera cosas que nadie tenía por qué saber. Le daba escalofríos la idea de vestirse de novio y salir en las fotos junto a Alberto, también vestido de novio y que algún imbécil pidiera que se besaran en público.

Intentó no pensar en el caos que iba a entrar en su vida. Ya lo pensaría más adelante. Pondría todo de su parte para no volverse atrás. Él siempre había sido un hombre de palabra y acababa de darle la suya a su amor de siempre, al hombre a quien había visto nacer y crecer hasta convertirse en aquel ser maravilloso que llenaba su vida y que, por un milagro del destino, también se había enamorado de él. Toda la vida juntos. Solos el uno para el otro. Alberto tenía derecho a pedirle esa muestra de amor. Pero... era tan difícil.

—¿Me dejas que te pida algo? —preguntó por fin Luis, casi sin aliento, separándose un poco de él.

—Lo que quieras. —Alberto era un poco más alto y lo miraba hacia abajo, con los ojos brillantes de felicidad, con ese gesto posesivo y un poco chulesco que a él tanto le gustaba.

—Vamos a esperar hasta que Sandra acabe el libro. Después de la presentación, la boda como tú quieras, pero no quiero que lo nuestro empañe el éxito de lo otro. Son muchos años deseándolo, compréndeme.

Alberto se soltó de su abrazo.

—¿De cuánto tiempo estamos hablando?

—Un año como mucho.

—¿Boda en septiembre?

—Le diré a Sandra que el libro tiene que estar listo en abril. En junio lo presentamos. Y no se hable más.

—Y en septiembre…

—Lo que tú quieras.

—Yo me encargo de todo.

—A ver si vas a hacer una boda exhibicionista…

—Voy a hacer lo que me pida el cuerpo. Con que vayas al ayuntamiento cuando yo te diga, no tienes que encargarte de nada más.

Cruzaron una sonrisa. Alberto puso su mano en la nuca de Luis, volvió a atraerlo hacia sí y lo besó largamente.

131

16

Sandra llegó a casa sin aliento. Subió a pie los cuatro pisos porque el ascensor tardaba en bajar y se encerró directamente en su cuarto después de haber lanzado un «hola, ya he vuelto», que no obtuvo respuesta. Se sentó a su pequeño escritorio, inspiró hondo y, con un temblor interno, sacó de la mochila el sobre amarillento y lo colocó sobre la mesa, justo frente a sus ojos.

Efectivamente, como le había parecido ver en el primer momento, iba dirigido a una mujer —Marlène Fleury—, que vivía en París. La remitente era Ofelia Arráez, calle General Moscardó, 24, Monastil, la misma casa de donde ella había sacado la carta apenas una hora antes.

El sobre no estaba cerrado, como si Ofelia hubiese querido añadir todavía algo antes de enviar su mensaje. «Menos mal», pensó Sandra con un suspiro. La habría abierto de todas formas si hubiese estado cerrada, de eso no le cabía la menor duda, pero así resultaba más fácil, así no tenía tanto la impresión de estar haciendo algo prohibido o inmoral, aunque sabía perfectamente que lo que estaba a punto de hacer no era del todo ético.

Sonrió para sí misma recordando a Diego —«tú y tu puta ética»—. Tenía razón. Para ella la ética era importante y, sin embargo… había muchas cosas que estaba dispuesta a hacer, a pesar de saber perfectamente que no debería. En fin. En cualquier caso, ahora ya era tarde para pensar en éticas; el sobre estaba delante de sus ojos y pensaba leer la carta por encima de todo, aunque sabía que lo de necesitar documentarse bien para escribir la biografía de Ofelia no era más que una excusa; se trataba de pura curiosidad, malsana incluso, pero… ¡qué más daba!

Suponía que debía de tratarse de una carta sin la menor

importancia, quizá algo de negocios, pero en su fuero interno estaba deseando que se tratase de algo personal, de algo que a lo mejor ni siquiera don Luis sabía de su madre, él que parecía saberlo todo.

Volvió a inspirar, levantó la solapa, que crujió ligeramente, y sacó las hojas manuscritas con un temblor interno, dándose cuenta de que era la primera vez que iba a leer algo escrito por Ofelia.

La letra, en tinta negra ya amarronada, era picuda, angulosa, con grandes mayúsculas y altos palos en las tes y las eles, una letra impaciente e imperiosa, le pareció.

Si hubiera estado presente alguien más en aquella habitación de la vivienda de un cuarto piso, se habría reído, porque nada más pasar la vista por la primera línea, Sandra empezó a murmurar un «No, no, por favor, no» que fue subiendo de tono conforme deslizaba la mirada por más y más líneas hasta que dejó caer la carta sobre el escritorio, se levantó y empezó a pasear arriba y abajo de la habitación.

«*Ma chère* Marlène», comenzaba la carta. Estaba en francés. La puñetera carta estaba escrita en gabacho. Todo el maldito texto estaba en una lengua que no dominaba y además, para más inri, una que siempre se había negado sistemáticamente a aprender porque era la única lengua extranjera que hablaba su madre y se negaba a que también en eso su madre estuviese por encima de ella. Por eso se había decidido por el inglés e incluso había hecho sus pinitos en alemán. Y precisamente ahora, si quería saber lo que decía la carta de las narices —y quería, vaya si quería— no iba a tener más remedio que pedirle a su madre que se la tradujera, dándole así acceso a algo que no quería compartir con nadie, y de paso soportar otra vez una filípica sobre la utilidad de saber francés, un tema que ya casi no surgía en sus discusiones pero que había sido caballo de batalla durante toda su adolescencia.

¿Hablaba francés Félix? No conseguía recordarlo, y tampoco le interesaba inmiscuirlo en el asunto. Bastante sabía ya. ¿Diego? No le parecía posible que dominase ninguna lengua extranjera, pero cosas más raras se habían visto. Tampoco se habría imaginado a Ofelia escribiendo en francés y aquí estaba la prueba. Alberto y don Luis no contaban.

133

Pensó copiar el texto y pasarlo por algún traductor automático *online*, pero casi no conseguía descifrar las letras individuales, así que metería errores a montón y la traducción sería un engendro incomprensible.

Antes de haberlo decidido, ya estaba su móvil marcando el número de Diego.

—¿Tú sabes francés? —le preguntó antes de saludarlo. Al otro lado de la línea el silencio era casi sideral.

—¿Qué? —dijo Diego por fin.

—Que si sabes francés.

—¡Joder, tía, estaba durmiendo la siesta! No, claro. No sé francés ni falta que me hace. ¿Para eso me despiertas?

—Vale, perdona, ya te dejo en paz.

Sandra colgó antes de que Diego pudiera seguir hablando y volvió a enfrentarse a la carta. A lo mejor, con esfuerzo y un buen diccionario…

Después de aquello de «Mi querida Marlène», que era lo único claro, en el primer párrafo sólo entendía una palabra, porque era exactamente igual que su equivalente español: «desesperación».

134

Era evidente que no se trataba de una carta de negocios. Nadie le escribe a un cliente o a un proveedor diciendo que está desesperado. Ahora tenía más ganas que nunca de leerla.

Con los codos apoyados en la mesa, Sandra empezó a tironearse del pelo tratando de obligar a su cerebro a suministrarle una solución. Una ojeada al reloj le confirmó sus sospechas de que, si no salía inmediatamente, llegaría tarde a casa de don Luis, de modo que con un fastidio que le hacía querer ponerse a dar gritos, se planteó qué hacer con la carta mientras empezaba a moverse. Si la dejaba allí, podría acabar cayendo en manos de su madre antes de tiempo. Si la sacaba de casa, siempre había riesgo de perderla. ¿Y si le robaban la mochila?

Se dio cuenta de que estaba otra vez empezando a pensar como una cretina, algo que siempre había considerado muy propio de ella, abrió el primer libro que le pilló a mano, una edición de regalo de Don Quijote de la Mancha que no había abierto más que el día en que se la dieron, por su comunión, metió la carta dentro y salió galopando hacia el chalé de don Luis.

Cuando llegó, sudorosa y casi sin respiración, levantó el brazo para llamar y discretamente se olió debajo de la axila. Estaba segura de que apestaba después de la carrera que acababa de dar para llegar puntual, pero no notó nada ofensivo, de modo que, algo más segura de sí misma, apretó el timbre y esperó a que apareciese Carmela.

Don Luis estaba como siempre sentado en el sofá de la biblioteca, hecho un pimpollo, como diría su abuela, pero tenso, como si estuviera esperando o temiendo una mala noticia, nervioso por algo que, obviamente, no tenía nada que ver con ella, pero que sin embargo la hacía sentirse un poco culpable por estar allí quitándole tiempo.

—Si vengo en mal momento, tengo muchas otras cosas que hacer, don Luis; puedo volver mañana —comenzó con su habitual cortesía.

—No, no, hija, por dios, no es nada. Cosas de la fábrica que me ocupan la cabeza… Menos mal que de la cadera voy mejorando y pronto podré quitarle a Alberto parte del peso que le ha caído encima. Pero, si no le importa, esta vez lo haremos más breve.

Ella cabeceó su asentimiento.

—Mire, ahí le he preparado unas cuantas cosas: fotos antiguas, folletos, programas, catálogos… para la idea general. ¿Sabe ya cuándo va a empezar a escribir?

—Esta misma semana tengo pensado hacer el esbozo de la primera fase, desde su nacimiento hasta su boda, digamos. ¿Le parece?

—Perfecto.

—Lo que pasa es que será un capítulo corto, a modo de introducción, porque la verdad es que casi no tengo información sobre esa etapa.

Don Luis se la quedó mirando con fijeza. Al cabo de unos segundos pareció darse cuenta de lo impropio de su mirada, pestañeó y se aclaró la garganta. Su mente había vuelto al tema de Alberto y por un instante se había olvidado de quién era Sandra y qué demonios estaba haciendo allí.

—Perdone. Se me ha ido el santo al cielo. Mire, yo le resumo más o menos lo que habría que decir y usted lo redacta elegantemente y si en otras entrevistas alguien le da algún detalle

135

más, lo añade para darle color al texto. Como de todas formas me lo va a enseñar antes de que se publique...

Sandra tragó saliva para tragarse también la inconveniente respuesta que había estado a punto de darle y asintió en silencio.

—Mi madre, Ofelia Arráez...

—Perdone —lo interrumpió Sandra— pero según mis informaciones, el nombre de nacimiento de su madre era Ofelia Mallebrera Arráez...

—El de nacimiento sí, pero cuando le cambió el nombre a la fábrica nueva, después de haber sido durante unos años Viuda de Anselmo Márquez, se lo cambió ella también. Legalmente. En su carné de identidad su nombre era Ofelia Arráez.

—Ahora ya está todo claro. Lo cuento así, ¿no?

Don Luis dudó unos segundos.

—La verdad es que no veo la necesidad de contar todo eso. No sirve para nada. A nadie le importa cómo se llamaba al nacer ni por qué decidió cambiar de nombre. No hace más que confundir.

—De acuerdo —Sandra tomó una nota en su cuaderno—. Y la historia que usted mismo me contó sobre la muerte de su abuelo y la venganza de Ofelia... ¿la ponemos o la quitamos?

Don Luis quedó tanto tiempo en silencio que Sandra, después de haber recorrido con la mirada todos los cuadros que colgaban de las paredes de la biblioteca, se vio en la necesidad de seguir hablando.

—Hacemos lo que usted quiera, por supuesto, pero claro... hoy en día... —sabía perfectamente lo que quería decir, pero le costaba un esfuerzo formularlo para que no sonase tan brutal como ella lo tenía en la cabeza— no parece muy buena idea presumir de haber tenido un abuelo falangista que fue abatido en un tiroteo en la plaza pública y una madre que le pegó un tiro entre los ojos al asesino y luego recibió una medalla franquista por la heroicidad.

—Pues todo es verdad —dijo don Luis, molesto.

—Sí, ya, pero tampoco creo que su intención sea confesarse, ¿no? Yo creía que lo que usted quería era una *vita* que mostrase la gran mujer que fue Ofelia.

—¿Y no le parece que eso es parte de ser una gran mujer?

—Lo que a mí me parezca está de más. Se trata de si sus socios, proveedores y clientes…, me figuro que para muchos esta historia será una novedad…, necesitan saber una cosa así. Yo creo que habría que insistir más en todos los proyectos que financió a lo largo de su vida y todos los mecenazgos para causas caritativas. Es menos… novelesco quizá, pero es más lo que todo el mundo espera. Aparte de que también es verdad.

—Por supuesto. Pero entonces… ¿qué decimos de sus primeros tiempos?

—Pues eso, que era hija de humildes campesinos que emigraron a Francia, que ella se educó allí y hablaba el francés como una nativa, lo que luego le permitiría expandirse al extranjero…

—También aprendió inglés.

—Eso no lo sabía.

—Al quedarse viuda empezó a aprender. Vio antes que nadie las posibilidades del mercado americano y decidió que no quería tener que llevar intérprete siempre, aunque al principio sí lo hacía para asegurarse de que los contratos eran correctos. Mi madre era una mujer muy curiosa, Sandra. Hablaba y escribía perfectamente inglés y francés y, sin embargo, en español apenas sabía escribir. No le habían enseñado y había tantas otras cosas que hacer, que nunca encontraba el momento de recuperar esa falta. Y como tenía sus secretarias y me tenía a mí… Por eso dictaba tanto. —Sonrió, recordando algo que a Sandra se le escapaba por completo, y al cabo de unos segundos siguió hablando—. Luego decimos que sus padres y ella regresaron en 1928, se establecieron en Monastil, mi abuelo empezó a trabajar en el calzado y ella, aunque era pequeña, empezó también a aprender a la vez que su madre y a ayudar para sacar adelante a la familia. Luego se quedó huérfana, durante su adolescencia aprendió a llevar la casa porque mi abuelo no se volvió a casar, llegó la guerra, sobrevivió, perdió también a su padre y poco después de que terminase el conflicto, conoció al que sería su marido y se casaron.

—¿Sabe cómo se conocieron?

—Muy por encima. No solían hablar de eso aunque de vez en cuando, si se nombraba algo de ese tema, se miraban y se sonreían con complicidad. Yo sólo sé que los dos habían ido a una curandera. En aquellos tiempos los médicos escaseaban y las curanderas suplían muchas veces el servicio regular. Pero nunca me dijeron a qué habían ido. Mi padre siempre estuvo tocado del pecho. En cuanto a mi madre... ni idea. Quizá por lo de las migrañas y jaquecas, que tuvo toda la vida.

—A doña Ofelia le gustaba lo... —no sabía cómo formularlo para no ofender ni tenía la menor idea de cómo pensaba don Luis sobre esas cosas— esotérico, paranormal... ¿no es cierto? —Sabía que era una pregunta incómoda, pero ya que la conversación se lo había puesto a tiro, tenía que aprovecharse y preguntar por lo que Diego le había contado.

—¿Quién le ha dicho eso? —El hombre volvió a envararse.

—La verdad es que no me acuerdo. He hablado ya con varias personas y así... sin mis apuntes... —mintió con todo el aplomo del que fue capaz—. Pero me han dicho que visitaba regularmente a una... ¿adivina? ¿futuróloga? La verdad es que no sé cómo llamarla.

Don Luis pareció relajarse un poco.

—Si se refiere a doña Muerte, era más una amiga que una adivina. A mi madre le gustaba hablar con ella... Era casi como una sobrina... Muerta Gloria, los demás éramos hombres, y las mujeres necesitan a otras mujeres con quien hablar.

A punto ya de contestarle que a ella misma nunca le había hecho maldita falta hablar con otras mujeres, que solían ser unos bichos de cuidado y te dejaban tirada cuando más las necesitabas, se dio cuenta de que, en la base, ni a don Luis ni a nadie le importaba lo que ella pudiese pensar del asunto. Era una simple asalariada y estaba mucho más guapa con la boca cerrada; de modo que sonrió cabeceando afirmativamente.

—¿Le importaría que fuese a visitarla?

—No. ¿Por qué iba a importarme? Dígale a Carmela que le dé su número de teléfono y que le explique cómo llegar; pero no se haga muchas ilusiones, doña Muerte es una tumba —tardó medio segundo en darse cuenta de lo que acababa de decir y soltó una carcajada descomunal. Al cabo de unos segundos de reírse descontroladamente, aún con los ojos húmedos, se disculpó—. Lo siento, Sandra, qué chiste tan malo, perdone. Quería decir que suele guardar muy bien el secreto de los clientes, aunque, habiendo ya fallecido mi madre, y siendo para lo que es, igual consiente en contarle alguna historia a usted. Si sirve de algo, puede decirle que yo estoy de acuerdo. Y ahora… si me disculpa, de verdad que tengo mil cosas que hacer.

—Por supuesto —se apresuró a contestar poniéndose de pie—. ¿Sabe usted francés, don Luis?

—Un poco, ¿por qué?

—Por nada. Me preguntaba si, siendo el francés la lengua casi materna de doña Ofelia… le habría enseñado a usted de pequeño.

Don Luis se puso de pie con el esfuerzo de ambos brazos, apoyándose luego con fuerza en el bastón de tres patas.

—Cuatro cosas… algunas canciones… algunas rimas infantiles… Luego fui a clase con una maestra de aquí, pero al morir papá mi madre pensó que el inglés nos haría más falta y aprendimos los dos, aunque cada uno con una profesora distinta. Ella quería aprender inglés de negocios lo más rápido posible, pero para mí quería que lo aprendiera realmente bien, con calma, una lengua que me sirviera para todo. Sólo que yo nunca he sido bueno para los idiomas y, aunque me entiendo si hace falta, lo del extranjero lo lleva Alberto. ¡Carmela! La señorita Sandra quiere pedirte un par de cosas en cuanto puedas.

139

Sandra

Recuerdo que al salir del chalé estuve dándole vueltas a la idea de llamar a doña Muerte en ese mismo momento, pero el tirón de la incomprensible carta de Ofelia (incomprensible porque, para mi desgracia, yo no era capaz de comprenderla) pudo más y en cuanto salí de casa de don Luis me fui directamente a la mía, ya decidida a lo inevitable: le pediría a mi madre que me la tradujera (por supuesto sin decirle de dónde la había sacado) y después ya veríamos. Se empeñaría en saber más y al final tendría que permitirle que se enterase de cosas que hasta ese momento había querido guardar sólo para mí, pero al fin y al cabo era mi madre y en esos momentos la necesitaba.

Nunca he sabido de dónde sale esa manía que tengo de contar en casa lo menos posible. Una compañera mía dice que es algo generacional, que sólo nos pasa a los que andamos por la treintena, pero la verdad es que no me lo creo. Pienso que lo que nos pasa, a la nuestra y a todas las generaciones por debajo de la mía, es justamente que no nos pasa casi nada, que nos pasan tan pocas cosas (o tan pocas interesantes de verdad, como para contarlas) que no queremos compartirlas con nadie que pueda opinar sobre ellas, porque darlas es abrirlas a la opinión de otro y por tanto relativizarlas, perderlas. Si lo dice ya hasta el verbo: «pasar», que lo mismo significa «suceder» que «acabarse». Las cosas que te pasan, pasan, se van, desaparecen.

Además, cuando queremos que se entere alguien de algo, para eso están las redes sociales. Al menos ahí no tienes que verle la cara a la gente cuando le cuentas algo, ni responder preguntas de inmediato, y nadie puede notar si estás contando todo lo que hay o sólo lo que te conviene, cosa que no sucede cuando le cuentas algo cara a cara a las personas que te conocen desde que naciste y que tienen ocasión de hacerte preguntas en ese mismo momento.

O quizá lo que nos pasa es que hasta a nosotros nos da vergüenza tener una vida tan pobre y tan sosa, y por eso nos empeñamos en estar siempre compartiendo con semidesconocidos o desconocidos totales cualquier chorrada que nos haya sucedido, exagerándola, embelleciéndola, «editándola», como dicen ahora los que no saben inglés. No estoy hablando de mentir directamente, como cuando, harta de que todo el mundo menos tú tenga una vida social esplendorosa, te haces una foto recién maquillada y con un vestido sexi y la posteas en Facebook diciendo: «Lista para una cena romántica», aunque no haya cena ni chico ni dinero para romanticismos. Eso es mentir, sí, estamos de acuerdo. Pero suponiendo que de verdad hayas quedado con alguien y te hayas puesto guapa para la ocasión, en general prefieres no hablar de ello a tus padres para que no empiecen a preguntarte quién es, en qué trabaja, si ha estudiado, si tiene hermanos y si la cosa va en serio, porque lo triste es que la mitad de las veces, a una misma también le gustaría poder responder a esas preguntas, sobre todo a la última, y se tiene que chinchar porque no lo sabe; por eso prefiere callarse. O no. ¡Yo qué sé!

Lo que sí sé es que al llegar a casa, lo primero que me preguntó mi madre fue si ya era la segunda vez que había quedado con Diego. ¡Joder! ¡Menudo control! Pero como necesitaba su ayuda, dije modosamente que sí, sin añadir nada, fui a mi habitación y volví con la carta en la mano.

—¿Podrías traducirme esto? —pregunté, tratando de que no notara la ansiedad que me consumía—. Está en francés.

Apreté los dientes para lo que iba a venir, el «te lo dije», el «si me hubieras hecho caso», pero por algún milagro, mi madre se limitó a coger la carta y acomodarse en la sala de estar bajo la lámpara de lectura.

—¡Qué letra más difícil! —comentó—. A ver si entiendo algo.

—Tú ve leyendo y yo lo copio, ¿vale?

—Mmm… «Mi querida Marlène» —Eso ya lo sabía, pero me mordí los labios y decidí tener paciencia—. «te escribo, en contra de mis costumbres, por pura desesperación; porque necesito hablar de esto con alguien y aquí, tú lo sabes, no hay con quién hablar. Este no es un tema que pueda pregonarse sin que más tarde haya consecuencias.» —Levantó los ojos de la carta y me miró—. ¡Uau! ¡Qué misterioso! ¿De quién es?

No tenía sentido mentirle, así que se lo dije:

—De Ofelia, pero no sé de qué época.

—A lo mejor hay algo en el texto que nos permitirá saberlo.

—¡Venga, sigue!

Mi madre siguió traduciendo y yo escribiendo, aunque tengo que confesar que al cabo de un par de párrafos me limité a escucharla, cada vez más perpleja; ya tendría tiempo para apuntar.

La carta decía:

Mi querida Marlène,

te escribo, en contra de mis costumbres, por pura desesperación; porque necesito hablar de esto con alguien y aquí, tú lo sabes, no hay con quién hablar. Este no es un tema que pueda pregonarse sin que más tarde haya consecuencias.

Siempre hay consecuencias. Esa es una de las pocas cosas que he aprendido en la vida.

No te puedes fiar de nadie, esa es la otra. Ya que, por muy de fiar que alguien parezca en un momento dado, en cuanto cambian las circunstancias, cambia la lealtad, y el secreto que un buen amigo o un pariente te habría guardado hasta la muerte, deja de ser sagrado en cuanto hay por medio una pelea, unos celos o una herencia.

Tú sabes de qué te hablo, Kiki.

Me preocupa Mito, esa es la verdad. Lo de Selma va adelante y temo que ya sea tarde para cortarlo. ¡Me da tanta rabia no poder hacer nada! ¡Y tanta pena! No sólo por mí, tú me conoces, yo tengo costumbre de aguantar, de callar, de disimular, de sufrir sin que se note desde fuera…

Me da pena por él, porque le está destrozando la vida y no puede cambiarlo. Sufre, y aunque quisiera tomar una decisión no lo consigue. La idea de dejarnos a mí y a Luis lo pone enfermo. «Preferiría morirme» me dijo el otro día; y a la vez Selma lo atrapa, lo envuelve, lo asfixia y, aunque suene contradictorio, lo libera. Es lo que me dijo entre sollozos.

No sé qué hacer, Kiki. Yo también me ahogo. Quisiera coger un tren y marcharme a verte a París, lejos de este maldito pueblo donde todo se observa y se comenta.

La semana pasada una vecina, Salud, me dijo algo que me puso los pelos de punta: había estado en Madrid, con su marido, en el Hotel Comercial y, casualmente, me había visto en una mesa de la cafetería con una amiga, una mujer alta, delgada, muy fina, me dijo con intención, mirándome sin parpadear con esos ojos negros de pájaro.

Al principio sólo le contesté que no me había fijado en ella, lo que es verdad, no vi a Salud mirándonos, y la cosa no tendría mucha importancia si no fuera porque la muy zorra sumó dos y dos, preguntó por el hotel y llegó a la conclusión de que yo estaba tomando un café con la amante de mi marido.

«La verdad es que te admiro, Ofelia», me dijo bajando mucho la voz y acercándose a mi oído. «Yo creo que no podría, que no tendría el estómago de sentarme cara a cara con ella y no arrancarle los ojos con las uñas.»

Naturalmente lo desmentí todo, le dije que estaba equivocada, que era una amiga extranjera de cuando vivíamos en Francia, del colegio, una chica que se había casado en Madrid y que no tenía nada que ver con Anselmo.

No me creyó. Me echó una mirada desdeñosa con los ojos entornados y empezó a tenerme lástima. ¡Con lo que yo odio que me compadezcan!

Supongo que, mientras tanto, lo debe de saber todo el mundo. Algunos maridos de nuestras supuestas amigas lo saben también. Está claro por cómo me miran, como calculando cuándo será el momento adecuado para «consolarme», por quién me decidiré cuando necesite un hombre, ahora que el mío tiene a otra.

Es asqueroso. Los mataría a todos si pudiera. Hipócritas. Santurrones. En público todos haciéndose cruces de que Mito tenga una amante y de que yo lo sepa y siga con él como si nada y a la vez como buitres, esperando el momento de hacer ellos conmigo lo que tanto le reprochan a su amigo.

Cuánto me gustaría poder irme de aquí, irnos los tres, los cuatro debería decir quizá. Pero nuestra vida está aquí, nuestra casa, nuestra fábrica. Ahora que poco a poco nos estamos haciendo un hueco, que empiezan a irnos bien las cosas, no podemos permitir-

143

nos plegar las tiendas como los nómadas del desierto y empezar otra vez desde cero.

Además de que, para más inri, mi suegra, Adela, está cada vez peor. Mito jamás abandonaría a su madre. No se entienden, pero se quieren. La verdad es que yo tampoco la dejaría tirada, a pesar de todo lo que me ha hecho en estos años. No me ha querido nunca. Siempre le he parecido poco para su precioso hijo. No ha sido capaz de comprender que estar conmigo es lo que lo ha salvado de la locura, que su alma sensible no habría podido estar con otro tipo de mujer.

Yo tampoco la he querido jamás, pero ha sido una buena madre para Mito y una buena abuela para Luis, y no nos tiene más que a nosotros.

Escríbeme pronto, querida mía. Necesito hablar contigo, que me ayudes a pensar. Si pudiéramos, iríamos a París este verano, pero tendríamos que llevarnos a Luis, porque Adela ya no está para quedárselo, o dejarlo aquí con Gloria, que últimamente tampoco está demasiado bien. Y lo de llevarnos a Luis es peligroso; a su edad hay muchas cosas que no comprende pero que le llaman la atención y después las cuenta a su manera, por mucho que yo trate de enseñarle lo que significa guardar un secreto. La vida se está poniendo cada vez más difícil, Kiki. A veces echo de menos los tiempos en los que no teníamos que pensar más que en nosotros, en que íbamos a aplaudirte por las noches y luego a tomar champán, a bailar y a cantar hasta el amanecer. Ahora es como si este horrendo país, gris y cruel, nos estuviese devorando.

Lo dejo ya, querida. Escríbeme. Disfruta tú por los que no podemos hacerlo. Mándanos alguna foto de tu nuevo espectáculo. Si no puedo ir yo, te mandaré el catálogo por correo para que elijas.

Recibe todo el cariño de tu amiga Ophélie.

Al levantar mi madre los ojos de las páginas nos quedamos mirándonos sin saber qué decir. Aquella carta era explosiva y tiraba por tierra todo lo que yo creía saber, tanto sobre Anselmo como sobre Ofelia.

Anselmo no era el abnegado e intachable padre y esposo que todos querían hacer creer, mientras que Ofelia no era la tigresa despiadada que imponía siempre su voluntad y conseguía cualquier cosa que deseara sin importarle cómo. La que había escrito aquello era una mujer sensible, cariñosa y extrañamente fiel al marido que la estaba engañando con otra. Aunque, de hecho, tampoco podía llamarse engaño porque ella lo sabía, lo comprendía de alguna manera y su amor era tan fuerte como para poner la felicidad de Anselmo por encima de la propia. Aquello cambiaba todo lo que yo creía saber sobre ella, me descolocaba por completo y me obligaba a plantearme de nuevo la imagen que ya tenía consolidada.

—¡Qué mujer más valiente! —dijo mi madre por fin—. Nunca me cayó demasiado bien, pero después de esto, la admiro de verdad.

—¿Por acomodarse a que su marido tuviese a otra? —Me salió aquello con ese tinte de desprecio sin que yo misma supiera por qué, ya que era casi exactamente lo mismo que yo acababa de pensar. Me figuro que, como siempre, para no darle la razón, para no estar de acuerdo con ella. Mi madre, sin embargo, no se lo tomó a mal, aunque lo que me contestó formaba parte de mi *top ten* especial de frases odiosas.

—Seguramente eres demasiado joven aún para entenderlo, hija. Nunca has querido a nadie así.

—¿Y tú sí? ¿Tú aguantarías que papá te pusiera los cuernos y te irías a tomar café con la otra?

—No seas vulgar, Sandra. —Hubo una breve pausa. Estaba claro que no le apetecía pelearse conmigo como tantas veces, que aquello era algo serio para ella o le había tocado alguna fibra especial—. No lo sé. No sé si sería capaz de compartir su amor con otra, pero si la alternativa es perderlo del todo o verlo sufrir horriblemente... no sé... Por eso digo que la encuentro admirable. El verdadero amor es querer que el otro sea feliz cueste lo que cueste, ¿no? Lo que encontramos normal cuando se trata de un hijo: poner su felicidad por encima de la tuya.

—Eso no existe.

—Pues ya ves —señaló la carta que había dejado sobre la mesa—. Aparte de que tampoco tienes hijos y no puedes saber según qué cosas. ¿De dónde la has sacado? Me juego el cuello a que Luis no sabe nada de ella. Se le caerían todos los santos de los altares si se enterara.

¡Ya estábamos otra vez con las preguntas!

Mi madre esperaba mi respuesta sin quitarme ojo, como si pensara que la había robado del mismísimo escritorio de don Luis.

—La encontré por casualidad en un bolso que fue de doña Ofelia —dije apartando la vista y bajando la voz sin darme cuenta.

—Y que estaba casualmente... ¿dónde?

Me mordí los labios y acabé por contárselo, como siempre. Por eso prefería no tener ocasión de estar cara a cara con ella en ese tipo de situaciones, porque al final siempre acabo por decirlo todo.

—Pues quizá fuera una idea repasarlo todo bien: los bolsos, los bolsillos de la ropa colgada, los libros de las estanterías...

Me quedé perpleja. Ella siguió como si nada.

—Aunque... quizá... al fin y al cabo, ¿para qué quieres saber cosas que no te llevan a ninguna parte y que ni siquiera puedes comentar con Luis?

—¿No puedo?

—Es asunto tuyo, claro, pero ¿qué gana él sabiendo ahora que su padre, hace una eternidad, tuvo una amante y llegó a plantearse dejarlos a él y a su madre? ¿Nunca has oído eso de que antes de contar algo a alguien deberías hacerte tres preguntas y contarlo sólo si la respuesta es tres veces sí?

Sacudí la cabeza.

—¿Es verdad? ¿Es bueno? ¿Es necesario? Esas son las tres preguntas. ¿Cuáles son las respuestas?

—Es verdad. Al menos tenemos aquí una carta de Ofelia de su puño y letra donde nos lo cuenta.

—Error. Se lo cuenta a su amiga Marlène. Ni se le pasó por la cabeza que tú y yo llegáramos nunca a leerla.

—Vale, pero la respuesta a la primera pregunta es que es verdad. Lo de si es bueno... me imagino que si don Luis lo supiera le haría mucho daño; no te haces una idea de hasta qué punto admira a su padre. Lo de si es necesario... —me di cuenta de golpe de que llevaba unos segundos sacudiendo la cabeza— no, supongo que no es necesario. ¿Para qué?

—Pues eso.

Hubo un largo silencio, las dos perdidas en nuestros propios pensamientos. Yo, pensando en si me gustaría saber algo

146

así de mi padre, si me serviría de algo enterarme ahora, a mis casi treinta años, de si mi padre se enamoró alguna vez de otra mujer hasta el punto de plantearse abandonarnos a nosotros y marcharse con ella; y eso que yo aún podría hablar con él y preguntarle ciertas cosas, mientras que en el caso de don Luis eso ya no le resultaba posible.

No. No tenía sentido, y además tampoco podía usarlo en la biografía de Ofelia, ni siquiera para mostrar lo generosa que había sido con su marido.

—¿Tú sabías que lo llamaba Mito? —preguntó mi madre, levantándose a encender las luces de la salita. Sin darnos cuenta nos habíamos quedado casi a oscuras.

—No. Supongo que sería un diminutivo de Anselmo. Según mi documentación, su abuelo, el médico, era don Anselmo, y su padre, el zapatero, Anselmo; me figuro que a él, de pequeño, lo llamaban Mito, de Anselmito, y cuando Ofelia lo conoció, se le pegó de oírselo a su madre. En la carta, si no me equivoco, lo llama Anselmo cuando habla con otras personas de fuera de su círculo íntimo y Mito cuando habla de él con su amiga. Ella debía de conocerlo también.

—Sí. Aquí dice que echa de menos las veces que estuvieron juntos en París, sin el niño, ella, Anselmo y Kiki.

—¿Marlène era Kiki?

—Eso parece. Ese debía de ser su nombre artístico. Sería cantante o artista de variedades o algo así, y le hacían los zapatos en la fábrica de Ofelia. Podemos ver de echar un vistazo *online*. Si quieres, miro yo un poco —le hacía tanta ilusión que le dije que sí, aunque con pocas esperanzas de que llegase a encontrar algo, pero a las dos nos había picado la curiosidad y tampoco le hacíamos daño a nadie. O al menos eso creíamos entonces.

17

*S*i no hubiese sido por Carmela, que le consiguió una cita, no habría podido ver a doña Muerte hasta después de Navidad porque tenía ya llena la agenda hasta mitad de enero; pero el nombre de doña Ofelia seguía pesando mucho y, en cuanto se enteró de qué se trataba, citó a Sandra en el único día libre que se tomaba a la semana. Eso sí, a una hora horrorosa, las ocho de la mañana, lo que, siendo viernes, era incluso peor, ya que significaba que por la noche estaría hecha polvo y no tendría ninguna gana de salir, incluso si Diego la llamaba, cosa que estaba por ver. Al fin y al cabo, habían quedado para el sábado y tampoco era plan verse todos los días.

Cuando llegó a la dirección que le habían dado aún no tenía la sensación de haberse despertado del todo, y ni siquiera tenía claro qué narices le iba a preguntar a aquella mujer y para qué estaba allí. Llevaba ya unos días pensando que se estaba tomando un trabajo innecesario para lo que era el proyecto. No acababa de entender ese estúpido prurito de averiguar cosas que nadie sabía o que a nadie le importaban o que podían arrojar sobre su biografiada una luz que no era en absoluto la que le interesaba a quien le había encargado el trabajo. ¿Era por aburrimiento? ¿Por tozudez? ¿Para creerse frente a sí misma que no se dejaba comprar por nadie y que sólo estaba dispuesta a escribir lo que ella quería? O, si no escribirlo —porque necesitaba el dinero y no podía arriesgarse a contrariar a don Luis— al menos saberlo para ella misma.

No entendía por qué, considerando que no había conocido a Ofelia ni podía tener opinión previa sobre ella, tenía esa idea fija de que no era de fiar y que ocultaba muchos secretos. Si repasaba lo que había leído y oído sobre la empresaria y añadía lo que había averiguado, la mayor parte era positivo, admirable incluso; y sin embargo no dejaba de darle vueltas al par de cosas —tonterías que se estaba casi sacando de la manga— que empañaban esa brillante imagen: uno, que su mejor amiga, Gloria, madre de Ángel y abuela de Alberto, se hubiera suicidado sin que nadie hasta el momento le hubiese explicado nada de sus razones para hacerlo; dos, que su mano derecha, Ángel, que en todas las conversaciones salía relacionado con asuntos turbios y probablemente mafiosos, tuvo un accidente de moto mortal que podría no haber sido un accidente... y desde hacía muy poco, una tercera cosa de lo más absurda que no dejaba de acudirle a la mente, incluso sabiendo que era una estupidez: que Anselmo, el guapísimo y elegante marido de Ofelia, que tenía una amante extranjera a sabiendas de su mujer, murió a los cuarenta y seis años sin haber abandonado a la familia para irse con la otra, pero dejándola así totalmente libre para llevar la vida que mejor le pareciera, dueña de una fábrica que iba cada vez mejor y sin menoscabo de su reputación.

Todo el mundo sabía que a Anselmo la guerra lo había dejado muy tocado, que siempre estuvo enfermo del pecho... pero seguía siendo raro que un hombre como él, que en las fotos se veía tan atractivo y tan sano, muriese tan joven; y tan deprisa.

Todas esas cosas eran las que realmente le gustaría preguntarle a la adivina con la que se iba a entrevistar, pero ¿cómo abordar esos temas con una perfecta desconocida? Y ¿para qué? Todo aquello, siendo sincera consigo misma, no eran más que elucubraciones absurdas. La vida de la gente real es bastante más aburrida que la de la gente de las películas, las series y las novelas, pero ella, por desgracia, estaba bien dotada de imaginación y se pasaba la vida montando historias, aunque ya hacía tiempo del último relato que había escrito.

Ese era otro tema que no quería tocar ni para sí misma, pero, por lo que parecía, si su mente fabuladora no escribía relatos de ficción, empezaba a fabular sobre la realidad, y eso era peligroso, especialmente cuando una había decidido tratar de ganarse la vida como historiadora. Porque, aunque todo historiador inteligente sabe que la historia es fabulación o al menos construcción de rompecabezas coherentes a partir de las piezas que uno encuentra, ningún historiador en su sano juicio lo diría en voz alta si quería seguir trabajando, sobre todo en ambientes académicos.

¡Ya estaba bien de darle vueltas a las cosas! Se chupó los labios, hizo una inspiración profunda, empujó la cancela, que estaba abierta, subió al primero y tocó el timbre. Apenas un segundo después, sobresaltándola, se abrió la puerta, como si la mujer hubiese estado esperando su llamada justo detrás.

—Sandra, ¿verdad? ¡Gracias por ser tan puntual!

Era una mujer pequeñita, morena, de grandes ojos brillantes rodeados de patas de gallo y arrugas de risa. Si no hubiese sabido que tenía casi sesenta años, le habría echado muchos menos.

—Anda, pasa. Aquí en el pasillo hace frío, pero el estudio está tropical, ya verás. Acabo de colar un café, ¿te apetece? —Tenía un levísimo acento que la hacía muy simpática, pero que no habría podido ubicar si no hubiese sabido que era de origen cubano.

El pasillo era largo, oscuro y lleno de cuadros, pero no le dio tiempo a fijarse en ninguno porque su anfitriona caminaba deprisa mientras comentaba el tiempo que había estado haciendo toda la semana.

La habitación que había llamado estudio era la que hacía esquina y, a pesar de que el día estaba gris, la luz entraba a raudales iluminando las paredes atestadas de libros y objetos de todas clases. Había grandes plantas, varias orquídeas en flor, un sofá esquinero muy usado pero con pinta de ser muy cómodo, un sillón frailuno con reposapiés bajo una lámpara de lectura, un escritorio sencillo en la ventana y una mesita redonda en mitad de la habitación con dos sillas enfrentadas. Sobre la mesa, una caja de madera justo en el centro.

—Pasa, anda, ponte cómoda.

Sandra se dirigió a una silla.

—No, mujer, esa es para los consultantes. Aquí, en el sofá. ¡Yemayá!, quita de ahí, que pueda sentarse Sandra. No serás alérgica, ¿verdad? Porque entonces tenemos un problema.

Ella dijo que no con la cabeza y empezó a hacer sonidos tranquilizadores hasta que la gata se acercó displicentemente a olisquearla. Luego volvió a acomodarse sobre un cojín con los ojos cerrados. Mientras tanto, la mujer había servido dos tazas de café, que dejó sobre la mesa auxiliar junto a una jarrita de leche y un azucarero.

—Pues tú dirás, Sandra —dijo, mirándola con una sonrisa—. A todo esto, te habrán contado la historia de mi nombre. No, no hace falta que te sonrojes, no es culpa tuya; ni mía, claro. Es lo que pasa cuando tienes un padre tan revolucionario... y tan inculto —Se echó a reír—. Llámame Doña; es lo que hace todo el mundo.

Sandra se mojó los labios en el café para retrasar el momento de decirle lo que quería. Doña debió de sentir su incomodidad porque arrancó a hablar sin que mediara ninguna pregunta.

—Yo debí de ser una de las personas que mejor conocía a doña Ofelia, pero tienes que tener en cuenta que nos conocimos cuando ella ya había cumplido los sesenta, mientras que yo tenía unos veinte. O sea, que la conocí de mayor y, aunque me contó muchas cosas de su juventud, nunca conocí a la muchacha que fue antes de ser doña Ofelia. ¿Qué parte de su vida te interesa más?

—Toda —contestó Sandra, sonriendo—. Más que nada para hacerme una idea y que no sea sólo lo que dice su hijo.

—Sí, te entiendo. Me figuro que oyendo hablar a su hijo acaba una por cogerle tirria a Ofelia. Es como si no hubiese roto un plato en la vida. Una auténtica santa.

Sandra se echó a reír. Doña había acertado plenamente.

—¿Qué clase de persona era?

Doña subió las piernas al sofá y las recogió debajo de su cuerpo mientras hacía equilibrios con la taza, pero debía de tener mucha costumbre porque no derramó ni una gota.

—Esa es una pregunta imposible de contestar porque, como tú bien sabes, cada persona es distinta según con quién esté y según en qué situación. Hay personas encantadoras con los desconocidos e insoportables en familia, depredadoras en los negocios y mecenas de hogares de gatos y perros abandonados; se dan toda clase de contradicciones... Conmigo, Ofelia era un cielo y creo que me mostró a lo largo de los años muchas cosas que nunca dejó que nadie más supiera, pero de igual modo, se guardó muchas otras que acabó llevándose a la tumba. En cualquier caso, si te sirve de algo, era muy parecida a ti.

—¿A mí? ¿Cómo sabe usted cómo soy yo? —La voz le salió más agresiva de lo que pretendía.

—Háblame de tú, mujer. No te voy a decir cómo lo sé, pero dime si me equivoco: cabezota, muy celosa de tus secretos, desconfiada, egoísta, insegura, necesitada de amor pero asustada de confesarlo, valiente con una valentía que viene de la rabia, casi siempre de la rabia contra la injusticia, no de la serenidad de espíritu, imaginativa, generosa con las grandes causas, cicatera para lo pequeño, luchadora, posesiva, suspicaz... hay más, pero de momento basta con eso. ¿Te reconoces?

Sandra se la quedó mirando perpleja y, lentamente, asintió con la cabeza.

—¿Cómo lo sabes? —preguntó estrechando los ojos—. Claro que, en mayor o menor medida, lo que me has dicho se puede aplicar a casi todo el mundo.

Doña sonrió de nuevo.

—¿Ves? Suspicaz... Pero no te culpo; al principio impresiona. Es mi único don. Ese y el ser capaz de leer las cartas. Cuando miro a alguien, me pasa como a la gente normal con la parte externa. Me explico. Tú me miras ahora y puedes decir: esta mujer es pequeña, un poco gordita, morena, con ojos oscuros y muchas arrugas, risueña, con más pecho del que conviene a su figura... ¿no? —Sin esperar respuesta, continuó—. No te parece nada raro porque todo el mundo puede describir a la persona que tiene enfrente, siempre que tenga la vista en buen estado. Pues a mí me pasa lo mismo con lo de dentro. Nada más verte en la puerta he visto todo eso que te he dicho, y cuanto más te trate, más cosas veré, hasta que llegue un momento en que deje de apreciar nada nuevo porque ya será todo lo habitual; tú eres así y punto. Es como cuando uno convive con una persona muy guapa o muy fea: al cabo de un tiempo ya no nota ni la fealdad ni la belleza. Mi don no es gran cosa, no es como el que tenía Remedios, que podía diagnosticar la enfermedad que tenías, y muchas veces incluso curarla. Yo no llegué a conocerla, pero Ofelia la adoraba.

—Allí es donde conoció a su marido, ¿no?

—Sí. Justo al acabar la guerra. A ver, dime, ¿qué querías saber?

Sandra soltó el aire por la nariz.

—Ni yo lo sé bien, Doña. Estoy hecha un lío.

—¿Me dejas que te eche las cartas? A lo mejor ellas saben lo que tú no tienes claro todavía.

Nunca le habían echado las cartas en su vida y, aunque normalmente se habría reído un poco y habría aceptado como por juego, ahora, después de lo que Doña había adivinado sobre su personalidad sin haberla tocado siquiera, le daba un ligero miedo; o, si no miedo, una cierta inquietud, un temor difuso de que, haciendo aquello, algo muy íntimo pudiese quedar revelado frente a aquella desconocida.

—Sólo si quieres…

Se miraron unos segundos y Sandra asintió. Se sentaron a la mesa, Doña abrió la caja que ocupaba el centro y sacó un mazo de cartas envueltas en un pañuelo de seda de color índigo, la miró a los ojos y empezó a barajar.

—Tú piensa en la situación que quieres aclarar, pero sin agobiarte. —Dejó el mazo en el lugar que había ocupado la caja—. Corta por donde quieras, con la mano izquierda. —Sandra hizo lo que le pedía y Doña extendió todas las cartas frente a ella, como un tahúr en un casino.

153

—Elige diez. Las que más te llamen; las que quieran salir de entre las otras.

Estuvo a punto de reírse, pero se dio cuenta de un momento a otro de que no era gracioso, que Doña tenía razón y había algunas cartas que realmente parecía que quisieran salir de la fila y estaban deseando que ella las eligiera.

—Con la izquierda, y me las vas dando a mí sin mirarlas.

Al cabo de unos momentos, Doña recogió el montón de cartas sobrantes y las puso a un lado; luego tomó las que Sandra había elegido y fue colocándolas en sus lugares.

—Te haré un resumen de lo que veo: esta es la carta que representa el pasado reciente, lo que te ha llevado a la situación en la que estás ahora. Puede parecer que es una cuestión de dinero, pero no es sólo eso. Quieres probarte algo a ti misma, quieres demostrar que eres capaz de algo especial, pero esta otra carta —señaló la que ocupaba la novena posición— es la que te advierte de tus miedos. Te asusta que lo que tienes que hacer no es algo convencional. Es algo diferente a lo que esperabas, curioso, algo que no sabes si serás capaz de lograr porque tiene que ver con un asunto profundamente enterrado en el pasado, algo de lo que apenas sabes nada y no ves manera de averiguar, pero que te atrae poderosamente.

—¿Ese de ahí es el diablo?

—Sí; pero no sólo y no siempre significa lo que tú crees. Aquí te representa. —Sandra tragó saliva—. En el sentido de que te sientes atraída por algo o por alguien que no va a ser bueno para ti y te va a traer problemas si no llevas mucho cuidado.

—¿Debería dejarlo?

—Según esta tirada, no necesariamente. Mira: tienes la fuerza para llegar a donde quieres llegar, el entorno te será propicio para cumplir tus planes y al final conseguirás responder a tus preguntas y resolver el asunto, pero será un espejismo.

—¿Qué significa eso?

Doña se encogió de hombros.

—Probablemente que lo que averigües será sólo una verdad a medias o que necesitarás cambiar de punto de vista para comprenderlo del todo. Hay una mujer del elemento fuego dispuesta a ayudarte; déjate ayudar porque vas a tener que luchar con un dilema ético importante.

—¿Y no me voy a enamorar y a tener muchos hijos? —Las palabras de Doña se estaban acercando tanto a la situación real que necesitaba quitarle seriedad a lo que estaba pasando.

—No. Nada de amores por el momento.

La imagen de Diego surgió un momento en su mente. ¿Nada de amores? Le alegraba que Doña no hubiese adivinado su existencia y no supiera que al día siguiente ella iría a cenar a su casa y quizá…

—¿Dicen las cartas qué es lo que quiero averiguar?

—Parece que lo que te trae el futuro es algo relacionado con un crimen. Quieres saber si hay *otro* crimen. —Enfatizó mucho la palabra y Sandra captó de inmediato que ambas conocían la historia de cómo Ofelia mató de un tiro al asesino de su padre poco antes de acabar la guerra—. ¿Es eso?

Sandra asintió. En ese momento tenía claro que era justo eso lo que más deseaba y no se había atrevido a formular con tanta claridad ni para sí misma. Algo de lo que había conseguido reunir hasta ese momento sobre la vida de doña Ofelia la había llevado a pensar que había un crimen más en su biografía. No sabía qué era, pero sentía que tenía que seguir averiguando hasta dar con la respuesta.

—Doña... ¿tú, que la conocías tan bien, sabes si mató a alguien? —Era una pregunta tremenda, pero la situación era propicia y, en el peor de los casos, si Doña no quería contestar, no tenía por qué hacerlo.

—¡Qué más da eso ahora! —Doña se levantó de la mesa—. Yo pensaba que tú querías redondear su imagen, no que estabas convencida de que era una asesina y ahora sólo necesitas reunir las piezas para probarlo; pero si te tranquiliza, no. Ofelia nunca mató a nadie, Sandra. Yo lo sabría.

155

Tarot y adivinación

*P*arece que los humanos no tenemos bastante con el presente. De hecho, le tenemos tan poco apego que han tenido que surgir cursos de *Awareness* y *Mindfulness* y todo tipo de meditaciones, trascendentales o no, para recordarnos que es importante sentir el momento que estamos viviendo, porque es lo único que realmente tenemos.

El pasado ya no está a nuestro alcance y nada de lo que sintamos, pensemos o hagamos podrá cambiar lo que ya sucedió. El futuro aún no ha llegado y, aunque podemos influenciarlo con nuestras decisiones y actos presentes, no podemos saber si esta decisión, que en estos momentos parece la más adecuada para alcanzar nuestros propósitos, va a revelarse como la más favorable; además de que, aparte de nuestros actos y decisiones, hay que contar con los imponderables, con todo lo que no depende de nosotros y puede cruzarse en nuestro camino para bien o para mal.

Quizá por eso desde tiempos inmemoriales los seres humanos hemos intentado, si no dominar, al menos alcanzar un vislumbre de lo por venir para evitarlo en lo posible, o al menos para estar preparados cuando llegue. La observación de las vísceras de los animales sacrificados o del vuelo de los pájaros, la interpretación de los sueños, las consultas a los oráculos, las estrellas, la lectura de los posos del té y del café, de las líneas de la mano, de las cartas… todo son medios para adivinar qué nos va a traer el futuro en esas cuestiones puntuales que nos angustian o aterran. ¿Conseguiré el trabajo? ¿Hago bien en quedarme con esta pareja? ¿Tendré éxito en el negocio que voy a emprender? ¿Tendré un accidente en el viaje que estoy a punto de comenzar? ¿Sobreviviré a esta enfermedad? ¿Me está engañando mi socio? ¿Hay otro amor en la vida de quien yo amo?

Curiosamente, a casi nadie nos gusta pensar que el futuro está marcado y va a suceder, hagamos lo que hagamos. Sin embargo es el argumento que subyace a la existencia de todos estos métodos adivinatorios porque, si lo que está por venir puede leerse, eso significa que ya está hecho, que de algún modo ya ha sucedido y no hay forma de cambiarlo. Entonces nos preguntamos, ¿dónde queda la libertad individual? ¿Existe el libre albedrío o somos esclavos de un destino que en ningún caso podemos cambiar? ¿O simplemente el tiempo no existe y todo lo que nos sucedió, sucede y sucederá está sucediendo siempre, a la vez, en una especie de cinta sin fin en la que las cosas no tienen lugar una tras otra, sino todas al mismo tiempo, como si fuéramos actores representando todas las escenas de una obra en el mismo horario, en escenarios distintos uno al lado del otro, desde la primera aparición en escena hasta el parlamento final? Pero entonces… ¿estamos repitiendo las palabras que tenemos que decir, sin posibilidad de introducir las nuestras propias y cambiar así la causalidad de los actos? ¿Está escrito nuestro papel y lo vamos actualizando día tras día sin darnos cuenta de que no somos libres de elegir lo que vamos a hacer y decir en cada momento?

Y, si así fuera, ¿podría alguien —un improbable espectador sentado lo bastante lejos como para ver a la vez todos los escenarios— avisarnos de lo que está a punto de pasar y, con eso, ejerciendo nuestra libertad, permitirnos cambiarlo? ¿O podríamos llegar a saberlo, pero no introducir cambios en el guion, seguir haciendo lo que está marcado incluso siendo conscientes de la catástrofe que nos espera? Eso sería como tener recuerdos del futuro y seguramente resultaría terrorífico.

157

Por otra parte, la idea de que nuestro destino está fijado y es inmutable puede resultar tranquilizadora a cierto tipo de caracteres porque aleja la responsabilidad personal de quien debería detentarla. Si estaba previsto que conocieras a esa persona y te enamoraras perdidamente de ella, aunque estabas comprometida con otra, entonces no es culpa tuya haber traicionado a tu pareja; no podías haberlo evitado, estaba escrito. Es posible que esa creencia rebaje la angustia y desde luego, el sentido de culpa.

Pero volviendo a la adivinación de ese futuro que puede o no estar ya escrito, ¿es necesariamente un fraude el que es capaz de predecir el futuro cercano de una persona? ¿O se trata siempre de un ser con extraños poderes paranormales en los que podemos creer, o no? ¿Hace falta fe para dar crédito a alguien que nos dice lo que nos espera, como si dijéramos, a la vuelta de la esquina? ¿Tenemos que avergonzarnos por creer que puede tener razón en sus predicciones? Muchos dirían que sí, que por supuesto.

Aunque también puede verse de otro modo. Un ejemplo: hay un observador en la cima de un risco mirando hacia abajo, hacia un río tranquilo que serpentea por el paisaje entre los árboles hasta que muchos kilómetros más abajo cae en una cascada y se pierde entre rápidos. En el río hay una barca donde alguien rema plácidamente. Imaginemos que ese alguien ignora la existencia de la cascada y el peligro que supone para él. Sin embargo, el observador del risco puede calcular con bastante exactitud lo que va a sucederle al remero si no cambia su camino. No es que tenga ningún don especial; es que ve más lejos que el que está abajo y, si pudiera hablar con él —imaginemos que lleva un *walkie-talkie*, por ejemplo—, podría decirle que le conviene apartarse a la orilla, sacar el bote de la corriente y seguir a pie.

Suena lógico, ¿no? No es que esté marcado el destino, no es que esté escrito que el remero y su barca llegarán a un punto en el que toda la fuerza de sus brazos no bastará para evitar la caída. El observador lo ve con toda claridad: es prácticamente inevitable, si sigue por donde va.

¿Y si las cartas, esos dibujos que representan el mundo, la vida de cualquiera de nosotros, en un lenguaje cifrado que algunos han aprendido a leer, nos dieran ese tipo de información?

No se sabe con exactitud cuándo y cómo se desarrolló el método adivinatorio que conocemos como Tarot. No sabemos, evidentemente, cómo esos símbolos, interpretados por alguien que los conoce bien y tiene un talento particular para ver relaciones entre ellos, pueden darnos indicaciones de hacia dónde nos dirigimos, qué debemos evitar, qué podemos hacer para mejorar el resultado.

Los veintidós arcanos mayores, unidos a los menores, dan un total de setenta y dos cartas que, después de ser barajadas y elegidas por el Consultante son dispuestas por el Lector en una tirada concreta en la que cada posición representa la respuesta a una pregunta. Por ejemplo: Este es el pasado reciente de donde parte el problema, esta es la situación actual, este es el impulso dominante, estos son tus miedos y tus esperanzas, esto es lo que sabes, esto es lo que ignoras, esto te representa en estos momentos, esta es la forma en que el mundo afecta a la situación, este es el siguiente paso hacia el futuro, este es el resultado.

De una tirada de diez, sólo dos cartas representan el futuro. Las demás centran el problema, informan sobre su génesis, explican sentimientos y situaciones que quizá nunca hubieras visto de ese modo y te dan un consejo, como el del observador del risco. Es asunto tuyo creerlo o no, seguirlo o no. Es una forma de ver tu vida desde otro punto de vista, exterior, interpretado por alguien que no te conoce, que no sabe quién eres ni cuál es tu problema. Porque el lector no es un psiquiatra, ni un psicólogo, ni un psicoanalista. No tienes que contarle tu vida, ni explicarle nada de tus preocupaciones, si no lo deseas. Puedes hacer una pregunta concreta, pero puedes pedirle que haga una tirada a ciegas y que sea él o ella quien te diga qué es lo que te angustia y qué es lo que las cartas te aconsejan. Puedes tomártelo como un juego de salón. También puedes, evidentemente, pensar que todo esto no son más que estupideces y no acercarte jamás a un tarotista, cosa que podría ser sensata. Hay muchos tarotistas que son fraudes, igual que hay muchos que son excepcionalmente buenos, pero es difícil elegir y acertar.

159

En cualquier caso es curioso, como la astrología, como la quiromancia, como tantas cosas que hemos desarrollado para intentar levantar el velo que oculta lo que nos espera. Y, a veces, ver nuestro futuro con una cierta claridad puede dar tanto miedo como ver nuestro pasado desprovisto de máscaras narrativas, de los disfraces verbales que nos ponemos para salir.

(Fragmento de *La memoria es un arma cargada de coartadas. Recuerdos y reflexiones*, de Selma Plath, 1979)

Sandra

Cuando llegué a casa de Diego —tenía yo razón, el viernes no me llamó en todo el día— estaba nerviosa. Me había costado horas arreglarme y luego decidir qué iba a ponerme. Quería estar mona, pero que no se notase mucho que me había puesto particularmente guapa, así que me probé todas las combinaciones que permitía la ropa que me había traído de Madrid hasta decidirme por unos vaqueros que me sentaban especialmente bien, aunque se me clavaban un poco en la cintura si me inclinaba hacia delante, una camiseta de tirantes negra con unos brillitos en el escote y un jersey grueso y ancho encima, de un azul intenso, con el que me veía a mí misma un poco intelectual por fuera, aunque por dentro, si llegaba a quitármelo, se revelaba la mujer apasionada que también soy. Con la discreta ayuda de una ropa interior preciosa —la más bonita de mi maleta— en negro y lila, algo vampírica pero resultona, no habría problema.

Mientras en casa me había estado depilando, duchando, secando la melena, maquillando los ojos, eligiendo ropa y demás estupideces que hacemos las mujeres para darnos el visto bueno a nosotras mismas, no conseguía dejar de darle vueltas a la cuestión de por qué me estaba tomando tantas molestias por un hombre que en el fondo no me importaba un pimiento y que, mucho peor, tenía claro que no era el hombre de mi vida; porque, no nos engañemos, por muy buen chico que pareciese ser —y eso, evidentemente, estaba aún por ver— Diego era casi analfabeto y, con todo el respeto debido a los analfabetos, no era posible que pudiéramos compartir mucho más que un rato de sexo.

Supongo ahora que mi, digamos interés, por Diego, estaba basado en el hecho de que hacía meses que no me había enrollado con nadie y que, desde que Milio y yo lo dejamos, no había vuelto a fiarme de ningún hombre porque, si algo había aprendido con él, era que las apariencias engañan. Emilio Martínez Sierra era una persona estupenda, un compañero educado y cariñoso, un gran amigo, pero su interés sexual tendente a cero me había llevado a una situación en la que nunca creí poder encontrarme: en los últimos tiempos de nuestra relación llegué a pensar que yo no tenía ningún atractivo físico, que no era capaz de suscitar el deseo en un hombre... en resumidas cuentas, que la culpa era mía por no ser lo bastante atractiva, sexy o lo que hiciera falta para que el bueno de Emilio se despertara del letargo que lo llevaba a interesarse vagamente por mí cada cinco o seis semanas y siempre con desastrosos resultados. Hasta que empecé a tener ese tipo de problemas no se me había pasado por la cabeza que hubiese personas asexuales, que son capaces de dar y recibir cariño y mimos y carantoñas, pero que no necesitan una relación sexual, incluso cuando viven en pareja, para ser felices. Ellos no, claro. Las parejas, sin embargo, acaban por perder la autoestima, como estuvo a punto de pasarme a mí.

161

Además, y en el colmo de los colmos, él no aceptó nunca —al menos mientras estuvimos juntos— su asexualidad. Según él, todo era normal y correcto, —era yo más bien la que tenía un apetito sexual inusitado, decía— y seguramente si nos hubiéramos casado cincuenta años atrás, hubiésemos tenido uno o dos hijos y, como yo me habría casado virgen, no se me habría pasado por la cabeza que las cosas pudieran ser de otro modo. A veces el progreso es un fastidio porque ¿quién echa de menos un orgasmo si no sabe lo que se está perdiendo? Oyendo hablar a mi abuela y sus amigas, si algo me había quedado claro, era que la mayor parte de las mujeres de esa generación consideraban un regalo que sus maridos las dejaran en paz en la cama y jamás se habrían quejado de la falta de interés sexual de un hombre. Pero yo, claro, era de otra generación, y a mí no me parecía normal prescindir del sexo antes de cumplir los treinta, por muy dulce y cariñoso que fuera el chico.

El caso es que, después de Milio —mis padres no comprendieron nunca que estuviera tan loca como para cortar con un muchacho tan estupendo como él (lógicamente, nunca les conté nada de todo esto)— me lancé de cabeza a comprobar si el problema era mío por falta de atractivo. En un mes me había dado cuenta de que la culpa no era mía en absoluto, pero de vez en cuando, al parecer, necesitaba una confirmación, darme cuenta de que había hombres que se interesaban por mí, hombres que me encontraban apetecible y que eran capaces de follar una vez por semana (o dos o tres) sin pensar que aquello no era normal. *Ergo*, Diego.

Cuando llegué, estaba en pleno zafarrancho de combate en la cocina. Me dio dos besos, me puso en la mano una copa de blanco frío y, con el mismo gesto que usaba mi abuela para ahuyentar a las gallinas que criaba en su campo, me echó de allí en dos minutos.

—Hala, vete por ahí a explorar. Ya te aviso cuando esté todo listo.

Confortada por el vino y los ánimos que me había dado mi madre —«hay que mirar todos los bolsos, todos los bolsillos, por si hay algo más»— decidí dejar de lado mis melindres y proceder sistemáticamente. Por desgracia, mi exploración no sirvió de nada. Don Luis o quien fuera que hubiese pasado por aquellos armarios antes que yo, había hecho bien su trabajo. Todo estaba limpio, planchado, embolsado. Y vacío. No sé si un equipo de la policía científica hubiera podido hallar huellas de algo, pero, desde luego, yo no. Curiosamente, por un lado me fastidiaba la situación y por otro me aliviaba.

Salí de la habitación del armario gigante, me asomé al arranque de la escalera y agucé el oído, pero Diego no llamaba. Lo único que se oía era la *playlist* en su tableta. Sonaba algo aflamencado, tipo Melendi o algo similar. Otra razón por la que no éramos compatibles.

Me alejé de la escalera, entré en el salón de arriba, amueblado al gusto de los setenta y con algunos toques hippies, como si la casa estuviese en Formentera o en Marrakech, y pasé la vista por las estanterías. Allí nadie debía de haber sido muy aficionado a la lectura, salvo una zona que me sorprendió porque estaba llena de libros de poesía en ediciones baratas pero bien elegidas: había desde Boscán y Garcilaso, pasando por Poe, por Whitman y Kavafis, hasta poetas más modernos como Gil de Biedma y Luis Cernuda. Modernos, considerando que en aquella casa no había vivido nadie desde mediados de los setenta. ¿De quién habrían sido aquellos libros? La verdad es que no conseguía imaginarme a Ofelia, la leona empresarial, leyendo poesía.

Cogí con cuidado *La realidad y el deseo*, de este último, y abrí el volumen, que crujió alarmantemente entre mis dedos. Era la edición de 1936, poco antes de estallar la guerra. Debajo del nombre del autor, en una tinta azul muy descolorida, se leía: Ex libris Anselmo Márquez, las mayúsculas grandes y floreadas, las minúsculas elegantes, regulares, con bella caligrafía.

Anselmo era, al parecer, un hombre sensible, un hombre con clase que, a pesar de vivir en un pueblo y trabajar en una fábrica de calzado, compraba y leía libros de poesía. ¿Cómo a un hombre como él se le había ocurrido casarse con una mujer como Ofelia? No me extrañaba nada que si el azar lo llevó a conocer a una extranjera más fina y más culta que su mujer no pudiera resistirse.

Dejé la copa de vino en el suelo y me senté en un puf moruno aún con el libro de poesía entre las manos.

¿Dónde se habrían conocido? ¿En París, en uno de esos viajes que mencionaba Ofelia en su carta? Noté el distanciamiento de siempre, esa especie de viaje astral que precede a mis ensoñaciones que, a veces, son más vívidas que los recuerdos reales, más vívidas incluso que la realidad que me rodea. Sentí con placer cómo la vista se me desenfocaba, mi conciencia iba difuminándose y las imágenes iban apareciendo en mi mente.

Sí. París. Quizá mientras ella paseaba y cotilleaba con Kiki, él había ido a una librería a comprar lo que en España aún estaba prohibido y había conocido a Selma, esa mujer de nombre escandinavo, como la escritora noruega Selma Lagerlöff.

Me imaginaba perfectamente la escena: Anselmo paseando junto al Sena, por la zona cercana a Notre Dame, hojeando los libros de segunda mano que ofrecían los *bouquinistes*. Hacía poco que había terminado la guerra, la mitad de la ciudad aún estaba en ruinas, pero la alegría de vivir era doblemente intensa; todos los que paseaban junto al río aquella espléndida mañana de primavera —porque estaba segura de que era primavera— habían sobrevivido, estaban vivos en un mundo que despertaba a la paz y a la reconstrucción.

Selma llevaba un vestido de color rosa palo, con adornos de

163

encaje en el cuello y los puños, y un sombrerito ladeado sobre una corta melena de un rubio tan claro que a veces parecía blanco. Llevaba unas gafas de sol de montura metálica y forma acorazonada y apretaba contra su pecho un bolso sin correa, largo y plano, marrón, como sus zapatos. Iba buscando literatura en inglés; su francés aún no era lo bastante bueno para atreverse con la narrativa, aunque a veces probaba con algún relato que le costaba horas y un gran esfuerzo de diccionario, pero había leído algunos poemas de Prévert, de Baudelaire, de Rimbaud y de Verlaine.

Su marido había muerto en los primeros meses de la invasión alemana, luego había perdido a su hijo de cuatro años y, aunque le había costado un gran esfuerzo, había conseguido sobreponerse hasta llegar, nueve años después, a vivir de nuevo, a sonreír a los viandantes con los que se cruzaba, a los *bouquinistes* que le ofrecían lo que guardaban en las cajas de la trastienda: novelas abandonadas por soldados americanos y británicos que para ella representaban un tesoro. Trabajaba como secretaria en la embajada noruega, pero hacía muy poco que había llegado a París y todavía se admiraba de la belleza de aquella orgullosa ciudad.

Anselmo… Mito… ¿cómo lo llamaría Selma? Seguro que se habían reído comentando la coincidencia de sus nombres… paseaba feliz, disfrutando de la brisa que venía del río, de los colores, de los bellos grabados que cubrían las paredes de madera de las casetas, de observar a los viajeros que salían como ríos humanos de la estación de Orsay en la acera del otro lado con sus maletas de cartón atadas con cordeles y la avidez en la mirada de los que saben que esta es su última oportunidad.

En París Anselmo se sentía libre, pleno, lleno de ideas, de proyectos, henchido de futuro. Había momentos en los que tenía que controlarse para no abrir los brazos como un águila las alas y lanzar un aullido de júbilo antes de salir volando hacia la hermosa catedral y sus gárgolas para contemplar la ciudad desde arriba. Ofelia y Marlène aún estarían durmiendo en la buhardilla de ella, pero él no podía desperdiciar las preciosas horas de la vida parisina. Si su cuerpo se lo hubiera permitido, no habría cerrado los ojos ni un solo minuto. Era fundamental llenarse de belleza mientras pudiera para poder ir gastándola

164

a la vuelta, estirando la felicidad, las imágenes, las impresiones... hasta que poco a poco, viviendo el día a día de Monastil, todo se iba difuminando, desvaneciendo, dejándolo de nuevo vacío y necesitado. Pero aún no. Aún no.

Aún era una bellísima mañana de primavera y el mundo parecía recién creado para los que podían disfrutarlo, como aquella mujer alta y delgada, vestida de rosa, que en un francés igual de malo que el suyo intentaba explicarle algo al vendedor.

Se acercó dispuesto a ayudar, sabiendo que era más un gesto que una auténtica ayuda. Ella le sonrió, sorprendida por su altura; estaba acostumbrada a que casi todos los hombres fueran algo más bajos que ella.

Los primeros intentos de entenderse fueron patéticos y quedaron suplidos por gestos y sonrisas hasta que Anselmo dijo que era español y ella, sorprendentemente, con un suspiro de alivio dijo:

—¡Qué suerte! Yo he trabajado tres años en la embajada de mi país en Madrid. Me encanta la lengua española.

Una cosa llevó a otra y media hora después estaban sentados en la terraza de Les Deux Magots charlando de todo lo que les venía a la cabeza, riéndose de naderías, disfrutando del sabor del Pernod con hielo, sintiendo esa tensión que a veces se instala de inmediato entre dos personas que, sin ninguna lógica, se encuentran recíprocamente atractivas, y los dos lo saben y los dos fingen que no se han dado cuenta.

Anselmo le contó desde el principio que estaba casado y tenía un hijo pequeño, que estaba en París con su mujer, viviendo en casa de una cliente que también era una buena amiga y que por las noches iban a ver su espectáculo en La Rose Rouge, en Saint Germain. En un impulso la invitó a acompañarlos y ella, sorprendentemente, aceptó. Supongo que porque quería volver a ver a Anselmo y tenía curiosidad por saber con quién se había casado.

Me figuro que le dijo que se llamaba Anselmo. Es un nombre bastante feo, pero a oídos noruegos debe de sonar igual de raro que cualquier otro, mientras que Mito era demasiado infantil, poco nombre para un hombre tan alto y con esa presencia.

A él le habría gustado comer con ella, prolongar esa sensación de ligereza, de comienzo, caminar juntos, notando la

165

presencia del otro, hasta algún restaurante pequeño con menú del día, en Saint Germain, y seguir charlando, contándose sus vidas, sus proyectos, sus ilusiones, pero ella tenía que volver a la oficina y él había quedado con Ofelia y Kiki para comer algo en casa, de modo que se resignó a verla desaparecer entre el gentío, ver cómo se la tragaba la boca de metro y se perdía en el subsuelo. Curiosamente, considerando que hacía apenas dos horas no se conocían, Anselmo sintió un tirón de ausencia, una clara sensación física, un malestar a la altura del estómago, como si acabaran de arrancarle algo necesario que, hasta ese mismo instante, no sabía que le faltaba.

Sin darme cuenta de lo que hacía miré mi mano, que llevaba un buen rato tocando un bultito redondo que había en el puf donde estaba sentada. De tanto pasarle el dedo por encima mientras fantaseaba, había conseguido que se marcara claramente sobre el cuero del lateral. ¿Qué podía ser aquello? Me arrodillé y lo toqué con las dos manos, palpando como si fuera ciega. Parecía un botón grande. ¿Qué hacía allí un botón grande?

Yo siempre había visto que los pufs de las casas que conocía estaban rellenos de papeles de periódico arrugados, de cientos y cientos de bolas de papel que, poco a poco, iban aplastándose con el peso de la gente que se sentaba en ellos y a veces había que rellenarlos para que no quedasen demasiado bajos. Como buena historiadora —e inventora de historias— (prefería llamarme a mí misma inventora de historias; aún no había llegado a la arrogancia de considerarme escritora con mis cuatro o cinco relatos) nunca había podido dejar de pensar lo curioso que resultaba sentarse encima de un montón de Historia del siglo xx, así, con mayúscula. Siempre me había hecho gracia la idea de que lo que para nosotros es material de relleno sin ningún valor, para un arqueólogo de un par de siglos después podría ser el hallazgo de su vida, porque estoy convencida de que nuestra orgullosa civilización cada vez más basada en lo digital, se hundirá algún día sin dejar nada que resulte recuperable para los humanos que vendrán después de nosotros. Lo mismo ni siquiera se dan cuenta de que fuimos una gran civilización, quién sabe.

Volví, ahora cautelosamente, al arranque de la escalera. Seguía sonando música flamenca y Diego seguía sin llamarme. Bien.

Me arrodillé sobre la alfombra y le di la vuelta al puf, donde suele estar la cremallera. Mirando por encima del hombro, como si en lugar de estar tratando de abrir un puf marroquí se tratara de la caja fuerte de la familia, descorrí la cremallera y, con una cierta aprensión, metí la mano dentro. Aquel trasto no estaba relleno de periódicos sino de trapos. ¡Vaya!

Saqué lo primero que había, esperando que al menos estuviera limpio. Era una camisa de caballero con el cuello desgastadísimo. Saqué otro trapo que resultó ser un vestido de verano, de flores pequeñas mezcladas con lunares. Años sesenta o setenta, calculé. Luego salió una falda de tweed marrón, feísima, que podría ser de los cincuenta. Aquello sería un regalo para cualquier director artístico, ¡con lo difícil que a veces resultaba encontrar ropa normal de una época determinada para ambientar una película!

Ahora entendía por qué había un botón en el puf, pero, aunque suene idiota, seguía teniendo curiosidad por ver qué prenda era la que me había llevado a investigar. Empecé a sacar trapos cada vez más deprisa, sin dejar de mirar de vez en cuando por encima del hombro. No quería que Diego me viera enfrascada en aquella faena, aunque tampoco estaba haciendo nada particularmente terrible.

Entonces, como no podía ser de otro modo, sonó su voz desde abajo:

—¡Sandraaaa! ¡La cena está servida!

Habría podido darle un bofetón. ¡Precisamente ahora!

Calculé cuánto podría tardar en encontrar la prenda que me había llamado la atención y enseguida me di cuenta de que tendría que sacarlo casi todo y luego volver a meterlo para que Diego no se enterase de lo que había hecho. Con un suspiro de frustración empecé a meter de nuevo lo que había extendido por la alfombra, alrededor del maldito puf. Tendría que volver en otro momento. Sé que suena idiota, pero se me había metido en la cabeza que allí podía haber algo porque es justamente uno de esos sitios donde a nadie se le ocurriría mirar. Lo más probable era que no hubiese nada, pero quería asegurarme de haberlo visto todo. Tendría que conseguir de algún modo que Diego me prestara la llave para poder venir sola y echarle una buena mirada a aquel puf y a todo lo que aún no había visto en la casa.

Si lo hacía bien, estaba segura de conseguirlo. Diego no era precisamente un campeón en cuestiones de ética profesional; le daría igual que volviera en otro momento a seguir investigando. Guardé todo lo que había por el suelo, recogí la copa de vino que, mientras tanto, se había calentado y ya no estaba igual de bueno y sobre la voz exasperada de Diego —¡venga ya, tortuga, que se estropea el primer plato!— me lancé a las escaleras.

Tengo que reconocer que se lo había currado: había puesto la mesa con un mantel blanco, una vela en el centro y hasta una taza de café llena de geranios rojos y rosas que habría cogido de la terraza. Iba vestido de cualquier manera, como siempre, pero al menos se había quitado el delantal. Se las había arreglado para que la luz resultara íntima sin perder la visibilidad de lo que íbamos a comer. También había cambiado la música a algún tipo de blues que yo no conocía y que me gustaba bastante más que las rumbitas.

Recuerdo que, por un momento, pensé que era una clasista asquerosa poniéndole pegas a aquel tipo tan encantador sólo porque no leía novelas y le gustaba cierto tipo de música que yo asociaba con ambientes en los que no me encuentro cómoda.

No sé de qué hablamos durante la cena; lo que sí sé es que estaba todo buenísimo y que su sonrisa se iba haciendo cada vez más lobuna conforme avanzábamos en el menú, ese tipo de sonrisa que te hace sentirte como si tú fueras el postre que está deseando comerse y que, a pesar de la cosificación que representa, casi todas las mujeres consideramos un cumplido. Debe de ser que, a pesar de todos los siglos de evolución, civilización, emancipación y demás cosas serias que acaban en «ción» algo profundamente enterrado en la psique femenina, básicamente animal, nos dice que si les resultamos atractivas a un macho nuestros genes saldrán adelante.

Ya en el postre real —una fantasía de chocolate caliente y chocolate helado que ya quisieran muchos restaurantes— volvimos al tema de mi libro y del viejo que nos pagaba a los dos, y a doña Ofelia, claro.

—¿Le has preguntado a don Luis si te va a dejar oír las cintas de su madre? —Diego parecía pensar que yo sabía de qué estaba hablando.

—¿Qué cintas?

—Resulta que la buena mujer lo grababa todo, tía, más que nada las conversaciones con políticos locales que iban a proponerle negocios, lo que hablaba con ciertos clientes y proveedores importantes… yo juraría que hasta algunas conversaciones privadas de esas que empiezan a ponerse interesantes después de un par de whiskies.

—¿Tú cómo sabes eso?

—Porque hablo con la gente, tía, ya te lo he dicho muchas veces.

—¿Con qué gente?

—Con Carmela, por ejemplo. Nadie habla con Carmela. Y lleva en la casa cuarenta años. Lo ha visto todo, pero como el viejo la trata como si fuera un sillón, a todos se nos olvida que es una persona que ve y oye; y calla, claro.

—Salvo contigo…

Diego se encogió de hombros.

—Es que a mí me interesa, tía, y le pregunto, y ella me cuenta cosas.

—¿Cómo qué?

—Pregúntale a ella. ¿Te ha gustado la cena?

—Es lo mejor que he comido en mucho tiempo, te lo juro.

—Soy un partido, sí. —Sonrió de oreja a oreja—. ¿Quieres un café ahora o después?

Me apetecía preguntar «después de qué» pero no lo dije porque me temía que Diego me explicaría exactamente qué era lo que tenía pensado y yo siempre he sido de esas personas —una antigua, vamos— que en ciertos campos prefiere hacer a decir. A mí el que un hombre, incluso un hombre que me gusta, me diga «quiero follarte» en voz estrangulada pasándose la lengua por los labios, me suele dar risa o vergüenza ajena, y las dos cosas se me notan y las dos suelen ser bastante mal recibidas. De modo que me callé y le dije que sí me gustaría ese café.

Se levantó, me acarició la nuca suavemente y empezó a cargar la cafetera italiana. Pensé que podía ser un buen momento para pedirle lo que quería.

—Oye, Diego —empecé—, hay un montón de cosas por ahí arriba que aún no he visto. ¿Podría venir cuando tenga un rato y echar una mirada hasta asegurarme de que no hay nada?

—¿Qué estás buscando? —Tenía el culo apoyado en la en-

169

cimera de mármol y me miraba con los brazos cruzados mientras esperaba a que saliera el café.

—No sé. He pensado que a lo mejor hay algún papel antiguo en un bolso o en el bolsillo de algún abrigo o en los cajones del tocador.

—Joyas no hay.

La respuesta me sacudió. ¿De verdad pensaba que yo era una ladrona? ¿Y él? ¿Se había asegurado ya de que no había nada de valor que pudiera echarse al bolsillo?

—No busco joyas. Sólo quiero información.

—¿Para qué?

—Porque me gusta tener la seguridad de que tengo todos los materiales antes de ponerme a escribir.

—No te entiendo, tía. El viejo quiere que cuentes lo que él ya sabe. No quiere nada nuevo, y mucho menos nada que hayas descubierto tú por tu cuenta. No puedes ser tan tonta de no haberlo pillado.

—No soy tan tonta. Soy cabezota, y tengo el pálpito de que hay cosas sucias en el asunto de Ofelia.

—Siempre hay cosas sucias donde hay mucho dinero, tía. Eso es de cajón.

—¿Y no te parece que es mi obligación sacarlas a la luz?

Sacudió la cabeza lentamente en una negativa.

—Muy pura tú, y muy peliculera, pero quieres cobrar de ese dinero que te parece sucio, y cuanto más te paguen, mejor. ¿Me equivoco? Lo mismo es que has visto muchas películas de periodistas americanos de esos que no paran de decir que el público tiene derecho a la información, en lugar de confesar que son ellos los que quieren enterarse de todos los detalles y, según en qué casos, poder chantajear un poco.

—¿Me estás llamando chantajista?

—Para nada, tía. Además, ¿qué quieres que te diga? Hay que vivir… —Sonrió—. Su café, señora… —puso la taza delante de mí con un floreo—. ¿Leche?

Negué con la cabeza. Él volvió a sentarse, con su café.

—Si quieres, te dejo la llave de la casa debajo del felpudo de la entrada, como en las pelis. Con que no se entere el viejo…

—¿Cómo has conseguido que don Luis te preste esta casa que es prácticamente un santuario a la memoria de su madre?

—Alberto lo convenció de que si yo tenía que buscarme un piso y gastarme la mitad del sueldo en el alquiler, no iba a tener demasiado interés en aceptar el trabajo. La verdad es que tenía razón, tía. Ni sé por qué lo he hecho. Por variar, supongo… Venga, vamos a cambiar de tema.

Volvió a levantarse, puso otra música, apagó la lámpara de encima de la mesa, con lo que de repente la cocina pareció desaparecer a nuestro alrededor dejando sólo el mínimo círculo que la vela iluminaba con su luz anaranjada, se acercó a mí, me cogió por los hombros, se inclinó y me besó en el cuello. Fue algo tan suave y tan inesperado que los escalofríos me llegaron hasta los dedos de los pies. Siguió besándome y chupándome el cuello con delicadeza hasta que yo también me giré hacia él y empezamos a besarnos, primero con dulzura, luego cada vez con más urgencia.

Me dio la mano para ponerme de pie y, abrazados, haciendo pausas para besarnos, nos fuimos acercando a su dormitorio cruzando la casa sin encender ninguna luz. Al pasar por la escalera tuve la sensación fugaz de que alguien nos miraba, pero alcé la vista y, evidentemente, no había nadie allí. Ya casi no recordaba mi sueño pero aquella escalera —que en el sueño no tenía una dirección clara, cuya salida tanto podía estar arriba como abajo— seguía dándome escalofríos de vez en cuando.

Diego había «decorado» la habitación para recibirme: la cama estaba destapada, había una estufa de butano que calentaba el cuarto, unas velas, una botella de vino con dos copas en el tocador, e incluso una rosa sobre la almohada, como si fuera nuestra noche de bodas. Eso a Milio no se le hubiese ocurrido en la vida; creo que jamás me compró una flor, en los casi cuatro años que estuvimos juntos. Luego descubriría que, además de hacer bonito y ser una sorpresa romántica, la rosa también servía para otros menesteres más centrados en lo erótico.

—Espérame aquí —me dijo, sentándome en el borde de la cama—, mientras enciendo las velas.

Aproveché ese momento para quitarme el jersey y dejar a la vista el top negro de los brillitos, mirarme al espejo del tocador y chuparme los labios. Nunca he sabido qué hacen las malditas hormonas, pero siempre consiguen lo que nunca logran las cremas ni el maquillaje: ponerme más guapa, con mejor color de cara y más brillo en los ojos.

Diego me miró desde el tocador, a la luz de las velas y, lentamente, se quitó la camiseta de manga larga dejando el pecho y los brazos a la vista. Estuve a punto de aplaudir. Tenía unos músculos firmes, bien definidos —al fin y al cabo era fisioterapeuta—, y la piel suave y brillante. Llevaba una especie de mandala tatuado a la altura del corazón que apenas vi un momento porque enseguida se puso de lado, como mostrándome lo que pensaba ofrecerme y se fue girando hasta que vi su espalda, ancha, decorada desde el hombro, pasando por la paletilla derecha y perdiéndose por debajo de la goma de los calzoncillos, con un dragón o una serpiente alada de todos los colores. No me suelen gustar los tatuajes; los encuentro vulgares, y siempre he pensado que me aburriría de ver siempre lo mismo, pero tengo que reconocer que me cosquilleaban las yemas de los dedos de puras ganas de acariciar aquellas escamas multicolores y recorrer con los labios la lengua bífida de aquel animal, por no hablar de descubrir lo que los pantalones aún ocultaban.

Me dejé caer hacia atrás, porque la cinturilla de los vaqueros estaba empezando a fastidiar en serio. Como si lo hubiese sabido, Diego se inclinó sobre mí, me abrió el botón y la cremallera y empezó a acariciarme la cintura mientras con la otra mano tironeaba de los pantalones para quitármelos.

La verdad es que, después de todo lo que pasó a continuación, no me explico por qué me sigue gustando recordar aquella noche, pero así es, y además la recuerdo en detalle, con olores y sabores y todas las sensaciones que aquel experto fisioterapeuta supo provocarme. Diego no habría leído mucha literatura en la vida, pero sabía leer mi cuerpo con el suyo como nadie. Nunca me ha vuelto a pasar, y con eso no quiero decir que mi vida sexual no sea satisfactoria, que lo es y a veces incluso mucho, pero aquella noche con Diego fue otra cosa.

Ahora creo que ese fue precisamente el problema. Que me enamoré de él.

18

Con los ojos cerrados, tumbado en su cama de dos por dos, Luis Arráez pensaba en el pasado, en todo lo que podría haber sido diferente si hubiera tomado otras decisiones, si su padre no hubiese muerto tan joven, si en lugar de tener que ayudar en la empresa hubiese podido decidir él solo qué quería hacer en la vida. Aunque tenía que confesarse a sí mismo que la cosa no había salido nada mal, porque su madre siempre confió en él para heredar toda la parte creativa que había llevado Anselmo mientras que ella se dedicaba, como siempre había hecho, a la parte económica y administrativa, a agrandar su imperio, a conquistar, a extender mercados.

Por fortuna, él se había sentido cómodo diseñando nuevos modelos, tratando de adelantarse, un poco, sólo un poco, a las últimas tendencias —si te adelantabas mucho, tu producto no le interesaba a nadie— creando un estilo, una marca que cualquiera podía reconocer al verla. Lo llevaba en la sangre. Lo había heredado de su padre, que había sido uno de los mejores diseñadores del país, cuando aún se llamaban modelistas. Un hombre elegante, culto a pesar de que no había ido a la universidad, sensible y artista.

Le vino a las mientes la caja china que su padre guardaba en la caja fuerte cuando él era pequeño. Hacía tiempo que no había pensado en ella y ahora, con un sobresalto, se le ocurrió de pronto si sería posible que Sandra, al visitar la que había sido la casa de su infancia y juventud, descubriera por casualidad lo que él nunca había conseguido encontrar. Siempre le había fascinado esa caja metálica, roja y dorada con motivos chinos, con dragones y princesas y pagodas. Nunca había llegado a saber qué guardaba su padre allí. De pequeño le había preguntado

173

varias veces, siempre que lo acompañaba a la caja fuerte que estaba en un armario en el pasillo que llevaba al baño, oculta tras un panel de madera. Siempre le hacía sentirse mayor, importante, cargado de responsabilidad, cuando él le permitía acompañarlo allí. Le encantaba ir con su padre al armario, verlo abrir el panel, girar la rueda con los números y las letras, apretar la palanca que abría la puerta, admirar las delgadas carpetas de colores llenas de papeles sin duda importantes, las cajitas de las joyas de su madre, los dos o tres fajos de billetes que él pensaba entonces que eran una fortuna —ahora ya no estaba tan seguro—, y la caja china.

Cada vez que preguntaba qué guardaba allí dentro, su padre, con una sonrisa, decía: «Luisito, todo ser humano tiene derecho a tener un secreto, ¿sabes? Este es el mío». Y él insistía: «¿Los niños también?» «Pues claro» «¿Y las mujeres?» «También las mujeres. Sobre todo las mujeres. A las mujeres les encanta guardar secretos.»

Y con eso cerraba la caja fuerte y se acababa hasta la siguiente vez aquel privilegio de conocer el secreto de la existencia de ese pequeño agujero lleno de maravillas. Curiosamente, que él recordara, nunca se le ocurrió preguntarle la combinación. Cuando Anselmo murió, Ofelia no lo dejó estar delante al abrir la caja fuerte, a pesar de que él ya tenía quince años. Nunca volvió a ver la caja china y por mucho que le preguntó a su madre, nunca obtuvo respuesta.

Durante años, tanto en vida de Ofelia como después de muerta, buscó insistentemente por la casa tratando, sin éxito, de encontrarla. Además, muchas veces pensaba que si llegara a encontrarla ahora, después de sesenta años de pensar en ella, lo más probable sería que resultara una decepción. Él siempre la había imaginado como un objeto bellísimo, casi mágico; una de esas cajas de laca china roja y negra y dorada que a lo largo de su vida había comprado compulsivamente, una y otra vez, siempre que se le presentaba la ocasión, pero lo más probable, considerando que aquel objeto parecía proceder de la infancia de su padre, que no había sido particularmente rica, era que se tratase de una humilde caja de hojalata como las que luego tuvo él de pequeño cuando el Cola Cao empezó a venderse en cajas metálicas rectangulares con distintos motivos. Pasó años coleccionándolas, usándolas para meter sus indios y vaqueros de juguete, los soldaditos de plomo que había heredado del abuelo, los papeles de caramelos que también coleccionaba, para escándalo de su abuela, que veía en aquellos pedacitos de papel de colores que él recogía por la calle una terrible fuente de microbios que podrían llegar a matarlo.

Tendría poca gracia que ahora la muchacha tuviese la suerte que él nunca había tenido, encontrase la caja de su padre, tanto si era un objeto precioso como si era pura hojalata, y llegase a desvelar un secreto que ya se había hecho el ánimo de no conocer jamás. Aunque no lo creía. Él había repasado bien los armarios y todos los lugares donde podría esconderse una cosa así, y ella no buscaba nada en concreto. Sólo quería hacerse una idea de la personalidad de Ofelia. Pronto le traería las primeras páginas y quizá entonces pudiese calmarse y estar por fin seguro de estar haciendo lo correcto.

No le gustaba la idea de que los demás pudiesen conocer ciertas cosas. Tenía razón su padre, todo ser humano tiene derecho a sus secretos, al menos a un secreto que no quiere compartir con nadie más, ni con las personas más amadas.

175

Sandra

$\mathcal{H}$ay muchas formas distintas de enamorarse; llevo mucho tiempo pensándolo. Y no me refiero a amar, sino a lo que he dicho: a enamorarse, eso que es como una enfermedad que, según dicen, como todas, se pasa con el tiempo (si no te mata antes, añado yo) y que no te deja pensar con claridad, ni concentrarte en nada, ni casi vivir. Eso que en los peores casos puede llegar a ser lo que se llama un *amour fou* o una *folie à deux*, una relación intensísima, malsana, que elimina a todos los demás y al mundo de alrededor, dejando sólo a los enamorados y su obsesión, que en algunos casos puede llegar incluso a lo criminal, a robar para poder escapar juntos, a matar a alguien que se interpone en la relación.

Después de darle muchas vueltas —siempre me ha interesado el tema— he llegado a la conclusión de que, básicamente, esas distintas formas de enamorarse son tres.

En una, esa irresistible atracción viene de lo emocional: conoces a un hombre que te infunde respeto por lo que sea, por su dulzura, su inteligencia, su sensibilidad, su valor... por cualquier cualidad o conjunto de cualidades que te parecen maravillosas y admirables, y desde ese momento tu corazón vuela hacia él, lo sigues con la vista, estás siempre pendiente de sus palabras, guardas como un tesoro todo lo que te dice a ti directamente, las miradas que te dirige, el momento en que se produce un leve roce de manos sobre una mesa. Como una ardilla esconde nueces para el invierno, vas conservando todas esas pelusas de vida que, aunque para él no signifiquen nada (aún no, sólo por el momento, esperas), para ti son el alimento imprescindible de la hoguera que está creciendo en tu interior, para los sueños diurnos que necesitas cuando la relación no acaba de desembocar en lo físico. En lugar de concentrarte en el presente, que por el momento no ofrece muchos alicientes, te imaginas paseando con él por una playa desierta, cenando en un restaurante íntimo, recibiendo su anillo en lo alto de un rascacielos… lo imaginas jugando en un bosque con vuestros hijos mientras tú los miras desde la ventana de la cabaña de troncos que habéis alquilado para el fin de semana.

La mente es una fábrica de sueños, como Hollywood. Y, como sucede en Hollywood, los sueños están preprogramados, codificados, convertidos en clichés que nuestro cerebro —al menos el cerebro de las mujeres occidentales primermundistas, alimentadas desde la infancia por fantasías cinematográficas, y quizá también el de los hombres, no puedo hablar con conocimiento de causa—, aun sabiendo de su cursilería, se empeña en ofrecernos como epítome de la mayor felicidad.

En otros casos el enamoramiento viene del cerebro, de tu parte más intelectual. Es parecido al anterior, porque también se basa en la admiración, pero el componente intelectual es más fuerte. El objeto de nuestro enamoramiento suele ser un hombre importante, poderoso, o, si aún es joven, un hombre que crees destinado a serlo: *managers* con un buen futuro por delante, estudiantes de medicina con una poderosa fijación en una especialidad concreta ya desde los primeros cursos, secretarios de partidos de cualquier filiación, escritores o filósofos carismáticos… En estos enamoramientos, sin descartar las fantasías del paseo por la playa —nuestro cerebro está realmente muy condicionado desde la infancia—, te imaginas luchando a su lado, apoyándolo en los reveses, enfrentándote a las cámaras tanto en los éxitos como en los fracasos, haciéndole de pantalla frente a cualquiera que pretenda hacerle daño, caminando con él, codo a codo, en la misma dirección, con la mirada puesta en el destino final que alcanzaréis juntos, los dos con las sienes plateadas y un brillo juvenil en la mirada. No sé si este tipo de enamoramiento se da con la misma frecuencia en los hombres por las mujeres; es posible que no tanto, porque nuestra cultura social nos ha llevado a pensar que un hombre que se adapta a este papel —que la admirable, importante y poderosa sea ella— no cumple los requisitos que se esperan en un varón. No sé si se da mucho en parejas homosexuales, aunque me figuro que sí, porque la atracción intelectual y la que surge del poder y las figuras mediáticas no tiene un género definido ni depende de la orientación sexual. Al menos eso creo.

En cualquiera de estos dos enamoramientos, y si eres el tipo de persona que encuentra el sentido de su vida en servir a los demás, que deriva su felicidad de la ayuda que pueda prestar a la persona amada y cuanto mayor sea su necesidad, mayor es esa felicidad, en este tipo de personalidades no hay que descartar tampoco la fantasía —igualmente muy hollywoodiense— de la enfermedad incurable del amado, o de la terrible situación de ofrecer tu vida por la suya.

Hay una tercera forma en la que te enamoras químicamente, sin saber por qué, sin que tu parte racional tenga nada que ver en el asunto. Esos son los casos en los que te enamoras de hombres —hablo siempre de hombres porque yo soy mujer, cis- y heterosexual, pero me figuro que lo que digo vale para todo el mundo— a los que en circunstancias normales, si tu discernimiento funcionase, despreciarías o al menos no mirarías dos veces. En estos enamoramientos lo que domina es la necesidad física de estar juntos, de tocarlo, de que te toque; una relación hecha de sexo, de besos, de caricias, de mordiscos o de latigazos si es esa la orientación de los dos, de componentes totalmente físicos... una relación de piel a piel que deja de funcionar en cuanto entra en ella la vida cotidiana e incluso las palabras, que se agota en el cuerpo a cuerpo y te deja un regusto amargo en cuanto te abandona el orgasmo, sales de la cama y de la ducha, y al verlo tumbado o vistiéndose piensas «nunca más, este tipo no es para mí, no tenemos nada en común, no podemos hablar de nada, no me imagino teniendo hijos suyos, es un ignorante, (un hortera, un chulo, un narcisista, un psicópata, un acomplejado, un cobarde, un inútil, un violento... póngase aquí la definición que mejor le cuadre al individuo). Esta relación es la más tóxica porque, poco a poco, va minando tu autoestima, vas despreciándote a ti misma por no poder salir de ella, empiezas a pelearte con todos tus amigos porque nadie comprende que puedas estar tan enganchada a un tipo que no lo vale, que tú misma sabes que no lo vale, pero a quien defiendes a capa y espada porque lo necesitas para seguir viva, o el menos eso crees. Es la típica *Highway to hell.* Es una droga de la que no consigues salir, igual que el alcohol o la heroína. Siempre me viene a la cabeza el fragmento de *Bodas de sangre* en el que, cuando la Novia ya ha huido con Leonardo y están en el bosque mítico ella dice: «¡Ay, qué sinrazón! No quiero contigo cama ni cena, / y no hay minuto del día que estar contigo no quiera, / porque me arrastras y voy, / y me dices que me vuelva / y te sigo por el aire como una brizna de hierba.»

Ese, curiosamente, es el amor de las tragedias, del teatro clásico, el que más nos emociona cuando lo leemos o lo vemos en el escenario o en las pantallas. A los seres humanos nos gusta, aparentemente, la exageración y todo lo que no es normal: o la cursilería o la locura. Los enamoramientos mixtos, que son los más frecuentes —se enamora una o uno de las buenas cualidades de la otra persona, de la coincidencia de gustos, intereses y metas, de su cuerpo y su manera de amar— no nos interesan ni para la literatura ni para el cine. Supongo que debe de ser porque generan menos conflictos y el arte vive del conflicto. A nadie le apetece leer trescientas páginas de novela o ver dos horas de película donde una pareja se conoce, se enamora y es muy feliz hasta el final de la historia. Si no sufren, no nos vale. Y nos han convencido siglo tras siglo de que nuestras vidas, para ser algo digno, deben orientarse por el modelo artístico, *ergo*, debemos superar conflictos y sufrir. El sufrimiento nos ennoblece —dicen— nos iguala a los héroes y heroínas de las tragedias clásicas, de las grandes novelas, de las mejores películas, aparte de que la necesidad de sufrimiento ha sido siempre en nuestra cultura occidental judeocristiana una excelente herramienta para controlar al pueblo a través del temor.

Sin ningún miedo a las contradicciones, la Iglesia Católica nos ha estado diciendo siglo tras siglo por un lado que Dios es un padre amoroso —el cristianismo es al fin y al cabo la religión del amor— y, a la vez, que hay que temerlo, y mucho, como si fuera un padre, pero un padre abusador.

Sufrir es bueno, nos han dicho desde pequeños, te hace más duro, te enseña, modela tu carácter, te hace mejor persona, más empática con los sufrimientos de los demás. Y eso que yo soy de la generación en la que ya la cosa iba quedando templada por los psicólogos infantiles y no nos daban tanto la matraca,

179

como a mis padres, con aquello de que había que ofrecer a Dios los sufrimientos y dolores para asegurarse un lugar en el cielo.

Quizá por eso queden aún tantas mujeres —y algunos hombres— que sufren palizas, humillaciones y abusos de todo tipo a manos de sus parejas; porque les parece normal e incluso positivo, a veces hasta prueba fehaciente de amor, y se resignan y callan y esperan a que el conflicto se resuelva por sí mismo, a que, con suerte, el acosador sufra un infarto o tenga un accidente de tráfico y se acabe el sufrimiento. O aguantan por puro terror e impotencia, evidentemente; pero yo ahora hablaba de enamoramientos.

En fin, el caso es que después de aquella primera noche con Diego a la que siguieron unas cuantas más hasta que pasó lo que pasó, yo me sentí precipitada en el torbellino del enamoramiento hormonal que aún no he sido capaz de comprender del todo y empecé a convencerme de que el hecho de que fuera un inculto feliz de serlo y más bien laxo en cuestiones morales no tenía por qué ser impedimento para nuestra felicidad.

Me equivocaba, claro.

19

Sandra llegó a casa el domingo por la noche, después de haber pasado toda la tarde en la cama con Diego, viendo series y comiendo palomitas que, para su sorpresa, había hecho él al estilo antiguo, en una sartén con tapadera, ya que en la casa no había microondas.

Sabía que sus padres estarían torcidos porque no se había molestado en contestar a ninguna de sus llamadas, pero llevaba ya muchos años viviendo por su cuenta y no estaba dispuesta a sacrificar de nuevo su libertad comunicándoles en todo momento con quién estaba y qué hacía. Tampoco había que ser una lumbrera para imaginarse lo que habían estado haciendo Diego y ella todo el día y la noche anterior.

Sin embargo, cuando abrió la puerta del piso y se dio cuenta de que estaba sola en casa, la sensación fue de abandono, casi de traición. ¿Cómo podían haberse largado por ahí sin dejarle una nota siquiera para informarla de si pensaban volver a cenar o no?

Notando cómo iba subiendo su enfado con los irresponsables de sus padres, colgó el abrigo en el perchero de la entrada y, sin encender más luz que la de la lámpara del mueblecito del distribuidor, se dirigió a su cuarto. ¡Daba igual! Así, al menos, no tendría que contar nada ni dar explicaciones a nadie. Fue a darse una ducha y, al volver, antes de sentarse al escritorio donde estaba su portátil, descubrió una nota de su madre que por un lado le alegró —«¡sí que me han dejado un mensaje! ¡aún les importo!»— y por otro le hizo sentirse incómoda por su brevedad. Ella habría esperado una cascada de reproches y la cartita sólo decía:

«Nos vamos a cenar con unos amigos. Volveremos tarde. Te

he mandado un mail con unas cosillas que he encontrado. Hay cosas en la nevera. Besos.»

«¡Vaya! ¡Parece que han aceptado por fin que soy mayor de edad!» El pensamiento, no obstante, en lugar de darle una alegría, le supo amargo.

Como no tenía mucha hambre porque, entre que el sexo le quitaba el apetito y la cantidad de palomitas y cerveza que habían consumido, tenía el estómago medio revuelto, decidió ver qué era lo que le había mandado su madre por correo electrónico.

Eran unos datos que, en el primer momento, no supo relacionar con nada:

Marlène Fleury, alias Kiki, *la Rousse* (la pelirroja). Actuaba en el cabaret La Rose Rouge, en el barrio de Saint Germain–des–Prés, 53, rue de la Harpe, entre 1947 y 1953. Más adelante, el cabaret se trasladó a la rue de Rennes, número 76, cambiando de estilo y repertorio, haciéndose más de teatro y de monólogos satíricos. En esta etapa, entre 1953 y 1956 ya no aparece ninguna mención a Kiki. Hay una foto aquí:

Y le pasaba un enlace. Aprovechando que estaba sola, soltó un silbido de admiración. ¡Increíble lo que su madre había conseguido localizar! Suponiendo que fuera cierto, claro…

Las fechas casaban, eso sí. Y tenía un dato más sobre la misteriosa amiga de Ofelia: era pelirroja, como decía su apodo, a menos que actuara llevando una peluca, claro, que todo podía ser. Pinchó en el enlace y, en una entrada de blog en francés donde, al parecer, se trataba de estrellas del cabaret y el *music hall* parisino de los años 50, había una foto de Kiki, un retrato de estudio donde sólo se la veía hasta el invitador escote, ofrecido al contemplador. Aunque era en blanco y negro, el tipo de pelo rizado de la melena que se extendía como una aureola alrededor de su cabeza hasta derramarse sobre sus hombros hacía pensar que era efectivamente pelirroja, con ojos rasgados, estrechos y ligeramente oblicuos que imaginaba verdes o de un azul intenso. Desde las profundidades del tiempo, Kiki, joven y fresca, de piel blanca y posiblemente pecosa, la cabeza ladeada con coquetería, la clavaba con su mirada pícara. Parecía una mujer de risa fácil, de boca grande y sensual, hecha para disfrutar los placeres de la vida.

¿Cómo se habrían conocido Ofelia, Anselmo y ella?

A finales de los años cuarenta, poco después de acabada la Segunda Guerra, París estaba lejísimos, las comunicaciones eran casi imposibles, los tendidos del ferrocarril habían sido sistemáticamente destruidos, las carreteras estaban llenas de hoyos y el tráfico aéreo era un lujo que muy pocos se podían permitir... Aparte de que, en plena posguerra, en la España franquista, era casi imposible conseguir un pasaporte y salir del país. Aunque quizá para Ofelia y Anselmo, los dos del bando victorioso y con una situación que mejoraba año tras año, no hubiese resultado tan difícil.

Mientras buscaba en la red si a comienzos de los años cincuenta había ya vuelos a París, empezó a pensar cómo podría haber sido, por qué en un país donde en aquella época la mitad de la gente vivía en condiciones de miseria casi total, aquella pareja podía viajar a la capital de Francia a disfrutar de los espectáculos de Kiki, como decía la carta, y a beber champán.

Vuelos sí que había, aunque suponía que costaban una fortuna. Iberia, que había sido fundada en 1927, volaba a París en esa época, desde Madrid. Llegar hasta allí podía ser largo y un poco accidentado, pero factible. Ofelia hablaba francés. Era más que posible que, con su espíritu emprendedor, hubiese pensado que valía la pena intentar extender las ventas hasta Francia, o que se hubiera dado cuenta de que había un mercado desatendido: el de los hombres y mujeres que se dedicaban al espectáculo del tipo que fuera y que encontrarían difícil, en una época de escasez y máxima sobriedad en asuntos de vestir, dar con un calzado llamativo y de colores originales.

Se imaginaba a Ofelia elegantemente vestida, acompañada por su guapo marido, siempre tan clásico en su vestimenta, con sombrero y abrigo sobre pantalones anchos y chaqueta cruzada, yendo a visitar los mejores cabarets de París: el Moulin Rouge, el Folies Bergère, el Lido, el Crazy Horse..., entrevistándose con los artistas más célebres, enseñándoles su catálogo o quizá... la imagen que le acudió de pronto estaba tan clara como si la hubiese visto en una película, como si la recordara de una vida anterior: Anselmo sacando del bolsillo su cuader-

183

no de dibujo y un lápiz blando, sonriéndole al futuro cliente —«Yo, para usted, me imaginaría algo así»—, trazando un par de líneas rápidas y seguras sobre el papel mientras su mujer traducía lo que él quería saber —«Pregúntale qué color le gustaría, si se ve con este adorno en la pala, qué altura de tacón se siente capaz de llevar, cómo es su nuevo número, qué quiere que sienta el público al verlo»— y el cliente, hombre o mujer sin distinción, enamorándose de la sonrisa de Anselmo, de su encanto, de sus manos de dedos largos y finos, diciendo que sí, que justamente así se había imaginado siempre los zapatos para su próximo espectáculo.

Sandra sonrió mientras tecleaba para asegurarse de algo que se le había ocurrido. ¿Cuándo había diseñado Roger Vivier los famosos zapatos *boule* para Marlene Dietrich, esos simples salones negros cuyos tacones estaban rematados por una bola de *strass* como las que luego se pusieron de moda en las discotecas para que, cuando estuviese de espaldas al público en el escenario, lanzaran rayos de luz por toda la sala?

Los habían presentado en 1953, aunque ya en 1950 la actriz había llevado unos zapatos con bola, no del tipo salón sino abiertos, de la casa Delman, de la que Vivier era director creativo, antes de ponerse por su cuenta y diseñar los famosos salones negros.

Era posible o bien que Anselmo se hubiese inspirado en todo ello y se le hubiese ocurrido que tenía que haber muchos cientos de artistas más modestos que necesitaban zapatos para sus espectáculos, o bien que la idea original de fabricar calzado para gente de cabaret hubiese sido suya y más tarde Vivier hubiese diseñado ese modelo concreto para la diva cuando la Dietrich decidió ponerse a cantar.

Ahora sí tenía sentido que Ofelia y Anselmo hubieran decidido invertir en viajar a París para intentar abrir un nuevo mercado. Tendría que preguntarle a don Luis si él recordaba algo de esa época y si habían seguido esa línea de fabricación durante más tiempo. Podía ser bonito incluir algunas fotos de ese tipo de calzado, más exagerado, más llamativo, además de que eso mostraría con claridad que Ofelia siempre había sido pionera en todas sus líneas. Estaba segura de que, con eso, podía ganarse un poco más de benevolencia por parte de su nuevo jefe.

Le hizo gracia la palabra y el concepto. Había pasado del trabajo de la tienda, del impresentable de Boris, con su desagradable acento ruso y sus modales de matón, a un refinado caballero de la vieja escuela; pero ambos tenían en común el que los dos querían que se hicieran las cosas a su manera, sin rechistar y con una dulce sonrisa, además. Sólo que las cosas, con educación, se hacen más llevaderas, y por eso prefería con mucho a don Luis, a pesar de sus reticencias y suspicacias, que debía de haber heredado de su madre.

Eso la llevó a pensar en Doña, en lo que le había dicho a ella sobre su carácter, sobre que se parecía a Ofelia. ¿Quería ella parecerse a Ofelia?

Suspiró y se levantó de la mesa. ¿Posesiva? ¿La había llamado posesiva? ¿O eran figuraciones suyas, los temores de siempre?

Le hormigueaban los dedos de las ganas de llamar a Diego, de preguntarle qué hacía, si podían volver a verse, aunque fuera sólo para tomarse una copa en el Horas muertas, pero no quería que él notara su necesidad. No quería ser siempre ella la que mostraba sus deseos, la que forzaba las situaciones hasta conseguir lo que quería. Por una vez iba a darle a él la oportunidad de tratarla como ella sabía que se merecía, de poner de su parte para conquistarla, aunque mucho se temía que Diego tenía más que claro que la había conquistado ya y que no era necesario ningún esfuerzo para atraerla de nuevo a su cama.

Se abrazó a sí misma mientras daba vueltas por la casa sin saber qué hacer. Aparte de volver a meterse en el catre con Diego, lo que más le gustaría sería ir a su casa, a la antigua casa de don Luis, sola, subir al salón del primer piso, vaciar el puf y repasarlo todo. Tenía el pálpito de que allí, entre aquellas horribles prendas antiguas, había algo importante, aunque sabía que eso que ella llamaba pálpito no era más que lo que los ingleses llaman *wishful thinking*, —ese empeño en que tus pensamientos e imaginaciones se hagan realidad, como si sólo con pensarlo pudieras conjurarlo—, y que lo más probable era que cuando terminase de meter la mano en los bolsillos de todos aquellos despojos de otros tiempos, sus manos siguieran igual de vacías que al principio. Pero no era buen momento ahora. No podía volver a la casa poniendo la excusa del puf ni

185

quería que Diego supiera dónde estaba buscando y que quisiera acompañarla; ni mucho menos que, caso de encontrar algo, estuviera presente y se enterara de todo. No. Tendría que esperar a otro momento en el que pudiese estar razonablemente segura de estar sola. Ahora tenía que hacer otra cosa para calmar su impaciencia, lo que fuera.

Cuando llegó al final del pasillo, al baño grande, volvió sobre sus pasos, deprisa, antes de que se le pasara el arrebato, se sentó de nuevo ante el escritorio y empezó a escribir el primer capítulo de la biografía de doña Ofelia Arráez, quitando, como le había ordenado, sugerido, pedido don Luis, (¡ah, los matices, los malditos matices!) el Mallebrera, el apellido de su padre.

20

Diego salió de casa el lunes por la mañana, mucho más temprano de lo que iba siendo habitual desde que trabajaba para don Luis. Sabía que iba contra su contrato, pero no aguantaba más aquella dependencia, aquel aburrimiento de tener sólo dos sesiones al día, como mucho tres si había masaje, y estar el resto del tiempo tocándose las narices, esperando a que, eventualmente, el viejo lo llamara para algo.

Lo había hablado por encima con Alberto, que le había dado luz verde, pero lo habría hecho igual aunque se lo hubiese prohibido, así que cogió el coche y enfiló la carretera de Madrid. Una compañera que trabajaba en una de las residencias de mayores de Villena se había puesto de parto antes de tiempo y lo habían llamado de urgencia para una sustitución. Se alegraba de poder salir de Monastil, a pesar de que se estaba acostumbrando a vivir allí y no descartaba la idea de quedarse unos años más cuando terminara su trabajo actual; era un buen sitio, se notaba que, a pesar de las quejas que nunca faltaban, se vivía bien, con nivel, con buena calidad de vida; estaba lleno de tiendas, de bares, restaurantes y pubs, la gente era marchosa y fiestera, estaba a un paso de Alicante... y a él no lo retenía nada en Albacete, ni familia ni casi amistades. Conocía a media ciudad, pero no tenía amigos de fiar, de los de toda la vida; igual le daba vivir allí que aquí, y para un fisioterapeuta, trabajo sobra en todas partes.

Ahora, al cabo de unas semanas, se estaba empezando a instalar de verdad en Monastil, tenía resuelta la cuestión del sexo, podía incluso salir a cenar o a tomar una copa con Sandra siempre que quisiera, estaba ahorrando bastante y, si ella consiguiera por fin que Alberto o don Luis le dejaran oír esas cintas, estaba seguro de que él podría acceder a ciertas informaciones que, en los lugares adecuados, aún podían resultar muy lucrativas. Estaba seguro de que a varios periodistas se les haría el culo agua–limón de pensar en publicar algunas cosas que él estaba seguro de encontrar en aquellas cintas, aunque ya hubiesen pasado unos años de ciertos escándalos, y no descartaba que algunos políticos estuvieran también dispuestos a pagar una suma razonable a cambio de que ciertas cosas no llegaran a hacerse públicas.

Lo malo era que ya había buscado por todas partes, incluso en casa de don Luis —y eso que allí había sido realmente peliagudo con Carmela siempre vigilante—, y no había encontrado absolutamente nada. Daba la sensación de que el viejo lo tenía todo controlado, pero todo, todo. Y no le convenía ponerse a Alberto en contra, no podía insistirle en el tema de las cintas porque le preguntaría inmediatamente para qué quería saberlo, de modo que la única carta que le quedaba era Sandra. Entre la enorme curiosidad y testarudez de la tía, y sus propias habilidades eróticas, estaba seguro de que era cuestión de tiempo llevarla al punto en que saliera algo. La llamaría antes de entrar a trabajar sin decirle dónde estaba; eso la pondría de buen humor y a él le daría ocasión de decirle que, cumpliendo su promesa, le había dejado la llave en la entrada, como habían convenido, de modo que ella sabría que su ausencia de la casa le permitiría a ella entrar a curiosear. Todo ventajas.

Puso la radio a toda voz y, cantando la letra, sonrió, sintiéndose libre y con ganas de encarar el futuro.

Sandra

*R*ecuerdo con toda claridad el lunes en que después de desayunar y de dejarles a mis padres, para que me dieran su opinión, las páginas que había escrito la noche antes, metí la tercera copia en la mochila, pensando en llevársela a Félix a la biblioteca, y justo en el momento de salir a la calle silbó mi móvil y recibí el mensaje de Diego diciéndome que había tenido que marcharse por un asunto de trabajo pero que me había dejado la llave donde habíamos quedado. No sé bien si esperaba que me dijera algo bonito —los dos habíamos evita-do minuciosamente decirnos nada que tuviese que ver con el amor— pero me gustó que terminara el whatsapp diciendo: «Pienso en ti», cosa que era evidente a partir del simple hecho de que me hubiese escrito —no puedes no pensar en alguien cuando le estás escribiendo—, pero que me hacía sentirme especial, pobladora de los pensamientos de Diego. Cuando una entra en los pensamientos del otro, ya no es una relación solamente física, pensaba yo entonces. ¡Ja!

En cualquier caso, dejando lo de entregarle las páginas a Félix para después, me encaminé a buen paso hacia la casa que ahora estaría desierta, esperando mi visita. Se me ocurrió que no sabía si esa era la misma casa que el ayuntamiento franquista le re-galó a Ofelia (probablemente después de requisarla a sus legíti-mos dueños que habrían sido una familia «roja») o si era la que Anselmo había aportado al matrimonio. Tendría que preguntar, aunque, bien mirado, tampoco tenía la menor importancia.

Encontré la llave donde tenía que estar, abrí la puerta y un momento después estaba en el pasillo, al pie de la escalera, frente al espejo del perchero de las cornamentas que debía de ser o bien una herencia que les dio lástima tirar o bien un detalle que les pareció divertido y transgresor en su día, con muy mal criterio, porque aquello era simplemente horroroso.

Como siempre, noté un leve temblor al subir los peldaños. Aquel sueño que casi ya no recordaba seguía inquietándome, aparte de que esa misma noche había tenido otra de esas casi pesadillas en las que alguien que debía de ser Ofelia, aunque no se le parecía en nada, me contaba sonriente que el asesinato era una cosa muy sencilla que, sin embargo, se exageraba y estaba muy sobrevalorada en todas las películas y las novelas de éxito. Mientras hablábamos, yo me esforzaba por recoger cientos de páginas manuscritas que cubrían el suelo de un inmenso salón y que no estaban numeradas, y ella, frente a una mesa alta, mezclaba diferentes polvos y líquidos en cuencos de distintos tamaños y luego, con un cuentagotas, iba echando un poco de aquí y de allá en una redoma que, a pesar de ser negra, resultaba transparente. Yo quería irme de allí, pero sabía que sólo podría hacerlo si conseguía recoger todas aquellas hojas y ponerlas en la sucesión correcta hasta que formaran una historia comprensible, y sabía que nunca lo lograría, al menos nunca a tiempo. Porque ella estaba creando algo mortífero en aquella redoma y, si lo terminaba antes que yo, alguien moriría, quizá yo misma.

Curiosamente, al salir de casa no había pensado en aquel sueño tan desagradable y sólo ahora, al subir la maldita escalera que llevaba al salón donde estaba el puf, me venía de nuevo a la memoria con todos los detalles, como el de que en algún momento, Ofelia, elegantemente vestida pero con un delantal blanco muy años cincuenta, se acercaba a mí con una bandejita que era un espejo y me ofrecía pastelillos hermosos como joyas y que yo sabía con total seguridad que estaban envenenados. Pero por alguna extraña razón no podía decir que no y no tenía más remedio que elegir uno de ellos y llevármelo a la boca bajo su intensa mirada y su sonrisa de labios pintados de rojo carmín. ¡Es un asco lo que puedo llegar a soñar cuando no escribo regularmente!

El salón de arriba estaba exactamente como yo lo había dejado el sábado por la noche. Al parecer, Diego no había sentido ninguna curiosidad la tarde anterior por ver lo que yo había estado haciendo, y no había pasado por allí. El libro de Cernuda —ahora me daba cuenta— seguía sobre la alfombra, al lado

190

del puf que yo había vuelto a llenar con tantas prisas. Debía de haber olvidado ponerlo en su lugar y ahora no podía saber si Diego había subido y, por culpa del libro, se había dado cuenta de qué había estado haciendo yo.

Devolví el libro a la estantería y me acuclillé junto al puf, le di la vuelta, abrí la cremallera y empecé a sacar prendas y prendas sin ningún miramiento —al fin y al cabo, no eran más que trapos viejos— eso sí, repasando con cuidado todos los bolsillos donde pudiera haber quedado algo: una moneda, una tarjeta de visita, un billete de tren, un papel doblado... cualquier cosa que pudiera indicarme una dirección para resolver aquel misterio que yo misma me había creado y que, probablemente, no tuviera ninguna relación con el pasado real.

El botón que me había dado la primera pista era de una chaqueta de entretiempo, de piqué blanco, que, si una era aficionada a la ropa *vintage*, podría quedar preciosa con unos vaqueros oscuros. Si me la quedaba, nadie iba a echarla de menos, estaba segura. Siempre podía decir que la había encontrado en un mercadillo, en uno de esos montones gigantes de ropa usada a uno o dos euros la prenda. La aparté para probármela después, aunque a ojo parecía ser de mi talla. ¿Sería de Ofelia o de Gloria?

En el paquete que me había dado don Luis había una foto encantadora, una de mis favoritas, donde se veía a las dos mujeres, cada una con su hijo sentado en las rodillas, mirándose divertidas, casi de perfil al fotógrafo, mientras los niños, de unos dos años Luis y cinco o seis Ángel, sonreían a la cámara. Debía de haber sido en los primeros años de la década de los cuarenta, en plena posguerra.

Ahora una siempre tiene tendencia a pensar en ese tiempo como una época en blanco y negro, estéticamente gris, un tiempo de hambre, miseria, humillaciones sin cuento, censura integral, rigidez, injusticia... una época en la que nadie podía reírse de nada ni ser feliz. Por eso me gustaba tanto aquella foto, porque mostraba lo que todo el mundo sabe, pero no suele pensar: que incluso en las peores épocas de un país, la gente sigue adelante, y se ríe de un buen chiste, y disfruta de tener a su hijo en las rodillas mientras le hacen una foto con su amiga. A mí me constaba, por mis estudios y por todo lo que me había contado mi abuela, que las cosas habían sido horribles muchas veces, pero que también había habido bailes y verbenas de verano donde los chicos y las chicas «festeaban», como se decía entonces por estas tierras; y Navidades en las que la gente se reunía en alguna casa, cada uno aportando lo que podía para celebrarlas junto a un buen fuego en la chimenea; y comidas en el campo por Pascua cuando se salía de excursión, con unos huevos duros y unos tomates; y noches de verano en las que los vecinos sacaban las sillas a la calle para tomar el fresco juntos, compartir un melón o una sandía, contar chistes, cotillear y, a veces, cantar habaneras.

Aunque parezca tonto decirlo, es importante para un historiador no olvidar a las personas, a los individuos que vivieron los tiempos pasados, a la gente normal, de la calle, que no pintaba nada en las grandes decisiones; gente que no pertenecía al mundo de la política, ni a la aristocracia ni a las casas reales; los que trabajaban y se enamoraban, y tenían modestas ilusiones que unas veces se realizaban y otras veces no; todos los que iban a la iglesia a poner velas, o a la taberna a tomar un chato de vino, o al burdel a pagar por hacer lo que en casa no podían, o al parque a comprarle a sus hijos un cartucho de *torraos*, o al mercado a ver hasta dónde podían estirar la paga, o al cine a ver el lujo que nunca podrían disfrutar en su vida cotidiana.

Cuando terminé de sacar todas las prendas que habían estado amontonadas en el puf casi a presión para hacerlo más estable, me temblaban las manos del esfuerzo, de la frustración y de pensar que tendría que meterlo todo otra vez para que nadie supiera nunca lo que había estado haciendo.

Volví a repasarlo todo y cuando ya estaba segura de haberme equivocado, de que allí no había nada que pudiera tener el mínimo interés, en una falda de lana, feísima, de un negro amarronado, con dos bolsillitos junto a la cintura —una prenda que no podía ser de Ofelia, que tenía que ser de Gloria— mis dedos temblorosos rozaron un papel doblado varias veces.

Lo saqué con cuidado, fui hasta la ventana para tener buena luz y, después de inspirar hasta el fondo de los pulmones, preparándome para una decepción, lo desplegué.

En una letra insegura, como si el autor no tuviese costumbre de escribir, unas líneas voluntariosas, irregulares, rezaban:

Eres un monstruo. Eres un monstruo, Magdalena, por mucho que te hayas hecho rica y hayas comprado el silencio de todos los que podrían haberte atacado. Pero yo sé lo que hiciste y puedo probarlo. Entonces no fué posible, pero ahora sí.

Hay más fotografías como esta. Bien guardadas, como puedes suponer.

No quiero tu dinero. No me interesa. Ya lo he perdido todo, y lo que he perdido no se compra con dinero. Sólo quiero destruirte, que pagues por lo que has hecho, que todos los que ahora te bailan el agua escupan sobre tu tumba cuando llegue el momento.

Se me cortó la respiración. ¿De qué hablaba aquella nota? ¿De quién? ¿A qué fotos se refería? En la falda no había nada más. Me lancé sobre el montón de ropa descartada y volví a mirar todas las prendas, una por una. Hasta en los dobladillos de las faldas y los pantalones miré sin ningún éxito.

¿Qué significaba aquello? ¿Qué quería decir eso de «eres un monstruo»? ¿Quién era Magdalena?

Sin saber exactamente por qué, me entró una fiebre de prisa por guardar toda aquella ropa en el puf de manera que si ahora llegaba alguien —¿alguien? ¿quién? Sólo podría llegar Diego y eso no sería un problema tan grande— no me viera en aquella situación. Tenía la necesidad urgente de salir de aquella casa con el papelito bien guardado en el bolsillo de los vaqueros y, a la vez, pensando con la cabeza, sabía que tenía que aprovechar el tiempo en el que estaba sola en la casa para buscar la foto a la que se refería la nota. ¿Qué foto? ¿Dónde podía estar? ¿De qué podría tratarse? ¿Cómo podía alguien tener una foto de algo tan terrible como para amenazar con ella a esa Magdalena desconocida para mí?

No podía aguantar más en la casa. Necesitaba salir de allí, ir a un lugar neutro, pensar.

Me aseguré de que todo estuviera como lo había encontrado y salí de allí sin saber bien si me alegraba de haber dado con esa pista —pista, ¿de qué?— o si habría preferido no haber encontrado nada.

193

21

*R*ecostado en la cama, en mitad de la noche, los dedos de Luis Arráez pasaban suavemente por su foto favorita, una foto cuya historia nunca había contado a nadie, ni siquiera a Alberto, a pesar de los años que llevaban juntos y de todos los secretos que habían compartido.

Nunca había sabido realmente por qué no hablaba de ello. Era quizá que se trataba de algo tan íntimo, tan perdido en la niebla del tiempo y sin embargo tan presente, que no había querido narrarlo nunca porque, al formularlo, muchas sensaciones se habrían evaporado al quedar reducidas a moneda común, a las vulgares palabras que todo el mundo usa.

Al decir: «Tino fue mi amor de juventud» cada persona que lo oye pone en lugar de Tino el nombre del hombre o la mujer que recuerda con mayor intensidad cuando piensa en su propia adolescencia, y cuando oye «mi amor» la relación y la historia es diferente para cada oyente porque «amor» es una de esas palabras-comodín que significan cosas muy distintas para cada uno.

Por eso Luis no dice nada mientras acaricia el rostro que tuvo a los quince años y recuerda que esa foto fue tomada precisamente el día en que Tino y él se besaron por primera vez. De hecho, la primera vez en su corta vida que dio y recibió un beso de alguien que no fuera de su familia. Un beso muy distinto a los besos familiares. Un beso de pasión, como se decía entonces en las coplas.

Antes de los doce años nunca hubiese creído que ese primer beso con el que todos sus compañeros soñaban y que los hacía suspirar para sí mismos en la oscuridad de las salas de cine con la vista clavada en Marilyn Monroe, Elizabeth Taylor o Veronica Lake fuera a ser dado no por una chica, sino por un chico igual que él. Sin embargo, poco a poco, en el cine había ido teniendo que aceptar que a él se le iban los ojos detrás de Robert Mitchum, de Gregory Peck, de Charlton Heston... y que su admiración no era del todo inocente.

Entonces, de golpe, había aparecido Tino en su vida.

Se habían hecho amigos por fin de año, cuando los padres habían organizado una fiesta en el Casino y, excepcionalmente, se habían llevado también a los hijos, siempre que tuviesen de doce años en adelante. Constantino Rico estaba interno en un colegio religioso de Alicante y acababa de llegar al pueblo a pasar las vacaciones. Se cayeron bien de inmediato, para alivio de los padres, que no estaban muy seguros de haber acertado al permitir la presencia de jóvenes en una de las primeras fiestas que habían decidido celebrar por esas fechas, y enseguida empezaron a intercambiar opiniones y gustos, casi todos coincidentes.

Tino era un chico muy guapo, con un cierto aire de dandy pasado de moda, un poco del estilo de su propio padre, que lo hacía muy atractivo y misterioso, igual que pasaba con Anselmo. Tenía el pelo fuerte y abundante, de un rubio oscuro que según la luz parecía de oro verde, y los ojos azul marino, herencia celta de un abuelo gallego al que no había llegado a conocer. Era flaco, fibroso y tan alto ya a los quince años, que se doblaba ligeramente para no llamar tanto la atención o para acercarse a sus interlocutores. Sus labios eran carnosos, rosados, perfectos.

Podían discutir durante horas de todos los temas posibles mientras caminaban por el pueblo y sus alrededores con las manos en los bolsillos del abrigo, sintiéndose jóvenes futuros grandes hombres, intelectuales, artistas... opinando sobre todo lo que los elevaba sobre el nivel del pueblo y sus habitantes, sobre cine, literatura, política...

Política en voz baja, ya que Tino mostraba unas peligrosas tendencias de izquierda que podían haberle costado caras si las hubiese expresado en público, pero que con él no temía esbozar. Era un alma rebelde ya entonces, a los quince años recién cumplidos, y a Luis le fascinaba su voz ya adulta, grave, aterciopelada, hablándole del socialismo, de la lucha de clases y de la obligación moral de todo ser humano de apoyar a los más débiles, de conseguir una sociedad justa donde nadie fuera más que nadie.

A él la política nunca le había interesado. Hasta que conoció a Tino ni siquiera sabía qué era, porque en su casa no se hablaba de esas cosas, y una vez que preguntó qué significaba «comunismo», la respuesta de la tía Gloria, acompañada por un cabeceo afirmativo de su madre, fue que de eso era mejor no hablar, que esas ideas llevaban a los hombres buenos a la tumba cuando ya todo el mundo se había aprovechado de ellos.

Sin embargo, en aquel invierno de 1955, lo que le contaba Tino no le parecía en absoluto disparatado; al fin y al cabo, y aunque ellos no habrían estado de acuerdo, coincidía en muchos puntos con lo que les contaban los curas en misa y en los ejercicios espirituales que era obligatorio hacer una vez al año.

Para Luis, la educación política fue de la mano de la educación sentimental, y siempre se sintió culpable de las dos cosas, de haberse dejado seducir por dos cantos de sirena igual de prohibidos, peligrosos y que podrían haber resultado fatales de no haber sido por su prudencia natural que lo llevó a buen puerto cuando podía haber naufragado como Tino.

En noches como esta, tumbado solo en su cama, después de haberse tomado los analgésicos que apenas le amortiguaban el dolor y no lo ayudaban a dormir, le venían a la mente las imágenes de antaño con precisión cinematográfica. Tras los ojos cerrados, veía la sonrisa de Tino en la semioscuridad de la gran despensa de casa de su abuela, sus ojos destellando, su mano que ondulaba llamándolo al interior, a ese pequeño laberinto de cajas de conservas y cestos de patatas y cebollas, con su olor a vino y al aceite que doña Adela guardaba en dos grandes tinajas verdes y amarillas.

Siempre se había dicho a sí mismo que entró por curiosidad, para ver qué era lo que Tino quería enseñarle en aquel lugar secreto a la hora de la siesta. Sólo ahora, recientemente, había empezado a permitirse pensar que cuando dio el primer paso hacia la oscuridad de la despensa ya sabía lo que iba a suceder. A los setenta y siete años podía confesarse no sólo que lo esperaba, sino que él lo deseaba tanto como su amigo.

Nunca supo cuánto tiempo estuvieron besándose, ocultos detrás de las estanterías donde doña Adela tenía sus mejores botellas, las que sólo sacaba en las fiestas señaladas. Extrañamente, a pesar de todos los que ha conocido a lo largo de su vida, es capaz de recordar el cuerpo tenso de Tino, sus labios calientes y ávidos, sus manos finas explorando su piel con un hambre que él replicaba y devolvía sin pensar en las consecuencias.

En noches como esta, Luis piensa que se ha equivocado en casi todo, mientras a la vez sabe que su vida no podría haber sido mejor: que ha heredado y construido un imperio, que ha encontrado el amor de su vida, aunque haya tenido que ser siempre clandestino, que ha alcanzado todo lo que quería alcanzar. Sabe que, si hubiese seguido con Constantino Rico, el líder sindical, habría vivido enfrentado a su madre, habría pasado largas temporadas en la cárcel, habría tenido que sufrir el oprobio de ser un «invertido» como se decía antes cuando se trataba con una cierta consideración, un «mariconazo» cuando se buscaba el insulto. Pero también habría ido a estudiar a Madrid, como hizo Tino, y se habría licenciado en derecho, o empresariales, y quizá habría hecho lo mismo que Alberto haría mucho después, siguiendo sus consejos: se habría casado con una buena chica y habría tenido hijos que ahora le alegrarían la vejez con los nietos. Y tendría a quién dejarle la empresa sin tener que pasar por la humillación de casarse con un hombre.

Eso lo habría reconciliado con su abuela, que siempre le guardó el secreto, pero sufrió terriblemente al darse cuenta de que su único nieto no era un hombre como todos; al saber que nunca se casaría y le daría bisnietos. Los descubrió una tarde en el cuartito de la leña que había en la azotea, adonde había subido a buscar algo, y donde ellos solían encontrarse. Tino ni siquiera se dio cuenta, pero él, a pesar de los años transcurridos, ve aún, por encima del hombro desnudo de su amigo, la expresión horrorizada de doña Adela, la mano tapando la boca para que no salga el grito, los ojos cerrándose con fuerza como para negar lo que le acaban de mostrar, la cabeza sacudiéndose en una negativa incrédula, todo apenas en unos segundos eternos que tiene grabados a fuego en la memoria.

Recuerda los días, las semanas de miedo, temiendo que se lo haya contado a su padre cada vez que nota una mirada extraña, un gesto diferente; temiendo que sea ahora el momento en que le preguntarán y tendrá que dar una explicación; pero van

197

pasando los días y no sucede nada. La salud de su padre empeora, se le oye toser tras las puertas cerradas, Ofelia y Anselmo se van encerrando en sí mismos, en su dualidad, murmuran con las cabezas juntas, hacen planes, lo dejan fuera de lo que traman, seguramente para protegerlo, para que no sufra, hasta que un buen día le dicen que se marchan a un sanatorio de los Pirineos donde trabaja una eminencia en quien tienen muchas esperanzas. Recuerda, con una vergüenza quemante, algo que nunca le ha contado a nadie, ni siquiera a Alberto: su primera reacción no es de angustia por la enfermedad de su padre, ni de miedo al pensar en su probable muerte, ni de preocupación por quedarse solo en casa con la tía Gloria y a merced de Ángel. Su primera reacción es de alivio. Ahora sus padres se van por un tiempo. Nadie tiene por qué enterarse. Podrá seguir viendo a Tino; con más cuidado que hasta el momento, pero podrá. Ha quedado claro que su abuela no va a contar nada, que prefiere no saber, que está haciendo todo lo posible por olvidar lo que ha visto, lo que probablemente ya ni siquiera está segura de haber comprendido. De vez en cuando le pregunta por posibles novias y le señala a las chicas más guapas cuando la acompaña a la iglesia o va a recogerla después del rosario. ¡Pobre abuela! Ahora se revolvería en la tumba al pensar que está a punto de casarse con otro hombre.

A Tino, sin embargo, le habría gustado ese final de la historia: Luis Arráez vestido de novio, junto a otro hombre vestido de novio, dándose el sí entre flores y sonrisas de los presentes, ratificando en público lo que nunca quiso aceptar más que en la estricta intimidad. ¿Lo invitaría a la boda si aún viviera? ¿Invitaría a quien le descubrió su verdadero ser?

Muchas veces, cuando piensa en Tino, lo consume la rabia de que un hombre tan generoso, tan inteligente, tan guapo, haya quedado en la cuneta del camino de la vida por no haber sabido o querido mentir, traicionar, aceptar los regalos que hacen la existencia más dulce y más sencilla.

En noches como esta piensa que Tino siempre fue mejor que él y que él lo abandonó cuando podría haberlo ayudado si hubiese tenido el valor de decirle a su madre que aquel muchacho era importante para él, que lo quería, que era más que un amigo de adolescencia.

Vuelve a mirar la foto con ternura, con nostalgia: él vestido de traje, entre su padre y su madre, elegantísimos, en la inauguración del teatro María Guerrero, horas después de aquellos besos de Tino en la despensa de doña Adela. Aún recuerda la sensación de ponerse aquel traje nuevo sobre la piel que su amigo había encendido y estaba casi eléctrica al tacto, la sonrisa que se le derramaba por el rostro al mirarse al espejo buscando las huellas de sus labios. En ese momento todavía no se sentía culpable; sólo era feliz, radiantemente feliz. Aún no se había dado cuenta de lo que significaba y de lo que iba a significar para su vida, para su futuro; de que aquello era un peso mayor que la piedra de Sísifo, mayor que la cruz de cualquier condenado en Judea, un peso que arrastraría durante toda su existencia sin ser capaz jamás ni de librarse de él ni de aceptarlo por completo, a pesar de la revolución del 68, de la movida madrileña, del amor de Alberto, de las fiestas del orgullo gay y la legalización de la homosexualidad y del matrimonio.

Luis suspira en su cama, deja la foto en el cajón de la mesita, donde la tiene siempre, y apaga la luz. Ha decidido que no le enseñará esa foto a Sandra, aunque sabe seguro que nadie que no sea él podría darse cuenta de su importancia. Para él, esa foto es demasiado íntima para compartirla con nadie; para ella es una más, una de la que puede prescindir, que no tiene ninguna relevancia.

199

22

*N*ada más salir a la calle, Sandra supo de repente adónde quería ir y se encaminó a toda velocidad hacia el chalé de don Luis. Con un poco de suerte se habría ido a la fábrica y, si no, siempre podía intentar colarse hasta la puerta trasera y tratar de pillar a Carmela a solas.

Tuvo suerte. Al pasar por la ventana de la cocina la vio trasteando por allí y llamó con los nudillos mientras, por gestos, le preguntaba si podía pasar. La mujer fue enseguida a abrirle con expresión preocupada, como si temiese que hubiera venido para dar una mala noticia.

—¡Buenos días, Carmela! —comenzó Sandra con su mejor sonrisa—. ¿Tendría un poco de tiempo o vengo en mal momento?

Lanzó una mirada hacia un rincón de la cocina donde había una especie de interfono con lucecitas, en ese momento todas apagadas.

—Sí, señorita Sandra, no hay problema. Ya tengo la comida al fuego.

—No me llame de usted, mujer. Soy Sandra sin más.

—Es que ya sabe que don Luis es muy… suyo para estas cosas. Pero en fin… estando solas… y si tú también me tuteas… dime, ¿qué querías?

—Pues que ya se dice que el español piensa bien, pero tarde. —Ambas sonrieron frente a la frase hecha—. Se me acaba de ocurrir que he entrevistado ya a un montón de gente que conoció a doña Ofelia y sin embargo nunca te he preguntado a ti, que eres de las pocas personas que la conoció de verdad.

Carmela arrugó la frente y la nariz, lo que de repente le dio un curioso parecido con un conejo.

—A doña Ofelia nadie la conoció de verdad. Era también muy suya; una caja llena de secretos.

——¿Qué tipo de secretos?

La mujer se levantó de pronto como si hubiese oído algo que Sandra no había captado.

—¿Te apetece un zumo, una infusión, un café?

——Lo que tomes tú.

Carmela abrió la nevera, sacó una jarra de zumo de naranja natural y sirvió dos vasos.

—Lo había hecho para el desayuno, pero hoy don Luis no quería zumo y Alberto no ha venido.

Sandra tenía la impresión de que a Carmela o bien se le había olvidado la pregunta, o bien no tenía ningún interés en contestarla, pero se equivocó, porque después de un par de sorbos volvió al tema.

—Mira, yo llevo trabajando en esta casa… cuarenta y dos años hará ahora en marzo. En cualquier otra casa ya sería de la familia, ¿no? Pues aquí… ni flores. Con Alberto, bastante bien, y con su ex y su hija, estupendo; pero con doña Ofelia y don Luis, e incluso con la señora Gloria… nada. Ellos me pagan y yo les trabajo, pero siempre han sido raros, la verdad. Yo les tengo ley porque son muchos años y siempre me han tratado muy bien, pero ellos en su sitio y yo en el mío. Desde siempre, cuando se traían a casa papeles o cosas que hacer aquí y no en la fábrica, lo guardaban todo bajo llave al salir o cerraban la habitación y no me dejaban entrar ni a quitar el polvo. Como si fueran ministros en vez de zapateros. Como si a mí me importara un pimiento a quién le iban a vender una partida de sandalias… o si pensaban pagar los impuestos o se iban a llevar los cuartos a las Bahamas. Yo, de eso, no entiendo… pero ya te digo, todo bajo llave. Y doña Ofelia siempre estaba de viaje, sola o con sus intérpretes o sus secretarias y, al volver, casi no contaba nada de qué había hecho, de cómo le habían salido las cosas. A veces se notaba que bien, por la sonrisa que se le salía por las comisuras de la boca cuando estaba sola en la terraza o en el salón, pero a mí nunca me dijo nada en confianza. Yo me habría callado; soy leal a esta familia y no habría contado nada a nadie, pero nunca me dieron ocasión. Todo guardado, todo encerrado.

201

Lógicamente, yo me he hecho mis marañas y muchas veces pensé que doña Ofelia viajaba tanto porque una mujer sola y aún joven tiene ciertas necesidades que tampoco hay por qué airear en el pueblo, pero nunca le pillé una foto con un hombre, ni una carta, ni un detalle... y si le insinuaba algo algún día que estábamos las dos aquí en la cocina... se reía y me decía que qué imaginación y qué falta le hacía a ella ponerse a cuidar próstatas, con lo bien que estaba así, libre como el viento... La verdad es que tenía razón. Aparte de que, con la señora Gloria cada vez más *p'allá* era lógico que quisiera largarse de vez en cuando.

—¿No estaba bien de la cabeza?

Carmela frunció los labios, dubitativa.

—No es fácil decirlo. Para algunas cosas estaba tan normal como tú o como yo; para otras...

—¿Me puedes dar un ejemplo?

—Me acuerdo de una temporada, bastante al principio de estar yo en la casa, cuando aún se daban grandes fiestas aquí para impresionar a los clientes americanos y eso. Doña Ofelia dejó de ir a misa los domingos porque era justo cuando se empezaba a llevar lo de jugar al tenis y ella y don Luis invitaban gente primero a jugar un partido y luego a comer y a sus cosas de negocios. Bueno, pues la señora Gloria se ponía hecha una fiera cuando tenía que irse ella sola a misa y doña Ofelia se ponía el vestidito blanco para jugar. Se marchaba y luego, de misa se iba a su casa y pasaban dos o tres días hasta que volvía por aquí. ¡La pobre! Se pasaba el rato diciendo en voz baja, para sí misma, que Dios no las perdonaría, que ella había prometido que irían a misa todos los domingos a cambio de que Dios las salvara del infierno y que así Ofelia se condenaría.

—¡Joder! ¿Tan religiosa era?

—Cada vez más, por lo que parece. De joven no tenía más remedio porque su marido, el que mataron, había sido comunista y ella tenía que demostrar que era decente; me figuro que luego, con la vejez y la soledad, se iría acostumbrando a ir a misa y al final le faltaba si no iba.

—Pero... ¿qué era eso de que Dios tenía que perdonarlas? ¿De qué?

Carmela se encogió de hombros.

—Era una manía, una idea fija. Le pregunté unas cuantas veces, porque de verdad a veces parecía que había algo que la estaba consumiendo por dentro, que la estaba matando poco a poco, pero siempre ponía cara de espanto, bajaba mucho la voz y decía cosas como: «no te lo puedo decir, pero Ofelia y yo hicimos algo muy malo, muy malo... hace tiempo, y tenemos que rezar mucho para que Dios nos perdone». Nunca me explicó más. Acabó loca, ya te lo habrán dicho. Su hijo terminó ingresándola en un sanatorio porque en casa era cada vez más difícil, y allí se ahorcó.

—¿Dejó alguna carta?

—Sí, pero era para doña Ofelia y sólo la leyeron ella y el juez... o a lo mejor la policía... A los demás nadie nos dijo nada.

—¡Qué intriga!

—No te creas... Locuras de la pobre mujer. Voy a ponerme a lavar la ensalada, si no te importa.

—No, claro. Si puedo hacer algo...

—Si te ve don Luis ayudando en la cocina, salimos las dos por la ventana. Tú saca una libreta y haz como que tomas notas, por si acaso. Desde que va mejorando, aparece alguna vez por aquí cuando una no se lo espera...

—Carmela —Sandra decidió intentarlo, ahora que ya había establecido una base de simpatía y confianza con la mujer—, ¿te suena alguien de la familia que se llame o se llamara Magdalena?

—¿Magdalena? No, para nada.

—¿Familia de Gloria?

Carmela sacudió la cabeza.

—Gloria no tenía familia. Bueno, su hijo Ángel, su nieto Alberto, y luego la mujer de Alberto, Mar, y su nena, Nerea.

—¿La que es médico?

—La misma. Gracias a ella, mi hija, que es enfermera, tiene un trabajo fenomenal en Holanda. La tengo lejos, pero le va muy bien.

—¿Y alguien que se llamara Magdalena en la familia de Anselmo, el difunto marido de doña Ofelia?

—No, que yo sepa. A ver... Su madre era Adela, su padre Anselmo, como él; sus abuelos don Anselmo, el médico,

203

y Gema, la hija de *el Guitarra*; los otros... los padres de Anselmo... José, *el Bala*, y Caridad, *la de las Luces*... gente de la calle Nueva, del Casino, de los que se creían un poquito mejores que los demás porque eran fabricantes... pero no, ninguna Magdalena.

—Es increíble cómo te los conoces, con los apodos y todo.

—Es que yo soy de las pocas que de verdad son de este pueblo de toda la vida. La mayor parte fueron viniendo desde primeros de siglo, del siglo pasado quiero decir, del veinte, a trabajar en las fábricas; pero mi familia es de aquí de siempre, de *los Flacos* y *los Torraos*, aunque ahora ya nadie se acuerda de esas cosas.

—Pues si tú llegaras a acordarte de alguien que se llame Magdalena y pudiera haber tenido relación con esta familia, te agradecería que me lo dijeras.

—¿De qué época estamos hablando?

—Ni idea; pero de hace bastante tiempo, de antes de que estrenaran esta casa.

—Entonces yo era una cría y no conocía a nadie. Empecé aquí a los diecisiete, ya te digo, con lo de las fiestas, porque necesitaban más gente para servir y recoger, y en la cocina y de todo. Luego, conforme la señora Gloria iba poniéndose peor, yo me fui haciendo cargo de más cosas hasta que ella murió y me quedé de ama de llaves y... bueno... de todo. Por eso de aquellos años del principio me acuerdo de poco, y de los de antes, casi de nada, de lo que se decía por el pueblo, pero de esas cosas nunca te puedes fiar porque la gente se inventa lo que no sabe, precisamente porque no lo sabe, y como los Arráez fueron siempre tan de guardárselo todo, pues el pueblo se ha ido inventando cosas...

—¿Como lo de la mafia?

Carmela levantó la vista de la lechuga que tenía en la escurridera y por un momento Sandra vio un conflicto en su interior.

—Mafia es mucho decir —contestó por fin—. Doña Ofelia se metió también en asuntos de construcciones hace muchos años, aunque no lo llevaba ella en persona, claro, era más bien una cosa... como para invertir el dinero que ganaban en otro negocio que no fuera el calzado. Ella siempre citaba a un abuelo suyo que decía que «no había que poner todos los huevos en la misma cesta». «Diversificar», que dice ahora Alberto. Durante algún tiempo, eso de la construcción en la costa coincidió con los rusos que llegaron por aquí dispuestos a blanquear todo lo que habían robado en su tierra y, por lo que se dice, hubo sus más y sus menos con los constructores de aquí. Me figuro que al final se darían cuenta de que había para todos y que trabajando juntos era todo más fácil. Siendo la señora ya bien mayor, aún venía por aquí un tal señor Dimitri a comer mi arroz con conejo y caracoles, y a hacer negocios con doña Ofelia. Lo traía un chófer que no hablaba una palabra de español y dos tíos grandes como torres que yo juraría que llevaban pistolas, como los de las películas, pero ese señor y doña Ofelia se conocían de hacía muchísimo tiempo y se reían mucho juntos.

De pronto sonó un timbre y una de las luces de la centralita empezó a parpadear. Carmela se secó las manos con parsimonia.

—Será mejor que te vayas, Sandra. Cuando vengas luego, si tienes más preguntas, podemos seguir. Ahora tengo que ver qué tripa se le ha roto esta vez.

205

23

«*O*felia Arráez, la que luego habría de convertirse en una de las mujeres más relevantes de la historia de la industria del calzado no sólo en la Comunidad Valenciana, sino en toda España e incluso en el extranjero, nació el 5 de agosto en Onil, un pueblecito del noreste de la provincia de Alicante, un día de calor excepcional que casaba a la perfección con su carácter de fuego, del que son prueba su extremada vitalidad y energía hasta los últimos días de su larga vida.

Fueron sus padres Francisco, agricultor, y Clara, sus labores, quienes se casaron contra la voluntad del padre de ella, un alto funcionario de Correos, que pertenecía a la buena burguesía valenciana y no podía ver con buenos ojos el enamoramiento de su hija y su posterior matrimonio con un hombre mucho mayor que ella y que no tenía nada que ofrecerle desde el punto de vista económico.

Dando la espalda a la familia que la había repudiado, el joven matrimonio abandonó Valencia y se instaló en Onil, donde Francisco trabajaba de jornalero en diversas fincas de la zona para poder subsistir y cuidaba unos terrenos propios con la esperanza de llegar a ser independiente, mientras Clara, además de ocuparse de Ofelia, su única hija, daba lecciones de piano a las señoritas de las mejores familias de la zona y cantaba en la iglesia las fiestas de guardar.

Al cabo de dos años de malvivir y después de que una helada acabara con los almendros y los naranjos de su propiedad, Francisco y Clara, con su bebé de pocos meses, decidieron marchar a Francia, atraídos por las cartas que llegaban al pueblo de otros emigrantes que aseguraban que allí había trabajo en abundancia, suficiente para poder vivir bien e incluso ahorrar. El país había sufrido una larga guerra, la Primera Guerra Mundial, la Gran Guerra como se la llamaba entonces sin imaginar que tenían por delante otra mucho más larga e igual de sangrienta, miles de hombres jóvenes habían caído en los campos de batalla y hacían falta muchos brazos para volver a levantar la economía francesa.

No queda constancia de si Francisco marchó primero y llamó luego a su lado a su mujer y a su hija o si viajaron todos juntos a comenzar esa nueva vida. Lo único que sabemos por una carta de un emigrante de la misma época es que a los que habían decidido embarcarse en aquella aventura se les aconsejaba llevar una cantidad no inferior a cincuenta pesetas, preferiblemente cien, para poder sufragar los primeros gastos hasta conseguir un trabajo con el que pudiese mantenerse la familia.

Si emprendieron el viaje en la estación de ferrocarril de Villena ilusionados y llenos de sueños de éxito o si lloraron al abandonar todo lo que conocían es algo que no podemos saber. Lo que nos consta es que diez años después, en 1929, Francisco, Clara y Ofelia regresaron a su tierra, pero en lugar de volver a Onil, donde no les esperaba nada —es de suponer que hubiesen vendido los terrenos de su propiedad para financiar su viaje a Francia— se instalaron en Monastil y Francisco entró a trabajar en la fábrica de los hermanos Vidal, como zapatero o cortador según las versiones.

Al poco de regresar, Clara falleció, dejando huérfana a su hija Ofelia con poco más de diez años y la niña tuvo que hacerse cargo no sólo de llevar la casa, sino que empezó también a trabajar de aparadora, cosiendo a máquina las diferentes piezas de piel de los zapatos, para contribuir a la economía familiar. Por fortuna, en Francia había podido acudir a la escuela, había aprendido a leer y escribir —en francés, naturalmente—, así como las operaciones aritméticas básicas, lo que entonces se conocía como «las cuatro reglas», y unos rudimentos de geografía, historia y cultura general, mucho más de lo que en España por esa época era habitual en las niñas de familias pobres, que solían ser virtualmente analfabetas. A lo largo de su vida, Ofelia se sentiría mucho más cómoda escribiendo en francés —e incluso en inglés— que en español, por lo que la mayor

207

parte de su correspondencia, incluso la privada, sería dictada y transcrita por sus secretarias.

No nos quedan muchas fuentes de la época previa a la Guerra Civil y a la contienda en sí. Sabemos que su padre, Francisco Mallebrera, fue un fanático falangista de la primera hora, temido en el pueblo por su violencia y arbitrariedad. Cuando murió, en 1939, poco antes de acabar la guerra, en un tiroteo en la plaza de la Fraternidad cerca de la planta baja que tenía la familia en alquiler, su hija Ofelia, huérfana ahora de padre y madre a los veintiún años, recibió una casa en propiedad como regalo de los vencedores —probablemente en pago a los servicios prestados por su padre a los sublevados— lo que le permitía subsistir con el magro salario de la fábrica. No podemos olvidar que, en la época, pocos empleos eran fijos; los obreros acudían a su trabajo mientras la fábrica tuviese suficientes pedidos para poder pagar los salarios, pero cuando había un tiempo en el que los pedidos disminuían, los trabajadores se quedaban en sus casas «hasta segunda orden», como se decía entonces, y no ganaban nada. En las familias grandes era posible compensar la falta de trabajo de unos miembros con los sueldos de otros, pero para Ofelia tuvo que ser una terrible angustia, ya que no tenía a nadie que pudiese ayudarla en las dificultades. Además, los años 38 y 39 fueron particularmente duros en lo que respecta a los productos básicos de alimentación: la escasez de pan, patatas y leche fue espantosa, y las enfermedades como la tuberculosis y el raquitismo estaban a la orden del día, por no hablar de las bajísimas temperaturas y de la ausencia de combustibles que, combinada con el hambre, que llevaba a los habitantes de la zona a salir al campo a buscar todo lo que pudiera comerse o quemarse, hizo que los montes quedaran arrasados —cualquier arbusto o rama era mejor que nada para echar a la lumbre— y que, al perder las raíces que la sujetaban, la tierra fuera arrastrada por el viento hasta que no quedó más que la piedra, haciendo imposible la reforestación.

Podemos imaginar a la Ofelia de veinte años como una muchacha solitaria, dura, hambrienta y trabajadora, pero es más que probable que estos sufrimientos desde tan joven formaran su carácter independiente, luchador y emprendedor que haría de ella la mujer formidable que todos conocemos.

En noviembre de 1939, apenas unos meses después de terminada la guerra, tras un breve noviazgo, Ofelia contrajo matrimonio con el que había de ser su único esposo: Anselmo Márquez Tejada, hijo de Anselmo Márquez Bueno y Adela Tejada Pérez.

El marido de Ofelia era nieto de un famoso médico oriundo de Valladolid de quien el muchacho había heredado el nombre de pila como era frecuente en la época. Este abuelo se había establecido en Monastil a finales del siglo XIX y había conseguido amasar una modesta fortuna atendiendo a las familias terratenientes así como a los funcionarios y a la burguesía emergente de la zona. El hijo del médico, el siguiente Anselmo en la tradición familiar, había sido «zapatero» de profesión, según consta sin más precisiones en los documentos conservados, pero debía de tener una situación económica desahogada para poder permitirle a su propio hijo que hiciera el bachillerato aunque, al terminarlo, el futuro marido de Ofelia no se decidió por ninguna carrera académica, sino que entró como contable y administrador en una de las fábricas de calzado más importantes de la época, la de los Navarro.

No hay fuentes fidedignas sobre la época de la guerra, pero parece que Anselmo —no se sabe si por convicción o por azar— luchó con los franquistas, fue herido en una pierna y, de resultas de su estancia en un hospital militar en Aragón, contrajo una tuberculosis que, aunque bien tratada durante mucho tiempo, terminó por llevarlo a la tumba a los cuarenta y seis años.

Al poco de la boda, Anselmo y Ofelia pusieron un pequeño taller de calzado del que se ocupaban, como se hacía con tanta frecuencia en aquella época, en el escaso tiempo libre que les dejaba su trabajo regular. Allí, poco a poco, Anselmo empezó a desarrollar su faceta artística, convirtiéndose en modelista de calzado, mientras que Ofelia, que gozaba de mejor salud y ya empezaba a mostrar su faceta de mujer de negocios, se encargaba de la administración de la modesta fabriquita y de buscar —cada vez con mayor éxito— estrategias y posibilidades para ampliar la cartera de clientes y hacer crecer la pequeña empresa, sin por eso abandonar ninguna de las faenas necesarias, incluso las más humildes, para que los pedidos salieran adelante. En aquellos años de la inmediata posguerra no era nada extraño ver luces encendidas hasta bien pasada la medianoche —bombillas de bajo voltaje o incluso quinqués— en las plantas bajas de las casas, donde se trabajaba a destajo.

El 6 de octubre de 1940 nació el único hijo de la pareja, Luis Márquez Arráez que, siguiendo los pasos de sus padres, después de terminar el bachillerato en 1957, se incorporó a la empresa, que por entonces se llamaba todavía Viuda de Anselmo Márquez, y empezó a ocuparse de la parte que hasta muy poco tiempo atrás había llevado su difunto padre. Hay que recordar que Anselmo había muerto en febrero de 1956, dejando a Ofelia con su hijo adolescente y una fábrica de la que ahora ella era única responsable.

Supo, sin embargo, aceptar el desafío y correr todos los riesgos necesarios en un mundo eminentemente masculino para ir afianzando su empresa hasta el punto de que pronto se convirtió en la número uno de la región.

En 1964, Ofelia fue elegida presidenta de la Asociación Nacional de Fabricantes de Calzado, siendo la primera mujer en conseguirlo y la única hasta 2005.»

—Bueno, ¿qué os ha parecido el principio? —Sandra miró con cierta inquietud a sus padres y a Félix que, reunidos en la sala de estar para el café, se habían comprometido a darle su opinión sobre las primeras páginas que había pergeñado.

—A mí, bien —dijo Miguel, sonriendo—. Aunque yo quitaría la explicación de lo que significa «aparar». Piensa que el librito va dedicado a profesionales del calzado; se van a partir de risa viendo que les explicas qué hace una aparadora.

—¡Jo! Tienes razón, papá. Lo quito ahora mismo. Pero... ¿por lo demás?

—Por lo demás, estupendo. Informativo, bien documentado y sin novelerías.

—Salvo lo del «carácter de fuego» y el extraordinario calor del día de su nacimiento —comentó Ana—. ¿Se puede saber de dónde lo has sacado?

Como ya lo esperaba, porque conocía perfectamente a su madre, fue rápida en la respuesta:

—Lo he comprobado en Internet. El verano de 1918 fue particularmente caluroso y, tratándose de agosto, no creo haber exagerado.

—Hay que sazonar un poco los textos para que resulten atractivos, Ana —intervino Félix—. Siempre que no se desvirtúen las cosas ni se mienta sobre los hechos.

—¿Y a ti qué te parece, Félix? —La de su tío era la opinión que más le importaba.

—Muy bien. Me alegra que hayas conseguido reunir tantos datos y me gusta que los presentes con una pizca de contexto histórico y un toque literario para los lectores que no vivieron, bueno… los que no vivimos aquella época.

—Pondré varias fotos para ilustrar un poco el ambiente de entonces y todo quedará más ameno, aunque no hay muchas de estos tiempos, sobre todo de los protagonistas. En el siguiente capítulo trataré de explicar cómo eran las fábricas y las dificultades que tenían para salir adelante y posicionarse en el mercado. Me sigue pareciendo casi increíble que una mujer, viuda y con pocos estudios, consiguiera subir desde un pequeño taller donde fabricaban topolinos hasta un consorcio de empresas que va de aquí hasta China y mueve cientos de millones al año. Debía de ser una fuerza de la naturaleza. Y de verdad que me extraña mucho que todo eso lo hiciera sola, sin ningún hombre a su lado.

—¡Pero mira que eres machista, hija! No me explico cómo has podido salir así.

—No, mamá, no va por ahí. Es que en esos tiempos ser mujer era realmente un problema para casi todo, tú lo sabes —Sandra les contó la historia de los topolinos que ella había oído de Alberto—, pero la buena señora era dura de pelar por lo que parece.

—Además de que, aparte de su carácter luchador —añadió Félix—, a la muerte de su marido, tenía la ayuda de Ángel, que era su ahijado; la de Luis, su hijo, y más tarde la de Alberto. Y no debemos olvidar que siempre tuvo a Gloria, que la adoraba y la llevaba en palmitas.

—No he acabado de entender esa relación, la verdad. ¿Sabéis algo más de eso, por casualidad?

—Hombre… —comenzó Félix— saber es mucho decir

211

cuando se trata de lo que me han contado unos y otros pero, por lo que yo he podido entender, Gloria y su hijo pequeño llegaron a la puerta de Ofelia al poco de que ella se hubiese casado con Anselmo. Desde entonces vivieron en la misma casa y como estaban todos tan solos, sin apoyo y sin parientes apenas, se convirtieron en una familia de verdad. Gloria llevaba la casa y cuidaba de los dos niños —Ángel y luego Luis— mientras los otros trabajaban como burros en la fábrica y en el taller. Ella y Ofelia eran como hermanas, aunque tenían caracteres muy distintos, y Gloria era muy de misa, mientras que Ofelia iba sólo los domingos y las fiestas de guardar, por lo que yo he oído, más que nada para hacer bulto y para mantener buenas relaciones con los curas que lo manejaban todo y con las señoras de la buena sociedad que ella necesitaba para la buena marcha de su negocio, sobre todo al quedarse viuda. —Sandra estuvo a punto de explicarles lo que le había contado Carmela al respecto, pero decidió no interrumpir a Félix por el momento.

»Conforme los niños se fueron haciendo mayores y dejaron de ocuparle tanto tiempo, y la fábrica fue creciendo y empezaron a ganar dinero, Gloria fue quedándose más y más atrás mientras los otros se iban modernizando. Por lo que yo sé, tenía episodios de depresión intensa, estuvo mucho tiempo en tratamiento psiquiátrico y un buen día, sin que nadie se lo esperase, la encontraron colgada de una viga en el almacén.

»Fue un escándalo porque, al ser suicidio, el párroco no quería dar el permiso para enterrarla en sagrado y Ofelia movió cielos y tierras hasta que consiguió que la sepultaran en el cementerio, en unos nichos que había comprado en la parte nueva y donde después enterraron también a Ángel tras el accidente de moto.

—A ver, a ver… ¿cómo que en el almacén? Carmela me dijo que se ahorcó estando en el sanatorio donde la había ingresado su hijo y la estaban tratando.

Los tres se miraron sin saber qué decir.

—Podría ser, claro, la verdad es que yo no lo sé de primera mano. Me lo contarían en algún momento y es todo lo que sé.

—Y ¿por qué no la enterraron en el panteón grande de la familia? —Sandra estaba pendiente de la posible respuesta de cualquiera de ellos.

212

Los tres volvieron a mirarse y se encogieron de hombros.

—¿Cómo sabes tú que Gloria no está allí? —preguntó Ana.

—Porque fui hace poco a verlo. Allí sólo están Ofelia y Anselmo. Nadie más. Ni Gloria ni Ángel, a menos que a los otros no les pusieran ni nombre ni fecha en la tumba, lo que sería bastante raro. ¿Alguien sabe si se comentó entonces por qué se había matado Gloria?

—Yo, lo que sé, porque tu abuela era de la asociación de amas de casa y Gloria iba mucho por allí cuando se encontraba bien, es que se comentaba que en uno de esos periodos de depresión empezó a ir a la iglesia incluso más de lo normal y le decía a todo el que quisiera oírla que Ofelia y ella habían hecho algo muy malo, algo que Dios no les perdonaría jamás, que sabía que su hora se acercaba y había tratado de convencer a Ofelia de que lo confesaran, pero que Ofelia ya estaba perdida y ahora ella, Gloria, era la que tenía que llevar la cruz... cosas así. Nadie le hacía mucho caso, claro. Todas pensaban que se le estaba yendo la cabeza porque cuando le preguntaban qué era tan terrible, se callaba de pronto, se tapaba la boca con la mano —mi madre la imitaba muy bien—, se le desencajaban los ojos, empezaba a decir que no, que no, con la cabeza, en silencio, y se marchaba llorando. Debía de estar muy mal, la pobre. Para todos fue un alivio que muriera.

—Y... en este pueblo, donde se comenta todo y donde todos sabéis cosas como las que me acaba de contar mamá... de oídas, claro... sin garantías... los típicos rumores...

Los tres se inclinaron hacia ella, pendientes de sus palabras, con la enorme curiosidad de saber adónde quería ir a parar. Estaba claro que iba a preguntar algo delicado de lo que ni siquiera ella estaba muy segura.

—¿Nunca habéis oído nada de cómo murió Anselmo? O ¿por qué? —dijo al cabo de unos segundos en que se había estado planteando cómo formular la pregunta.

—¿Cómo que por qué? —Miguel parecía perplejo—. Pues porque la gente suele morirse al final, hija mía, y porque estaba fatal el pobre hombre después de los años de la guerra y de la tuberculosis que nunca llegó a curársele. Yo nací un par de años después y lo único que he oído comentar de pequeño es que todo el mundo decía que qué lástima, tan joven, tan guapo, un matrimonio tan bien avenido, un hijo en la edad en que más necesita a su padre, qué pena, ahora que empezaban a irles tan bien las cosas… nada de rumores ni cotilleos malintencionados. Al menos en mi casa.

—En la mía tampoco —añadió Ana—. Salvo que no murió aquí.

—¿Ah, no?

—No. Sé que estaba en un hospital o un sanatorio del norte, por Gerona o los Pirineos o algo así. Supongo que porque habría un aire más puro para sus pulmones o algo de ese estilo. El caso es que Ofelia volvió ya con el ataúd. Por lo que contaba mi madre, fue un entierro lujosísimo, con misa concelebrada, pajes, carroza con seis caballos negros… de todo.

—¿Caballos? ¿En 1956 aún se hacían esas cosas?

—¡Y tanto! Por eso había un chiste que decía que «cuanto más ricos… más animales».

Todos se echaron a reír.

—¿Nunca habéis pensado que a lo mejor Anselmo no murió de muerte natural?

La pregunta de Sandra los dejó perplejos por unos instantes. Luego empezaron a mirarse unos a otros como tratando de discernir en los ojos de los demás la posibilidad que a ellos se les escapaba, hasta que empezaron a negar con la cabeza, cada vez más convencidos.

—Todo el mundo dice que eran un matrimonio ideal —comenzó Félix delicadamente.

—Un matrimonio ideal en el que él tenía una amante con conocimiento de su mujer —apuntó Ana—. ¿Estás sugiriendo que Ofelia mató a su marido por celos, Sandra? ¿Es eso?

—¿Cómo que Anselmo tenía una amante? —preguntaron casi a la vez Miguel y Félix—. ¿Cómo sabéis vosotras una cosa así?

Sandra, a punto ya de enfadarse con su madre por haber sacado el tema a colación, se dio cuenta de que no tenía sentido ocultarlo. Si de verdad quería que la ayudaran a pensar, tenían que tener todas las informaciones.

—Anda, mamá, léeles la carta.

Ana cogió la carta que le tendía su hija y volvió a traducirla para su marido y su amigo.

Miguel soltó un silbido de admiración.

—¡Qué pedazo de mujer! ¡Ya quisiera yo ver cómo reaccionabas tú, si yo me echara una amante, Anita!

—Fatal. Te lo puedo dar firmado. Puedes estar seguro de que te pagaría con la misma moneda.

Félix se había quedado pensativo.

—Una mujer que es capaz de sentir así por su marido no es capaz de matarlo ni por celos ni por nada —dijo en conclusión.

—¿Aunque él le dijera un día que se iba con la otra y que, al ser él hombre y dueño de la fábrica, ella podía contar con una pequeña mensualidad para sobrevivir, pero nada más? En aquella época los hombres se lo quedaban todo, hasta los hijos. —Sandra trataba de argumentar su caso, aunque los demás seguían sacudiendo la cabeza negativamente.

—El crío debía de ser ya adolescente —dijo Ana.

—Sí. Tenía sobre los quince años; pero entonces la mayoría de edad era a los veintiún años para los varones. Veintitrés para las mujeres. Si Anselmo se hubiese decidido por la otra, Ofelia lo habría perdido todo. Incluso si la hubiese tratado de maravilla y le hubiera dejado una vivienda y una mensualidad, la vergüenza habría sido espantosa, y ¿en qué iba a ocupar su vida una mujer como Ofelia, tan trabajadora, tan emprendedora, metida en su casa todo el santo día sin nada que hacer?

—En aquellos tiempos —apuntó Miguel— cuando un hombre tenía una querida, la mujer hacía como que no se enteraba, él se repartía entre las dos, y cada una estaba en su casa, aunque lo supiera todo el pueblo. No había por qué dejar a la legítima. Además... no es que yo conociera mucho a doña Ofelia... pero no me la imagino como alguien capaz de matar a otra persona.

—¿Ah, no? —dijo Sandra, casi desafiante—. ¿Nunca les has contado la historia de la muerte de su padre, Félix?

Miguel asintió y se encogió de hombros.

—Todo el mundo ha oído esa historia en este pueblo, pero yo siempre he creído que era una leyenda urbana, ¿no?

—Hombre... —dijo Félix, sirviéndose otro coñac—, que el nuevo ayuntamiento franquista le regaló una casa a Ofelia es algo que me consta. Lo de la condecoración al valor también es histórico y comprobable. No podemos saber cuáles fueron las

215

circunstancias exactas, pero que Ofelia fue capaz en un momento dado de pegarle un tiro a alguien cara a cara es la pura verdad. Podemos decir en su descargo que se trató de algo pasional, no premeditado, y en un clima de violencia general. No es lo mismo que matar a tu propio marido en tiempo de paz, día tras día.

—¿Por qué has dicho eso de «día tras día», Félix? —preguntó Ana, rodeándose el cuerpo con los brazos.

—Porque la única forma de que parezca muerte natural es que se trate de un envenenamiento lento que dé la sensación de que las defensas del paciente se van debilitando hasta que no puede más y muere de resultas de la enfermedad crónica que ha venido padeciendo los últimos veinte años. Pero para hacer eso hay que ser muy mal bicho.

Sandra, sacudida de pronto por el recuerdo del sueño en el que Ofelia mezclaba ingredientes que luego metía gota a gota en unos pastelitos de delicioso aspecto, oyó en su interior la voz de Diego en una de sus primeras conversaciones diciendo precisamente eso, que cuando preguntabas por doña Ofelia, casi siempre salía que «era un mal bicho».

—Y muy buena actriz —añadió Miguel, pensativo—, para poder disimular durante meses mientras dura el proceso de envenenamiento y luego seguir fingiendo durante años, de hecho, toda la vida, después de la muerte de la víctima.

—A lo mejor la que ya no podía disimular era Gloria… —dijo Sandra casi en susurros—. Quizá descubrió lo que estaba haciendo Ofelia… o bien Ofelia le pidió ayuda para envenenar a Anselmo y como le estaba tan agradecida por haberlos salvado a ella y a su hijo, le juró que callaría siempre.

—Hasta que se volvió loca y empezó a insinuar cosas… —completó su madre—. Luego, cuando ya no podía más, se ahorcó en lugar de traicionarla. ¡Joder! ¡Da escalofríos!

—La verdad es que sí.

Todos callaron durante unos momentos en los que cada uno se sirvió café o té, o eligió una galleta, un bombón…

—Nos estamos dejando llevar por novelerías, queridos míos —dijo por fin Félix, muy serio—. Por supuesto que en la vida real se dan envenenamientos como los que leemos en las novelas de crímenes, pero no suele ser lo normal. No tenemos absolutamente ninguna prueba de que Ofelia quisiera matar a su marido y mucho menos de que lo hiciera de verdad. No hay nada sólido que nos permita pensar que Gloria pudiera ser cómplice de nada criminal. Todo el mundo dice que era más buena que un pan blanco y si al final se suicidó hay varias explicaciones: su estado mental, su distanciamiento cada vez mayor de las costumbres sociales modernas y la sensación de que en su casa ya no la necesitaba nadie, el hecho de que se rumoease que su único hijo se dedicaba a ciertos negocios sucios…

—¿Ah, sí? —preguntó Miguel—. ¿Lo de los mafiosos y tal?

—Se habló en su día de cuestiones de clubs de alterne para gente con pasta, de cocaína… de ese tipo de cosas que no son agradables para ninguna madre y mucho menos para una tan beata y apocada como Gloria. Incluso podría imaginarme que alguien de ese ambiente fuera a visitarla para presionar a su hijo y que la pobre se asustara de verdad.

—¿Y eso no es novelero, tío Félix? —preguntó Sandra con retintín.

—*Touché.* Creo que a todos nos encanta inventarnos cuentos y cada uno usa su género favorito. En cualquier caso, todo esto queda entre nosotros porque tú lo que tienes que hacer es escribir una semblanza de Ofelia Arráez, no calumniarla.

—Hombre, no pensarás que, incluso si quedo convencida de que Ofelia mató a su marido, lo voy a contar en el famoso librito, ¿no?

—Si quedases convencida, lo que tendrías que hacer es acudir a la policía.

—¡Venga ya! ¡Casi setenta años después, con todo el mundo muerto ya, menos el hijo de la víctima que ahora, de golpe, se enteraría de que su padre fue asesinado por su madre! ¿Para qué? —explotó Ana.

—Pues entonces vamos a dejar de darle vueltas al asunto, tú concéntrate en lo que haces y tengamos la fiesta en paz.

—Sólo es curiosidad… —se defendió Sandra.

—La curiosidad puede hacer mucho daño. No te olvides que hablamos de personas reales, esto no es un videojuego.

—Una vez muertos todos, puede ser un juego intelectual —insistió ella, sin querer dar su brazo a torcer.

—Mientras queden personas a las que se les pueda hacer daño, no es un juego intelectual, Sandra.

217

En ese momento estuvo a punto de enseñarles la nota que había encontrado en el puf, pero se sentía ofendida de que la hubiesen tratado como si fuera una niña pequeña que todo se lo tomaba a broma, y prefirió guardarse lo poco que sabía. Seguiría buscando por la antigua casa de don Luis hasta descubrir la maldita foto a la que hacía referencia el anónimo. Entonces tendrían que creerla cuando decía que en esa familia habían pasado cosas muy raras, cosas que podían justificar el chantaje y, posiblemente, hasta el asesinato.

SEGUNDA PARTE

«*If you want to keep a secret, you must also hide it from yourself.*»
(Si quieres guardar un secreto,
tienes que ocultártelo también a ti mismo)

GEORGE ORWELL, en *1984*

Sandra

*L*os días empezaban a ser cada vez más fríos y más oscuros. Había entrevistado a un par de docenas de personas que o bien habían conocido a Ofelia o bien eran hijos de gente que la había tratado mucho. Tenía docenas de anécdotas más o menos simpáticas que podía citar en los capítulos correspondientes. Le había entregado a don Luis las primeras veinte páginas y al parecer había quedado contento. Veía a Diego cada dos o tres días —él no parecía necesitar más y yo no quería ni ponerme pesada ni demostrar que me importaba y que tenía muchas ganas de verlo— y salíamos a cenar o a jugar una partida de billar, incluso una vez al cine; luego me quedaba a dormir en su casa —bueno, lo de dormir es un eufemismo, evidentemente— y volvía a la de mis padres al día siguiente con una sensación rara, mezcla de satisfacción por el buen rato pasado y de fastidio por esa inquietud constante, ese no saber si aquello significaba algo para Diego o si era una simple forma de no aburrirse tanto en Monastil hasta que llegase el momento de volver a su trabajo regular en Albacete.

Aunque mientras tanto habíamos llegado ya a algunas palabras cariñosas, además de las caricias, y él había incluso susurrado a mi oído que empezaba a quererme, yo no las tenía todas conmigo y oscilaba entre entregarme a él desesperadamente, con todo el empeño de que era capaz para poder creerme que aquello iba en serio, y las dudas más que razonables que me asediaban en cuanto salía de la cama.

También habíamos empezado a buscar juntos las malditas cintas que, ya estaba segura, no estaban en aquella casa, de modo que había llegado a la conclusión de que lo único que podía hacer era preguntarle directamente a don Luis y, si se negaba a enseñármelas, dejarlo estar. Al fin y al cabo era pura cabezonería por mi parte, ya que a mí los manejos más o menos turbios de doña Ofelia en cuestiones políticas e inmobiliarias me la traían bastante al pairo. Yo, lo que de verdad quería saber era si era culpable de la muerte de su marido o si había tenido algo que ver con el suicidio de su amiga Gloria o con el accidente de moto que le había costado la vida a Ángel, el padre de Alberto. En otras circunstancias habría dicho que eran novelerías mías, ideas locas que me daban de pronto y que no conseguía quitarme de encima, pero después de haberme encontrado aquella nota en el puf podía justificarme perfectamente a mí misma la obsesión que me había dado. Nadie escribe un anónimo como ese, amenazando además con unas fotografías, si no hay al menos un grano de verdad en el asunto; y yo me había empeñado en encontrar ese grano, aunque estuviera lleno de pus; especialmente si estaba lleno de pus.

Aún no le había enseñado a nadie el anónimo encontrado en el puf, ni yo misma sabía por qué, aunque ahora me figuro que se trataba de mi necesidad de tener razón y de que todos tuvieran que reconocerlo, y había conseguido una nueva cita con Doña para ver si, ahora que tenía un par de preguntas concretas, podía conseguir alguna respuesta.

Además no podía dejar de darle vueltas a la oportunísima muerte de Anselmo que había dejado a Ofelia libre y dueña absoluta de una fábrica que empezaba a despegar. Me llamaba mucho la atención que Anselmo no hubiese muerto en Monastil o en Alicante, donde sus amigos podrían haber ido a visitarlo al hospital y haber seguido la evolución de su enfermedad hasta sus últimas consecuencias, sino en algún lugar lejano donde nadie había podido apreciar qué estaba pasando. Por lo que me habían dicho, Ofelia volvió al pueblo para enterrar a su marido; lo que no tenía claro era si regresó con un ataúd cerrado o con la urna de sus cenizas. Suponía que más bien la primera opción porque, en 1956, en España la cremación no estaba permitida por la iglesia católica.

No sé por qué se me ocurrió pasarme otra vez por el cementerio el día antes de Todos los Santos, lo que ahora llaman Halloween, como si no tuviéramos bastantes cosas que celebrar en Europa como para andar copiando a los estadounidenses —hace siglos que me niego a llamarlos americanos porque me parece una poca vergüenza que se hayan apropiado del gentilicio, como si todos los demás países que comparten continente con ellos no fueran también americanos, desde la Tierra del Fuego hasta la última isla septentrional de Canadá.

Al llegar al camposanto decidí dar un paseo buscando las tumbas de Gloria y de su hijo Ángel, lo que se reveló auténticamente imposible porque no tenía ninguna indicación que seguir y aquel cementerio era bastante más grande de lo que yo recordaba, de modo que acabé otra vez frente al imponente mausoleo de los Arráez, que brillaba al sol de la mañana como si estuviera en el mismísimo Valle de los Reyes.

Había bastante gente por allí, unos terminando de arreglar las tumbas antes de que fuera demasiado tarde y otros, supongo, visitando a sus difuntos el día antes de la fiesta para tener un poco más de recogimiento.

Y volvemos al azar, o el destino, o lo que sea. A punto ya de bajar los tres escalones que llevaban al corto camino que desembocaba en la cancela de hierro forjado, me topé con Alberto, que salía de la cripta en ese momento.

223

—¡Qué sorpresa, Sandra! —me dijo—. ¿Tú por aquí? No te hacía yo mucho de visitar cementerios.

—Estaba dando una vuelta para hacerme una idea de dónde está enterrada doña Ofelia. —Hice como si fuera la primera vez que pasaba por allí, con la esperanza de que me acompañara y eso me diera ocasión de hacerle unas cuantas preguntas.

—Ven. Te enseño el panteón, aunque tengo un poco de prisa.

Sin esperar mi respuesta, abrió la cancela y me la sostuvo abierta para que pasara. Dentro no había cambiado nada, salvo que ahora había tres hermosos ramos gemelos en tonos otoñales: rosas amarillas, gladiolos rojos, gerberas naranjas y mucho verde, uno en cada sepultura y uno más pequeño en el altar, algo más adecuado para una boda que para un día de difuntos.

—Como este año Luis no ha podido venir, me ha encargado a mí que pase a dejar las flores y a asegurarme de que todo está bien. Ahora que me acuerdo, le prometí hacerle un par de fotos.

Sacó el móvil y tomó una del altar con las flores y otras de la tumba de Ofelia y Anselmo con la cajita dorada.

No sabía si atreverme, pero nunca iba a tener una ocasión igual, así que dije, como quitándole importancia a la pregunta y señalando las dos cajas doradas, la del altar y la de la tumba.

—Esas cajitas, ¿qué son? ¿Para cerillas? Nunca había visto algo así en un cementerio.

Alberto sonrió con un lado de la boca y yo sentí con toda claridad que él sabía que yo ya había estado fisgando por allí y que mi pregunta sobraba porque ya había visto lo que se ocultaba en la cajita.

—En la grande del altar hay cerillas, sí, y un recambio de vela. O al menos debería haberlo, la verdad es que no lo he comprobado. En la pequeña, sin embargo... hay otra cosa.

Alargó la mano, la cogió y la abrió delante de mí. Sacó el lápiz de labios que ahora era otro. Supuse que lo habría traído él y lo habría cambiado por el anterior. Estuve a punto de decirlo, pero conseguí morderme los labios a tiempo.

224

—¡Qué raro! —dije, en lugar de «ese es distinto al de la última vez».

Alberto le quitó la capucha al pintalabios negro y dorado, Chanel, y sacó la barra, de un rojo aterciopelado.

—¿Te gusta? —preguntó.

—Es precioso, y carísimo, pero yo no me veo con un rojo tan fuerte.

—A Ofelia le gustaba.

—Y ¿por qué está en la tumba de Anselmo y no en la de ella?

—Te lo contaré mientras salimos; ya te digo que voy justo de tiempo.

—¿No están enterrados aquí tu padre y tu abuela?

—No. ¿Por qué iban a estar aquí? Este es el panteón de los Arráez. Mi abuela compró unos nichos hace siglos para ella y su familia; bueno de hecho no son nichos, sino una pequeña tumba de estilo antiguo, directamente en la tierra. No le gustaba la idea de que la metieran en una pared dentro de una caja, como un par de zapatos viejos. Te estoy repitiendo sus palabras.

—¿Y es ahí donde te enterrarán a ti?

—Yo no pienso morirme, gracias.

Nos sonreímos.

—Pero si sucede en contra de mi voluntad, he dejado dicho que me quemen —terminó.

—Igual que yo. Me da mucho asco lo de pudrirme en un cajón en un muro sin que sirva de nada. Tu abuela era una mujer muy sabia.

—Pues no sé yo... Para lo que le sirvió...

—¿Por qué se mató, Alberto? Ya sé que no es asunto mío, pero poco a poco me voy identificando con la familia y me hago muchas preguntas que don Luis no parece dispuesto a contestar.

—Luis es una tumba etrusca, sí. No me explico que te haya contratado para lo del librito si no está dispuesto a contarte nada. ¿Se lo has preguntado a él?

—No, claro.

—Claro.

Volvimos a sonreírnos. Ya estábamos casi en la puerta del cementerio y era evidente que no iba a decirme nada del suicidio de su abuela, de modo que intenté salvar al menos el asunto del lápiz de labios.

—¿No me ibas a contar una historia?

—Ah, sí. Esa sí que puede interesarte, aunque no es para publicarla. Luis no lo aceptaría nunca. Verás... Cuando Ofelia y Anselmo se casaron, apenas hacía unos meses que había terminado la Guerra Civil. No tenían ni dinero ni posibilidades para hacer un viaje de novios, así que, en el colmo del lujo y el atrevimiento, se fueron dos días a Alicante, a un hotel. Al día siguiente, Anselmo tenía que visitar a unos proveedores y, al volver a recoger a Ofelia, le llevó un pintalabios de regalo, de las primeras cosas bonitas que empezaban a aparecer tímidamente después del horror de la guerra. Supongo que sería algo de estraperlo. Ofelia siempre dijo que fue el primer regalo de toda su vida y lo más precioso que había visto nunca. Desde entonces, Anselmo año tras año le regalaba una barra de labios, de las mejores marcas, de los colores más nuevos, siempre por su aniversario de boda.

Cuando él murió, Ofelia adquirió la costumbre de comprarse ella misma el pintalabios, en memoria de su marido;

pero siempre compraba dos, y uno lo traía aquí, en prueba de amor y de agradecimiento por haberla sacado de la miseria y haberla tratado como a una reina. Ahora ya, muertos los dos, Luis sigue manteniendo la costumbre. Yo tendría que haberlo hecho dentro de un par de semanas, por su aniversario de boda, pero ya que tenía que venir hoy a poner las flores… lo he hecho todo de una.

Me pareció la historia más bonita que había oído en mi vida. No puedo evitar ser una ñoña aunque no me guste.

—Bueno, Sandra, tengo que irme. ¿Quieres que te acerque a alguna parte?

Le dije que no, porque me apetecía pensar un poco en soledad. Aquella historia no cuadraba nada con una mujer que ha liquidado a su marido. ¿O sí? ¿O era una forma de demostrar a los demás cuánto lo había querido y lo absurdo de la idea de que ella pudiera haber tenido algo que ver con su muerte? Pero… ¿a qué demás? Al parecer aquello era una especie de tradición familiar que nadie más que ellos conocían. ¿O era precisamente a su familia, a su hijo Luis, a quien Ofelia quería convencer de cuánto se habían querido ella y Anselmo?

Pensé en llamar a Diego y hablarlo con él, pero recordé que me había dicho la noche antes que tenía que irse a Albacete para lo de la visita de las tumbas porque a su madre, que por lo demás lo dejaba bastante en paz, eso de las tumbas le parecía muy importante y quería tenerlo a su lado en el cementerio. Suspiré, fastidiada, y eché a andar con renuencia hacia mi casa, sabiendo que terminaría por contarles la historia a mis padres y que ellos la utilizarían para insistir en que eso probaba contra viento y marea que Ofelia y Anselmo habían sido, como todo el mundo decía, una pareja ejemplar.

También necesitaba a alguien que mirase el asunto del anónimo con ojos limpios y no se me ocurría a nadie a quien contárselo. Lo había leído doscientas veces; ya no se me ocurría absolutamente nada nuevo sobre él, y sin embargo era todo lo que tenía para intentar encontrar una pista que pudiera llevarme en alguna dirección, la que fuese.

Pensé por un momento en llamar a mi hermano, pero sabía seguro que el análisis de textos no era su fuerte, además de que ese fin de semana estaría en casa de sus suegros y allí nunca tenía la tranquilidad de hablar largo y tendido, que era lo que yo necesitaba para ponerlo al tanto de todo.

Entré en la primera cafetería que me salió al paso, pedí un café con leche, saqué el maldito anónimo y volví a leerlo.

Siempre me había costado entender el chantaje. Por brutal que suene, entiendo mejor un asesinato pasional, un impulso repentino que te lleva a hacer algo terrible de lo que después te arrepientes; pero el chantaje es algo premeditado, lento, sucio, algo que causa dolor día a día a la persona que lo sufre y, a pesar de que si alguien se ha hecho acreedor a un chantaje es porque no tiene las manos limpias, creo que nadie se merece que lo chantajeen. Es el delito más ruin de todos los que conozco.

¿Qué podía haber hecho una mujer para que otra persona dijera «eres un monstruo»? Y, bien mirado, aquello tampoco era un chantaje normal porque el autor del anónimo no quería dinero, o al menos eso era lo que decía. Su intención era destruir a Magdalena, a pesar de su fortuna y su prestigio. ¿Qué pensaba hacer? ¿Publicarlo en el periódico local? ¿Sacar allí esas fotos que decía tener en su poder? ¿Qué clase de fotos? Por muchas vueltas que le diera, al final siempre acababa pensando que tenían que ser de índole sexual ya que, aunque es poco frecuente que a una se le puedan tomar fotos cuando está en la cama con alguien, es infinitamente más difícil conseguir hacer una foto de un crimen o un delito lo bastante terrible como para juzgarlo monstruoso.

No es posible tener una foto de alguien matando a otra persona. ¿O sí? Sería teóricamente posible si el fotógrafo es cómplice del asesinato y mientras uno mata, el otro fotografía lo que está sucediendo. Pero entonces ambos saben de la existencia de las fotos, no es ninguna sorpresa.

Tenía la sensación de que me iba a estallar la cabeza; ya no conseguía pensar bien y aquello empezaba a convertirse en una obsesión. Necesitaba unos ojos nuevos, alguien con quien hablar, alguien de fuera del ambiente, que no tuviese ya una opinión establecida.

Félix.

No es que fuera precisamente de otro ambiente, pero era inteligente y tenía costumbre de analizar textos. Podía servir.

El problema era que no estaba, que su contestador de voz

decía que se había tomado un par de días libres y que, si era de verdad urgente, ya llamaría él a quien dejara un mensaje.

Colgué fastidiada y empecé a pasar la lista de mis contactos, a ver si se me ocurría algo. En ese momento se iluminó la pantalla con un WhatsApp: Lina nos preguntaba a los del grupo que habíamos formado para ir a museos, exposiciones, teatro y demás acontecimientos culturales si íbamos a ir a la fiesta de Halloween en casa de Sara. Yo más bien no, claro, porque la fiesta era esa misma noche. En Madrid.

Lina.

No es que fuéramos amigas del alma, pero habíamos compartido piso durante unos meses, nos llevábamos bien y ella era filóloga. Trabajaba como correctora de estilo y traductora y era, de entre la gente que yo conocía, la persona que más jugo era capaz de sacarle a un texto. Por eso nunca me había atrevido a pasarle mis relatos, aunque seguía pensando que alguna vez, cuando consiguiera escribir algo de lo que no me avergonzara demasiado, se los dejaría leer para que me dijera todo lo que podía estar mejor.

Sin darme tiempo a pensarlo más, marqué su número y, después de los saludos y las disculpas por no poder ir a la fiesta, me lancé a dar unas explicaciones más bien confusas en las que le explicaba que no podía decirle nada pero que quería que analizara un pequeño texto y me dijera todo lo que se le ocurriese.

—Pero ¿es un texto real o de ficción?

—Eso no es importante, Lina. Tú dime qué ves ahí y te prometo que luego te lo explico, ¿de acuerdo?

—Vale. ¿Te corre prisa?

Sintiéndome un poco culpable, contesté:

—Muchísima.

—Pues mándamelo ya mismo y me pongo a ello.

Le envié la foto del mensaje. Así podría ver no sólo el texto sino la letra y todo el aspecto de aquel anónimo.

Eres un monstruo. Eres un monstruo, Magdalena, por mucho que te hayas hecho rica y hayas comprado el silencio de todos los que podrían haberte atacado. Pero yo sé lo que hiciste y puedo probarlo. Entonces no fué posible, pero ahora sí.

Hay más fotografías como ésta. Bien guardadas, como puedes suponer.

No quiero tu dinero. No me interesa. Ya lo he perdido todo, y lo que he perdido no se compra con dinero. Sólo quiero destruirte, que pagues por lo que has hecho, que todos los que ahora te bailan el agua escupan sobre tu tumba cuando llegue el momento.

Lina me llamó al cabo de diez minutos.

—Necesito un poco de contexto.

—Más quisiera yo… ¿por qué te crees que te lo he preguntado a ti?

—O sea, que no sabes nada.

—No. ¿Y tú? ¿Has sacado algo?

—Poco, la verdad.

—Dime.

—La persona que lo ha escrito es de cultura media, aunque no está acostumbrada a escribir; pero debe de ser muy mayor, o bien el texto es muy antiguo.

—¿Cómo lo sabes?

—La cultura es evidente porque usa bien las comas y las tildes. La falta de costumbre se nota en el tipo de letra, laboriosa y con muchas irregularidades. Lo de la edad lo deduzco por lo de la tilde en «fue». La Real Academia quitó la tilde en 1959, lo que, en mi opinión, significa que quien escribió ese texto aprendió las reglas de acentuación en la escuela y por tanto fue a la escuela antes de 1959.

—¡Uau! ¡Eres genial!

—Psé. Tengo memoria para esas memeces.

—¿Se te ocurre quién puede haber escrito el texto o algo que me permita encontrarlo?

—Me llama la atención la frase de «entonces no fue posible…» y que luego hable de las fotos. Es como si ahora la cosa se hubiera hecho posible porque ha encontrado las fotos, posiblemente por sorpresa, como si fuera algo que no se esperaba y ahora, al encontrarlas, eso le haya permitido amenazar a la tal Magdalena. A todo esto, las llama «fotografías», lo que confirma la edad, bien del texto, bien del autor, o las dos cosas. Ahora diríamos «fotos». Hay una cierta alegría en la formulación, como si el autor o autora estuviera encantado de tener algo en

229

la mano para hacerle daño a esa Magdalena. Está claro que la odia seriamente y que a lo mejor se acaba de enterar hace muy poco —quizás al ver las fotos— de ese algo monstruoso que no sabemos qué es. ¿Dónde has encontrado una nota así?

—Es largo de contar.

—No tengo prisa. Es decir, sí tengo, porque he de entregar un trabajo después del finde, y pedir por pedir, querría pasarme por la fiesta, así que tengo que darle caña ya mismo, pero me da igual: me has picado la curiosidad a lo bestia. Cuenta, cuenta…

Eché una mirada circular a la cafetería: junto a la ventana había dos señoras mayores hablando en voz muy alta y sin prestar atención a nada más; el camarero tenía la mirada clavada en la tele donde echaban un concurso de preguntas y respuestas. Al lado de la puerta, un hombre con auriculares leía la prensa. Nadie me prestaba la menor atención.

Se lo conté. Era la primera persona que parecía tomarme en serio y a quien le interesaban mis elucubraciones. Tardé casi media hora, pero al final me sentía mucho mejor.

Lina silbó cuando acabé de contarle la historia.

—¡Jo, qué suerte tienes! A mí nunca me pasan cosas así. Ahora estoy traduciendo un libro esotérico que me da ganas de vomitar a cada página. ¿Me dejas que te ayude?

—Claro. Lo que quieras. Tú ¿qué harías ahora?

—Mirar a ver si descubro quién narices es Magdalena, lo primero. Lo segundo, ver quién puede haberle escrito el anónimo. Tiene que ser alguien relacionado con la fotografía profesional.

Me quedé de piedra.

—¿Por qué? —pregunté como una boba.

—Porque en la época en que supongo que fue escrita esa nota, casi nadie, salvo los fotógrafos, tenía acceso a cámaras y fotos. Los particulares no podían comprarse una cámara y hacer fotos a diestro y siniestro; eran carísimas y además había que aprender a usarlas. La fotografía era una profesión y las fotos se tomaban en ocasiones especiales o para algo concreto.

—No se me habría ocurrido ni en mil años.

—Yo creo que si encuentras a una familia donde uno de los hombres haya sido fotógrafo y hayan sufrido muchas desgracias, deberías estar ya cerca del autor de la carta.

Debió de interpretar mi silencio perplejo porque continuó:

—Fotógrafos eran sólo los hombres en esa época. Estamos buscando una familia donde el padre o el hijo fuera fotógrafo y, por lo que sea, les haya ido muy mal, no sólo en cuestiones de dinero; parece que es algo más fuerte porque se trata de venganza. Y la tal Magdalena debe de ser una mujer poderosa, influyente, muy rica, a la que sin embargo se puede hacer mucho daño con unas fotos. ¿No podría tratarse de esa doña Ofelia de la que me hablabas, la de tu libro?

—Y ¿por qué la llama Magdalena?

—Ni idea. Lo pensaré. Tú ponte a buscar al fotógrafo. O las fotos, claro.

—Las fotos las he buscado por todas partes, sin ningún resultado.

—¿Has buscado negativos?

—¿Negativos? ¿Qué es eso?

Lina se echó a reír.

—Nena, que tampoco tienes seis años… ¿ya no te acuerdas de las fotos de antes de la revolución digital? Uno metía un carrete en una cámara y, cuando terminaba de hacer las veinticuatro o treinta y seis fotos que el carrete permitía, lo rebobinaba y lo llevaba a revelar a un laboratorio fotográfico. Cuando estaban listas, te daban las fotos en papel y el negativo, con el que podías mandar hacer todas las copias que quisieras. ¿No has visto películas antiguas?

La verdad era que sí me sonaba algo de ese estilo, pero no se me había ocurrido relacionarlo con mi búsqueda. Seguro que mis padres y Félix sí que habrían pensado en ello, pero prefería que me lo hubiese dicho Lina. Con ella no me sentía tan idiota.

—Lo que pasa es que los negativos son bastante más pequeños y pueden estar escondidos en cualquier parte, o enrollados, o como una hoja delgada entre dos papeles de seda, o papel cebolla.

—Pero… pero —la interrumpí— ¿por qué iban a estar los negativos en casa de Ofelia y Gloria? ¿No estarían en casa de ese hipotético fotógrafo o de quien escribió el anónimo?

—Si a ellas no les llegó a pasar nada, siempre suponiendo que Magdalena fuera una de las dos o alguien que ellas conocían bien, eso puede querer decir que al final los compraron y por eso no hubo ninguna denuncia. También puede ser que el chantajista se asustara, o que se muriera, o quién sabe qué y los negativos sigan en la casa del fotógrafo. Pero de todas formas, yo que tú volvería a esa casa, buscando negativos esta vez, y si no están… pues al menos te quedas tranquila. ¡Ay, cuánto me gustaría estar allí y poder ir a buscar contigo! Pero tengo que entregar la traducción el lunes sin falta y aún me queda un montón.

—¿Puedo llamarte para que me ayudes a pensar?

—¡Ni se te ocurra no llamarme! Ese misterio va a ser lo único que me compensará del finde que me espera. ¡Tenme al día!

Se lo prometí y colgué. El café seguía en la mesa sin tocar y estaba tan frío como mis manos. Pagué y, sin pensarlo más, me encaminé a casa de Diego. No iba a tener mejor ocasión, ahora que él se había marchado y no volvería hasta pasados dos días. Me daría tiempo a mirar en todas partes, incluso en las más extrañas.

En ese momento me llegó un mensaje de Lina:

«Mira en la despensa. En los botes de alubias, arroz y esas cosas… Las mujeres escondían cosas en lugares donde a un hombre jamás se le ocurriría mirar. Cruzo los dedos.»

En las más extrañas, me había dicho a mí misma. Tan extrañas como un tarro de harina. Ojalá.

24

Sandra salió de la cafetería con un entusiasmo que hacía tiempo que no había sentido. Tenía el pálpito de que ahora, con la ayuda de Lina, las cosas podían aclararse por fin y ella podría reunir a sus padres y a Félix y explicarles cómo había sucedido todo aquello en el pasado, hasta que tuviesen que darle la razón. No se lo contaría a don Luis y, por supuesto, no lo escribiría en el libro que él le había encargado, pero ella sabría la verdad y eso era algo que la colmaba. Como a cualquier historiador vocacional, el saber cómo habían sido las cosas, aunque no pudiera decirse, era algo que le daba una satisfacción quizá incomprensible para alguien que no hubiese tenido que desentrañar un misterio, pero más intensa que casi cualquier otra cosa. Un criminalista hubiese podido entenderla. Ellos también sentían esa imperiosa necesidad de comprender, de ensartar las pistas, de llenar las lagunas hasta formar una imagen comprensible.

Empezaba a pensar si no habría sido mejor idea entrar en la policía. Allí sería funcionaria, tendría un puesto fijo, con un sueldo regular y posibilidades de ascenso, un trabajo útil y necesario. Por desgracia, también tendría una jerarquía rígida, un montón de gente por encima de ella, jefes que seguramente no respetaría pero cuyas órdenes tendría que acatar y muchos años de vestir uniforme, cosa que le daba grima desde pequeña. Aparte de que tendría que pasar unas pruebas físicas que —podía jugarse un dedo— no sería capaz de aprobar. De modo que así estaban bien las cosas.

Encontró la llave debajo del felpudo, como siempre y, como siempre, miró a izquierda y derecha antes de meterse debajo de la persiana y abrir la puerta. Aunque sabía que estaba sola, no pudo evitar un temblor interno al cerrar suavemente tras de sí. Podía hacer todo el ruido que quisiera, nadie iba a enterarse, pero tenía la sensación de que a la casa le molestaba que la sacaran de su silencio, como si no quisiera que nadie la despertase de su sueño de tantas décadas.

Recorrió el pasillo con rapidez, se detuvo frente a las puertas de cristales de colores que daban paso al comedor e inclinó la cabeza, escuchando. Le había parecido oír algo que ya no podía precisar, como un suspiro ahogado.

Esperó sin mover un músculo, pero el sonido no se repitió. «Tienes la imaginación desbocada, nena», se dijo. «Es simplemente una casa vieja, y las casas viejas hacen ruidos constantemente: los suelos, las cañerías, las tejas sueltas... Ni están vivas ni quieren comunicarte nada; déjate de tonterías y busca en la despensa, como te ha dicho Lina».

Cruzó el comedor que, por suerte, tenía las persianas levantadas y estaba bien iluminado, entró en la cocina y cerró la puerta tras de sí, molesta consigo misma por tener la respiración acelerada, como si estuviera metiéndose en la boca del lobo, como si no lo hubiera hecho ya varias veces con y sin la compañía de Diego.

¿Dónde estaría ahora? ¿En el cementerio, con su madre, arreglando las tumbas de su padre y sus abuelos para que todo estuviera presentable al día siguiente? ¿O tomando el aperitivo con los amigos y haciendo planes para la noche, para alguna fiesta de Halloween? ¿Les contaría que había conocido a una chica y que estaban saliendo, o todavía no había llegado a la categoría de tema de conversación, ni mucho menos de noticia? ¿Se lo diría a su madre?

Ella no le había dicho ni una palabra a los suyos, contestaba del modo más cortante posible cuando uno de los dos se permitía alguna broma sobre sus ausencias nocturnas y ya casi no sacaban el tema, lo que la tranquilizaba bastante. Ya habría tiempo para presentárselo, salir a comer un domingo, ver qué les parecía, soportar sus comentarios... Sus padres siempre tenían comentarios que hacer y, en el caso de Diego, tenía bastante claro cuáles iban a ser. Ella también sabía que no era el tipo de hombre que les gustaría como yerno; ni siquiera era el tipo de hombre que a ella le gustaría como pareja para el resto de su vida, pero, aunque tenía sus defectos, también tenía muchas cualidades: era cariñoso, simpático, sincero... era bueno en la cama, lo que después de Milio era muy de agradecer, y no le daba vueltas a las cosas como ella, lo que a veces servía para que ella se relajara también un poco y se tomara la vida con más naturalidad.

Suspiró y, entrando en la gran despensa alicatada con azulejos blancos tipo metro de París, se forzó a concentrarse en lo que estaba haciendo.

Con paciencia digna de mejor causa fue sacando un bote tras otro y, ayudándose de una cuchara, fue removiendo la harina, que ya no estaba blanca, sino cubierta de puntitos amarillentos, el arroz, que al menos parecía reciente, unas alubias y unas lentejas que debían de llevar años allí y parecían piedras de río, los fideos... No había nada especial, la cuchara no llegó a tropezar con ningún objeto que alguien hubiese escondido en el fondo del bote.

Se subió a una silla y buscó por la balda más alta, donde estaban las paellas, los morteros, las ollas de mayor tamaño... Una caja de cartón antiquísima llena de papeletas de gaseosa como las que ella recordaba de casa de su abuela, de las que se usaban para hacer torta boba, le llamó la atención. Se estiró hasta alcanzarla y, apretándola contra el pecho, la puso sobre la mesa de la cocina y la abrió con manos temblorosas. Dentro, además de las gaseosas blancas y azules, había dos soldaditos de plomo que en algún tiempo habían estado pintados de colores brillantes y ahora eran sólo grises, con alguna manchita roja y azul. Podrían haber sido juguetes de Ángel o de don Luis y alguien los había guardado, o escondido quizá, y nunca había vuelto a recogerlos. Sintió de pronto un ramalazo de tristeza al verlos allí, pelados, olvidados, tirados en una caja en lo alto de una despensa que ya no servía a las necesidades de ninguna familia. Pensó por un momento llevárselos y enseñárselos a don Luis, pero, como ya iba conociéndolo, supuso que no le gustaría la idea de que ella hubiese estado rebuscando por la casa de su infancia y hubiese encontrado algo que a él se le había pasado por alto, de modo que los dejó donde estaban, dentro de la caja, y volvió a ponerla en su lugar.

Entonces se percató de que aquello no tenía ningún sen-

235

tido. Hablando con Lina todo le había parecido posible pero, ahora que estaba allí, se daba cuenta de que era absurdo. Incluso suponiendo que aquellas fotos o aquellos negativos existieran realmente y que hubiesen estado alguna vez en esa misma casa, ¿para qué iban a conservarlos Ofelia o Gloria si esa era la prueba de algún delito? ¿Qué sentido tenía que, después de recuperarlos, habiendo pagado por ellos o hecho algún importante favor a cambio, decidieran conservarlos para que luego alguien pudiese volver a encontrarlos y volver a empezar con el chantaje? Si aquello había existido alguna vez, lo normal era que los hubiesen destruido. Nunca los encontraría, y menos en aquella casa donde alguien —la misteriosa Magdalena— había sido acusada de algo monstruoso.

Al menos se había asegurado de que en la despensa no estaban. Quizá en otro momento siguiera buscando, pero ahora no. Ahora lo más sensato era irse a comer a casa y dejarse de novelerías.

Se puso la chaqueta que había dejado sobre una silla de la cocina al entrar, se cruzó el bolso y se dirigió hacia la puerta de entrada deseando de pronto salir de allí.

En ese momento, aún en el comedor, junto a las correderas de cristales de colores, vio abrirse la puerta del cuarto de Diego y un momento después, un hombre desnudo estaba frente a ella, a dos metros de ella, probablemente porque se dirigía a la cocina, con los ojos dilatados por la sorpresa.

Era Alberto.

Sandra empezó a boquear como una carpa en un estanque; no sabía qué decir, pero daba lo mismo, porque tampoco le salía la voz del cuerpo.

—¿Qué haces tú aquí? —preguntó Alberto, y su voz sonó agresiva, nada similar al trato amable al que estaba acostumbrada. Estuvo a punto de preguntarle qué hacía él, pero la sensatez pudo más. Él, al fin y al cabo, estaba en su casa. O si no suya, algo parecido,

—Nada. Ya me iba.

Sandra trató de pasar por su lado sin rozarlo para ganar la puerta cuanto antes. No comprendía qué hacía Alberto allí, desnudo y a esas horas, casi la hora de comer, —¿no le había dicho a las once, en el cementerio que tenía prisa, que tenía algo que hacer?— pero le daba igual, sólo quería salir de allí lo más deprisa posible. Él la agarró del brazo, la llevó hasta la salita de recibir y, al pasar junto al perchero, se puso el gabán que colgaba allí, antes de encararse con ella.

Sandra echó una mirada hacia la habitación de Diego, tratando de comprender qué estaba pasando, qué hacía Alberto saliendo de allí. Sus ojos se cruzaron con los de Diego que, también desnudo, con todos sus tatuajes ofrecidos a quien quisiera admirarlos, recostado en la cama y con la espalda apoyada en el cabecero, la miraba casi con lástima mientras sus labios dibujaban una sonrisa divertida y un poco triste.

—¿Tú no tenías que estar en Albacete? —preguntó Sandra, odiando el filo de histeria en su voz.

—¿Habrías preferido que te dijera que esta mañana había quedado con Alberto? No se me ocurrió que te daría por venir, tía. Creía que ya lo habías mirado todo.

—¿Qué es lo que tenía que mirar? —preguntó Alberto desde detrás, con una voz que sonaba casi como un rugido en susurros.

—Nada —dijo Diego con la displicencia habitual—. Sandra quería hacerse una idea de cómo vivía Ofelia antes de que la familia se trasladara al chalé.

—¿Y cómo ha entrado?

—Le presté la llave ayer y se me olvidó pedírsela anoche.

—Creo que va a ser mejor que te marches, Sandra. —Era evidente que Alberto estaba haciendo un esfuerzo por seguir siendo civilizado.

—Sí, ya me voy. Tú y yo ya hablaremos —le dijo a Diego antes de poner la mano en el picaporte de la puerta que daba a la calle. Él no perdió la semisonrisa.

—Cuando quieras, tía. Pero supongo que te queda claro que no tengo por qué darte explicaciones de ninguna clase, ¿verdad?

—Ah, ¿no?

—¿No pensarías que éramos novios o algo por el estilo?

—Ya lo hablaremos —dijo, apretando los dientes. Detestaba la situación y se negaba a hablar de ello delante de Alberto, que los miraba como si estuviera en un partido de tenis y que, con cada segundo que pasaba se iba relajando más. A pesar de

237

lo ridículo que estaba con las piernas desnudas asomando por debajo del gabán, había vuelto a recuperar el aplomo y ya no parecía ni enfadado ni asustado.

—Sandra —le dijo un segundo antes de que se marchara—, te ruego que no digas ni una palabra de esto a Luis.

Ella se giró de nuevo hacia el interior de la casa, donde Alberto seguía parado en el umbral del dormitorio.

—¿Por qué? ¿Después de tantos años no sabe que eres gay?

—Digamos que no le gusta saberlo, o al menos no le gusta que se sepa.

—Lo pensaré.

—Te conviene callarte.

—¿Me estás amenazando?

—Para nada. Te explico la situación. Quien te contrata y te paga es él; yo soy prácticamente su hijo, y su heredero. Si le haces daño y, sobre todo, si me haces daño a mí, te lo hará pagar; te despedirá y puede incluso que te demande por incumplimiento de contrato. Tenemos buenos abogados. Y esto, al fin y al cabo, es una cosa entre Diego y yo. ¿Qué pintas tú en esto?

La vergüenza que sentía era tan intensa que no se le ocurrió qué decir. Habría querido que se la tragara la tierra porque no se sentía capaz de hacer el ridículo más espantoso diciendo la verdad: que ella estaba convencida de que entre Diego y ella había algo, algún tipo de compromiso, algún lazo más allá de la pura relación sexual, y eso le daba derecho a que alguien le diera una explicación, la que fuese.

Diego aprovechó el silencio para levantarse de la cama, totalmente cómodo en su desnudez, mientras decía:

—¡Qué manía tenéis las tías hetero de pensar que cuatro polvos ya son un compromiso emocional o incluso más! ¿Es que no sois capaces de disfrutar del sexo sin pensar en campanas de boda?

Los dos hombres cruzaron una sonrisa.

—Entonces... tú... ¿también eres gay?

—Soy bisexual, por si no te va quedando claro, tía. Como lo sería casi todo el mundo si no estuvieran tan condicionados por esta sociedad tan gilipollas y tan reduccionista.

Sandra siempre se había creído una mujer moderna, abierta, flexible de mente y de comportamiento. Sin embargo en la situación en la que se encontraba de pronto, sentía que su interior se había convertido de un momento a otro en un mar tempestuoso, en un bosque azotado por el temporal, en un volcán escupiendo lava. En el plexo solar le estaba naciendo una trepidación que había empezado a retorcerle las tripas y se iba extendiendo por todo su cuerpo hasta la punta de los pies y los dedos de las manos, que se habían puesto a temblarle por su cuenta sin que pudiese hacer nada para controlarlo. Los oídos le zumbaban como al final de un sábado en la tienda cuando, después de todo el día de llevar el pinganillo en la oreja y escuchar constantemente la cantinela de los precios y las tallas y las preguntas y respuestas de las compañeras, creía que se iba a volver loca. Sentía las mejillas enrojecidas de vergüenza y de impotencia; sabía que estaba haciendo el ridículo y que aquellos dos hombres se iban a reír mucho de ella en cuanto los dejara solos y, lo peor, empezaba a sentir un deseo de venganza como nunca hubiese pensado que fuera posible en ella, un odio que no había sentido jamás y que la estaba ahogando con la fuerza de una boa constrictora. Quería hacerles daño, a los dos, como fuera. Quería que pagaran por lo que le habían hecho. Quería que se sintieran tan idiotas e impotentes como ella se estaba sintiendo en esos momentos.

239

¿Cómo podían no darse cuenta de que ella necesitaba una salida digna, de que no podían tenerla eternamente contra la pared? Pero no hacían más que mirarla con esa media sonrisa pintada en los labios que le hacía desear rompérselos a puñetazos hasta verlos sangrar, y luego mirarse entre sí como si aquello fuera un poco molesto pero, en el fondo, divertido y, sobre todo, inofensivo, la pobre tonta que se había enamorado del fisio de don Luis sin darse cuenta de que, para él, aquello no era nada serio. Se sentía como una heroína de folletín del siglo XIX, compuesta y sin novio, humillada, deshonrada, descartada después de que la hubiesen usado como un pañuelo de papel. «Seducida y abandonada», como el título de una antigua película italiana.

Le daba un asco infinito sentirse así; ella, una mujer moderna, independiente, formada, libre, sintiéndose usada porque después de unas cuantas noches de sexo no sólo consentido sino deseado, iniciado a veces por ella misma, ahora se enteraba de que el tío tenía otra pareja sexual que, casualmente, era hombre.

Tenía todos los pensamientos revueltos. Nunca había sentido con tanta nitidez cómo los pensamientos se transforman rápidamente en emociones y cómo las emociones alteran la química corporal y te convierten en otra persona, en una persona que nunca pensaste ser: una persona vengativa, agresiva, odiosa.

No debieron de pasar más allá de dos minutos, aunque a Sandra se le hicieran eternos. Diego se acercó mostrando las manos abiertas en una ofrenda de paz, sin perder la sonrisa.

—Venga, tía, esto no tiene importancia. No te pongas así. Vete a comer a casa y luego ya si eso… a la tarde o cuando quieras, nos tomamos unas birras y lo hablamos si te parece que hace falta, ¿vale? ¿Amigos?

Le iba a poner ya una mano en el hombro cuando Sandra se apartó como si quemara y siseó:

—No me toques, cabrón. No quiero volver a verte.

Se dio media vuelta y, con la cabeza alta, tratando en lo posible de preservar la dignidad, pasó al lado de Alberto y ganó la puerta de la casa, apretando los puños, los dientes y, en el momento en que les dio la espalda, también los ojos para no echarse a llorar delante de ellos.

—Tú la conoces mejor —dijo Alberto en cuanto estuvo seguro de que ella no podía oírlos—. ¿Crees que le irá a Luis con el cuento?

Diego se encogió de hombros.

—Es lo más posible, sí. Hay que reconocer que nos hemos cachondeado mucho de ella, y eso jode un huevo. Tendríamos que haber sido más amables. Sobre todo tú, tío. ¡Mira que decirle lo de los abogados…!

—Es una cría. Pensaba que eso la asustaría.

—Sandra no es de las que se asustan con facilidad; pero da igual, ¿no? Eres adulto y divorciado, tío. Los dos somos mayores de edad. Y don Luis no puede ser tan tonto como para no saber de qué pie cojeas. A él qué más le da… Que se lo diga… Lo único que va a pasar es que le va a coger manía a la niña y se la va a querer quitar de encima.

—No me habías dicho que te la estabas tirando.

—¿Para qué? No tiene ninguna importancia. Supongo que tú tampoco me cuentas todas tus aventuras —terminó con una sonrisa.

Alberto empezó a vestirse en silencio, de espaldas a Diego.

—¿No te quedas un rato? —preguntó él con voz dulce, al ver que Alberto se sentía herido.

—No. Se ha hecho tarde. Había quedado con Luis a comer y estará empezando a mosquearse.

—Y ¿a la noche?

—No lo sé aún. Te doy un toque luego.

Diego se acercó a Alberto, que se había sentado en un silloncito para calzarse, y le acarició la nuca mientras él se ataba los cordones de los zapatos.

—No pasa nada, tío. De verdad. No te rayes. Esto no tiene ninguna importancia; dentro de nada se le habrá quitado el cabreo a la piba. Es que está en la edad de pensar que se le va a pasar el arroz si no encuentra a alguien que se comprometa con ella, a ser posible hasta el altar, aunque luego se divorcie en un par de meses.

Alberto suspiró, cerró los ojos un instante y se puso de pie.

—Es muy mal momento, Diego, en serio; estamos a punto de cerrar algo muy grande y no es plan de que ahora la mema esa empiece a malmeter. Con lo de la cadera, Luis está raro y no quiero que se lleve un disgusto, precisamente en estos momentos.

—¿Pero qué disgusto? ¿En serio no sabe que eres gay, después de tantos años de trabajar juntos? No te hacía yo tan buen actor.

Alberto no tenía ningún interés en explicarle a Diego cuál era realmente la relación que lo unía con Luis, de modo que cambió de tercio pasando al ataque:

—¿Cómo se te ha ocurrido dejarle la llave a Sandra? ¿Eres imbécil?

—Pues lo mismo sí, ya ves —confesó con la sonrisa de buen chico un poco tonto que siempre conseguía desarmarlo—. Me dijo algo de que quería captar el *feeling* de la casa y que para eso tenía que estar sola y tal… y ya ves, tío… le presté la llave y se me olvidó recogérsela.

241

—Tengo que irme. —Cogió las llaves del coche y las gafas de sol que estaban encima del tocador—. Ah, se me había olvidado —dijo antes de llegar a la puerta—, esta noche no puedo. Tenemos una cena.

—Pues entonces iré a una fiesta de Halloween. Nos llamamos mañana, ¿vale?

Alberto apretó los labios y le dio la espalda mientras murmuraba: «Ya veré». Le fastidiaba profundamente tener que irse así, sin dejar las cosas claras, sin poder hacer planes. Pero tampoco podía consentir que aquel niñato creyera que lo tenía en el bote.

—Tú mismo, tío. ¡Nos vemos!

Ya estaba en la puerta de la calle cuando, de repente, volvió sobre sus pasos, abrazó a Diego y lo besó dura, casi violentamente. Luego se marchó sin decir palabra.

25

*U*na vez en el coche, Alberto ocultó la cara entre sus manos y se apretó la frente con los dedos mientras trataba de controlar la respiración para no ponerse a dar gritos. ¿Cómo había podido ser tan idiota como para liarse con Diego precisamente cuando Luis, por fin, había dado su brazo a torcer y estaba dispuesto a dar el paso?

No había sido una decisión premeditada, por supuesto; había sido lo de siempre: un impulso, una necesidad, un deseo ardiente de tener a ese muchacho alegre y despreocupado, su cuerpo fibroso, su boca ávida… No había calculado nada más. No se le había pasado por la cabeza que aquello iba a convertirse en una adicción que no iba a saciarse con una vez ni con tres ni con siete. Llevaba menos de un mes con él y casi no había día que no fuera a verlo con una u otra excusa, aunque siempre dejándole bien claro que él no pensaba comprometerse con nadie. Tenía que reconocer, en honor a la verdad, que Diego tampoco le había pedido nada ni le había hecho ni exigido ninguna promesa.

De todas formas lo de Sandra había sido un shock. No tenía ni idea de que Diego fuera bisexual y estuviera tirándose a la chavala, alternándola con él. No habían hablado de exclusividad, por supuesto, pero no le hacía ninguna gracia haberse enterado así y, si era sincero consigo mismo, no le hacía ninguna gracia, sin más, el mero hecho de que Diego se follara a una tía, a la biógrafa de Ofelia, para colmo de males, y no se le hubiera ocurrido comentárselo.

Una voz en su interior le susurró:

«Bueno, tú tampoco le has contado ni a Diego ni a la biógrafa, que tu relación con Luis no es precisamente de padre e hijo.

243

»Tenía que proteger el secreto, porque no es sólo mío. Luis no quiere que se sepa, todavía, se contestó.

»Mentira. A Luis tampoco le gustaría que te acostaras con Diego y sin embargo lo haces. Te importa un carajo lo que quiera o no quiera Luis. Te lo has callado por ti, porque tú no quieres que se sepa que eres el amante joven de un viejo rico y que empiecen a decir que lo haces sólo para quedarte con todo cuando él falte.

»¿Joven? ¿A los cincuenta y seis años? ¿Estás de broma?»

Las dos voces se alternaban en su interior sin llegar a ponerse de acuerdo. Echó una mirada al reloj del coche; llegaba media hora tarde por culpa de la gilipollas de Sandra. Arrancó con furia preguntándose, por primera vez desde que había empezado el asunto de Diego, si se le notaría dónde había estado, y con quién.

Esperaba que Luis no insistiera demasiado en saber el porqué del retraso. Nunca le había mentido. Aunque él suponía que Luis podía imaginar que, en los viajes, de vez en cuando tenía algún asunto con algún muchacho, nunca le había preguntado directamente y él nunca le había dicho ninguna mentira. Los dos evitaban ese terreno resbaladizo. Se querían y se respetaban, pero su vida sexual ya no era lo que él necesitaba —mucho antes de la operación de cadera— y Luis tenía que saberlo, pero no le hacía preguntas ni reproches.

Si ahora, a la maldita metomentodo se le ocurría irle con el cuento, precisamente ahora que la boda ya estaba decidida, todo el edificio de su vida, y de su vida futura con Luis, se iría a la mierda. Y no sólo eso. Si Luis cambiaba de opinión y decidía no casarse, entonces toda la construcción legal para después de su muerte también quedaría en agua de borrajas. Él tenía una parte de la empresa, pero si a la muerte de Luis no estaban casados, la cosa se complicaría muchísimo y, sobre todo, se complicaría innecesariamente por culpa de una estupidez, del despecho y el clásico deseo de venganza de la más que clásica mujer burlada. Y eso en pleno siglo XXI.

26

Sin saber bien cómo, Sandra se encontró de nuevo en el cementerio porque era el único sitio que se le había ocurrido donde poder llorar sin que a nadie le llamara la atención. No se sentía con ánimos de volver a casa, que le notaran cómo se sentía y le insistieran para que les contara lo que acababa de sucederle; tampoco se veía con fuerzas de entrar en un bar y ponerse a darle vueltas a su vida delante de una caña y cincuenta desconocidos que estarían tomando el aperitivo del sábado. Hacía semanas, desde que había llegado al pueblo, que casi no hablaba con sus mejores amigas más que para cambiar mensajes ligeros diciendo que todo iba bien; ni siquiera les había hablado de Diego, así que ahora no podía ponerse a hacer historia antigua contándoles todo lo sucedido en los últimos tiempos. Hablar con Félix era casi como hablar con sus padres y además le daba vergüenza confesarle el daño que le había hecho el imbécil de Diego, a pesar de que siempre había sabido en el fondo de su alma que era un tipo despreciable. Llamar a Milio ahora después de tanto tiempo para contarle penas de amor que, además, estaban relacionadas con asuntos sexuales era algo que no merecía la pena ni sopesar.

Sentada en un banquito de piedra, mirando el bellísimo ángel del mausoleo de los Arráez, sintió una ola de conmiseración pasarle por encima. ¿Cómo podía haber gestionado tan mal su vida para encontrarse a los veintinueve años sin nadie a quien llamar para contarle sus penas? Podía empezar a contárselas a todos los difuntos que la rodeaban en aquella tarde de sol, pero aparte de que no iba a servir de mucho, el esoterismo no era su estilo. La vida y la muerte no eran entes con los que se pudiera dialogar. Aunque... la muerte quizá... doña Muerte...

Sacó el teléfono. Había un mensaje de su madre: «A la hora que es, suponemos que no vienes a comer y empezamos nosotros. Si quieres que te guarde algo, dame un toque.» Sabía que su madre habría hecho un auténtico esfuerzo para no añadir: «y si no pensabas venir a comer, lo menos que podías haber hecho era avisar; esto no es un restaurante.» No lo había escrito, pero el reproche estaba tan claro como si estuvieran allí todas las letras. No contestó.

Buscó el número de Doña y llamó, mordiéndose los labios. No lo cogería, pero por probar…

Contestó al tercer pitido.

—Hola, Sandra. ¿Problemas?

—¿Qué te hace pensar que tengo problemas? —contestó, picada.

—Es que, si no los tienes, sigo comiendo. Para un día que tengo libre…

Tragó saliva, inspiró hondo.

—Sí, Doña, tengo problemas. ¿Podemos vernos?

—¿Has comido?

—Aún no, pero no tengo hambre.

—Pásate por casa. Tengo una ensalada grande y pan. Da para dos.

Con un enorme alivio, colgó, se puso de pie y se encaminó a la salida pensando lo curioso que resultaba decir que «iba a buscar consuelo en la Muerte» y que eso no significara en absoluto que pensara suicidarse.

Sandra

*P*ensándolo ahora, supongo que fue en la conversación con Doña cuando todo empezó a adquirir un cierto sentido o quizá, formulándolo de otra manera, aquella tarde supuso el punto de inflexión no sólo en la historia que estaba tratando de hilvanar —la de doña Ofelia y su familia— sino en la mía propia, la que me ha llevado hasta el momento presente.

Cuando llegué, había puesto la mesa para las dos en la sala de estar, o el estudio, como lo llamara…, donde solía recibir a los clientes. No soy muy dada a lo esotérico, pero me extrañó que fuéramos a comernos una ensalada en la misma mesa donde echaba las cartas, y se lo dije.

—Una mesa es una mesa, *m'hija*. Las cartas se pueden echar sentada en el suelo, de pie, en un coche… da igual. No hay ningún misterio; son sólo símbolos que se interpretan según sus relaciones en cada momento. Lo importante es que la persona que interpreta sepa lo que hace. Lo demás da igual. Siéntate y dime qué bebes.

Le pedí una cerveza y me instalé a la mesa sin saber qué decir ni cómo empezar. Tenía que ser evidente que había estado llorando y decidí esperar a que me preguntara. A lo mejor, de ese modo, contestando preguntas, me resultaba algo más fácil, porque la verdad era que no se me ocurría bien qué decirle, ni cuánto, e incluso pensé que había sido una estupidez haber acudido a ella. Me equivocaba, claro, como tantas veces.

—Penas de amor —comenzó ella mientras dejaba la botella a mi lado y me servía del cuenco de la ensalada.

—¿Tanto se nota?

—Sí. Supongo que te ha puesto los cuernos.

—¿Por qué lo supones?

—Porque hay humillación. Y perplejidad, lo que significa que no te lo esperabas. ¿Pensabas que ibais en serio?

Sacudí la cabeza.

—No. Siempre he sabido que no somos realmente compatibles, pero no me imaginaba que fuera a mentirme para acostarse con…

—Un hombre.

—Das escalofríos, Doña, joder…

—Si hubiera sido una mujer, habrías dicho «con otra» o «con otra tía» sin hacer ninguna pausa ni dejar la frase trunca.

—Además de bruja, eres Sherlock Holmes.

—Y llevo toda la vida pasando consulta, hablando con gente que viene a preguntarme y a contarme sus penas. En cuarenta años parece que una ha visto todas las combinaciones que se pueden dar, incluso las más raras, a pesar de que todo el mundo piensa que lo suyo es particularmente terrible, o vergonzoso o lo que sea. Casi nunca lo es. Y lo que para uno es monstruoso, para otro no es tan horrible o tiene justificación.

248 No sé si lo hizo adrede o lo adivinó, como tantas otras cosas, pero eso me dio el pie que necesitaba para contarle toda la historia. Cuando acabé, me había bebido dos botellines de cerveza y ella había terminado con la ensalada de las dos.

—No pareces demasiado afectada —le dije con cierto tono de reproche.

—Porque no lo estoy. Vamos a ver, ¿por dónde quieres que empecemos? Lo tuyo, lo personal. Te voy a ser sincera y si ves que me estoy pasando y que te hago daño, me lo dices y paro. Ven, vamos al sofá.

Doña me trajo otra cerveza y nos instalamos en el sofá rinconero, entre cojines, con Yemayá tumbada entre las dos, acercando la cabeza por turnos a una y a otra para que le rascáramos las orejas. Si hay otra vida después de esta, me pido ser gato doméstico.

—Tú eres una mujer muy convencional, aunque te guste creer que eres infinitamente más moderna que tus padres y toda la generación anterior —empezó ella, dándome un buen susto con ese comienzo—. Sabes que hay muchas formas de vivir la sexualidad, pero tú sólo conoces la tuya y la llamas «normal». Lo que no te parece normal es lo que hacen los otros, los que no hacen lo mismo que tú. No, no te alteres —me interrumpió cuando ya estaba a punto de rebatirle lo que me había dicho—; yo te digo lo que veo, tú te lo piensas y obras en consecuencia. No estamos aquí para debatir ni para que me convenzas de que me equivoco. Tú sabes, teóricamente, que hay otras formas de vida y te parecen respetables, faltaría más, para eso eres tolerante, flexible y moderna —dijo, con lo que me pareció un recochineo excesivo—; pero cuando esas otras formas rozan la tuya, o chocan frontalmente con la tuya, entonces toda tu flexibilidad se va a hacer puñetas. No te digo que tengas que aceptar vivir con un hombre asexual o con un bisexual; tienes perfecto derecho a que no te guste o que no te llene o incluso a que te dé asco. Cuando uno se compromete a vivir con alguien, las reglas del juego tienen que estar claras y tienen que ser aceptadas por los dos o los tres o los que participen en la convivencia. Al menos es como yo lo veo.

»Lo que te molesta de la situación es que te han engañado, mentido y humillado; que te sientes tonta por ello, y herida, y quieres devolver el daño que te han hecho. En este momento irradias deseos de venganza; es casi una luz que te envuelve. Mientras me escuchas, estás pensando qué podrías hacer para devolver lo que te han hecho, ¿no?

Tuve que admitir que tenía razón, porque lo bueno de hablar con Doña es que siempre tienes la sensación de que sabe perfectamente lo que te pasa y no te juzga por ello.

—Piensa que, en el fondo, te has librado de una buena, porque tú sabes que Diego no te conviene, pero te habrías liado más y más con él, si no hubiera sucedido esto. Ya encontrarás a un hombre que te guste de verdad. La vida no es una carrera ni tienes que haber cumplido esto y aquello a esta y la otra edad. No hay prisa, créeme. Igual puedes enamorarte a los quince que a los ochenta, y hasta que no te quieras tú de verdad a ti misma, va a ser difícil que te quiera alguien.

—¿Tú sabías que Alberto es gay? —la interrumpí. Lo que me estaba diciendo era inteligente y bienintencionado, pero no era eso lo que necesitaba en ese momento. Aunque no me gustara confesármelo, lo que yo necesitaba saber antes que nada era si la homosexualidad de Alberto era de dominio público para saber si era una información que podía utilizar para amenazarlo como él me había amenazado a mí.

—Sí.

—¿Y don Luis?

—¿Don Luis qué?

—Si él lo sabe.

—Sí.

—¡Vaya! —Al parecer, Alberto me había dicho la verdad. Don Luis lo sabía y prefería no saberlo. No le haría ninguna gracia que yo también lo supiera y, si le hablaba de ello, los tendría a los dos en contra. Aunque… considerando que don Luis tenía sus reticencias con Diego… a lo mejor no le parecía nada bien que su socio se estuviera acostando con él. Eso me daba un posible flanco de ataque si se hacía necesario.

—Deja la estrategia, Sandra. Se te ve pensar. Voy a colar un café, ¿quieres?

La acompañé a la cocina. Yemayá se estiró como si fuera un gato elástico y nos siguió por el pasillo.

—¿Y qué me dices del anónimo? ¿Sabes, por casualidad, de qué habla?

Doña guardó silencio mientras colocaba dos tazas en una bandeja y metía un jarrito de leche en el microondas.

—¿Sabes al menos quién es Magdalena? —insistí.

Puso la cafetera en la bandeja, sobre un corcho, sacó una azucarera y unas galletitas y las colocó también junto a lo demás.

—Yo también te oigo pensar, ¿sabes? —le dije—. Estás decidiendo cuánto me quieres contar y para qué lo voy a usar yo, ¿no? ¿Y si te prometo que será sólo para quedarme tranquila, que yo necesito saberlo para mí misma, pero que no se lo diré a nadie?

—Yo tampoco lo sé todo, Sandra. No tengo ese prurito de saber. A mí me cuentan demasiadas cosas y necesito olvidar, profesionalmente, ¿me entiendes? Se me saldría por las orejas si no olvidara nada.

—Pero sabes quién es o era Magdalena.

—Sí.

—¿Quién?

Levantó la cabeza de lo que estaba colocando en la bandeja y me miró a los ojos.

—Magdalena era Ofelia.

Lo recuerdo con toda claridad porque a pesar de que era lo primero que había pensado, me sorprendió muchísimo saberlo.

—¿Por qué la llaman Magdalena en el anónimo?

Doña cogió la bandeja y se encaminó a la sala de estar mientras hablaba.

—Supongo que quien lo escribió la conocía de mucho tiempo atrás, de cuando aún se llamaba así. Puedes ir al ayuntamiento y buscar en los archivos; Ofelia cambió legalmente de nombre en algún momento; no sabría decirte cuándo. Nunca le gustó su primer nombre, Magdalena. Una vez me contó que, de pequeña, tuvo una maestra que dijo en clase que Magdalena era nombre de prostituta. Desde entonces quiso cambiárselo, pero tuvo que esperar a ser mayor de edad aunque, de todas formas, cuando sus padres se instalaron en Monastil, a la vuelta de Francia, empezó a decirle a todo el mundo que se llamaba Ofelia, que era su segundo nombre. De todas formas, Ofelia casi nunca hablaba de su infancia. A veces daba la sensación de que su vida empezó cuando se casó con Anselmo; o incluso cuando lo perdió.

251

—¿Tienes idea de qué hizo que fuera tan monstruoso como para merecer ese anónimo? Tú me dijiste la última vez que hablamos que estabas segura de que Ofelia no había matado a nadie.

Doña negó con la cabeza, dejó la bandeja sobre la mesa baja frente al sofá y volvió a acomodarse entre los cojines. El último sol de la tarde se abrió paso entre las nubes y nos mandó un rayo carmesí que iluminó de golpe toda la salita.

—¿Puedes imaginarte de qué se trataba? —insistí yo. Era evidente que sabía o creía saber algo y yo necesitaba que me lo contara. En aquel momento tenía la sensación de que esa respuesta era lo más importante de mi vida.

—Lo que yo pueda imaginarme es tan bueno como lo que te hayas imaginado tú, Sandra. Tanto lo uno como lo otro no pasa de ser una fantasía.

—Pues cuéntame la tuya. Yo ya te he contado la mía.

—No. Tú no me has contado tu teoría, pero lo harás antes o después.

Suspiró, se acabó el café, dejó la taza sobre la mesa y, después de pensarlo un poco, alargó el brazo hasta la estantería, cogió una cajita y lio un cigarrillo que después encendió con parsimonia. No me ofreció ni yo lo pedí.

—Yo pienso… y fíjate que te digo «pienso», porque no me consta, que quien escribió esa nota fue Gloria.

—¿Gloria? —Aquello sí que no me lo esperaba.

—Lo encontraste en una falda suya, ¿no?

—Sí. Supongo que era suya. La verdad es que no se me había ocurrido.

—Es posible que Gloria lo escribiera, lo metiera en un bolsillo y nunca llegara a mandarlo. Cuando yo conocí a Ofelia, jamás me contó nada de un chantaje ni de una amenaza; ni yo noté nada de ese estilo que pudiese estar haciéndole mella, ni sentí ninguna sombra en su pasado. Eso me hace pensar que esa nota nunca fue enviada. Gloria pudo haberla escrito para desahogarse y no llegó a mandarla.

—¿Y a qué podía referirse eso de «eres un monstruo»? ¿Y qué fotos serían? ¿Qué puede salir en una foto que pruebe sin lugar a dudas un comportamiento monstruoso?

—Bueno… para Gloria casi cualquier cosa podría ser llamada monstruosa. Era un poco pusilánime, creyente, siempre asustada de todo y de todos…

—¿También era cliente tuya?

—No —sonrió—. Esto del Tarot era diabólico para ella.

—Pero si en la nota dice que Magdalena ha destruido a su familia… ¿a qué se refiere?

—A la muerte de su hijo Ángel, me figuro. Lo más probable es que Gloria pensara que los negocios de construcción e inmobiliaria que Ofelia llevó durante más de treinta años y en los que estaba involucrado su hijo fueron los que lo llevaron a entrar en contacto con ciertos elementos mafiosos o similares. Por el pueblo siempre corrió el rumor de que el accidente de Ángel no fue un accidente; fue una especie de tarjeta de visita de los nuevos dueños de la costa, una forma de decirle a doña Ofelia que le convenía retirarse de ciertos negocios.

—¿Y qué piensas tú?

—Que es más que posible, porque, a la muerte de Ángel, Ofelia se retiró efectivamente y volvió a concentrarse en el calzado y, como no podía estarse quieta, abrió otras líneas de accesorios e incluso perfumes. Recuerdo que cuando le pregunté entonces me dijo que ya no tenía edad de andar por las obras y que ahora que se había quedado sin su Ángel de la Guarda, lo de la construcción había dejado de interesarle. Además de que tuvo muchísimo olfato, porque poco después llegó la primera crisis y muchos de sus colegas constructores tuvieron que comerse los pisos con papas o venderlos a la baja perdiendo mucho dinero. Luego, cuando la cosa volvió a remontar, se limitó a cobrar su parte de varias sociedades en las que había entrado como socia capitalista. Era un hacha para los negocios y estuvo dirigiendo efectivamente sus empresas casi hasta el día de su muerte.

Sandra se quedó callada, pensando, haciendo cuentas con los años de nacimiento y muerte de los posibles implicados. Se levantó, sacó de su bolso su libreta de notas y, después de repasarla, negó varias veces con la cabeza.

—La idea no está nada mal, Doña, pero las fechas no casan. Gloria se suicidó en 1982. Ángel entonces tenía cuarenta y cinco años y la sobrevivió hasta 1992, que fue cuando tuvo el accidente de moto. No es posible que Gloria dijera que Magdalena había destruido a su familia.

Doña se quedó pensando.

—Tienes razón con lo de las fechas, mmm… aunque quizá ya antes de su muerte, Gloria pensaba que Ofelia había destruido a su familia.

—¿Y tenía fotos de eso?

—Podía tener fotos de Ángel en malas compañías, mafiosos o así, o en un puticlub, o esnifando coca… o fotos de Alberto, que por entonces sería adolescente, con otros chicos. Eso, para Gloria sería efectivamente la destrucción de su familia. ¿Quién sabe? Yo he oído decir que el tal Ángel de la Guarda era un maltratador, que le pegaba a su mujer y lo más probable es que también a su hijo, hasta que por fin ella consiguió dejarlo. Quizá Gloria le echaba la culpa a Ofelia… Pero no me hagas mucho caso, porque yo tengo muchísima imaginación y se me ocurren enseguida toda clase de cosas sin poder probar ninguna.

Las dos nos quedamos mirando al techo, tratando de buscar

253

otras explicaciones porque, la verdad, aunque podía imaginarme como posible todo aquello que se le había ocurrido a Doña, no estaba nada convencida.

—¡Venga! —dijo Doña de pronto—. Pongamos que Gloria no tiene nada que ver y no fue ella quien escribió esa nota. Lo que sí resulta posible, sin embargo, es que Gloria recibiese ese anónimo, ya que era ella la que estaba en casa, mientras que los otros salían a trabajar, y se guardara la nota en la falda sin enseñársela a nadie de momento. Quizá resolvió ella sola la situación, aunque no me parece muy probable, dado su carácter…

—O quizá —añadí yo—, se lo contó a su hijo y él, que adoraba a Ofelia y, por lo que se dice, sabía cómo tratar con mafiosos, chantajistas y gente de la misma calaña, arregló por su cuenta el problema sin que la jefa tuviese que enterarse de nada. Pero si fue así, nunca llegaremos a saber quién era el autor del anónimo ni qué pasó realmente.

Hablamos un rato más, pero enseguida nos dimos cuenta de que hablábamos en círculos, de modo que decidimos dejarlo estar por el momento. Yo iría al ayuntamiento a ver el cambio de nombre de Ofelia y empezaría a tratar de localizar familias de fotógrafos en el pueblo, yendo hacia atrás, hasta los años cincuenta o así. En eso me ayudaría Félix, que conocía a todo el mundo. Doña prometió tratar de recordar cosas que a lo largo de los años le hubiese contado Ofelia y que pudieran servir para reconstruir el rompecabezas.

Yo seguía sin decidir si contarle a don Luis lo que había pasado aquella misma mañana con Diego y Alberto; la conversación con Doña me había servido para tranquilizarme y pensar en otras cosas, pero no me había llevado aún a sacar conclusiones válidas. Lo único que tenía claro era que no quería precipitarme hablando demasiado porque eso podía significar cerrarme ciertos caminos que podría convenirme recorrer.

Ya iba a guardar el cuaderno para marcharme cuando se me ocurrió una última pregunta.

—Oye, Doña, ¿te suena el nombre de Selma? —No le había contado nada de la carta encontrada en el bolso de serpiente porque la historia se habría hecho demasiado larga y, considerando que todo aquello había sucedido en una época de la vida de Ofelia en la que ella aún no había conocido a doña Muerte, no valía la pena liar las cosas.

—¿Selma Plath?

—Ni idea del apellido. ¿Quién es Selma Plath?

—Una diseñadora americana que le hacía algunas colecciones a Ofelia. Eran buenas amigas. Ofelia la visitaba siempre que estaba en Nueva York, pero Selma nunca vino aquí, que yo sepa.

—¿La viste alguna vez?

—En alguna foto, en ferias o en pases de modelos, con Ofelia, pero no la recuerdo bien.

—¿Ni siquiera más o menos?

—Más o menos... sé que era alta, más bien flaca, con mucha clase; una de esas americanas a lo Katherine Hepburn.

Sentí un escalofrío de algo que casi podría llamarse placer. Esa descripción coincidía con lo que sabía de Selma por la carta del bolso de serpiente. De modo que las dos mujeres no sólo habían seguido en contacto después de la muerte de Mito, sino que se habían hecho auténticas amigas y habían trabajado juntas. Decidí investigar lo antes posible para tratar de encontrar a la misteriosa amante.

—Tenme al día de lo que vayas encontrando —me pidió Doña cuando me despidió en la puerta—. ¡Ah! Teníamos una cita para pasado mañana, ¿te acuerdas? ¿La sigues necesitando o se la doy a otro?

—Guárdamela, por favor. Seguro que tengo cosas que contarte y tú a lo mejor has recordado algo para entonces que pueda servirme.

Cuando salí de casa de Doña, el cerebro me hervía de posibilidades y, en ese momento, me importaban tres pimientos Diego, Alberto y don Luis. Lo único que quería era resolver el acertijo. Por desgracia, la cosa no duró mucho.

255

27

Sandra pasó la noche del 31 de octubre dando vueltas en la cama, teniéndose lástima, haciendo planes de venganza y sintiéndose la mujer más desgraciada del mundo. Sus padres le habían dejado una nota diciendo que se iban de fiesta de Halloween al chalé de unos amigos en la playa y que volverían al día siguiente, tarde.

Se sentía como si el mundo se hubiese puesto cabeza abajo: la hija, en casa, necesitando que alguien la consolara, mientras los padres se iban de juerga; el novio, amigo o como quisiera llamarlo, engañándola con otro, con otro, además; la señora de orden, viuda y benefactora de la comunidad, sobre la que tenía que escribir, revelándose cada vez más como una mujer sin escrúpulos, que recibía anónimos en los que se la llamaba monstruo, que era amiga de la amante de su difunto esposo, a cuya muerte a lo mejor incluso había contribuido, y tenía relaciones más que turbias con distintas mafias y políticos de todas las denominaciones.

A las tres de la mañana, harta de no poder dormir, se tomó una pastilla que la dejó K.O. hasta el mediodía; se levantó tropezándose con los muebles, se duchó, se vistió, comió un bocata en un bar y a las cuatro, como había quedado a pesar de que era día festivo, estaba de nuevo en el chalé de don Luis dispuesta a averiguar todo lo posible sobre Selma Plath.

Le abrió la puerta Carmela y, con un gesto de la mano, la hizo pasar mientras le decía muy bajito:

—El señor se ha dormido en el sillón. Vente a la cocina y cuando se despierte él nos llamará. Tengo *huesos de santo* —terminó con una sonrisa para animarla a acompañarla.

Hacía muchísimos años que Sandra no había comido

aquellas golosinas que, en su niñez, sólo se hacían por Todos los Santos y eran pedacitos de mazapán con forma de hueso, rellenos con masa de yema de huevo. Estaban deliciosos y, por un día, no le importaba las calorías que pudieran tener, que serían miles.

—Carmela, tú que conoces a todo el mundo en este pueblo, —empezó en cuanto se sentaron a la mesa con un capuchino de máquina y una bandejita de huesos— ¿te suena una familia de fotógrafos a los que les hayan ido muy mal las cosas?

La mujer se metió un hueso en la boca y, mientras lo masticaba, iba pensando. Casi se la podía ver pasando lista mental de las familias que podrían coincidir con lo que le había preguntado Sandra.

—No es que haya tantas, la verdad. Básicamente, en el pueblo había dos fotógrafos: uno más caro y más artístico, que hacía las fotos tipo retrato o para aniversarios y momentos importantes, y otro que hacía muchas fotos de carné, comuniones y recordatorios, bodas y acontecimientos familiares; fotos de estudio hacía menos porque, la verdad es que no tenía mucho ojo y no conseguía sacar guapa a la gente. Y luego estaba otro, que empezó más tarde y, al ser joven, era el que más se movía y hacía las fotos de lo que pasaba por el pueblo, lo que luego salía en *El Heraldo*. A él le gustaba llamarse «reportero», como en las películas. Se jubiló hace nada.

—¿Y los otros dos?

—¡Uf! Murieron ya. Córcoles, que era el retratista, debía de tener la edad de doña Ofelia, año más, año menos, y Ramos, que sería unos veinte años más joven, murió en un accidente, en su propio estudio, un incendio terrible. Hubo que derribar la casa, no quedó prácticamente nada.

—¿No tenían hijos que siguieran el negocio?

—Córcoles tenía un hijo también fotógrafo que se fue a Madrid a estudiar o a hacer no sé qué especialidad y no volvió al pueblo. Ramos no llegó a tener hijos; tenía un sobrino que lo ayudaba en el estudio y murió joven por cosas de droga. Era amigo de Alberto y salían mucho juntos en la época del instituto, pero se enganchó a la heroína y no hubo nada que hacer. La pobre de su abuela quedó destrozada; casi lo había criado ella. ¡Qué mala suerte de vida! Le mataron al marido,

257

que también era fotógrafo, creo que el primero que hubo en el pueblo, en los últimos días de la guerra y se quedó con dos hijos pequeños que sacar adelante. Menos mal que doña Ofelia la ayudaba.

—¿Ah, sí? ¿Por qué?

—Porque era muy generosa y siempre que podía ayudaba a las mujeres que se habían quedado solas, con hijos a su cargo. Que yo sepa, ayudaba a esta, que se llamaba Virtudes; a la viuda del sastre, Angelines, y a dos o tres más, hasta que poco a poco fueron pudiendo vivir del trabajo de sus hijos. Como pasó con lo que te contaba: Pepe, el hijo de Ramos el que murió en la guerra, heredó el estudio del padre y supongo que aprendería de Córcoles, pero no te lo juro. Ya te digo que no era gran cosa como fotógrafo, pero iban tirando todos. Luego tuvo el accidente, lo del incendio… y Virtudes se quedó sola con un nieto porque su hija, la madre del crío, había muerto muy joven. Un horror, vamos. Y después el nieto, Tony, a quien había criado ella sola con tanto esfuerzo, se le muere de sobredosis. La pobre mujer no lo tuvo nada fácil, la verdad, aunque al final vendió unos terrenos que tenía en las afueras y que todos creíamos que no valían para nada y al menos sacó unos millones. Ahí es donde se construyó el estadio de fútbol. Pero fíjate lo que son las cosas… no le sirvió de nada a la pobre; unos meses después la ingresaron con un cáncer de colon y donó todo lo que tenía al asilo de ancianos de Novelda.

En ese momento sonó una campanilla y Carmela se levantó instantáneamente.

—Vaya, se ha despertado el señor. ¿Querías saber más cosas?

—Uf, Carmela… cientos… pero ya me pasaré mañana.

—No, hija. Mañana me voy a la playa.

—¿En noviembre?

Carmela se echó a reír.

—A limpiar. Voy con una brigada de limpieza tres o cuatro veces al año al chalé de la playa para que siempre esté bien, y ayer tarde Alberto me pidió que fuera ya mismo. Yo pensaba ir poco antes de Navidad, como siempre, por si les apetece pasar allí las fiestas, pero parece que prefiere que esté listo ya.

Sandra habló sin pensarlo.

—¿Podría ir con vosotras? No he estado nunca allí y me haría ilusión verlo.

—Por mí… Lo que pasa es que salimos a las siete de la mañana, y tendrías que estar aquí un poco antes. Sin que te vea el señor, por si acaso. Ya sabes tú cómo es… El chalé es una preciosidad, ya verás. Ese fue el capricho de doña Ofelia; se escapaba allí siempre que podía, pero sobre todo lo mandó construir para enseñarle a sus socios y a sus competidores lo que era tener dinero y saber usarlo. Mira que esta casa es chula, pero ni comparación con la otra. Es el chalé más impresionante de Marazul, y ya es decir.

—¿Marazul? ¿La urbanización de lujo?

—Esa misma. La hizo ella completita. Anda, vamos ya, y échame a mí la culpa del retraso si quieres.

—Pero si he venido puntual.

—Ya, pero le revienta quedarse frito en el sillón como un anciano.

—Es que es un anciano —dijo Sandra, enfatizando el «es», con la crueldad inconsciente de los jóvenes hacia los mayores.

—Pues ni se te ocurra decírselo —Carmela se cruzó los labios con el dedo, dio unos golpecitos suaves en la puerta del salón y abrió sin esperar respuesta.

—¿Le apetecen unos huesos de santo, don Luis? —preguntó nada más entrar, interrumpiendo lo que el hombre estaba a punto de decir, lo que lo descolocó y lo hizo cabecear sin saber muy bien qué quería contestarle.

—Sí, unos pocos. Y un té ligerito. ¡Buenas tardes, Sandra! —Indicó el sillón de su derecha y ella se sentó de inmediato. Los ojos se le fueron hacia el gran retrato de Ofelia sobre la chimenea. Había que reconocer que era una mujer magnética—. A ver, ¿de qué quiere que hablemos hoy?

Don Luis parecía estar de muy buen humor, lo que podía deberse a que acababa de hacer una siesta reparadora.

—¿Podría usted contarme algo de una diseñadora de la casa? ¿Selma Plath?

—¿Selma? Una gran mujer. Gran artista. Era litógrafa, además de diseñadora, de las buenas; estuvo incluso invitada a Yaddo en varias ocasiones, no sé si le suena, esa colonia de verano superexclusiva para artistas. La recuerdo muy bien, aunque hace tiempo que murió y muchísimo más tiempo de cuando yo la conocí.

—¿Llegó a conocerla? —Sandra estaba casi escandalizada, pero consiguió disfrazarlo de entusiasmo.

—Una vez acompañé a mi madre en un viaje a Nueva York y fuimos a visitar a Selma. Yo ya conocía sus diseños, por supuesto; unas propuestas muy originales que combinaban lo mejor del gusto europeo con lo más nuevo de lo que se llevaba en Estados Unidos. También nos enseñó su estudio y algunas de sus mejores litografías. Me impresionó mucho ella, tenía una clase… como se ve pocas veces, una gran personalidad… congeniamos enseguida. Ella debía de tener la edad de mamá, o incluso unos años más, yo tenía… unos cuarenta, creo. Ya no volví a verla porque unos años después murió, no sé bien de qué. Mi madre lo pasó fatal, eran muy buenas amigas.

—¿Se conocían de antiguo?

—Pues la verdad es que no lo sé. Siempre he supuesto que se conocieron en Estados Unidos, cuando mamá empezó a venderles nuestros zapatos a los americanos, a primeros de los años setenta. Imagínese, ¡hacían pedidos de doscientos mil pares de golpe! Para nosotros fue el momento de entrar por la puerta grande. A partir de ahí es cuando empezamos a crecer en serio.

—Y también cuando doña Ofelia se metió en el negocio de la construcción, ¿no?

Carmela entró silenciosamente, dejó el té y los dulces sobre la mesa y volvió a salir sin mirar a nadie.

—No. Eso fue antes. Mi madre fue de las primeras. Cuando empezamos con los americanos, ella ya tenía la constructora en marcha; yo me ocupaba cada vez más de la fábrica y ella hacía otras cosas. Diversificar y hacer contactos para ampliar posibilidades. Eso lo tiene todo en lo que le pasaron de la oficina: cuándo fundamos la fábrica de bolsos, la de moda en cuero, que en los años setenta era de pronto lo que todo el mundo quería llevar: cazadoras, abrigos, faldas, pantalones… ante, napa… todo muy *chic*; la de accesorios; los perfumes, que luego vendimos a otra empresa conservando el nombre; la línea de noche… Mire —para sorpresa de Sandra, don Luis se levantó, apoyándose sólo en una muleta, caminó hasta el aparador y volvió con un libro bajo el brazo—, aquí tiene un catálogo de nuestros productos de 1982; se lo he sacado esta mañana. Puede llevárselo a casa y estudiarlo.

—Estoy impresionada, don Luis. ¡Ha progresado usted muchísimo! —El hombre sonrió con modestia pero visiblemente halagado—. Ya mismo va a poder prescindir de Diego.

—Ya he prescindido —dijo, sentándose otra vez.

—¿Ah, sí? ¿No será un poco prematuro?

—No. La verdad es que estaba ya un poco harto de tenerlo por aquí siempre, así que Alberto no ha tenido muchas dificultades para convencerme de que empiece a moverme un poco más y vaya yo a un fisio todos los días en lugar de tenerlo en casa. Además, nunca me gustó el arreglo de que se quedase a vivir en la casa de mi infancia.

—¿No fue idea suya?

—¡Qué tontería! ¡Por supuesto que no! Me dejé convencer por Alberto, como siempre, pero ahora ya está todo arreglado.

Si pensaba contarle a don Luis que la tarde anterior se había encontrado a su fisioterapeuta encamado con su heredero precisamente en la casa de su infancia, ahora era el mejor momento, pues la conversación los había llevado justo al tema de Diego, Alberto y la casa; pero no estaba convencida de que fuera buena idea. Era mejor tener a Alberto sobre ascuas, hacer que sufriera dudando sobre sus intenciones, sobre si lo iba a contar o no. Incluso, bien pensado, podría sacarle algo a cambio de su silencio. Mejor callar por el momento.

Don Luis, ignorante de la lucha interna de la muchacha, dio un largo sorbo de té, volvió a dejar la taza sobre el platillo y, mirándola a los ojos, preguntó:

—A todo esto, Sandra… ¿para cuándo cree que tendrá el texto completo listo? ¿Puedo contar con él para después de Navidad?

Sandra estuvo a punto de atragantarse. Se habían puesto de acuerdo en que entregaría sobre la Pascua la versión definitiva y ella había hecho planes —vagos, pero planes al fin y al cabo— para volver a Madrid después de la Navidad y acabar allí el texto. Al menos eran los planes que había hecho antes de liarse con Diego.

261

—Lo siento, don Luis, pero me parece muy precipitado. Habíamos dicho Pascua.

—Sí, ya… Pero ha surgido algo importante y quisiera presentar el libro en primavera para estar libre en verano y poder concentrarme en otras cosas. Le daré un plus por la rapidez.

—¿Un plus?

—Otros tres mil euros.

Sandra tragó saliva.

—Tres mil más de lo que habíamos convenido si me lo entrega a finales de enero y queda todo listo para hacer la presentación en abril, mayo como muy tarde. Nueve mil en total. ¿Trato hecho?

Se mordió los labios mientras don Luis la miraba esperando su respuesta. ¿Podía hacerlo? ¿Se creía capaz? Claro que sí. Ese no era el principal problema. El problema real era… que no podría dedicar tiempo a investigar las cosas que de verdad le interesaban en la vida de Ofelia; que tendría que concentrarse en la maldita biografía hagiográfica y, si no encontraba nada que probara lo que ella pensaba de Ofelia, todo quedaría en una construcción mental. Pero al fin y al cabo era lo que de todas formas iba a suceder porque, aunque consiguiera probar más allá de toda duda razonable que Ofelia había asesinado a su marido, con o sin ayuda de Gloria o de Selma, con eso no podría ir a ninguna parte ni hacer nada en absoluto. Si lograba averiguar a qué se refería el anónimo diciendo que era un monstruo, jamás conseguiría probarlo tampoco. Ofelia estaba muerta y, por mucho que consiguiera probar su culpa, ya estaba más allá de todo castigo, de modo que, mirando a don Luis a los ojos, hizo una inspiración profunda para infundirse valor, le tendió la mano y contestó:

—Trato hecho.

28

«*E*l pequeño taller de calzado de señora que Anselmo Márquez había fundado al poco de acabar la guerra, y que compaginaba con su trabajo como encargado de la fábrica de los hermanos Navarro, fue creciendo con gran rapidez gracias al esfuerzo y entusiasmo de su esposa, Ofelia Arráez, que desde el principio lo apoyó con todas sus fuerzas, colaborando primero en todo tipo de tareas y dedicándose luego cada vez más intensamente a ampliar la cartera de clientes, a diseñar nuevas formas de presentar la pequeña empresa en la que se habían convertido y a llevar adelante la gestión de la fábrica, mientras que Anselmo se especializaba en el diseño que, con los años, se haría emblemático e internacionalmente conocido.

Ya a finales de los años cuarenta, el pequeño taller se había convertido en una fábrica que daba trabajo a veinte operarios y estaba situada en los bajos de una casa del barrio de la Fraternidad, concretamente en la calle del general Mola, número 34. Fotos de la época atestiguan que los propietarios no escatimaron esfuerzos para que todo fuera lo más moderno y práctico posible. Anselmo Márquez, calzado fino de señora y para el mundo del espectáculo, fue una de las primeras fábricas en tener teléfono y también la primera en la región en vender al extranjero, cosa que en la época no era en absoluto fácil, tanto por el aislamiento internacional del país como por la dificultad de entablar relaciones en otras lenguas.

Para ello resultó inestimable el hecho de que Ofelia hablara perfectamente francés, al haberse criado en Montpellier. Ya en los años cincuenta, a pesar de vivir en un pueblo, comenzó también estudios de inglés que harían que, cuando se empezaron a abrir posibilidades en el mercado estadounidense, Ofelia estuviera en posición de dialogar con sus futuros clientes.

El primer nombre de la empresa, una vez alcanzada la categoría de fábrica y no sólo de taller, se debe a que, a lo largo de la década de los cincuenta, Anselmo y Ofelia decidieron ampliar su horizonte para cubrir un hueco en el que, recién salidos de una guerra, nadie había pensado: la fabricación de calzado para artistas y todo tipo de profesionales del espectáculo. Además de su línea de señora, empezaron a diseñar zapatos de colores llamativos, con tallajes fuera de lo común, para abastecer a cantantes, bailaores, gentes del circo y del mundo del cabaret, además de cubrir las necesidades de calzado de los establecimientos de travestis que en aquella época ya existían, aunque no se hablara de ello en público.

No ha quedado constancia de cómo tuvieron la idea, pero sabemos por los libros de cuentas de la época que resultó una buena y constante fuente de ingresos a lo largo de varias décadas y que esos ingresos les permitieron mejorar la maquinaria y ampliar la fábrica hasta el punto de que, después del fallecimiento de Anselmo Márquez, Ofelia decidió construir una nave que sería la primera de las que, paulatinamente, irían surgiendo para cubrir las diferentes necesidades de una empresa en expansión. A mediados de los años cincuenta, los empleados de la fábrica habían subido ya a cuarenta y cinco, en su mayor parte reclutados de entre los hombres y mujeres que acudían a Monastil huyendo del trabajo del campo, que apenas si daba para comer, y al reclamo de las nuevas industrias afines al calzado que estaban surgiendo en la zona: curtidos, hormas, pegamentos, etcétera.

En 1956, Anselmo Márquez falleció de tuberculosis en un sanatorio extranjero donde se había retirado con la esperanza de que el tratamiento y el aire puro consiguieran devolverle la salud. Después de la «larga y penosa enfermedad», como consta en la esquela que fue publicada en *El Heraldo del Vinalopó* el 6 de febrero de 1956, a la temprana edad de 46 años, Anselmo fue enterrado en el panteón familiar dejando a Ofelia desolada, con un hijo en plena adolescencia —el joven Luis Márquez, actual propietario de la empresa, contaba tan sólo quince años—, y una madre muy anciana y enferma.

Pero Ofelia, firme y valiente, consiguió superar la tragedia a fuerza de trabajo y dedicación. A la muerte de su esposo, cambió el nombre de la empresa a Viuda de Anselmo Márquez, probablemente para dejar claro que a partir de ese momento sería una mujer la que, por imposición de las circunstancias, tendría que ocuparse de todos los asuntos y todas las decisiones, cosa que en la época no resultaba nada fácil en un mundo de hombres.

Esta denominación se mantuvo hasta 1962, cuando Ofelia decidió dar su nombre a la empresa que ella misma había creado y en la que su hijo había empezado ya a trabajar, «desde abajo» por voluntad expresa de su madre. A partir de ese momento nace Ofelia Arráez, el germen del gran consorcio de empresas y productos en el que se ha convertido en el siglo XXI y la marca que, internacionalmente, es reconocida al más alto nivel. También en este momento surge su famoso logo: la serpiente coronada y con alas que, según varias de las muchas entrevistas consultadas, eligió junto con su marido ya desde el principio para dar la idea de un animal muy humilde que a priori no le gusta a nadie pero que, con esfuerzo y tesón, acaba transformándose en una bestia alada y coronada, en una especie de dragón. Las iniciales que aparecen abajo a su derecha, una O y una A, no significan sólo Ofelia Arráez, sino también Ofelia y Anselmo, para mantener el nombre de su difunto esposo.

En la década de los sesenta, Ofelia amplía e intensifica el contacto con los mercados extranjeros. Las primeras ventas a Estados Unidos, que datan de los años 50, aún en vida de Anselmo Márquez, se amplían y extienden hasta el punto de que, con gran rapidez, la fábrica crece hasta tener casi quinientos trabajadores para los cuales se hace necesario construir otras dos naves, además de unas oficinas centrales cuyo diseño se encarga a un estudio de arquitectos madrileño que trabajan inspirándose en la nueva moda escandinava y que, por su radical modernidad, crean polémica en toda la región.

En 1964, Ofelia, que había sido la primera mujer en pertenecer a la Asociación de Fabricantes de Calzado, es elegida presidenta por unanimidad, cargo que detentará durante los siguientes ocho años hasta que ella misma decide dimitir para poder dedicarse a otros proyectos.

265

Desde principios de los sesenta en adelante, a medida que la participación de Luis Márquez en la empresa se hace más intensa y va ocupando cargos de mayor responsabilidad, Ofelia decide ampliar posibilidades y funda una empresa de construcción a la que dedica el tiempo sobrante y que acabará convirtiéndose en una de las más activas y reconocidas de la Costa Blanca. El mejor ejemplo de su actividad constructora es Marazul, la exclusiva urbanización que planeó y construyó frente al Mediterráneo en la costa del norte de Alicante y que sigue siendo considerada el epítome del lujo y la belleza. Los diecisiete chalets que componen Marazul han sido adquiridos por ilustres personajes del mundo del espectáculo y de la política internacional. Aunque algunos han cambiado de dueño varias veces, hasta su muerte en 2010, la compra de cualquiera de ellos tenía que ser aprobada personalmente por Ofelia Arráez.

En la década de los setenta, a pesar de que la crisis empieza a cebarse en la industria del calzado, la empresa se diversifica y así comienza la producción de bolsos, accesorios y confección de piel. Ofelia Arráez abre tiendas en las ciudades más emblemáticas de la moda: París, Milán, Londres y Nueva York, y entra con paso firme en el mundo del gran espectáculo. Artistas de la talla de David Bowie, Freddy Mercury, Abba… posteriormente Michael Jackson, Madonna y un largo etcétera empiezan a ser calzados por Ofelia con modelos de los más renombrados diseñadores de la casa, como Selma Plath, la gran litógrafa americana, una artista del entorno inmediato de Andy Warhol.

Del mismo modo, Ofelia Arráez se convierte en una de las marcas favoritas de la entonces princesa de Asturias, doña Sofía, y posteriormente también de sus hijas, las infantas de España, que pasean el nombre de Ofelia por todo el mundo. Sus diseños para novia —siempre con un interior forrado de color de rosa y perfumados de jazmín— hacen furor en las cortes europeas.

A finales de los setenta, compartiendo el afán generalizado de expandir la industria española, se instalan algunas fábricas en China, en la zona de Shanghái, pero la apuesta por la calidad, que siempre fue bandera de la empresa, empieza a resentirse y Ofelia cierra las fábricas chinas y regresa a España para continuar fabricando calzado de alta gama con las mejores pie-

266

les, en su mayoría de procedencia argentina, de las granjas que la firma tiene en propiedad y que crían ganado bovino, ovino y porcino, además de cabras y caballos, ya que como es bien sabido, la piel de potro es muy estimada. Las pieles de cocodrilo, lagartos, avestruces y serpiente proceden de granjas tailandesas y se utilizan sobre todo para los zapatos de encargo y a medida. Estos zapatos tan especiales siguen siendo fabricados a mano hoy en día por los mejores artesanos especializados y cada par necesita unas doscientas operaciones manuales hasta quedar completado. Su precio actual oscila entre los mil quinientos y tres mil euros, según el diseño y el tipo de piel empleada, y las listas de espera son de varios meses.

A partir de mediados de la década de los setenta, desde la Transición, Ofelia Arráez comenzó a ofrecer alicientes nunca vistos a los obreros de sus fábricas: guarderías para las madres trabajadoras, cantina–comedor para facilitar los turnos de trabajo, clases de inglés gratuitas para todos los que tuvieran aspiraciones profesionales, cursos de tenis los fines de semana para los cuadros superiores, una pequeña biblioteca en distintas lenguas y varias fiestas a lo largo del año para favorecer la relación entre el personal de los distintos departamentos, entre las cuales siempre destacaron la de Navidad y la de comienzo del verano, coincidiendo con la festividad de San Juan.

Sin embargo, a pesar de que Ofelia Arráez siempre fue una empresa pionera en el trato favorable de sus empleados, no se libró por completo de las diferentes huelgas convocadas por los sindicatos obreros a lo largo de los años ochenta. Hubo sentadas, protestas y hasta disturbios de consideración que requirieron la intervención de la policía, pero llegados los noventa las aguas volvieron a su cauce y conseguir un empleo en la empresa volvió a considerarse generalmente un gran golpe de suerte.

Mientras tanto, Luis Arráez había ocupado el cargo de director general y desempeñaba su tarea con la inestimable colaboración de Alberto Duarte, director ejecutivo y socio de la empresa. Ofelia, que ya había cumplido los ochenta años, seguía tomando la mayor parte de decisiones de peso, aunque se retiraba con frecuencia a su casa de Marazul desde donde llevaba las riendas de los distintos negocios que forman el consorcio.

267

A partir de su octogésimo quinto cumpleaños, Ofelia redujo considerablemente sus actividades sociales, que hasta el momento habían sido uno de los pilares de su existencia —era presidenta de una multitud de clubs y asociaciones filantrópicas— y se dedicó a dictar sus memorias que siete años después, en el momento de su muerte, no se hallaron en su legado y a día de hoy se consideran perdidas.

A lo largo de su vida, Ofelia Arráez fue siempre una mujer generosa que apoyó todas las iniciativas para las que se recabó su ayuda, becó a muchos jóvenes cuyas familias no podían permitirse darles estudios superiores, e incluso mantuvo durante décadas a algunas mujeres de su edad que habían quedado viudas y a cargo de varios hijos durante la guerra. Sus relaciones con las autoridades políticas, de cualquier ideología, así como con la Iglesia Católica, fueron siempre excelentes.

Hasta el final de su vida recibió una larga lista de premios, distinciones y condecoraciones, tanto a título privado como por su trabajo de empresaria e industrial. (Lista de premios en anexo)

Su entierro fue multitudinario y contó incluso con la asistencia del príncipe de Asturias y de tres ministros, así como el presidente de la Generalidad y casi todos los alcaldes de pueblos y ciudades alicantinos. Su memoria permanece en Monastil en forma de una calle que el Ayuntamiento le dedicó en 2015, el busto de mármol que se encuentra en el jardín de delante de las oficinas de su empresa, donde tantas horas pasó al frente de sus negocios, y en los recuerdos y los corazones de todos aquellos que la trataron en vida.»

29

*E*l paisaje de siempre —montes pelados de suaves cumbres, viñedos y palmeras— brillaba bajo el sol de la tarde sin que Alberto se apercibiera realmente de la belleza que lo rodeaba. Su BMW devoraba la carretera al ritmo de Gerry Rafferty. *Baker Street*, una de sus canciones favoritas, sonaba a toda potencia en el limitado espacio del coche y él la tarareaba fijándose en las palabras que, a medida que avanzaba su vida, sentía más y más sabias, más certeras para reflejar su propia evolución.

Estaba empezando a estar harto de todo, a querer cambiar de verdad, profundamente. Él no se había sentido particularmente afectado por la *midlife crisis*; a los cuarenta años tenía tanto trabajo, tantos proyectos y tanto éxito que no había tenido tiempo de plantearse nada más.

Pero de eso hacía dieciséis años y ahora, con cincuenta y seis, los ramalazos de cansancio, de ganas de huir, de necesidad de cambiar de vida lo asaltaban cada vez con más frecuencia, aunque había temporadas en las que se sentía como siempre: lleno de energía, con ganas de arrancar árboles y de comerse el mundo, como el día anterior, hasta que la maldita Sandra había irrumpido en su vida.

Hasta ese momento todo había ido bastante bien, aunque a veces se sentía como un malabarista de circo, manteniendo en el aire un número cada vez más elevado de objetos que ni siquiera eran pelotas todas iguales, del mismo tamaño, sino que eran tan distintos como un zapato, una raqueta de tenis y un flan. De algún modo había conseguido, hasta el momento, llevar adelante el negocio, los viajes, la relación con Luis, la que aún le unía a su exmujer y a su hija, y el rollo con Diego —no se atrevía a llamarlo de ninguna otra forma—, por no hablar de los diferentes asuntos que había heredado directamente de Ofelia y en los que no quería involucrar a Luis, por un lado para cumplir la voluntad de ella y por otro porque sabía que Luis, para ciertas cosas, era un ingenuo, un alma cándida. Y por otro lado, evidentemente, porque le reportaban unos beneficios privados de los que Luis no tenía conocimiento y a los que no tenía acceso, y que a él le permitían una libertad de movimientos mucho mayor que si su pareja estuviera al tanto de todo.

A pesar de que, desde la muerte de la tía Ofelia, había ido deshaciéndose de los negocios más calientes —siempre le había parecido una auténtica locura por parte de ella el haberse enredado en ese tipo de asuntos sin ninguna necesidad, y seguía odiando a su padre por haberla estimulado a meterse por ese camino—, aún quedaban bajo su control dos clubs de lujo y un pequeño casino muy exclusivo. Los tres estaban al cuidado de un hombre de confianza que valía su peso en oro y, si las cosas salían bien, antes de la boda se habría deshecho de todo para empezar la nueva etapa de su vida con las manos limpias, o lo más limpias que pudiera, bajo las actuales circunstancias.

Cuando Luis y él estuvieran casados, todo sería de los dos y, a la muerte de su marido, no habría ya ningún impedimento legal para que todo su consorcio de empresas quedara en sus manos.

Si alguien lo hubiese oído pensar en esos momentos, podría haber creído que su deseo de casarse con Luis obedecía simplemente a la ambición y la avaricia, no al amor. Mucha gente encuentra difícil comprender que es posible unir los impulsos procedentes del corazón con el pragmatismo que se origina en el cerebro; ser a la vez desesperadamente romántico y absolutamente práctico, según el momento.

En el caso de Alberto, la cosa era simple: él quería a Luis, mucho. Lo conocía desde su infancia; siempre había sido para él una especie de tío cariñoso y consentidor que le hacía regalos fantásticos y le leía los mejores cuentos cuando se iba a la cama mientras vivieron en casa de la tía Ofelia. Su padre, Ángel, nunca tuvo tiempo, inclinación o ganas de leerle o contarle historias; sus únicos recuerdos positivos eran el haber ido con él algún domingo por la mañana a jugar al fútbol o a aprender a disparar con un rifle de aire comprimido. La principal diversión familiar de su padre era llegar a casa borracho o colocado de algo y darle unas cuantas hostias a su madre, y también a él si se metía por medio para ayudarla, a pesar de que era tan pequeño que aún no había hecho la comunión.

Luego, con el tiempo, sus padres se separaron —nunca llegó a saber bien cómo su madre lo había conseguido, aunque siempre supuso que fue con la ayuda de Ofelia—, y durante varios años vivió algo más alejado de los Arráez, que estaban en plena fase de construir el superchalé. Su madre y él se mudaron a un piso, solos los dos, porque ella no quería volver a ver a Ángel ni entrar en la familia donde la matriarca lo decidía todo por los demás.

Aun así, él iba mucho a verlos; entre otras cosas porque la personalidad de Luis le fascinaba.

Luis fue quien le afinó el gusto por la buena música, la ropa, los viajes y la comida sibarita. Nunca fue un intelectual, pero era bastante más culto que el animal de su padre y, él, desde su adolescencia, en lugar de hablar ciertas cosas con su madre, su abuela, o con la tía Ofelia, se acostumbró a acudir al tío Luis cuando tenía algún problema cuya solución no estaba sólo en el dinero o en la violencia. Con su padre, de todas formas, ya no se hablaba desde hacía mucho.

271

También acudió a Luis cuando empezó a descubrir su homosexualidad. Ángel lo hubiera matado a bofetones «para que aprendiera a ser un hombre» mientras que Luis, sin revelarle aún nada de su propia inclinación, lo ayudó con dulzura y, lo más importante, sin tratar de meterse en su vida, y sobre todo, sin juzgarlo.

Curiosamente, ni en su adolescencia ni en su juventud notó que su tío lo quisiera de un modo que no fuera normal en una relación como la suya; ni siquiera se dio cuenta de que también él era homosexual. Incluso cuando, a instancias de Luis, se casó con Mar, jamás notó que pudiera estar celoso, cosa que le confesó después, cuando ya eran amantes, y que a Alberto le pareció graciosísima.

Sólo mucho más tarde, después de acabada la carrera y ya trabajando, cuando se encontraron como adultos al mismo nivel, en la época en que era evidente que su matrimonio era insostenible, se dio cuenta Alberto de que Luis había estado toda la vida enamorado de él sin ninguna esperanza de que aquel amor pudiera algún día hacerse posible. Cuando por fin sucedió, a Luis le costó una larguísima temporada de remordimientos superar el hecho de haber empezado una relación que casi le parecía incestuosa, aparte de que se llevaban veintidós años.

Luis nunca llegó a confesarle a Ofelia su homosexualidad, por miedo a su rechazo, ni muchísimo menos a Ángel, su padre, quien, al haber muerto tan joven, nunca supo de las inclinaciones de su hijo. Siempre estuvo convencido de que para su padre habría supuesto una decepción terrible y se había esforzado toda su vida en dar una imagen de solterón empedernido, de caballero intachable, tan apegado a su madre que todas las mujeres se quedaban cortas a su lado. Prefería que lo llamaran «hijo de mamá» que «mariconazo», y más de veinte años de convivencia no habían logrado cambiar esa opinión.

272 Por eso ahora Alberto tenía que llevar tanto cuidado para que no se malograra lo que había conseguido. Luis le había dado su palabra de matrimonio y había que procurar que nada se interpusiera en el camino que se habían trazado y que desembocaba en septiembre en el ayuntamiento y la fiesta más increíble que hubiesen visto los siglos.

Esa era la razón de que hubiera decidido acercarse al chalé de la playa a ver si se imaginaba celebrando la fiesta allí. Cabían doscientas personas con toda comodidad, pero aún tenía que pensar si iban a invitar realmente sólo a doscientas, las más escogidas, o si era mejor organizar algo en alguna finca para setecientas u ochocientas.

Al día siguiente, Carmela iría con unas cuantas chicas a limpiar, y había quedado con que un *wedding planner* se pasaría también a ver el lugar, aprovechando que estarían ellas, pero él prefería llegar solo y echar una mirada sin nadie alrededor. Luego volvería a casa, se pasaría un rato a ver a Diego, que ya estaría recogiendo sus trastos, y pasaría la noche en casa de Luis, oficialmente en el cuarto de invitados, como siempre. Era una época muy delicada y tenía que cuidar la relación con su pareja pero, por idiota que resultara, no se sentía capaz de cortar con Diego sin más, de modo que le propondría que se quedara un par de semanas en un pisito que él tenía en Altea, apenas dos habitaciones frente al mar, hasta que decidieran cuál iba a ser su futuro.

Era evidente que no había futuro, que no podía haberlo, pero de momento... Diego era la única droga que se permitía y no se sentía aún con fuerzas para dejarla.

Aún no.

Sandra

Yo, como todos los habitantes de la provincia y miles de personas que jamás habían estado en Alicante, sabía que existía Marazul y que era una urbanización para millonarios, pero, igual que la mayor parte de esos habitantes, nunca habían estado allí, de modo que cuando llegamos, a las ocho de la mañana, y pasamos el control de seguridad, tan estricto como el de cualquier frontera internacional, me sacudí de golpe la modorra que me había hecho dormitar en la furgoneta de la empresa de limpieza y abrí bien los ojos para no perderme nada.

Nunca habría dicho que una cosa así pudiese existir a hora y media de mi pueblo. Las calles, bordeadas de jardines tan bien cuidados que incluso en noviembre parecían de plástico, serpenteaban por el borde del acantilado abriendo unas fabulosas vistas al mar que, a esa hora, con el sol apenas sobre el horizonte, parecía una lámina de plata. Las casas estaban tan discretamente construidas y tan alejadas de la calle que prácticamente no se veían al pasar, ocultas entre masas de buganvillas, strelizias, hibiscos, plátanos, pinos, ficus, bambús y enormes euforbias que se alzaban como manos de gigantes hacia un cielo que empezaba a tomar color.

No se veía un alma ni se oía más que el rumor de la brisa entre los pinos y las palmeras, algún pájaro madrugador y, cuando aparcamos al final de un sendero de grava, ya dentro de la finca, frente a un gran garaje cerrado con capacidad para más de seis coches, el suave chapoteo de las olas contra las rocas.

El chalé de doña Ofelia, o ahora ya más bien de don Luis, era una inmensa construcción blanca dispuesta en varias terrazas que colgaban sobre el mar, bajando hacia él cada vez más hasta llegar a una pequeña playa de arena rubia. De momento no pude captar toda aquella magnificencia de golpe y me alegré de que fuéramos a pasar todo el día allí porque así quizá me diese tiempo a explorarlo y hacerme una idea de su composición.

Curiosamente, a pesar de toda aquella evidente belleza, la primera palabra que acudió a mi mente frente aquel derroche fue «obsceno».

—Impresiona, ¿verdad? —La voz de Carmela interrumpió mis pensamientos; su tono era casi de orgullo, como si ella misma hubiese planeado todo aquello.

—Mucho —recuerdo que dije, a falta de algo más inteligente. A Carmela no podía decirle el primer adjetivo que se me había ocurrido.

—La señora estaba muy contenta de cómo había quedado. Decía que, como a algunas personas sólo se las puede impresionar por lo que tienes y no por lo que eres y, por desgracia, casi todos los políticos y la mayor parte de sus clientes pertenecen a esa clase, había que apabullarlos para que luego hicieran lo que tú tenías pensado.

Sonreí. Así todo quedaba mucho más claro. Aquello había sido concebido para eso, para aplastar al contemplador, para mostrar las diferencias entre los que tienen y los que no, para tentar a los ambiciosos, para mostrar las posibilidades que se abren frente al que está dispuesto a venderse. Me extrañó que Carmela supiera tanto, cuando me había dicho en nuestra primera conversación que los señores no se comunicaban mucho con ella, a pesar de los años que llevaba en la casa. No pude evitar decirle:

—Creía que doña Ofelia no hablaba mucho de sus cosas...

Carmela me ofreció una sonrisa misteriosa pero no contestó. Cogiéndome del codo, me dirigió hacia la entrada, donde las cinco muchachas ya se habían reunido después de sacar todas las herramientas que iban a necesitar durante el día. Abrió con su llave, desactivó la alarma y, antes de continuar, repartió las faenas entre las chicas que, al parecer, ya conocían la casa. Cuando nos quedamos solas en aquel gran vestíbulo lleno de esculturas de todos los tamaños, unas ultramodernas y otras traídas de África o de Indonesia a juzgar por su aspecto, cogió un mando de una bandeja de madera tallada y lo pulsó. Algo se puso en marcha con un ronroneo. Luego echó a andar hacia las puertas correderas que teníamos delante, las abrió sin perder la sonrisa juguetona que convertía su rostro más bien regordete en algo distinto, más sabio, casi enigmático, y esperó mi reacción.

Desde allí se veía todo el mar. Todo. Todo el Mediterráneo destellando como un espejo de plata pulida, tanto que hacía daño a la vista. El ronroneo que habíamos oído eran las persianas levantándose y las cortinas corriéndose para dejar libre la vista a través de un salón en el que cabrían tres pisos como el mío de Madrid, el que compartía con otras tres personas. Un gran espacio que estaba lleno de objetos que probablemente fueran sofás y sillones que brillaban como joyas únicas en diferentes colores intensos. Del techo colgaban cosas raras, realmente preciosas, que debían de ser lámparas; todo increíblemente moderno, sobre todo considerando que la casa habría sido decorada unos años antes.

Pisando alfombras blancas y mullidas con un discreto dibujo en tonos crema y café llegamos al ventanal, desde el que se accedía a una terraza con una piscina de desbordamiento que, a pesar de que estábamos en noviembre, seguía llena y tan transparente que tuve que mirar dos veces para asegurarme de que aquello era realmente agua.

—Hay dos piscinas más —dijo Carmela, como si fuera la guía de un castillo—. La de más abajo, junto al mar, que es una piscina de roca natural y agua salada, y la del apartamento de la señora, más pequeña y para uso privado. Ese apartamento tiene una entrada independiente por arriba y era donde ella solía estar cuando venía sola. Era su lugar favorito; su piso y la casita del acantilado, junto a la cueva del mar. Todo esto —añadió con un gesto circular— era para las fiestas y las comidas oficiales, para apabullar, como te decía antes, para los invitados.

—¿Tantos invitados tenía?

–No. Esa era la gracia. Ser invitado aquí era… no sé… como si te invitara el rey o el papa a su mansión privada. No pasaba casi nunca. Por eso cuando la señora quería algo de alguien… un ministro, por ejemplo, un banquero… le sugería que quizá podría pasar un par de días con ella en Marazul. Se mataban por venir; por poder decir que habían estado aquí. Si ya venir a una fiesta era el acabose… poder quedarse a dormir era… lo más.

—Pero… ¿Qué tenía doña Ofelia que ver con políticos y demás?

—Yo de eso no entiendo, hija. Cosas de terrenos para edificios públicos, de leyes que no le convenían y había que cambiar, de préstamos para inversiones de esas que la gente normal no comprendemos… aparte de que a doña Ofelia le gustaba jugar con las personas, no sé si ya te has dado cuenta con el tiempo que llevas investigando sobre ella. Sobre todo con los hombres, que eran los que mandaban y que eran tan fáciles de manipular, según decía. Seres simples: dinero y vanidad, decía. Y la ilusión de poder. No el poder en sí, fíjate en lo que te digo… la sensación.

—Pues no lo entiendo bien. Dinero y vanidad sí lo comprendo, pero eso de la «ilusión de poder»…

—Ella me lo explicó muchas veces. A ver si me acuerdo de un ejemplo… Un bedel, un portero… no es que sea una posición de poder precisamente, ¿no? Pero si le pones un buen uniforme y le das un poco del poder que tú, como propietaria y rica, tienes, y le dices que este no puede pasar y a aquel hay que echarlo con cajas destempladas, y que cuando un obrero te está arreglando los azulejos, puedes decirle que, si hay dos líneas que no sean paralelas, no cobra… el portero se crece porque tiene la sensación de que tiene poder cuando, en el resto de su vida, es un pringadillo a quien nadie toma en cuenta. Según ella, eso se podía hacer con todo el mundo, desde el portero hasta el ministro, sobre todo cuando tanto el uno como el otro estaban donde estaban sin haber hecho méritos para ello.

—¿Cómo sabía esas cosas doña Ofelia?

—Tenía un talento natural y leía mucho. Además, estudiaba. Contrataba profesoras particulares de todo lo que le interesaba: de idiomas, de psicología, de arte… Siempre estaba tratando de mejorarse a sí misma.

—Y ¿el sexo?

—¿El sexo? —Carmela me miró como si se me hubiese ido la pinza de pronto.

—Quiero decir que si además del dinero, la vanidad y la ilusión de poder, doña Ofelia no decía que el sexo es una forma básica de manipular a los hombres. Bueno… a los demás en general.

277

—Sí, claro, pero también decía que no suele ser necesario llegar a ello y que, lo que mueve a la mayor parte de los hombres en este tipo de asuntos es más la vanidad que el sexo en sí. El hecho de que los demás piensen, por ejemplo, que se han acostado con esta actriz o aquella modelo es casi más importante que el haberlo hecho de verdad. Ella, por ejemplo, no se acostaba con nadie, que yo sepa, pero cuando alguien le importaba mucho para sus negocios, lo invitaba a una cena íntima, a solas, y luego dejaba que los demás pensaran lo que quisieran.

»Además de que, por lo que he oído aquí y allá, no creas que me lo contara ella, también era propietaria de un par de clubs de alterne... de esos de muchas campanillas, con chicas de las que salen en la tele, modelos conocidas, nada de pobres desgraciadas... y chicos también, claro. Así, cuando pensaba que uno de los hombres a los que quería manipular tenía esa debilidad, podía ofrecerle algo especial. Según decía, se trataba de averiguar qué era lo que podía tentar a cada uno. Bueno... basta de charla. Te dejo, que hay mucho que hacer. Date una vuelta por ahí y mira lo que te interese. A las dos nos reunimos en la puerta y bajamos al pueblo a comer al bar de Paquito. Luego volvemos para dar los últimos toques y en cuanto oscurezca, nos vamos.

—¿Podría ver el apartamento de doña Ofelia?

Carmela se quedó mirándome con una expresión que no le había visto nunca, como si estuviera midiéndome, calculando algo.

—¿Para qué? ¿Qué quieres?

Curiosamente, sentí un escalofrío. Tuve la sensación de que aquella era una pregunta importante y ritualizada, como si fuera la pregunta–enigma de la esfinge que te permitirá cruzar el puente o abrir la puerta, o bien te matará si la respuesta no es correcta.

—Quiero comprenderla, Carmela. Quiero saber quién era —contesté sinceramente.

Inclinó la cabeza a un lado durante unos segundos sin quitarme la vista de encima; yo empecé a ponerme nerviosa, pero antes de que le dijera que daba igual, que me daría una vuelta por los jardines, contestó:

—Ven conmigo.

Cruzamos de nuevo el ostentoso salón hasta la parte del fondo, dejando atrás una escalera que llevaba a los dormitorios del piso superior, supuse. Alcanzamos una gran cocina con *office* y espléndidas vistas y, girando a la izquierda por detrás de la despensa, llegamos a un pasillo que desembocaba en una escalera de caracol con peldaños de un material transparente que casi daba miedo pisar. Al llegar arriba, Carmela metió la llave en la cerradura de una puerta blanca y me dejó pasar.

—Estaré por ahí abajo. Búscame cuando acabes. Y procura dejarlo todo en su sitio. Aquí nunca viene nadie, pero por si acaso…

—¿Don Luis tampoco?

—Él nunca tuvo llave de este apartamento. Heredó la casa a la muerte de su madre, claro, pero sólo vino una vez que yo sepa, dio una vuelta y se marchó. Creo que él quiere recordar a la señora como era en la época en que aún era su madre, no como cuando era sólo Ofelia y él no tenía parte en su vida. ¡Que disfrutes la visita y a ver si aprendes algo!

El apartamento tenía un salón mucho más pequeño que el de abajo pero con la misma vista que quitaba el aliento. A través de los ventanales se veía una piscina mediana rodeada de césped, un par de olivos y unas palmeras caribeñas, antes de que la vista se perdiera en el infinito del mar.

Además del salón con cocinita integrada y barra de desayunos, había un dormitorio muy blanco, un baño azul y dorado y una pequeña habitación de trabajo atestada de libros, postales con reproducciones de pinturas de museos de todo el mundo y cajas de todo tipo. Allí no había fotos suyas como en la otra casa, salvo una en blanco y negro donde se la veía de perfil sonriendo como una cría, rodeada de pompas de jabón que acababa de hacer con un tubito, uno de esos juguetes de los vendedores ambulantes. Sigo sin estar segura, pero me parece que estaba tomada en Central Park, aunque los edificios que se ven al fondo están muy desdibujados. Le hice una foto con el móvil y aún la miro de vez en cuando porque, sin poder explicármelo ni a mí misma, tengo la impresión de que esa es la única foto que he visto que muestra a Ofelia como fue realmente.

279

* * *

Sintiéndome como una ladrona de guante blanco, entré en el dormitorio de Ofelia y me quedé muy quieta, mirándolo todo sin tocar nada, impregnándome de la atmósfera de aquella habitación colgada sobre el mar que en verano estaría perfumada por el enorme jazminero que ocupaba la parte derecha de la ventana y ahora lucía desmedrado y como triste.

Todo era sencillo, claro, amplio; no había cuadros en las paredes ni más adorno que un pequeño busto romano sobre el tocador: una exquisita cabeza de mármol de una muchacha joven coronada de rosas, con una misteriosa sonrisa en los labios, como si estuviera a punto de ir a reunirse con su amante y ese amante fuera un dios.

En la mesita de noche, una lamparita de pergamino blanco y una botella con su vaso, ambos de un cristal tan fino que parecía hecho de pompas de jabón. Me acerqué y abrí el cajón: unas gafas, de lectura, supuse; un cuadernito negro lleno de números y anotaciones que no me decían nada, con una letra pequeña y difícil de leer, y un dictáfono de los que aún usaban casetes diminutos.

Presioné el botón de encendido sin ninguna esperanza de que funcionara y, de repente, estuve a punto de soltarlo porque toda la habitación se llenó de una voz que yo no había oído nunca, la voz de Ofelia.

Sentí como si hubiese aparecido un fantasma. Me apoyé en la pared y me dejé resbalar hasta la alfombra; encogí las rodillas, las rodeé con los brazos y, con el dictáfono en el suelo, escuché lo que Ofelia me decía a través del tiempo en una voz más cantarina de lo que habría imaginado; una voz que sonaba muy joven, aunque su dueña ya no lo fuera.

Conque escuchando mis secretos, ¿no?

La frase terminó con un cloqueo divertido que dio paso a una tos durante unos segundos.

Te he dado un buen susto, ¿verdad? Me alegro.

Volvió a reírse.

No sé quién eres, pero no hay que ser muy despierta para suponer que o eres Luis o eres Alberto. Podrías ser tú, Carmela, si, por cariño a mí, se te ha ocurrido volver a oír mi voz. En cualquier caso, esto no os concierne a ninguno y podéis dejarlo con buena conciencia. Se trata de una de esas cintas que grabo de vez en cuando, no para dar órdenes o dictar cartas, sino simplemente para oírme hablar, para reflejar mi pensamiento. Otros hablan con sus maridos y mujeres, con sus amantes, con sus hijos… los más esotéricos hablan con los árboles; yo nunca he llegado a tanto. Yo hablo conmigo misma y, como soy demasiado vaga para escribir, lo dicto. Luego unas veces lo borro, y otras no. ¡Qué más da si, cuando uno muere, todo desaparece, aunque los objetos queden! Porque quedan físicamente, pero quedan mudos, sin historia, sin palabras, casi vírgenes podríamos decir, esperando a que llegue otra persona y les aporte significado, bien por lo que ha oído contar sobre el difunto, bien porque sus propios pensamientos y asociaciones se imponen a lo que ve.

Me conocéis de toda la vida y sin embargo no sabéis nada de mí. No sabéis que esta casa está abarrotada de objetos valiosos que no me importaría perder en un incendio —la casa y todo lo que contiene están fuertemente asegurados y casi todo es reemplazable— pero que lo único que me importa, por lo que arriesgaría mi vida, es ese busto de Flora que hay en mi tocador y que está unido en mi recuerdo a una maravillosa historia de amor que no os voy a contar. No todo hay que contarlo, queridos míos. Espero que al menos hayáis aprendido eso de mí. Cada uno tiene derecho a su propio secreto.

Por eso nunca quise entrometerme en vuestras relaciones ni en vuestra forma de vivir, ni en vuestros sentimientos. Yo siempre exigí ser libre y por eso no me costó ningún esfuerzo concederos lo mismo que yo exigía.

Si oyes esto, Luis, y te consuela en alguna medida, hijo mío, siempre supe lo que tú ocultabas con tanto misterio y no lo condeno; ni siquiera lo juzgo, ¿por qué tendría que juzgar algo que forma parte de tu ser y que ni siquiera has elegido tú? Nunca he llegado a entender bien por qué te parecía tan importante ocultármelo, pero ya te digo… cada uno tiene sus secretos y eso es algo que yo comprendo mejor que nadie. También pienso llevarme los míos a la tumba y si, por una de esas casualidades de las que tantas hay en la vida, llegaran a revelarse, a mí ya me dará igual. Pienso mucho en la muerte, por obvias razones, y trato de acostumbrarme a la idea de dejar el control de mi mundo, pero no es fácil. Es verdad, siempre he sido una controladora y hay cosas que no cambian, y mucho menos en la vejez. Así que digo como decía Mafalda: "Señor, dales paciencia a los que me rodean, porque yo no pienso cambiar."

Por suerte aún no he perdido la cabeza y, aunque me olvide de algunas cosas o no sea tan rápida de mente como cuando era joven, sigo en pleno uso de mis facultades y, mientras pueda, seguiré llevando mis negocios y tomando las decisiones más importantes. Si no te gusta, como te he dicho todas las veces que nos hemos peleado, siempre puedes salirte y montar otra empresa por tu cuenta. Supongo que te llevarías a Alberto, y para mí sería un golpe muy duro perderos a los dos, no te lo niego, pero está en tu mano, claro que sí.

Tened un poco de paciencia, queridos, por mucho que viva, no serán más allá de dos o tres años.

Comprendo que estéis hartos de que una vieja, por mucha experiencia que haya acumulado en su vida, os diga lo que hay que hacer, pero se trata de mi empresa, de mis negocios, mis inversiones, mis riesgos, mis proyectos, mis sueños locos... cuanto posesivo, ¿verdad? Sueno como una gata. Todo mío, mío, mío...

Se interrumpió de nuevo, riéndose de su propio chiste, aunque tenía más bien poca gracia.

Pero es que, a pesar de los años que han pasado, me sigue impresionando lo que he conseguido. ¿Quién podría haber imaginado que aquella niña criada en Francia, flacucha, triste, pobre, sin madre, pudiera llegar un día a crear y dirigir un imperio? Me ha costado mucho lograrlo y no pienso abandonar las riendas mientras viva.

Pero si estáis oyendo esto, es que me he muerto ya. Podría haberlo puesto por escrito y haberlo entregado al notario, pero así es más divertido. Estas palabras están aquí guardadas, esperando. Lo mismo tienen que esperar muchísimos años a que alguien las oiga y ese alguien no sea ninguno de vosotros. La verdad es que me figuro que, acostumbrados como estáis a que haya cintas y dictáfonos por todas partes, lo mismo ni se os ocurre poner este aparato en marcha a ver qué hay dentro. Da igual.

282

No sé si esta es la última vez que he venido a esta casa. Me ha traído el nuevo chófer, pero aunque han pasado ya casi veinte años de la muerte de Ángel, mi Ángel de la Guarda, no me acostumbro a que no esté él al volante y escuche en silencio todas mis locuras.

¡Han muerto tantas personas queridas! Ángel, Gloria, Selma… Mito… pero él lleva tanto tiempo muerto que a veces pienso que me lo inventé, que es una más de las historias que me he contado en mi vida, uno más de mis secretos…

Ya estoy cansada. Voy a apagar la luz y me quedaré dormida oyendo el sonido de las olas como tantas veces. Allá abajo, junto al mar, en la casita… allí es donde están algunas de las respuestas a preguntas que quizá no os hayáis hecho jamás. Si no las quemo antes de marcharme mañana, allí estarán hasta el fin de los tiempos, esperando a que alguien se interese por ellas.

Buenas noches y que seáis felices, queridos hijos Aunque no sé si he llegado a demostrarlo, siempre os he querido mucho, a los dos.

La grabación se detuvo con un clac seco. Ofelia, años atrás, habría apretado el botón de apagar. Podía imaginarla acomodándose en los almohadones contra el cabecero, sonriendo para sí mientras suspiraba satisfecha, esa sonrisa un poco malévola con la que aparecía en algunas de las fotos públicas que había estudiado, como si estuviera por encima de los demás, como si supiera cosas que los demás ignoraban.

Yo misma ignoraba lo que ella parecía saber cuando se refería a su hijo: ese secreto que ocultaba con tanto misterio. ¿Qué podría ser? Otra cosa más que tendría que averiguar para estar tranquila, pero aún no; aún había algunas otras que era más urgente aclarar.

Traté de concentrarme en las cuestiones que en esos instantes parecían más importantes: la herencia de doña Ofelia, por ejemplo. A su muerte todo había quedado claro y arreglado según estaba previsto. Su hijo había sido el principal favorecido, como era natural, y Alberto había heredado un buen paquete de acciones y algunos regalos no sólo sentimentales sino de valor evidente: un piso en la playa, un Mercedes *vintage* y más cosas que don Luis no me detalló al contármelo. Al fin y al cabo, Alberto había sido una especie de sobrino nieto para ella y siempre le había tenido mucho cariño, aunque, por lo

283

que había oído de unos y otros, doña Ofelia nunca había sido demasiado expansiva para demostrar su afecto. Ella misma lo había confirmado en la cinta que acababa de oír.

Yo tenía la impresión de que, a su muerte, no les había dado malas sorpresas y, si guardaba algún secreto oscuro, lo había arreglado para que nunca llegaran a saberlo y nada pudiera empañar su buen nombre, que era precisamente lo que quería hacer el autor del anónimo que Gloria se había guardado en la falda y que yo había encontrado en el puf: destruir su reputación, hacer que la gente escupiera sobre su tumba, como se decía en la nota. Que no lo había conseguido era patente. ¿Por qué? ¿Porque al final no se había animado a hacerlo? ¿Porque no había podido? ¿Porque Ofelia había comprado su silencio?

Aquello no me daba tregua. Mi corazonada sobre Ofelia, esa sensación que no conseguía quitarme de encima de que era una asesina, y que realmente no tenía base racional, era cada vez más fuerte y, como buena historiadora, la pasión de la pesquisa me llevaba a tratar de unir todos los puntos para que dieran un dibujo comprensible. Aquel anónimo tenía que estar relacionado con lo que yo barruntaba, pero ¿cómo? Y ¿cómo iba a probarlo, aunque sólo fuese para mí misma?

Recuerdo que en aquel momento volví a pensar, como ya me había ocurrido tantas veces, que no tendría que haber estudiado historia sino criminología. Ambas se parecían en muchos puntos pero si hubiese elegido el trabajo policial, al menos mis obsesiones y mi necesidad de llegar al fondo de los misterios le habrían servido de algo a alguien; habría podido especializarme en *cold cases*, esos casos que llevaban años, a veces décadas, sin resolver, mientras que así… lo que yo hacía no servía absolutamente para nada, aparte de volverme loca. Pero al menos llevaba casi todo el día sin pensar en Diego y en Alberto metidos en la misma cama donde Diego le habría hecho a Alberto, presumiblemente, las mismas cosas que a mí, salvando las distancias impuestas por la fisiología. Traté de apartarlo de mi mente, y tuve que apretar los dientes. El asco y la rabia me revolvían el estómago.

Taché el pensamiento como había aprendido a hacer en un taller de psicología al que había asistido una vez al poco de llegar a Madrid. Dije tres veces en voz alta: «No. Cambia.» Me imaginé lo que no quería pensar y, con un rotulador imaginario, negro y muy ancho, fui tachando la imagen, como si fuera una foto real. Me concentré en tachar con esmero la cara de Diego, sus ojos brillantes, su sonrisa traviesa que parecía prometer cosas que no pensaba cumplir. Luego, cuando ya no se veía nada, la quemé con un fósforo también imaginario y soplé las cenizas hacia el mar.

Era una técnica que no siempre duraba mucho, pero que al principio solía ayudar. Ya lo pensaría después, cuando no tuviese nada mejor que hacer; en el viaje de vuelta, lo mismo me concedía media horita de conmiseración para tenerlo ya hecho a la llegada y aparecer por casa sin que se me notase la rabia y la humillación que sentía. Ya estaba otra vez pensando en lo mismo. «No. Cambia.»

Respiré hondo unas cuantas veces, perdiendo la vista en el mar, intentando calmarme, convencerme de que todo aquello no tenía ninguna importancia, que no era más que una breve fase de mi vida que pasaría pronto y luego olvidaría, igual que había olvidado tantas fases de mi vida anterior, aunque en el momento de vivirlas me parecían importantes.

285

Saldría al exterior y daría una vuelta por el jardín y por la playa intentando cambiar de pensamientos, de concentrarme en el rompecabezas de la vida de la mujer cuya biografía me habían encargado y que tenía que entregar mucho antes de lo pensado.

Ya a punto de abandonar la antigua habitación de doña Ofelia, recordé que en la cinta había dicho que donde había respuestas a preguntas que quizá nadie se hubiese formulado era en la casita de la playa, de modo que decidí ir a buscar a Carmela y pedirle que me abriese la puerta, ya que suponía que estaría cerrada.

Entonces, con la mano en el picaporte, algo me llamó la atención en el tocador y me acerqué casi sin haberlo decidido: junto a un juego de cepillos de pelo de cerdas de jabalí con dorso de plata ya un poco ennegrecida había una caja de porcelana de Sèvres, azul y dorada, redonda y de tamaño mediano. Era una polvera decorada con una delicada pintura de dos pastorcillas abrazadas entre guirnaldas de rosas.

Levanté la tapa con cuidado, aparté la borla —suavísima

y con perfume de peonías— y debajo descubrí una llave que apreté fuerte en la mano antes de meterla en el bolsillo de los vaqueros. Llevaba como llavero una pequeña gaviota blanca y azul de madera de balsa. No podía imaginarme nada más adecuado para abrir la casita de la playa. Si luego resultaba no ser la que necesitaba, ya la devolvería a su lugar como me había pedido Carmela. Nadie tenía por qué enterarse.

* * *

Bajé al jardín sin encontrarme con nadie, aunque oí voces, alguna risa ocasional y la música de una radio lejana. Tanta grandeza y esplendor estaban empezando a darme un poco de aversión y una especie de malestar se iba apoderando de mí. Aquello había sido concebido para apabullar, y lo estaba consiguiendo de un modo que me resultaba desagradable. Todo era grande, excesivo, obvia e insultantemente caro, y nada había sido dejado al azar, desde los caminitos perfectamente delineados hasta los árboles que habían sido podados para optimizar su forma, por no hablar de los pobres olivos esculpidos a la última moda y que me recordaban a esos lamentables caniches que sus amos llevan a la peluquería y que, cuando salen, se mueren de vergüenza y se esconden debajo de las camas para que nadie los vea con esa pinta.

Eso debía de ser cosa de Alberto. Cuando murió la dueña de todo aquello, los jardineros aún no habían inventado semejante indignidad, aunque no me hubiese extrañado que, de haberlos visto, los habría encargado: eran modernos y carísimos; perfectos para Marazul.

Como siempre, me debatía entre la atracción por la Ofelia luchadora, feminista y caritativa, y el desprecio por la Ofelia nueva rica, arrogante y manipuladora. Por no nombrar la curiosa mezcla de admiración y repugnancia que sentía cuando pensaba que seguramente era una asesina y además se había pasado la vida haciendo dinero sucio y creando distintos negocios para blanquearlo. A veces, para mi vergüenza, me sorprendía pensando —o sintiendo, la verdad es que en ocasiones no distingo mucho entre ambas— que si se hubiese tratado de un hombre, esa vida no me resultaría tan repugnante y tan difícil de creer como tratándose de una mujer, y una mujer nacida en 1918, además. Pero no podía por menos que confesarme a mí misma que desde que trabajaba para don Luis estaba empezando a darme cuenta de que tenía muchos más prejuicios de lo que nunca hubiese creído posible. Me estaba volviendo, o quizá lo hubiera sido siempre, machista y homófoba; aunque, claro, el hecho de que un novio me hubiese salido asexual —o bajísimo de libido, que para mí venía a ser lo mismo— y otro infiel y homosexual, o bisexual, o como se definiera a sí mismo aquel pedazo de cretino, había hecho bastante por quitarme esa flexibilidad que siempre había presumido de tener y ahora me daba cuenta de que era sólo de boquilla.

Fui recorriendo senderos y bajando escaleras en dirección al mar hasta que llegué a la playita que había visto desde arriba nada más llegar al chalé. Era apenas una media luna protegida por terrazas de roca y preciosos ribazos de piedra sin mortero. Había una especie de pequeño bar tropical hecho de troncos y palmas donde me imaginaba que en verano se servirían cócteles para que los invitados pudiesen disfrutarlos en sus tumbonas, que ahora estarían guardadas en alguna parte. Había también una piscina natural de agua de mar y a la izquierda, muy retirada y casi oculta tras unas rocas contra las que chocaban las olas, una cabaña de piedra con las contraventanas azules cerradas.

Me acerqué dándole vueltas a la llave que llevaba en el bolsillo, esperando que fuera realmente la que abriera aquella puerta turquesa. Miré hacia arriba por encima del hombro, pero no había nadie en ninguna de las terrazas superiores. Sólo se oía el mar golpeando suavemente contra las rocas y alguna gaviota que pasaba chillando, muy por encima de mi cabeza.

Saqué la llave y, sin pensarlo más, la metí en la cerradura. Encajaba. La giré y la puerta se abrió, dejando libre el paso a un espacio en tinieblas. Me quedé un momento en el umbral, tratando de acostumbrarme a la oscuridad del interior antes de moverme y buscar el interruptor de la luz. Poco a poco fueron apareciendo algunos bultos que podrían ser sillones, una mesa bajo la ventana del fondo, un sofá... Cerré a mis espaldas y, tanteando la pared, encontré lo que buscaba. El cuarto se iluminó con un par de apliques de pared que daban una luz anaranjada,

287

muy cálida. Había una mesa de madera basta con dos bancos bajo la ventana que daba directamente al mar, dos sillones frailunos y un sofá muy usado, cubierto con una manta de colores, frente a una pequeña chimenea con cristal. En un rincón, una cocinita de gas, un fregadero diminuto y una vitrina rústica con cacharros de cocina, unos platos y unos vasos. Detrás de la única puerta, un dormitorio mínimo que comunicaba por un lado con un retrete de madera oscura donde también había un lavamanos como de barco y por otro con un cuarto diminuto con una tabla bajo la ventana que hacía de escritorio. En una balda, sobre la mesa, había unos pocos libros muy usados, ese tipo de libros tan amados y releídos que se van desintegrando entre las manos. Cogí uno con cuidado y lo hojeé: había subrayados y anotaciones. Era una edición muy antigua de cuentos de los hermanos Grimm. En una caja de madera había algunos poemas copiados a mano en una letra que no era la de Ofelia: uno de Walt Whitman, de «Leaves of Grass»; «Mirror», de Silvia Plath; «We'll go no more a roving», de Lord Byron; «Itaca», de Kavafis, traducido al español; «Ulysses», de Tennyson; dos de Lorca: «El poeta pide a su amor que le escriba», el que empieza: «Amor de mis entrañas, viva muerte, en vano espero tu palabra escrita…» y la «Oda a Walt Whitman». Curiosamente, todos poemas que formaban parte de mis favoritos. Me extrañó profundamente coincidir con Ofelia en gustos poéticos. La verdad es que me extrañó ya de entrada la idea de que leyese poesía. No encajaba en la imagen que me había hecho de ella, igual que todo el ambiente de aquella casita casi como de cuento y que nada tenía que ver con el ostentoso chalé y los jardines escultóricos por los que había estado paseando.

Había también un libro que me llamó la atención porque estaba firmado por Selma Plath y yo no tenía ni idea de que la diseñadora hubiese escrito nada. El título era *La memoria es un arma cargada de coartadas. Recuerdos y reflexiones*. Me hizo gracia el título porque era un juego con un famoso poema de Gabriel Celaya, «La poesía es un arma cargada de futuro»; no hacía falta apuntarlo, no se me olvidaría. Lo buscaría en la biblioteca lo antes posible; quizá allí Selma contara recuerdos o anécdotas de Ofelia; y si no lo tenían, siempre podía preguntarle a don Luis si él tenía un ejemplar. Había aparecido en una editorial de Nueva York que, al parecer, publicaba autores latinoamericanos en español. No había fotos, sólo unas cuantas ilustraciones que reproducían litografías de Selma, dos con paisajes de Nueva York, dos con paisajes que podrían ser de Monastil y dos abstractas, todas en blanco y negro.

En la primera página, la dedicatoria impresa rezaba:

«A mi querida amiga Ofelia, por lo que somos, por lo que fuimos.»

Debajo de las letras impresas, Selma había dibujado a una chica de piernas largas y ojos entornados, con un vestido ajustado y un sombrerito con velo, como un figurín de moda. Arrodillado a sus pies, un chico le ofrecía un ramo de flores. A mano, en tinta negra, unas palabras: «Para la reina, con todo mi cariño».

Lo hojeé brevemente; parecía que sobre todo eran reflexiones sobre distintos temas; lo que hoy definiríamos como entradas de blog o algo similar. No podía entretenerme en ese momento, pero lo buscaría en cuanto pudiera. Ahora tenía que seguir explorando.

En una caja roja de dibujos chinos, de hojalata y medio oxidada, y que parecía viejísima, descubrí cosas de maquillaje antediluvianas: una cajita de rímel de las que llevaban una especie de cepillo diminuto, como si fuera para limpiar zapatos, que se frotaba contra la crema antes de aplicarlo a las pestañas, un lápiz de cejas que parecía un carboncillo, un pintalabios muy rojo, de color geranio, donde ya quedaba muy poca pintura, una polvera desconchada con un resto de polvos pálidos, una cajita negra, redonda, de colorete de Myrurgia como los que recordaba de mi abuela y que hacía tiempo que no había vuelto a ver. Me pareció raro que en aquella casa, la gran Ofelia, para la que todo era poco, hubiese conservado aquellos despojos de una época lejanísima; la época en la que ella era pobre y todo aquello era un lujo en un país asolado por la guerra y humillado por la larga y dolorosísima posguerra gris.

En otra caja, esta de madera tallada y que me costó bastante abrir porque no se hacía levantando la tapa, sino que había que girarla a la izquierda para que se liberase el mecanismo, encontré unas páginas quebradizas de papel para cartas aéreas, azul claro, casi transparentes de gastadas y releídas, escritas en tinta negra con la misma letra que los poemas. No había sobre ni dirección. Estaba escrita en inglés.

Apenas alcancé a leer: «Querida Ofelia, amiga del alma» cuando una voz masculina me sacó de la burbuja de tiempo pasado en la que me había metido.

—¿Oiga? ¿Hay alguien? ¿Puedo pasar?

Sin darme tiempo a pensarlo, guardé las hojas en el libro de Selma, lo metí en el bolso y salí apresuradamente para encontrarme con un hombre de unos cuarenta años, vestido con vaqueros de marca y cazadora de cuero blando, que pasaba la vista por todo lo que tenía alrededor con una mirada penetrante y exigente, como si quisiera tasar lo que veía para después comprarlo.

—¿Sí?

—¡Buenas tardes! —Me sorprendió el saludo porque no me había dado cuenta de que ya se hubiese ido la mañana. Eché una mirada al reloj y me di cuenta de que si no me daba prisa, igual se iban a comer sin mí. Tendría que volver por la tarde y terminar de mirar lo que pudiese haber allí—. ¿Podría echarle una mirada a la casita? Ya me ha dicho Alberto que prefiere que no la usemos, pero me gustaría verla, por si la pudiéramos necesitar para algo.

No supe qué contestar porque no tenía ni idea de quién era aquel tipo ni de qué me hablaba. Él debió de tomarlo por asentimiento y entró, mientras yo me cruzaba con él y me dirigía a la puerta, a esperar que terminase y cerrar tras él. Tenía una curiosidad enorme por saber quién era, pero no se me ocurría cómo preguntarle. Lo hizo él por mí.

—¿Eres de la brigada de limpieza? —me preguntó mientras apuntaba algo en un cuadernito.

—No. Soy… —como no se me ocurría nada de golpe, dije la verdad— la bió… Soy Sandra, escribo la biografía de doña Ofelia Arráez y aún no había visto esta casa. Por eso he venido hoy.

Es curioso, pero tienen razón los policías cuando dicen que confesar relaja muchísimo, que muchos delincuentes y criminales realmente desean contar cómo hicieron lo que hicieron, terminar y quedarse tranquilos. Yo, por unos segundos, me había angustiado muchísimo tratando de inventar una respuesta pero, al decir la verdad, me sentí bien al instante.

—Sí, tienes razón. En una biografía de doña Ofelia no debería faltar Marazul. Fue su gran obra, y se la peleó metro a metro.

—¿Ah, sí?

—Parte de los terrenos ya eran suyos; otros tuvo que comprarlos a gente que no quería vender. Fue la época en que todo estaba subiendo y mucha gente quería esperar para sacar lo máximo posible, y además el Ayuntamiento de Santa Rosa no quería dar la autorización para construir aquí, y había líos con Costas, y toda clase de impedimentos. Hasta ese momento se había hecho de todo, sin ningún control; pero el nuevo ayuntamiento socialista decidió ponerse firme y prohibir los abusos en primera línea de costa. Doña Ofelia luchó como una leona porque este era su proyecto estrella y no quería darse por vencida. La verdad es que valió la pena, ¿no crees? Es una preciosidad. Y no estropea el paisaje, como los puñeteros rascacielos de Benidorm. Pero le costó... le costó sangre a la buena mujer... Y muchos regalos... —terminó, guiñándome un ojo.

—¿Ha terminado? ¿Puedo cerrar?

—Sí, sí, cierra. Ya he apuntado lo que quería, y si Alberto prefiere que no la usemos, pues lo dejamos. La verdad es que con el bareto ese del fondo y si ponemos un par de carpas, la zona de la playa queda fenomenal y no hace falta más. Y como la ceremonia será arriba...

—¿Carpas? ¿Están preparando una fiesta?

—Ah, ¿aún no te lo han dicho? Querrán que sea sorpresa.

—Pero... ¿qué es?

—Nada, nada, si Alberto no te lo ha contado aún, yo no puedo decir ni mú. Ya te lo contarán. Bueno, pues adiós, Sandra, ha sido un placer.

«Mira que eres inútil», me dije a mí misma. «No vales ni para sonsacar a alguien a quien le has dicho quién eres tú. Él sabe quién eres, cómo te llamas y qué haces aquí, y tú no sabes nada, idiota.»

Volví a subir hasta el nivel del chalé central —luego me enteré de que, en el colmo del lujerío, había un ascensor a la playa— y, viendo que ya eran las dos, fui directamente a la puerta a esperar a las otras. Estaba muerta de hambre y no quería correr el riesgo de que se fueran al pueblo sin mí.

Mientras las esperaba, me di cuenta de que había una furgoneta blanca en el aparcamiento donde se leía: Mirabilis. Planificación de Bodas y Eventos.

¿Bodas? ¿Se casaba Alberto? ¿Cómo se iba a casar Alberto? ¿Con quién?

La figura de Diego apareció en mi mente y la perplejidad fue tanta que no caí siquiera en borrar de mi interior su rostro sonriente. Se conocían de hacía un par de semanas; no era posible que Alberto estuviera tan loco como para casarse con Diego. Si no quería que don Luis se enterase de que se acostaban juntos, ¿cómo iba a estar pensando en una boda?

A lo mejor estaban planificando un evento de moda, un pase de modelos o la presentación de una colección especial o de algún aniversario para clientes escogidos.

Me di una palmada en la frente.

¡Claro! ¡Estaban pensando en la presentación de mi libro, de la biografía de Ofelia! Querían hacer allí una superfiesta, en mayo o junio, para un par de cientos de personas, y por eso quería don Luis que el manuscrito estuviese listo para la Pascua. Tenía que apresurarme.

Oí ruido de gente y, al volverme, vi que las chicas iban llegando a la puerta, quitándose los delantales y las batas, charlando a voz en grito. Carmela venía también, sonriente. Me uní a ellas y nos fuimos a comer.

«Claro que me echó, pero no a mí sólo, no, claro. Quinientas personas se quedaron de golpe sin trabajo. Deslocalización, lo llamaban los cabrones de los políticos. Decían que era un error concentrar toda la industria zapatera en el mismo sitio y animaban a los empresarios a cerrar aquí y abrir fábricas en China, los muy gilipollas. Imagínate, dejaban aquí a la gente en la calle... ¿tú sabes cuántas familias se quedan tiradas cuando despiden a quinientos trabajadores?... para irse a China a montar fábricas con gente que no había hecho un zapato en la vida y a quien había que enseñárselo todo desde el principio usando intérpretes que tampoco entendían un carajo de zapatos. Y ni se les pasaba por la cabeza que, además de tratarnos a los de aquí como trapos de fregar, una vez que los chinos hubiesen aprendido a fabricar, ¿quién iba a impedirles que se pusieran por su cuenta y empezaran a hacernos la competencia con un producto que no sería de calidad, como el nuestro, pero que saldría mucho, pero mucho más barato? Porque ¿tú sabes lo poco que cobran los chinos? Por lo que les pagan a ellos, un español ni se molesta en levantarse de la cama. No da ni para pipas. Pero ellos están hechos a todo y, con tener un trabajo, todo lo ven bien.

A mí me ofrecieron irme a China a enseñarles. Al fin y al cabo soy maestro cortador y aquí era jefe del departamento, pero dime tú... ¿cómo me iba a ir yo a China dos o tres años dejándome aquí a la familia? Porque mi mujer no estaba por la labor de venirse, claro, y mis hijos... te diré... en plena adolescencia... ¡como para irse a China!

Así que me quedé en la calle de un día para otro. Cerraron casi todas las fábricas de golpe. Se conoce que a los mandamases de Valencia les arreglaban buenos tratos allí "para impulsar la industria china" y ellos cobraban comisión de los chinos y de los de aquí. A los fabricantes les salía mucho más barato pagarles a aquellos desgraciados y todo eran ganancias, menos para los obreros de aquí.

Los zapatos eran una mierda, eso sí. No debía de haber ni departamento de control de calidad. Y el cuero que usaban... en fin... ni los moros... A mí me daban ganas de llorar cuando veía un par firmado por Ofelia Arráez hecho por los amarillos y no me explicaba que a ella no le diera vergüenza. Pero al final fue más lista que nadie porque no lo cerró todo, sólo se llevó a China una parte de la producción, a ver qué pasaba, y a los tres años vendió lo de China y volvió a abrir aquí. Me figuro que a lo mejor lo hizo para tener contentos a los políticos de la Generalitat, que así cobraban sus comisiones y no se le ponían en contra para otros negocios que llevaba entre manos... la construcción y otras cosas... Los otros aguantaron más, alguno hasta doce años, pero ahora casi todos han vuelto, aunque muchos ya no han montado fábricas ni nada. O viven de las rentas, o se han jubilado o yo qué sé...

Sí, yo volví con ella, aunque ya había encontrado otro empleo, pero es que trabajar en una empresa como Ofelia Arráez era mejor que cualquier otra cosa, en sueldo, en prestigio... en todo.

294

Ella fue la única a la que se le ocurrió poner en la fábrica una guardería para los críos de sus empleadas, para que las mujeres pudieran trabajar tranquilas. A mí ya no me pilló... los míos eran grandes, pero la gente estaba muy contenta. Y daban cursillos de muchas cosas, para progresar. Inglés, por ejemplo, gratis para los trabajadores. Tenía una profesora muy guapa, americana, que hablaba con acento mexicano y enseñaba inglés a todo el que quería aprender. Estaría aquí cuatro o cinco años; luego se volvió a su país y ya no hubo más clases.

También se hacían fiestas de Navidad con merienda y baile para todos. En una de esas fiestas, hace la tira de tiempo, fue la primera vez que vimos un árbol de Navidad al natural, fuera de la tele. Te estoy hablando de mediados de los sesenta, cuando la tele aún era en blanco y negro y la emisión empezaba a las seis de la tarde.

En aquellos tiempos, los que podían un poco, ponían un nacimiento, o un Belén grande, con castillo de Herodes y río y pastores y la cabalgata de los Reyes, pero lo del árbol no se llevaba, era cosa del extranjero. Por eso nos quedamos todos pasmados cuando llegamos al local de la fiesta y allí en medio había un árbol enorme... lo menos de tres o cuatro metros... lleno de bolas brillantes y de lazos, nada de espumillón, que era lo que entonces se ponía en los bares para hacer ambiente de Navidad, y de velas, que a todos nos sonaba raro, como a cementerio, me acuerdo como si fuera hoy.

Además había mandado colgar una rama de un árbol de hojas pinchosas, no me acuerdo del nombre, y cuando pillabas a una chica debajo podías darle un beso. Bueno, al revés también; si era ella la que te pillaba, tenía derecho a besarte aunque tú no quisieras, que siempre querías, claro. Lo que pasa es que a veces, si estaba la parienta por allí, era un poco violento... pero bueno, era una fiesta y una costumbre inglesa, creo, y a todos nos gustaba.

Yo ya me jubilé hace tiempo, claro, y la verdad es que, aunque te he contado todo esto de la deslocalización y todas esas putadas que se inventaron para jodernos la vida a los trabajadores, doña Ofelia era una señora, y yo incluso fui a verla al hospital cuando la ingresaron ya casi al final. Quería darle las gracias por... (aquí se le embarga la voz y se le humedecen los ojos) por todo lo que había hecho por mi familia, por el pueblo, no sé... por todo.»

295

(Entrevista mantenida el 20 de noviembre de 2018 con Adrián Pérez Reig, antiguo empleado de Ofelia Arráez. Las respuestas han sido editadas para evitar repeticiones innecesarias, ya que el entrevistado tiende a contar una y otra vez los mismos hechos.)

$\mathcal{V}$olviendo a casa en la furgoneta, Sandra, con la mano metida en la mochila, pasaba los dedos por el libro y las páginas que había sustraído de la casita de la playa y aún no había tenido ocasión de leer porque, al bajar de nuevo para acabar de asegurarse de que no había pasado nada por alto en los pocos muebles que había allí, se había encontrado a Pili, una de las chicas de la brigada, dando una pasada al polvo y no había podido ni explorar a fondo ni ponerse a leer los papeles.

Ahora, junto a ella, las chicas estaban cansadas y apenas si cruzaban alguna frase suelta, miraban hacia fuera, a la oscuridad o, con los ojos cerrados, daban una cabezada.

Todo lo sucedido a lo largo del día iba dando vueltas por su cabeza levantando ecos; imágenes reales e imaginadas, frases oídas o leídas, ideas que ella misma había fabricado... todas en movimiento, empujándose, golpeándose entre sí, como si se tratara de cientos de pájaros encerrados en una cueva, desesperados por salir de la oscuridad, chocando unos con otros en su impaciencia por verse libres.

Ecos de una vida. Ecos del pasado, de un pasado ya casi perdido, olvidado, hundido en las arenas movedizas del tiempo y la indiferencia. Porque... ¿a quién le importaba todo aquello ya? A veces, demasiadas veces, se sentía como una sirvienta mirona espiando a los señores de la casa por el ojo de la cerradura, poniendo la oreja contra la puerta para enterarse de lo que no debía saber. Y todo ¿para qué? Para recuperar fragmentos de vida que ya no servían para nada, que nadie quería conocer. ¿Cambiaría algo si ella conseguía probar más allá de toda duda razonable, después de casi setenta años, que Ofelia había matado a su marido, o cualquier otro crimen o delito que hubiese podido cometer?

Lo único que podría pasar sería que don Luis se sintiera insultado y herido en su honor, se negara a pagarle lo convenido e hiciera todo lo posible para quitársela de encima sin darle siquiera unas referencias que pudieran servirle para encontrar otro trabajo del mismo tipo. Estaba segura de que, como le habían dicho Félix y su padre, si don Luis quedaba contento, habría muchos empresarios conocidos suyos que estarían dispuestos a contratarla para que les escribiera memorias y biografías, lo que no era exactamente la ilusión de su vida, pero podía convertirse en una buena forma de ganarse el sustento hasta que saliera algo de mayor enjundia. En cualquier caso, mejor que trabajar doblando ropa en una tienda o pasando bandejas de canapés en una empresa de catering, como se había jurado no volver a hacer en la vida.

Sintió una oleada de conmiseración pasarle por encima y, por unos momentos, se permitió bañarse en esa lástima por sí misma, por sus casi treinta años tan desaprovechados, por sus fracasos amorosos, por no haber sido capaz de encontrar un trabajo que la llenara, un hombre que la quisiera de verdad, la respetara y la hiciera feliz, por no haber tenido un hijo, ni escrito un libro, ni plantado un árbol, ni siquiera eso, con lo que a ella le habían gustado siempre las flores y las plantas.

Su móvil dio un *ping*, haciéndola casi saltar en el asiento. Un WhatsApp de Alberto: «Te agradezco tu discreción. Me gustaría que habláramos. ¿Cenamos?»

Cerró los ojos con fuerza y apretó la cabeza contra el asiento. Le habría gustado no haber abierto el mensaje, pero la curiosidad, como siempre, había acabado por vencer y ahora él sabía que ella lo había leído y tenía que contestar algo.

«Vale. ¿Cuándo y dónde?»

«¿A las nueve y media en La Tauleta?»

Echó una mirada al reloj. No le daba tiempo ni a cambiarse, pero daba igual. No era una cita romántica. ¿Qué pensaría proponerle Alberto? La curiosidad de siempre. La maldita curiosidad.

«De acuerdo. Allí estaré.»

Mandó un mensaje a su madre diciendo que no la esperasen a cenar, cerró de nuevo los ojos y empezó a pensar qué podría ofrecerle Alberto a cambio de su silencio o qué podría pedirle ella. No se le pasó por la cabeza ni de lejos que se estaba convirtiendo en lo que más había despreciado a lo largo de su vida: en una chantajista.

La memoria

*L*a memoria es traicionera. Los recuerdos son imágenes y narraciones que nos construimos a posteriori y que, a base de repeticiones, quedan guardados de una forma concreta, aunque si nos molestáramos en compararlos con los datos objetivos que nos proporcionan las fuentes de la realidad —cartas, agendas, diarios, programas, periódicos…—podríamos darnos cuenta de los errores que se han deslizado en nuestro recuerdo.

Además de que el tiempo es relativo y muchas veces no podemos decir si hace un año, o dos, o cuatro, de cuando conocimos a alguien o hicimos ese algo que creemos o queremos recordar. Si a eso le añadimos que hay acontecimientos repetitivos, periódicos, como una feria, o un congreso, o un festival, por no hablar de las navidades, los cumpleaños, los aniversarios… nuestro cerebro tiene muchas más dificultades para precisar si aquello que recordamos —una discusión, un bello atardecer, una pelea, una excelente cena, una grave metedura de pata, una frase ofensiva… —fue en 1925 o 1926 o incluso 1940. Empezamos a tirar del hilo y a buscar otros recuerdos que nos permitan fijar la fecha, aunque sólo sea de modo aproximado: «Fue durante el mundial de fútbol» ¿De qué año? «Yo llevaba el mismo vestido que estrené para la boda de Loli» Tuvo que ser después de 1960, que es cuando se casó Loli, pero podría ser 1961 o 62 o 63. «Nos llevó Pedro en su Chevy nuevo» ¿Era realmente nuevo? ¿Cómo de nuevo: dos semanas, dos meses, dos años? ¿Y cuándo lo compró?

La memoria es dúctil, maleable; al principio es fácil amasarla, darle forma, dejarla secar luego como un trozo de arcilla, pero una vez que está seca, ya no se puede volver a cambiar.

Cuando una intenta escribir sus memorias, su biografía, tiene lugar primero un proceso de recuperación de los recuerdos ya fijados; luego, mediante la técnica del buceo en el pasado remoto, te esfuerzas por recuperar algunos que creías olvidados. Entre unos y otros hay agujeros, lagunas, abismos imposibles de llenar porque, sencillamente, se han borrado de tu mente. Una se acuerda de las Navidades de 1972, pongamos por caso, porque fue cuando le regalaron la bicicleta que llevaba todo el año deseando, o la Barbie, o el collar de perlas, o el viaje a Europa... pero no consigue recordar nada más ni de antes ni de después de ese momento, ni sabe qué pasó en los primeros meses de 1973, a menos que sucediera algo terrible, como un accidente, o una muerte, o algo que marcara tu existencia —un divorcio, un traslado, una enfermedad—.

Y cuando, a pesar del esfuerzo, no sabes ni puedes recuperar esos recuerdos, supones, calculas... resumes... inventas, en definitiva. La cronología se vuelve aproximada; ya no sabes realmente si algo fue antes o después de otra cosa. Tu vida se va reduciendo a unos cuantos momentos álgidos —positivos o negativos— y a una ingente cantidad de excusas, de justificaciones, de coartadas. Es una palabra terrible, sí, pero esa es la palabra exacta: coartada, porque lo que estás buscando es lo que te exculpa.

Intentas explicarte a ti misma por qué aquello no funcionó, por qué no conseguiste aquel trabajo, por qué no salió bien aquella relación que al principio parecía perfecta, por qué no estudiaste lo que de verdad te apasionaba, por qué nunca te animaste a hacer ese viaje que tanto deseabas, por qué no le dijiste a esa persona que la querías, por qué no llegaste a intentar lo que podría haber sido un éxito, por qué elegiste tan mal, por qué eres quien eres cuando podías haber sido otra persona, alguien mejor...

Las memorias escritas son siempre una gran coartada frente a uno mismo, frente al mundo. Es una forma de decir: «Al fin y al cabo, dadas las circunstancias, no me ha salido tan mal; podría haber sido peor. Hice lo que pude y he llegado hasta aquí». Es buscar la absolución. Propia y ajena. Que te conozcan, que te comprendan, que te perdonen, que te quieran.

Pero es aún más detestable ese concepto que empieza ahora a estar de moda, desde Doubrovsky, la «autoficción»: porque es una desvergüenza y porque es el triunfo de la falta de imaginación disfrazada de sinceridad. «Voy a contar mis miserias —en parte reales— pasadas por el tamiz —guiño apenas perceptible— de un poquito de invención para que todo case y para que los lectores no se aburran tanto como si me limitara a contarles, sin más, mi so-sísima vida, y para que me admiren por mi valentía y honestidad, por el sufrimiento que me ha costado narrar todo esto, por todas las secreciones —sangre, sudor y lágrimas— que he puesto en es-tas páginas, como cuando los amantes del siglo XVIII se regalaban paños blancos mojados en su propia sangre para probarle al otro su infinito amor. Y, por supuesto, amados lectores, para disponer de todo este dolor y todas estas secreciones que tanto me ha cos-tado verter en el papel, sólo tenéis que abonar unos pocos dólares. Un precio ridículo por tanta sinceridad, por haber desnudado mi alma frente a vosotros. Un *striptease* normal cuesta mucho más y da mucho menos.»

Las memorias, las autobiografías, la autoficción, las biografías de otros, están hechas con recuerdos, sí, pero son ficción, aunque sólo sea porque son coherentes. Ninguna vida lo es.

El pasado es nebuloso. Siempre. El propio y el ajeno. Recorda-mos actos (a veces), deseos (sobre todo los que no se cumplieron), omisiones (sólo cuando las circunstancias fueron tremendas) y muy pocas veces pensamientos. ¿Quién se acuerda de sus pensa-mientos de los diez años, de los veinticinco, de los cuarenta y tres, de los setenta, de los ochenta y uno?

Los pensamientos son volátiles, evanescentes, son como nubes de verano impelidas por el viento, un viento alto que las empuja y las hace cambiar constantemente de forma y dirección, que las reúne y dispersa hasta que por fin las borra y no deja más que el cielo azul, desierto.

Y sin embargo, somos nuestros pensamientos. Son ellos los que hacen que seamos quienes somos, porque los pensamientos se convierten en emociones, las emociones alteran la química de nuestro cuerpo y nos llevan a hacer cosas, se convierten en actos, que son los que marcan nuestra vida y la dirección que tiene fi-nalmente.

¿Y qué son los pensamientos? Palabras. Palabras enhebradas en el hilo del miedo, del deseo, del tiempo.

Al fin y al cabo, todo son palabras. Todo.

(Fragmento de *La memoria es un arma cargada de coartadas. Recuerdos y reflexiones*, de Selma Plath, 1979)

31

Alberto apagó el móvil y se quedó mirando a Diego.

—Pues ya está. Ha aceptado.

—La curiosidad mató al gato, como se suele decir…

Habían pasado la tarde juntos en el pisito de Altea. Ahora que Luis había decidido prescindir de los servicios de Diego y ya no había razón para que siguiera ocupando la casa del pueblo, había recogido sus cosas y se había trasladado provisionalmente allí.

—¿Este es tu picadero? —había preguntado Diego con una sonrisa traviesa, al llegar—. No está nada mal…

—No es mi picadero. Es un pisito sin más, para cuando me apetece ver el mar.

—¿Qué pasa, tío, que en Marazul no hay bastante mar para ti? Luis me dijo que tenéis un chaletazo allí.

—Lo tiene él.

—Ajá.

Habían tomado dos whiskies detrás de los cristales, mirando el mar hasta que había empezado a declinar la luz. Luego habían hecho el amor con rapidez, con hambre, casi con furia. Alberto se había levantado y había servido otros dos whiskies antes de prender un par de velas y volver a la cama.

—Sigues preocupado, por lo que veo —dijo Diego, acariciándole el pecho y el vientre, apoyado en un codo junto a él.

—No me fío de esa tía. No me fío de que no le vaya con el cuento a Luis.

—Pues cómprala. Tú tienes pelas. Y si no es dinero, hay otras cosas, tío. Todo el mundo tiene un precio. Cómprala.

—¿Cómo?

—Ofrécele algo que le apetezca de verdad.

—¿Como qué?

La respuesta de Diego sorprendió a Alberto.

—Como las cintas de doña Ofelia. La piba está deseando oírlas para completar la biografía de los cojones.

—¡Venga ya! ¿Te crees que soy imbécil? Para que se calle un secreto, le regalo cien.

—No tienen que ser todas, ni las más comprometedoras, tío. ¡Ella qué sabe cuántas hay! Te las traes aquí, oyes alguna que otra, o miras si tienen fechas para hacerte una idea de qué hay dentro, de qué pueden ir, o si tienen nombres o algo… eliges unas cuantas y se las pasas. O no, si te parecen demasiado… pero yo creo que eso podría interesarle. Eso sí, no le digas que te lo he dicho yo porque volverá a sentirse traicionada. Me lo contó en la cama. —Le guiñó un ojo sin notar lo mal que le sentaba a Alberto el comentario—. ¿Cuánto hace que no las escuchas?

—Nunca. ¿Para qué? La tía Ofelia se pasaba la vida susurrándole cosas a los dictáfonos. Sin contar con las conversaciones que grababa en su despacho. Debe de haber más de mil. Yo no tengo tiempo para eso.

—Pues mira… yo ahora lo único que tengo es tiempo. Si me lo pides con amabilidad, lo mismo te echo una mano.

—No sé, Diego… Es mucho pedir. Seguro que son un tostón y ya ha pasado tanto tiempo de todo que lo mejor sería quemarlas, sin más.

—Como tú veas, tío.

—Tengo que irme.

—¿Ya?

—Si no salgo ya, no llego a la hora que le he dicho.

—¿Qué le vas a ofrecer?

—No sé. Tengo que darle un par de vueltas. Te llamo luego. La nevera está llena; coge lo que quieras.

Le costó separarse de Diego. Ya en la misma escalera, tuvo un pronto, una necesidad de volver con él, agarrarse a su cuello y meter la cabeza bajo su brazo, inspirar su olor debajo de las sábanas, olvidar el mundo. Se clavó las uñas en las palmas de las manos para no hacerlo y siguió bajando los peldaños.

Unos minutos más tarde, conduciendo en la oscuridad, a ciento sesenta por hora, lo único que quería era que se acabara

303

todo aquello, no haber conocido a Diego, volver a su vida tranquila y ordenada con Luis, preparar su boda, poder alegrarse del paso que iban a dar, en lugar de sentirse ruin y rastrero, engañando a la única persona en el mundo a quien quería de verdad. Porque lo de Diego era una locura, una estupidez… tenía que serlo. Era un «metejón», como lo llamaban los tangos que a Luis le gustaba escuchar, esa compulsión incontrolable que te llevaba a la locura y a la muerte confundida con el amor.

En medio de la rabia que sentía espumeando en su interior, se le pasó por la cabeza, en un relámpago, que aquello, aquella… intensidad, por decirlo de un modo moderno y elegante, se la debía seguramente al cabrón de su padre. Por un instante había pensado que lo que más le apetecía era una buena pelea a puñetazos para desahogarse de esa furia que lo llenaba.

Siendo sincero consigo mismo, lo que de verdad le gustaría era darle un buen par de hostias a la gilipollas que lo había puesto en esa situación y obligarla a callarse la boca, pero se había prometido desde su infancia que nunca, nunca, nunca, bajo ninguna circunstancia, le pondría la mano encima a una mujer. Si algo no quería que le sucediera, era precisamente parecerse a su padre.

«Por eso eres dueño de un par de puticlubs, ¿no? Para ser diferente.»

Su voz interior podía ser a veces muy tocapelotas.

Cuando llegó al restaurante, medio vacío porque era día laborable, Sandra ya estaba sentada a una mesa para dos, sin pintar ni arreglar, con cara de cansancio.

Se saludaron con un movimiento de cabeza, sin un beso, sin un apretón de manos. Ella ni siquiera hizo amago de levantarse. Por fortuna, la llegada del camarero les evitó las primeras palabras. Pidieron cerveza y la carta, aunque ambos pasaron la vista por los platos sin ningún entusiasmo y acabaron decidiéndose por una de las recomendaciones de la casa: lubina al horno con verduras.

—Pues tú dirás… —empezó ella.

—Me sabe mal que estemos así, Sandra. Los dos somos adultos, personas civilizadas… no tiene ningún sentido… Se trata de un rollete al fin y al cabo… tanto para ti como para mí. ¿No podemos compartir a Diego y en paz?

—¿Tú cómo sabes lo que es para mí? ——Su voz sonaba agresiva.

—No estarás enamorada, ¿verdad? —Lo dijo con un tono tan terriblemente sorprendido y despreciativo que la llevó a negar de inmediato, aunque ni ella misma sabía qué estaba sintiendo en esos momentos. ¿Estaba, había estado enamorada de Diego?—. Pues eso... No debería haber problema. Pero de todas formas, me gustaría compensarte... ya te digo... por tu discreción, por haberme hecho el favor de no ponerme en evidencia contándoselo a Luis.

—¿Me vas a ofrecer dinero? —Sandra lo miró con los ojos entornados por encima de su copa de cerveza. Dio un largo trago y esperó su respuesta. Él negó con la cabeza.

—Había pensado algo que quizá te interese más.

—¡Sorpréndeme!

—¿Te interesaría oír alguna de las cintas grabadas por Ofelia a lo largo de su vida?

—¿Las tienes tú? —Ahora fue ella la que forzó un tono incrédulo.

—No del todo. Las tiene Luis. Bueno... Luis y yo. Los dos tenemos acceso; sólo que a mí no me han interesado nunca.

—Él no estará de acuerdo.

—No tiene por qué enterarse. Al fin y al cabo, por lo que yo sé, a ti lo que te interesa es lo personal, ¿no? No las cuestiones políticas y comerciales.

—Y ¿tú cómo lo sabes? ¿Por Diego? ¿Te lo ha dicho él, fumando en la cama el cigarrillo de después?

Alberto se mordió los labios mientras negaba con la cabeza. Se estaba volviendo imbécil. Lo que sentía por aquel chaval, fuera lo que fuera, le estaba retorciendo el cerebro y no le dejaba pensar con claridad.

—Me lo comentó Luis hace un par de semanas. Al parecer, lo nombraste tú en una de las sesiones y él te dijo que lo pensaría.

—Ahora quien lo tiene que pensar soy yo.

El camarero depositó los platos frente a ellos y se marchó a toda prisa. Era evidente que no se trataba precisamente de una cita romántica.

—Mira, Alberto, te voy a ser franca: estoy hasta el coño

305

de todo esto. Luis me ha pedido que lo entregue cuanto antes porque tiene planes para el verano que ni sé lo que son ni me importan. No tengo tiempo para ponerme a escuchar cintas de nadie. Como bien dices, las partes política y comercial me la traen floja. Sé qué clase de bicho era la tía Ofelia y me da igual. Escribiré lo que su hijo quiera leer, cobraré mis honorarios y me olvidaré de todo lo más rápido posible.

No le dijo que lo único que le interesaba de Ofelia era justamente lo que jamás encontraría en las cintas que grababa, porque nadie confiesa un crimen en voz alta y lo deja grabado para que cualquiera pueda enterarse. ¿Qué más le daba a ella si tenía cintas que probaban la prevaricación o el abuso de autoridad o los chanchullos o puteríos de unos y otros, de alcaldes, concejales, banqueros, *consellers* y *presidents*? ¿Qué iba a hacer ella con conversaciones, si las había, en las que ciertos capos mafiosos hablaban de su blanqueo de capitales, de sus casinos, de las muchachas eslavas y colombianas que habían traído ilegalmente para abastecer sus puticlubs? ¿Ir a la policía? ¿Para qué? ¿Para qué meterse en esos líos y estar en el punto de mira de todos los implicados en tramas de corrupción y hasta quizá de delitos de sangre? Ella era una simple historiadora en paro, por el amor de Dios; no era *superwoman* ni ninguna heroína dispuesta a salvar el mundo.

—Entonces… si no quieres nada a cambio… —Alberto carraspeó, incómodo— ¿puedo estar seguro de que esto quedará entre nosotros, de que Luis jamás lo sabrá?

—No puedes estar seguro de nada, Alberto, de nada. En la vida no hay seguridades. Yo pensaba que conocía a Diego y ya ves… Resulta que es bisexual, o maricón sin más, o yo qué cojones sé lo que es. Y tú… me hablaste de tu ex, de tu hija… yo pensaba que sabía quién eras, un hombre maduro y atractivo, un divorciado normal, un empresario de éxito, y resulta que no, que te gustan los tíos, pero en lugar de salir del armario como un gay decente, prefieres engañar a tu socio y que no se entere de lo más importante de tu vida. A veces me habría gustado vivir hace cien años, donde todo estaba claro y todo el mundo sabía de qué acera era, aunque tuviera que ocultarlo.

—Eso nunca fue así, Sandra.

—¡Ahora cada vez hay más gays porque pueden, porque los dejan y está de moda! Antes esto no pasaba... —Estaba tan furiosa que había dejado de comer por miedo a atragantarse, y porque tenía una bola de hierro en el estómago. Se oía hablar y ni siquiera se reconocía en las barbaridades que estaba diciendo. Sólo quería hacer daño, sin más.

—Vamos a dejarlo, si te parece. No vamos a arreglar nada hoy.

Sandra inspiró profundamente y cabeceó dándole la razón. Ella tampoco quería seguir.

—Piénsalo —insistió Alberto—. Si hay algo que yo pueda darte... Tampoco te estoy pidiendo nada ilegal o inmoral. Sólo pretendo no hacerle daño a una persona que me importa mucho y a quien respeto profundamente.

Sandra se levantó, de pronto asqueada de sí misma. Alberto se levantó también, dejó la servilleta junto a su plato y le tendió la mano, que ella estrechó, avergonzada.

—¿Me llamarás? —insistió él en voz baja.

Ella asintió con la cabeza, sólo una vez, en silencio, y salió del restaurante dejando su plato sin tocar.

307

$\mathcal{A}$penas había abierto el banco cuando Alberto entró, saludando a unos y otros, y se dirigió a la zona de las cajas de seguridad. Hacía tiempo que no había estado por allí y no se acordaba con claridad del procedimiento, pero la costumbre le facilitó las cosas y unos momentos después estaba solo en la pequeña sala con la caja sobre la mesa.

Era una caja que compartían él y Luis y donde, desde que podía recordar, guardaban las cintas, las joyas buenas de Ofelia y unos cuantos documentos de importancia para ambos, así como una cantidad variable en efectivo para lo que los dos llamaban «eventualidades».

Abrió la caja mientras trataba de recordar si las cintas estaban numeradas o fechadas o simplemente eran un montón informe que representaba años y años de la vida de Ofelia, de todo tipo de negocios, chanchullos y momentos vergonzosos, espejo de la resbaladiza pendiente de la corrupción en la zona.

Sus labios se curvaron en una pequeña sonrisa de satisfacción. Los documentos estaban en sus carpetas, el dinero en sus sobres, las joyas en las cajas correspondientes.

Las cintas no estaban.

Sacudió la cabeza, incrédulo. Tenían que estar allí. No podían estar en ningún otro sitio.

Abrió varias de las cajitas de joyería. Todo estaba como debía: el collar de zafiros y diamantes, varios pares de pendientes, unas pulseras muy recargadas, puro oro con refulgentes piedras talladas... todo... Unos sobres estaban llenos de billetes de quinientos euros y otros de menor valor. Las carpetas contenían los documentos correspondientes.

Las cintas no estaban.

Lo movió todo, lo cambió todo de sitio, acabó por sacar absolutamente todo lo que había allí hasta que el suelo de la caja quedó al descubierto. Había empezado a sudar y las manos le temblaban ligeramente. ¿Cómo era posible que hubieran desaparecido? ¿Las había sacado Luis sin decírselo? ¿Por qué? ¿Para qué?

Tenía que haber sido Luis; no había otra posibilidad. No podía imaginarse que les hubieran robado allí, en la caja de seguridad de un banco. Claro que habría mucha gente interesada, pero allí estaban seguras. ¿Se las habría llevado Luis a Suiza sin decírselo? No era posible. Además de que hacía al menos un año que Luis no había estado en Zúrich. ¿O sí? Él también había estado en muchos lugares sin que Luis lo supiera. Todo era posible a fin de cuentas. Todo.

¿Fernando, el director? ¿Alguien que las había robado por encargo? ¿Alguien que sabía que las guardaban allí y las había robado para venderlas al mejor postor?

Cerró la caja, se pasó el pañuelo por la cara, por la frente, pensando a toda velocidad.

Tenía que hablar con Luis.

Salió del banco con su mejor cara de póquer tratando de que nadie notara la angustia que sentía y, lo peor, la sensación, que iba ganando terreno, de que su vida se le estaba yendo de las manos, de que ya no era él quien manejaba los hilos sino el muñeco, el títere movido por alguien oculto en las sombras.

Llegó al chalé con una mezcla de angustia y rabia que no le permitió usar el tono suave y neutro que se había propuesto emplear al preguntarle a Luis que en esos momentos estaba terminando de arreglarse en su habitación, como le dijo Carmela.

Subió las escaleras de dos en dos y, una vez delante de la puerta, hizo un par de inspiraciones y cerró los puños dos veces, tres, cuatro, antes de golpear discretamente con los nudillos y pasar sin haber recibido respuesta.

Luis estaba a los pies de la cama, ya vestido, con tres o cuatro corbatas extendidas sobre el edredón, tratando de decidir cuál le apetecía ponerse. Levantó la vista y le sonrió.

—Mi joven impetuoso… ¿Qué dices tú? ¿Esta o esta? —preguntó alzando dos de ellas frente a sus ojos.

—¿Qué has hecho con las cintas de Ofelia? —La voz le sa-

309

lió casi como un gruñido de fiera—. ¿Por qué no me has dicho que las habías sacado del banco? Creía que entre nosotros no había secretos.

Luis se quedó mirándolo fijo. Volvió a dejar las corbatas sobre la cama y su sonrisa se fue apagando despacio, como una luz que se va.

—Yo también lo creía, Alberto.

Fue como si le hubiese dado un mazazo en la cabeza. La gilipollas de Sandra se lo había contado ya de buena mañana. Eran apenas las nueve y cuarto.

—¿Qué quieres decir? —alcanzó a balbucear.

—No pensaba contártelo aún, pero puestos a atacarnos, como parece que has decidido, supongo que no vamos a tener más remedio. Ven, vamos al salón o a la biblioteca. Estas cosas no se hablan en el dormitorio.

Luis se echó un suéter por los hombros y salieron en silencio. Al llegar a las escaleras, Alberto trató de ayudarlo a bajar, pero él se sacudió, incómodo, se aferró a la baranda con la mano izquierda y fue bajando despacio, apoyado en la muleta. Luego se encaminó hacia la biblioteca y se instaló en el sillón de siempre.

—Venga ya, Luis, habla de una puta vez, no me tengas en ascuas.

—No. Tú primero. ¿Qué querías saber de las cintas? ¿Si las tengo yo? Sí.

—¿Por qué?

—Porque de repente hace un par de años, viendo lo que se ve en la prensa y la televisión, me di cuenta de que esas cintas pueden ser muy peligrosas para mucha gente de toda calaña y pensé que lo mejor que podía hacer era hacerlas desaparecer para que ni tú ni yo estuviéramos en peligro. No es que no me fíe de Fernando, pero tampoco me extrañaría que hubiese una forma de acceder a la caja de seguridad de un banco si el precio es adecuado, de modo que las saqué de allí.

—Sin decírmelo…

—Son mías, Alberto. Eran de mi madre, como las joyas. Puedo hacer con ellas lo que mejor me parezca.

—¿Las has destruido?

Luis negó con la cabeza.

—Sé que mi madre no sería de la misma opinión, pero no soy del todo ingenuo. Nunca se sabe si nos pueden reportar algún beneficio. Están a buen recaudo.

—Dime dónde las has puesto.

Luis negó lentamente con la cabeza. En su mente apareció el panteón familiar, donde dos años antes había mandado hacer unas reformas para eliminar las humedades y, de paso, había construido un pequeño escondrijo justo debajo del nicho de Ofelia, algo que le parecía de una justicia poética exquisita. Que su madre reposara encima de sus secretos, como un dragón sobre su oro, era simplemente hermoso. Estaba seguro de que nadie llegaría a dar con ese escondrijo. Alberto se enteraría a su muerte, por medio de un documento que había depositado en la notaría, pero no antes.

—No, querido mío. No te conviene. Es por tu bien, hazme caso. ¿O las necesitabas para algo?

Alberto cambió su peso de uno a otro pie, se dio la vuelta y se dirigió al armario donde se guardaban las bebidas.

—No. Necesitaba algo de efectivo para un asuntillo, nada grave, y se me ocurrió sacarlo de la caja. —Iba improvisando mientras, de espaldas a Luis, se servía un whisky con agua—. Al abrirla me di cuenta y me acojoné. Pensé que nos habían robado.

—¿Qué pasa que justifique un whisky a las nueve y media de la mañana?

—Nada. Me había puesto un poco nervioso. Ahora ya está claro. Me acabo esto y me marcho a la fábrica.

—Espera. Falta algo. Siéntate.

—Estoy bien así.

—Yo no. Siéntate. No tengo ganas de levantar la vista para hablarte de esto.

Con renuencia, Alberto se acomodó en un sillón frente a Luis, acunando su vaso entre las manos. Se sentía como un colegial pillado en falta frente al director del colegio. Si Sandra se había ido de la lengua, se iba a desencadenar la catástrofe total.

—Ayer me encontré con Enrique en el bar del Club de Campo.

—¿Enrique? —Alberto tenía tan claro de qué estaba a punto de hablarle Luis que, de momento, no supo reaccionar por-

311

que su mente se había puesto a dar vueltas decidiendo si iba a negar su relación con Diego o más bien iba a tratar de explicarle lo sucedido.

—Enrique Fuentes.

—¡Ah, ese inútil! —Sintió cómo lo inundaba el alivio. Enrique había sido el alcalde del pueblo de al lado hacía unos años y, ahora que su partido le había dado la patada, se dedicaba a ir de bar en bar hablando con unos y con otros llevando y trayendo chismes varios.

—Exacto. Ese inútil que sabe todo lo que se cuece en casi todos los pueblos de la provincia y más allá.

—Y que miente más que respira…

—También. Pero el caso es que ayer me dio la enhorabuena porque le ha «dicho un pajarito» que acabamos de pillar un buen pellizco… me limito a citar sus palabras… de hecho luego lo amplió a «una morterá, más que un pellizco» —Luis torció el gesto frente a la vulgaridad de la expresión—, al vender el mejor club de alterne del Mediterráneo, La bella vita, parece que se llama y está lleno de «tías de infarto», según él. Al parecer le había sorprendido enterarse de que somos nosotros los dueños del establecimiento. No nos hacía «tan amplios de miras»… Las negociaciones las llevaste tú personalmente, me dijo. ¡No! No hables aún —cortó, viendo que Alberto se había puesto pálido y estaba a punto de contestarle—. Lo malo del asunto ya no es ni siquiera que seas el dueño de un famoso puticlub sin que yo lo supiera. Lo malo es que, como no te habías dignado decírmelo, y yo lo ignoraba y no podía imaginar que fuera verdad, hice el imbécil de mala manera defendiéndote delante de todos y diciendo que tú no serías capaz de estar en ese tipo de negocios. Al parecer todo el mundo lo sabía, menos yo, y quedé como un idiota, como un viejo chocho al que su socio engaña como quiere.

Alberto tensó los labios en una línea recta, dejó el vaso sobre la mesa de café y cerró los ojos. Al cabo de un momento, una lágrima se deslizó por su mejilla desde sus párpados cerrados. Luis siguió en silencio, esperando.

—Es verdad, ¿no? —preguntó por fin, al cabo de unos segundos.

Alberto asintió con la cabeza.

312

—Quería quitarme de en medio ese tipo de cosas antes de la boda. No quería hacerte daño, Luis, por eso no quería que lo supieras —dijo con voz estrangulada.

—¿Cómo has podido meterte en eso? —preguntó Luis con una mueca de asco, haciendo caso omiso de lo que acababa de decirle su pareja.

—Lo heredé.

—¿Qué?

—Era de tu madre, de la tía Ofelia.

—¡Eso sí que no te lo consiento, Alberto! —Los ojos de Luis echaban chispas—. ¡No te consiento que ensucies la memoria de mi madre para exculparte!

—Fue una transacción con los rusos, hace lo menos veinte años. Le debían mucho por un asunto de construcciones y le pagaron con La bella vita. Ofelia puso un gerente y se desentendió. Parte de lo que sacaba iba a algunas ONG. Le convenía tener un sitio así para hacerle regalitos a ciertos individuos, ya sabes... políticos, banqueros, empresarios... y de paso grabarlos y tenerlos agarrados por los cojones. Tú sabes muy bien cómo se las gastaba la tía Ofelia. Me lo dejó a mí porque sabía que tú no querrías saber nada de ello y la cosa daba buenos dividendos.

—Que te embolsabas tú para tus vicios, claro.

Alberto carraspeó pero no dijo nada. Al cabo de un momento retomó la explicación.

—Hace un par de meses decidí venderlo para que, una vez casados, no tuvieras que avergonzarte de nada.

—Y para evitar que, una vez casados, yo tuviera acceso a tus propiedades y chanchullos y me enterase de todo, y tuvieras que repartir, además, ¿me equivoco?

—¿Eso piensas de mí? —preguntó Alberto, entre dolido y enfadado.

—No me quedan muchas más opciones, querido mío. ¿Hay más cosas que quieras contarme, ya que estamos? ¿Vamos a compartir más negocios, más... establecimientos?

—También hay un casino, pequeño y muy exclusivo, —hablaba despacio, como si las palabras le dolieran al salir de la garganta— y otro club, para gays. Estoy ya en tratos para venderlos —mintió.

Luis apoyó la cabeza hacia atrás, la presionó firmemente contra el terciopelo del sillón orejero y se cubrió la frente y los ojos con la mano izquierda durante unos segundos. Luego la retiró y volvió a mirarlo de frente.

—Eres un buitre, Alberto, un gusano. Hemos construido un imperio… Un imperio limpio y prestigioso, de fama mundial… ¿no tienes bastante? ¿Tienes que relacionarte con mafiosos, buscavidas, chulos y putas para sacar más dinero… un dinero que no podrías gastarte en tres vidas, aunque quisieras?

—Perdóname, Luis.

Apoyándose en la muleta, se puso en pie con dificultad, pero sin aceptar la ayuda de Alberto.

—Me voy a la fábrica. Ya hablaremos en otro momento, cuando consiga digerirlo.

—Te llevo.

—No. Necesito estar solo. Me llevará Eloy, como siempre. No me llames, Alberto. Ya te llamaré yo. Por favor.

Cuando Luis cerró la puerta, Alberto se metió los nudillos en la boca para ahogar un sollozo. Toda su vida se estaba desmoronando. Los objetos que el malabarista siempre había conseguido mantener en el aire, en movimiento, empezaban a caer uno tras otro, dejándolo con las manos vacías.

Necesitaba ir a Altea, meterse en la cama con Diego y olvidarse de todo.

33

El cementerio estaba prácticamente desierto a esa hora de la mañana tan pocos días después de Todos los Santos. Aún brillaban las flores sobre las tumbas aunque, si uno se detenía a mirarlas, ya se veían muchas a punto de marchitarse definitivamente. El día estaba gris y ventoso, como si el espléndido otoño que habían tenido se hubiese despedido ya para siempre, dejando atrás lo que nadie quería: el frío, el viento, la oscuridad.

Luis caminaba con cuidado, apoyándose en el bastón, con un poco de miedo de haberse aventurado solo, pero no quería que lo acompañase Alberto y tampoco había querido pedirle ayuda a Eloy, que lo esperaba en el coche.

No había faltado un solo año a la visita a sus difuntos y no pensaba hacerlo a su edad. Dejaría de acudir cuando dejara de poder hacerlo solo, quizá. O no. Ya se vería.

Bajó lentamente los escalones que llevaban a la pequeña cripta, suspiró y se sentó en uno de los dos cubos de mármol negro que había delante del altar. Alberto había cumplido su encargo y ambas sepulturas estaban adornadas con hermosos ramos gemelos, este año en tonos otoñales: amarillos, rojos, naranjas y mucho verde... quizá un poco chillón para su gusto, pero indudablemente bello.

A él mismo le extrañaba esa terrible sensación de orfandad que sentía de vez en cuando al pensar en sus padres, esas palabras que acudían a su mente sin querer, sin decidirlo: «me habéis dejado solo». Hacía tanto tiempo de la muerte de su padre que ni siquiera podía estar seguro de que lo que recordaba de él fuera real. Anselmo se había ido convirtiendo en un fantasma protector, una especie de hada buena masculina que le sonreía desde el otro mundo, se alegraba de sus éxitos y lo apoyaba en los reveses. ¿Qué pensaría de él ahora, si supiera que estaba a punto de casarse con otro hombre, si supiera que a la vuelta de un par de meses, alguien que no era una mujer podría decir de él: «es mi marido»?

Sacudió la cabeza. Aquellos pensamientos no llevaban a nada. Y sin embargo… no podía evitarlo, aunque se sentía cada vez peor cuando volvía a su mente. Después de la discusión con Alberto la noche antes se le había vuelto a agudizar el reflujo estomacal que ya tenía casi controlado y sentía que el ácido le estaba quemando el esófago. De hecho lo que sentía era más bien que toda su vida empezaba a quemarse con el ácido de la vergüenza, de la deshonra, de la más profunda estupidez. ¿Cómo era posible haber vivido tan engañado? ¿O no había sido un engaño consciente por parte de Alberto? Si era verdad que aquellos negocios habían pertenecido a Ofelia, por lo que fuera, podía ser cierto que él sólo hubiera estado esperando el mejor momento para deshacerse de ellos… pero no le gustaba la sensación de haber sido engañado de ese modo, de que otros supieran lo que él ignoraba. Y si Alberto lo había engañado en eso… ¿en qué más le habría mentido? ¿Qué más asuntos y negocios le habría ocultado al correr de los años, confiando en su ingenuidad? ¿Líos de hombres?

Metió la mano en el bolsillo de la chaqueta, sacó un pañuelo perfectamente planchado por Carmela que olía levemente al agua de rosas que le gustaba de toda la vida y se lo pasó por la frente. Luego sacó una pastilla antiácido y empezó a masticarla con parsimonia.

Tan ingenuo no era como para no suponer que Alberto, veinte años más joven como era, no habría tenido algún lío con algún chaval en alguno de sus viajes, uno de esos polvos rápidos y sin consecuencias que a veces ayudan a subir la moral y otras veces son simplemente como un buen whisky o un plato de ostras, un capricho, un antojo. Eso era algo que él no consideraba realmente un engaño y tampoco veía la necesidad de contar. Incluso él mismo, con todo su amor por Alberto y por una vida regular y serena, había caído alguna que otra vez, pocas, en circunstancias realmente especiales, y tampoco se había sentido llevado a contárselo.

No. Lo que le dolía era haber hecho el imbécil frente a los demás y, si llevaban adelante los proyectos de boda y a la vuelta de un par de meses todo el mundo en Monastil sabía que hacía años que eran pareja, entonces también sabría todo el mundo que había cosas que Alberto, siendo su amante, no sólo su socio, no le había contado, que lo había estado engañando públicamente, con lo cual además de maricón, era un pobre viejo chocho y probablemente cornudo.

¡Qué mal lo había hecho todo! ¡Qué vergüenza para su familia!

Imaginaba a su padre diciéndole: «¿cómo se te ha ocurrido liarte con otro hombre, con otro hombre que casi es tu sobrino? Yo, que estaba tan orgulloso de ti...»

Recordó de pronto, como tantas veces, aunque ahora hacía mucho que no le acudía ese pensamiento, el momento en que, muy poco después de lo de Tino, cuando aún no había conseguido digerirlo por completo y cada día se despertaba con una sensación de euforia que era como si se le hubieran llenado las venas de champán, acompañó a su padre a la sastrería de Alicante donde solían cortarle los trajes y donde le habían hecho a él el que había estrenado para la inauguración del teatro y, antes de ese, los de la comunión y la confirmación.

Siempre era bonito hacer ese viaje, sentarse en el asiento delantero del maravilloso coche que se habían comprado apenas un año antes, el Pegaso 2, un enorme bólido negro que levantaba olas de admiración por donde pasaba, y disfrutar los dos juntos del día, de ir a elegir tejidos y modelos a la sastrería, comer frente al mar, tener ocasión de hablar de toda clase de cosas...

La última vez que hicieron ese viaje, aunque él entonces no podía imaginar que sería la última, fue cuando su padre, viéndolo tan entusiasmado con la variedad de telas que don Samuel había extendido en el mostrador, le dijo aquello que no había podido olvidar en los sesenta años transcurridos desde entonces: «Cuánto me gusta verte tan mayor y tan hombre, Luis, cuánto me alegro de que seas tan macho. Algún día encontrarás a una buena chica, tú también serás padre, y entonces sabrás lo que es la vida.»

Se lo había dicho de pie junto al mostrador, mirándolo de

frente con una sonrisa, y le había apoyado la mano en el hombro con firmeza y cariño, con orgullo. De eso se acordaba con toda claridad.

No se acordaba de nada más, ni de lo que habían hecho después ni del viaje de vuelta, pero si cerraba los ojos, veía aún la sonrisa orgullosa de Anselmo y sentía en lo más profundo del estómago el vacío que le provocó su error. Él no pensaba encontrar a ninguna muchacha, ni buena ni mala, nunca sería padre y jamás podría confesarle lo que apenas si empezaba a confesarse a sí mismo: que le gustaban los hombres y que ni era un macho ni lo sería jamás, que nunca sería un hombre normal.

Le gustaría ser capaz de pensar de otro modo, de sentir, de sentir realmente como al parecer le pasaba a Alberto, que ser homosexual era perfectamente normal y que las apetencias sexuales de un ser humano no decían nada sobre su carácter o su calidad moral, pero nunca lo había conseguido. Incluso la idea de llamarse «gay» a sí mismo le daba grima. Gay significa alegre y él nunca se había sentido particularmente alegre ni payaso; era más bien un hombre serio, muy poco dado a mariconadas y aspavientos. En ese sentido, siempre daba gracias por no haber tenido nunca pluma. Los que la tenían no podían hacer nada en contra, por lo que había leído, pero él estaba muy agradecido de que nadie hubiera podido notar por su comportamiento o lenguaje corporal que no era un hombre normal.

Sonrió para sí mismo pensando la cantidad de veces que Alberto le había reprochado que dijera «normal» cuando quería decir «heterosexual», y ahora había empezado a darle la lata con lo de «cis» como opuesto a «trans», pero no tenía nada que hacer. A los setenta y siete años no pensaba cambiar de vocabulario y, como no conocía a nadie que fuera trans, tampoco iba a ofender a nadie con su elección de palabras.

Se levantó del banquito, se estiró el abrigo de paño y, sintiéndose un poco rígido por el tiempo que había estado quieto, dio un par de pasos hacia la tumba de su padre. Abrió la cajita para sacar el lápiz de labios del año anterior y sustituirlo por el que había traído. Se dio cuenta de que Alberto ya había puesto uno nuevo, lo que significaba que había pensado que él no estaría lo bastante repuesto como para poder hacerlo él mismo.

Sacó el de Alberto, se lo metió en el bolsillo y puso el que había comprado él.

Posiblemente fuera una estupidez, pero era una costumbre, una tradición, casi un ritual.

«Gracias de parte de mamá», murmuró. «Ojalá estéis juntos en alguna parte».

Y, renqueando, subió los peldaños hacia el exterior y se perdió entre las tumbas.

319

Sandra

Cuando abrí los ojos, mi primer pensamiento fue que me gustaría volver a dormirme, a ser posible para los próximos dos o tres años. Me dolía horriblemente la cabeza, tenía los ojos como si me hubiesen echado un puñado de arena y la boca desértica. Recordaba vagamente haberme metido en el Horas muertas después de haber dejado a Alberto, y haberme tomado tres o cuatro gin-tonics con un grupo de desconocidos que estaban viendo un partido de fútbol. Ni siquiera me acordaba bien de cómo había vuelto a casa; lo único que estaba claro era que había vuelto borracha, realmente borracha.

Me levanté a trompicones porque necesitaba ir al baño y, como era natural en día laborable casi a mediodía, no había nadie en casa. Mis padres debían de pensar que había vuelto a la primera adolescencia aunque, bien mirado, no tenían por qué haberse dado cuenta ni de lo que había pasado con Diego ni del estado en que había llegado a casa la noche antes. Ellos, que tan controladores y pesados habían sido a lo largo de mis años de instituto, se habían vuelto ahora de un pasota que casi dolía.

Oriné durante lo que me pareció media hora, fui a la cocina y me serví agua con hielo en el vaso más grande que había en el armario. Por suerte había dejado de fumar. No quería ni pensar en cómo se sentirían mis pulmones si, además del alcohol, me hubiese fumado un par de cajetillas la noche antes. Después del agua me tomé dos aspirinas efervescentes y me di una ducha larga y caliente hasta que empecé a pensar que sobreviviría. Luego me puse un chándal y saqué el cuaderno con la lista de cosas que podría hacer si quisiera. Muchas. Demasiadas.

Cada vez tenía más ganas de huir, de volver a Madrid a

trabajar en lo que fuera, o de irme a Hamburgo a visitar a mi hermano y llorarle un poco en directo. Quizá allí podría encontrar curro en una tienda, o fregando platos, o lo que fuera… aunque sin hablar alemán, la cosa iba a estar difícil, y en Monastil, al fin y al cabo, estaba haciendo algo de mis especialidad, cómodo y agradable, que sólo se había hecho horroroso por mi estúpida forma de estropearlo todo. Bien mirado, Alberto tenía razón: Diego no era más que un rollo pasajero y no había por qué tomárselo como si fuera otra cosa. Que yo me hubiese sentido traicionada y engañada era asunto mío; no era como si él me hubiese pedido matrimonio y luego se hubiese metido en la cama con Alberto. «Desdramatizar», como decía la única psicóloga a la que he ido en la vida, «es importante aprender a desdramatizar». Pues bueno. Desdramaticemos: Diego me había obsequiado un par de noches divertidas junto a un par de orgasmos más que presentables, cosa que, después de varios meses sin pareja, me hacía mucha falta, y me había brindado, además, la posibilidad de husmear en la antigua casa de don Luis e incluso de encontrar dos cosas muy interesantes: la carta de Ofelia a Kiki y el anónimo acusándola de ser un monstruo. El balance no estaba nada mal. Aparte de que yo nunca había querido quedarme con Diego, que era un impresentable, aunque había que conceder que tenía cierta gracia. Pero era inculto, inmoral, cotilla, mentiroso, bisexual, infiel, tramposo, un poco ladrón por lo que me había contado de aquel dinero que había mangado en la residencia de ancianos… no era el hombre de mi vida ni lo sería nunca, de modo que estaba mucho mejor sin él.

321

El timbre de la puerta me sacudió de tal manera que di un grito involuntario y enfilé el pasillo murmurando «joder, joder, joder» porque cuando me pasan esas cosas, como gritar porque ha sonado un timbre cerca, es que mi tolerancia al estrés ha pasado ya de todos los límites existentes.

Descolgué el telefonillo y conseguí articular una especie de «¿Síii? Diga» que hasta a mí me sonó idiota.

—¿Ana? —oí. Una voz cavernosa y llena de crujidos. Aquel telefonillo era un desastre. Iba a decir que mi madre no estaba, cuando la voz continuó diciendo— Perdona, soy Diego, el novio de Sandra. ¿Tendrías un momento?

Se me volvió el estómago del revés. ¿Cómo que «el novio de Sandra»? ¿Qué narices quería aquel gilipollas viniendo a casa a hablar con mi madre y presentándose como novio mío?

Podría haberle dicho «no está», pero entonces se habría dado cuenta de que era yo. O no, claro. Ahora se me ocurre que podría haberle dicho que era la chica de la limpieza y me habría ahorrado todo lo que pasó después, pero no caí y me limité a apretar la tecla que libera la puerta de abajo. Un segundo después oí el ascensor y me di cuenta de que ya era tarde. Al menos me había duchado y estaba medio presentable. Alguien se iba a llevar una buena sorpresa.

Cuando se descorrió la puerta del ascensor, la sonrisa de Diego apenas vaciló medio segundo y volvió a encenderse.

—¡Hey! ¿No está tu madre?

—La gente normal a esta hora trabaja.

—Ya lo suponía, pero como me pillaba de paso... ¿Qué tal, tía? ¿Mejor?

—¿Mejor que qué?

—Que el otro día.

—Sí. Mucho mejor.

Aquello empezaba a parecer un diálogo de besugos y, como no pensaba invitarlo a pasar, le pregunté a bocajarro porque me devoraba la curiosidad.

—¿Qué querías?

—Hablar con Ana.

—¿La conoces?

—Por encima.

—¿De qué?

—¿De qué la conozco?

—De qué querías hablar con ella.

—Eso no es asunto tuyo, gatita. Ya volveré.

—Si no me lo dices, le cuento a don Luis tu rollo con Alberto.

—Ajá. Por mí...

—Buen farol, pero si Alberto se cabrea, tú tampoco lo vas a tener fácil. —De hecho, la que iba de farol era yo, que no estaba en absoluto segura de que lo de Alberto fuera algo que a Diego le importase en alguna medida, pero tenía que probar. La cosa debió de funcionar porque dudó unos instantes y se limitó a meter la mano en el bolsillo y tenderme una pulserita que mi madre llevaba siempre en la mano izquierda, con el reloj.

—He encontrado esto y quería devolverlo.

—¿Dónde? —Me extrañaba profundamente, uno que la hubiese encontrado, dos que hubiese sabido que era de mi madre y tres que hubiese decidido devolverla.

—Digamos que la otra noche tus padres, otro matrimonio y un par de parejas más coincidimos en una... fiesta. —Todavía no sé si lo hizo a propósito o no, pero la pausa delante de «fiesta» dejó abierto todo un mundo de posibilidades que no me gustaban nada. Conociéndolo, supongo que lo hizo adrede—. Dásela con recuerdos míos. *Ta* luego, tía, ya nos veremos.

De un momento a otro me encontré apretando en el puño la pulserita de mi madre mientras la puerta del ascensor se cerraba tras él y algo en mi interior me decía que allí había algo que no me iba a gustar.

323

34

*D*iego salió de casa de Sandra sonriendo como el gato que se comió al canario. «La verdad es que eres un tío de suerte», se dijo. Las cosas no habían salido en absoluto como él se había imaginado, pero casi era mejor así porque eso le iba a fastidiar bastante la vida a Sandra —lo que se merecía por su reacción troglodita y por haber jodido a Alberto de ese modo—, y haría que se preocupara de otros asuntos, en lugar de obsesionarse tanto con el viejo y la biografía. Alberto se lo agradecería una barbaridad porque la preocupación de que Sandra pudiera contarle su rollo a don Luis lo estaba devorando, no se explicaba por qué.

La verdad era que, aunque le gustaba a rabiar, el tío era más bien raro. Ahí había algo que no terminaba de entender. ¿Por qué le angustiaba tanto a Alberto que el viejales pudiera enterarse de que era gay y que se estaba acostando con su fisioterapeuta? ¿Qué más le daba a él? Se conocían de toda la vida; Alberto era casi más un sobrino que un socio. Don Luis era su padrino de bautismo. No era posible que no se hubiese dado cuenta de que Alberto era gay, por muy discreto que hubiese sido los últimos treinta años o más. Aparte de que, siéndolo Luis también, tal como él suponía, no acaba de explicarse ese miedo de Alberto a que se enterase.

Para Diego estaba clarísimo que don Luis era homosexual, aunque posiblemente muy, muy reprimido; uno de esos gays que no se lo confiesa ni a sí mismo ni puede imaginarse la idea de salir del armario. Quizá por eso Alberto no quería tocar el tema delante de él. ¡Mira que la gente es rara! se dijo.

Entró en un bar a tomarse un café con leche. Aún no había decidido qué hacer con el asunto de los padres de Sandra. Pri-

mero había pensado que podría sacarles algo amenazándolos
con contarle a su hija lo que sabía de ellos; ahora, sin embargo, creía que era más divertido dejar que fuera ella misma
la que quisiera saber y luego quizá sugerirle discretamente
que no sería buena idea que todo el mundo en Monastil se
enterase de qué hacían dos respetables profesores de instituto
ciertos fines de semana. Ella era bastante más convencional
que sus padres y seguramente tendría miedo de que ese tipo
de secretos saliera a la luz.

Sonrió para sí mientras removía el azúcar en la taza.

Siempre le había gustado traficar con secretos. Era divertido, estaba bien pagado y ni siquiera era ilegal, o al menos no
del todo. Si se le ponía encima la palabra «chantaje» entonces
era ilegal y sonaba realmente feo, pero si se trataba sólo de pequeñeces incómodas o molestas para el interesado y lo que se
pedía a cambio era también modesto y razonable... en ese caso
las cosas se solían arreglar a gusto de todos los implicados; y
él era una persona de gustos sencillos, de pocas necesidades...

Los padres de Sandra, por ejemplo, tenían un apartamento
en San Juan, en la playa. ¿Qué podía tener de particular que se
lo prestaran para el mes de julio? A eso no se le podía llamar
chantaje; era un simple favor entre amigos. Yo hago algo por ti,
tú haces algo por mí. Lo normal.

Él siempre había tenido una facilidad inaudita para descubrir informaciones sobre los demás. Le gustaba hablar con la
gente, preguntar, enterarse de cosas sueltas que normalmente
no iban a ninguna parte ni tenían casi importancia, pero unas
unidas a otras, procedentes de fuentes distintas, a veces daban
un dibujo muy claro y uno acababa por descubrir muchos secretos provechosos. Otras veces era pura suerte; el azar que
trabajaba a su favor, la famosa serendipia.

Igual que, en ocasiones, lo que había averiguado le reportaba
un provecho inmediato y en otras se limitaba a almacenar esa
información y dejarla caer discretamente en dosis homeopáti-
cas en una conversación para dejar claro que él sabía algo que
no debería saber. Muchas veces eso era bastante para conseguir
lo que deseaba. Había descubierto ya desde la adolescencia que
la información es poder, aunque de momento siempre lo había
aplicado a pequeña escala, para disfrutar de ciertas ventajas,

325

comodidades y placeres. Quizá hubiese llegado el momento de subir de nivel y atreverse a más, pero para eso necesitaría las famosas cintas de Ofelia y, como la había cagado con Sandra, lo iba a tener más difícil.

Aunque...

Se detuvo con la taza levantada a medio camino entre la mesa y su boca.

Si él le ofrecía no contar lo de sus padres a cambio de que ella le consiguiera las cintas ofreciéndole a Alberto no decirle nada a don Luis...

Carambola a tres bandas. Arriesgadillo, pero podría funcionar.

Sacó el móvil y llamó a Sandra para proponerle un buen trato.

Sandra

*R*ecuerdo que estuve casi comiéndome los dedos mientras esperaba a que llegaran mis padres del trabajo. El imbécil de Diego me había llamado nada más irse de casa para proponerme que le sacara las cintas a Alberto porque justo en esos momentos, como yo bien sabía por la cena de la noche anterior, él estaría dispuesto a dármelas si yo no le contaba nada a don Luis.

A cambio, él, Diego, no iría por ahí pregonando lo de mis padres. Eso, «lo de mis padres», es justo lo que se negó a contarme. El muy hijo de puta me dijo que sería más divertido que me lo contaran ellos pero que si, después de hablarlo, no lo tenía claro, siempre podía llamarlo a él que me daría detalles. «Los detalles más jugosos», añadió.

Tuve la suerte de que llegaran juntos, despotricando de la directora por no sé qué historia que no llegué a entender y que me importaba un pepino. Algo debieron de ver en mi expresión porque se callaron a la vez de un modo que podría haber sido gracioso en otras circunstancias.

—¿Qué te pasa? —me preguntó mi padre con una repentina cara de preocupación.

Yo, sin hablar, muy digna, le tendí a mi madre la pulsera. Se le iluminaron los ojos y todo su rostro explotó en una sonrisa.

—¡Ay, qué alegría! ¡Mira, Miguel, mi pulsera! ¿De dónde la has sacado? ¿Se me cayó aquí en casa? ¡Y yo que pensaba que no la volvería a ver!

—No. No se te cayó en casa. La ha traído Diego.

—¿Diego? ¿El chico con quien sales?

—No salgo con nadie. Y mucho menos con Diego.

—¿El chico con el que pasas las noches? —reformuló mi padre, de buen humor—. ¿Os habéis peleado?

—No cambiéis de tema. Dice Diego que os conoce de una fiesta «con otros matrimonios» —Hice todo lo que pude para que las comillas quedaran claras por mi tono de voz—. ¿Qué fiesta? ¿Qué matrimonios? —Estaba empezando a cabrearme en serio porque no parecían nada dispuestos a darme ninguna explicación, yo cada vez lo entendía menos y eso me iba poniendo agresiva, como siempre. Se me pasó brevemente por la cabeza que estaba hablando con ellos como ellos hablaban conmigo a los quince años y espanté la idea como a una mosca molesta, a pesar de que tenía clarísimo que me había jurado a mí misma no ser nunca, con nadie, como ellos eran conmigo y que acababa de romper mi juramento.

Mi madre me volvió la espalda y se encaminó al dormitorio; al pasar, guardó el bolso y las llaves del coche en el armario del pasillo y fue quitándose la americana mientras mi padre se metía en la cocina, dejándome a mí en la puerta de entrada como si no existiera.

—¿Queréis decirme qué narices está pasando? —casi grité.

—Nada, Sandra. No está pasando nada —contestó mi madre viniendo hacia mí, ya sin americana y en zapatillas, para meterse en la cocina a hacer la comida—. Tú has pasado varias noches fuera de casa, ayer volviste dándote golpes contra los muebles, como una cuba, entras y sales como si esto fuera un hotel, y nadie te ha dicho nada, ¿no? También follas con quien te da la gana y no le das explicaciones a nadie...

—¡Faltaría más! —se me escapó, lo que interrumpió su perorata.

—Pues eso es justamente lo que nosotros exigimos también, hija —continuó mi padre, bastante más calmado—. También somos adultos y tampoco tenemos por qué darte explicaciones.

—¡Y también follamos con quien nos da la gana, faltaría más! —terminó mi madre, imitando mi tono en el colmo del recochineo, y dejándome traspuesta, de paso.

—¿Qué quiere decir eso? —pregunté con la boca seca.

—No es asunto tuyo.

—Tengo que saberlo.

—¿Por qué? —preguntó mi padre.

—Porque el hijo de puta de Diego me está chantajeando con «lo de mis padres». ¡Y yo no sé qué es!

Cruzaron una mirada y de un momento a otro algo los hizo decidirse.

—Ven, vamos a sentarnos. Miguel, saca unas cervezas. Estoy seca. ¿Tú quieres una, Sandra?

Me limité a asentir con la cabeza y eché a andar detrás de mi madre por el pasillo con la sensación de que aquello tenía que ser una tomadura de pelo, una de esas cosas de cámara oculta en las que luego te explican que todo era una broma, a ver qué cara ponías.

Nos sentamos en el sofá de siempre, mi padre puso las cervezas y unas almendras sobre la mesita de siempre y apoyamos los pies en la alfombra de siempre. Todo era como siempre, salvo que mis padres, de repente, me parecían unos desconocidos.

—A ver... —comenzó mi madre, siempre más lanzada—. Dime, ¿sabes lo que es un *swinger club*?

Tragué saliva.

—Más o menos.

—¿No has estado nunca?

Negué con la cabeza.

—Hay de muchos tipos, pero esto tampoco es un cursillo. El nuestro...

Mi padre la interrumpió:

—El que solemos frecuentar ahora...

—Hijo, qué precisión... y eso que la profe de lengua soy yo... Bueno, pues el que nos gusta ahora es uno de Benidorm. ¿Te acuerdas de que te dijimos que nos íbamos a una fiesta de Halloween con unos amigos? ¿De que pasamos una noche fuera? Pues estuvimos allí. Con unos amigos...

—Con Mara y Joaquín —añadió mi padre, mientras a mí se me iban desorbitando los ojos. Mara y Joaquín eran sus amigos más antiguos además de Félix, un matrimonio de su edad, con tres hijos de la mía.

—Y unos cuantos... nuevos conocidos —añadió mi madre después de pensar unos segundos qué palabra usar para que yo lo entendiera. ¡Y vaya si lo entendí!

329

—¿Me estáis diciendo que os vais un fin de semana a follar con gente que no habéis visto en la vida?

Ellos volvieron a mirarse y se encogieron de hombros, tratando de controlar la pequeña sonrisa que les tensaba los labios. Cuando me di cuenta, yo estaba negando una y otra vez con la cabeza mientras me pasaban por la mente escenas de todas las películas porno —pocas— que había visto en la vida y trataba de imaginarme a mis propios padres, con sus cincuenta y tantos años, haciendo esas cosas. No sé si sería por la resaca o por la situación, pero tenía muchas ganas de vomitar.

Claro que siempre había sabido —teóricamente— que las personas de más de cincuenta años siguen teniendo relaciones sexuales, pero la verdad era que no se me había ocurrido imaginarme a mis padres haciéndolo entre ellos ni mucho menos con desconocidos. ¿Qué les había pasado? ¿Qué coño les había pasado para haberse vuelto así?

—A ver si lo entiendo… —comencé, como la pazguata que era—. Vosotros os apuntáis a clubs donde la juerga consiste en cambiar de pareja…

—Mira, Sandra, déjalo, —dijo mi padre con dulzura—. No quieras saberlo. De verdad. No te interesan los detalles. Creo que lo mejor es que aceptes que nosotros tenemos nuestros gustos y aficiones y, en nuestro tiempo libre hacemos lo que mejor nos parece. Es legal. Tiene un cierto nivel y a nosotros nos va. No hay mucho más que explicar.

—Pero… pero ¿y si se enteran en el pueblo?

—Los dos preferiríamos que no se supiera, pero tampoco nos vamos a dejar chantajear por una cosa así. Es perfectamente legal. Ese Diego… ¿es el chico con el que sales, o salías?

Asentí con la cabeza. No me encontraba de humor para darles muchas más explicaciones.

—¿Tienes una foto suya? —preguntó mi madre—. Igual es todo un malentendido.

Fui a buscar el móvil y les enseñé una foto que, como una imbécil quinceañera, le había hecho sin que se diera cuenta cuando estaba dormido.

—¡Vaya! —dijo mi madre, con una mueca como de asco—. Con lo simpático y lo mono que parecía. —Para mi horror, me di cuenta de que mi padre se sonrojaba; nunca lo había visto sonrojarse y no quise ni imaginar qué era lo que estaba recordando—. ¿Te ha dicho qué quiere a cambio de no contarlo por ahí?

—Entonces es verdad...

—Pues claro que es verdad. Acabamos de decírtelo —mi madre se sacudió el flequillo, impaciente.

—No, quiero decir... que Diego también... formaba parte de... de esos amigos desconocidos con los que...

—Pues sí —concluyó mi madre, antes de que yo terminara de sufrir formulando todo aquello—. A veces somos todos parejas y otras veces se añaden un par de chicos o chicas sueltos que le dan un poco más de gracia a la cosa. Diego nos cayó muy bien a todos.

—¿Y cómo sabía quiénes erais?

Los dos se encogieron de hombros, ya sin sonreír.

—Lo más probable es que Diego sea amigo o compinche del dueño del chiringuito —dijo mi padre— y que, con la excusa de la pulsera o con otra artimaña, haya conseguido nuestro nombre y nuestra dirección. Pero no nos has dicho qué quiere.

—Quiere que le consiga unas cintas donde doña Ofelia grababa conversaciones comprometedoras con políticos locales, autonómicos y gente más o menos mafiosa y corrupta. Supongo que él piensa rentabilizarlas chantajeando a unos y a otros igual que ahora lo está haciendo con nosotros. Bueno... con vosotros... Contra mí, al fin y al cabo, no tiene nada.

—Ni contra nosotros —dijo mi madre, muy seria—. Como ya te ha dicho papá, somos adultos, esto es legal y somos funcionarios; nadie nos va a echar del trabajo. Lo más que puede pasar es que pasemos un poco de sofoco en el instituto o que haya una temporada de sonrisas y cuchicheos a nuestras espaldas... pero de eso no se muere nadie. —Extendió la mano para coger la de mi padre y se sonrieron.

Me quedé mirándola, admirada de su valor, y de pronto sentí un enorme orgullo por mi madre, por los dos. ¿Cómo me había vuelto yo tan gallina y tan mojigata?

—Tenéis razón. Si quiere las putas cintas, que se moje el culo y se las pida a Alberto. Yo me voy a quedar fuera del asunto. Voy a terminar la biografía a tiempo para cuando la quiere don Luis y me voy a olvidar de todo lo que no sea mi trabajo.

Creo a mi mejor saber y entender que aquella escena en casa de mis padres y aquel diálogo con ellos se desarrolló como lo acabo de contar aunque, lógicamente, no estoy segura de recordar todas las palabras. Lo que sí sé seguro es que acabamos abrazados y que hacía mucho, pero mucho tiempo que no me sentía tan bien cuando cogí la mochila para ir a casa de don Luis.

35

Aquella tarde Luis no se sentía con ánimos de pensar ni en la biografía, ni en su madre, ni en todos los planes que junto con Alberto había hecho para su futuro próximo. Por primera vez desde hacía mucho tiempo tenía la sensación de que nada valía la pena, de que estaba envejeciendo muy deprisa y tenía que llevar cuidado con las decisiones que tomara porque, aunque no le gustara reconocerlo, había entrado en la época final de su vida y no podía permitirse la estupidez de desperdiciar lo que le quedara, que, seguramente, no sería mucho.

Ofelia había muerto a los noventa y dos años; si él le seguía los pasos, podrían quedarle aún quince. Pero Anselmo no había llegado a los cincuenta, con lo cual, sacando la media, ya podía estar agradecido por haber cumplido setenta y siete.

Cuando sonaron en la puerta los discretos golpes de nudillos de Carmela anunciando la visita de Sandra, suspiró, se enderezó en el asiento y puso su mejor cara de póker para recibirla.

Nada más verla, tuvo la impresión de que le había pasado algo en las últimas veinticuatro horas; había algo extraño en su rostro, una especie de perplejidad, de dolor que antes no estaba, como si hubiera perdido algo y no acabara de explicárselo.

—¿Le apetece un whisky, Sandra? —preguntó. La verdad era que a él sí le apetecía y ella parecía necesitarlo.

—¿Celebramos algo o es para olvidar las penas?

Le hizo gracia la salida y se echó a reír. Habría estado bien tener una nieta de la edad de Sandra, alguien de su sangre con quien poder compartir ciertas cosas y que de vez en cuando lo hiciera reír como hacía ella. Se levantó del sillón y, con ayuda de la muleta, se acercó al mueble–bar para servir él mismo las bebidas.

—Siempre hay algo que olvidar, ¿no cree?

Asintió muy seria.

—Todo lo que luego no entra en las biografías.

—¿Lo dice por algo en concreto?

—No. Lo digo en general. Entre lo que se olvida porque sí y lo que se olvida a propósito, lo raro es que aún quede algo que podamos llamar historia. —Sandra pensaba en que las extrañas aficiones de sus padres nunca quedarían recogidas en una historia familiar y que a la vuelta de unos años quizá ni ella las recordara porque probablemente las habría borrado activamente de su recuerdo; pero eran cosas de las que no pensaba hablar con don Luis—. ¿Usted no ha olvidado circunstancias y situaciones que no casan con la imagen que quiere conservar de su madre, o de usted mismo?

Luis la miró a punto de ofenderse mientras ponía el vaso de whisky con hielo delante de ella. Se dio cuenta de que lo preguntaba en serio y sin ánimo de insultar, y se relajó.

—Supongo que sí. Nunca me lo he planteado.

334
—Pues yo no hago otra cosa. Será deformación profesional. Piénselo cuando tenga un rato y verá como van saliendo a la luz recuerdos que tenía tan enterrados que casi se habían perdido. Que le gusten o no ya es otra cosa…

Callaron durante unos momentos, sentados frente a frente. La lámpara de mesa daba una luz cálida que hacía aún más agradable el fuego que ardía en la chimenea. Sandra se sintió cómoda de golpe, como si aquel hombre fuera un tío abuelo y no el empresario que la había contratado. Por un instante incluso se le pasó por la cabeza contarle todo lo que le daba vueltas por la cabeza. No lo hizo. A cambio, comenzó de otra manera.

—Si yo le pregunto qué cree usted que fue el centro de la vida de doña Ofelia, lo más importante que le pasó, lo que ella recordaría para sí misma en el momento de su muerte, ¿qué me contestaría?

Don Luis inspiró largamente, como si pensara sumergirse en una piscina. Ese era el tipo de conversación que él había imaginado cuando se le ocurrió la idea de la biografía, y le atraía y le asustaba a partes iguales.

—¿Lo más importante? La empresa. —No le había hecho falta reflexionar. Eso lo sabía seguro. Hizo una pequeña pausa—. Marazul. —Otra pausa, con la vista clavada en el fuego de la chimenea—. El triunfo por encima de todo. —Sus palabras sonaban como disparos en el silencio de la biblioteca en penumbra—. Las personas nunca le interesaron tanto; ni siquiera yo, su único hijo. O la tía Gloria, que la acompañó toda su vida y se sacrificó por ella lo que no está escrito. —Había amargura en su voz—. Quizá mi padre sí fue central en su vida, hace mucho tiempo, pero murió tan joven que ella tuvo que seguir adelante borrando su recuerdo para no sentir tanto su falta. Ángel, curiosamente. Nunca pude comprenderlo. Ángel fue importante para ella hasta que tuvo que sacrificarlo.

—¿Sacrificarlo? —La parte de su mente que pensaba lo peor de Ofelia se activó de inmediato, como si olfateara la sangre.

—Es una forma de hablar. Se metió en demasiados líos de los que siempre costaba mucho sacarlo. Al final mi madre tuvo que apartarlo de la empresa y casi de la familia; le costó aceptarlo, pero acabó por darse cuenta de que daba mala imagen, que no nos convenía. Él se lo tomó muy mal y empezó a beber más de lo que ya bebía, a consumir cocaína en cantidades industriales… hasta que un día se la pegó con la moto. Fin de la historia.

—Entonces sí que fue un accidente.

—Pues claro. ¿Qué le han contado por ahí?

—Se rumorea que fue un ajuste de cuentas con la mafia rusa; asuntos de puticlubs, trata de blancas… cosas así.

—Ángel estaba metido en muchos asuntos sucios, eso es verdad. Pero fue un accidente.

—De todas formas, eso no entra en mi libro —Sandra sonrió, tratando de calmar al hombre que, de golpe, parecía muy tenso—. Ya tengo lista otra parte. Se la traeré mañana seguramente.

—¡Estupendo! Me alegro mucho de que la cosa avance. Entonces la espero mañana con las siguientes páginas.

Por un momento Luis había estado a punto de preguntarle qué haría ella si se daba cuenta de que el hombre con el que se iba a casar dentro de unos meses le había estado ocultando negocios sucios y fuentes de ingresos que avergonzarían a

335

cualquier persona decente. ¿Lo perdonaría y se casaría de todas formas? ¿Se casaría, pero cambiando el testamento para que no heredara la dirección de todo el consorcio y la fortuna íntegra? ¿Le diría que, en esas condiciones, no se sentía capaz de cumplir su palabra y tendrían que esperar? ¿Cortaría con él para siempre?

Sandra era joven, lo más posible era que no se sintiera en absoluto escandalizada por la idea de que fuera a casarse con otro hombre, con un hombre que era casi su sobrino, y su socio, y veintidós años menor que él. Ahora esas cosas eran normales. Al menos, eso decían.

No se animó a hacerlo. Quizá en otro momento.

La acompañó a la puerta hablando de nimiedades, de si pensaba pasar la Navidad en Monastil con sus padres o si volvería a Madrid para disfrutar de las fiestas con sus amigos, del frío que había empezado a hacer de pronto, de si ya tenía planes para cuando terminara el libro…

En cuanto se marchó, volvió a la biblioteca y, esta vez, con otros dos dedos de whisky, se sentó frente a las llamas de la chimenea recordando algo que le había acudido al pensar de nuevo en la idea de hacer pública su orientación sexual.

Cerró los ojos, buceando en sus recuerdos.

Fue durante el viaje a Nueva York en el que su madre le presentó a Selma Plath, la artista y diseñadora cuyo trabajo él ya admiraba desde hacía años. Tenía una casa preciosa, no muy grande y en una sola planta porque sufría una leve cojera que le había quedado de una fractura compleja, con un jardín casi mágico que se extendía directamente a la orilla del río y tenía un pequeño embarcadero de madera desde donde se veía una espléndida puesta de sol.

Habían estado tomando limonada a la sombra de un gran árbol él y su madre, Selma y su marido, un hombre de estructura delicada, con fuego en los ojos negros, también pintor de renombre, del círculo de Andy Warhol. Ya no se acordaba de cómo se llamaba, pero se acordaba perfectamente de que, cuando Ofelia y el marido de Selma habían entrado en la casa, él se había quedado con ella y la conversación había derivado hacia la preocupación de la comunidad homosexual de Nueva York donde, al parecer, habían muerto varios chicos jóvenes de una enfermedad aún no diagnosticada y que luego acabaría por hacerse tristemente famosa con el nombre de Sida.

Recordaba con total claridad que Selma decía que la homosexualidad no era ningún tipo de enfermedad ni de desviación y que esa enfermedad no era, obviamente, ningún castigo divino como decían los republicanos de Estados Unidos; que ella esperaba que, ahora que en España habían cambiado las cosas a la muerte del dictador y el país había entrado en el camino del progreso y la modernización, pronto se aceptaran la homosexualidad y la transexualidad como formas legítimas de vivir. Como el primero de los temas le tocaba demasiado de cerca, preguntó de inmediato por la transexualidad, de la que lo ignoraba casi todo, y Selma le habló del dolor de sentirse metido en un cuerpo que no era el que casaba con la mente de su ocupante, de la necesidad de que cuerpo y mente fuesen una unidad. Luego prometió enseñarle fotos de Candy Darling, una buena amiga de Warhol, que había empezado su vida siendo James Lawrence Slattery y se había convertido en una chica guapísima y rubísima hasta su temprana muerte, en 1972, a los treinta años, de un linfoma.

Allí, junto al río, viendo bajar el sol hacia su ocaso, dando sorbos a la limonada bien fría que tintineaba de hielo en su jarra, pensó por un momento que podría decirle a aquella mujer tan serena, tan comprensiva, que él era homosexual y estaba enamorado de un chico maravilloso que le correspondía. Era casi como si ella se hubiese dado cuenta y estuviera animándolo a abrirle su alma, a poner en palabras lo que siempre había llevado oculto en su interior.

Dos años después aquel amor se habría terminado, y aún tardaría un poco en encontrar a Alberto, pero en aquellos momentos no podía imaginar que aquello pudiese tener fin.

Selma llevaba unas gafas de sol muy oscuras, de montura negra con florecillas y diamantitos, y lo miraba sonriendo con dulzura maternal, como una niñera muy amada que, de pie dentro de la piscina, anima al pequeño que tiene a su cuidado a que se tire de una vez, que salte a sus brazos dentro del agua, prometiéndole seguridad y alegrías eternas.

La mano de Selma, grande, de dedos largos y finos, fuertes del trabajo con la piedra, estaba sobre la mesa, como abandonada allí para que él la estrechara. Habría sido tan fácil decirle: «Estoy enamorado, Selma. Estoy enamorado de un hombre que lo es todo para mí». Y toda su vida habría cambiado. Ahora pensaba que si se hubiese atrevido en aquel momento habría sido una liberación. Habría sido casi como decírselo a su padre y recibir la absolución que tanto necesitaba.

Pero entonces volvió Ofelia preguntando algo sobre la cena y el momento se rompió. Fueron todos a la cocina, cenaron y se marcharon de vuelta a su hotel. Nunca hubo otra oportunidad. No volvió a ver a Selma y el sincero abrazo que se dieron al despedirse fue también el último.

Recordaba con claridad ese día porque, además, aquella noche, aún en el hotel de Nueva York, soñó con su padre; un maravilloso sueño totalmente vívido, de esos que no se distinguen de la realidad, en que Anselmo lo abrazaba en la playa de Alicante y le decía que estaba orgulloso de él, que siempre lo había estado.

Por desgracia, no había sido más que un sueño y nunca se repetió.

36

*A*l salir de casa de don Luis a una tarde oscura y fría, Sandra se sentía como deshinchada, vacía. Lo que había empezado como una estupenda oportunidad de ganar algo de dinero y dejarse mimar un poco por sus padres se había convertido en un tobogán que la llevaba cada vez más abajo y más deprisa a un lugar al que no quería llegar. Ya no sabía qué pensar, ni adónde ir. No le apetecía volver a casa y, o bien hacer como que no había pasado nada, o bien volver a hablar de aquello que en el fondo no era gran cosa, pero que la incomodaba profundamente y, además, la hacía sentirse tonta hasta un extremo que la enfurecía.

Jamás hubiese creído que le afectaría de ese modo darse cuenta de que sus padres tenían secretos y mucho más ese tipo de secretos. No quería ni pensar en qué clase de cosas hacían en esos fines de semana pero, en cuanto dejaba la mente en blanco, su cerebro se empeñaba en visualizar escenas que no quería ver; y le daba una enorme rabia descubrir en su interior ese potencial de infantilismo, de mojigatería, pero no podía evitar que se le subiera la bilis cuando imaginaba a su madre o, mucho peor, a su padre, haciendo con Diego cosas como las que había hecho ella. ¿Por qué no era capaz de permitir a sus padres un placer sexual como el que le parecía normal para sí misma?

Caminando desde el chalé de don Luis de vuelta hacia el centro, se le ocurrió que necesitaba hablar con alguien y marcó el número de Doña, pero debía de estar atendiendo a un cliente porque saltó el buzón de voz antes de que hubiese sonado el primer pitido. Colgó, fastidiada, y llamó a Félix. La verdad era que no le quedaban muchos más a quienes llamar…

Con él tuvo más suerte.

Apenas oír su voz, debió de darse cuenta de que le pasaba algo porque quedó con ella de inmediato en la cafetería de delante de la biblioteca y cinco minutos más tarde la recibía con un abrazo.

—¿Pasa algo, Sandrita?

Hacía mil años que no la había llamado así. Ella negó con la cabeza.

—No. Bueno, sí. La verdad es que no sé.

Él soltó una breve carcajada, como un ladrido.

—Venga, dime qué quieres tomar y acomódate ahí en la mesa del mirador.

—No sé. Lo que sea.

Mientras Félix se encargaba de las bebidas y, conociéndolo, de algo sólido que sirviera de merienda, ella ocupó su mesa favorita, la única en un pequeño mirador de cristales en el que una se sentía como en una antigua cabina telefónica: en medio de la acera, pero con intimidad.

340

Ahora ya no estaba segura de haber hecho bien al llamarlo. Se le acababa de ocurrir que no podía contarle lo de sus padres por si él no lo sabía y ahora, por su culpa, se enteraba de un secreto que llevaban años guardando. A la vez, también se le había ocurrido que lo mismo Félix tenía también un secreto propio. ¿Qué sabe uno de la vida sexual o de la vida secreta de sus amigos más íntimos, de sus parientes más cercanos?

Félix era soltero y ni siquiera le habían conocido ninguna novia. Tuvo una, al parecer, mucho tiempo atrás, que se ahogó en un viaje que hicieron a la Costa Brava poco antes de casarse, y desde entonces siempre había vivido solo. Ahora se daba cuenta de que para ella y para su hermano era tan natural que Félix fuera sólo Félix —no Félix y Montse, o Félix y Juan— que nunca se habían dado cuenta realmente de lo que significaba que hubiese pasado toda su vida sin pareja. ¿Significaba eso necesariamente que no tenía vida sexual? ¿O que sus gustos eran de los que no se comentan en una reunión entre amigos? ¿Sería uno de los muchísimos hombres que frecuentan los burdeles o de los que prefieren emociones más fuertes, como el ambiente SM? ¿O participaría también en esas veladas para *swingers*, igual que sus padres? Se descubrió de nuevo haciendo una mueca de asco para sí misma al imaginarse a su tío en esos menesteres. No sabía por qué, pero era algo para lo que, al parecer, no estaba preparada. Tendría que trabajar en ello, se prometió a sí misma.

—Como dicen los ingleses: «un penique por tus pensamientos» —Félix había vuelto a la mesa con una bandeja llena de cosas sin que ella se hubiese apercibido. Decidió contarle lo más neutro.

—El chico con el que estaba saliendo… bueno… con el que me veía…, que además es el fisio de don Luis, me ha puesto los cuernos con Alberto.

—¿Con Alberto? ¡Vaya! La vida te da sorpresas… ¿Es bi?

—¡Félix! ¡Me has traído una tostada con boquerones en vinagre! ¡Cuánto tiempo sin probarla!

—Y aceitunas rellenas, y una cerveza grande. Aún me acuerdo de tus gustos, para que veas. —Dejó de sonreír—. Dime, peque, ¿te ha hecho mucho daño?

—Hace un par de días sí. Ahora ya… no sé. ¡Qué bueno está esto!

—¿Quieres hablar de ello?

—La verdad es que no.

—Una última pregunta… ¿lo sabe Luis?

Ella negó con la cabeza.

—Ese es el miedo que tiene Alberto, que se lo cuente a don Luis. ¿Se te ocurre por qué tiene tanto miedo?

Sandra tuvo la impresión de que pasaba una sombra por el rostro de Félix, apenas un instante.

—De momento no.

—Por lo que me han dicho, don Luis sabe que Alberto es gay.

—Quizá lo que no le gustaría es que se haya liado con el fisioterapeuta.

—Sí. Eso es probable. Mi sensación es que nunca le ha gustado el chaval. Parece que don Luis es más inteligente que yo… —terminó con una risa que sonó falsa. Clavó los dientes de nuevo en la tostada y, aún con la boca llena, añadió— pero mejor no hablamos de eso ahora.

—Pues entonces te diré yo algo para tu libro. He ido

341

al ayuntamiento y he rebuscado un poco. Ofelia cambió de nombre legalmente después de la muerte de Franco, en 1975. Pasó de llamarse Magdalena Ofelia Mallebrera Arráez a llamarse Ofelia Arráez Payá, tomando los apellidos de su madre.

—¿Y por qué tan tarde, si la fábrica cambió de nombre en 1962 —preguntó ella—, de Viuda de Anselmo Márquez a Calzados Ofelia Arráez, no Ofelia Mallebrera?

—Seguramente entre 1962 y 1975 se había acostumbrado a que la llamaran Arráez y pensó que era más fácil llevar legalmente el nombre que había elegido para su empresa. Lo de hacerlo tan tarde debió de ser porque en la época franquista quitarte el nombre y el apellido de tu padre para sustituirlo por los dos de la madre habría necesitado una explicación convincente. Nada de «suena mejor para vender mis zapatos».

—¿Dice por qué cambió?

—No. No he encontrado la solicitud donde quizá hubiera que escribir una justificación para el cambio de nombre y apellidos. ¿Cómo llevas el libro?

—Bien. Mañana entrego lo siguiente y ahora he decidido ponerme las pilas en serio y terminar, si puedo, antes de Navidad.

—Ya no aguantas el pueblo, por lo que parece.

—No es eso. O no del todo. Necesito salir de aquí; buscar un trabajo de verdad, hacer algo con mi vida.

—Pues claro, como todos.

—Tengo casi treinta años, Félix. Cuando Ofelia tenía mi edad había vivido en el extranjero, había pasado una guerra, se había casado, tenía un hijo y dirigía una empresa que iba a más cada año. ¿Y yo? No he hecho más que estudiar en esta vida, he tenido unos cuantos trabajos basura y las dos veces que he intentado tener pareja estable me han salido rana.

Félix dejó pasar unos segundos.

—Son otros tiempos —dijo por fin—. Tú vivirás más…

—¿Más que Ofelia? Lo dudo.

Los dos se rieron.

Media hora más tarde, Sandra estaba a punto de meter la llave en la puerta de abajo cuando sonó su móvil.

342

—Acabo de quedarme libre, he visto tu llamada perdida y aquí me tienes. ¿Hay novedades? —La voz y el entusiasmo de Doña la hicieron sonreír.

—¡Uff, ya ni sé!

—Anda, vente a casa y cenas aquí.

—Vengo de merendar, pero si me das una cerveza, me vale.

—Aquí te espero.

343

*E*stimada Sandra,

le ruego perdone el retraso en contestar, pero he tenido mucho que hacer en las últimas semanas y, por desgracia, mi vista flojea cada vez más, por lo que no siempre puedo ponerme a escribir al final del día como solía hacer antes.

En otros tiempos, la noche era mi momento favorito para despachar el correo personal e incluso para escribir las mejores homilías del domingo, pero esos tiempos ya pasaron.

Me pide usted que le cuente lo que recuerde de doña Ofelia Arráez en la época en que fui párroco en Monastil, en Santa María de la Salud. Tengo que remontarme a los años setenta, ya que si no me equivoco ocupé mi puesto sobre el año 1968 y no salí de allí hasta bien entrados los setenta.

Por aquel entonces doña Ofelia debía de tener ya más de cincuenta años, pero seguía siendo una mujer impresionante, muy elegante, muy señora, muy generosa, y eso era lo principal. No es que fuera una feligresa muy asidua —la pobre tenía demasiado trabajo para cumplir con todas sus obligaciones cristianas— pero siempre se le podía pedir ayuda cuando era menester y siempre se podía contar con ella, desde presidir una mesa petitoria de postín, hasta hacer una donación para atender por Navidad a las familias más necesitadas o restaurar un tejado con goteras.

Venía siempre a misa por las Fiestas Mayores, Navidad y Pascua, algún domingo especial y alguna vez al rosario cuando su mejor amiga, doña Gloria —que esta sí que era muy piadosa— la traía consigo.

Me da mucha pena recordar a doña Gloria y sigo dándole vueltas a qué pudo pasar, qué pudimos hacer mal entonces para que la pobre señora acabara como acabó, siendo como era tan buena, tan cariñosa con todo el mundo, tan entregada a su familia.

No sé si estas pequeñeces le ayudarán en algo para la redacción de su biografía; me figuro que no, pero es que no sé qué más decirle.

Me acabo de acordar, aunque no sé si vale la pena hablar de ello, que doña Ofelia nunca se confesaba y cuando, con mucha diplomacia, se lo comenté, me dijo que no me lo tomase a mal, pero que ella lo hacía una vez al mes en otra parroquia, con un sacerdote que conocía desde hacía mucho tiempo y que había sido trasladado unos años antes de que llegase yo. Creo que se llamaba don Manuel, pero nunca supe el apellido. Quizá le resulte útil ponerse en contacto con él, aunque no me extrañaría que hubiese fallecido ya, porque, si mal no recuerdo, era mucho mayor que yo, y ya no soy precisamente un pimpollo. Llegó a decirme, incluso, que si no me fiaba de su palabra y no quería darle la comunión, le parecería comprensible, y entonces comulgaría en la parroquia de don Manuel y a todos los efectos se consideraría en adelante feligresa suya.

Ni que decir tiene que siguió honrándonos con su presencia, recibiendo el Santo Sacramento y colaborando en la parroquia. ¿Quién era yo, al fin y al cabo, para dudar de su palabra? Doña Ofelia era una viuda ejemplar, además de un pilar de la sociedad de Monastil y de la provincia, siempre en buena relación con las fuerzas vivas del municipio, de Alicante, Valencia e incluso Madrid.

Lamenté mucho mi traslado a Torrevieja porque siempre me sentí a gusto en Monastil. Al principio seguí carteándome con algunos feligreses, pero poco a poco nos fuimos distanciando y, a día de hoy, ya no tengo relación con nadie.

Rebuscando entre los papeles antiguos que aún conservo he encontrado una breve carta de doña Gloria que le adjunto a la presente, aunque lo que me cuenta no tiene mayor importancia, pero he pensado que quizá pueda usted encontrar en ella algún detalle que añadir a su trabajo.

Quedo a su disposición para cualquier cosa que desee consultarme.

BALBINO TORRES
Residencia Los Magnolios
Gijón

Junto a la carta, en el mismo sobre, había una fotocopia de la siguiente carta, escrita en tinta azul con una caligrafía bonita y anticuada, de renglones tan rectos que seguramente habrían sido trazados, para guiarse, en un papel por debajo del papel de la carta, que me imagino de un blanco roto y con unas discretas florecillas grises en la esquina superior derecha, aunque tratándose de una fotocopia, puedo equivocarme:

Monastil, 2 de octubre de 1975

Querido don Balbino,

Espero que al recibo de la presente se encuentre usted bien de salud y con más ánimo que la última vez, ya que al recibir carta suya el mes pasado me pareció que andaba usted un poco pachucho y que la nueva parroquia no le estaba dando tantas alegrías como las que recibió en Monastil al correr de los años. Pero hay que tener paciencia y soportar los reveses que nos trae la vida con cristiana resignación, como usted mismo nos enseñó tantas veces. Lo que pasa es que el tiempo que pasó usted con nosotros en Santa María de la Salud fué tan bueno que a todos nos da mucha pena que se haya acabado.

Por aquí las cosas van como siempre más o menos, aunque con don Tomás todavía no nos apañamos mucho. Es buena persona, como corresponde a un sacerdote, pero, aunque me esté mal decirlo, no tiene muchas luces y tampoco se deja ayudar por los que lo queremos bien y sabemos cómo funciona todo en este pueblo. Por fortuna Ofelia ha tenido ya un par de conversaciones con él y –se lo digo en confianza, padre–, lo ha "puesto en vereda", según sus propias palabras. A ver lo que dura…

Todo esto se lo cuento para animarlo un poco y para que vea que no es usted el único que no está contento con el traslado. Sus feligreses lo echamos de menos e incluso estamos pensando en escribir una carta a Orihuela, a su Excelencia, el obispo, si usted nos da permiso, para solicitar que vuelvan a trasladarlo aquí.

Mediante la presente, le pido permiso en nombre de todos nosotros, pero sobre todo en nombre de las Damas de Acción Católica, para redactar esa carta. Si nos lo concede, empezaremos las gestiones sin más dilación.

Por lo demás, poco hay que contar, salvo una pequeña novedad. Ofelia ha tenido la idea de introducir cursos de inglés voluntarios y gratuitos para los obreros de las fábricas y los empleados de administración. Para ello ha contratado a una profesora americana que habla con un acento mexicano un poco raro y que tiene un nombre más raro aún: Lorna May. ¡Imagínese, padre, parece sacado de una película del Oeste!

La muchacha va a vivir en nuestra casa —el chalé nuevo que recordará que estrenamos hace tres años— hasta que encuentre algo que le convenga más, y fíjese lo que son las cosas, justo cuando ella se va a instalar en el chalé con Ofelia, Luis y Ángel (Carmela está todo el día pero no se queda a dormir y Alberto vive con su madre), yo he decidido que, ahora que ya no hay niños que me necesiten, voy a darme el lujo de instalarme en mi propia casa y vivir a mi aire. La verdad es que no sé si acabaré por aburrirme teniendo de pronto tan pocas cosas que hacer, pero a lo mejor empiezo un curso de bordado que ofrecen en la Sección Femenina. Sabrá que siempre me hizo ilusión aprender a bordar a máquina pero nunca tuve tiempo que gastar en esos menesteres; ahora por fin puedo hacer alguna que otra cosa extra. La catequesis sigue, como siempre, y a lo mejor entro en el coro de la iglesia. Según Mari Ángeles no tengo una gran voz, pero no desafino nunca, como les pasa a muchas mujeres de mi edad.

En fin, no tengo mucho más que contarle, padre. Si hay algo de todo lo que le he escrito que, por lo que sea, no le pareciese bien, dígame lo que piensa y le prometo reflexionar sobre el asunto.

Se despide de usted, afectuosamente, su fiel feligresa

GLORIA SORIANO

347

$\mathcal{V}$estida con un conjunto de pantalón y suéter de andar por casa, del tejido caliente y mullido con el que se suelen fabricar los peluches infantiles, Doña parecía una osita regordeta. También se había cambiado los zapatos de vestir por unas pantuflas enormes con cabezas de unicornio en las puntas que le hacían ir arrastrando los pies por el pasillo mientras la precedía hacia la sala de estar.

—No sabes las ganas que tenía de ponerme cómoda, *m'hija*. Llevo vestida y calzada desde las siete de la mañana.

—¿Hay gente que viene a esas horas a consultarte?

—Empiezo a las ocho, y a veces antes. Trato de no estimularlo, pero tengo clientes que, si los dejara, no empezarían el día sin venir a consultar. Algunos se pasan sólo a sacar la carta del día, imagínate. Y muchos vienen poco antes de su cumpleaños a ver cómo se presenta el año que empieza... y están las decisiones de trabajo, de compra de algo importante... el amor... eso es casi lo que más... Parece que los seres humanos no conseguimos limitarnos a vivir el presente; siempre queremos echar una miradita al futuro, y es más que difícil explicarle a la gente que lo que dicen las cartas puede ayudar, pero no es definitivo porque el futuro depende del pasado y de nuestras decisiones. Además de que lo que las cartas aconsejan... a veces es raro porque ellas no tienen los mismos baremos que nosotros.

—No te sigo.

—Ponte cómoda, anda. —Doña ya tenía puestas las cervezas en la mesa junto con unas cuantas cosas de picar—. Te daré un ejemplo: tuve un cliente que estaba preocupadísimo por un examen que tenía que hacer, del que, según él, dependía su futuro. No le había dado tiempo a prepararse del todo bien, (hay que añadir que era un perfeccionista total), y quería saber si era mejor presentarse en junio y arriesgarse a suspender o dejarlo para septiembre con más garantías. Las cartas le dijeron que daba igual. No que iba a tener éxito o no, sino que, hiciera lo que hiciera, daba lo mismo. Se enfadó muchísimo y hasta llegó a decirme que le estaba mintiendo. En fin. Se marchó y ya no me enteré hasta mucho después, cuando me escribió desde Colombia, contándome que se presentó en junio y aprobó el examen, pero que ese mismo verano conoció a una chica colombiana, se enamoraron y se marchó con ella, dejándolo todo lo que había conseguido aquí. Allí tiene un trabajo en la empresa del padre de su mujer que no tiene nada que ver con lo que estudiaba aquí y al final tuvieron razón las cartas: daba absolutamente igual cuándo hiciera el maldito examen, o que no lo hiciera jamás.

Pero cuando la respuesta es de ese tipo, los consultantes se enojan. Nadie quiere creer que lo que tanto le preocupa es baladí.

—Hacía mil años que no oía esa palabra.

Doña se echó a reír.

—Me gusta usar palabras viejas, para que no se pierdan. ¡Vamos, dime! ¿Qué hay de nuevo?

—¿Tú has estado en Marazul?

—¿Yo? No. ¿Para qué?

—¿Nunca te invitó Ofelia a su chalé de la costa?

—Ni a su chalé de aquí. Ella siempre venía, como haces tú. Y primero siempre venía en secreto, a horas raras, para no encontrarse con nadie ni que la vieran entrando aquí. Luego ya se fue relajando.

—Yo he estado en Marazul y aún estoy a cuadros.

Sandra le contó su visita y sus impresiones, dejando para el final lo de los papeles que había encontrado en la casita de la playa y que aún no había podido mirar.

—No te pega haber esperado tanto para leerlos... ¿te asusta?

—No. O al menos creo que no. Es que han pasado demasiadas cosas mientras tanto; cosas que me han... descolocado un poco.

—Además de lo de Diego y Alberto quieres decir…

—Sí.

—Pero del mismo tipo. Sexo, ¿no?

—Bruja.

—Psé. Es que resultas fácil de leer. Y ya te dije que uno de tus problemas es que no quieres aceptar que eres como eres, y por eso vas de sorpresa en sorpresa. —Sandra se rellenó el vaso y desvió la vista—. Si aceptaras que eres una persona muy convencional y que tienes interiorizada la idea de alcanzar el típico futuro clásico y burgués…, que no tiene nada de malo, *m'hija*…, en lugar de creerte una feminista de pro y una mujer liberada y ultramoderna, lo mismo partiendo de ahí podrías desarrollarte, pero así… pensando que ya has llegado, lo único que haces es darte trompazos contra la realidad.

—Entonces… según tú… ¿qué debería hacer?

—Ya lo dijeron los griegos: conocerte a ti misma. Ese es el principio de la sabiduría.

—¿Hay alguna tirada para eso?

—Varias. —Doña se estaba preparando una especie de canapé poniendo un poco de todo lo que había en la mesa sobre una rebanada de pan—. Hay una que te muestra en qué punto estás de tu desarrollo vital o profesional, qué hay detrás de ti y qué hay delante. De modo vago, claro, porque se refiere a un tiempo muy largo y a una evolución con muchos factores, pero siempre resulta interesante. Y hay otras que se concentran más en decirte cómo eres, qué ocultas, qué cosas no sabes de ti misma. El Tarot sirve para mucho, *m'hija*.

Miró con satisfacción el canapé que se había preparado y le dio un mordisco gigante. Sandra esperó un instante para ver si le ofrecía echarle las cartas, lo que no sucedió. Tendría que pedírselo ella, si de verdad tenía interés, y primero tendría que decidir si realmente quería saber en qué punto estaba de su vida o de su desarrollo profesional. ¿Y si las cartas le decían que ya estaba al final, que no había más? ¿Significaría eso que le quedaba poco tiempo de vida o que jamás tendría una carrera profesional?

Decidió dejarlo por el momento y se preparó un bocado imitando a Doña. Verla comer con tanta alegría le estaba dando hambre.

—Bueno… —dijo la tarotista con satisfacción despúes de haberse comido la última miga del canapé gigante—. ¿Y si le echamos una mirada a esas páginas que has robado de Marazul?

Sandra la miró entre espantada y ofendida.

—Hay que hablar con propiedad. ¿O prefieres «sustraído»? —preguntó sonriente—. Viene a ser lo mismo, pero suena más bonito. —Se echó hacia atrás en el sofá, se cruzó de brazos y se quedó quieta, esperando la lectura.

Sandra terminó de masticar, se limpió las manos en una servilleta, agarró la mochila y buscó por sus papeles hasta encontrar lo que quería. Ahora se daba cuenta de que aquello había sido un robo, efectivamente. Podría haber extendido las páginas sobre la cama, haberles hecho una foto con el móvil y haberlas dejado en su sitio. Así nadie se enteraría jamás de que ella las había consultado, mientras que ahora, al haberlas sacado de allí, aquella carta jamás volvería a su lugar porque… ¿cuándo iba ella a volver a Marazul y a tener ocasión de dejarlo todo en su sitio? ¿O cómo se iba a atrever a confesarle a Carmela, y mucho menos a don Luis, que había… sustraído… unos papeles y deseaba devolverlos? ¿Y si en aquellos papeles había algo que nadie sabía? ¿Y si…, casi peor, alguien sabía que estaban en la casita de la playa y cuando fuera a buscarlos no los encontrara?

—Deja de darle vueltas. Lo que ha sido ya ha sido y no puede dejar de ser. Lee.

Con manos poco firmes, Sandra desplegó las páginas. El texto estaba en inglés. No había fecha ni indicación de lugar.

—¿Entiendes inglés, Doña?

—No mucho, la verdad. Lo justo para aclararme en los viajes.

—Iré traduciendo sobre la marcha.

Sandra comenzó a leer en voz alta:

Querida Ofelia, amiga del alma,

Acabo de recibir tu carta y ya ves, me apresuro a contestarte porque esta vez, a diferencia de otras, he tenido la impresión de que te sientes de verdad culpable y que ya no ves la realidad como

351

fue sino como tú te la has vuelto a contar en esas noches sin sueño de las que me hablas.

Conozco el peligro de hacerlo, lo he hecho durante mucho, mucho tiempo, tú lo sabes bien, pero he conseguido comprender el odioso mecanismo de la culpa y, al hacerlo, he logrado superarlo.

Algo en tu interior te dice, al principio en voz muy baja, que quizá, al tomar una decisión, al hacer lo que hiciste, no consideraste todas las posibilidades. Entonces empiezas a pensar qué habría sucedido si en lugar de esa decisión hubieses tomado otra; empiezas a ver todo lo que podría haber resultado mejor y a compararlo con la peor parte de la decisión que realmente tomaste. Eso te hace pensar que el otro camino podría haber sido más justo, o menos doloroso, o más moral… y poco a poco va brotando la culpa como una de esas plantitas que nacen entre dos baldosas en el suelo de una terraza, o en una fisura en la pared de una casa de campo y al principio parecen incluso bonitas, tan pequeñas, tan verdes, pero acaban por hacerse grandes, feas, poderosas, y con el tiempo arrancan el suelo o destruyen el muro. Lo peor de todo, querida mía, es que si pasas suficiente tiempo sintiéndote culpable, cultivando esa culpa pequeñita hasta que se hace enorme, acabas por no poder vivir sin ella porque forma parte de tu ser y te coloniza como un parásito que se alimenta de ti, de tu sufrimiento, pero que al final termina convertida en un simbionte: la culpa no puede sobrevivir si no la alimentas, pero tú tampoco puedes sobrevivir sin el dolor placentero que ella te proporciona. He pasado por ello y no quiero que te suceda a ti.

352

Escúchame, Ofelia, escucha lo que voy a decirte y guarda bien esta carta porque, conociéndote como te conozco, sé que necesitarás leerla muchas veces, durante muchos días, semanas… años tal vez. No cedas a la tentación de destruirla como sé que haces con todas mis cartas —tú misma me lo contaste en una de tus visitas— para que no quede nada que pueda hacernos daño ni a ti ni a mí. No te preocupes, no daré detalles, y sólo tú comprenderás lo que trato de decirte para ayudarte en lo posible en esa situación en la que te has metido a base de darle vueltas y vueltas a lo que sucedió, a si podríamos haberlo hecho de otro modo, a si hicimos realmente lo correcto.

Lo hicimos, querida, hicimos lo que debíamos hacer y nadie tiene derecho a juzgarnos por ello, mucho menos cualquiera que no se haya visto en la misma situación en la que nos vimos nosotras entonces.

La muerte de Mito era inevitable, tú lo sabes bien. De hecho, sabes incluso que ya estaba prácticamente muerto cuando aparecí yo. Entre las dos lo matamos, es cierto, pero no sólo con su connivencia sino con su bendición.

—¡Doña! ¿Has oído? ¡Lo mataron ellas, entre las dos! ¡Tenía yo razón!

El rostro de Muerte parecía un ídolo de piedra. Rígido. Sin expresión.

—Sigue leyendo. No es posible. Yo lo sabría.

Sandra carraspeó, bajó la vista hacia la carta y continuó:

Mito no podía más, y para nosotras la vida era al menos tan dolorosa como para él. ¿O ya no te acuerdas de cómo se iba alejando, retrayendo, oscilando entre tú y yo como un lago atraído por la luna llena, sujeto a la fuerza de las mareas?

No era feliz ¿recuerdas? Te lo repito para que no sigas engañándote como has hecho en la carta a la que te estoy contestando ahora, donde me dices que «quizá lo malinterpretamos y no era tan desgraciado como quería hacerme creer». No, Ofelia.

No.

Era.

Feliz.

NO ERA FELIZ.

Anselmo sufría terriblemente, recuérdalo, recuerda los momentos en que lo viste llorar desesperado, retorciéndose de dolor y de angustia.

No te engañes, querida mía. Yo lo sé mejor que nadie. Yo era la persona más cercana a Mito en aquella espantosa fase en la que sólo pensaba en desaparecer, en morir, en dejar de ser él y dejar de sufrir para siempre.

No había otra salida. Él lo quiso así y tú, su esposa, lo ayudaste con toda tu alma, con todo tu corazón, con la inmensa generosidad que siempre has tenido. Te juro, Ofelia, que nunca he conocido a una persona más generosa que tú. Lo que tú fuiste capaz de hacer para ayudar al pobre Mito fue la mayor prueba de amor que se puede dar a otro ser humano. Créeme y descansa, como él ahora.

Nosotras estamos vivas y él vive en nosotras. Y en su hijo, ese

353

maravilloso muchacho que tanto me alegré de volver a ver, ahora que es adulto y mucho más guapo de lo que era su padre.

Las dos somos más felices ahora de lo que fuimos mientras él se iba consumiendo ante nuestros ojos. Hemos conservado nuestra amistad, forjada en la peor de las desgracias y por eso, quizá, más resistente al paso del tiempo, aunque casi nadie lo comprendería si lo supiera. Eres mi amiga más querida, Ofelia, y cada vez que te veo, cada vez que voy a recogerte al aeropuerto y te abrazo y te tengo al lado en el coche mientras te llevo a casa, recuerdo nuestro pasado común y doy gracias a ese dios en quien no creo por haberte puesto en mi camino.

Nos salió bien. Hicimos lo que tuvimos que hacer y lo hemos superado. Es natural que a veces aún nos asalten las pesadillas, que a veces aún pensemos si no habría existido otra salida menos dolorosa; pero no te tortures más, no había otra salida. Recuerda que Anselmo lo quiso así. Hizo falta valor, querida, mucho valor, mucha entereza, pero lo logramos y ahora estamos en paz.

Te mando un abrazo de hermana con todo el cariño que siento por ti.

Tuya,

SELMA

354

Cuando Sandra terminó de leer, después de varias pausas silenciosas en las que se habían limitado a mirarse a los ojos, se quedaron mudas, pendientes las dos de la reacción de la otra.

—¡Joder! —dijo Sandra por fin—. ¡Se lo cargaron entre las dos! ¿Qué dices? ¿De verdad que no lo sabías?

Doña carraspeó. Se notaba que estaba perpleja, preocupada.

—No. Sabía que Anselmo estuvo muy enfermo en la guerra, que mejoró mucho y luego tuvo una recaída y empezó a sufrir una barbaridad hasta que Ofelia, aconsejada por los mejores médicos que encontraron, pensó que lo ideal sería llevarlo a un hospital del norte donde el aire de la montaña le haría bien a sus pulmones y donde podrían tratarlo específicamente. ¿Has leído la novela *La montaña mágica*, de Thomas Mann, sobre ese sanatorio suizo para tuberculosos? Pues algo parecido, me figuro. Nunca supe exactamente dónde estuvieron, o me lo dijo y lo olvidé. Sé que al principio les costó mucho decidirse, porque significaba estar lejos de la familia y la fábrica y la vida normal durante mucho tiempo, pero no había más remedio si querían tener alguna posibilidad de curación. Ofelia iba y venía, pasaba largas temporadas aquí y luego se marchaba un par de semanas. Tenían un encargado de confianza, Marcial, que les llevaba la fábrica y tomaba las decisiones menos arriesgadas, y tenían a Gloria, que criaba a los hijos, aunque por entonces ya debían de ser adolescentes, y mantenía la casa en orden.

Ahora, con lo que has leído, también ha quedado claro que Selma le hacía compañía a Anselmo en el sanatorio cuando Ofelia estaba en Monastil.

—¿Tú sabías lo de Selma? ¿Sabías que Anselmo tenía una amante?

—No. ¿Y tú?

—Tampoco —mintió Sandra porque le daba vergüenza no habérselo contado antes y no se sentía con ánimos de confesarlo ahora y empezar desde el principio.

—Pues ya está todo claro. Aunque la verdad es que en la carta no se dice nada de que esa muchacha fuese amante de Anselmo; igual podía haber sido una gran amiga de él, o incluso de ella, o de los dos. No queda nada claro. Lo que se desprende de lo que has leído es que las dos lo querían, él las quería a las dos y, al final, cuando ya no podía más, les pidió que lo ayudaran a morir. Lo hicieron por su bien, pero Ofelia siempre se sintió culpable, aunque ella misma sabía que no era una asesina.

—¿Cómo sabes tú eso?

—Porque si ella se hubiera considerado una asesina, yo lo habría notado. Siempre noté que había algo muy doloroso y muy profundo que jamás quiso contarme, pero estoy segura de que no mató a su marido por provecho ni por ambición ni por ningún motivo rastrero. Lo hizo por amor. Por eso yo no lo sentí, porque no fue un crimen.

Callaron unos segundos.

—Entonces ¿crees tú que el anónimo tenía que ver con esto? ¿Que alguien sabía lo que había hecho Ofelia y se lo recriminaba?

—A mí sólo se me ocurre una persona.

—¿Quién?

—Doña Adela.

355

—¿Quién? —Le daba mucha vergüenza, siendo biógrafa oficial de Ofelia Arráez, pero tenía la sensación de no haber oído jamás ese nombre.

—Su suegra. La madre de Anselmo.

Se quedó perpleja. Nunca le había llamado mucho la atención esa figura y además, sin ninguna lógica, estaba convencida de que la madre de Anselmo había muerto mucho antes que su hijo, aunque ahora recordaba que en la carta de Ofelia a Kiki se hablaba de que doña Adela estaba ya bastante enferma y por eso no la podían dejar sola para viajar a París. Al parecer se había cumplido eso de «mujer enferma, mujer eterna» si había conseguido sobrevivir a Anselmo.

—¿Cuándo murió?

—No lo sé seguro, pero me suena que poco después que él. De pena, decían. Nunca quiso a Ofelia, y mira que ella se preocupó siempre de que no le faltara nada a su suegra…

Se quedaron calladas, algo tristes, con la sensación de anticlímax que aparece siempre que se resuelve un misterio.

—O sea… —empezó de nuevo Sandra—, que doña Adela, en un arrebato de rabia, le escribió ese anónimo a Ofelia, fue Gloria quien lo leyó, se lo guardó en la falda que mucho después acabó metida en el puf moruno con toda la ropa vieja, y, como sabía que la pobre señora ya estaba muy mayor y que había sido un puro arrebato de odio, no le dijo nada a Ofelia. Luego Adela murió y ahí se acabó todo.

—Podría ser.

—Sí. Podría ser. Pero primero habría que comprobar la escritura, asegurarse de que de verdad era la caligrafía de Adela contrastándola con otros escritos suyos. Tiene que quedar alguna carta, alguna postal… Además, ¿de qué fotos habla? —insistió Sandra, que quería asegurarse de que todo casaba.

—Si no se inventó lo de las fotos… o si no lo dijo sólo para asustarla, como había visto hacer en las películas…

—O si no le mandaron alguna foto desde el sanatorio, de recuerdo, donde se veía a Ofelia sirviéndole a su marido una taza de café y Adela, que ya estaba muy mayor y odiaba a su nuera, se montó una película en la que Ofelia era una asesina…

»Nunca lo sabremos, Doña. Hay cosas que no se pueden llegar a saber. Una intenta comprender lo que pasó, unir los pocos puntitos que han quedado para que den un dibujo comprensible, y tiene que conformarse con eso. Luego pasa como con las constelaciones en el cielo… que cada uno ve en ellas lo que quiere, aunque tengan sus nombres. ¿O tú has visto alguna vez una osa en la Osa Mayor? El Carro es más o menos lógico, pero ¿la osa? Y seguramente el que le dio ese nombre tuvo sus razones; lo mismo él sí veía un animal. —Se puso de pie y se estiró—. En fin. Creo que me voy a dormir. Mañana seguiré escribiendo, le entregaré las páginas a don Luis y ahora mismo he terminado.

—No pensarás enseñarle esto, ¿verdad? —preguntó Doña señalando las páginas de la carta de Selma.

—Hace poco aprendí lo de las tres preguntas —alzó la mano izquierda y fue contando dedos con la derecha: ¿Es verdad? Sí, o tal vez sí, yo qué sé ya… y además, ¿qué importa? ¿Es bueno? Para don Luis sería lo peor. ¿Es necesario? No, en absoluto. Así que la respuesta es no. No se lo voy a enseñar, no voy a insinuar nada en el libro y no lo devolveré al lugar de donde lo he robado. Cuando muera don Luis, si yo sigo viva, quemaré estos papeles, iré a su panteón y dejaré allí las cenizas sin que se entere Alberto.

—¡Bravo por ti, Sandra! Cuando tengas un rato, si quieres, pásate y te hago una de esas tiradas para que te hagas una idea de lo que te espera en la vida.

Se dieron un abrazo en la puerta.

—Gracias, Doña. De corazón.

357

$\mathcal{A}$l cerrar la puerta de la calle echó una mirada a su reloj. Era casi medianoche. Otra vez no había avisado en casa de que no iría a cenar.

Había creído desde el principio que se sentiría mejor cuando consiguiera averiguar lo que había pasado. Unas semanas atrás se habría puesto a dar saltos de alegría al ver su teoría confirmada: Ofelia era una homicida, aunque la verdad era que podía comprender perfectamente que una persona que de verdad quisiera a otra estuviera dispuesta a ayudarla a morir. ¿Cómo lo habría hecho? ¿Con un veneno, como ella había supuesto siempre, como había visto en sueños? ¿Se habrían turnado las dos mujeres para envenenarlo? Anselmo lo sabía, lo había pedido.

Daba escalofríos.

Lo imaginaba bebiendo su té envenenado con una mirada de agradecimiento unas veces a su esposa, otras a su amante, por estar ahí para ayudarlo a dejar de sufrir.

Casi podía verlo en aquel sanatorio suizo, en un grandioso escenario de altas montañas coronadas de nieve, bien abrigado al sol, en la terraza, respirando dolorosamente el aire purísimo que, sin embargo, no conseguiría devolverle la salud.

Podía verlo con claridad. Y sin embargo…

Sin embargo daría cualquier cosa por poder viajar en el tiempo, o mirar por un telescopio y ver qué había sucedido de verdad, enterarse de cómo se habían conocido Mito y Ofelia, Mito y Selma, cómo habían ido haciendo la gran empresa que era ahora el grupo Ofelia Arráez, cómo habían explorado juntos París, cómo había sido después la enfermedad, el entierro, el resurgir de Ofelia, siempre entera, siempre sola, recordando a su marido, apoyándose en las cartas de la que había sido la amante de Mito y ahora era su mejor amiga y una de sus mejores diseñadoras.

¡Cuánto daría por haberlos conocido, por saber cómo fue! En una película, en una novela, sería posible. Pasaría una la hoja y en la siguiente pondría:

Monastil 1939

Y empezaría la historia que ella quería conocer.

359

Tercera parte

¿Qué se hizieron las damas,
sus tocados e vestidos,
sus olores?
¿Qué se hizieron las llamas
de los fuegos encendidos
d'amadores?
¿Qué se hizo aquel trovar,
las músicas acordadas
que tañían?
¿Qué se hizo aquel dançar,
aquellas ropas chapadas
que traían?

JORGE MANRIQUE, *Coplas a la muerte de su padre.*

* * *

Where have all the flowers gone?
Long time passing
Where have all the flowers gone?
Long time ago

(¿Qué ha sido de todas las flores?
¡Ha pasado tanto tiempo!
¿Qué ha sido de todas las flores?
Hace mucho ya)

PETE SEEGER

Junio de 1939. Petrer

Le daba vergüenza estar allí, en aquella casucha miserable, sentado en la silla de enea con las manos apretadas entre las rodillas esperando turno con otra media docena de desgraciados como él. No había levantado la cabeza desde que había entrado, hacía ya una hora, y se había limitado a clavar la vista en los dibujos de las baldosas del suelo, cada una de una clase, como si las hubieran recogido una a una de las ruinas de otras casas, de las muchas que habían sido destruidas por los bombardeos.

Las mujeres hablaban en voz baja, como si estuvieran en un velatorio, contándose sus dolores y sus síntomas, la letanía de médicos que no habían sido capaces de curar a sus enfermos a pesar de que les habían costado sus buenos duros, total para nada. Los hombres callaban, liaban un pitillo y fumaban en silencio mirando al techo y de vez en cuando pasaban la vista por todos los rostros, como aclarando que sólo habían venido a acompañar a algún familiar, que por ellos no estarían allí, en aquella sala oscura que olía a verduras cocidas y a cuerpos poco lavados.

Remedios era famosa en toda la comarca. Aunque no siempre podía curar la enfermedad, siempre era capaz de decir qué tenía el enfermo, dónde estaba el foco del mal, y luego, con esa información, muchas veces un médico encontraba el tratamiento.

Anselmo le había dado muchas vueltas al asunto hasta decidirse a ir a casa de la curandera. No quería hacerlo, pero al final había pensado que al menos nunca tendría que decirse a sí mismo que no lo había intentado todo. No tenía ninguna esperanza. Su caso no tenía solución y él lo sabía mejor que nadie, pero la esperanza es una alimaña que tarda mucho en morir. Al menos había tenido la suerte de que no hubiese nadie de su pueblo que se atreviera a preguntarle qué hacía allí.

Se abrió la puerta de repente y todos levantaron la vista, nerviosos. Remedios no llamaba a la gente por su turno sino por sus propias razones.

—Usted. Haga el favor. Pase.

Anselmo, azorado, se puso de pie, agarró el sombrero que había dejado en el suelo, junto a su silla, y siguió a la mujer de negro a una habitación con una ventana que daba al campo. No había más que una cómoda de tres cajones, una mesa camilla con faldas marrones, dos sillas y un crucifijo montado en una peana de mármol.

—Siéntese.

El rostro de Remedios era un amasijo de arrugas; sus ojos, dos pasas renegridas y brillantes sobre unas grandes ojeras moradas. Se sentó frente a él, cogió la figura del crucificado y se quedó mirándola. Luego cerró los ojos pero sin cambiar de pose, como si estuviera mirando a Jesús a través de los párpados.

—¿Has venido para que te eche las cartas o por lo del pecho? —preguntó, tuteándolo de pronto, al cabo de unos minutos.

Él sacudió la cabeza y carraspeó. Le habían dicho que Remedios sabía lo que cada uno había ido a buscar, que no hacía falta ponerlo en palabras, y sin embargo ahora le estaba preguntando lo que él jamás se atrevería a decir.

—¿O es por lo otro? —añadió ella.

Anselmo sintió un alivio parecido al que se siente al orinar después de mucho tiempo de aguantarse.

—Por lo otro —contestó en voz baja.

—Eso no tiene cura, ya lo sabes. —Los labios de Remedios, pálidos y secos, formaban una línea cruzando su cara—. Pero, si te consuela, tampoco es una enfermedad.

—Puede que no, pero es peor.

—Según se tome.

Remedios besó el Cristo, lo puso sobre la cómoda y, de uno de los cajones, sacó una baraja con unos dibujos que Anselmo no había visto nunca.

—Baraja y corta con la izquierda. Saca diez cartas. Con la izquierda.

La mujer dispuso seis naipes formando una cruz y los otros cuatro a la derecha, en fila.

—¿Has venido en coche?

—Sí. ¿Cómo lo sabe?

—Tengo orejas —contestó torciendo los labios en algo que podría haber sido una sonrisa.

Giró las cartas meneando la cabeza, asintiendo, como satisfecha de que le hubieran dado la razón. Anselmo vio una figura con los ojos vendados, atada y atravesada por muchas espadas, el sol con dos niños cogidos de la mano, una mujer desnuda volando, un macho cabrío de inquietantes ojos verdes que lo miraba fijamente, la reina de oros sentada en su trono.

—Ahora cuando salgas, no te vayas aún; espérate, aunque será un buen rato. Luego, cuando salga la muchacha que pasará después que tú, ofrécete a llevarla al pueblo en el coche. Esa muchacha es tu destino y puede ser tu cura, si eres listo. Ella también necesita que la curen.

Remedios se puso de pie.

—¿Hemos terminado?

—Ya te he dado la respuesta.

—¿Qué le debo?

—A mí, nada. Lo que me hubieras dado a mí, dáselo a alguien que lo necesite más. No te va a faltar a quién en los tiempos que corren.

Anselmo, perplejo, salió a la salita donde varios pares de ojos se lo quedaron mirando como tratando de averiguar por su expresión si Remedios le había dado solución a su problema.

—Tú, chica. Entra tú ahora.

Una muchacha muy pálida, vestida de negro y con el pelo recogido en un moño bajo, se levantó temblorosa y, con la cabeza gacha, siguió a Remedios. Anselmo se quedó mirándola, tratando de comprender cómo esa mujer flacucha podía ser la cura a una enfermedad que no lo era y que no tenía solución.

Por un momento pensó marcharse, pero al final decidió esperar. Hizo un vago saludo alrededor con la cabeza y salió de la casa a fumar un pitillo mientras aguardaba, aunque sabía que no era bueno para sus pulmones tan afectados por la tuberculosis que había pasado al principio de la guerra y que lo había traído de vuelta al pueblo. Aunque Remedios no tuviera razón, no le costaba nada llevar a aquella chica de vuelta a casa con el coche de la fábrica donde trabajaba.

365

Noviembre de 1939. Monastil

Anselmo miró por la ventana tratando de grabar aquel momento en su memoria. Aún era de noche, pero la primera luz de noviembre se insinuaba ya en el horizonte y los montes de levante empezaban a adquirir contornos, perfilándose sobre un cielo de color carmín.

Los tejados de las casas vecinas iban tiñéndose de rosa y, con esa luz tan suave, hasta las ruinas dejadas por la guerra parecían románticas, aunque eran tan recientes que ni siquiera las malas hierbas habían tenido tiempo de crecer entre ellas.

A pesar de que ya llevaban más de seis meses de paz, seguía siendo una sensación excepcional saber que no habría más motores de aviones cruzando el cielo, ni más bombas, ni más disparos en plena noche, ni más gente exaltada arrastrando por el pelo a una mujer o empujando a culatazos a un hombre. Por fin se había acabado. Había terminado el tiempo de la violencia.

Todo estaba en calma en el exterior y en la casa empezaban a oírse los primeros ruidos del día, esta vez aumentados por la presencia de algunos familiares que, con muchas dificultades, porque el transporte de viajeros aún no se había restablecido del todo, habían conseguido llegar para la boda.

Se oía traqueteo de pasos en la escalera, tintineo de loza, algún retazo de canción —seguramente Joaquinita moviéndose por la cocina y por el patio al que daba la otra ventana de su cuarto—, las primeras palomas zureando en el tejado… Iba a hacer buen día. Frío, pero bonito. Su último día de soltero.

Se apretó más fuerte el cinturón del batín y salió al pasillo, a ver si lo dejaban meterse unos minutos en el baño pero, como suponía, alguna de sus primas o tías ya lo había conquistado, de modo que no le quedaba más remedio que esperar a que quedase libre.

Bajó a la cocina donde, efectivamente, Joaquinita, con las mejillas enrojecidas y el pelo pegado a la frente, se afanaba con el horno de leña. Olía maravillosamente a bizcochos o magdalenas, un olor reconfortante que le traía recuerdos de infancia. Se saludaron y, ya estaba a punto de tomarse un vaso de agua, cuando la mujer se lo quitó de la mano con un grito.

—¡Ay, señorito, qué cosas se le ocurren! ¡Que se casa usted dentro de dos horas!

Anselmo se quedó perplejo.

—¿Y eso qué tiene que ver?

—¡Que tiene que estar usted en ayunas, hombre de Dios! Ni agua. ¿Cómo va usted a recibir el Santo Sacramento, si no?

—¡Ay, Joaquinita, menos mal que me lo has dicho! No me acordaba.

—¿Es que no hizo usted el catecismo y la primera comunión?

—Claro, claro que los hice. ¡Buena es mi madre para esas cosas! Pero de eso ya hace un par de años… —terminó con un guiño—. Aunque, ahora que lo pienso, ya me lo dijo ayer don Sabino cuando fui a confesarme. ¡Qué cabeza tengo!

—Venga, vaya usted a asearse, que el novio tiene que estar bien guapo. —Joaquinita lo fue empujando para sacarlo de la cocina hasta que lo echó al comedor y cerró la puerta dejándolo casi a oscuras.

Nada más salir se encontró con su madre, ya vestida y peinada. De negro y con peineta de carey y mantilla de encaje, con un aspecto imponente y matriarcal.

—¡Qué guapa está usted, madre! Va a ser la madrina más guapa de España —dijo, acercándose para darle el beso de buenos días. Ella se apartó antes de que le rozase la mejilla.

—Una cosa no quita la otra.

—¿Cómo?

—Que aunque no me haga ninguna gracia esta boda, no voy a dejar de arreglarme, para que nadie pueda decir nada de ti, ni de nosotros. Aquí en casa te digo lo que quiero, pero fuera, nadie tiene que notar nada. ¡Anda que no les gustaría saber lo que se cuece aquí!

—¿Otra vez?

—No he perdido la esperanza de que atiendas a razones. Aún faltan dos horas.

—¿Y qué quiere usted que haga? ¿Que deje a mi novia en el altar, compuesta y sin novio? ¡Yo no sé qué manía le ha cogido a usted con ella! Ofelia es una buena muchacha.

Doña Adela cogió a su hijo por la manga del batín, lo arrastró a la cocina, echó a Joaquinita con cajas destempladas, cerró la puerta y se encaró con Anselmo.

—Esa muchacha es una asesina. Y tú lo sabes. Lo sabe todo el pueblo.

—Es una heroína, madre.

Doña Adela torció el gesto.

—Y además es huérfana. No tiene familia. No la avala nadie. Y no es de nuestra clase.

—¿Nuestra clase? —Anselmo estuvo a punto de echarse a reír, como siempre que a su madre le daba por sacar el tema, lo que desde la «gloriosa victoria nacional» cada vez era más frecuente—. Mi padre era zapatero. Yo he sido cortador en la fábrica de los Navarro hasta hace dos días y ahora soy encargado, que no está mal, pero no es como ser dueño. Tenemos el taller y nos va decentemente, pero en nuestra familia nunca ha habido sangre azul.

—Mi padre era médico —dijo la madre, tozuda y orgullosa.

—Ya. Pero su marido no, y su hijo, yo, tampoco. Usted se casó con un zapatero, y menudo disgusto le dio a su padre, por mucho que tuvieran una fabriquita. Si hay suerte, con el taller iremos tirando, pero tampoco tiene que hacer usted como que somos los duques de Alba.

—Tenemos tierras. Heredadas de mi madre. Y esta casa. Y unos buenos ahorros. ¡No me da la gana que esa pobretona que vas a meter en casa se lo quede todo cuando yo falte!

Anselmo apretó los puños tratando de calmarse. No servía de nada pelearse con ella y tampoco quería empezar con mal pie el día de su boda.

—Madre, por Dios, ¿no puede usted alegrarse un poco por mí? Antes de la guerra se pasaba usted la vida diciéndome que me casara, que le trajera nietos, que ya iba siendo hora… y ahora que todo va a ser como usted quería…

—Vamos a dejarlo. Ya veo que no hay nada que hacer. Ve a arreglarte. Si vas a ir, es de muy mal gusto llegar tarde.

Hubo un silencio, unos momentos en los que madre e hijo se miraron a los ojos, intensamente. Ella recordando a Anselmo de pequeño, corriendo por esa misma cocina con un trenecito de madera que le había hecho su padre para Reyes, el hombre más guapo que había visto en su vida, aunque sólo fuera zapatero, y con el que se había casado en contra de todo el mundo; él acordándose de cuando se subía a las rodillas de su madre y ella, en la mecedora, lo tapaba con la toquilla y le cantaba canciones de su juventud. Le costaba superponer esa imagen a la de la mujer agria y enlutada en la que se había convertido desde que era viuda.

—¿Me anuda usted la corbata, madre? —preguntó al fin con una sonrisa.

La expresión de Adela se dulcificó. Se acercó a su hijo y le acarició la mejilla.

—Claro. —Hizo una pausa para tragar saliva—. Hijo... es que sólo te tengo a ti... Si te hubieses casado con Solita, habría sido como tener una hija... me había hecho ilusiones... —Se dio cuenta de que Anselmo empezaba a impacientarse con todo aquello y decidió dejarlo—. Ya me callo. Mira, ya te he sacado la ropa. La tienes encima de la cama. Cuando te vistas, baja a que te haga el nudo de la corbata y te ponga la flor en el ojal.

—Todo saldrá bien, madre.

Ella asintió con la cabeza, un breve cabezazo, en silencio, y se quedó mirándolo mientras cruzaba el comedor hacia las escaleras.

Cuando llegaron a la iglesia, que apenas si era poco más que una obra porque aún la estaban reconstruyendo después de la bomba que la había alcanzado poco antes del fin de la guerra, los recibieron dos docenas de personas que habían sido invitadas y otras dos docenas que simplemente se habían dejado caer por allí para no perderse la ceremonia y poder luego llevar la comidilla de casa en casa.

Hacía frío a las ocho de la mañana y el sol aún no había remontado los tejados para calentar un poco el grupo de mu-

369

jeres con toquillas y mantos de lana sobre los hombros ni a los hombres con sus zamarras de piel y sus gorras de visera. Los invitados iban mejor vestidos, con sombreros y abrigos de paño oscuro, pero se notaba que estaban medio helados.

Anselmo también notaba el frío de la mañana con el traje negro, a pesar de que llevaba chaleco y se había puesto una camiseta interior; sin embargo no le importaba. Ya le habían dicho una y otra vez que por qué no esperaban a mayo para casarse como hacía todo el mundo, que noviembre era un mes muy malo... pero a ellos les daba igual y, una vez decidido, no habían querido esperar más. Ni siquiera tenían la casa totalmente puesta, para escándalo de las vecinas, pero a Ofelia parecía no importarle y él sólo quería salir de la casa de su madre. La quería, pero no podía más. A los treinta años o uno se casa, o es un solterón y se ve reducido a seguir viviendo con la madre hasta su muerte. Y eso no, eso nunca.

Ahora, por fin, tenía la sensación de que estaba a punto de empezar una nueva etapa de su vida junto con una persona con la que se sentía distinto y mejor, y eso le hacía sonreír a la concurrencia con una soltura que nunca había tenido, mientras iba saludando a unos y a otros en espera de que llegase la novia.

370

—Tiene que haber sido un flechazo —oyó a un hombre decir a sus espaldas casi en susurros—. Cuando acabó la guerra aún no eran ni novios, que se supiera.

—También puede ser otra cosa... —la voz femenina sonaba cargada de mala intención—. Pero esas cosas no pueden estar ocultas y las cuentas son las cuentas... Ya nos enteraremos.

Estuvo a punto de darse la vuelta y desmentir aquellas acusaciones, decir claro y alto que su novia era virgen y que no tenía de qué avergonzarse, pero prefirió no saber siquiera quién estaba diciendo aquellas cosas. Ofelia y él sabían muy bien que una boda tan rápida traería muchas especulaciones, no era como si no lo hubiera esperado. Molestaba un poco, pero no llegaba a doler.

—¿Entramos, hijo? —preguntó doña Adela.

—Prefiero esperar a Ofelia aquí fuera.

—Pero ella tiene que entrar con el padrino, y tú de mi brazo.

—Claro, madre. Por supuesto.

—¡La novia! ¡La novia!

Hubo como un revuelo de palomas cuando un coche negro se acercó muy despacio hasta los escalones de la iglesia y los asistentes lo rodearon.

El conductor se apeó y, mientras otro hombre bajaba por la derecha, fue a abrir la portezuela de la izquierda para dejar salir a la novia.

Ofelia llevaba un vestido blanco muy sencillo, de manga larga, con un ramillete de flores de azahar de cera en un lado del discreto escote, una diadema a juego y un velo corto. Sin joyas ni apenas maquillaje, salvo un poco de azul en los ojos y algo de rosa en los labios.

Anselmo se acercó a tenderle la mano, se miraron y cruzaron una sonrisa antes de que se acercase el nuevo alcalde que, al ser la novia huérfana, haría de padrino, y le ofreciera el brazo a la futura esposa.

Ofelia se cambió de mano el ramo, unas varas de nardos que había costado muchísimo conseguir en noviembre, pasó la vista por la concurrencia —de forma desafiante, según algunos— y, recogiéndose el vuelo de la falda con la misma mano, empezó a subir lentamente las escaleras desconchadas entre los murmullos de los que no habían sido invitados ni a la boda ni al ágape —chocolate y bollería variada— que se celebraría después en el Salón Idella.

Caminando detrás de las figuras enlutadas de su novio y su futura suegra, Ofelia tiritaba de frío y pensaba que pronto habría acabado todo, que pronto podrían subir al tren y, durante unos días, pocos porque había que trabajar, podrían alejarse del pueblo y de todos los cotilleos que los habían acompañado durante los últimos meses. Estaría unos días en Alicante, en un hotel —nunca había estado en un hotel—, vería el mar de nuevo, por primera vez como adulta y, al menos durante ese tiempo, no tendría que pensar en el qué dirán. Sería una mujer casada de la que nadie sabría nada, porque no había nada que saber.

Arrodillados en el banco, frente al altar, con el paño blanco por la cabeza mientras que a Anselmo el mismo paño le cubría los hombros para dejar claro que en un matrimonio los dos son una sola carne pero no hay más que una cabeza y esa es la del hombre, Ofelia seguía temblando. De frío, de excitación,

371

de triunfo. Cuando salieran de nuevo a la calle, ya no sería una huérfana sin nadie que la protegiera, ya no sería la valiente muchacha que había vengado a su padre; habría dejado de ser la pobre aparadora que se mataba trabajando horas y horas con la máquina en la salita de su casa.

Remedios le había echado las cartas y todo había salido bien. El futuro le sería propicio. Cuando salieran a la calle intentaría no ser ella nunca más.

Ahora sería la mujer de Anselmo Márquez, un hombre respetado, encargado de una fábrica y propietario de un taller de calzado. Podría alquilar la que le habían regalado y sería ama de su casa, una casa de dos pisos con patio y terraza en uno de los nuevos barrios que se habían construido cuando la República, el del Progreso, y que pronto estaría en el centro del pueblo aunque ahora estuviese algo apartado. Allí podría hacer y deshacer a su antojo, y volver a empezar, y quizá, incluso, ser feliz. Aunque eso era lo de menos. Lo único importante era estar a salvo. Y, pedir por pedir, ser libre.

Noviembre de 1939. Alicante

$\mathcal{H}$acía casi día y medio de la boda. Habían pasado la primera noche en su casa nueva, una casa aún a medio amueblar, pero sin recuerdos de nadie ni de nada, en una cama en la que se encontraba rara pero tranquila, acostada junto a un hombre que era su marido y que, por fortuna, estaba tan cansado que la había dejado dormir sin pedirle más que un beso de buenas noches.

Anselmo era un buen hombre; algo apocado quizá, pero tranquilo, de fiar. Había resultado herido nada más empezar la guerra, había contraído tuberculosis en el hospital de campaña y luego, con los contactos de su madre, había conseguido volver al pueblo a llevar la fábrica de los Navarro que había pasado de hacer calzado de señora a fabricar botas militares, que hacían más falta. Se había recuperado bien, pero seguía débil de los pulmones y la pierna le seguía doliendo cuando cambiaba el tiempo, de modo que cuando estaba muy cansado, cojeaba ligeramente, aunque trataba de disimular.

Ofelia, de pie frente a la ventana, mientras su marido se aseaba en el cuarto de baño, no se cansaba de mirar el mar, pensando cómo era posible que hubiese tanta agua junta, que aquella sábana líquida cubriese la existencia de tantos y tantos animales que hacían su vida en su interior sin que nadie los viera.

La última vez que había visto el mar tenía diez años. Su madre se lo había enseñado desde el tren que devolvía a la familia a un país que ella no conocía, a un pueblo de España por el que no sentía nada. Ella, entonces, se sentía francesa y había llorado al dejar su escuela, a sus amigas, el pueblecito donde conocía a todo el mundo y todos la conocían a ella.

El hotel estaba en el mismo Paseo de los Mártires y sus

ventanas y balcones daban directamente al mar, al puerto y las hermosas palmeras que movían sus palmas como mujeres agitando sus cabelleras con la brisa. A pesar de que había muchas casas en ruinas porque Alicante había sufrido muchos bombardeos durante los años de la guerra, era precioso. Era increíble que aquello le estuviera pasando a ella, que aquello fuera realmente su vida.

En un solo día, había subido en tren, había cenado en un restaurante y había redescubierto el mar.

Lo del tren era raro. Ella tenía un recuerdo muy vago, de más de diez años, de cuando su padre, su madre y ella, habían vuelto de Francia para instalarse en Monastil, donde se decía que había trabajo para todo el que estuviese dispuesto a trabajar. El viaje fue largo, muy largo, y muy triste porque ella no quería marcharse de Montpellier, donde estaban todas sus amigas, el colegio y todo lo que constituía su vida. Sólo recordaba que lloró mucho y durmió mucho, la suciedad del retrete, la carbonilla que entraba por las ventanas, el malhumor de su padre, las manos calientes de su madre que le acariciaban la cabeza cuando ella la apoyaba en su regazo para dormir, fragmentos de imágenes como soñadas que sólo le acudían de vez en cuando y luego se esfumaban como la escarcha bajo el sol.

El día antes, al subirse al tren con Anselmo, los recuerdos no habían aparecido. Todo era nuevo, como si el pasado no hubiese existido, como si de verdad se le hubiera dado una nueva oportunidad. Por eso no le contó nada a él de ese otro viaje. Ya habría tiempo a lo largo de la vida.

Lo del restaurante había sido gracioso: habían llegado al hotel, se habían instalado en la habitación que a ella, acostumbrada a la modesta casa alquilada de sus padres, y luego a la que le había regalado el nuevo ayuntamiento y estaba casi vacía, le había parecido de un lujo increíble, con sus tulipas de cristal y sus maderas relucientes, y Anselmo le había dado prisas para bajar cuanto antes a cenar, aunque apenas si eran las nueve y media.

—En las capitales se cena antes —le había dicho.

Se pasó el peine por la corta melena, se lavó las manos y, juntos, bajaron las escaleras alfombradas hasta el comedor, donde había tres o cuatro mesas ocupadas por señores y señoras, todos vestidos de una manera más elegante que ellos dos, pero a Anselmo no pareció importarle que ella no se hubiese cambiado de ropa para cenar.

Después de más de tres años de pasar hambre, la idea de sentarse a una mesa con mantel blanco y que le trajeran de comer sin tener que hacer nada para conseguirlo le daba casi una sensación de histeria. Se preguntaba qué le traerían y para qué harían falta dos tenedores y dos cuchillos además de la cuchara que, obviamente, sería para tomar una sopa o un arroz, si había suerte.

Entonces llegó un camarero tan bien vestido que parecía que fuera a su propia boda y les puso delante un libro a cada uno.

—¿Qué es esto? —preguntó ella, en un susurro.

—El menú.

Ofelia siguió mirando a su marido, esperando más explicaciones.

—Para que elijas.

—¿Para que elija qué?

—Lo que quieres comer.

Entonces sí que no pudo evitarlo y se puso a reír bajito, mordiéndose las mejillas para que no se notara tanto.

—¿Nunca has estado en un restaurante? —Ella negó con la cabeza—. ¿Ni en una fonda? —Siguió negando.

—Una vez entré con mi madre en una fonda —dijo cuando pudo hablar de nuevo—, no sé para qué y ella me explicó que la gente que está de viaje y no conoce a nadie en ese pueblo va allí a comer. La patrona guisa y le pone a la gente un plato de lo que ha hecho. Pero yo no sabía que se puede elegir...

Él sonrió.

—¿Quieres que te ayude?

Ella asintió sin palabras.

—¿Tienes mucha hambre?

—Sí.

—Entonces tomaremos primero, segundo y postre. Al fin y al cabo es nuestro viaje de novios —terminó también muy bajito para que nadie pudiese oír lo que acababa de decirle.

Aunque seguramente era evidente para todos que eran recién casados, no le gustaba el tipo de miradas y sonrisas que la gente solía dedicar a una pareja a la que se le notase mucho el nuevo estado.

—¿Costará muy caro?

—Hoy da lo mismo, Ofelia. Llevo meses apartando un dinero especial para este viaje. Ni mi madre sabe nada, y mira que trata de saberlo todo —acabó con una sonrisa pícara.

—No me quiere, ¿verdad?

Él le acarició brevemente la mano que sostenía el menú.

—No te conoce apenas. Ya te querrá. Ahora, a lo que importa: tomaremos unos champiñones para empezar... y a ver... ¿te gustan los langostinos? Pues una docena. Luego pollo asado con patatas...

—¿Pollo? —Ofelia sentía que se le hacía la boca agua. Desde que tenía uso de razón, el pollo era lo más lujoso que se podía comer.

—Y para terminar... *biscuit glacé.*

A pesar de que las palabras eran francesas y las entendía por separado, no tenía ni idea de qué podía ser aquello que Anselmo le proponía para postre.

—¿Qué es eso?

—Algo dulce. Te gustará.

Luego aún habían dado una vuelta por el paseo, aunque estaba muy oscuro y hacía bastante frío, Anselmo se había fumado un par de cigarrillos y se habían metido en la cama después de pasar por el baño uno detrás de otro.

Y ahora era ya su segundo día de casados y él le había dicho que tenía que ir a ver a un proveedor pero que no tardaría mucho. Ella, mientras tanto, podía salir a dar una vuelta y a mirar si ya había algún escaparate, ahora que vivían tiempos de paz.

Desayunaron en el mismo comedor, café de malta y unos panecillos bastante oscuros, con margarina y dulce de membrillo. Aún no había forma de conseguir pan blanco; ni siquiera en un hotel para ricos.

Caminaron juntos unos minutos y se separaron al llegar a la Rambla. Ella se quedó mirándolo durante un buen rato, hasta que torció en una esquina y se perdió de vista. Su marido. Un hombre a quien cinco meses atrás no conocía.

Dudó un momento. Aunque no pudiera comprárselos, quería ver si había escaparates, vestidos, guantes, zapatos... pero también quería hacer algo que a ella misma le daba un poco de vergüenza y prefería hacer sin que él se diera cuenta, de modo que echó a andar por el paseo de las palmeras en dirección al monumento de los Mártires porque, desde la ventana del hotel, había visto que allí empezaba la playa.

Caminaba a buen paso, sintiéndose viva y alegre, ligera, como si no fuese la misma de unos días atrás. Estaba en una ciudad, en una ciudad desconocida, llevaba en el bolso el dinero que él le había dado «por si las moscas», iba vestida con el abrigo nuevo que le había cosido la misma modista que le había hecho el vestido de novia —todo pagado por Anselmo, que se había negado a que se casara vestida de negro como hacía casi todo el mundo para que el vestido pudiese servir para otras ocasiones—; los zapatos de vestir, que ya tenían sus años pero aún estaban en buen uso, claqueteaban sobre los adoquines y los hombres que pasaban cerca se llevaban la mano al ala del sombrero y le cedían el paso.

Dentro de todas las desgracias que formaban su vida, ¡qué suerte había tenido! Si aquella mañana de mayo, poco después del fin de la guerra, no hubiera ido a casa de Remedios, no habría conocido a Anselmo y toda su vida no hubiese cambiado. Ahora no estaría en Alicante mirando el mar, viviendo en un hotel, eligiendo lo que quería comer.

Llegó a la playa, se sentó en el poyete, se quitó los zapatos y, con cuidado de que nadie la viera, se soltó las medias del liguero y las metió en el bolso. Luego echó a andar despacio hacia la orilla donde rompían mansamente las olas entre espumas blancas, disfrutando de la sensación de la arena fría entre los dedos de los pies hasta que llegó casi al borde del agua y una ola pequeña, como curiosa por saber quién era aquel ser de dos patas, se acercó a investigar y le mojó los pies haciéndole reír de felicidad.

Se recogió la falda, se agachó y mojó también la mano para llevársela a la boca y comprobar si era verdad que el agua del mar era salada.

Sí que lo era. Salada. ¡Qué curioso!

Encima de ella, muy alto, volaban unos pájaros grises y blancos que se gritaban unos a otros como si tuvieran importantes mensajes que comunicarse.

Inspiró profundamente el aire frío cargado de sal, que olía también a algo verde que no sabía nombrar. En verano debía de ser delicioso poder mojarse entera en aquel mar. Allí mismo, en la playa, había varios establecimientos de baños que habían sido dañados por los bombardeos y que, de todas formas, ahora estarían cerrados durante el invierno. Quizá, si les iba bien el taller, podrían venir una vez en verano, a bañarse en el mar.

Con un suspiro se puso en pie y en ese instante, un movimiento captado con el rabillo del ojo la hizo ponerse en marcha de vuelta hacia la calle. Una pareja de guardias civiles patrullaba por la playa. No quería que la vieran allí, como una loca, descalza y sin medias. No quería que le preguntaran quién era y qué hacía allí, que le pidieran la cédula, que quisieran llevársela al cuartelillo para asegurarse.

Se puso los zapatos sin apenas limpiarse los pies y caminó decidida hacia la acera diciéndose que no tenía nada que temer: era una persona decente, una mujer casada. No era una roja, ni una prostituta, ni una mujer huida de alguna prisión.

Sólo en ese momento, al pensar en los rojos, se acordó de que allí mismo, un par de años antes, mucha gente de su pueblo y de pueblos vecinos había intentado coger barcos para huir a otros países, a México muchos de ellos. No lo habían conseguido. Todos habían acabado muertos.

Ella, por suerte, nunca había tomado partido, tenía otras cosas en qué pensar. Una vez se había vestido de miliciana con su amiga Dora y se habían hecho una foto con unos muchachos subidos a un camión de la FAI, pero luego no se había atrevido a marcharse del pueblo como habían hecho ellos y, aprovechando que su padre había tenido que huir de Monastil, que era zona roja, se había quedado en la casa de siempre, esperando a ver en qué paraba todo aquello, disfrutando de la libertad de estar sola.

Pero no quería pensar en el pasado. El pasado había quedado atrás, estaba muerto, como sus padres, como todo lo que había sido alguna vez su vida y en lo que prefería no pensar. Ahora vivía en el presente, en un presente en el que las cosas empezaban a ir bien, tenía un marido que la trataba con cariño, una casa nueva, un taller que poner en marcha, un futuro que

EL ECO DE LA PIEL

construir. No era momento de darle vueltas a las penas antiguas. Las penas se habían acabado.

Miró una vez más al mar y, a pesar del miedo que sentía en ese momento, se juró a sí misma que trabajaría día y noche para construir el futuro que soñaba, y que sería esplendoroso.

Volvió al hotel a limpiarse los pies y a ponerse las medias, sin haber visto un solo escaparate y con el miedo alojado en el estómago como un pescado muerto. No tenía por qué tenerlo ya, pero el hábito del miedo no se pierde así como así. Aún le temblaban las manos y las rodillas al empujar la puerta.

En el vestíbulo, fumando un cigarrillo en un sillón granate bajo una palmera de interior, la esperaba Anselmo, sonriente, con el sombrero sobre la rodilla.

—¿Ya has acabado con el proveedor? —Trataba de sonar normal, pero no sabía si él se iba a dar cuenta del susto que acababa de llevarse en la playa.

—Sí. Ha sido todo muy rápido. Y sin embargo me ha dado tiempo a comprarte un regalo. ¿Quieres verlo?

Ella se llevó las manos a las mejillas, abrumada. Desde que su madre le compraba caramelos y peladillas o le hacía calcetines y bufandas, nunca le habían regalado nada.

—Cierra los ojos y abre las manos.

Sonrió y enseguida hizo lo que él le pedía. Sintió un leve peso en las manos abiertas, dos objetos.

—Me ha parecido que una mujer necesita este tipo de cosas. No ha sido fácil encontrarlas, pero como poco a poco ya vuelven a aparecer... he pensado que quizá te gustarían.

Al abrir los ojos vio una polvera dorada, redonda, con un espejito en el que se reflejaba su rostro maravillado, una borla suavísima y unos polvos que olían a gloria. A su lado había un pintalabios también dorado que hacía juego con la polvera.

—No sé si te gustará el color. Es el más nuevo, me han dicho; se llama Rojo de París.

Lentamente, Ofelia le quitó la capucha, sacó el carmín y, ayudándose del espejito, se pintó los labios mientras él la miraba, arrobado.

Luego, se inclinó hacia él y lo besó en la boca.

Diciembre de 1939. Monastil

Ofelia estaba inquieta. Era el día de la Purísima, la Navidad se acercaba, su primera Navidad de casada, hacía ya tres semanas de su boda, habían vuelto de los maravillosos días pasados en Alicante, donde se había sentido libre y feliz por primera vez desde la muerte de su madre, y se habían instalado en una agradable rutina: Mito salía temprano después de haber desayunado con ella en la cocina y ya no volvía hasta las doce y media para comer, lo que a ella le dejaba toda la mañana para arreglar la casa, comprar lo necesario, hacer los recados y, según los días, lavar, planchar, limpiar los cristales, fregar los suelos o cualquiera de las muchas faenas del hogar.

Después de comer, Mito se iba un rato al casino, luego a la fábrica, después al taller, y ya no se veían hasta la cena, que solía ser sobre las diez. Al acabar, un poco de radio o de lectura y a la cama. Ella, por las tardes, bajaba al taller y ayudaba en lo que podía. Con mucha frecuencia aparaba un par de horas con las otras mujeres, o hacía vivos, o se encargaba de dar cemen hasta el momento de volver a casa a preparar la cena.

Una vida tranquila, como siempre había deseado. Y sin embargo...

Sin embargo había algo que la tenía inquieta y no sabía cómo resolver. Se le había pasado por la cabeza acudir a Remedios a pedirle consejo, pero no sabía si sería lo adecuado, al fin y al cabo no era ninguna enfermedad.

Era sólo que Mito, el hombre más bueno que había conocido en su vida, parecía tener algún tipo de facultad misteriosa que le permitía saber cosas de ella que no era posible que supiera, como si por arte de magia conociera sus temores, sus pesadillas, sus peores miedos y sus anhelos más ocultos. Como si intuyese todo lo que nunca le había contado, ni a él ni a nadie, y seguía luchando por olvidar.

Desde el día de su boda, y a pesar de que noche tras noche dormían en la misma cama, Mito no había intentado en ningún momento lo que todos los hombres están siempre deseando hacerle a una mujer, y más cuando es la propia y tienen derecho legal a ello. En las tres semanas que llevaban de casados, Ofelia había pasado de temer todas las noches que esa fuera la definitiva, el momento en que él, por fin, decidiría hacer uso de su derecho conyugal, a preguntarse, también todas las noches, cada vez con mayor perplejidad, por qué no lo hacía de una vez en lugar de tenerla en vilo de ese modo.

¿Era posible que él supiera de su terror frente a lo que le esperaba? ¿Sabría algo por Remedios? No. No era posible. Remedios nunca contaría nada sobre otro enfermo, era una mujer decente. Igual que Mito era un hombre sensible, inteligente; seguramente habría notado su angustia y le estaba dando tiempo, sin saber que ella había llegado al punto en que preferiría que sucediera de una vez. A lo mejor él estaba esperando que ella le dijese que ya estaba lista para intentarlo. Era un hombre paciente y considerado y no querría forzarla, pero ella no se veía capaz de insinuarle —y mucho menos decirle— que prefería hacerlo ya y acabar de una vez.

Aunque lo de acabar era un decir, porque, si empezaban, ese sería sólo el principio y luego tendrían que seguir mes tras mes, año tras año, hasta que él fuera lo bastante viejo como para no querer hacerlo más.

Esa misma noche, al volver de un paseo durante el que, por supuesto, no se había atrevido a sacar el tema, Mito, ya en la cama, después de apagar la luz, le cogió la mano con exquisita suavidad y preguntó:

—¿Tú querrías tener un hijo?

Ella se envaró de pronto y tardó más de un minuto en contestar mientras él seguía acariciándole la mano, esperando su respuesta.

—Ssí... —balbuceó—. Me imagino que sí.

—¿Te imaginas? —A pesar de lo oscuro que estaba, ella sabía que Mito estaba sonriendo; le había hecho gracia lo estúpido de su respuesta. Una quiere o no quiere. Es así de fácil.

¿Cómo se le había ocurrido contestar que *se imaginaba* que sí, para que él pensara que era tonta de capirote?—. A mí, la verdad, me haría ilusión que tuviéramos un hijo —continuó él, cortando por la mitad sus pensamientos.

—¿Sí?

—Claro. Ya tengo treinta años. Sería bonito tener un hijo. O una hija. ¿No crees? —Ofelia no contestó—. ¿Tienes miedo del dolor? —insistió él.

—¿El dolor? —En su cerebro empezaron a dispararse todas las alarmas. Mito nunca le había hecho daño.

—Del parto, digo. Muchas mujeres tienen miedo de eso.

—Ah. No sé. Creo que no. Mi madre decía que es un rato muy malo, pero luego compensa.

—Entonces, ¿sí?

—Bueno. Si tú quieres…

Mito se giró hacia ella apoyándose en un codo. Le soltó la mano y la apoyó en su cintura, con suavidad.

—Ofelia, te voy a hablar claro. Yo no tengo experiencia en esto y supongo que tú tampoco, pero no debe de ser tan difícil si todo el mundo lo hace, así que, si te parece…

Después de unos segundos en los que pareció esperar a que ella dijera algo, sin más palabras, él empezó a acariciarla por encima del camisón y ella tuvo que reprimir una estúpida risa histérica que casi se le escapaba al notar el empeño que Mito ponía en lo que estaba haciendo. Se sentía más como una gata que como una mujer, siendo acariciada por aquella mano fina y fuerte que, sin embargo, no despertaba en ella ningún deseo.

Tuvo que apretar los dientes cuando empezó a levantarle el camisón para dejar sus piernas al descubierto y todavía más unos minutos más tarde, cuando él le cogió la mano y la guio hacia sus ingles ayudándola a buscar algo que ella no quería encontrar y que resultó ser mucho más pequeño y blando de lo que esperaba.

—¿Quieres ponerte un poco de crema? —susurró él a su oído.

—¿Crema? —Ofelia no entendía nada.

—Ahí abajo, para que sea más fácil.

Mientras tanto, él había buscado por el cajón de la mesilla y le tendía un tarro pesado y frío en la oscuridad. La campana del reloj de la iglesia dio las once. Los dos tenían la nariz helada pero debajo de las mantas se estaba caliente, incluso con el camisón enrollado en la cintura.

Mito se quitó los pantalones del pijama y se pegó a ella con un suspiro que a Ofelia le pareció fuera de lugar, como si estuviese sacrificándose, casi haciéndole un favor. Trepó hasta colocarse encima de su cuerpo y luego, poco a poco, empezó a intentar penetrarla, cuidando de sus reacciones, tratando de no hacerle daño, usando primero sus dedos y la crema que ella se había puesto en abundancia.

Ofelia estaba deseando que aquello acabara pronto y, en su interior, rechazando todo tipo de pensamientos, repetía una y otra vez: «Ojalá funcione lo del hijo, ojalá funcione ya esta vez, ojalá funcione», sin saber que Mito estaba pensando exactamente lo mismo y que, en su caso, el miedo procedía sobre todo de lo que Ofelia pudiese pensar de un marido que no había conseguido tener una erección pasable el día de su estreno y ahora tampoco conseguía llevar las cosas a buen puerto por mucho que se esforzara en imaginar situaciones que lo estimularan más que aquel pobre simulacro de relación sexual en la oscuridad de un dormitorio helado en una noche de diciembre, precisamente el día de la Inmaculada Concepción de Nuestra Señora.

383

Cuando el reloj empezó a dar las doce, los dos estaban agotados y sudorosos y Mito ya se sentía a punto de rendirse, pero la idea de confesarle a Ofelia su incapacidad le daba náuseas. ¿Qué pensaría una muchacha preciosa, como era su mujer, de un hombre que no consigue no sólo satisfacerla sino ni siquiera satisfacerse a sí mismo? Cerró los ojos con fuerza y volvió a insistir, imprimiendo mayor fuerza a sus embestidas, tratando de obligar a su herramienta a cumplir con sus funciones. Ella, por puro instinto, levantó más la pelvis para salir a su encuentro y de repente, para su sorpresa, pasó las manos por debajo de sus piernas para acariciarle con una los testículos mientras la otra se deslizaba hacia detrás para colar el dedo índice en el punto donde en el cuerpo de él se abría la única entrada posible.

Con la última campanada, que ya no oyó, Mito se dejó caer, vacío y exhausto, sobre el cuerpo de Ofelia que, en ese mismo momento, por primera vez, descubrió entre sus piernas un cosquilleo desconocido que pronto empezaría a explorar por su cuenta.

Febrero de 1940. Monastil

—¡Ave María Purísima!

Ofelia estaba en la cocina y al principio no estuvo segura de que la llamada hubiese sido en su casa, pero ahora había vuelto a oírlo. Una voz de mujer, desconocida.

—¡Ave María Purísima! ¿Hay alguien en casa? ¿Señora?

Una voz joven, educada, pero que sonaba ronca y oscura, como si la persona estuviera muy acatarrada.

Salió a toda prisa, un poco nerviosa, secándose las manos con el delantal. Ni esperaba visita ni prácticamente conocía a nadie que pudiese venir a verla por sorpresa, de buena mañana. Lo único que la tranquilizaba era que se trataba de una voz femenina. No era la guardia civil, ni la secreta, ni ninguno de los diferentes cuerpos armados que pululaban por el pueblo sin que nadie tuviese muy claro quiénes eran y qué podían venir a buscar.

Medio oculta por la persiana bajada, una mujer muy flaca, con un niño de unos tres o cuatro años agarrado a su falda, esperaba mirándola con unos ojos que en algún tiempo debieron de ser muy bonitos y ahora se hundían entre ojeras moradas. Iba vestida con una falda de tubo muy gastada, medias de lana, un jersey de hombre y una toquilla gris por los hombros. Tenía los zapatos destrozados. Al niño le colgaban de la nariz unos mocos verdes que se chupaba de vez en cuando sin que su madre pareciera darse cuenta.

—Buenos días, señora —dijo en cuanto Ofelia llegó cerca de ella—. Tenía una voz agradable, una dicción que no era vulgar como se podría esperar por su aspecto—. Me han dicho que es usted recién casada y he pensado que a lo mejor necesitaba a alguien para las faenas de la casa.

—No sé, la verdad… De momento me arreglo yo sola.

En un segundo, la expresión de la mujer pasó de la esperanza a la desesperación completa. Todas sus facciones cambiaron de un momento a otro, y los ojos se le llenaron de lágrimas que enseguida se quitó, con rabia, frotándoselos con la manga deshilachada del jersey.

—Perdone por la molestia. Ya nos vamos.

—Espere, espere, mujer, no se vaya. ¿Han desayunado?

La mujer negó con la cabeza, sin hablar.

—Pase, ande, venga a la cocina. Aún me queda un poco de malta colada y un trozo de pan. —Ofelia sacó un pañuelo del bolsillo del delantal y se lo tendió a la mujer—. Quítele esos mocos a la criatura, hágame el favor.

En la cocina se estaba caliente. Un puchero de lentejas hervía a fuego lento y las narinas de la mujer se dilataron al olerlo. Ofelia le puso una taza de malta caliente a ella y un vaso de leche al pequeño; luego sacó el pan y la aceitera, y se sentó con ellos.

—Yo ya he desayunado —explicó, al ver que la mujer esperaba a que ella también se sirviera algo.

—Que Dios se lo pague, señora. Hace mucho que no comemos. Por eso voy buscando trabajo.

—¿Es usted viuda?

—Sí, señora. Me mataron a mi marido al principio de la guerra y ahora, como dicen que soy roja, no encuentro quien me emplee. Pero yo no soy ni roja ni blanca ni de ningún color —dijo con rabia—. Sólo soy una mujer con un hijo pequeño que tiene que comer; y estoy dispuesta a hacer de todo, lo que usted me mande. Soy delgada, pero fuerte. Deme una oportunidad, se lo pido por lo que más quiera.

El niño se había lanzado a comer el pan, las miraba de vez en cuando y sonreía, aunque estaba claro que no entendía lo que estaba pasando. Si estuviera más limpio y mejor vestido, podría ser un niño muy guapo, pensó Ofelia.

—¿Tiene usted hijos? —preguntó la mujer, sin esperar la respuesta de Ofelia.

—Aún no.

—Yo puedo cuidárselos cuando los tenga, además de hacer toda la casa, y lavar y planchar… lo que haya que hacer…

385

La mirada esperanzada había vuelto por un instante a los ojos opacos de la mujer. Ofelia, al bajar la vista hacia la mesa, se dio cuenta de que tenía las manos llenas de sabañones.

—Tendré que hablarlo con mi marido…

La mujer empezó a comer, despacio, como aceptando que eso era lo único que iba a sacar de aquella casa, pero era mejor que nada.

Ofelia se quedó mirándola, fijándose en los detalles; imaginándose a sí misma en esa situación, recordándose a sí misma en situaciones similares.

—¿Cómo te llamas? —le preguntó, tuteándola de pronto, al darse cuenta de que aquella mujer que comía en su cocina, frente a ella, debía de ser de su misma edad, pero no había tenido su misma suerte.

—Gloria.

—Yo me llamo Ofelia.

—Ya lo sé, señora.

—No me hables de usted. ¿Cuántos años tienes?

—Veinticuatro.

—¿Tienes dónde vivir?

Gloria abrió la boca y la volvió a cerrar. No quería decir mentiras, pero si decía la verdad, que no tenían dónde vivir, que estaban durmiendo en las ruinas de su casa bombardeada donde no había ya ni agua ni luz, parecería que le estaba pidiendo más de lo que ella estaría dispuesta a dar.

—Nos vamos apañando —contestó por fin.

Ofelia la miró desolada. Ella sabía lo que era no tener dónde caerse muerta, lo que era estar desesperada, al final de todas las esperanzas y las ilusiones. Había tenido tanta suerte que no le parecía justo dejar que otros sufrieran así, si podía hacer algo por evitarlo. Gloria parecía una muchacha educada, fina, guapa, si no fuera porque el sufrimiento le había quitado el lustre de la piel y el brillo de los ojos. En otras circunstancias podría haber sido su hermana.

No tenía ni idea de cómo reaccionaría Anselmo, pero era un buen hombre. A lo mejor, si era sólo por una temporada, no se oponía a tenerlos allí. Aquello era grande, y él de todas formas apenas paraba en casa, entre el trabajo en la fábrica y luego el taller; y si Gloria atendía a las faenas caseras, ella podría ayudar mucho más en el taller y no tendrían que pagar más operarios.

—Mira, Gloria, no sé lo que dirá mi marido —empezó por fin, despacio, como pensando mientras hablaba—, pero de momento os vais a quedar aquí.

Gloria levantó los ojos del fondo de la taza y la miró, sin poder creer lo que estaba oyendo.

—Tenemos una habitación aquí en la planta baja que da a la terraza. Ahí puede jugar el nene sin peligro. ¿Cómo se llama?

—Ángel, como mi padre.

—¡Qué bonito! —El pequeño la miró sonriente, sabiendo que hablaban de él—. Tú me ayudas en la casa y así yo puedo ayudar a Anselmo en el taller. ¿Qué me dices?

Gloria se tiró al suelo y, de rodillas, le cogió la mano y se la besó mientras Ofelia se sacudía, incómoda.

—Deja, loca, deja, que no te estoy invitando a París. Te vas a hinchar a fregar y a limpiar. Esta casa es enorme, y si te sobra tiempo, igual te enseño a aparar o a usar cemen.

Gloria sonreía mientras las lágrimas le bajaban por las mejillas sin que hiciera nada por enjugárselas.

—Lo que usted quiera, Ofelia. Lo que usted quiera. Dios se lo pague. No se arrepentirá. Mi hijo y yo estamos para servirla, para lo que haga falta. Para siempre.

En aquel momento ninguna de las dos podía saber que sería así.

387

1942. Monastil

$\mathcal{H}$acía casi tres años que Gloria había llegado a la casa con su hijo de la mano. Desde entonces había aumentado la familia con el nacimiento de Luis, el taller había ido mejorando y ampliándose, y los tres adultos junto con los dos niños, una gata llamada Lola que paría cada tres por dos, y un perrito de raza irreconocible que Anselmo había recogido cerca del río, pero que se pasaba la vida por la calle, formaban un grupo variopinto y bien avenido en el que cada uno tenía su puesto y sus tareas.

Mito seguía de encargado de la fábrica de los Navarro y, en cuanto salía de allí iba a su taller, pero ya lo tenía todo previsto para dejar el trabajo por cuenta ajena en cuanto estuvieran seguros de tener suficientes ingresos.

Gloria llevaba la casa y se ocupaba de los dos niños. En los ratos libres, como había aprendido a aparar, ayudaba en el taller y se sacaba un pequeño sueldo aparte para ahorrarlo en previsión de cualquier percance: una enfermedad, una operación, un gasto imprevisto... También cosía las prendas más sencillas y necesarias y, como antes de la guerra había estudiado Magisterio, y luego había aprendido a escribir a máquina, ayudaba a Ofelia con la correspondencia del taller que, poco a poco, se iba convirtiendo en una fábrica.

Ángel había empezado a ir a las Escuelas nacionales a los cuatro años, de favor, porque era aún demasiado pequeño, pero Gloria tenía mucho interés en que aprendiera pronto para hacer de él un hombre de provecho. Su maestra se había percatado muy deprisa de que no estaba bautizado y, temiendo que eso pudiese traerle problemas a todos, la mandó llamar y le propuso llevar al niño ella misma a acristianar, junto con otras dos niñas un poco mayores. Gloria, muy asustada, se lo contó a Ofelia, que le ofreció ser su madrina junto con Anselmo, así que dio su permiso y Ángel ahora, a sus siete años, había empezado a acudir a la iglesia a hacer el catecismo para poder tomar la primera comunión en mayo.

Luis tenía sólo dos añitos y era la alegría de la casa: tranquilo, sonriente... un niño que dormía bien y siempre parecía estar de buen humor.

A pesar de ser zona roja, Monastil no había sufrido tantos bombardeos como Alicante u otras ciudades de la provincia que habían sido castigadas a conciencia por los rebeldes para desmoralizar a la población, y aunque aún había casas en ruinas y algunas carreteras llenas de baches, poco a poco todo se iba arreglando, pero los suministros escaseaban y todavía quedaban muchas familias que se acostaban con hambre.

Dentro de la situación general de escasez, los Márquez–Arráez vivían bien, sin lujos pero con lo suficiente para llenar el estómago y, aunque con lentitud, las cosas iban mejorando, se podía ir al cine los domingos y comer pipas y *torraos* en cucuruchos de papel de estraza, y castañas calientes en invierno. También, poco a poco, iban regresando las costumbres de antes de la guerra: el vermú con altramuces los sábados o los domingos a mediodía, las meriendas de Pascua en el campo, la ofrenda de flores a la Virgen en el mes de mayo, las sandías compartidas con los vecinos a la puerta de las casas, tomando el fresco en las noches de calor...

Seguía habiendo miedo. Monastil, como todos los demás pueblos, estaba lleno de falangistas de última hora, de los que habían salido huyendo al principio de la guerra hacia la zona de los sublevados y habían regresado ensoberbecidos y feroces a cumplir sus mezquinas venganzas, a gozar de su fuerza actual, de estar en el lado ganador y poder golpear, humillar e incluso hacer desaparecer a los que durante la guerra habían sido sus enemigos.

Unos golpes en la puerta a deshora aún paraban el corazón a los habitantes de la casa; una mirada fija de un policía, un guardia civil o un camisa azul; una pregunta falsamente dulce de una señora enlutada, con mantilla y rosario de marfil; dos vecinos en una esquina hablando en voz baja y lanzando mi-

389

radas a alguien que hubiese querido que se lo tragara la tierra. El miedo lo permeaba todo y el silencio era habitual porque «callando no se peca», a pesar de que la iglesia también contemplaba los pecados de pensamiento y omisión, no sólo los de palabra y obra.

Sin embargo había un cierto optimismo en el pueblo, una sensación raramente puesta en palabras de que lo peor había pasado y de que, si uno no se empeñaba en ir en contra del gobierno, las cosas podían ir saliendo bien. Ofelia había empezado a encargarse sobre todo de la contabilidad de la pequeña empresa, que ya tenía diez empleados, y a conseguir faena ampliando los campos de posibles clientes.

Intentar hacerse rico no estaba prohibido y eso trataban de hacer Ofelia y Mito, trabajando de sol a sol.

1943. Monastil

*O*felia, sentada a la mesa de la salita, al sol de las diez, luchaba contra las palabras que se empecinaban en rebelarse contra ella. Nunca había sido demasiado buena escribiendo, mucho menos en español, y aquel borrador estaba saliendo cada vez peor. Sabía lo que quería decir, pero si lo decía como lo estaba pensando, aquello iba a salir de juzgado de guardia. Aquel hijo de su madre les debía cien duros desde hacía más de tres meses y esa mañana había decidido que no pensaba esperar ni una semana más. Esa sería la última carta civilizada que pensaba enviarle. Después de eso, ya no quedaba más que denunciarlo. Mito era estupendo para muchas cosas, pero no podía esperar de él que se presentara en el despacho de aquel desgraciado a exigirle por las buenas o por las malas el pago de lo que debía. Y yendo ella no conseguiría más que desprecio y risotadas. Así que no había más remedio que redactar una carta dura y profesional amenazando con tomar medidas legales; pero no era capaz. Las palabras eran como animalillos que se le escapaban y se escondían cuando estaba a punto de aferrarlos.

Levantó la vista, asqueada de su propia inutilidad, y se cruzó bien la toquilla de lana sobre el pecho. A pesar del sol y del brasero de picón, hacía frío en la casa, sobre todo estando así, quieta en la mesa camilla, con el lápiz en la mano. Gloria, de rodillas, estaba fregando el pasillo, aprovechando que Ángel estaba en la escuela y Luis dormía después del biberón.

Entrecerró los ojos para verla recortada sobre el brillo húmedo de las baldosas que el sol de la mañana hacía refulgir.

Tenía unas pantorrillas preciosas y así, a cuatro patas, estirando bien el brazo para abarcar más espacio, su cuerpo parecía una escultura, a pesar de la raída falda de tubo y la rebeca lila con los codos gastados. Su pelo castaño tenía chispas rojizas que brillaban cuando les daba el sol como las ascuas del brasero. Era una mujer muy guapa, y ahora que comía todos los días y por las noches podía meterse en una cama con su hijo, sabiendo que su sueño sería tranquilo, se había convertido en una belleza, con sus ojos serenos y su sonrisa tímida, pero fácil.

Mirándola sin que ella se diera cuenta, imaginó por un momento cómo sería arrodillarse a su lado y pasarle la mano suavemente por la cintura, por las caderas... Ella levantaría la cara del trapo de fregar, le ofrecería su pequeña, misteriosa sonrisa, entreabriría la boca y sus labios se rozarían, un beso de mariposa, tan leve que no parecería real.

Sacudió la cabeza, incómoda. Tenía demasiada imaginación y además esa maldita imaginación siempre la llevaba a pensar cosas de las que debería avergonzarse. Aunque... bien mirado... al fin y al cabo no se enteraba nadie de lo que ella pensara. Sería un pecado de pensamiento, sí, pero eso le daba igual. Lo que había que evitar eran los actos. Los actos podían meterte en unos líos espantosos. Los pensamientos no.

Suspiró. Volvió a apretarse la toquilla y se puso de pie. Necesitaba movimiento.

No quería pisarle a Gloria lo fregado, pero de repente sentía una imperiosa necesidad de ir al baño, y no había más remedio.

Gloria oyó sus pasos, volvió la cabeza sobre el hombro y la miró sin el reproche esperado. Sus ojos grises eran dulces, como su sonrisa.

Ofelia se detuvo junto a ella, se agachó y le acarició las ondas del pelo mientras ella cerraba los ojos como una gata. Un momento después los labios de Ofelia se posaban delicadamente sobre la sien de su amiga, luego la mejilla... después, con mucho cuidado, como ofreciéndole la posibilidad de negarse, cada vez más cerca de la boca. Gloria no se negó. Unos segundos después se estaban besando intensamente, bebiéndose la respiración de la otra, maravilladas las dos de que una cosa así fuera posible.

Se separaron unos instantes para respirar y, con esfuerzo, se pusieron de pie y se quedaron mirándose frente a frente, cada una apoyada en una pared del pasillo, sintiendo cómo les temblaban las rodillas y el estómago se les encogía de miedo y de deseo.

—Esto no está bien —susurró Gloria por fin.

—No. Tienes razón. Perdona.

—No, Ofelia, perdona tú.

—Tú no has hecho nada.

—Claro que he hecho —dijo Gloria ruborizándose y bajando la vista—. Yo también quería.

Ofelia dio los dos pasos que la separaban de su amiga y la enlazó fuerte por la cintura. Lo único que le habría parecido horrible sería que Gloria se hubiera dejado por miedo, porque temía contrariar a quien le había salvado la vida. Eso habría sido imperdonable, haber obligado a una mujer a hacer lo que no quería; pero si a ella también le gustaba...

Se besaron de nuevo, abrazándose como si quisieran traspasarse la una a la otra, como si ninguna cercanía fuera bastante, explorando sus cuerpos sobre la ropa con hambre de más.

—Espera, espera... —jadeó Gloria por fin—. ¿No oyes a Luis? Se ha despertado.

—Déjalo —susurró Ofelia con la cabeza perdida en su cuello, bajo la melena.

—Se me parte el alma de oírlo llorar... Luego, Ofelia... luego... más.

Gloria se apartó con un gemido y echó a andar por el pasillo, pero antes de entrar en el dormitorio volvió la cabeza y le tiró un beso con la mano. Ofelia apoyó la cabeza contra la pared, cerró los ojos y todo su rostro explotó en una sonrisa.

Febrero de 1948. Monastil

$\mathcal{A}$nselmo llegó a casa con una sonrisa rara pintada en el rostro: una mezcla de sonrisa traviesa junto con un toque de sorpresa y posiblemente de audacia, como si le extrañase a sí mismo el estar a punto de atreverse a algo estúpido e infantil que sin embargo lo hacía muy feliz.

Ofelia se quedó mirándolo sin preguntar aún. Sabía que, fuera lo que fuera, estaba deseando contárselo, de modo que le cogió el abrigo para colgarlo en la percha y, mientras ella pasaba el cepillo por las hombreras, dejó que él pusiera el sombrero en la balda más alta. Cada vez había menos hombres jóvenes que llevaran sombrero, pero Anselmo seguía usándolo, invierno y verano. Tenía varios de lana para el invierno, uno negro, uno gris, uno marrón, y un panamá precioso de paja blanca para el verano, sin contar con los menos elegantes que usaba para cuando salían a dar paseos por el campo. Era uno de los pocos lujos que se permitía, incluso ahora, que cada vez les iban mejor las cosas. Otros hombres en su misma situación se compraban relojes de oro, o gemelos de joyería, pero Anselmo prefería los sombreros y los zapatos. Las joyas eran para ella. En los años que llevaban juntos, él nunca había dejado de regalarle cosas bonitas: pendientes, pulseras, broches... y un collar de perlas que la dejó sin aliento. Para una muchacha que nunca había tenido nada, aquel joyero que iba llenándose poco a poco seguía siendo una fuente de asombro y muchas veces, cuando estaba sola en casa, lo sacaba simplemente para mirar sus alhajas, para pasarlas de mano en mano llenándose los ojos con su belleza, convenciéndose de que todo aquello era suyo para siempre y de que, además de la felicidad que le proporcionaba, era una garantía, una seguridad si alguna vez se veía en una situación desesperada, si tenía que huir.

—Imagínate, Ofelia —empezó Anselmo, cogiendo su labio inferior entre los dientes en lo que ella llamaba su «sonrisa de conejo»—. Se nos ha ocurrido una cosa tremenda…

No hacía falta aclarar a quién se refería con ese «nosotros». Hacía varios años que Anselmo iba al casino a diario, de dos a tres, a tomarse el café y a ponerse al día de las noticias nacionales e internacionales. Allí se reunían ocho o diez hombres más o menos de su edad, intercambiaban cotilleos del pueblo, comentaban las noticias, expresaban sus opiniones sobre todo tipo de temas, se fumaban un puro sin que nadie les dijera que estaban apestando la casa, daban una cabezada en el sillón o echaban una partida de dominó antes de volver cada uno a su trabajo.

Para sus mujeres era una costumbre agradable. Apenas se marchaban sus maridos, podían recoger la mesa y arreglar la cocina rápidamente y luego sentarse un rato tranquilas en la salita, con alguna labor, para oír el serial de la radio las que tenían aparato en casa o ir a casa de una amiga a escucharlo en compañía antes de empezar las faenas de por la tarde.

395

Frotándose las manos, Anselmo se dirigió a la cocina en busca de algo de calor. Al entrar en casa viniendo del frío de la calle, la temperatura resultaba agradable, pero al cabo de un par de minutos se notaba fresco porque no había una sola ventana que cerrase realmente bien y a veces, en días de viento, incluso las cortinas se movían ligeramente con la corriente que se colaba por las rendijas.

—Ven, ven que te cuente.

—Ya casi está la cena.

—No hay prisa. ¿Quedan olivas?

—Unas pocas.

Mientras Anselmo se sentaba a la mesa de la cocina, Ofelia fue a la despensa donde guardaban las tinajas con las olivas verdes y negras que ella misma había puesto en adobo en noviembre y sacó un platito, junto con otro donde había unos altramuces blandos. Luego puso la frasca de tinto entre los dos y sirvió un vaso para cada uno.

—¿Dónde está Luis?

—Jugando en casa de Ezequiel. Estará al caer, y si no ahora me acerco a por él. Gloria se ha ido al rosario. Venga, dime a qué viene esa sonrisa.

Anselmo sonrió aún más.

—Acabamos de decidir que vamos a hacer una fiesta de Carnaval —dijo triunfante.

—¡Pero eso está prohibido! —exclamó Ofelia, asustada. Una de las cosas que más claras habían quedado con el nuevo Régimen era que bajo ninguna circunstancia se pensaba permitir que le gente tuviera ocasión de disfrazarse, ocultar su identidad y, quizá, realizar algún acto de sabotaje. La Iglesia estaba también fervientemente en contra. Las procesiones, por supuesto, estaban autorizadas, incluso cuando en algunos pueblos salía gente vestida de romano o las diferentes cofradías llevaban sus hábitos, a veces con la cara cubierta; pero a nadie en su sano juicio se le ocurriría considerar disfrazarse a ponerse un capirote de nazareno y salir descalzo detrás de un Paso en busca de perdón, cosa que, en la base, era una contradicción y una estupidez: o estaban permitidos los disfraces o no lo estaban.

Ofelia pensaba muchas veces que lo que de verdad le molestaba tanto al Gobierno como a la Iglesia era que la gente se divirtiera. Desde que habían ganado los franquistas, la diversión y la risa habían quedado proscritas, aunque el año anterior habían autorizado de nuevo la celebración de las fiestas de Moros que llevaban prohibidas desde la guerra. Sólo para hombres, claro, pero al menos durante tres días el pueblo se llenaba de bandas de música, de bailes y de alegría. Quizá era verdad que las cosas estaban cambiando.

—Según Mario, ya no está prohibido, siempre que sea una cosa privada y de personas de bien. Y como lo haremos en el casino y sólo para socios, ni Mario ni Tomás ven ningún problema.

Mario era el alcalde y Tomás, el jefe de policía, con lo cual la información debía de ser fidedigna. Ofelia se llevó las dos manos a la boca, ilusionada pero aún temerosa.

—¿Para cuándo?

—¡Pues para Carnaval, mujer! Este martes que viene.

—¿El que viene? ¡Si hoy es viernes! No me da tiempo a coser ningún traje.

—No sufras. Como es la primera vez, hemos decidido que

lo importante es divertirse. Con un par de trapos y de sábanas nos apañamos. El Lito va a reunir a sus muchachos, los que salen juntos los sábados a dar serenatas, y así tendremos música. ¿Te apetece? —Le cogió la mano y se la apretó, buscando su mirada. A Ofelia le brillaban los ojos.

—¡Muchísimo! ¡Ay, qué nervios! Si lo hubiera sabido antes...

—Se nos ha ocurrido ahora, en plena cerveza. Estábamos hablando de lo largo que se hace el invierno y de lo que falta hasta las fiestas de Moros, y de lo triste que es la Cuaresma, cuando de golpe, alguien ha tenido la idea... y ya te digo, con unas sábanas viejas podemos ir de romano, de fantasma, de cualquier cosa, ya se nos ocurrirá.

—A tu madre no le va a hacer ninguna gracia.

—Ella no está invitada; es sólo para jóvenes —dijo Anselmo guiñándole un ojo a su mujer y metiéndose una oliva en la boca con gesto desafiante. Ofelia dio un trago a su vino pensando a toda máquina.

—¿Sabes? Se me acaba de ocurrir algo que podría ser la bomba, pero no sé si...

—¿Qué?

—¿Y si yo me visto de hombre y tú de mujer? Es fácil, barato y podemos dar la campanada.

A Anselmo empezaron a brillarle los ojos.

—Nada vulgar, ¿me entiendes? —insistió ella—. Tú te pones mi mejor vestido con el collar de perlas, y yo te pinto y te arreglo. Yo me pongo un traje tuyo con camisa, chaleco, corbata y sombrero, y en paz. Podría pintarme un bigote y ponerme vaselina en el pelo. Tú necesitarías un sombrero de señora porque peluca no tenemos... vamos... si te atreves.

—¿Por qué no iba a atreverme? Es Carnaval. —Ahora la sonrisa le llegaba casi a las orejas.

—O también —continuó ella, cada vez más entusiasmada—, podemos proponérselo a los demás y vamos todos así: las mujeres de hombre y los hombres de mujer. Estoy segura de que se animarán porque eso les soluciona el disfraz. Y al año que viene ya se verá.

Anselmo se levantó de un salto, la cogió en volandas y la abrazó hasta que a Ofelia le crujieron las costillas.

397

—¡Pero qué suerte he tenido contigo, chata! ¡Qué mujer más lista tengo! Aguanta la cena un rato, que me voy a ver si aún los pillo en el casino. Estarán con la cerveza aún y así ya se lo pueden contar a sus mujeres esta misma noche.

—Yo se lo diré a Encarni ahora cuando vaya a recoger a Luis.

Ofelia se acercó a la cocina económica, apartó la olla, puso todos los anillos sobre la placa para bajar la intensidad del calor y se quitó el delantal porque, aunque se había puesto el más bonito que tenía para recibir a Anselmo, no le gustaba salir a la calle en delantal como hacían casi todas sus vecinas.

Se pusieron los abrigos sin perder la sonrisa un solo instante y, una vez en la calle, tomaron direcciones opuestas en la oscuridad.

Se rumoreaba que pronto habría alumbrado nocturno, como en las ciudades, pero de momento la iluminación consistía en una bombilla colgada en el centro de cada calle y otra en cada cruce, de manera que las calles eran un ajedrez de sombras y luces, de oscuridad casi completa debajo de los árboles y claridad relativa al pasar bajo las bombillas, pero no había ningún peligro, ya que en todo el pueblo no había más allá de una docena de coches y se les oía venir desde lejos.

Por lo demás, la tranquilidad era absoluta. Después de la guerra, era el bien más preciado para toda la población: el saber que incluso las personas más débiles —los ancianos, las mujeres, los niños— podían salir a cualquier hora sin ningún temor. Vigilaba el sereno, vigilaba la Guardia Civil y, básicamente, vigilaban todos los vecinos, ya que en cuanto desde el interior de una vivienda se escuchaban pasos en la acera a ciertas horas de la noche, siempre había alguien que se asomaba sin hacer ruido para ver de qué se trataba.

Toda ventaja lleva una desventaja. La seguridad se pagaba con la casi imposibilidad de hacer nada en secreto, nada que escapara a los ojos y la imaginación de la comunidad. Y eso era lo peor: la imaginación, ya que lo que no se veía o se sabía con claridad acababa por ser imaginado, inventado, contado como verdadero y, al cabo de unos días, lo que nunca había sucedido pasaba por real. A veces eso podía representar la desgracia de una persona y de su familia sin que —y eso era lo más triste— nadie se sintiera responsable de ello y mucho menos culpable.

De camino a casa de Encarni, a recoger a su hijo, Ofelia se preguntaba si sería una buena idea dar tanto alimento a las malas lenguas de Monastil organizando una fiesta sólo para unos cuantos privilegiados y con unos disfraces tan escandalosos. Pero las fuerzas vivas de la localidad estaban en el ajo y la verdad es que a ella y a Anselmo les hacía una ilusión tan grande que valía la pena arriesgarse. «¡Que hablen!», se dijo. «Algo tienen que hacer los que se aburren!», y entró en casa de su amiga con una sonrisa como la que llevaba Anselmo una hora antes.

1949. Monastil

Ofelia había empezado a encargarse sobre todo de la contabilidad de la pequeña empresa, que ya tenía veinte operarios, y a conseguir faena ampliando los campos de posibles clientes.

Yendo una vez en tren con Julio, uno de sus viajantes, a visitar a unos clientes de Murcia, se habían sentado junto a una mujer muy vistosa con la que habían entablado conversación. Resultó ser una cantante de cierta fama que, entre otras cosas, les contó lo difícil que resultaba a veces en su profesión encontrar zapatos de colores, o que fueran buenos para bailar, o, tratándose de calzado de caballero, que fueran lo bastante grandes. Encontrar un 43 en marrón no era mucho problema, pero un 43 en amarillo o en verde era prácticamente imposible. «Por no hablar de los artistas que se visten de mujer y necesitan zapatos de tacón, pero de un 44», terminó guiñándoles el ojo.

Julio y ella se miraron asombrados. Ninguno de los dos sabía que existieran esos artistas. La mujer se dio cuenta y, disfrutando visiblemente, fue explicándoles que había establecimientos donde todas las cantaoras y bailaoras eran hombres vestidos de mujer, y cabarés con *vedettes* impresionantes que habían nacido varones, pero se vestían y comportaban como hembras.

—Y ¿quién va a verlos? —preguntó Julio, escandalizado.

—Pues otros hombres, claro. Hombres que… —miró por encima de su hombro, como para asegurarse de que efectivamente estaban solos en el vagón de tercera, hizo un gesto amanerado con la mano y terminó en voz baja— que… prefieren a los que parecen mujeres cuando van vestidos y resulta que son hombres cuando se quitan la ropa… Bueno, no me hagan ustedes caso, yo tampoco entiendo mucho de eso.

—¿Maricones? —insistió Julio, dejándose llevar por la curiosidad y dándose cuenta demasiado tarde de lo ofensivo de la palabra delante de las dos mujeres—. Perdone, Ofelia. Y usted, señora.

—No sé, la verdad. Supongo que sí, pero ¿qué quiere que le diga? A mí me da igual. Con su pan se lo coman…

—¿Y eso no está prohibido? —preguntó Ofelia.

—Sí. De vez en cuando entra la policía y hace una redada; pero sólo de vez en cuando… si hay alguna denuncia por escándalo público o con la dichosa ley de vagos y maleantes, que les sirve para meter en el talego a quien les da la gana, pero en general no pasa nada grave. Total, allí se canta, se baila y se bebe nada más. Lo que hagan después y dónde, es cosa suya.

—¿Usted nos haría una lista de esos cabarés y de los establecimientos donde usted actúa? —preguntó Ofelia, directa. El viajante la miró, espantado, igual que la cantante—. No, mujer, no somos de la Secreta. Somos fabricantes de calzado sobre todo de señora, de gran calidad, y ahora que he visto que haría falta nuestro producto, me gustaría mandar a alguno de nuestros viajantes con un muestrario que haríamos exprofeso para los artistas.

Así era como habían comenzado a fabricar zapatos para gente del espectáculo, sobre todo de varietés y cafés cantantes, que necesitaban modelos especiales de los que no se podían conseguir en las tiendas. En un par de años, los zapatos de Anselmo Márquez empezaban a ser famosos en el mundillo, y poco después Ofelia tuvo la idea de ampliar el mercado al extranjero.

—Imagínate, Mito —le dijo un día a su marido—, si aquí esto tiene salida… imagínate en París, por ejemplo. Ahora que ha terminado la guerra europea, aquello tiene que estar lleno de locales de juerga y espectáculo. ¿Y si nos vamos a ver si necesitan nuestros zapatos? De paso podremos salir de aquí, ir a Francia, ver París…

—No tenemos pasaporte.

—Pues lo pedimos. No creo que haya problema. Somos personas de orden.

401

Él la miró con una media sonrisa y ella se ruborizó como una colegiala sabiendo perfectamente a qué se refería Mito.

—Lo de Gloria no tiene nada que ver —dijo ella con una sonrisa pícara—. De casa no sale.

—Vamos a intentarlo. Me chiflaría ir a París.

1950. Monastil

Desde la primera fiesta de disfraces, ya hacía un par de
años, Anselmo estaba inquieto. La idea de Ofelia y su posterior realización por toda la pandilla de matrimonios, seis
parejas en total, había sido un éxito inaudito y los había estimulado a seguir planeando fiestas y diversiones, pero para
Anselmo aquello había sido el principio de algo que había
empezado a devorarlo por dentro.

No era nada nuevo. Llevaba toda su vida luchando contra
ese sentimiento imposible, prohibido, esa enfermedad que se
había ido extendiendo por su mente casi desde que tenía uso
de razón. Había hecho todo lo posible por negárselo, por justi-
ficarlo de todas las formas posibles, por tratar de olvidarlo, pero
desde el momento en que se puso la ropa de Ofelia para disfrazarse, y sobre todo desde que, después de la sesión de maquillaje, se miró al espejo y se vio convertido en mujer, no había
dejado de desear hacerlo de nuevo y, aunque se lo negaba a sí
mismo, no podía apartar de su mente cuánto le gustaría volver
a maquillarse, a ponerse un sujetador, unas medias, unos preciosos zapatos de medio tacón.

Aprovechando que estaba solo en casa —los niños estaban
jugando en casa de la vecina y las chicas, Ofelia y Gloria, se
habían ido al cine a ver *La dama de Shanghái*— se encerró en
el dormitorio y, casi conteniendo la respiración, abrió el cajón
del tocador y se quedó embobado mirando la ropa interior de
su mujer: las bragas de raso, las combinaciones con encajes,
de Estados Unidos, que él le había comprado por medio de sus
contactos en el puerto de Alicante, las medias en sus envolto-
rios de papel de seda, los dos ligueros, los dos sujetadores, uno
blanco y uno crema… Pasó las manos delicadamente por aque-

llas telas tan suaves y, con un suspiro, volvió a cerrar el cajón sin decidirse a probarse nada de aquello, aunque sabía que ellas tardarían aún en volver.

Se sentó en el silloncito y se quedó mirando su rostro en el espejo: fino, anguloso, elegante, un bello rostro masculino en opinión general que, sin embargo, a él no conseguía hacerlo feliz. Acarició la madera del mueble, pasó los dedos por la superficie de cristal que lo protegía y, lentamente, como si no lo estuviera haciendo a propósito, extendió la mano hacia el lápiz de labios que él mismo le había regalado a Ofelia apenas unos días antes y con un ahogo en el pecho lo destapó, se lo llevó a la boca y dibujó la forma de los labios disfrutando de la sensación cremosa del color que se iba extendiendo, cubriéndolos, transformándolos en algo diferente. Presionó los labios uno contra otro como había visto hacer a las mujeres cuando se pintaban y volvió a aplicar un poco de color para dejarlos rojos y brillantes.

Destapó el frasco de perfume y aspiró delicadamente primero, después con más intensidad, hasta que el aroma lo llenó por entero. *Tabú.* Un nombre perfecto para la ocasión, porque lo que estaba haciendo era algo prohibido. Se puso unas gotas en las muñecas, detrás de las orejas, en el pliegue del codo… y cerró los ojos unos segundos, dejándose envolver por la fragancia.

En la calle, una niña contaba hasta cien a voz en grito jugando al escondite. Debía de estar anocheciendo, pero había cerrado las persianas y la única iluminación era la de la lámpara de la mesita de noche y la rosada del tocador que suavizaba sus rasgos y lo hacía sentirse como suspendido en un limbo fuera del tiempo y del pueblo que lo rodeaba.

Luego sacó el lápiz negro y, con más dificultad de la que hubiera creído posible, trazó una línea ligeramente temblorosa rodeando los ojos antes de pintarse los párpados de azul y marcar la curva de las cejas con un lápiz marrón. Por suerte sus cejas no eran demasiado anchas, pero quedarían mejor si pudiera depilarlas; ahora se llevaban muy finas y con todos aquellos pelos de sobra jamás quedarían bien.

Se puso un poco de colorete en los pómulos, cogió un pañuelo de Ofelia y se lo enrolló a la cabeza a modo de turbante, deseando tener una peluca como la que había visto en el camerino de uno de los artistas que le encargaban zapatos de baile; luego se quedó mirando su reflejo, no para comprobar lo que podría estar mejor en su maquillaje, que era casi todo, sino simplemente para tratar de ver, a través del Anselmo de siempre, a esa otra persona que a veces se dejaba adivinar como una joya en el fondo de un estanque, una persona que —lo sabía cada vez con mayor seguridad— era la mujer que llevaba en su interior y que intentaba salir desde hacía mucho tiempo.

Poco a poco iba teniendo la certeza de que su problema no era, como siempre había creído, que fuera poco hombre o que le gustaran los individuos de su mismo sexo, como pensó para su horror durante un tiempo, en la época de la guerra. Claro que se sentía atraído por los hombres, pero por pura lógica: porque, en lo más profundo de su ser, era una mujer, una mujer que había tenido la desgracia de venir al mundo con un pene entre las piernas y ese simple hecho lo había marcado como varón desde su nacimiento. Había recibido un nombre masculino, había sido educado como chico, lo habían vestido de hombre y le habían dejado claro lo que estaba a su alcance y lo que no. Si se empeñaba, podría llegar a ser bombero, ministro, piloto, juez, médico, torero... cualquier profesión que le ilusionara, pero nunca podría pintarse los labios en público o ponerse un vestido de muselina que le acariciara las pantorrillas al caminar sobre unos tacones a juego.

405

Además, y aunque todo eso era importante, mientras tanto sabía que lo que podría hacerlo feliz no era vestirse de mujer. O no solamente. Si el problema fuera que le gustaba vestirse con ropas femeninas, eso podría arreglarse de vez en cuando, aunque fuese cuando se quedaba alguna vez solo en casa o disfrazándose en Carnaval.

El problema real, lo que de verdad era espantoso y a lo que había dedicado horas y horas de reflexión, era que no quería ser un hombre disfrazado. Lo que quería era ser aceptada y reconocida como mujer, hablar de sí misma en femenino sin que nadie se escandalizara, poder entrar al aseo de señoras sin que hubiese gritos de pánico. Ese era su problema y era consciente de que no tenía solución.

Lo sabía desde siempre, desde que empezó a darse cuenta de que a él le gustaban las cosas que no debían gustarle, desde que empezó a mirarse desnudo en el espejo del armario de luna de su madre escondiendo entre los muslos el pequeño pene que le crecía donde debía de haber estado la rajita que tenían las niñas y que era lo que le correspondía. Llevaba toda la vida tratando de ocultarlo, de que ni su madre ni nadie se diera cuenta de que no era un hombre normal, y desde que se había casado con Ofelia las cosas habían mejorado mucho, al menos en lo exterior. Casado y con un hijo, ya no había muchas posibilidades de que la gente sospechara nada de él.

Remedios, la curandera, había acertado plenamente: Ofelia había sido la curación de una enfermedad que no era una enfermedad y que no tenía cura. Aquella misteriosa respuesta de las cartas se había revelado como verdadera. Y desde hacía un tiempo, también la otra parte de la respuesta de Remedios se había cumplido: él también se había convertido en la cura de Ofelia.

No habían hablado de ello, pero poco a poco se había ido dando cuenta de que ella tampoco era una mujer normal, como todas las que conocía y había tratado en la vida. A Ofelia no le interesaban los hombres, lo que era un alivio porque, de lo contrario, ella se habría sentido muy frustrada con un marido como él, y él se habría sentido muy culpable por no cumplir con ella, mientras que así, Ofelia parecía feliz con Gloria y Gloria con ella, y todos contentos en apariencia.

Salvo que él no podía más y no se le ocurría qué podía hacer para aliviar la presión de la terrible necesidad que sentía de mostrar al mundo su verdad, aunque sabía que nunca sería posible.

Ni siquiera Ofelia sabía de su angustia. ¿Para qué angustiarla a ella? Ahora parecía feliz; no había más que mirarla cuando ella miraba a Gloria y todo su rostro se iluminaba con una sonrisa. Con la excusa de no molestarlo a él por las noches si lloraba Luis, cosa que no hacía casi nunca porque el niño les había salido muy dócil, Ofelia se había mudado hacía tiempo al cuarto de Gloria y los dos niños dormían en la habitación de enfrente de sus madres, que compartían la cama de matrimonio. Él había vuelto a dormir solo, lo que al principio había sido un alivio; luego, sin embargo, el retirarse solo a su cuarto a dar vueltas en la cama imaginando una vida que jamás sería la suya había acabado por pasarle factura: cada vez dormía menos y peor. Se sentía como una de esas serpientes que había visto en una enciclopedia en la biblioteca municipal: esos ofidios que un buen día empiezan a engordar y a retorcerse porque la piel se les está quedando pequeña y tienen que rajársela a base de contracciones violentas y desgarrones con los colmillos para poder librarse de esa piel antigua que los aprisiona y sacar por fin a la luz la nueva piel limpia y brillante que les corresponde por derecho.

Así se sentía ella, como una serpiente. No como una crisálida, como un gusano que acabará convertido en mariposa. Ella no era un gusano ni quería convertirse en un insecto de colorines; quería ser exactamente lo que ya era, sólo que más grande, más fuerte, más ella misma.

«¡Qué desgraciada eres, muchacha!», se dijo con un suspiro. Estaba segura de que en el mundo tenía que haber un montón de mujeres que tampoco se sentían bien en su cuerpo y que darían diez años de su vida por poder tener uno como el que ella aborrecía. ¡Con qué placer cambiaría su pecho plano, su pene y sus testículos por unos senos femeninos, aunque fueran muy pequeños, y una vulva rosada como imaginaba la de Ofelia!

407

Fijó los ojos en los ojos mal pintados que el reflejo del espejo le devolvía. No era una mujer. Era un hombre ridículo, disfrazado, un monstruo repugnante que se empeñaba en hablarse a sí mismo en femenino cuando nadie la oía.

«¿Quién eres?», se preguntó a sí misma.

El tictac del reloj de la mesita había subido de intensidad en el silencio de la casa. La niña de la calle había dejado de contar. Por un momento sintió como si todos los muebles, las cortinas, los cacharros de la cocina en sus cajones y armarios, las copas de la vitrina estuviesen conteniendo el aliento, esperando a que contestara a esa pregunta que acababa de plantearse. ¿Quién eres?

Se pasó las manos por las mejillas perfectamente rasuradas, sintiendo con las yemas de los dedos los huesos de sus pómulos. Se acarició las cejas pintadas, pasó el pulgar por los labios rojos.

Ahora no te oye nadie, se animó. Estás sola en casa. Atrévete a decir quién eres, al menos para ti misma. Si no te nombras, no eres. Nómbrate. Sal de ese horrible nombre de varón que te impusieron sin preguntarte. Arráncate ese Anselmo que te destroza. Sé tú misma, aunque nadie más lo sepa, aunque tengas que pasarte toda la vida arrastrando tu secreto en soledad.

Sus labios pintados se entreabrieron frente al espejo, a punto de hablar.

El picaporte de la puerta se abrió de golpe, arrancándole un grito.

La figura de Ofelia se recortó en el vano contra la oscuridad del pasillo.

Los ojos de su mujer, desorbitados, se encontraron con los suyos en el espejo.

—Anselmo… —dijo con voz estrangulada. Estaba horrible; no era ni siquiera una caricatura de sí mismo. No era un hombre pintado de mujer. Era un monstruo. Otro ser. Alguien que trataba de emerger de dentro de su marido y que lo destrozaría para salir a la luz—. Mito…

Hubo un silencio. Largo. Largo… mientras se miraban y poco a poco, viendo la desesperación, el terror, la chispa de esperanza en los ojos de su marido, Ofelia iba comprendiendo.

—Ya no soy Anselmo —contestó por fin en voz ronca—. Aún no sé quién soy, pero no soy Mito.

Ofelia se llevó las manos a la boca, se dio la vuelta y, sin decir palabra, se perdió por el pasillo en dirección a la cocina.

La mujer que ya no era Anselmo enterró el rostro entre las manos y, vencida sobre el tocador, rompió a llorar.

Sin que la vieran, Gloria cerró delicadamente la puerta del dormitorio.

1951. Monastil

*E*ran las cuatro y media de la tarde y en el casino la mayoría de los hombres se estaban levantando ya de los sillones y de las mesas del dominó, dando por terminada la hora del café y la tertulia, para dirigirse a sus ocupaciones.

Conforme iban saliendo del salón y cruzando el vestíbulo, ya ajustándose el sombrero, se llevaban la mano a la frente y con un ligero roce del ala y una inclinación de cabeza, saludaban a Ofelia que, de pie junto al espejo de la escalera y con un elegante vestido de seda oscura, esperaba a su marido y les devolvía el saludo en silencio, con un cabeceo y una leve sonrisa.

El reloj que presidía la pared frontal dio la media con un ping metálico y en ese mismo instante, Anselmo cruzó la cristalera para encontrarse con ella. Llevaba en la mano, bien envuelto en papel de seda, un bouqué de rosas y campanillas blancas que le tendió sonriente.

—¿Y eso? —preguntó ella, extrañada.

—Ya que has tenido el capricho de que nos hagamos un retrato, al menos darle un toque de alegría, no crees? Entre yo de terno y tú de verde oscuro, cuando lo revelen va a parecer un funeral. El nuestro. —Ella sonrió—. A todo esto, ¿cómo se te ha ocurrido que nos lo haga Ramos? El muchacho está apenas empezando y todo el mundo dice que no tiene mucho ojo. ¿No habría sido mejor ir a Córcoles?

Los dos bajaban a buen paso por la calle Nueva hacia el Ayuntamiento.

—Esa es la gracia: hacerle un favor al chico. Ya sabes que lo han pasado muy mal desde que mataron a su padre en el famoso tiroteo cuando murió también el mío.

—Por eso les damos esa ayuda todos los meses.

—Sí, ya, pero si vamos a hacernos un retrato y puede ponerlo en el escaparate, a lo mejor, al ver que nosotros hemos ido, se animan otras personas y va ganando algo.

—¡Pero qué buena eres, Señor! Doña Ofelia de los Desamparados.

—Menos guasa.

Entraron en el estudio que parecía la trastienda de un comercio de disfraces o la trasera de un teatro, con sus cartones pintados con paisajes exóticos, sus palmeras de papel maché y sus diferentes muebles «de época».

Pepe Ramos los saludó, algo nervioso, frotándose las manos como si tuviese frío. Era un chico muy joven, flacucho, con toda la cara llena de acné y una espumilla blanca en las comisuras de los labios.

—¡Cuánto bueno por mi casa, don Anselmo, doña Ofelia! ¿Vienen para un retrato? Pasen, pasen… ¿Lo quieren tipo moderno o más clásico?

—¿Qué nos recomiendas? —preguntó Anselmo tratando de reprimir la risa.

—Yo, para personas como ustedes, diría que mejor más clásico, para que se note la autoridad, la elegancia…

—Pues no hay más que hablar.

Ofelia miró a su marido enarcando una ceja, pero no dijo nada.

—¿Es un aniversario? —preguntó el fotógrafo, echando una mirada al ramo que ella estaba desenvolviendo.

—Sí —mintió ella con una sonrisa, pero sin dar más explicaciones.

Ramos buscó por toda la sala con cara de concentración hasta que dio con una poltrona algo polvorienta, un macetero alto y un cartón que fingía una perspectiva a unos jardines toscanos enmarcada por unas cortinas de terciopelo recogidas con borlones.

—Usted aquí, sentado, don Anselmo. Usted, señora, de pie detrás de su marido, con una mano en su hombro. Y las flores… aquí, en esta peana, delante de los dos, ¿les parece?

—Chipén —concedió Anselmo.

Ninguno de los dos tenía mucha costumbre de hacerse

fotografías y se sentían bastante incómodos delante del trípode, con el ojo de aquella enorme cámara apuntando hacia ellos mientras el fotógrafo avanzaba y se retiraba, daba un paso a la izquierda y dos a la derecha, arreglaba una luz o una sombrilla blanca que había desplegado, y les rogaba que mantuviesen la posición y se quedasen quietos unos minutos más.

Ofelia, con la mano apoyada en el hombro de Mito miraba al muchacho feo y patoso que no se parecía demasiado a su padre, Ramos, el fotógrafo, recordando el momento terrible y caótico en que lo vio por última vez, con la cámara al cuello, entre el humo de la pólvora y el estruendo de los disparos, cayendo al suelo con un chorro de sangre brotándole a borbotones de algún punto del cuerpo. El fotógrafo, el sastre, su padre... camisas azules... un chico de la FAI que ella había conocido al principio de la guerra y había desaparecido poco después, varios hombres más gritando, disparando, locos todos por matarse unos a otros justo cuando por fin la guerra ya había terminado. El horror. La confusión. El miedo.

Hubo un fogonazo de luz, un clac, y luego la voz del hijo de Ramos:

—No se muevan aún. Voy a hacer un par más, por si acaso. No cierren los ojos. No respiren, por favor.

Una semana más tarde, cuando Anselmo llegó a casa con el retrato, lo dejó sobre la mesa de la cocina con una extraña sonrisa. Gloria y Ofelia estaban pelando patatas.

—¡Venga, enséñala! ¡Ponla ahí, que yo tengo las manos sucias!

Anselmo la sacó del sobre y colocó la foto cuidadosamente delante de las dos mujeres.

—Tiene la ventaja —comentó— que así nos hacemos una idea de la pinta que tendremos cuando estemos muertos, si morimos jóvenes —añadió con una carcajada.

—Ya podíais haber sonreído un poco —dijo Gloria—. ¡Estáis horribles! Y además, la pose es de boda.

—¿Ah, sí?

—Sí, pero de la época de Maricastaña. De nuestros padres o incluso de nuestros abuelos. ¿Cómo fue la fotografía de vuestra boda?

411

—No nos hicimos ninguna. Estábamos deseando irnos de viaje y no dio tiempo. Luego, al volver... ya nos dio un poco de vergüenza volver a vestirnos, y tampoco queríamos gastar dinero en esas cosas —explicó Ofelia a su amiga.

—Estabas preciosa el día de nuestra boda. No necesito tener ninguna foto. No se me olvidará en la vida —dijo Anselmo con una mirada soñadora—. Fue verte vestida de blanco y muerta de frío —ella sonrió— y saber que no me arrepentiría, que había acertado para siempre.

Pasó un brazo por los hombros de las dos mujeres, atrayéndolas hacia sí en un abrazo triple. Le llegaban al pecho, pero la fuerza que se desprendía de ellas era magnética y lo hacía sentirse a la vez protegido y protector. Inclinó la cabeza y les dio un beso en la coronilla, primero a Ofelia, luego a Gloria.

—Venga, damas del hogar, dadme algo de comer, que llevo todo el día trabajando.

1952. Monastil

*E*l potaje de garbanzos y acelgas le había salido a Gloria especialmente sabroso y toda la familia, reunida en torno a la mesa, disfrutaba del caldo que una picada de pan frito y almendras había elevado a la categoría de manjar.

—El vienes que viene nos vamos Ofelia y yo a Madrid, Gloria. ¿Te importa? —dijo de pronto Anselmo, sin darle mayor peso a lo que acababa de comunicar.

—¿Cuánto tiempo estaréis fuera?

Ofelia miró a su marido, perpleja. No tenía ni idea de que Mito estuviese preparando otro viaje.

—Una semana. Es una sorpresa para tu cumpleaños, Ofelia.

—Pues ¡vaya sorpresa, si me lo acabas de decir!

—Es que no te he dicho para qué… —Sonrió—. A ti te lo digo luego, Gloria.

—Siempre estáis por ahí —protestó Luisito—, y no nos lleváis.

—Porque van a trabajar, cariño —dijo Gloria, revolviéndole el pelo.

—Sí, a Madrid —apoyó Ángel—. ¡Ya me gustaría a mí!

—Iremos un día los cinco —prometió Anselmo—. Os llevaremos al zoológico y a ver muchas cosas bonitas, pero ahora sólo podemos ir nosotros.

Las mujeres recogieron la mesa y, cuando Gloria se marchó a la cocina a fregar los cacharros, Anselmo fue tras ella y cerró la puerta.

—Quiero regalarle a Ofelia algo especial —le dijo en voz baja, echando ojeadas a la puerta, por si a uno de los niños se le ocurría interrumpir—. Le van a pintar un retrato. Se lo he encargado al mejor retratista de Madrid y hacen falta cinco

413

o seis sesiones. Mete en mi maleta su vestido negro, el de las lentejuelas, y el colgante de la bala. Creo que le gustará que la pinten así.

—Seguro. Descuida, yo me encargo.

Ya a punto de marcharse, se dio cuenta de que a la mujer le pasaba algo; la notaba entre triste y decepcionada. Seguramente, la idea de que ellos se pasaran la vida viajando y ella se quedase siempre en casa era algo que no le hacía ninguna gracia.

—¿Qué quieres que te traiga de Madrid, Gloria? Pide por esa boca...

Ella esbozó una sonrisa triste mientras fregaba.

—Nada, Anselmo. Lo que yo quiero no me lo puedes traer.

Él se acercó, la cogió por los hombros y la giró para poder verle los ojos.

—¿Qué te pasa?

Ella sacudió la cabeza y, con los antebrazos aún llenos de espuma de fregar, se quitó las lágrimas con el dorso de la mano.

—¿Crees que no sé que, cuando estáis de viaje, Ofelia se va con otras?

Anselmo apretó los labios. Había prometido a Ofelia no decir nada del asunto. A él, en París, tampoco le había parecido bien al principio lo de Kiki, pero había terminado por acostumbrarse y además, ¿quién era él para afearle a nadie su conducta? Pero le dolía tener que mentirle a Gloria.

—No es nada importante —le dijo por fin—. Ella te quiere a ti.

—Sí, ya —se giró de nuevo hacia el fregadero y volvió a meter las manos en el agua jabonosa que había dejado un cerco blanquecino en la pila—. Yo, aquí con los críos y ella de picos pardos. Me trae unas medias o un perfume y se cree que con eso está arreglado. Ya sé que tendría que estar contenta, que yo no soy nada suyo al fin y al cabo, que si no hubiera sido por vosotros estaría en la calle... —volvió a limpiarse las lágrimas, esta vez con el pico del delantal— pero no puedo evitarlo... yo la quiero más que a nada en el mundo... bueno, y a mi hijo, claro... Me duele saber que ella... Es igual, Anselmo, déjalo. No tiene arreglo.

—Créeme, Gloria, para Ofelia son sólo... conquistas... Necesita saber que gusta, que puede... que en otros sitios tiene esa libertad que aquí es imposible... pero te quiere a ti, y te necesita. Tú la equilibras, la pones de buen humor... eres lo más importante para ella.

—Ahora se escribe con una extranjera, ¿lo sabías?

—¿Con Kiki?

Gloria negó con la cabeza.

—¿Marlène? A lo mejor pone eso en el remite de la carta. Es su nombre de verdad. Kiki es el artístico.

—No. No pone nombre. Sólo una inicial, una S. y un apellido extranjero.

—¿Y cómo sabes que es importante para Ofelia?

Gloria se sorbió los mocos y volvió a pasarse el antebrazo por los ojos y por la nariz.

—Por la cara que se le pone cuando recibe carta y por la forma de guardarla enseguida y de no decirme nada cuando le pregunto. De la otra, de la francesa, me contó que es una buena amiga y que le hacéis los zapatos, y que os ha presentado a muchos clientes y os ha invitado a su casa, pero de esta... ni mú. ¿Tú la conoces?

415

Anselmo sacudió la cabeza en una negativa.

—Pues entonces nos está engañando a los dos.

—Trataré de averiguar algo, te lo prometo. Pero... tú la conoces... es mejor que no digas nada de momento. No la provoques y ella sola volverá. Sabes que si le llevas la contraria, aunque sólo sea por ganar, es capaz de cualquier cosa.

—No sé, Anselmo... no sé. Cada día me cuesta más llevar todo esto. ¿Tú no has pensado nunca en que nos vamos a condenar, en que estamos viviendo en pecado? Los tres —se giró hacia él y lo miró con una intensidad que lo obligó a bajar la vista unos segundos, hasta que se rehízo para contestar.

—Mira, Gloria, yo nunca he sido mucho de misa, tú lo sabes, pero creo en Dios, o quiero creer, que viene a ser lo mismo. Si Dios es nuestro padre y la nuestra es la religión del amor, ¿tú crees que un padre no quiere lo mejor para sus hijos, que no los comprende y los ayuda? Si le parece mal lo que hago, que me lo diga.

—¡Pero si te lo dice! Te lo dice a través de la Biblia y de la Iglesia de Cristo, todo el rato. Eres tú quien no quiere oír.

—Yo quiero que me lo diga él.

—¡Qué arrogancia, Anselmo! Ese es un grave pecado de soberbia.

—Pues que no me lo diga ahora si no quiere, pero después de la muerte, cuando el juicio final y todo eso, cuando tenga ocasión de hablar con él, le preguntaré por qué me ha hecho así, por qué me ha metido en un cuerpo que no era el mío. Yo le explicaré lo que siento y él, entonces, si quiere, que me condene, pero la culpa es suya, no mía. —Ahora estaba realmente enfadado.

—Vamos de cabeza al infierno, Anselmo, ya verás. Yo trato al menos de salvar a los nenes… pero con este ejemplo que les damos…

—Los nenes no se enteran de nada.

—Sí, eso es lo que queremos creer…

—Me voy al casino, Gloria. No te olvides de lo del vestido. Yo ya veré lo que puedo sacarle a Ofelia. ¡Y deja de llorar, puñetas! Me estás poniendo nervioso.

Salió de la cocina con ganas de dar un portazo, pero se contuvo porque no quería que Luis y Ángel pensaran que habían estado discutiendo. Los oía jugar al parchís con Ofelia en la sala de estar, pero prefirió no entrar a despedirse. Cogió el sombrero y, suavemente cerró la puerta de la calle y bajó los escalones de dos en dos.

Junio de 1952. París

Abrió los ojos a una luz de color melocotón filtrada por las raídas cortinas que alguna vez fueron escarlata. Hacía calor y, al darse la vuelta, la cama de hierro emitió una serie de chirridos poco tranquilizadores que, sin embargo, sólo la hicieron sonreír mientras volvía a cerrar los ojos y su mente volaba a los últimos días, a todo lo que había sucedido desde el jueves y había cambiado su vida para siempre.

Los gemidos procedentes de la habitación de al lado, la única del apartamento, además de la diminuta donde se encontraba ella, le dejaron claro que también Ofelia y Kiki estaban despiertas pero no estarían visibles durante un buen rato, de modo que se levantó, desnuda como estaba, se lavó un poco en la palangana, estilo gato, y, echándose por encima una bata azul estampada con flores de almendro, salió a la mínima azotea donde Kiki había colocado un hornillo de gas y puso agua a hervir para colarse un café mientras la vista paseaba libre por los tejados de París hasta detenerse en la torre Eiffel, lejana y difuminada por la calima, una campanita plateada en la distancia que, agitada por la mano de un gigante, produciría un tintineo cristalino para convertir el mundo en una fiesta mágica. Lo que les había sucedido a ellos. A ellas. A Ofelia y a Valentine. Porque ella ahora era Valentine, la amiga de Ophélie y de Marlène, la cantante a quien, por las noches, en su ambiente, todo el mundo llamaba *Kiki, la rousse*.

Se encendió un cigarrillo y se apoyó en la pared con los ojos entornados y la taza desportillada, caliente, entre sus manos que ahora llevaban las uñas pintadas de rojo borgoña, cortesía de Kiki.

La habían conocido en su primer viaje a París cuando, al poco de descubrir a Valentine, habían venido a buscar clientes en el mundo de los espectáculos nocturnos. Las chicas se habían gustado de inmediato y apenas tres días más tarde, Kiki los había invitado a instalarse en su casa, la buhardilla destartalada donde estaban ahora y que para Valentine se había convertido en lo más parecido a un hogar que había tenido en la vida, porque allí era ella misma y no tenía que disfrazarse de hombre para que la aceptaran.

Cada vez que lo pensaba, se sentía a punto de llorar de felicidad, porque todo había sido más fácil de lo que nunca se hubiese atrevido a creer. Ofelia, bendita fuera su alma, había tardado sólo unos días en digerir lo que había visto aquella noche en la habitación al volver del cine. Una semana después, había mandado a Gloria y a los niños a merendar a la pastelería de Carmen, había sacado a su marido del taller y ya en casa le había dicho:

—Esto hay que arreglarlo lo mejor que podamos. He estado pensando. Te voy a tomar medidas y te voy a encargar ropa de tu talla a una modista de Alicante que cose para algunas de nuestras clientas del mundo del espectáculo; no te preocupes, que no se escandalizará, tiene costumbre. Le diré que no puedes ir a probarte; ya te ajustará Gloria lo que haga falta. Los zapatos no son problema. Trataré de conseguirte también una peluca.

—Pero… pero… —había balbuceado Mito—. ¡Qué locura, Ofelia! ¿Se lo has contado a Gloria?

—Claro. No había más remedio. Esto sólo puede funcionar si colaboramos los tres. ¿Sabes ya cómo quieres llamarte?

Mito había bajado la vista, azorado. No conseguía comprender que Ofelia y Gloria estuvieran dispuestas a ayudarlo, que entendieran lo que le pasaba, que la que oficialmente era su mujer incluso hubiese llegado más lejos que él y le estuviera preguntando aquello con total naturalidad.

—¿Lo sabes? —insistió Ofelia—. Simplificaría mucho las cosas poder llamarte de alguna manera que te guste y poder decirle a la modista para quién son las cosas.

—¿Para qué meterse en esos líos? ¿Dónde me voy a poner todo eso?

—Iremos de vez en cuando a Madrid. Iremos derechos a donde Loli para que te vistas allí. Luego tú coges un hotel para ti y yo otro a nombre de los dos. Diré que mi marido tenía muchas cosas que hacer y volverá tarde. Con que te vean alguna vez como Anselmo será bastante.

—Pero... ¿cómo es posible que... que entiendas...?

—¿Te acuerdas de María Luisa?

—¿La cantaora?

—La misma. Fui a Alicante a hablar con ella, porque antes se llamaba Sebastián. Me explicó lo que es tener el cuerpo que no quieres. Creo que lo he entendido, pero no podemos hacer mucho. Menos lo de vestirte y poder ser... tú misma alguna que otra vez, fuera de aquí. Más no podemos hacer, Mito. Bueno... Mito no...

Él se quedó mirándola, tratando de vencer la vergüenza que le producía pronunciar el nombre que le acababa de venir a la cabeza.

—Llámame Valentina, por favor.

—Valentina —dijo Ofelia, despacio, como si estuviera paladeando el nombre—. Es bonito.

Se acercó a él y le dio un abrazo muy largo, más estrecho de lo que había hecho nunca. Luego le tomó las medidas y, antes de dejarlo bajar de nuevo al taller, rebuscó por el armario y le pidió que cerrara los ojos.

—Es un regalo para Anselmo. O para Valentina, no sé bien. Extiende las manos.

Sin verlo, sintió un ligero peso, un tacto metálico.

—Abre los ojos.

Era una caja de hojalata roja, con motivos chinos: una pagoda, un dragón, unas chinitas con sombrillas, unas flores blancas... pensamientos tal vez, o peonías. Dentro había un tarrito de maquillaje, una caja de colorete, una sombra de ojos azul, un rímel, dos lápices y un pintalabios de color geranio.

—Guárdala donde los nenes no la encuentren. El perfume está en el tocador, ya lo sabes —dijo Ofelia en voz suave mientras los ojos de Anselmo se llenaban de lágrimas de agradecimiento—. ¡Me has dado tanto! —siguió ella sin dejarlo hablar—. ¿Qué habría sido de mí sin ti, Mito? ¿Cómo podré nunca pagarte lo que has hecho por mí? ¡Ojalá pudiera darte lo que necesitas!

Volvieron a abrazarse, esta vez durante mucho tiempo.

419

Cualquiera que hubiese podido verlos habría sonreído pensando que eran un matrimonio perfecto, a punto de demostrarse su amor en la cama que tenían a dos metros.

—¿Cómo puedes ser tan buena, Ofelia? —preguntó, maravillado, con los labios en su pelo.

—Nadie hubiese entendido lo de Gloria, Mito —le susurró al oído—. Habrías podido anular el matrimonio, denunciarme, hacer que me metieran en la cárcel, prohibirme ver a Luis... y no has hecho nada contra nosotras.

—Es que me gusta veros felices.

—Por eso yo querría poder hacer algo por ti.

—Ya lo has hecho.

—Iremos a París. Tengo ya un par de direcciones. Allí todo será más fácil, al menos durante un par de semanas, ya verás. Allí podrás ser Valentine.

Cerró los ojos fuerte, disfrutando del sonido de Valentina dicho en francés: Va–lan–tii–n, con una e pequeñita al final, tan sofisticado, tan femenino.

Y desde entonces habían estado ya varias veces en París, y en Madrid. Valentina se había convertido en una realidad. Cada vez le resultaba más natural vestirse como una mujer, moverse como una mujer... aunque hasta el momento sólo lo había hecho de noche, en los ambientes que frecuentaba Kiki, con amigos y amigas de esos que los burgueses llamaban «equívocos», lo que a veces la enfurecía y otras le provocaba risa. ¡Equívocos! Si alguien se había equivocado era la naturaleza, poniéndole los genitales que no le correspondían.

Se bebió lo que quedaba del café, disfrutando del sabor amargo y un poco requemado. Se pasó los dedos por los labios que, por primera vez en su vida, la noche anterior, habían sido besados por un hombre.

Todavía le daba escalofríos recordarlo y, a la vez, un estremecimiento de ridículo por sentirse así a los cuarenta años por un simple beso, como si tuviera quince.

Se llamaba Didier y la había besado sabiendo lo que era, sabiendo cómo era. Se rodeó a sí misma con los brazos, pensando en qué se iba a poner para salir, para encontrarse de nuevo con él, pensando en qué traería la noche, en si se atrevería a ir más allá de los besos...

No les quedaban más que cinco días para disfrutar de París. Luego de nuevo España, Monastil, la fábrica, el casino, los calzoncillos de lienzo, los botones de la bragueta de los pantalones, los calcetines de verano con los zapatos planos, la cara lavada, la barbería, el pelo cortísimo…

Pero ahora era ahora y París era París. La guerra empezaba a desdibujarse en la memoria de los parisinos aunque se mantenía la sensación de alegría por que hubiese llegado la paz, las luces de colores se encendían por las noches, el mes de junio lo llenaba todo de música, de felicidad, de calor… los vestidos eran ya de manga corta, los zapatos se abrían por delante y por detrás, las parejas se cogían de la mano e incluso se besaban en público, en lugares discretos… todo lo que en Monastil aún era impensable.

Ya basta de pensar en Monastil, se dijo.

Hizo más café para las chicas y se fue a buscar el jabón y la cuchilla para afeitarse las piernas. Acababa de decidir qué vestido iba a ponerse.

421

1953. Monastil

*D*esde la gran ventana de la oficina, en el altillo del nuevo taller, o más bien ya fábrica, aunque le resultaba raro llamarla así, Anselmo miraba la nave que se extendía por debajo de su atalaya, donde más de cincuenta personas trabajaban en los diferentes pasos de la fabricación de un zapato. El ruido, entre las máquinas, los martillos, la radio y las conversaciones era considerable, pero de algún modo le resultaba tan tranquilizador como las olas del mar. Al fin y al cabo era su mundo, el ambiente donde siempre había estado, lo que le daba seguridad y estímulo.

Apenas podía creerse que todo aquello fuera suyo, que lo hubieran conseguido entre Ofelia y él, aunque tenía que reconocer que la ayuda de Gloria también había sido crucial; que hubiera podido dejar el empleo en la fábrica de los Navarro para dedicarse exclusivamente a «Anselmo Márquez, calzado fino de señora y para el mundo del espectáculo», que por fin se había impuesto al primer nombre que habían considerado Ofelia y él: «Anselmo Márquez, calzado fino de señora y para profesiones artísticas».

Lo de calzar a la gente del espectáculo y la farándula, que al principio había parecido una locura y un peligroso atrevimiento, al final había resultado una pata más en el taburete que estaban construyendo, una de las patas más sólidas. La inteligencia y el encanto de Ofelia, que aumentaban cada año, también habían logrado fidelizar a las señoras más elegantes no sólo de la comarca, sino de las ciudades más importantes del país y, poco a poco, cuando alguien quería unos zapatos realmente especiales, pensaba en Márquez, lo que había hecho que él se fuera desarrollando como modelista, diseñando un calzado cada vez más atrevido y más caro destinado a la capa más alta de la sociedad.

Ahora que por fin había desaparecido la cartilla de racionamiento y todo el mundo iba viviendo cada vez mejor, también ellos empezaban a despegar. Aparte de un viaje a París al año, incluso habían podido permitirse recientemente un viaje a Milán, para ver con sus propios ojos lo que estaba haciendo la moda italiana que, tenía que confesárselo aunque sólo fuera a sí mismo, estaba aún por delante de lo que se hacía en España.

Se había llenado los ojos de la belleza de la plaza del Duomo y de la magnífica catedral, pero sobre todo había recorrido embelesado, junto a Ofelia, las mejores tiendas de la Via Montenapoleone y la Via della Spiga, que estaban a años luz de lo que podía verse en Madrid.

La temporada siguiente tenía pensado lanzar una colección que fuera de verdad impactante combinando impulsos italianos, franceses, el buen gusto que caracterizaba a calzados Márquez y el atrevimiento adquirido en el contacto con el mundo del espectáculo. Aún no había decidido con qué modisto ponerse en contacto para colaborar en un desfile histórico, pero era un tema que discutían con frecuencia Ofelia y él. En París estaban Dior y Lanvin, pero él quería hacerlo en Madrid, y casi se había decidido por Balenciaga, aunque habría preferido alguien que estuviera dispuesto a arriesgarse con algo un poco menos clásico. Existía también el problema de que, aunque Balenciaga tenía dos talleres en Madrid y la mismísima doña Carmen Polo de Franco era clienta suya, él vivía y trabajaba en París y no le gustaban los desfiles públicos. Quizá debería buscar a alguien más joven, más moderno, alguien que aún no fuera famoso, pero que estuviese dispuesto a serlo junto con él. Le habían hablado de Manuel Pertegaz y estaba deseando aprovechar su siguiente viaje a Madrid para acercarse a la tienda que tenía en la calle Hermosilla y ver con sus propios ojos si coincidían en algo.

Planes no le faltaban. Lo único que se interponía realmente en todo lo que soñaba era Valentina.

No era capaz de imaginarse a sí mismo veinte años en el futuro siendo aún Anselmo, disfrazado de hombre, luchando

423

por ser lo que no era, haciendo de marido de Ofelia, de dueño de fábrica, de jugador de dominó en el casino, hablando de política, de toros, de mujeres y de fútbol con sus amigos de siempre, hombres que cada vez le parecían más vulgares, más soeces, más… masculinos pero con una masculinidad agresiva y repugnante que no era en absoluto lo que Valentina soñaba cuando pensaba en un hombre a su medida. Aunque, poco a poco, había ido llegando a la conclusión de que nunca habría un hombre a su medida, porque los hombres que la encontraban atractiva a ella en París cuando era Valentine no eran hombres como los que ella habría querido. Todos los que había conocido hasta el momento eran criaturas heridas, inseguras, marcadas por su falta de reconocimiento por parte de los demás… personas que no sabían bien quiénes eran, qué eran, y no podían ni serlo ni decidirse a no serlo, a menos que la sociedad les marcara el camino. Sabían qué era lo que no querían y, nebulosamente, lo que les gustaría ser y hacer de su vida, pero no sabían cómo llegar a ello y siempre esperaban que fuese Valentine la que les solucionara las preguntas con las que se ahogaban.

Se había enterado unos meses atrás de que en Alemania había un médico que estaba experimentando con hormonas femeninas, un tal Dr. Stürup que ya había pasado la etapa de los experimentos con animales y estaba empezando a intentar confirmar sus resultados con seres humanos.

Llevaba mucho tiempo dándole vueltas a la posibilidad de tomar contacto con él, preguntarle si le parecía posible tratarlo para ir convirtiéndolo en lo que de verdad era, sacar a Valentina de su interior y convertirse en ella para toda la vida.

Le asustaba tanto que ni siquiera lo había comentado con Ofelia, pero notaba cómo el deseo iba ganando terreno y sabía que no tardaría mucho en hablarlo con ella, aunque sólo fuera para desahogarse, ya que no se atrevía ni a soñar con la posibilidad de que aquello pudiera hacerse realidad, aparte de que, aunque consiguiera ponerse en contacto con el médico y lo aceptara como conejillo de indias, ¿cómo iba a vivir su vida día a día con esos cambios que tenían que producirse necesariamente en su cuerpo, en su rostro, si de verdad empezaba a transformarse?

¿Qué le iba a decir a su hijo, que ya tenía casi trece años, cuando viera que su padre empezaba a parecer una mujer? No.

No le podía hacer eso a Luisito, tan masculino, tan gallito, que tanto necesitaba a su padre, a un padre normal que pudiera llevarlo por el buen camino, ahora que estaba a punto de entrar en la adolescencia…

Se pasó las manos por las mejillas rasuradas donde empezaban a aparecer los primeros pelillos pinchosos y aún no era ni la hora de comer. ¡Cada vez le daba más asco su cuerpo! Le gustaría a veces coger una cuchilla y rasgarse la piel para sacar la realidad de debajo. Pero eso lo mataría. No era imbécil y sabía muy bien que no tenía ningún sentido, aunque ya en los años 30 Lili Elbe había sobrevivido a varias operaciones y había conseguido cambiar de sexo.

Había muerto en la última, y eso era algo que no tenía más remedio que considerar. ¿Estaba dispuesto a someterse a una operación de tanto riesgo para tener el cuerpo que le correspondía? ¿Era tan dolorosa su vida siendo hombre como para arriesgar todo lo que tenía?

Suspiró profundamente.

De todas formas, tendría que perder a su familia. No podía pasar de ser padre de Luis y marido de Ofelia… ¿a qué? ¿A ser tía de uno y hermana de otra? La idea de renunciar a ellos le dolía tanto que en ocasiones estaba incluso dispuesto a renunciar a su mayor ilusión. Otras veces, casi decidía arriesgarse a todo, incluso a perder la vida en el quirófano. Lili Elbe había estado a punto de conseguirlo.

Mientras tanto habían pasado dos décadas; sería posible que la medicina hubiese avanzado lo bastante como para poder hacerlo con un riesgo menor. Tenía que ponerse en contacto con el médico alemán.

Sacudió la cabeza y los hombros como hacía siempre que quería cambiar de pensamientos. Ya estaba bien de locuras. Tenía una fábrica que sacar adelante. Ahora había otras cosas en qué pensar.

425

* * *

Nada más llegar a casa, Ofelia se quitó los tacones con un suspiro de alivio, se dejó caer en el sofá de la salita y empezó a masajearse la planta de los pies. Dolía, pero era un dolor maravilloso en comparación con el anterior, el que se había ganado con las casi diez horas que llevaba encima de aquellos preciosos y altísimos zapatos de ante azul que habían encandilado a Mr. Douglas, su primer cliente americano y que, según decía, le recordaban a su canción favorita, un éxito que Elvis Presley había lanzado apenas un par de meses atrás y que Mr. Douglas había tenido la delicadeza de regalarle.

Dos minutos después oyó los pasos de Anselmo en la escalera, seguidos de los más ligeros de Gloria y sus voces comentando lo bien que había salido todo. En cuanto los vio entrar, les lanzó una sonrisa esplendorosa, se cruzó los labios con el dedo y, así como estaba, descalza y con la cremallera del vestido bajada, los precedió hasta la cocina donde les esperaba una botella de champán, semiahogada en un cubo de zinc junto a una buena barra de hielo.

—¡Vamos a brindar! ¡Por el éxito! ¿Os dais cuenta de que somos la primera fábrica de toda la provincia, qué digo, de toda España, en vender a los americanos? ¡Esto es el principio de algo muy grande! ¡Venga, Mito, abre esa botella! ¡Gloria, trae tres copas!

Anselmo y Gloria se miraron, agotados y divertidos. Nunca habían podido comprender de dónde sacaba aquella mujer la energía que desplegaba.

—¡Nos vamos a poner las botas, muchachas! ¡Nos los van a quitar de las manos! ¡No os podéis imaginar la cantidad de planes que tengo!

El corcho saltó con un estampido y se estrelló contra la lámpara de metal, produciéndoles un ataque de risa. Momentos después, dos caras juveniles y adormiladas los contemplaban desde la puerta entornada de la cocina como si se hubieran vuelto locos.

—¡Vamos, a dormir! —Gloria empezó a hacer gestos con las manos como para ahuyentarlos.

—¡Déjalos brindar con nosotros! —intervino Ofelia—. Es un éxito familiar.

—Si aún son un par de críos…

—Ya son hombres. ¿A que sí? ¿Queréis champán?

—Id a poneros algo encima del pijama, no os enfriéis.

—Sí, tía Gloria, ya vamos.

—Trae tú los batines para los dos, Ángel.

El muchacho salió de la cocina, rabioso, después de echarle a Luis una mirada negra.

—¿Qué ha pasado? —preguntó Luis a sus padres.

—Hemos firmado un contrato increíble —explicó Anselmo, satisfecho—. Tendremos que contratar más personal; con la gente que tenemos no llegamos a la fecha que hemos acordado. Lo sabes, ¿no? —preguntó, mirando a Ofelia con suspicacia.

—Pues claro que lo sé, pero no era plan que el americano se creyera que somos unos pobretones. Contrataremos a quien haga falta. Hay lo menos tres pueblos por aquí cerca donde la gente se está muriendo de hambre con la agricultura. En cuanto corramos la voz de que necesitamos operarios, vendrán en manada.

—Pero habrá que enseñarles —apuntó Gloria.

—Pues se les enseña. ¿Tú no eras maestra?

Gloria se echó a reír y se bebió la copa de un tirón. Tenía sed y aquello estaba muy fresquito y muy bueno. Era la primera vez que tomaba champán. En ese momento pensó que no sería la última, y más si Ofelia tenía razón y se iban a hacer ricos.

Después de una opípara cena, en la que le habían ofrecido lo mejor de la gastronomía alicantina, habían acompañado al americano en el taxi de Tomás a la estación, al expreso nocturno que lo dejaría en Madrid al día siguiente para después seguir a Lisboa y tomar un barco de vuelta a Estados Unidos.

—¡De esta nos compramos un coche! —dijo Ofelia, exultante, apurando su copa.

—¿Un coche, tía? ¿Cuál? —Para Ángel, que ya tenía diecisiete años, la simple mención de un coche era algo que le hacía querer dar saltos de júbilo.

—El mejor que haya, Angelito mío. Ya puedes ir enterándote de cuál es. Eso te lo dejo a ti. Y en cuanto lo tengamos, aprendes a conducir y me sirves de chófer.

—Nos pasearemos por todo el mundo, tía, ya verás.

Anselmo y Gloria se sonrieron. Aquel entusiasmo era contagioso.

—¿Yo también aprenderé, mamá? —preguntó Luis, que era el único que no sonreía.

—Pues claro, tonto. Pero cuando tengas la edad. Aún no puedes. Y ahora, a la cama los dos. Los mayores nos quedamos un ratito y nos vamos a dormir, que mañana se trabaja.

Nada más cerrar la puerta de la cocina, Ángel se volvió hacia Luis y le sacó la lengua.

—¡Mañaco! ¿Yo también aprenderé? —dijo aflautando la voz para repetir la pregunta de Luis, como burla—. Conducir es cosa de hombres. Como casi todo en este mundo. Así que… lo tienes claro, mariquita.

El puño de Luis se disparó hacia Ángel en la penumbra del pasillo, pero como el mayor lo esperaba, consiguió cogerle el brazo y retorcérselo a la espalda hasta que el dolor fue demasiado y empezó a gemir.

—Vaya, vaya, ya sé de alguien que va a cantar la gallina…

—Suéltame, Ángel, suéltame o se lo digo a papá —consiguió decir entre dientes.

—Lo que vas a decir es «co–co–co–cóooo». Si lo dices, te suelto.

No quería darle la satisfacción de haberlo vencido otra vez, pero tampoco quería estropearle la fiesta a sus padres y a la tía Gloria, y aquel salvaje estaba a punto de romperle el brazo, de modo que, sintiéndose humillado y profundamente mortificado, acabó por claudicar.

—Co–co–co–cóoo —musitó.

—No te oigo, enano. Dilo más fuerte…

—Co–co–co–cóoo…

—¡Vaya mierda de gallina! ¡Ni para eso sirves, mierdecilla, señoritingo!

El ruido del picaporte de la cocina los hizo callar instantáneamente. Y la voz de Gloria:

—¿Aún estáis por ahí? ¡Vamos! ¡A la cama!

Ángel soltó a Luis, volvió a sacarle la lengua y se la pasó por los labios, como relamiéndose después de haber comido algo. Luis no sabía por qué estaba haciendo eso, pero sabía que era algo malo, un insulto, una guarrería, algo muy propio de aquel energúmeno a quien odiaba más que a nada en el mundo.

Gloria, que desde la cocina iluminada, apenas veía en el pasillo la silueta de los dos chicos, dio unas palmadas.

—¡Venga! ¡Delante de mí!

Fingiendo obediencia, los dos echaron a andar hacia el dormitorio que compartían, el de las camas gemelas. Antes de entrar, Ángel susurró:

—Cualquier día, si me tocas mucho los cojones, cuando te despiertes estarás muerto, mierdecilla.

* * *

La cocina estaba recogida, oscura y tranquila. Todos dormían y Ofelia, como tantas veces, había preferido salir de la cama para poder estar un rato sola y en paz, sin hablar con nadie, sin tener que solucionar nada urgente, sin preocuparse más que de sí misma.

Encendió el pequeño hornillo de serrín que habían comprado la semana anterior —¡menuda suerte poderse permitir esos lujos y no tener que hacer fuego ahora en la enorme cocina económica!— y puso agua a calentar para hacerse un café. Café de verdad, molido esa misma mañana, no la malta ni la achicoria que habían estado tomando durante tantos años, cuando no había otra cosa.

Salió al patio con la taza entre las manos y el perfume del jazmín la envolvió como una nube. Gloria se las arreglaba para tener aquello hecho un vergel, a pesar de la cantidad de trabajo que tenía. Se sentó en una silla baja, junto a los geranios de pensamiento; pasó la mano por encima de las hojas, como si acariciara a su gata, y la planta la premió con una vaharada de olor a verano.

Lola maulló desde la azotea, la miró unos segundos con sus hipnóticos ojos verdes y desapareció por los tejados. Arriba, las estrellas brillaban invitadoras, haciendo unos dibujos preciosos en los que nunca se había fijado y que seguramente serían los de siempre.

Se abrazó el hombro derecho con el brazo izquierdo, agradecida por todo lo que había conseguido hasta el momento y preocupada por el siguiente paso.

Mito estaba cada vez más desesperado y ahora que habían visto en una revista americana que les había enseñado y traducido Kiki en el último viaje, que George Jorgensen, Jr. se había convertido oficialmente en Christine Jorgensen gracias

429

a unos médicos daneses que lo habían tratado con hormonas y después operado, no pensaba en otra cosa. Se había convertido en una obsesión.

Era difícil comprender esa necesidad absoluta de cambiar. Ella había colaborado todo lo posible para que fuera feliz, para que pudiera de vez en cuando convertirse en Valentina en Madrid o Valentine en París, para ayudarlo en los primeros pasos dentro del ambiente de los que buscaban, como él, algo que muchas veces ni siquiera para ellos estaba del todo claro, pero la idea de que empezaran a darle hormonas femeninas para que fuera convirtiéndose a todos los efectos en una mujer, la asustaba por muchas razones. Unas, puramente egoístas: tenía miedo de perderlo como apoyo, como amigo, como compañero de su vida; además de los problemas que supondría para el negocio y de todo el rechazo social con el que no tendrían más remedio que enfrentarse y que los llevaría probablemente a tener que cerrar la fábrica y volver a empezar de cero en otro sitio para poder sobrevivir. Otras, más altruistas, aunque todo estaba demasiado imbricado: el miedo a que Mito mismo no sobreviviera a la transformación porque, si lo había entendido bien, lo de las hormonas era sólo el primer paso. Después de eso vendrían varias operaciones terribles. Y no había ninguna garantía de que saliera vivo de ellas.

Además, ahora también había que contar con Selma, que había surgido como de la nada e iba ganando terreno en la mente y el corazón de Mito.

Era como una maldición. Ahora que todo iba viento en popa, que ganaban cada vez más dinero, que tenían una vida plena y tranquila, que hasta ella había conseguido llegar a sentirse bien en su piel y con sus extraños apetitos, las cosas volvían a descabalarse, como cuando consiguió volver a adaptarse a vivir en España, y a no tener ni su colegio ni a sus amigas, y empezaba a parecer que todo saldría bien... y entonces murió su madre, y luego empezó el horror y la guerra.

Había sobrevivido a todo. Estaba segura de que también sobreviviría a esto, pero estaba cansada y se había hecho a la idea de poder relajarse un poco, poner todo su esfuerzo en la fábrica, en ampliar la cartera de clientes, en llevar a *Márquez* hasta lo más alto; repartir su tiempo libre entre Gloria, que era

430

la paz y la casa, y *Sweety*, la gatita americana que era la locura y le enseñaba inglés y una forma nueva de ver las cosas. Y Mito, por supuesto, su hermano del alma, su otro yo.

Perderlo sería como cortarse la mitad del cuerpo, algo tan absolutamente imposible que habría que buscar cualquier otra solución.

Le había preguntado si podía imaginarse seguir viviendo como hasta ahora, con más viajes si era necesario, pero él no se sentía capaz. Estaba cada vez más escindido entre lo que pensaba que era su deber y su necesidad de cortar con todo y seguir adelante con Selma. Si no lo ayudaba incondicionalmente, lo perdería. Unos meses atrás Mito le había ofrecido esperar hasta el verano, pero el verano ya estaba en puertas y las cosas tendrían que empezar a moverse.

Dejó la taza vacía en el suelo e inspiró profundamente el aire de la noche.

Tendría que ir pronto a Madrid a despedirse de su gatita, al menos por un tiempo. Le había prometido a Mito acompañarlo a Dinamarca, a entrevistarse con el doctor Hamburger, el endocrinólogo con el que, si todo salía bien, iba a empezar el tratamiento hormonal.

Luego tendrían que buscar una solución para que no se notara en el pueblo la paulatina transformación que sufriría. Se le había ocurrido hacer correr el rumor de que iban a abrir una fábrica en otra región, quizá en Navarra, y que Mito se trasladaría allí unos meses para ponerla en marcha hasta que pudiesen encontrar a un encargado de confianza. Durante un tiempo podría valer, pero la industria del calzado está muy relacionada y no hay muchos pueblos que se dediquen a ella. Si decía que iban a montar algo en Arnedo, todo el mundo sabría que no era verdad, y si elegía otro lugar, con tantos viajantes como había en danza, enseguida se correría la voz de que era mentira.

Otra cosa más que solucionar.

Lo que estaba más que claro era que no pensaba cerrar la fábrica de Monastil pasara lo que pasara. Las cosas iban muy bien, mejor que bien, y necesitaban urgentemente todo el dinero que pudiesen conseguir; primero porque el tratamiento de Mito sería caro; luego porque se había dado cuenta de que era cierto el dicho de que «dinero llama a dinero». Si tienes y

431

puedes, cada vez tienes más y puedes más. Si los demás creen que tienes, te ofrecen préstamos con buenas condiciones, te hacen regalos, te proponen negocios lucrativos. Si eres un muerto de hambre, no. Así que habría que comprarse un buen coche. Y en cuanto se pusieran a la venta, un televisor, aunque fuera para no ver casi nada; lo importante era tenerlo. Había oído decir que costaría unas veinticinco mil pesetas... ¡una fortuna! Pero de todas formas lo haría en cuanto hubiera ocasión. No volvería a ser pobre. Nunca. Costara lo que costara.

Acababa de ver en Madrid una película estupenda, americana, claro, *Lo que el viento se llevó*, una película que para *Sweety* era ya viejísima; le dijo que hacía más de diez años que se había estrenado en su país y en España no había sido posible en todo ese tiempo por la expresa prohibición de la Iglesia. Cuando al final de la primera parte había oído decir a Scarlet: «A Dios pongo por testigo de que jamás volveré a pasar hambre» se había sentido totalmente identificada con ella. Luego *Sweety* le había dicho que la frase estaba manipulada; que en el original, lo que decía Scarlet era: «Aunque tenga que matar, engañar o robar, a Dios pongo por testigo de que jamás volveré a pasar hambre». Así le había gustado incluso más. También ella pensaba que el dinero era lo más importante del mundo y no estaba dispuesta a sacrificarlo por nada. Por nada.

432

1955. Alicante

*L*a carretera estaba prácticamente desierta a las nueve de la mañana de un jueves de mayo. Sólo algunos camiones lentos y destartalados subían con esfuerzo los trescientos metros del Portichol traqueteando hacia Alicante. Anselmo los adelantó a toda la velocidad que permitían las malas condiciones del firme, echando de menos las maravillosas pistas que había conocido el verano anterior en Francia e Italia. El coche era una locura, uno de esos caprichos de Ofelia que les había costado una barbaridad pero que, según ella, era necesario para que todo el mundo se diera cuenta de lo bien que les iban las cosas y nunca les faltara trabajo. «Nadie le da nada al que necesita, Mito; todo el mundo quiere darle al que ya tiene. No me digas que no te has fijado nunca». Por eso se habían comprado el Pegaso 2, una preciosidad de ocho cilindros, con 170 caballos de potencia que hacía que todos los ojos se volvieran a su paso. Pero Ofelia ya estaba haciendo nuevos planes. Se había enterado por un cliente parisino de que la Citroën planeaba sacar un coche casi como una nave espacial y estaban a punto de presentarlo en el Salón del Automovilismo. Estaba casi seguro de que querría que compraran uno, aunque ya tuvieran el Pegaso y necesitaran mucho dinero para los planes que habían hecho para el otoño y en los que no quería pensar en ese momento. Pero vender el Pegaso sería muy fácil; había pocos coches, y menos de esa categoría; se lo quitarían de las manos.

Acarició el volante con las yemas de los dedos que los guantes de automovilista dejaban desnudas y echó una mirada a la derecha. Luis, a su lado, estaba radiante, disfrutando del viaje y seguramente dándole vueltas a lo que pensaba encargar en la sastrería.

Se estaba haciendo mayor mucho más deprisa de lo que él había calculado. Se les estaba acabando el tiempo. «Por eso hoy tiene que ser un día especial», se dijo, «un día que Luis recuerde toda su vida».

La tienda, —Sastrería Inglesa de Samuel Ferrán— estaba cerca de la calle Mayor y era toda de maderas oscuras y pulidas; los cristales biselados de las vitrinas reflejaban la luz de la araña que lanzaba destellos por las paredes cubiertas de baldas donde se lucían los sombreros, los guantes, los cinturones, las cajas de pañuelos, y lo más importante de todo: los grandes rollos de tejidos para todo tiempo y ocasión: los *tweeds* ingleses, los *cheviots*, los mejores paños de lana, los finos algodones egipcios para las camisas, los linos para los trajes de verano, los terciopelos y brocados para los chalecos más atrevidos...

Para Luis era un lugar casi mágico que lo atraía de un modo especial porque era un mundo de hombres, consagrado a la belleza masculina; un lugar donde las mujeres no solían entrar y su padre le pertenecía por completo durante un día en el que, además de las tres horas que pasaban en el coche hablando de todo tipo de cosas, hora y media de ida y otro tanto de vuelta, después de la sastrería, comían juntos y solos frente al mar, se reían de cualquier cosa y disfrutaban de la sensación de ser padre e hijo.

Una vez que habían tenido que ir a visitar también a un proveedor se les había hecho tarde para el regreso y al pasar por una de las callejuelas oscuras de cerca del puerto donde ciertas mujeres con el hombro apoyado en el umbral de casas desvencijadas y un cigarrillo en la mano sonreían a los hombres, una de ellas les había dicho: «¡Vaya dos hermanos guapos! ¿Os hace un trío?». Su padre había sonreído, halagado, y amable como siempre con los más desfavorecidos, le había contestado: «Es mi hijo, señorita. No me lo haga más difícil». Habían seguido adelante oyendo su risa que, en la oscuridad de la calle sonaba como una canción.

Ese día, en la tienda, Anselmo lo miraba mientras él acariciaba los distintos géneros que le ofrecía don Samuel para hacerle otro traje de invierno y uno de verano, además de cuatro o cinco camisas de vestir.

—Ya vas teniendo edad de arreglarte un poco, Luis, y parece que te gusta esto de la moda, ¿no?

434

—Me encanta, papá. ¿A ti no?

—Psé. Me gusta ir bien vestido, eso sí, pero encuentro un poco tedioso esto de elegir porque, además, es que no hay mucho para variar.

Don Samuel, con cara de ofensa, intervino para mostrarles la tienda con un amplio gesto del brazo. Anselmo sonrió.

—Perdone, me he expresado mal. No pretendía decir que echo a faltar nada en su casa. Quiero decir que, si uno va a una modista, hay mil colores, estampados, tejidos… hay una variedad loca, mientras que aquí… negro, gris, marrón, azul oscuro… y blanco para el verano y las camisas, claro.

—Un caballero no se viste de payaso, don Anselmo, ¿qué le voy a decir a usted, que no sepa ya?

—Está claro, está claro, Samuel. Debe de ser que como servimos a tanta gente del espectáculo, me he acostumbrado a ver colores incluso en la moda masculina y encuentro un poco soso lo que se nos ofrece a los hombres.

Con una mirada casi de complicidad, el sastre hizo un gesto para pedirles un momento, entró en la trastienda y volvió a salir con una pieza que los dejó a los dos admirados.

—Seda bordada. Para chalecos. Esto es lo más sofisticado que he trabajado en mi vida. Se la compré a un proveedor británico en un impulso porque pensé que si no le doy salida, siempre habrá una modista que la quiera.

Era una seda gris perla bordada con unos delicados motivos florales. Samuel la dejó sobre el mostrador para que pudieran apreciarla, se volvió de espaldas y empezó a buscar por los cajoncitos que ocupaban el extremo de la zona de baldas.

—Con estos botoncitos de nácar o incluso, para los más atrevidos, estos de perlita, un chaleco con este tejido será una pieza de museo de cara al futuro. Para llevar con un traje oscuro y reloj de bolsillo. El colmo del refinamiento. Eso sí, hay que ser valiente para llevarlo. No es para cualquiera.

Anselmo acarició la seda, pasando las yemas de los dedos por los bordados de colores, levantó la vista hacia su hijo y le sonrió.

—¿Nos atrevemos, Luis? ¿Dos chalecos iguales? Al fin y al cabo, somos fabricantes y queremos hacernos un nombre en el mundo de la moda…

435

Luis se imaginó entrando en el salón del casino vestido con ese chaleco, la chispa en los ojos de Tino, las miradas de envidia de los demás, de los que nunca serían tan atrevidos ni tan refinados como él y su padre.

—Sí, papá. Iguales.

El sastre se llevó la pieza de tela mientras ellos seguían eligiendo la tela para los trajes que pensaban encargar.

—¿Sólo quieres uno, papá?

—Sí, con uno de invierno basta. Los otros están aún en buen uso. —No podía decirle que si todo salía bien, nunca más se pondría un traje de caballero—. Elige tú para los tuyos.

Anselmo descartó algunas piezas.

—Aún no tienes edad de raya diplomática, hijo. Lisos. De buena calidad, sin estridencias. Para locuras, con el chaleco basta de momento... Te gusta todo esto, ¿verdad?

—Mucho, papá.

—Me alegro. Me gusta ver lo mayor que te has hecho, Luis. Me gusta verte tan hombre, tan masculino, disfrutando de vestirte para realzar tu cuerpo, tu atractivo varonil.

Luis lo miró sorprendido. Su padre nunca le había hablado así.

—Algún día una muchacha tendrá mucha suerte de casarse contigo. —Anselmo pareció estar a punto de añadir algo más; luego se giró hacia el escaparate y se sonó la nariz. Continuó al volverse—: Cuando seas padre, entenderás algunas cosas que ahora se te escapan, hijo mío. Sólo quiero que sepas que estoy muy orgulloso de ti y que me alegro mucho de verte tan feliz.

Como Samuel tenía todas sus medidas, no tuvieron más que indicarle lo que habían elegido y después de comprar un par de accesorios más se fueron paseando hasta el hotel Palas donde comieron como siempre, con vista al mar.

Anselmo tenía razón: Luis recordaría toda su vida ese día con su padre, el último que pasaron juntos y solos. Lo que Anselmo no podía saber era que el recuerdo de Luis estaría marcado por la interpretación que hizo de sus palabras y el convencimiento —erróneo— a partir de ese día, de que el orgullo y el amor de su padre dependían de su masculinidad y de que en algún momento se casara con una mujer y tuviera hijos.

1955. Monastil

Gloria acababa de recoger la cocina cuando oyó la llave en la cerradura y salió a ver quién era. Ofelia estaba con Anselmo en el sanatorio desde hacía ya casi tres semanas; Luis estaba en la academia y Ángel en el trabajo, en la fábrica. Nadie más tenía llave.

Recorrió el pasillo un poco nerviosa, sabiendo que era una estupidez. Si algo bueno había traído el régimen de Franco era que ya no había ladrones que se atrevieran a entrar en una casa decente de buena mañana. A cambio se habían perdido muchas otras cosas, pero esa estaba ahí y no era de despreciar.

Ángel acababa de entrar con una maleta en la mano y hablando por encima del hombro con... Ofelia, que venía igual de elegante que siempre, pero con signos evidentes de cansancio en el rostro que ni siquiera el maquillaje había podido corregir. Estaba también más delgada y había una tristeza desconocida en sus ojos.

—Pero ¿cómo no me has avisado de que venías? —Gloria la abrazó fuerte, hundiendo la cara en la corta melena de su amiga, inspirando su olor, mejor para ella que cualquier perfume francés—. ¿Qué te preparo? ¿Has llegado con el expreso nocturno? Ven, estarás cansada; túmbate un poco mientras te traigo algo. ¡Mira que no decirme que llegaba la tía! —recriminó a Ángel, que disfrutaba visiblemente de la alegría que le habían dado a su madre.

—Lo tenía prohibido, mamá. La tía quería darte una sorpresa. Bueno... ¡hasta la hora de comer! Me voy a la fábrica.

En cuanto se marchó el muchacho, las dos mujeres se besaron largamente.

—¡Cuánto te he echado de menos, Ofelia!

—Y yo, Gloria... y yo. Está siendo agotador.

—Cuéntame —dijo, tirando de su mano para llevarla al sofá de la salita de recibir—. Dime cómo está Anselmo.

—Vamos a la cocina. No quiero que nos vea nadie a estas horas de la mañana charlando sin más.

—¿Cómo está? —insistió Gloria después de servir dos tazas de café con leche y unos trozos de bizcocho que habían sobrado de la tarde anterior.

—Yo qué sé, Gloria. Yo lo veo mal. Él dice que mucho mejor.

—¿Mejor?

—El Mito que tú y yo conocemos se está perdiendo. Tiene ya cara de mujer. Bueno, Mito siempre ha sido más bien de rasgos finos... pero ahora ya casi no tiene barba, se ha depilado las cejas casi como nosotras —tragó saliva—, empieza a tener pecho... Ay, Gloria, yo me alegro por él... por ella, yo qué sé... pero es horrible... —Se le llenaron los ojos de lágrimas y se levantó a coger un limpiamanos para secárselas—. No sé cómo va a acabar todo esto.

—¿Se va a operar por fin?

Asintió con la cabeza mientras se masajeaba la garganta con las dos manos. Le dolía por el esfuerzo de contener los sollozos.

—Eso quiere, sí. Y su médico está de acuerdo. Ya ha pasado todos los exámenes psiquiátricos y parece que todo el mundo tiene claro que Anselmo es una mujer y tiene derecho a serlo.

—En Europa. Aquí... aquí nadie tiene derecho a nada.

—Pero es que lo mismo se queda en la mesa de operaciones... Son intervenciones que... —Se puso un vaso de agua del cántaro y se lo bebió en dos sorbos—. No hay garantía. Son peligrosísimas. Nos lo han dejado muy claro.

—¿Habéis pensado qué vamos a hacer si consigue convertirse en una mujer y Anselmo deja de existir?

Esa era la gran pregunta, la que les daba vueltas a ambos día y noche por la cabeza; a los tres: a ella, a Mito y a Selma. ¿Qué hacer? ¿Cómo seguir una vida truncada sin echar de menos todo lo que había sido y tenido antes, sin sentirse arrancado de raíz, trasplantado a una nueva vida sin ninguna garantía?

—Aún no hemos decidido nada. Lo hablamos luego, si te

parece. Ahora quiero refrescarme un poco y tumbarme un ratito hasta la hora de comer, si no te importa. Luego tengo que ir a la fábrica, a ver cómo va todo. Marcial me atará al escritorio para ponerme al día y no sé siquiera si vendré a cenar.

Gloria se acercó a ella y la abrazó fuerte.

—¡Qué cansada estoy, nena, qué cansada! —musitó Ofelia, dejándose llevar poco a poco por la dulzura de su amiga.

—Ven a la cama. Te voy a dar un masaje y luego te duermes hasta que quieras. ¿Qué te apetece para comer? Me acerco al mercado y te traigo lo que tú me digas.

Fueron al dormitorio, Ofelia se quitó el sujetador y la faja y volvió a ponerse la combinación, suspirando de felicidad de estar en casa, de haber vuelto a la suavidad y el cariño de Gloria, que a veces no le bastaban, pero otras veces eran como el aire y el agua para ella.

—Venga, dime qué quieres.

—¿De comer? Un caldo. Algo bueno, lo que tú elijas, pero con caldo. Y ahora… —la miró con un reflejo travieso en los ojos—, ¿a qué hora vuelve Luis de la academia?

—A las dos.

—Entonces tenemos tiempo. ¡Anda, ven!

Con una sonrisa, Gloria abrió el embozo de la cama y empezó a desnudarse.

439

* * *

Limpiar el coche era una de las cosas que más le gustaba hacer en el mundo, aunque lo que de verdad era maravilloso era conducir aquella máquina poderosa y brillante, y ver cómo todas las cabezas se volvían a su paso.

No se cansaba de pasar la bayeta por la carrocería negra, reluciente, como de piel de foca, y ver aparecer su rostro distorsionado en el metal pulido. Luego, cuando ya estaba todo perfecto por dentro y por fuera, ir a recoger a la tía Ofelia, que siempre parecía una princesa, abrirle la puerta con toda la elegancia que ella le había enseñado y llevarla a donde quisiera ir, unas veces hablando en el camino, otras en silencio, mientras ella resolvía todos los problemas de la empresa con esa cabeza privilegiada que dios le dio y él disfrutaba simplemente de la carretera.

Ángel quería a su madre, por supuesto. Se había matado por él toda la vida y, si no hubiera sido por su valor y su fuerza no habrían sobrevivido, siendo como eran la familia de un comunista ejecutado por el ejército de Franco. La quería con toda su alma; sin embargo la tía Ofelia era la persona que más quería en el mundo, por encima incluso de su propia madre. La quería más que a Dios, y eso que sabía por el catecismo que una cosa así podía costarle la eternidad en el infierno; pero daba igual. Haría cualquier cosa por la tía Ofelia, que era la única que de verdad lo quería a él por quien era y por cómo era, que nunca había tratado de cambiarlo ni le había dado a entender que estaba descontenta de él, como había hecho su madre durante bastante tiempo —«ahora que la tía Ofelia podría pagarte unos estudios, es de desagradecidos decir que prefieres la fábrica y hacer de chófer»; «podrías llegar a algo en la vida y ahí estás, vagueando y yéndote de picos pardos con unos y con otros»—. Él no servía para estudiar, como el marica de Luisito, que haría una carrera y se casaría con una señoritinga de las que no dan un palo al agua y se dejaría mantener por su madre toda la vida. Lo que él quería era justo lo que había conseguido: ocuparse del coche, trabajar en la fábrica en cosas sueltas, salir de viaje con la tía Ofelia, ganar bastante dinero para comprarse cosas bonitas y para regalarle cosas bonitas a las chicas de madame Chantal cuando se dejaba caer por allí los sábados por la noche y todas se acercaban a hacerle fiestas y se peleaban por ser las elegidas.

La tía le había enseñado muchas cosas, pero no como su madre, para «sacar partido de él y convertirlo en un hombre de provecho» a base de obligarlo a leer libros que no le interesaban, sino para que pudiera desenvolverse con ventaja más allá de los estrechos límites de Monastil. Ella, que era una mujer de mundo y se codeaba con alcaldes, gobernadores y peces gordos de Madrid, le había enseñado a ser cortés y elegante con las mujeres, a hablar bien para que nadie pensara que era un paleto de pueblo, a regatear con dureza pero con educación, a insinuar que si las buenas formas no funcionaban, siempre había otras posibilidades menos agradables. También le había pagado clases de boxeo y lo había puesto en contacto con un club de caza donde aún estaba aprendiendo a manejar las escopetas y los cuchillos.

Se presentaría voluntario al servicio militar —ya lo tenían hablado él y la tía—, para terminar pronto y para poder elegir el arma donde quería servir —paracaidistas, era su ilusión—; ella usaría sus contactos para que pudiera entrar sin problemas en Alcantarilla y el aeródromo de San Javier y luego, a su vuelta, sería su hombre de confianza, su chófer y mano derecha porque una mujer sola, incluso una leona como la tía Ofelia, necesita a un hombre a su lado, y el pobre tío Anselmo, desde que la tuberculosis lo había atacado con tanta fuerza, no podía con su alma y se pasaba los meses en aquel sanatorio en el extranjero. ¡Cuánto esfuerzo para morirse, el pobre!

Le daba mucha lástima porque, aunque ya tenía casi cincuenta años, aún podía haber vivido unos cuantos más, y él le tenía mucho cariño. Siempre se había portado bien con él y lo había ayudado en algunos líos en los que se había metido de chaval.

Al único de la familia que no podía ver era a Luisito, con sus finuras y sus melindres, su afición a los periódicos y a hablar de política internacional, como si él entendiera un carajo de esas cosas o como si a los españoles tuviera que importarles un cojón lo que pasara más allá de las fronteras de la patria.

Ya casi había decidido darle el visto bueno al coche y meterlo de nuevo en la cochera cuando salió Jota agitando un papel en la mano.

—¡Ángel! Un telegrama urgente para doña Ofelia. Llévaselo enseguida. Es del sanatorio… —dijo bajando la voz.

Ángel salió cortando hacia casa. No creía que aquello fueran buenas noticias. A menos que hubiese habido un milagro, lo que no pasaba con frecuencia, si se habían molestado en poner un telegrama desde el sanatorio lo más seguro era que fuese para decir que había sucedido una desgracia. ¡Pobre tía Ofelia! ¡Pobre tío Anselmo!

Se encontró con su tía en las escaleras. Ella bajaba, ya arreglada, para ir a la fábrica y se quedó rígida al verlo, con la mano apretando la barandilla de madera hasta que se le pusieron blancos los nudillos. Él le entregó el telegrama sin decir palabra, ella lo abrió, pasó la vista rápido por las dos líneas y se dio media vuelta en la escalera mientras decía por encima del hombro:

—Ven a buscarme dentro de una hora. Le diré a tu madre que te prepare una bolsa. Me llevas a Madrid al aeropuerto. Algo encontraré.

—¿Malas noticias, tía?

—Sí, Ángel. Las peores. Tu tío se está muriendo. No sé si llegaré a tiempo.

—¿Se lo digo a la abuela?

—No, hijo. ¿Para qué la vamos a hacer sufrir? La pobre ya no está para nada. Se enterará cuando no haya más remedio, aunque lo mismo Dios se apiada de ella y se la lleva sin que tenga que saberlo.

Mientras Ofelia subía a casa a preparar la maleta, Ángel se marchó a recoger el coche. Era la primera vez que iba a estar en Madrid y el corazón le latía de impaciencia.

1956. Monastil

*L*uis cerró los ojos con fuerza en la oscuridad de su dormitorio, del dormitorio que había sido de su padre y que desde que el pobre había ingresado en el sanatorio usaba él, ahora ya, por desgracia, para siempre. Lo que al principio había sido una bendición porque lo había librado de tener que compartir el cuarto de las camas gemelas con Ángel era una catástrofe por lo que significaba.

Su padre no volvería. Esa misma mañana lo habían enterrado en el panteón que habían mandado construir un par de años antes, cuando aún pensaban que tardarían mucho en estrenarlo.

Sentía los ojos llenos de una arena caliente que los rascaba cuando movía los párpados, pero ya había llorado en soledad y, después de aguantar como un hombre todo el velatorio de la noche anterior y el grandioso entierro que había encargado su madre, ya no se sentía capaz ni de llorar ni de dormir, a pesar de que estaba agotado.

Aún no había captado en toda su extensión lo que significaba que Anselmo no volvería a casa, que tendría que hacerse mayor sin contar con su padre, en una casa de mujeres y siempre bajo la bota del animal de Ángel, un paleto sin educación ni modales, un chulo que llevaba haciéndole la vida imposible desde siempre y que ahora, muerto Anselmo, se tomaría con él todas las libertades que quisiera, porque a su madre no podía acudir para que lo defendiera. Su madre protegía a Ángel y pensaba que los chicos tienen que ser capaces de arreglar su propia vida sin recurrir a las mujeres de su entorno.

Él tendría que dejar los estudios pronto porque, si no se incorporaba rápido a la fábrica, alguien ocuparía su lugar, el que había sido de Anselmo y que le pertenecía por derecho. Quizá no Ángel, que no era lo bastante inteligente y no tenía un ápice de creatividad, pero tal vez Marcial, o uno de los patronistas con ganas de irse a Milán y a París con gastos pagados para poder copiar a gusto los modelos extranjeros.

Había pensado hacer empresariales o económicas, incluso derecho, como iba a hacer Tino, pero si lo hacía y a su vuelta le echaban en cara que era el señorito, el hijo de mamá que no sabía nada del negocio, lo iba a tener muy difícil, de modo que lo más razonable sería decirle a su madre que lo había pensado bien y quería entrar en la fábrica, aprender de los mejores, ganarse su sitio en el negocio familiar. Estaba seguro de que no le parecería mal.

No podía quitarse de la cabeza la imagen de tres días atrás, cuando en la estación, Gloria, Ángel y él la vieron bajar del tren vestida de negro, con una mantilla corta que le tapaba la cara, y más delgada de lo que había estado en su vida. Habían pasado casi seis semanas desde que se marchó, respondiendo al telegrama urgente. Seis semanas había tardado Anselmo en morir, a pesar de todos los cuidados que había recibido en un sanatorio de los Pirineos adonde lo habían trasladado porque él había preferido morir en su propio país, entre personas que hablaban su misma lengua.

A él, a su único hijo, no lo habían dejado ir a despedirse en vida. Sabía que la tuberculosis era muy contagiosa y que, al transmitirse por el aire, representaba un enorme peligro, pero de todas formas le habría gustado poder abrazar a su padre una última vez, sabiendo que era la última.

Ofelia, como siempre, había sido muy valiente. Había estado con él hasta el final y él había muerto cogido de su mano, sabiéndose querido, sabiendo que todo lo que dejaba —su madre, su hijo, su fábrica— estaba en buenas manos, en las mejores.

El tren hizo una parada larga para que se pudiera descargar el ataúd, que venía cerrado y fuertemente sellado, ya que al fin y al cabo la muerte se había producido casi una semana atrás y había sido causada por una enfermedad fuertemente contagiosa. Suponía que su madre habría tenido que untar muchas manos para poderlo traer a Monastil. Cuatro obreros de la fábrica, voluntarios, lo cargaron a hombros y lo transportaron a la furgoneta y de ahí a casa, para que se pudiese hacer el velatorio.

No hacía ni veinticuatro horas y ya le parecía una pesadilla irreal: las vecinas vestidas de negro, algunas incluso con velo, los susurros, el olor de los cirios, el sabor del aguardiente que las mujeres sacaban en vasitos que tintineaban sobre bandejas de cristal, el calor de la gente amontonada en las habitaciones de la planta baja, las palabras de pésame musitadas entre apretones de mano. Horroroso.

Y sin embargo… de alguna manera… tranquilizador. Era bueno saber que su padre había sido tan querido y respetado en el pueblo, que la pena era sincera, que todos los que habían acudido lo hacían de corazón, y cuando al darles el pésame les decían a él o a su madre que estaban a su disposición, lo decían sinceramente.

El funeral en la iglesia también había sido hermoso, solemne, una despedida digna para un hombre respetado, llorado; un hombre íntegro y cabal.

445

Ahora todo eso era lo que se esperaba de él: que fuera un digno hijo de Anselmo Márquez, que ayudara a su madre a superar aquella desgracia, que se convirtiera en el hombre de la casa y en el jefe de la fábrica. Era un peso enorme para sus hombros, pero si no lo cargaba él, Ángel ocuparía su lugar en la casa y trataría de hacerlo de menos en la fábrica hasta que todo el mundo se riese de él; y eso no. Eso nunca.

Cuando Ángel lo llamaba «mariquita» lo decía como insulto general, igual que uno dice «hijo de puta» sin pensar siquiera en la madre del otro, o «cabrón» sin pensar en su mujer. No era más que un insulto. Ángel no sabía nada. Ni debía saberlo jamás, porque lo aprovecharía hasta sus últimas consecuencias para hacer que todos los que debían respetarlo e incluso admirarlo, lo despreciaran.

No. Su amor por Tino sólo podría mantenerse fuera de Monastil. En el pueblo, todo lo que hicieran debía ser público, una buena amistad entre muchachos. Irían a todos los guateques a los que los invitaran, tontearían ostensiblemente con todas las chicas monas que se pusieran a tiro, silbarían al paso de las mujeres. Tino era inteligente, él se lo explicaría con claridad y no dudaba de que lo entendería. Ambos se jugaban mucho, pero en su caso el riesgo era enorme y no pensaba perder lo que tenía.

Su abuela no era problema, nunca diría nada y la pobre estaba ya tan mal que seguramente ni siquiera se acordaba de lo que había visto. Frente al ataúd de su hijo, había estado a punto de desmayarse en la iglesia y Gloria la había acompañado a casa junto con otra amiga; por fortuna, la parte del cementerio era sólo para hombres y no había tenido que ver cómo lo metían en el nicho del panteón y ponían la losa. Según el médico, a la pobrecilla no le quedaba ya mucho tiempo. Lo de su hijo le había dado el empujón final. ¡Pobre abuela! Ahora él tendría que ocupar el lugar de Anselmo también en casa de doña Adela y asegurarse de que tuviese todo lo necesario, porque con su nuera nunca se había llevado bien, y no había más nietos.

Se giró en la cama, de cara a la ventana. Planes. Muchos planes, pero un futuro ya trazado para él por las circunstancias. Se consoló pensando que otros estaban peor.

1961. Monastil

*E*n la penumbra roja del cuarto de revelado, Pepe Ramos veía aparecer los contornos del pasado. La foto que flotaba en la cubeta empezaba a teñirse con las figuras de personas que llevaban ya muchos años muertas o se habían hecho viejas mientras tanto, aunque aún no se apreciaba con claridad quién era quién y ni siquiera podía tener la seguridad de que el carrete que estaba revelando mostrara imágenes de su mismo pueblo.

Sus ojos, hechos a la semioscuridad, se esforzaban por distinguir lo que veía hasta que la imagen se coaguló definitivamente. Con las pinzas, la sacó de la cubeta y la echó en la de al lado, en el fijador. Luego la pasó al enjuague y la colgó con una pinza de madera del hilo que cruzaba toda la pequeña habitación, donde ya había seis más.

Tendría que tener paciencia y esperar a que estuvieran todas para llevarlas al despacho y estudiarlas con la lupa. Sólo eran quince, de las veinticuatro que podían haberse hecho con el carrete. A su padre no le había dado tiempo a más antes de morir.

Hacía apenas unas horas que había recuperado la cámara. Se la había traído una mujer, a ver si tenía interés en comprarla. Le dijo que al final de la guerra, un hijo suyo la había llevado a casa. Ella no sabía de dónde la había sacado y ahora el hijo vivía en Santander y hacía tiempo que no sabía nada de él.

Pepe se dio cuenta de inmediato de que era la cámara de su padre, la que usaba cuando quería sacar instantáneas por la calle, una Paxette alemana que fue la primera que le enseñó a usar, a los siete años, la que siempre le dijo que algún día le regalaría para que pudiese hacer sus primeras fotos del mundo.

Cuando su madre y él fueron a la plaza a recoger su cadáver, la cámara no estaba. Alguien había cortado la correa que per-

447

mitía colgársela del cuello y se la había llevado. Desde entonces, Pepe había pensado siempre que algún día, si por casualidad volvía a encontrarla y nadie se había molestado en abrirla y cambiarle el carrete, podría revelar las últimas fotos que había hecho su padre y ver con sus propios ojos lo último que él había visto. Era su fantasía infantil, la que poco a poco había ido perdiendo durante la adolescencia y ahora apenas ya si le pasaba por la mente alguna que otra vez antes de quedarse dormido.

Y de repente, aquella mujer aparece en el estudio y le ofrece comprar la cámara de su padre, la cámara que le habían robado a su padre. Eso se lo había dejado muy claro a aquella bruja. La había amenazado incluso con la Guardia Civil, hasta que la mujer se había echado a llorar diciendo que no lo sabía, que su hijo no era ningún ladrón y que ella estaba vendiendo todo lo que había por casa para poder ir tirando.

Él tampoco podía permitirse regalarle nada a nadie, las cosas estaban muy difíciles y, aunque poco a poco iban pudiendo vivir decentemente él y su madre, no sólo no les sobraba sino que casi no les llegaba, así que la echó con cajas destempladas, diciéndole que siempre podía denunciarlo a la policía, a ver a quién de los dos creían. Él tenía fotos de su padre con esa cámara al cuello y todo el mundo en el pueblo sabía que en la familia de ella no había fotógrafos.

Nada más irse la mujer, cerró con llave la puerta del estudio y se metió en el cuarto de revelado para averiguar, con las manos temblando de emoción, si había un carrete en la cámara.

Lo había.

Estaba por ver si se trataba efectivamente del mismo que su padre estaba usando cuando lo mataron o si ya había sido sustituido por otro.

Las fotos iban secándose colgadas del hilo: fotos confusas, de mucha gente en movimiento, algunas un poco borrosas, pero una de ellas le proporcionó un golpe de alegría. Aquello era indudablemente la plaza de la Fraternidad, con sus árboles y sus bancos de azulejos. ¡Era el carrete que buscaba!

De momento no se entendía mucho pero estaba seguro de que mirando con paciencia y una buena lupa llegaría a averiguar cosas interesantes del pasado.

1962. Nueva York

*E*l portero le entregó una carta de España y un paquetito con remite local de Nueva York y se marchó después de haber cruzado con ella las frases de siempre sobre el tiempo y el tráfico. Selma recorrió el corto pasillo hasta la salita que también hacía las veces de estudio y comedor, se sentó y, antes de abrir la carta, forcejeó con el pequeño paquete y dejó al descubierto lo que ya esperaba: trescientas tarjetas de visita con su nombre, su dirección y teléfono y lo más maravilloso de todo: su profesión.

Había tardado mucho en decidirse, pero al fin se había animado a hacerlo. Vivir en Estados Unidos y sobre todo el haber sido invitada a una estancia en Yaddo ese mismo verano la habían convencido de que no era una arrogancia ni una locura.

Pasó las yemas de los dedos por la primera tarjeta, marfileña, satinada, con su nombre en negro, las cursivas en relieve, las mayúsculas elegantes y bellamente curvadas:

SELMA PLATH
ARTIST, LITOGRAPHER, DESIGNER

Si todo iba bien, pronto cambiaría también de nacionalidad y sería estadounidense, igual que poco tiempo atrás había cambiado de estado y ahora era una mujer casada. Muchos cambios en poco tiempo, pero cambios que la hacían sentirse bien, después de todo lo que había sufrido.

Apartó la primera tarjeta que habían acariciado sus dedos. Esa se la enviaría a Ofelia con la próxima carta en la que pensaba contarle cómo había sido la estancia de la que acababa de regresar, la maravillosa sensación de encontrarse en una comunidad de artistas, de personas que sienten y piensan en términos creativos, aunque sus opiniones sean muy diferentes de las tuyas, la infinita suerte de poder estar casi dos meses disfrutando de la paz y la soledad necesarias para dedicarte a tu arte sin tener que hacer nada práctico para ganarte la vida, becada por Spencer y Katrina Trusk, mecenas multimillonarios que ofrecían a un selecto grupo la posibilidad de vivir como en un hotel de cinco estrellas sin ningún tipo de distracción ni molestia hasta las cinco de la tarde, y disfrutar por la noche de maravillosas cenas y conversaciones con otros artistas de diferentes ramas. ¡Yaddo! ¡El paraíso en la tierra! Y ella había sido seleccionada, y había disfrutado al máximo de todo aquello. Ni siquiera le había importado tener que separarse de Max durante esas semanas —los maridos y las esposas no eran bienvenidos, a menos que también fuesen artistas y hubiesen sido elegidos para participar— porque sabía que antes o después él también recibiría una invitación y había más posibilidades, ahora que ya la conocían a ella.

Aquella estancia había sido una bendición. Como le había sucedido también a su tocaya, Sylvia Plath, la poeta que había sido invitada unos años antes que ella y que la había inspirado para elegir su nuevo nombre, Yaddo le había servido, entre otras cosas para, como lo había expresado ella «*to be true to my own weirdnessess*», ser fiel a sus propias rarezas, aceptar los rasgos más extraños de su personalidad, asumir quién era y todo lo que la había llevado hasta allí.

Se levantó, estiró los brazos por encima de la cabeza, se acercó al rincón donde estaba «la cocina», pensó divertida, comparándolo con la enorme cocina de la casa de Monastil, y se sirvió un café del termo. Había intentado acostumbrarse al té, pero no lo había conseguido y, aunque el café americano no era realmente café, se había ido aficionando con el tiempo.

Volvió a la mesa y abrió la carta de Ofelia, tres folios de escritura apretada llenos de noticias, como siempre, de todo lo que hacía, lo que había hecho y lo que pensaba hacer. ¡Parecía mentira que sus días tuviesen tantas horas! Le contaba que había decidido cambiar oficialmente de nombre y llamarse como siempre había querido: Ofelia Arráez, aunque sabía que no iba a ser fácil. Cuando lo lograra, ya no habría nada que la relacionara con el hombre que fue su padre y de cuya filiación fran-

450

quista siempre se avergonzó, aunque jamás llegó a contarle a ella qué era concretamente lo que tanto odiaba en él. También la fábrica había cambiado de nombre; ya no sonaba moderno llamar a una empresa «Viuda de…» y Ofelia quería por encima de todo modernizar, ser la primera, colocar su marca en el firmamento de la moda internacional. No se trataba de que quisiera olvidar a Mito, sino de que, inspirada por todo lo que ella le contaba de Nueva York —el triunfo de la publicidad, la creación e implantación de lo que llamaban *marketing*— las dos habían pensado que sería mucho mejor cambiar de nombre y buscar un logo llamativo.

Eso lo habían logrado. Ofelia le enviaba ya el papel de cartas con el membrete de la empresa en el que destacaba el logo que entre las dos habían diseñado: la S de Selma oculta en el dibujo de la serpiente, el animal que cambia de piel periódicamente y que en zapatos y bolsos es tan apreciado por la belleza de esa piel que tanto puede dejarse natural como teñirse de todos los colores; la O de Ofelia y la A de Anselmo entrelazadas para el futuro, igual que estaban entrelazadas en el pasado y para siempre; las alas de la serpiente y la lengua bífida como símbolo de su transformación en dragón, y la corona, que había sido un capricho de Selma como homenaje a Ofelia, que era la reina. Para rizar el rizo, la A y la O representaban también el alfa y el omega, principio y final, el eterno círculo de la existencia.

Nadie lo entendería nunca; ni siquiera Luis, su hijo y heredero, pero había quedado precioso y en la vida, muchas veces, lo que cuenta es la belleza más que la comprensión intelectual.

También le contaba que había decidido entrar en el negocio de la construcción aprovechando el momento favorable y las buenas relaciones que había establecido con los políticos de la zona. La rigidez de la política franquista de la posguerra estaba empezando a dar paso a una permisividad considerable en asuntos económicos y Ofelia nunca había sido partidaria de «poner todos los huevos en la misma cesta» como le había dicho con frecuencia en el pasado.

Selma sonrió pensando que quizá alguna vez se animara a volver a España y entonces podría comprar a buen precio una de las casitas que iba a construir Ofelia.

Al final todo estaba saliendo bien.

451

1962. Monastil

Con los ojos fijos en la superficie de la mesa tantas veces restregada y la uña del dedo índice rascando automáticamente una de las muchas grietas donde se acumulaba la suciedad y las migajas de pan seco, Salu oía la explicación de Pepe Ramos notando cómo las lágrimas empezaban a deslizarse por sus mejillas hundidas.

Cuando terminó de hablar y se hizo el silencio en la cocina de la mujer, ella alzó la vista, rellenó el vasito de mistela que le había sacado al chico y carraspeó antes de hablar.

—¿Se lo has contado a tu madre?

—Sí. Pero no quiere que hagamos nada. Dice que de todo aquello ya hace mucho tiempo y que doña Ofelia se ha portado muy bien con nosotros todos estos años.

—Sí, claro —dijo ella con rabia—, porque le convenía. ¡La muy marrana! Y ahora de fabricanta, y constructora, y millonaria... —Tragó saliva con dificultad, como si fuera algo sólido—. Pero no podemos hacer nada.

—Tenemos las fotos que le he enseñado, Salu. Eso tiene que tener algún valor.

—Yo no quiero dinero. ¿Quién me devuelve a mí lo que he perdido? Pero le voy a escribir... le voy a escribir a esa bruja, para que se asuste, para que pase todo el miedo que he pasado yo...

—¿Un anónimo?

—Eso.

—¿Y qué le va a decir usted?

—Ya lo verás. Que no quiero dinero, pero que tengo fotos que prueban lo que hizo...

—Y después —insistió Ramos—, después de que haya pasado miedo unos días… podría usted decirle que la cosa mejoraría con unos miles de pesetas.

—Eso es chantaje. Podría ir a la policía.

—Y nosotros también. Podríamos contarles lo que sabemos.

—¿Nosotros? —Salu soltó una risa amarga—. Nosotros somos unos *mataos* con cuatro fotos borrosas que no prueban nada; y aunque probaran… ¿de quién crees tú que va a ser amiga la policía, de ella o de nosotros? ¡Si hasta le dieron una medalla y una casa! —Hubo un silencio incómodo entre los dos—. Pero lo de escribirle el anónimo no me lo quita nadie. ¡Que se joda!

Pepe siempre había visto a Salu como una mujer gris, apocada, casi transparente, y le costaba creer los abismos que empezaban a abrirse al hablar con ella de ese tema. ¡Si hasta acababa de soltar una palabrota como si en vez de ser una viuda decente fuese una cualquiera!

Había pensado que lo dejaría a él pensar y actuar, y ahora se daba cuenta de la cantidad de rencor que había acumulado aquella mujer a lo largo de los años.

—Ella sigue pasándole el sobre a fin de mes, ¿no? —preguntó Pepe, para asegurarse de que la viuda del sastre comprendía lo que le había explicado.

Salu asintió con la cabeza.

—Ahora por fin sé por qué. Nunca conseguí creer que fuera tan buena. ¡Anda, vete! Tengo que pensar qué escribo.

—¿Me lo enseñará?

—No vale la pena. Fíate de mí. Dale un abrazo a tu madre.

Pepe Ramos salió de casa de Salu pensando que hablar con ella había sido un error. Había pensado que, ya que su propia madre no quería meterse en esos líos, quizá la viuda del sastre que había sido asesinado también en el mismo tiroteo querría ayudarlo y entre los dos conseguir algo de doña Ofelia. Sí, había sido un error, pero ya no podía hacer nada y habría que apechugar.

453

1962. Santa Pola

*O*felia detuvo el coche frente al mar. El tiempo desapacible, ventoso y gris, no invitaba precisamente a caminar descalza por la arena un martes de febrero a las once y media de la mañana de un día que parecía que hubiese amanecido sólo para ella. No había un alma en la playa. Sólo las gaviotas hacían cabriolas sobre el agua y las dunas dando chillidos agudos que parecían de euforia, aunque probablemente no lo fueran.

Apagó el motor, se encendió un cigarrillo y se quedó dentro del coche mirando los cientos de metros que se extendían a izquierda y derecha del lugar donde se encontraba y que desde hacía media hora le pertenecían. Esbozó una sonrisa torcida, mitad de orgullo, mitad de preocupación. Acababa de invertir gran parte de lo que tenía en aquellos terrenos, en aquella birriosa playa que no parecía haberle interesado a nadie en los últimos quince o veinte siglos, en lugar de renovar la maquinaria de la primera fábrica, lo que quizá habría sido más sensato. Aunque, no... aquellas máquinas aún estaban en buen uso y lo estarían durante los próximos cuatro o cinco años. Ahora era el momento de cambiar de tercio, de atreverse a algo nuevo; era el momento de echarse al agua y subirse a la ola que justo ahora estaba empezando a hincharse y pronto se convertiría en una montaña que llevaría a lo más alto al que se hubiese atrevido a montarse en ella desde el principio.

Sabía que Chimo y Ramón la mirarían con lástima cuando les dijera lo que acababa de comprar. Ellos andaban por la zona de más al norte, por Benidorm, Altea, Jávea y Denia, buscando terrenos a precio razonable, como estaba haciendo ya todo el mundo, para construir hoteles y algún que otro chalet para gente de dinero; pero ella había tenido una idea que aún no se le había ocurrido a nadie y que no pensaba compartir.

Había surgido por casualidad, en una comida de hermandad que habían celebrado en Alicante las delegadas locales de la Sección Femenina y a la que ella había sido invitada por sus buenas relaciones con la cúpula de Monastil. Después de comer, ya en el café con pastitas hechas por las chicas del Servicio Social, la conversación había derivado al papel de la mujer en la nueva sociedad y a lo ingrato de la existencia femenina en cuestiones de pura justicia natural, aunque en público no habrían podido permitirse ese tipo de quejas; pero estaban solas y la mistela bien fría con la que acompañaban las pastas y los bizcochos empezaba a hacer su efecto.

—Yo comprendo que mis hermanos tienen familias que sacar adelante y que un hombre es siempre un hombre —Lolita, la delegada de Santa Pola, protestaba, cargada de razón, entre las expresiones de simpatía de las demás asistentes—. Pero me sigue pareciendo muy feo que mi padre les haya dejado a ellos las dos casas nuevas y los únicos terrenos de valor que teníamos, uno plantado de olivos maduros y otro de frutales, y que a mí, que además soy soltera y lo he cuidado hasta su muerte, Dios lo tenga en su gloria, no me haya quedado más que la casita donde vivíamos y los terrenos del mar donde no crece ni esparto.

—A mí me hicieron lo mismo mis padres, cerca del El Campello —aportó Reme—, pero ni siquiera puedo vender los terrenos para que construyan almacenes o fábricas porque toda la zona es una pura roca que no vale para nada, llena de calas que sólo les servían de algo a los piratas y los estraperlistas.

Dos días después, Ofelia había cogido el coche y se había ido a Santa Pola, a hablar con Lolita.

—Mira —le había dicho—, las mujeres tenemos que ayudarnos, y más las que estamos solas. Antes o después vendrán unos tiburones que yo conozco a ofrecerte cuatro perras por los terrenos baldíos de los que nos hablabas el otro día. Yo te ofrezco un precio razonable que te permitirá comprarte un piso con ascensor en el centro del pueblo y aún te quedará un buen pellizco para meterlo en el banco y que no te falte de nada en la vejez.

455

—¿Y tú para qué los quieres? Si aquello no vale nada…

—Porque quiero hacer un hotel.

—¿Un hotel allí? ¿A tres kilómetros del pueblo?

—Para los franceses —le guiñó un ojo—. A ellos, con que haga buen tiempo y se puedan bañar, les da todo igual.

—Te vas a arruinar, Ofelia, te lo digo yo. ¿Cómo van a venir desde Francia hasta aquí para meterse en un hotel donde no hay nada más?

—Tú déjame a mí. Mira, mi hijo se está haciendo mayor, tiene veintidós años y dentro de nada llevará la fábrica él solo, ya sabes tú cómo son los hombres. Me retirará, con muy buena intención, claro, y yo me quedaré sin nada que hacer y pensando lo que podría haber sido si mi Anselmo no se me hubiese muerto tan pronto. Así podemos tener cada uno su negocio y yo creo que, para una mujer, llevar un hotel es una buena cosa. Es como llevar tu casa, pero en más grande.

Lolita cabeceó, indecisa.

—¿Cuánto me darías?

La cifra que pronunció Ofelia la dejó sin aliento. Si de verdad estaba dispuesta a darle ese dinero, claro que podría comprarse un piso y le sobraría para guardar en el banco y no pasar apuros nunca más, y hasta viajar: podría por fin cumplir la ilusión de su vida y conocer Lourdes, e incluso Roma, ir a una misa oficiada por el Santo Padre, y hasta llevarse a Luci con ella para no tener que ir sola. No podía ser que Ofelia estuviera dispuesta a gastarse ese dinero en aquellas tierras que no servían para nada; se sentía culpable dejando que se arriesgara de ese modo, pero… al fin y al cabo… Ofelia no era tonta, era una mujer de negocios… si ella decía que así estaba bien…

—Trato hecho —le contestó deprisa, con los ojos brillantes, antes de que la otra pudiera arrepentirse.

—Pues cuando quieras vamos al notario y firmamos la escritura.

¡Había sido tan fácil! Para Lolita era como un regalo del cielo, una lluvia de oro, un pecado de codicia que seguramente habría ido a confesar nada más aceptarlo; para ella, una ganga que en unos años centuplicaría la inversión. Ahora que había descubierto cómo hacerlo, tendría que ir a hablar con Pedro, a enterarse de qué condiciones le ofrecían para el préstamo que sería necesario para comprar otros terrenos en la costa a otras mujeres en la misma situación de Lolita. Si lo hacía bien, pronto habría conseguido hacerse con unas parcelas que después podría vender a otros constructores por más del doble, o bien conservar en su poder para construir ella misma, bien en la sociedad de la que había hablado con Jose, bien por su cuenta. Primero tendría que ver cómo se entendían y qué tal salía el primer proyecto: un edificio de apartamentos de vacaciones, pequeño, sólo doce unidades en tres pisos, en la parte más cercana al pueblo para que no se sintieran tan aislados. No iba a construir un hotel como le había dicho a Lolita; ya tenía bastante trabajo con la fábrica, que estaba en plena expansión.

Luego, poco a poco, si todo salía bien, llenaría la playa de edificios y convencería al alcalde para que invirtiera en infraestructura: buen alcantarillado, paseo marítimo con sus aceras, sus farolas y sus papeleras como en las playas de la Costa Azul, quizá incluso un pequeño puerto para yates de recreo con su club náutico... Aunque la costa de Alicante no era Montecarlo, también podía atraer turismo; un tipo de turismo menos esplendoroso, de menos dinero, pero dispuesto a gastarse sus ahorros en las vacaciones de verano, y como decía el proverbio judío: «véndele a los pobres y te harás rico». Para los franceses *les vacances* eran el sueño que les permitía sobrellevar todo el año de trabajo, y si conseguía estimularlos para que se decidieran por esta zona, la inversión podría amortizarse con bastante rapidez.

Y para los alcaldes aquello sería pan comido. Un regalito de cada contrata, de cada recalificación, de cada amabilidad que hubiesen tenido con ella y con su constructora, en efectivo o en un piso bonito, moderno, para el verano, en primera línea de playa, para la familia, o un pisito coqueto, chiquitín, que serviría perfectamente de picadero y que nadie más tenía por qué conocer. Salvo ella, naturalmente.

Si alguien le hubiese preguntado en ese momento qué era lo más práctico que había aprendido en la vida, diría sin dudar que todos los conocimientos que, primero a través de su padre y sus camaradas, luego de Anselmo y su grupo de amigos, y recientemente de su hijo, los otros dueños de fábricas y su socio en la constructora, había acumulado sobre los hombres y su comportamiento.

457

Siempre le había llamado la atención lo importante que el sexo parecía ser en la vida de los seres que la rodeaban; y con eso no quería decir que para ella no lo fuese. Mientras tanto había aprendido a disfrutar de los placeres de la cama, a desearlos incluso, siempre que fuera ella la que iniciaba la relación y que todo se hiciese a su modo y a su ritmo, pero ella nunca se había sentido dirigida por sus instintos como parecía ser el caso de casi todos los hombres que habían pasado por su vida.

En una ocasión, Gloria le había dicho que esa incomprensión, esa frialdad, venía de que nunca se había enamorado de veras y le había estado dando vueltas día tras día durante mucho tiempo porque, aunque no le gustase la idea, podía ser verdad, ya que lo que había sentido por Mito no podía medirse por los cánones tradicionales de lo que una esposa debería sentir por su marido, y lo que había sentido y seguía sintiendo por Gloria era mucho más que amistad, quizá algo menos que amor eterno, pero seguramente nada parecido a lo que decían que era enamorarse y que a ella no le había pasado nunca.

458

Mito había sido su media naranja, su alma gemela, su doble en otro cuerpo, su amigo del corazón… todo lo que un ser humano puede ser para otro, salvo en cuestiones puramente sexuales. Su muerte, aunque esperada, la había atravesado como un rayo y, del mismo modo, se había sentido sacudida, quemada, marcada para siempre por la ausencia de la persona más buena que había conocido en su vida, la que le había dado seguridad, cariño, alegría, el hijo que tenía, la fábrica que se había convertido en su razón de existir.

Tendría que plantearse visitar a Selma, volver a hablar cara a cara del pasado, atreverse a enfrentarse con ella al natural, no por carta. ¿Querría ella, ahora que se había casado?

Mirando las olas romper incansables en la playa, se encendió otro cigarrillo casi sintiendo la calidez de la mano de Mito dándole fuego. Cinco años ya. Cinco años sin ver sus ojos brillantes clavados en los de ella, sin su sonrisa, sin sus ideas relámpago que quería poner en práctica en el mismo momento de concebirlas como un niño que inventa una casa encima de un árbol y no quiere irse a dormir hasta que está hecha. Luis no había salido a él. No tenía queja del chico, pero no había heredado la rapidez mental, la ligereza, la modestia de Mito, sino más bien todo lo que ella no apreciaba de sí misma: la ambición desmedida, la necesidad de hacer cosas que la sobrevivieran, la rigidez, el deseo de amasar una fortuna sin saber bien para qué. En su propio caso estaba claro que la miseria de su niñez y adolescencia la había llevado a esa necesidad de tener y de gastar, pero en el caso de Luis era curioso: siempre había tenido de todo, desde sus primeros años: caricias, protección, dinero en abundancia…

Sin embargo, le había salido a ella y no había vuelta de hoja. En lo que le había salido al padre era justo en lo que no hubiese querido: en la fragilidad a la hora de tomar ciertas decisiones que podrían dañar a otras personas; en esa necesidad de ser protegido de las verdades más duras de la vida para poder vivir a su aire, ignorante de la realidad; en la falta de valor para enfrentarse a lo realmente difícil.

Por fortuna ella estaba allí para protegerlo y lo estaría siempre; siempre dispuesta a hacerle más fácil la existencia, a mentirle por su bien, a ocultarle todo lo que pudiese hacerle daño. Su hijo querido. Su único hijo.

459

1962. Monastil

*L*a nota, extendida sobre la mesa de la cocina parecía brillar con luz propia. Gloria se mordisqueaba los labios tratando de decidir qué hacer con ella, si quemarla sin más y esperar a ver, o enseñársela a Ofelia y que fuese ella, como siempre, quien decidiera qué se hacía, o decírselo a Luis, aunque era lo que menos le apetecía, o… a Ángel, a su propio hijo. Aunque, conociendo la polvorilla que se gastaba, sería capaz de ir a moler a golpes a quien hubiese escrito aquello.

¿Quién sería? ¿Quién podía sentir un odio tan grande por Ofelia como para haber escrito esas líneas llamándola monstruo y llamándola Magdalena? Alguien que la conocía de antiguo, de sus primeros tiempos en Monastil, antes de la muerte de su madre, cuando ella aún la llamaba así.

Aquella nota, además de ser una amenaza era un insulto, porque si quien la había escrito conocía a Ofelia lo suficiente como para saber que su nombre antiguo era Magdalena, también tenía que saber que para Ofelia aquel Magdalena era una bofetada, una ofensa. Desde que en su primer año en la escuela francesa el cura le había dicho que Magdalena era nombre de prostituta, de mala mujer, Ofelia había odiado su nombre y no pararía hasta conseguir cambiárselo legalmente.

Tenía que ser una mujer quien había escrito aquello. Era una letra femenina, grande y redonda. Gloria había sido varios años maestra nacional, hasta que después de la guerra le habían anulado el título y le habían prohibido ejercer; había corregido infinidad de cuadernos infantiles y había enseñado a escribir a cientos de niños. Era letra de mujer y era letra de alguien que no tenía ya mucha costumbre de escribir; de su misma edad, supuso.

Si alguien tenía fotos que probaban… ¿qué?… lo que fuera que el denunciante pensara que era peligroso para Ofelia, tenía que ser alguien con acceso a fotografías en general, alguien que entendiera del asunto. ¿La madre de Ramos, el fotógrafo?

¿Por qué la madre de Ramos…? ¿Cómo se llamaba…? Virtudes, creía recordar… ¿Por qué pensaba que Ofelia era un monstruo, si Ofelia se había pasado toda la vida dándole un sobre cada fin de mes? Aunque… con su experiencia de la vida sabía que no hay carga más pesada que el agradecimiento. Nadie puede pasarse toda la vida agradecido. Nadie puede pasarse toda la vida recibiendo solamente, sin que el otro pida nada a cambio, sin tener la sensación de que uno tiene también algo que dar que el otro necesita.

Y Ofelia nunca parecía necesitar nada.

Los chanchullos que llevaba, el toma y daca profesional eran otra cosa; eran puros arreglos de negocios en los que o bien ambas partes se beneficiaban, o uno perdía y uno ganaba, casi siempre ella; pero no eran el equilibrio afectivo de la generosidad, la ayuda mutua, la solidaridad entre amigos y compañeros.

461

Ofelia nunca pedía nada. Cuando lo necesitaba, lo exigía y lo tomaba, como un conquistador, a sangre y fuego. No soportaba estar en la posición de tener que pedir, de arriesgarse a ser rechazada… Si necesitaba algo que no podía coger sin más, prefería prescindir de ello y que nadie se diera cuenta de lo que le faltaba.

Si le enseñaba aquella nota a Ofelia, se pondría hecha una fiera y pasarían cosas tremendas. O sonreiría de medio lado, se metería el anónimo en el bolsillo y diría: «No te preocupes, chata. Ya me encargo yo». Y luego ella se sentiría culpable de lo que pasara, culpable de no habérselo ocultado.

¿Y si iba ella misma a hablar con Virtudes, a que le explicara de qué iba aquello? Pero… ¿Y si lo negaba? ¿Y si no era ella?

Empezaba a tener dolor de cabeza. Estaban a punto de venir a comer y aún no había decidido nada.

—¡Mamá! —la sonora voz de Ángel la sacó de sus cavilaciones. No lo había oído entrar—. ¡Me muero de hambre! ¿Qué hay de comer?

—¡Lentejas! —gritó desde la cocina.

—¿Otra vez?

—Y luego a ti y a Luis os hago un huevo frito, si queréis.

—Con jamón. —Ángel entró por fin en la cocina, fue derecho a la despensa y salió con la frasca de tinto en la mano.

—Bueno… —sonrió ella—. Espera, que te pongo unos panchitos.

—¿Qué es eso? —preguntó él desde la silla del rincón, con la radio a sus espaldas, donde Luis se sentaba para oír las noticias y que él ocupaba siempre que no estaba el otro.

Gloria se mordió los labios.

—No sé bien. Me lo he encontrado esta mañana cuando he bajado a fregar la escalera.

Ángel cogió el anónimo y lo leyó mientras con la otra mano llena de panchitos iba echándoselos a la boca a puñados.

—Esto es una guarrada —dijo por fin mirando a su madre.

Ella asintió en silencio.

—¿Sabes de qué habla este cabrón?

—No. Ni idea. De verdad.

—¿Lo sabe la tía Ofelia?

—Tú eres el primero.

—Pues no se lo digas. Yo me encargo. ¿Tienes idea de quién puede ser?

—Sólo se me ocurre la viuda de Ramos, Virtudes.

—¿Una mujer? —torció los labios en una mueca de desagrado.

Gloria le explicó su teoría sobre el tipo de letra y el uso del nombre antiguo de Ofelia.

—Pues voy a hacerle una visita a su hijo primero. Al fin y al cabo si hablan de fotos, el fotógrafo es él.

—Trátalo con amabilidad. No estoy segura de nada. No le pegues, hijo.

—¿Pegarle? ¿Por qué iba a pegarle? Voy a hablar con él. Le pago unos vinos y le hago unas preguntas, eso es todo; no te preocupes, mamá. No soy tan bruto como piensas.

Se oyó la llave en la cerradura y las voces de Luis y Ofelia, que llegaban juntos. Gloria cogió la nota y se la guardó bien plegada en el bolsillito derecho de su falda de tubo.

* * *

Cuando Pepe Ramos salió del estudio y echó el cierre, eran ya más de las nueve de la noche porque había estado revelando unas fotos de paisajes que quería poner en el escaparate para darle un poco de vida y ver si llamaba algo más la atención.

Se encendió otro cigarrillo y arrugó el paquete en el puño. Ya había perdido la cuenta de cuántos se había fumado. Los Bisontes no eran muy caros, pero tendría que pensar seriamente en reducir porque, a lo tonto, dos paquetes al día acababan notándose en el presupuesto, y la cosa no se movía mucho. Hacía alguna foto de carnet, algunos recordatorios en la época de las comuniones y de vez en cuando le encargaban un reportaje de boda, pero si quería ser sincero consigo mismo, aquello no era realmente lo suyo. No se sentía a gusto con la gente, ni tenía el ojo necesario para hacer buenas instantáneas. En cuanto a los retratos... de algún modo tampoco conseguía captar el alma del retratado, como le había explicado Córcoles cuando le enseñaba el oficio. Si su padre no hubiese muerto en la guerra, él nunca habría sido fotógrafo. No le gustaba lo bastante ni tenía ese toque que hacía falta para serlo, el ojo quizá, o la pasión, o simplemente el interés. Cuando se le ocurría que lo que estaba pasando delante de sus narices podría ser una buena foto, ya se había acabado, y hasta le molestaba tener que ir siempre con la cámara al cuello, con el peso del aparato y el roce de la correa.

463

No tenía claro qué le hubiese gustado ser, pero sabía seguro que él nunca hubiera elegido la fotografía. Ahora ya... era tarde para cambiar de oficio, su madre lo necesitaba para sobrevivir —por eso ni siquiera había hecho el servicio militar, se había librado por ser hijo de madre viuda, ni había salido nunca del pueblo—, y ni siquiera se le ocurría qué haría aunque fuese libre.

Si al menos tuviese dinero, podría llevarse a su madre a hacer un viaje, o hacerlo solo, ver qué había más allá de los montes que cerraban Monastil por el norte, ir a Madrid o incluso al extranjero, como esos niños adolescentes que pasaban a hacerse una foto para el pasaporte porque sus padres los mandaban a Londres a hacer un curso de verano y lo mataban de envidia por la suerte que habían tenido de nacer en una casa rica, y de rabia porque él nunca podría vivir así.

Tenía que pasarse por casa de Salu y averiguar cómo había quedado la cuestión del anónimo que pensaba escribir. Doña Ofelia tenía mucho, pero mucho dinero. Para ella no sería nada desprenderse de unos miles de pesetas y sería una compensación correcta por lo que había hecho.

No eran horas de pasar a ver a Salu, pero tampoco le apetecía volver a casa, donde su madre lo estaría esperando con muchas ganas de hablar de lo que fuera, y luego, cuando consiguiera que se callara y pudiera meterse en su habitación, no le esperaban más que un rato de música en la radio o el periódico del día anterior que Milagros le daba a su madre cuando el marido ya lo había leído de cabo a rabo y las hojas estaban descabaladas, manoseadas y blandas como lechugas mustias.

Aún dudando si encaminarse al bar de Enrique a tomarse una caña y unos michirones o ir derecho a casa, una mano fuerte le cayó en el hombro.

—¡Pepe! ¿Qué es de tu vida? ¿Hace una cañita aquí al lado? —Ángel Duarte le sonreía de oreja a oreja—. ¡Venga, te invito! ¿Hace?

Pensó que debería avisar a su madre de que se retrasaría, pero Ángel era famoso por sus legendarias invitaciones y él hacía mucho que no había estado en un buen bar, entre hombres, hablando de cosas que valieran la pena.

—Hace —concluyó, tratando de que no se le notara la inseguridad.

Fueron a Jezabel, un bar que habían abierto hacía poco y en el que nunca había estado porque era el bar de moda donde se reunían sobre todo fabricantes de calzado de los que empezaban a destacar y a construirse grandes fábricas y chalés en la periferia de Monastil.

La decoración a base de plástico transparente y opaco en tonos naranjas y burdeos lo dejó sin habla. Aquello era tan moderno que podría haber estado en Nueva York; casi sintió un pequeño orgullo calentándole el pecho al ver que su pueblo empezaba a progresar de ese modo.

La barra era larga, oscura, reluciente y estaba llena de cosas buenas puestas con elegancia y buen gusto, no en platos desportillados como era habitual. El suelo estaba limpio y brillante, a pesar de que la docena de parroquianos que se apiñaban en la barra estaban comiendo gambas; pero no tiraban las cáscaras al suelo cubierto de serrín, sino que las dejaban con toda naturalidad en unos cuencos dispuestos para los desperdicios. Se descubrió mirando al suelo como un paleto, viendo su propio reflejo en las profundidades oscuras; se le ocurrió que mirando ese suelo podría verles las bragas a las mujeres si hubiera alguna.

—¡A ver, artista! ¿Qué te apetece?

—Un tanque y... lo que tú pidas. Todo tiene una pinta estupenda.

—¡Jefe! —Ángel alzó la voz sobre el tumulto de conversaciones masculinas—, ponnos dos tanques, una docena de gambas a la plancha, unas navajas... a ver... ¿qué tienes por ahí detrás?

—Unos berberechos de lata que están de muerte, y si te animas, unas ostras...

—¿Te gustan las ostras, Pepe?

—No sé...

—Nos vas a poner media docena, que las pruebe aquí, mi amigo. Y unos boquerones fritos, de esos que hace tu mujer ahí dentro, no de los de lata.

Hablando de unas cosas y otras a Pepe se le pasó el tiempo en un suspiro. Conocía a Ángel Duarte del pueblo de toda la vida, pero nunca había tenido ocasión de hablar con él de nada en concreto. Al verlo, por un instante angustioso había pensado que podía tratarse del asunto del anónimo que había mandado Salu; al fin y al cabo Ángel era el chófer y casi sobrino de doña Ofelia, e incluso algunos decían que su guardaespaldas. Pero le había quedado claro que no sabía nada del asunto, que era una de esas invitaciones espontáneas por las que era famoso en el pueblo. O Salu aún no había hecho nada o Ángel aún no se había enterado. Además... ¿cómo iba a saber que él, el insignificante Pepe Ramos, estaba detrás del asunto?

Ahora Ángel, disfrutando visiblemente, le había contado un poco de sus viajes, de la mili, que había hecho de paracaidista, de todas las cosas que a él le habría gustado vivir. Ángel era alto, fuerte, guapo, con una barba cerrada que siempre llevaba escrupulosamente afeitada pero que por la noche ya le azuleaba la cara. Cuando Pepe se miraba a su lado reflejado en el espejo de

465

la barra se veía aún más enclenque, más desgraciado, más feo y comprendía perfectamente que ninguna chica hubiese querido nunca bailar con él. Si él fuese mujer, tampoco habría salido a la pista con un tipo que tenía esa pinta de desgraciado.

Después del aperitivo, aún se sentaron en el comedor de detrás, donde el dueño tenía cuatro mesas elegantes, con servilletas de tela enrolladas como velas, y habían comido unos filetes de ternera de dos dedos de gordo, con patatas y pimientos fritos, y el mejor vino tinto que había probado en la vida.

Habían hablado también de cosas serias: de recuerdos de infancia, de la guerra, del hambre de después, cuando un filete como el que acababan de comerse era un sueño imposible, de cómo habían perdido cada uno a su padre. Ángel le había contado que el suyo había muerto en el frente de Aragón, luchando con el ejército de Franco. Él había oído contar otra cosa; le sonaba que su madre decía que el padre de Ángel había sido comunista y lo habían matado en una cuneta como a un perro sarnoso, pero igual se equivocaba de persona. Los recuerdos de su madre a veces no eran muy de fiar.

466

Él le contó también que su padre, el fotógrafo, había salido a tomar instantáneas de lo que estaba pasando por el pueblo en los últimos días de la guerra. Siempre le había gustado la historia y les decía a él y a su madre que, aunque fuera horrible, estaban viviendo momentos importantes, momentos históricos y que había que tratar de documentarlos. No le dijo que él tenía unas fotos que podían hacer mucho daño a su jefa, pero no pudo resistirse a nombrar, con delicadeza, si él pensaba que doña Ofelia estaría dispuesta a comprar unos negativos del tiroteo de la plaza de la Fraternidad, a un precio razonable. Un cliente le había ofrecido negativos antiguos y él estaría dispuesto a conseguírselos si Ofelia tenía interés.

Ángel se encogió de hombros.

—La tía Ofelia no habla mucho del pasado. La verdad es que no creo que tenga ganas de ver fotos de entonces.

—¿Y si saliera su padre en alguna? Entonces tendría la última foto de él antes de morir.

—Psé. Si quieres, se lo pregunto.

Después aún les habían servido un flan con nata y un whisky de reserva.

A media cena, a Pepe se le había ocurrido que no le quedaba tabaco y, en el colmo del lujo, el camarero le había traído un paquete de Winston, del que ya se había fumado la mitad.

Se sentía bien, relajado, con la boca espesa de la buena comida y el mucho alcohol. Había llevado bien la conversación, con inteligencia, con sutileza. Ahora Ángel le preguntaría a Ofelia y ella sumaría dos y dos y se daría cuenta de que el anónimo se refería a eso y seguramente querría comprar los negativos que él guardaba en el estudio. ¡Qué suerte había tenido, por una vez en la vida! Se reía de todo lo que contaba Ángel y, a pesar de que empezaba a tener mucho sueño, no quería marcharse de allí, no quería que se acabara la noche, esa sensación de estar con un triunfador, compartiendo mesa y confidencias sobre mujeres, aunque las confidencias eran sólo por parte del otro; él no tenía nada que contar, ni siquiera había estado nunca en un burdel.

—¿Te animas a venirte conmigo a La olla de oro? —le propuso Ángel echándose atrás en la silla y balanceándose sobre las patas de detrás.

—¿Qué es eso?

—Una casa de chicas —explicó, guiñándole un ojo—. Canela en rama. —La mirada era lasciva, una mirada llena de promesas.

—Eso debe de ser muy caro.

—Invito yo. ¡Venga! No te verás en otra. Hoy me has pillado de buenas.

Tambaleándose, Pepe se encontró de golpe sentado en el cochazo de doña Ofelia, al lado de Ángel, cruzando la noche para dirigirse a un lugar que media hora antes ni siquiera sabía que existiera y donde le esperaba lo mejor del mundo, algo que no había probado en la vida y que le aceleraba el pulso sólo de pensarlo. ¡Lástima haber bebido tanto!

Aparcaron en la parte de atrás de una gran casa de campo adornada con una fila de bombillas pintadas de colores como en las verbenas y entraron, después de que Ángel hubiese cruzado unas palabras, acompañadas de sonoras palmadas en los hombros, con un tipo recio que custodiaba la puerta.

Dentro, la música estaba altísima, en inglés, el humo llenaba la sala haciendo que las luces rojas y azules pareciesen

467

vivas al reflejarse en las volutas que se enroscaban como niebla entre la gente que bailaba en la pequeña pista. La barra y las mesas estaban ocupadas por chicas que parecían ángeles diabólicos de piernas larguísimas y pechos grandes y firmes casi saliéndose de los escotes.

De inmediato, cinco o seis chicas se acercaron a ellos y empezaron a frotarse contra sus cuerpos con la excusa de los besos y los saludos.

Pepe tenía la sensación de haberse metido en un sueño, o quizá en una pesadilla de la que sin embargo no quería despertar. Oía sus voces como desde lejos, sus pequeños chillidos: «¡Ay, qué mono, el chaval!» «¡No me digas que es su primera vez!» «¿A ti quién te gusta, guapo?» «¡Anda, déjame que te estrene!»

El mundo empezó a dar vueltas a su alrededor. Alguien le puso un whisky con hielo en la mano. Dio un trago sin pensar que ya había bebido bastante, sólo porque estaba frío y él tenía mucho calor. Sabía un poco amargo, pero seguramente era una de esas cosas para ricos de las que tanto entendía Ángel. Dio otro sorbo y, con la otra mano, atrapó una teta gigante sin saber bien de quién era.

«Mira, mira, y parecía tonta la criatura», oyó decir.

Metió la boca en un escote mientras, soltando el vaso, sus dos manos se agarraban al culo de la mujer como si estuviera a punto de ahogarse y aquello fuera su salvavidas.

Un momento después estaba en el suelo, mirando los tacones de aguja y las botas blancas que lo rodeaban hasta que Ángel lo levantó, le pasó el brazo por el cuello, sujetándolo por los sobacos, y empezó a arrastrarlo hacia la salida con la ayuda de otro tío grande como un armario ropero. Él no quería irse, pero sabía que no había más remedio, que la acababa de cagar.

«¡No te vayas, guapo!», oía decir entre risas femeninas. «¡Ahora que empezábamos a pasarlo bien!»

Las voces quedaron atrás. En el coche, el silencio era balsámico a pesar de que el mundo daba vueltas incluso con los ojos cerrados.

Al cabo de un rato el coche se detuvo.

—¿Dónde estamos? —preguntó Pepe, con un esfuerzo para articular las palabras que quería decir.

—Te he traído al estudio. No es plan que te vea así tu madre. Dame las llaves. ¿Tienes un sofá o algo ahí dentro?

Él asintió con la cabeza y todo el mundo dio un salto frente a sus ojos. Notó las manos de Ángel palpándole el cuerpo, buscando las llaves por los bolsillos. Le entró una risa tonta pensando que un hombre acababa de rozarle la polla justo cuando había estado a punto de estrenarse con una mujer. A lo mejor Ángel lo invitaba otra noche. Ahora eran amigos.

Entraron a trompicones, dieron la luz de la entrada y siguieron, tambaleándose, hasta el rincón del estudio donde tenía un viejo diván para las fotos de bebés o de parejas de novios.

Tumbarse fue primero un alivio y luego un carrusel infernal. Se enderezó como pudo y apoyó la espalda en la pared, con los ojos cerrados.

Oyó el chasquido de su encendedor de gasolina y la nariz se le llenó del delicioso aroma del rubio americano.

—Gracias, macho —murmuró, al notar el cigarrillo entre los labios—. Eres un amigo.

Dio un par de caladas profundas, esperando que el tabaco le asentara el estómago y no tuviera que vomitar. Oía a Ángel paseándose por el estudio, por la pequeña oficina, abriendo y cerrando cajones, moviendo cosas. No entendía bien qué estaba haciendo, pero en algo se tenía que entretener mientras le hacía compañía.

Notaba que se estaba durmiendo pero no le importaba. Ángel estaba con él, y su madre no tendría que verlo en ese estado. No pasaba nada; así estaba bien. Se dejó resbalar por una pendiente que lo llevaba a un lugar oscuro y callado. En paz.

Ángel, parado frente a él, vio cómo el cigarrillo encendido se desprendía de la mano de Pepe y caía justo sobre el periódico que él había colocado en el suelo, junto al diván.

Lo que le había echado en el whisky aseguraría que el fotógrafo no se despertaba ni con una carga de caballería.

Las llamitas empezaron a crecer, golosas, prendiendo el cartón del paisaje egipcio que estaba apoyado en la cabecera del diván.

Le habría gustado encontrar los negativos y poder llevárselos, pero no lo había conseguido y ahora ya no podía entretenerse. Al menos quedarían destruidos y nadie podría volver a

469

intentar chantajear a la tía Ofelia. Ni siquiera tendría que enterarse. Cuantas menos personas supieran de aquello, tanto mejor.

Al día siguiente se diría por el pueblo que Pepe y él habían estado de juerga juntos. Si alguien preguntaba, diría que él lo había dejado en la puerta de su casa y se había marchado. Lo más probable era que al fotógrafo le hubiese dado vergüenza que su madre lo viera en ese estado y se había ido a dormir la mona al estudio, en la calle de al lado. Se había encendido un último pitillo y, al quedarse frito, se había producido un incendio.

Empezaba a hacer calor allí dentro y las llamas subían alegremente por el cartón de las pirámides. Hora de marcharse.

Echó una mirada al reloj. No podía haberlo calculado mejor. Las cuatro de la madrugada. Nadie se enteraría durante un par de horas y entonces sería tarde.

Dejó las llaves en el suelo, junto a la mano caída de Pepe, y salió con cuidado de no hacer ningún ruido. Problema resuelto.

1975. Monastil

Cuando Gloria entró en la biblioteca, Ofelia estaba de pie frente a la cristalera, de espaldas a ella, con la mirada perdida en las copas de los árboles del jardín que se balanceaban por un viento cada vez más fuerte. Era temprano, pero Ofelia siempre había sido una mujer madrugadora y lo que ahora Gloria tenía que decirle era urgente y resultaría igual de desagradable de noche que de día, de modo que mejor ahora, cuanto antes.

De todas formas, se quedó un instante mirándola, admirando su figura aún esbelta, las caderas que tantas veces había acariciado en otros tiempos, el pelo fuerte y brillante en el que había enredado sus manos con tanto placer. Seguía queriéndola más que a nadie en el mundo. A pesar de que sabía que era antinatural, que era un pecado y que Dios las castigaría por ello, no podía evitar quererla y desear que aún fuera posible volver a besarla, dormir con ella, acurrucadas bajo las mantas, riéndose de tonterías, haciendo planes de futuro. Pero no. Hacía muchos años que todo eso se había acabado, desde que se había dado cuenta cabal de la enormidad de lo que estaban haciendo. Aunque no se enterase nadie, Dios siempre sabía y, a su muerte, se las llevaría al infierno. Le había costado sangre del alma confesárselo a don Manuel, que le había dado la absolución, exigiéndole que no volviera a pecar, pero ni siquiera a él le había dicho quién era la amiga con la que había cometido pecado de lujuria contra natura. Por fortuna, desde que don Balbino había llegado a la parroquia, no había tenido nada que confesar, ya que Ofelia había respetado su decisión y hacía años que, aunque vivían como siempre en la misma casa, no habían tenido ningún tipo de contacto que no fuera el habitual entre dos hermanas, que era en lo que finalmente se habían convertido.

Sin embargo ahora, con la última ocurrencia de Ofelia, si es que era verdad, y eso era lo que necesitaba averiguar, su relación estaba a punto de irse a pique.

—Sé que estás ahí, Gloria —dijo de pronto Ofelia sin volverse—. ¿Qué hay que sea tan grave de buena mañana como para que estés dándole vueltas sin atreverte a hablar?

Ofelia suponía qué era lo que Gloria quería hablar con ella, pero era mejor esperar a que fuera Gloria misma la que sacara el tema. Con suerte, y dado su carácter, quizá pudieran posponerlo unas semanas. Tenía demasiadas cosas en la mente en esos momentos y no le apetecía nada una riña con ella.

—¿Es verdad lo que me han dicho? —se decidió Gloria por fin.

—No sé qué te han dicho. Ni quién —contestó Ofelia volviéndose por fin hacia ella. A pesar de lo temprano de la hora ya iba perfectamente maquillada, aunque se le notaba un cansancio profundo en la zona de los ojos que los demás probablemente no detectarían como lo hacía Gloria.

—Que esa… muchacha extranjera… que le da clases de inglés a los empleados… se va a instalar aquí, con nosotros.

—De momento sí.

Gloria se mordió el labio inferior.

—¿Y no se te ha pasado por la cabeza consultarlo conmigo?

—Es mi casa, ¿no?

—Pero la llevo yo. Y yo… ¿qué soy?

—No empecemos otra vez, Gloria. Tú eres mi amiga, mi hermana…

—¿Es eso lo que soy? ¿Nada más?

—Lo has decidido tú, ¡maldita sea! No me eches a mí las culpas ahora. Tú decidiste que Dios no te perdonaría ese pecado y que no podíamos seguir así. ¿Qué creías, que yo me iba a conformar y me iba a pasar el resto de mi vida viviendo como una monja? ¿No me conoces?

—Ofelia… —Gloria se acercó con los ojos llenos de lágrimas dispuesta a abrazarla, pero se detuvo a un metro de ella y se limitó a ponerle la mano en el hombro—. Tenemos que pensar en nuestras almas igual que toda la vida hemos llevado cuidado con el qué dirán y nadie ha sabido nunca nada.

—Yo puedo vivir muy bien guardando un secreto y disimulando delante de todo el mundo, Gloria; lo que no puedo hacer es desperdiciar mi vida porque tú hayas decidido que lo que estábamos haciendo es malo.

—¡Es que es un pecado mortal!

—¡Venga ya! ¡Qué más le dará a Dios con quién se acueste cada uno! Aparte de que a la Iglesia sólo le importa lo que hagan los hombres, no te engañes! Si hay «efusión de semen» como dicen ellos, eso es un problema, y un pecado y todo lo demás; pero lo que hagan dos mujeres... y además de nuestra edad... eso no le importa a nadie, Gloria, a nadie, ni siquiera por el morbo de la cuestión. Siempre hemos podido viajar juntas, compartir habitación, alquilar un apartamento... cualquier cosa...

—Porque a nadie se le ha pasado nunca por la cabeza que pudiéramos estar haciendo... cosas sucias...

—¿Sucias? Cuando lo hacen un hombre y una mujer es igual de sucio, ¿no?

—Si no están casados, sí. Si es dentro del matrimonio y para tener hijos, se puede.

—¡Qué estupidez! ¿Sabes por qué siempre hemos podido vivir a nuestro aire siendo dos mujeres? ¡Porque a nadie le importa un carajo, no seas mema! Con aparentar normalidad siempre ha bastado. Dos amigas viudas que viven juntas y ya está. Pero el caso es que a ti te ha dado por salvar tu alma inmortal y a mí no. Yo no creo en el alma, ya lo sabes tú, mira por dónde. Cuando pisas un escarabajo, o te comes un pollo, o una lechuga ¿tú crees que tiene alma? Y sin embargo están tan vivos como tú y como yo. Además de que, según tú, también los ha creado Dios, ¿no? ¿Qué te hace pensar que nosotros tenemos alma y ellos no?

—Ellos no tienen libre arbitrio. No pueden elegir entre el bien y el mal. Nosotras podemos.

—Y yo soy el mal, ¿no?

—No, Ofelia. Tú eres mi tentación, mi pecado.

—Venga, vamos a dejarnos de teologías, tengo que irme. Hoy me espera un día muy difícil. No vendré a comer y no es seguro que venga a cenar. Te llamaré.

—Cuando vuelvas yo ya no estaré.

Ya casi en la puerta, Ofelia se giró hacia ella con los ojos espantados. Eso no se lo esperaba.

473

—No voy a vivir bajo el mismo techo que tu nueva amante, Ofelia, lo siento pero no me creo capaz. Llevamos toda la vida juntas, te quiero más que a nada en el mundo, pero no pienso aguantar una cosa así. Me debo ese respeto, ¿me entiendes? —Hizo una pausa, se alisó la falda, que estaba perfectamente planchada, y volvió a alzar la vista hacia su amiga—. He visto cómo la miras… Creo que esta vez no es sólo una de esas aventuras como cuando sales de viaje con tus «intérpretes» o tus diseñadoras. —Ofelia achicó los ojos, pero no dijo nada—. Creías que no me enteraba de nada, ¿verdad? Soy una mujer sencilla, pero no soy tonta. A los demás siempre has podido darles el pego, pero a mí no. Lo que pasa es que sabía que esas mujeres no eran importantes, que volverías a casa y seguiríamos viviendo como siempre; pero esta vez es diferente. Creo que esta vez te has enamorado de ella, ¿no? ¡Anda, dime que no es verdad!

Ofelia bajó la vista y se lamió los dientes sin abrir los labios como hacía cuando estaba realmente nerviosa. No había querido confesarse ni siquiera a sí misma que aquella chica era algo especial, ni siquiera cuando le ofreció instalarse en el chalé «hasta que encontrase algo mejor». Y Gloria lo había adivinado como hacía siempre, con la clarividencia que dan treinta años de vida en común y el amor que siempre habían sentido la una por la otra, incluso ahora, que hacía tantos años de la última vez que se habían besado y habían compartido una noche de amor.

—¿Lo ves? —insistió Gloria ante su silencio—. Al menos no te has atrevido a mentirme… —Se le llenaron los ojos de lágrimas y, sin ningún pudor, se echó a llorar frente a su amiga, que la miraba sin saber qué hacer—. Una imbécil veinte años más joven y con nombre de pilingui —dijo entre sollozos—. Lorna May… —Terminó, con todo el desprecio del que fue capaz—. Un nombre de puticlista…

—No te consiento… —interrumpió Ofelia.

—Un putón verbenero, una puta barata…

La bofetada sonó como un pistoletazo. Un instante después, Gloria, con la boca abierta, se sujetaba la mejilla enrojecida mirando perpleja a Ofelia que, de un momento a otro, se había arrodillado a sus pies y se abrazaba a sus rodillas pidiéndole perdón entrecortadamente.

Todo había sucedido en unos segundos, pero las dos sentían que el tiempo se había vuelto de resina blanda y se estiraba infinitamente, pegajoso e imposible entre ellas.

—Perdóname, Gloria, perdóname, cariño. No sé cómo ha podido pasar, no lo sé... —balbuceaba Ofelia, espantada de sí misma—. Yo... yo no soy así... Nunca te he puesto la mano encima... Ni a ti ni a nadie... Es que... no sé... No sé qué me ha dado... Tú nunca habías dicho cosas así de nadie...

Era verdad. Gloria jamás había dicho una mala palabra. En toda su vida. Sin embargo ahora, al pensar en la mexicanita que se iba a instalar en su casa, entre ellas, que le iba a quitar el amor de Ofelia, que se lo había quitado ya, no había podido evitar decir todo aquello. Porque era lo que sentía, y no podía entender que Ofelia no lo viera por sí misma. No comprendía que estuviera enamorada de aquel pendón que no quería más que sacarle los cuartos y vivir como una reina, y Ofelia, que para todo lo demás era tan lista y nunca se había dejado engañar por nadie, se estaba dejando timar por esa zorra hasta el punto de olvidar incluso el decoro y el respeto que siempre se habían tenido la una a la otra.

—Por favor, Gloria —seguía insistiendo Ofelia, aún a sus pies—, por favor, dime que me perdonas, dime que me sigues queriendo...

—Claro que te sigo queriendo —dijo Gloria acariciándole la cabeza, deseando levantarla, abrazarla, besarla como antes, caer con ella en el sofá y desnudarla, sentir su piel, su humedad, su deseo..., pero no era posible. Ofelia quería a Lorna May y seguiría pensando en ella aunque se entregara a su amiga de siempre para compensarla por el maltrato que acababa de infligirle—. Te quiero como siempre, pero tengo que irme. Si ella viene, yo me voy. Tienes que comprenderlo, Ofelia. No voy a plancharle la ropa ni a servirle el desayuno a la mujer con la que has pasado la noche mientras yo estoy en la habitación de al lado subiendo el volumen de la tele para no oíros.

Ofelia se puso en pie lentamente, como si las piernas no le funcionaran tan bien como siempre. Quizá estuviera temblando.

—Para todo eso está Carmela. Esta es también tu casa.

—Por eso, Ofelia, por eso no puedo quedarme —dijo con

475

dulzura, a pesar de que seguía teniendo la mejilla hinchada y enrojecida, con la marca lívida de los cuatro dedos que se habían estampado con furia sobre su piel.

Se miraron unos segundos, temblando de tensión.

—Como quieras —dijo por fin Ofelia con toda la frialdad que consiguió reunir—. Si necesitas algo, llama a Eusebio para que te lleve los trastos que quieras a donde pienses marcharte.

—¿Ya se te ha olvidado que tengo casa propia?

—Ah, sí, es verdad, disculpa. La que compramos como inversión.

—Al menos tengo donde meterme, de momento.

—Nunca te faltará de nada, Gloria. Eso lo sabes, ¿no? Seguirás recibiendo tu asignación en el banco. La aumentaré. Vivir sola es más caro.

—Te lo agradezco.

—Llama a Eusebio, que venga con la furgoneta.

—Prefiero llamar a mi hijo.

—No. Hoy necesito a Ángel para que me acompañe a unas reuniones.

—Has convertido a mi hijo en un guardaespaldas. En un canalla que alterna con mafiosos y que va armado por ahí. En un asesino.

—No digas tonterías.

Se miraban fijamente, pensando cada una por su lado cómo podían haber llegado a eso, en qué habían quedado todos los años de penas y alegrías compartidas, de criar a sus hijos, de escaparse a lugares semideshabitados donde nadie viera o le importara ver a dos mujeres cogidas de la mano o dándose un beso frente al mar, de recorrer ciudades extranjeras donde casi todo era posible.

Gloria se había ido convenciendo con los años de que Ofelia la había seducido, torcido, convertido en lo que era ahora. Antes de la guerra ella era una muchacha normal, que se había casado con un hombre y había tenido un hijo, aunque nunca había sentido con su marido lo que había sentido por y con Ofelia desde la primera vez que sus labios se encontraron en el pasillo de la casa que un par de años atrás habían abandonado para instalarse en el chalé. Después de la guerra había sido una viuda en la miseria, la viuda de un comunista, que se había puesto a servir para poder sacar adelante a su hijo pequeño. Una mujer decente.

Luego, durante mucho tiempo, había sido feliz en la casa de Ofelia y Anselmo, con los dos niños llenando la casa de risas y peleas, viviendo su vida secreta de puertas adentro, cuando los pequeños dormían y Mito se marchaba al casino o a ver una película en el último pase para dejarlas un rato solas. Tiempos felices. Tiempos de inocencia.

Cuando se había presentado la necesidad de demostrar que su patriotismo estaba fuera de toda duda, no había tenido más remedio que empezar a ir asiduamente a la iglesia, para que el párroco no la denunciara. En aquella época, Mito y Ofelia no tenían en el pueblo el peso y la influencia que llegaron a tener después, y ellos también tenían mucho que ocultar, de modo que no había tenido más remedio que fingir unos sentimientos religiosos que estaba muy lejos de sentir, y había vivido una doble vida.

Al principio había ido a regañadientes a misa y al rosario, como el que cumple una condena, pero poco a poco la religión le había ido abriendo los ojos a ciertas verdades hasta el punto de que unos años después de bautizar a Ángel, a los cuatro añitos, y empezar a cumplir con los preceptos de la Iglesia, llegó incluso a pedir que la admitieran como catequista, lo que le concedieron con bastante rapidez porque, como había sido maestra, aunque fuera cuando la República, tenía costumbre de enseñar y de tratar con críos.

—Tengo que irme, Gloria —La voz de Ofelia la sacó del pasado para traerla a un presente en el que no quería estar—. Que sepas que puedes cambiar de opinión en cualquier momento. Esta es tu casa y tienes todo el derecho de vivir aquí.

—Con ella…

—No empecemos. No puedo quedarme más. Llego tarde. Ya hablaremos.

No se dieron un beso, no se abrazaron. Ofelia se marchó como si fuera un día como cualquier otro. Gloria se dejó caer en el sofá, se cubrió el rostro con las manos y se echó a llorar, destrozada.

1983. Nueva York

Selma entró por tercera vez en la cocina, echó una mirada circular y volvió a salir al jardín. Max, que estaba poniendo unas botellas de vino en la nevera y había quedado oculto por la puerta cuando ella entró, sonrió para sí y salió a reunirse con ella.

—¿Nerviosa?

—Claro.

—Es natural.

—Hace veintisiete años de la última vez que lo vi. Él era un crío.

Max no contestó, le cogió la mano y juntos dieron unos pasos por el jardín en dirección al río. La mesa estaba puesta con un mantel de lino y servilletas azules, a juego con los nomeolvides del ramo central, combinados con hortensias blancas. Selma pasó las yemas de los dedos por las flores, alisó una insignificante arruga del mantel y volvió a mirar el reloj.

—Deben de estar al caer... ¿Tú crees que me reconocerá?

—No, Selma, ¿cómo va a reconocerte? A menos que tú le digas quién eres...

Ella sacudió la cabeza con vehemencia.

—No. Al menos aún no. Serían demasiadas cosas de golpe para el pobre chico. Dejemos que nos conozca, que se sienta a gusto aquí. Quizá, si conseguimos hacernos amigos, lo demás venga por sus pasos. ¡Ni siquiera sé si voy a ser capaz de hablar en español después de tantos años!

—Vamos, vamos... Con Ofelia, cuando yo no estoy delante, siempre habláis en español, ¿no?

—Tienes razón. —Hubo una pausa en la que Selma perdió

la vista en las cabrilleantes olas del río—. Es que no sé si estoy haciendo bien… No sé a quién le sirve…

—Por lo pronto, a ti, que llevas años deseándolo, desde que te conozco. Y a Ofelia, que también se ha pasado media vida soñando con este momento. Si le sirve a Luis… ya es otra cosa. Pero en cualquier caso, ser invitado a casa de dos de los artistas neoyorkinos más de moda del momento tampoco está nada mal. —Le guiñó un ojo—. ¡Ahí están! Voy a abrirles. Tú quédate aquí, estás muy guapa así, entre sol y sombra. Pareces una figura de un cuadro de Monet.

—¡Tonto!

—Es la pura verdad. Sólo falta el niño jugando al aro a tus pies.

Max se alejó silbando por el sendero que llevaba a la puerta de entrada. Selma lo siguió con la vista hasta que se perdió detrás de los grandes macizos de hortensias blancas. Llevaban ya casi quince años en la casa y el jardín estaba prácticamente terminado, teniendo en cuenta que un jardín nunca se acaba, siempre está en proceso; pero ahora estaba precioso, lleno de flores, de fragancias, de zonas de luz y sombra que, efectivamente, combinadas con las vistas al río, recordaban a los lienzos de los grandes impresionistas, sobre todo a Monet y a Sisley.

479

Había tenido suerte. Mucha suerte. Su sueño imposible se había cumplido aunque a cambio de perder casi por completo a Ofelia y totalmente a Luis.

Los vio venir charlando con Max y el estómago se le encogió hasta ponerse duro como una piedra. Luis se había convertido en un hombre apuesto en la mejor edad: cuarenta y dos años maravillosamente bien llevados, vestido con el buen gusto de siempre, el que ya mostraba en sus excursiones a la sastrería de Samuel, en otro país, en otro tiempo. En otra vida. Llevaba unas gafas de sol italianas, el pelo muy corto por detrás, más largo por delante para dejarlo caer como al descuido sobre el ojo izquierdo. Era tan guapo que cortaba el aliento.

Ofelia se lanzó a sus brazos nada más llegar y el cuerpo tan conocido, tan amado, tan pequeño en comparación con el suyo, largo y flaco, le infundió una sensación de paz tan grande que, al separarse, pudo estrechar la mano de Luis y recibir sus dos besos en las mejillas sin echarse a llorar de emoción.

—¡Qué alegría conocerte por fin, Selma! ¡Admiro tanto tus diseños! ¡Y mi madre habla tanto de ti…! Eres justo como me imaginaba.

—Yo también estaba deseando verte, Luis. Tu madre me enseñaba fotos, pero ni comparación con la realidad…

—¿Una limonada? —intervino Max para romper un poco la emoción de Selma—. ¿O alguien quiere algo más fuerte?

—Yo prefiero un gin-tonic con mucho hielo —dijo Ofelia, abanicándose con un prospecto que había sacado del bolso—. Es increíble el calor que puede hacer en Nueva York, incluso casi en el campo.

—Yo también tomaré un gin-tonic, si no os importa —dijo Luis.

—Yo limonada, Max, por favor.

Selma empezó a enseñarles el jardín, «mi mejor obra», les dijo, y cuando volvieron al punto de partida, Max ya había puesto las bebidas sobre la mesa y unas galletas dulces y otras saladas para picar.

—Cuando baje un poco el sol haremos una barbacoa para cenar, si no tenéis nada en contra de la carne.

—¿Qué íbamos a tener en contra de la carne? —preguntó Luis, sorprendido.

—Bueno, aquí se está poniendo muy de moda el vegetarianismo, sobre todo entre los artistas y los intelectuales.

—En Europa seguimos siendo muy carnívoros.

Hablaron de todo un poco: de la marcha de la empresa, de las nuevas tendencias de la moda italiana, de la importancia del colorido en los zapatos, que cada vez se imponía con más fuerza, de las exposiciones del Guggenheim y del MoMA, del retrato que Andy Warhol estaba pintando del modisto Valentino… Al cabo de una hora, Max se levantó:

—Bueno, queridos míos, me voy a preparar las brasas… ¿Me acompañas, Ofelia?

Se marcharon, charlando, y Luis se quedó mirando a Selma que también lo miraba con una sonrisa jugando en sus labios.

—¡Qué mayor te has hecho, Luis! —comentó al ver que él no acababa de entender su expresión.

—¿Me conociste de pequeño?

—Sí. Cuando vivía en España. Hace mucho.

—No lo sabía. Mi madre no me había dicho nada. Entonces... ¿conociste a mi padre?

—También. ¿Lo echas de menos?

—Todos los días. Sonará raro, porque hace casi treinta años, pero no puedo evitar pensar cada vez que hago algo importante qué habría dicho él.

—Él te educó para que tú tomaras las decisiones, Luis. Él te habría apoyado.

—Supongo que no en todo.

Selma volvió a sonreír.

—Ningún padre o madre está de acuerdo en todo; pero si la cosa ha salido bien, está de acuerdo en términos generales.

Había algo en la voz de Selma, o en su cadencia, que Luis encontraba tranquilizadora, como si la conociera de antiguo, y lo mismo le pasaba con su sonrisa, le hacía sentirse en casa. Debía de ser una madre estupenda.

—¿Tenéis hijos? —preguntó.

—¿Max y yo? No. No fue posible. Tuve uno de mi primer matrimonio, pero lo perdí. Hace mucho.

—¡Cuánto lo siento! Perdona.

Ella hizo un gesto, quitándole importancia o para cambiar de tema.

—¿Y tú? ¿Tienes?

—¿Hijos? —Luis negó con la cabeza y le dio a Selma la respuesta estándar—. No. Nunca he encontrado a la persona adecuada.

—Aún eres joven.

Como siempre que se tocaba el tema, Luis sintió una pesadumbre, no por conocida menos abrumadora. Le habría encantado tener hijos, pero no se veía capaz de casarse con una mujer para lograrlo.

—En nuestro ambiente eso de los hijos es un tema muy controvertido. Ahora se discute mucho sobre la posibilidad de adoptar, tanto si uno está casado como si no, o si vive en pareja homosexual. Muchos de nuestros amigos están ahora luchando por la igualdad de derechos.

—¿Tenéis muchos amigos homosexuales? —Era un tema que le interesaba y que normalmente no tenía ocasión de tratar con nadie.

481

—Muchos. La homosexualidad es muy frecuente en los ambientes artísticos, aunque naturalmente hay lesbianas y gais en todas las profesiones.

—¿Y en Estados Unidos no hay problema con eso?

—Menos que en otros lugares, pero sí, todavía. Falta mucho por conseguir, pero desde Stonewall las cosas van mejorando poco a poco. Aunque hay que reconocer que ellos tampoco se comportan como debieran. Hace un par de años en la GAA, la Gay Activists Alliance, decidieron prohibir la afiliación de personas transgénero por miedo a perder posibilidades de que se reconocieran los derechos de gais y lesbianas. Es una vergüenza esa falta de solidaridad.

—¿Qué son personas transgénero? —Era la primera vez que Luis oía hablar de aquello y aunque le incomodaba un poco estar hablando de ese tipo de temas con una mujer que podría ser su madre, no quería dejar pasar la ocasión. En Monastil esos temas simplemente no existían, y la Movida madrileña no le parecía un ambiente lo bastante serio como para informarse de ciertas cosas.

—Personas que, al nacer, son definidas por sus genitales, como se hace siempre cuando viene al mundo un bebé, y con el tiempo se van dando cuenta de que ha habido un error, que no se sienten del género que les han adjudicado. Entonces sienten que necesitan cambiar, reubicarse, convertirse también por fuera en lo que realmente son. ¿Conoces *Lola*, la canción? ¿The Kinks? ¿*«Girls will be boys and boys will be girls, it's a mixed-up, muddled up, shook up world except for Lola»*? Luego te la pongo; es estupenda.

—Entonces, ¿puede ser que una mujer se sienta hombre y al revés?

—De eso se trata. Incluso más que eso, porque no es que «se sienta», es que «es».

—Debe de ser terrible.

—Sí.

—¿Y qué se puede hacer?

—Tratamientos hormonales y, si se desea, cirugía.

—¿Tenéis amigos así?

—Unos cuantos. La más famosa, Candy Darling, buena amiga de Andy. La pobre murió muy joven hace ya unos años.

De un linfoma. No por querer operarse —terminó con una sonrisa que a Luis se le antojó triste.

Para Selma aquella conversación era dolorosa, pero necesaria. Ofelia le había pedido que intentara sacar el tema de la homosexualidad en un intento de ayudar a Luis. Ella, siendo su madre, no se sentía capaz de servirle de nada.

—Ahora están muriendo muchos amigos nuestros homosexuales. No sé si habrás oído lo de esa extraña enfermedad que aún no ha sido diagnosticada del todo y que llaman Aids.

—¿Y sólo ataca a homosexuales? —Luis se inclinó hacia ella, ávido de información.

—Sobre todo. Por eso hay descerebrados religiosos que dicen que es la Plaga y que representa el castigo divino por la iniquidad. ¡Menuda estupidez! Ser homosexual es algo perfectamente normal y que no depende de tu voluntad. Es algo con lo que se nace. Ni es una enfermedad ni una perversión ni un castigo ni paparruchas similares.

—Ni tiene cura.

—Es que no es una enfermedad.

—¿Estás segura?

—Por completo. ¿Tú no lo ves así?

—Yo… no sé, Selma.

Estaba a punto de decirle «¿tú te sientes enfermo cuando estás con el hombre que amas?», pero sabía que era ir demasiado lejos, que era Luis quien tenía que dar el siguiente paso. Él estaba a punto de darlo, lo notaba en el aire. Dejó la mano sobre la mesa, muy cerca de la de él, a propósito, para que pudiera estrecharla y, mirándola a los ojos, le dijera que estaba enamorado de un hombre, pero el miedo de su hijo era más fuerte, así que insistió.

—Tu padre lo veía así.

—No, Selma. ¡Venga ya! Mi padre se casó con una mujer, tuvo un hijo y fue muy feliz en su matrimonio hasta su muerte. Si en alguna conversación de café dijo que lo veía así, sería para hacerse el moderno, o porque a él no le afectaba…

Si Luis le hubiese confesado su secreto entonces, también ella estaría dispuesta a entregarle el suyo, a decirle a las claras que la mujer que tenía enfrente, muchos años atrás, en otra vida, había sido su padre, el que le leía cuentos por las noches

483

y le curaba las heridas de las rodillas, y abría la caja fuerte y lo acompañaba a la sastrería de Samuel, el que lo había querido y lo seguía queriendo por encima de todo.

En ese momento, con ruido de platos y vasos sobre risas y conversación, vieron acercarse a Max y a Ofelia cargados con una bandeja cada uno.

Selma miró intensamente a Luis deseando que no los hubieran interrumpido precisamente en ese punto. Quizá hubiera llegado el momento de decirle la verdad, de confesarle «yo soy tu padre» o mejor «yo fui tu padre», como en la última película de la Guerra de las Galaxias, aunque ella no se había pasado al lado oscuro. ¿O sería así como lo vería Luis, si ahora le decía quién era? ¿Y si, a pesar de que él mismo era gay, pensaba que tener un padre trans era un insulto? No sería nada raro.

Max empezó a pasar a la mesa lo que llevaba en la bandeja, después de haberle echado una breve mirada para ver cómo habían ido las cosas. Selma se levantó:

—Ofelia, ven conmigo a traer las ensaladas que ya tengo listas y a ver qué más se nos ocurre.

Los dos hombres fueron a traer la barbacoa mientras las dos mujeres iban a la cocina. Una vez allí, con la puerta de la nevera abierta como parapeto, Ofelia le susurró:

—¿Ha servido de algo?

—Quizá haya conseguido que lo piense, pero no me ha dicho nada.

—Tú tampoco le has dicho nada a él, ¿verdad?

Selma movió la cabeza en una negativa.

—No me he atrevido. Le habría desmontado todas sus seguridades. Habría sido como perder a su padre otra vez. Y odiarte a ti por la mentira, por los treinta años de mentira.

—¡Ay, Mito! ¿Qué podemos hacer?

—No me llames así, Ofelia. Ya hace mucho que no soy Mito. Anselmo murió. Ese es mi *deadname*; mi nombre muerto.

—Lo sé, Selma. Perdona.

—¿Y si empiezas tú? ¿Y si le dices que te parece bien que sea gay, que tú también lo has sido siempre?

Ofelia negó con la cabeza.

—Es lo que tú decías hace un momento. Le desmontaría todo su mundo. No sé cómo podríamos seguir después. Dejaría la fábrica, se iría de casa… Lo necesito en la empresa, Selma. Ahora va a empezar también Alberto, que ya ha terminado la carrera, y necesito que Luis le enseñe a llevar el negocio. Yo nunca he sido buena enseñando nada a nadie. Es mejor callar… todos tenemos nuestros secretos.

Volvieron a abrazarse, cogieron las ensaladas y regresaron al jardín hablando de unos diseños que Selma tenía pensados para el nuevo espectáculo de Madonna.

Un par de horas más tarde, Ofelia y Selma se levantaron de la mesa para encender los farolillos que colgaban aquí y allá de los árboles del jardín mientras Luis y Max encendían unos puros habanos que Luis había traído de España, donde sí podía conseguirse auténtico tabaco cubano, mientras que en Estados Unidos seguía prohibido.

En cuanto estuvieron lejos de los hombres, Selma preguntó:

—¿Cómo está Gloria?

Ofelia suspiró.

—Me encantaría no tener que decirte esto, pero mal, Selma, muy mal.

—¿Qué tiene? Aún no es tan mayor…

—No es eso. Es que… es difícil explicarlo… Ya sabes que hace unos años se fue de casa…

—¿Del chalé nuevo? —la interrumpió.

—Sí. Fue culpa mía. Fui idiota. Creo que te lo escribí. Me enamoré de una mexicana jovencita, preciosa, y, para estar con ella, la contraté como profesora de inglés para mis operarios. No sé cómo se me ocurrió, pero la metí en casa para tenerla cerca. —Vio la mirada de reproche de Selma, más oscura aún a la luz del farol que acababa de encender—. Sí, lo sé. Una estupidez, pero es que estaba realmente encoñada con aquella chavala. —Suspiró—. Gloria no lo aguantó y se fue de casa.

»La cosa duró tres años; me sacó lo que pudo durante ese tiempo, claro, aunque nada grave… algunos regalos caros, viajes… tonterías… No era inteligente y al final lo perdió todo, pero el mal ya estaba hecho y Gloria no quiso volver a casa. Le había hecho a don Manuel, el cura, la promesa de que no volvería a «pecar» ni conmigo ni con nadie y yo creo que eso es lo que ha acabado por volverla loca.

»Poco a poco ha ido poniéndose cada vez más rara, más religiosa; se ha ido sintiendo más culpable sin que nadie supiéramos seguro por qué era. Ángel está preocupadísimo por su madre, que además ha cogido la manía de que yo lo he pervertido y lo he convertido en un mafioso, en un matón. Hace un par de meses la ha llevado a una clínica psiquiátrica... bueno, no exactamente... es una especie de sanatorio para personas nerviosas, desequilibradas... cerca de Alicante, con unas vistas preciosas y un servicio de hotel de cinco estrellas. Lo pago yo, evidentemente.

—Pero, ¿os seguís queriendo?

—Claro. Lo que pasa es que no sirve de nada. Apenas nos vemos. Ella sufre mucho al verme y los médicos me han pedido que no la visite. Luis sí que va regularmente. Alberto, su nieto, también la visita alguna vez.

—Y lo que dice de Ángel... ¿tiene fundamento?

486

Ofelia se encogió de hombros. Sacó una cajetilla de tabaco del bolsillo de la chaqueta y se lo ofreció a Selma. Prendieron los cigarrillos con la vista perdida en las aguas oscuras del río, salpicadas de puntos de luz, reflejos de las luces de las orillas.

—Ya sabes que estoy metida en muchos negocios. Casi todos limpios. —Sonrió, anticipándose a lo que sabía que estaba a punto de decir su amiga—. De acuerdo, no tengo necesidad de meterme en esos berenjenales, tienes razón; pero en nuestra zona los rumanos y los rusos entraron fuerte hace unos años en el negocio de la construcción y en otros menos legales. Luego los rusos se lo han quedado todo y hay que estar a bien al menos con una de las facciones. Yo me he decantado por Dimitri, que es el más elegante. Nos apoyamos mutuamente. Tengo buenos contactos en el mundo de la política y, a nivel autonómico, no hay nada que no pueda conseguir. Dimitri tiene mucho peso y muchos hombres a su disposición para cuando hay que presionar un poco a alguien...

—O sea, que sí es verdad que te has aliado con el diablo y te has convertido en una «madrina». Como don Vito Corleone, pero en mujer.

—No exageremos. Me debían una buena cantidad por unas contratas que les conseguí y me pagaron con unos… «establecimientos» de alto nivel que me lleva un encargado y dan buenos dividendos, aparte de que me sirven para hacer regalitos a algunos aliados, ya sabes de qué te hablo.

—Me asusta oírte hablar, Ofelia.

—No. No es para tanto.

—Tú antes no eras así.

—Psé. —Chasqueó la lengua contra el paladar y se encogió de hombros—. Cada uno evoluciona como puede… El caso es que, en ese ambiente, Ángel se mueve como pez en el agua. A Luis lo destrozaría todo eso, pero Ángel es de otra pasta; siempre lo ha sido, tú lo sabes. A Gloria le habría encantado que su hijo fuera como Luis: fino, elegante, moral… pero cada uno es como es y sirve para lo que sirve. Imagínate que la pobre está ya tan ida que la última vez que nos vimos me dijo, llorando, que su hijo es un asesino y que es culpa mía.

—¿Un asesino? ¿Habla de algo concreto?

—¡Cómo va a hablar de algo concreto! ¡Se lo ha inventado sin más y ha acabado por creérselo!

—¡Qué pena! ¡Pobre Gloria! Yo siempre la quise mucho.

—Era un cielo. Y sin ella nunca hubiéramos podido hacer todo lo que hicimos.

—¿Y si voy a verla?

—¿Ahora? ¿Después de veintisiete años muerto? Ella no sabe que eres Selma. Para Gloria, Anselmo murió en el quirófano, aunque lleva toda la vida diciendo en público que fue tuberculosis, como decidimos entonces.

—Ya casi no me acordaba.

—¿No? Gloria estaba allí cuando te maquillaste por primera vez, cuando te pusiste el nombre de Valentina, cuando nos íbamos a Madrid y a París, cuando decidimos arriesgarlo todo para que pudieras ser Selma, tu yo auténtico. ¿No te acuerdas?

—Sí —dijo en voz baja, casi un susurro—. Ahí empezó todo. Cuando descubrí a Selma. Después de eso ya no hubo vuelta atrás. Valentina sólo fue el primer paso, un juego con esa identidad femenina que aún no tenía clara. ¿Sabes? Nunca me he arrepentido, a pesar de todo.

Caminaron sin rumbo por el jardín, en la penumbra punteada por las luces de los faroles. Desde la mesa les llegaba el murmullo de la conversación de los hombres. Volvieron a encenderse un cigarrillo y se sentaron en el embarcadero mirando el agua, inspirando el olor mezclado del tabaco rubio y la fresca humedad del río, un olor verde, de algas y maderas podridas.

—Tuvo razón Remedios, ¿te acuerdas? —preguntó Selma, cogiéndole la mano a Ofelia—. Tú eras mi curación y yo la tuya.

—¿Sabes que sigo llevando un lápiz de labios rojo a tu tumba, año tras año? Luis piensa que es lo más romántico del mundo.

—¿Y no lo es?

—Es mi homenaje al hombre que amé y perdí, y el recuerdo de nuestro viaje de novios, y muchas otras cosas que quizá algún día acabaré por contarte.

En la oscuridad, las dos brasas eran como los ojillos de una criatura de los bosques que mirase hacia el horizonte del agua.

1983. Costa de Alicante

Si Luis no hubiese sabido que aquello era una clínica mental, habría pensado que era un hotel de muchas estrellas. El edificio, sólo de dos pisos, blanco y con amplios ventanales, engastado entre jardines sorprendentemente verdes para la zona, estaba situado en lo alto de un risco desde el que se veía todo el mar, tenía piscina e incluso una cafetería con las mismas extraordinarias vistas. Le había dicho una enfermera que en días claros se alcanzaba a distinguir la silueta de Ibiza, pero lo que se veía con toda claridad era Marazul, en la siguiente cala hacia el norte, el proyecto estrella de su madre, que ya se acercaba a su final, aunque lo único que se apreciaba era la profusión de palmeras, buganvillas y vegetación tropical. Las casas eran apenas vislumbres blancos entre las frondas. Cuando quedara lista, sería la urbanización más lujosa de España y una de las diez mejores del mundo.

Creía recordar que la tía Gloria y su madre habían discutido muchas veces por ese proyecto y, esperando que ahora no le trajera malos recuerdos, se había asegurado de que su habitación diera hacia el sur, hacia el mar y en la dirección de Alicante.

Le daba mucha pena que después de tantísimos años de profunda amistad, de compartirlo todo y hacer todo tipo de sacrificios, la tía y su madre hubiesen quedado así, viviendo cada una su vida, casi sin hablarse, y que él ni siquiera hubiera conseguido averiguar qué era lo que las había alejado de ese modo. Sabía que había sucedido al poco de trasladarse al chalé, pero eso nunca le había parecido un motivo de peso. La tía tenía una habitación preciosa, con baño en suite, y una salita de estar para ella sola, con su televisor, calefacción, aire acondicionado y todas las comodidades que el dinero podía comprar. Se lo había ganado a pulso. Toda la vida trabajando por una familia que, aunque no fuera la suya de sangre, de hecho era la única que tenía.

Sin embargo, un buen día, había cogido sus trastos y se había trasladado a un piso en el centro. A Luis siempre le maravillaban las reacciones y motivos de los demás pero, como siempre había sido muy respetuoso de la intimidad de los otros, jamás había preguntado directamente.

Le informaron en recepción de que Gloria Soriano estaba en la cafetería del jardín y allí se dirigió, disfrutando al pasar de la brisa marina y el frufrú de las palmas meciéndose en el viento. Pensó que, en su vejez, no le importaría estar allí una buena temporada. Quizá a los setenta, ya jubilado. Aunque… cuando él cumpliera setenta, su madre ya habría muerto y él heredaría Marazul. Ya se vería…

Gloria estaba sentada en un sillón frente a las cristaleras que daban al mar, de espaldas a la entrada. Se dio cuenta de que hacía algún tiempo que no había venido a visitarla porque, mientras tanto, llevaba el pelo blanco, casi plateado. Debía de hacer tres meses por lo menos, si le había dado tiempo a cortarse toda la parte aún teñida y no parecer un recluta.

Se acercó sonriendo. La tía Gloria siempre había sido una madre sustituta, casi más que la propia, y a la muerte de su padre fue ella la que lo ayudó a pasar lo peor, mientras Ofelia se dedicaba a la empresa, a viajar, a enterrarse en trabajo para notar lo menos posible la ausencia de su marido. En esa época Ofelia también había empezado a beber mucho y fueron el cariño y la dulzura de su amiga Gloria los que consiguieron poco a poco apartarla del peligro.

La expresión de felicidad de su tía lo compensó del tiempo que había invertido llegando hasta allí cuando tanto trabajo había en la fábrica. Después del abrazo y los besos, Gloria se apropió de su mano y la besó varias veces.

—¡Ay, cariño, qué alegría verte! Pensaba que seguías de viaje. Recibí tu postal de la estatua de la libertad. Me hizo mucha ilusión. Tienes que llevarme un día a verla.

—Pues claro, mujer, cuando tú quieras. ¿Te tratan bien?

—Sí, hijo. Esto es precioso. No tengo queja. Ahora ya ni siquiera me medican. Con estar aquí tranquila y leer y ver el mar no hace falta más. ¿Cómo está tu madre?

—Bien, tía, muy bien. Loca de trabajo, como siempre. Te manda muchos besos.

—¿Y por qué no viene ella?

Luis se removió, incómodo, en la silla.

—Parece que los médicos piensan que si viene a verte, eso te sacará de esa calma tan estupenda que has conseguido.

—Tonterías. Dime, en serio, ¿cómo está?

—Bien, de verdad. Pero te echa de menos. ¿Por qué no vuelves a casa?

Gloria perdió la vista en el mar y guardó silencio unos segundos.

—Dile que venga a verme y hablaremos. Hace poco he pensado que quizá podamos arreglarlo.

—¿Arreglar qué?

—Cosas nuestras, Luisito. Tú tienes cosas más importantes en qué pensar. No te preocupes. Dile que venga.

—Se lo diré. Ah, mira, te he traído unas fotos.

Gloria fue pasando las instantáneas de Luis y Ofelia en Nueva York hasta llegar a las que había hecho en casa de Selma y Max.

—Mira, tía, esta es Selma, la diseñadora, por fin la he conocido. ¿Te acuerdas de que es ella quien crea la serie de *Gloria Márquez*, la que casi lleva tu nombre? Y este es Max.

—¿Esta es Selma?

Las manos de Gloria habían empezado a temblar ligeramente.

—Dame las gafas, hijo, por favor, las tengo ahí en la bolsa.

Se puso las gafas y volvió a mirar la foto con una intensidad llamativa.

—¿La conoces? Ella me ha dicho que estuvo alguna vez en Monastil cuando yo era pequeño.

Gloria movía la cabeza en un afirmación muda.

—Hace tanto tiempo… —consiguió decir con la voz embargada por la emoción.

—¿Erais muy amigas?

—No. Siempre fue más bien amiga de… tus padres. —Luis estaba perplejo. Gloria no apartaba la vista de la foto y se mordía los labios visiblemente trastornada.

—¿Qué te pasa, tía? ¿Te encuentras mal?

—No. No es nada. Así que ahora se llama Selma.

—¿Antes no?

—Yo la conocía como Valentina.

—No me suena… Será un pseudónimo artístico. Ahora es una litógrafa y pintora importante…

—Eso será.

—Como Max, su marido —terminó Luis la frase que Gloria había interrumpido.

—¿Su… marido? ¿Está casada?

—Sí. ¿Qué tiene de raro?

Gloria no contestó. Se quitó las gafas y perdió la vista en el mar.

—¿Tienes más fotos? —preguntó cuando pudo hacerlo sin que le temblara la voz.

—Claro. Mira.

Había cinco fotos más de ellos en el jardín, sonrientes, con el gin-tonic en la mano, junto a las grandes matas de hortensias blancas. El vestido azul índigo de Selma, de tipo túnica, contrastaba agradablemente con las flores. Ofelia, de un rosa pálido, añadía el color que faltaba en la gama. En una, Max pasaba el brazo por los hombros de su mujer, aunque ella era casi más alta que él. En otra, Luis estaba entre su madre y Selma, las dos cogidas de los brazos de él.

Gloria se quedó con una en la que sólo se veía a las dos mujeres, abrazadas por la cintura, sonriendo a la cámara, en primer plano, con el brillo del río desdibujado detrás de ellas.

—¿Puedo quedarme esta, cariño?

—Claro, tía. ¿Quieres otra?

—Esta, en la que estás tú con las dos.

—Y si quieres, la próxima vez te la traigo ampliada y enmarcada, para que puedas verla bien.

—La veo bien, no te preocupes. Muy bien.

—Te trae recuerdos verlas juntas, ¿verdad?

La tía Gloria esbozó una extraña sonrisa que a Luis, curiosamente, se le antojó amarga.

—No te haces una idea, hijo mío. —Se puso de pie—. Gracias por venir a verme, pero ya estoy un poco cansada. ¿Me acompañas a la habitación?

Luis le ofreció el brazo de buena gana y, cruzando el jardín, llegaron al vestíbulo del sanatorio inundado por la luz del sol que caminaba a su ocaso tiñéndolo todo de rojo.

—Te he traído unos bombones y unas flores, peonías, tus favoritas, para que te perfumen la habitación.

—Gracias, cariño. Si no fuera por ti... Bueno... y alguna rara vez, Alberto y su madre, pero muy poco, la verdad.

—¿Ángel no viene?

Los labios de la tía Gloria se tensaron en una mueca triste.

—Poco también, y no sabe qué decirme. No es como tú, que me cuentas de la fábrica, de tus viajes, de las cosas bonitas que has visto... Ángel no puede hablarme de su trabajo porque sabe que no me gustaría. Ofelia lo ha convertido en un canalla.

—No exageres, tía. Además, tú sabes que Ángel siempre fue... un poco... bruto. —Se le ocurrían cien cosas que decir de Ángel y ninguna era positiva; por eso eligió lo menos duro—. Pero es un buen hijo, y te quiere.

—Sí. Eso sí.

Gloria achinó los ojos para mirar a Luis, quizá porque tenía el sol enfrente, o por lo que dijo después.

—¿Sabes que también es un asesino?

Luis se echó a reír. No se le ocurría otra forma de quitarle hierro a lo que acababa de decir su tía y era una manera, quizá algo torpe pero mejor que salir corriendo, de reaccionar ante lo que le pareció una muestra clara de que el equilibrio mental de Gloria dejaba mucho que desear. Y lo gracioso era que diez minutos antes habría podido jurar que estaba perfectamente de la cabeza. Ahora, de un momento a otro, con el pelo blanco y aquella mirada, parecía una loca de película de Hollywood. Ella debió de notarlo porque sonrió, borrando con eso la terrible imagen que había surgido en la mente de Luis.

—Anda, hijo, vamos a dejarlo. Quiero tumbarme un poco. Gracias por las fotos, y por venir. —Levantó la mano hasta su cara y le acarició la mejilla con ternura—. Siempre te he querido mucho, Luis, como a un hijo... Más que a mi propio hijo... Quería que lo supieras. Venga, dame un beso y vete a tus cosas. Tendrás mucho que hacer.

493

1983. Monastil

Queridísima Ofelia:

No sé cómo empezar esta carta y cómo decirte lo que quiero que sepas.

Llevamos ya unos años distanciadas y hace muchos meses que ni siquiera te he visto. Nunca has venido a visitarme aunque, en tu descargo, puedo concederte que los médicos te lo habrán desaconsejado «para no desequilibrarme». No sé. A lo mejor tienen razón.

Tuve que refugiarme aquí (no sé qué te habrá dicho Ángel, pero la idea de venirme aquí fue mía, no de él) porque notaba que me estaba volviendo loca y había empezado a contarle cosas raras a todo el mundo. Raras no en el sentido de que fuesen mentira (tú sabes muy bien que, desgraciadamente, son verdad), sino en el de que, como no puedo decir nada claro y además no tengo nada que lo pruebe, son tan marcianas que la gente pensaría que estoy de atar.

En cierto sentido sí que estoy de atar, Ofelia, ¿para qué voy a mentirte?

Los secretos y los pecados, sobre todo los pecados, cuando se guardan durante tanto tiempo van pudriendo el alma y necesitan salir a la luz. Por eso, cuando me di cuenta de que toda aquella porquería que llevo dentro amenazaba con salírseme por la boca, decidí recluirme aquí, donde, digas lo que digas no te hacen el menor caso porque suponen que son desvaríos de vieja loca. Y además, así, aunque tú no te des cuenta y no me lo agradezcas, no podré hacerte daño contando cosas que debemos callar.

Lo que hicimos tú y yo, aquella relación contra natura que tan feliz me hizo durante tanto tiempo, me sigue pesando en el alma. Lo que me hiciste con aquella putita y con muchas otras, pero sobre todo con ella, tampoco me deja descansar, no consigo que se me olvide, aunque sé que ya terminó y que incluso podría volver a casa si quisiera. Lo que hizo mi hijo para salvar tu buen nombre también me pesa de un modo que seguramente no podrás comprender. Duele mucho saber que mi único hijo se ha convertido no sólo en un mafioso y en un matón de puticlub, sino en un auténtico asesino. ¿O crees que me chupo el dedo y no sé que aquel incendio del estudio de Ramos fue provocado por Ángel para salvarte a ti?

No te voy a echar la culpa de todo, Ofelia. En algunos asuntos tú y yo compartimos la culpa y el pecado, lo sé muy bien; me arrepiento todos los días, y rezo todas las noches por nosotras y nuestros hijos. Igual que he rezado durante veintisiete años por el alma de Anselmo, muerto hace tanto de resultas de aquella fatídica operación que tendría que haberlo convertido en mujer y que tan culpable me ha hecho sentir porque no dejaba de pensar que, si yo no hubiese colaborado en aquella monstruosidad, el pobre seguiría vivo. Aparte de que llevo todos esos años mintiendo, callando la verdad, diciendo a todo el que pregunta (menos mal que ahora ya nadie se acuerda de él) que murió de tuberculosis en aquel sanatorio de los Pirineos.

Ahora… ahora de pronto me doy cuenta de que he vivido siempre engañada: que ni tú me has querido, ni me has sido fiel, ni mi hijo era un buen chico, ni Anselmo murió en la clínica.

Esa ha sido mi última, dolorosa sorpresa. ¿Cómo has podido, Ofelia? ¿Cómo has podido mentirme así?

Estoy harta de todo. Me duele el alma. Mucho. La noches se me hacen eternas dándole vueltas y vueltas a todo lo que pasó, a todo lo que podríamos haber hecho mejor, a la vida que podríamos haber llevado si tú no hubieras sido una mentirosa, una manipuladora… si yo no hubiese estado tan enamorada de ti como para perderme en cuerpo y alma por tu culpa.

Porque yo te he querido de un modo, Ofelia, que ya no es bueno, ni decente, ni siquiera razonable. ¡Y estoy tan cansada!

Me has mentido durante casi treinta años. Te he acompañado al cementerio cientos de veces a llevarle flores a nuestro pobre Mito y nunca me has dicho una palabra. Dejábamos el lápiz de labios en su tumba, tú y yo, una al lado de la otra, las únicas que sabíamos qué significaba, en memoria de quién hacíamos aquello, y nunca me dijiste que seguía vivo, que lo había conseguido, que nuestro sacrificio había servido para algo. Has ido un montón de veces a Nueva York a ver a Selma y jamás me has contado que Selma es Mito ahora.

495

¿Cómo has podido tratarme así? Te he oído decir muchas veces a lo largo de la vida que «secreto de dos ya no es secreto», pero ¿conmigo? ¿Ocultarme a mí eso? ¿A mí, que llevo toda la vida callando, cubriendo tus errores, mintiendo por ti, a pesar de que sé que me condeno por ello? No tienes perdón de Dios, Ofelia.

Te cuento todo esto para que, cuando me encuentren, sepas por qué lo he hecho y no te conformes pensando que me he vuelto loca y que no podías haber hecho nada por evitarlo. Eso te tranquilizaría mucho, ¿verdad? «¡Pobre Gloria! Cosas que pasan... Nadie puede hacer nada cuando alguien decide suicidarse... Ni siquiera hay una razón concreta... La depresión... la vejez... La pobre está mejor así...»

Pues no. ¡No! ¡No me da la gana! Quiero que sepas que la culpa la tienes tú. Que no puedo más. Que podrías haber hecho mucho... todo... para salvarme, y no te molestaste. Que ya sé que me voy a condenar, pero que igual iba a condenarme por haber pecado contigo, por haber sabido que mi hijo es un asesino y no hacer nada en contra... pero ¿cómo iba a ir a la policía a denunciarlo, a mi propio hijo? Además de que no se lo habrían creído; los tienes comprados a todos.

¡Tan buena como eras, Ofelia, tan dulce, tan generosa! ¿Cómo has podido llegar a esto? ¿Es el dinero lo que te ha corrompido? ¿La ambición? ¿El deseo de poder?

La preciosa muchacha recién casada con aquellos ojos de gacela asustada que nos salvó a mí y a mi hijito de la calle, de la miseria, de la vergüenza, que fue una hermana para mí y luego el amor de mi vida, se ha convertido en un ser monstruoso, y me da tanta pena... ¡tanta pena!

No puedo más. No puedo cambiarte ni quiero seguir sufriendo. Me doy asco, Ofelia; no entiendo cómo he podido humillarme tanto y ya ni siquiera el amor me sirve de excusa. Me desprecio a mí misma por haberte querido tanto, por haber confiado en ti, por no haber reaccionado antes.

No sé si habrás seguido leyendo hasta aquí. Lo mismo has arrugado la carta en el puño, la has tirado a la papelera y le has pegado fuego para que nadie la lea. Igual la ha encontrado primero Ángel y no piensa decirte nada de todo esto, aunque quizá la guarde y esto le sirva para poder presionarte cuando le des la espalda, porque se la darás, como has hecho conmigo, como has hecho con todos...

He conseguido reunir muchos tranquilizantes y somníferos. Muchísimos. Pienso tomármelos todos de golpe y tumbarme a dormir para siempre. Espero que, a pesar de todo, Dios sea misericordioso conmigo y me conceda lo que concedió a la Magdalena: «Perdónala, Señor, porque amó mucho».

Yo también amé mucho, Ofelia. A ti, a mi hijo, al tuyo, a Mito, a mi nuera y mi nieto, a toda mi pequeña familia que se ha ido envileciendo al correr de los años.

A pesar de mí misma, te sigo queriendo, pero no puedo más. Sé que suicidarse es pecado mortal, por eso le he dado tantas vueltas, pero pienso que Dios, que es amor, estará dispuesto a perdonarme por todo lo que he sufrido. Nos veremos al otro lado. En el Purgatorio, si tenemos suerte. En el Infierno, si no. Esta tarde iré a confesarme, asistiré a misa, comulgaré y después de la cena me iré a mi cuarto, me pondré un pijama limpio y me quedaré dormida para siempre.

Con todo mi amor

GLORIA

497

Cuando terminó de escribir, releyó la carta, añadió un par de comas que se le habían escapado, metió el papel en el sobre y escribió «Ofelia Arráez» con su mejor caligrafía antes de lamer la solapa y pegarla. Luego la apoyó de modo bien visible contra el espejo del tocador junto a otra carta dirigida al Sr. Juez explicando brevemente que, hallándose en plena posesión de sus facultades físicas y mentales, había decidido voluntariamente y sin injerencias externas poner fin a su vida mediante una ingesta masiva de barbitúricos.

Le había hecho gracia pensar en Marilyn Monroe al escribir esa frase y pensar en la imposible comparación entre ambas. La una, *sex symbol* en lo más alto de su carrera y en la flor de la vida, la otra una casi anciana engañada y cansada de todo. Aunque quizá tuviesen en común la soledad y la tristeza, el desamor, las ganas de dormirse para siempre y descansar.

Duchada y en pijama, después de haberse tomado setenta y dos pastillas, dio una vuelta por la casa despidiéndose de todo lo que alguna vez le había parecido importante. Miró las fotos alineadas sobre el mueble de la sala de estar, junto al televisor y el gran ramo de flores de seda, los rostros tan jóvenes, tan sonrientes, tan felices. Se detuvo un momento en su favorita: ella y Ofelia sentadas una al lado de la otra, con sus hijos en brazos, en blanco y negro. Los niños mirando a Anselmo, que les hacía cucamonas para hacerlos sonreír y que salieran guapos en la foto, ellas, mirándose, divertidas, en los primeros meses de su relación, su amor visible, casi tangible, como un halo mágico que las envolviera en un capullo de brillantes colores, protegiéndolas de todo mal.

Estrechó la foto contra su pecho y besó el rostro de Ofelia. Todo se había perdido. Ella llevaba años y años enamorada del fantasma de una mujer que quizá nunca hubiese existido, la mujer que ella misma había construido en su cabeza día tras día: su salvadora, su amiga, su amante. La peor traidora del universo que, al leer su carta, se encogería de hombros con la displicencia habitual, musitaría: «Has elegido tú, chata; estás en tu derecho» y se olvidaría del asunto.

¿Para qué se lo iba servir todo en bandeja? ¿Por qué iba a darle las mil explicaciones para que pudiera quedarse tranquila al entender todo lo que había pasado por su cabeza? Quizá se sentiría un poco culpable al principio por no haberle hecho más caso, pero pronto lo superaría, siempre había sido así. Incluso había tenido la dignidad de marcharse de casa cuando llegó la pilingui mexicana y sin embargo Ofelia se las había arreglado para seguir adelante como si nada, sin llamarla, sin pedirle perdón, sin tratar de reconquistarla.

Se aseguró de que la puerta de la calle no tuviera el cerrojo pasado para que Ángel pudiera abrirla sin dificultad cuando al cabo de un par de días de no saber nada de ella, decidiera pasarse a ver cómo estaba. Volvió al dormitorio, tomó otro sorbo de agua y se estiró en la cama con las sábanas recién planchadas y perfumadas. Al fin y al cabo había tenido suerte en la vida. Iba a morir a los sesenta y siete años en un piso precioso, en una cama limpia y por su propia voluntad en lugar de acabar reventada a tiros en una cuneta después de haber sido violada, rapada y purgada con aceite de ricino en la plaza pública como les había pasado a otras mujeres de comunistas. Su hijo había sobrevivido y se había convertido en un hombre rico que infundía respeto, aunque no fuese respetable. Había tenido la amistad de Mito, el cariño de Luis. Había vivido para conocer a su nieto y verlo convertido en universitario. Había conocido el amor de Ofelia, un amor difícil, doloroso, intermitente, deslumbrante... tan maravilloso que había anulado cualquier posibilidad de querer a otra mujer más tranquila, más estable, alguien que hubiera podido ser su igual.

Empezaba a tener sueño y malestar de estómago, pero seguía perfectamente consciente y los ojos se le iban, como imantados, hacia la carta que le hacía guiños desde el tocador. ¿Y si la encontraba primero otra persona y la leía? ¿Y si la leía Luis y se enteraba del engaño de Selma? Eso sería terrible para el pobre chico. ¿O Alberto, que ni sabía nada ni debía saberlo nunca? ¿O Ángel, que podría usar lo que ella había escrito para chantajear a Luis, a quien siempre había odiado?

Se levantó con unas piernas que de repente pesaban como si fueran de piedra, cogió la carta y, apoyando la mano en las paredes del pasillo, llegó hasta la cocina, encendió el fuego de gas, sostuvo la esquina de la carta sobre las llamas y dejó que consumieran el papel al que había confiado sus palabras. La ceniza voló por la cocina, por toda la encimera, pero no se sentía con fuerzas de limpiarla.

499

Las piernas empezaron a temblarle y acabaron cediendo hasta que quedó primero de rodillas y luego, poco a poco, sentada en el suelo de baldosas frías, con la espalda contra el horno y los oídos llenos del pequeño rugido de la llama del quemador que no había podido apagar.

Levantó la mano a ciegas tratando de girar la llave para hacerlo. Cerró los ojos, satisfecha de haberlo conseguido. Cuando se sintiera mejor, volvería a la cama. Ahora ya podía tumbarse tranquila.

No llegó a darse cuenta de que el fuego se había apagado, pero el gas seguía saliendo del quemador.

1991. Monastil

Ya a punto de marcharse a casa después de una jornada particularmente larga en la oficina, Ofelia se puso el chaquetón de piel de zorro que había comprado en Viena unos inviernos atrás y, en lugar de salir al aparcamiento, bajó las escaleras que llevaban al sótano, abrió con su llave la discreta puerta que no ostentaba ninguna placa, entró, encendió la luz y volvió a cerrar tras ella.

Su aliento la precedía mientras daba una vuelta lenta sobre sí misma admirando lo que veían sus ojos: los mejores vestidos de fiesta de los mejores diseñadores del mundo estaban allí, unos colgados, otros guardados horizontalmente en cajones de cristal, para que el tiempo no los dañara.

Le gustaba de vez en cuando pasarse por allí, acariciar las fundas transparentes o traslúcidas que permitían, con mayor o menor claridad, ver el interior: vestidos de pedrería, de seda bordada, de raso con lentejuelas y con plumas, de delicado encaje de Chantilly, de brocado, de terciopelo, de lamé, de lúrex… todos los colores de la naturaleza, las combinaciones más atrevidas, los modelos más innovadores…

Le gustaba recordar dónde y cuándo había lucido cada uno, para qué ocasión, con qué motivo, las personas que la rodeaban cuando lo vistió por primera vez, las circunstancias de su compra… Cuando entraba en aquel cuarto se sentía muchas veces como un dragón de leyenda, como una serpiente reina contemplando todas las pieles que ha dejado atrás hasta llegar a la actual, a la que también descartará cuando llegue el momento.

Pasó la mano por su primer vestido de noche, el negro de lentejuelas en el corpiño, con el que la pintó Casavella a los treinta y tantos, regalo de Anselmo poco antes de descubrir a Valentina. O quizá por la misma época… cada vez resultaba más difícil recordar las fechas con precisión. En cualquier caso, antes de Selma.

Debería ir a visitarla. En su última carta decía que no andaba bien de salud, y ya no era precisamente una niña. No quería ni pensar en que dejara de estar en su vida. La simple idea le daba terror, de modo que, como siempre, hizo un esfuerzo para espantar los malos pensamientos y se concentró en toda la belleza que la rodeaba.

Echó una mirada al vestido que se puso para su primer baile de la ópera de Viena cuando, ya viuda, pensó, sonriendo para sí, había ido con los marqueses de Sotoflor recién conocidos. De seda roja, suntuoso; una creación que atraía las miradas como una luz.

Abrió el armario de los zapatos y suspiró, satisfecha. Su obra. Su mejor obra. Un panorama rutilante de lo que había sido capaz de hacer en la vida.

De vez en cuando necesitaba ir allí, convencerse de que su existencia había servido para algo, ver con sus propios ojos el paso del tiempo destilado en aquellos zapatos, aquellos vestidos, aquellas máscaras, aquellas pieles que la habían cubierto, la habían formado, la habían hecho parecer diferentes personas, diferentes mujeres, como los avatares de las divinidades hinduistas. Aquel cuarto helado era un museo de ecos, lo que había quedado de los tiempos pasados, lo que remitía a aquellos tiempos y por unos momentos despertaba a los recuerdos de su sueño de cristal. Algo que sólo ella podía comprender, porque para cualquier otro aquello no eran más que ropas y zapatos, pero eran más. Mucho más. Eran todas las Ofelias que la habían precedido, todas las Ofelias que había sido alguna vez.

Antes de salir, abrió la cremallera de un vestido de terciopelo verde musgo, metió la nariz dentro de la funda y aspiró el perfume. Shalimar, de Guerlain, un perfume oriental, el primer perfume francés que compró en París, poco después de la guerra, y que entonces le costó una fortuna, para regalárselo a Gloria y disfrutar juntas de aquel milagro de fragancia sobre sus cuerpos desnudos.

Ya hacía unos años de su muerte, de su muerte elegida, se corrigió. Sin una nota, sin una explicación. La había abandonado sin más, después de todo lo que habían sido la una para la otra.

501

Por eso la enterró en el nicho que Gloria misma se había comprado cuando se marchó de su lado, en lugar de poner su cuerpo en el panteón que había construido para la familia y donde siempre había pensado que reposarían juntas.

Shalimar.

Gloria.

El hada del hogar, el reposo de la guerrera que era ella, el prado suave donde tenderse.

Su única amiga.

Su amor.

Traidora.

Inspiró una vez más, hasta el fondo de los pulmones. Desde que no fumaba le costaba menos inspirar y tenía más sensibilidad olfativa. Quizá volviera a comprarse un frasco de Shalimar. Al fin y al cabo Gloria estaba muerta y ella seguía viva.

Cerró la cremallera, apagó la luz y salió de la habitación refrigerada dejando sus pieles atrás soñando el sueño del pasado, mientras ella avanzaba hacia el futuro.

1992. Monastil

Con un rápido golpe de nudillos y sin esperar respuesta, Alberto entró en el despacho de Luis que, en ese momento, estaba despidiéndose de alguien por teléfono. A pesar de que lo que lo había llevado allí era muy serio, no pudo evitar una sonrisa al verlo con el jersey de lanilla marfil y la bufanda de seda en tonos azules que él mismo le había regalado. Ya tenía algunas canas plateadas en los aladares, pero Luis era de esos hombres que envejecían madurando, como los buenos vinos y las buenas carnes.

Levantó la cabeza de la agenda donde acababa de apuntar algo y le devolvió la sonrisa. La complicidad chispeaba en los ojos de los dos cuando estaban solos pero, ni estándolo, se permitían ningún contacto físico.

—¿Es urgente? —preguntó Luis—. Voy muy justo de tiempo.

—Sí.

—Ponte cómodo.

—He hablado con Dimitri. Me ha llamado él —se apresuró a añadir Alberto. Sabía cuánto detestaba Luis a aquel ruso que entraba y salía de casa de Ofelia como si fuera un gran amigo, cuando todo el mundo sabía que era uno de los peores capos mafiosos de la provincia.

—¿Qué quería?

—Darnos la posibilidad de ser los primeros en enterarnos de algo y, como lo ha expresado él, quizá «darle una buena razón para evitarlo».

—¿Para evitar qué? —Luis sentía que le hervía la sangre cada vez que tenía que tratar con aquella clase de personas con las que su madre, incomprensiblemente para él, se había liado hacía tiempo.

—A ver… vamos a empezar por otro sitio. Dime… ¿qué sentirías si Ángel tuviera un accidente? Un accidente… mortal.

Luis se quedó perplejo mirando a Alberto sin acabar de comprender, sin querer comprender lo que le estaba diciendo. Al cabo de unos segundos de silencio, Alberto continuó.

—Todos sabemos lo que sentiría la tía Ofelia, esa es la cuestión, pero la pregunta va dirigida a ti y a mí. Ella no tiene por qué saberlo.

—Explícate.

—Según Dimitri, que ya sabes que es más bien parco en palabras, se trata de que Ángel ha hecho algo imperdonable contra un grupo rival del de Dimitri y los otros han exigido que desaparezca. No me ha dado más explicaciones. O hace justicia Dimitri, porque Ángel es de los suyos, o se encargan los otros. En uno u otro caso el resultado es el mismo, pero nuestro ruso cree que lo correcto es informarnos por si preferimos «encargarnos» nosotros. Es lo que me ha dicho exactamente.

—Somos fabricantes de calzado, por el amor de Dios, ¿qué piensa que vamos a hacer? ¿A mí que me importa lo que haga Ángel en su tiempo libre?

—Pues ya me has contestado.

—No. En absoluto. Si ha hecho algo ilegal, que lo denuncien.

—¿La mafia yendo a la policía a denunciar a un matón que podría comprar su libertad contando todo lo que sabe, que debe de ser muchísimo? —La ironía era palpable. A veces Alberto tenía la impresión de que Luis, a pesar de la cantidad de años que le llevaba, era más inocente que él, que apenas tenía treinta.

—No exageremos. Esto no es una película. Me niego a tener nada que ver con esto. Eso es lo que puedes contestarle a Dimitri.

Alberto se puso en pie, estuvo a punto de rodear el escritorio para apretarle un hombro al menos, pero decidió no hacerlo.

—A Ofelia, ni palabra.

Luis contestó con un simple cabezazo de asentimiento y, nada más salir Alberto del despacho, pidió a su secretaria que no le pasase llamadas ni permitiese que nadie lo molestara.

Se acercó a la ventana y encendió un cigarrillo mirando los montes cercanos mientras le daba vueltas al pensamiento que tanto lo avergonzaba. Cuando Alberto le había preguntado qué sentiría si Ángel tenía un accidente mortal, su primera respuesta —para su fuero interno, por fortuna—, había sido «alivio».

Ángel había sido a lo largo de los años la peor mortificación de su existencia, desde los empujones, zancadillas y pequeñas humillaciones de la infancia hasta las amenazas y chantajes de la actualidad.

Más de una vez, sobre todo en los últimos tiempos, dando vueltas en la cama, había pensado acudir a Dimitri y su gente para contratar a alguien que se lo quitara de encima. No era más que una fantasía, por supuesto, pero no podía evitar soñar con una vida en la que Ángel, con su perpetua sonrisa de perdonavidas y sus andares de gallo de pelea, no existiera.

No se lo había confesado ni a Alberto, aunque a veces, en la cama, fumando el cigarrillo de después, se había sentido tentado de contarle todo lo que su casi primo le había hecho año tras año, pero al final siempre acababa callando, quizá porque no quería presentarse ante él como víctima y porque, aunque Alberto odiara a Ángel e hiciera siglos que no se hablaban más que lo justo, al fin y al cabo, era su padre.

Tampoco le había contado que apenas una semana atrás, de hecho el miércoles de la semana anterior, Ángel había entrado contoneándose en ese mismo despacho, le había contado que «por unas circunstancias que no estoy en libertad de detallar», una frase que seguramente habría aprendido en alguna película de acción o de espías, que eran las únicas que le interesaban, tenía que marcharse de Monastil por una temporada y necesitaba dinero. Como no quería darle un disgusto a la tía Ofelia, se veía obligado a pedírselo a él.

Curiosamente, no se le veía ni asustado ni avergonzado. Su sonrisa era tan chulesca como siempre, sus miradas, provocativas, con un fondo de burla, como si fuera él quien estuviera en la posición de poder, como si en vez de pedir, estuviese exigiendo.

Cuando le dijo que no pensaba desprenderse de la cantidad que le había pedido, su sonrisa se intensificó.

—¡Vaya! ¿No vas a ayudar a tu primo del alma, después de todo lo que nos une? ¿De verdad quieres que todo el mundo se entere de que eres maricón y te acabas de liar con Albertito que, mira tú por dónde, también lo es, a pesar de ser hijo mío?

505

Luis se quedó de piedra. No se le hubiera pasado por la cabeza que Ángel supiera eso.

—A mí me da igual, primo. Cada uno es muy libre de meterla o dejársela meter por donde quiera, pero… así están las cosas. Si me hubieras concedido ese préstamo que necesito para poner tierra de por medio, ni te lo habría nombrado. Te habría dado las gracias y ¡agur! Pero si te pones en esa tesitura… —abrió las manos con las palmas hacia arriba—, no me queda otra, macho. Y, ya lo sabes… —sonrió; una serpiente habría podido sonreír así— «pa cojones, los míos». ¿Nos vamos entendiendo?

Le había pedido unos días para ver cómo conseguir el dinero porque la idea de librarse de él, aunque fuera pagando, le resultaba realmente atractiva. Sin embargo ahora… su sueño podría hacerse realidad sin gastar un duro. Sólo tendría que callar frente a su madre, ahora y siempre.

Hasta cierto punto era ponerse en manos de Dimitri y de Alberto, pero ninguno tenía nada sólido contra él. No había habido más que palabras de las que el viento se lleva; y si las cosas se ponían peor, era una palabra contra otra, la de un respetable fabricante español contra la de un buscavidas ruso bien conocido por la policía.

Un accidente, habían dicho.

A nadie se le ocurriría relacionarlo a él con un accidente de su primo Ángel. Para su madre sería un mal trago, pero no tenía por qué saber que no había sido un accidente fortuito, real. Estaba seguro de que Dimitri sabría organizar algo de lo que nadie pudiera sospechar.

Para Alberto parecía claro que era algo justo, correcto, las consecuencias naturales de la forma de vida que había elegido aquel hombre que era su padre pero con el que no se relacionaba desde su juventud. Nunca le había dado detalles, pero Luis sabía que Ángel los había maltratado a él y a su madre durante años. Todavía se sentía culpable por no haberse dado cuenta en aquella época y no haberlos salvado de aquel horror al que él mismo se había tenido que enfrentar durante su infancia, aunque a él nunca le había pegado de una forma que pudiera haber hecho sospechar a Ofelia, a Gloria o a Anselmo. Lo que Ángel le había hecho a él caía más bien en la categoría de terror psicológico, mientras que su comportamiento con Alberto y su madre había sido el abuso y maltrato más clásico.

Ahora, por fin, al parecer había encontrado la horma de su zapato y parecía que de esa no iba a poder librarse.

Se preguntó vagamente qué habría hecho Ángel para merecerse aquello. No tenía ni idea pero no le costaba imaginar muchas cosas de las que era perfectamente capaz, desde matar a la prostituta favorita del capo rival hasta robar un alijo de los que entraban por la costa o por el aeropuerto. Por cosas menores habían aparecido cadáveres con las orejas cortadas en señal de castigo.

«Toda la vida llamándote mariquita y ahora resulta que era verdad», había dicho Ángel partido de risa antes de marcharse.

Le había prometido entregarle parte de lo exigido el jueves. Era martes.

Volvió al escritorio, cogió el teléfono y marcó el número del despacho de Alberto.

—Oye —dijo con la voz más ligera y natural que pudo fingir. No habría nadie escuchando, pero nunca se tomaban bastantes precauciones—, de lo que me has preguntado antes, dile que sí, que de acuerdo. Pero que se dé aire, ¿estamos? Cuanto antes, mejor. Ah, y si no tienes planes, podríamos acercarnos a cenar a un sitio nuevo del que me han hablado muy bien. ¡Ah! ¿Habías quedado con Mar? No, no, ya vamos otro día. Bueno... Si crees que a ella no le importa... Vale. Te recojo a las nueve.

Colgó. Soltó todo el aire que había estado reteniendo, se encendió otro Marlboro, fue al mueble bar y se sirvió un whisky con agua. Se lo había ganado. Y al cabo de un par de horas se iba a encontrar con Alberto en el pisito de Guardamar. La vida podía ser muy bonita.

2003. Marazul

—*E*ntra por arriba.

En el coche, Ofelia, con un cojín apretándole la espalda y la rodilla cómodamente sujeta con la pierna extendida, miraba con ilusión los jardines de Marazul que despertaban a la primavera. Nunca le habían interesado particularmente las plantas ni los árboles, pero le gustaba ver la preciosidad en que se había convertido aquel proyecto por el que tanto tiempo atrás nadie daba un duro y que le había costado tanto esfuerzo hacer realidad. Ahora la lista de espera para hacerse dueño de una de aquellas casas era más larga que la del festival de ópera de Bayreuth, y era muy raro que alguno de los propietarios quisiera desprenderse de ella. Su olfato no la había engañado.

A veces pensaba que la fábrica, y la moda y los zapatos habían sido sólo un medio para convertirse en constructora. Mientras vivió Selma, el calzado tenía su atractivo; era una manera de estar juntas, de trabajar en un proyecto común que también englobaba a su hijo, a Ángel y al nieto de Gloria, un auténtico negocio familiar. Pero desde la muerte de Selma, por no hablar de la ausencia de Gloria y de Ángel, había ido perdiendo interés, aparte de que Luis y Alberto lo llevaban tan bien que parecía marchar por sí solo y ella había ido desligándose del negocio.

Ya le habían dado todos los premios de importancia, hasta el mismo rey le había entregado la condecoración al mérito civil por sus empresas y por pasear la marca España por el mundo. ¿Qué más podía pedir?

Ahora, después de la fiesta de su ochenta y cinco cumpleaños que Luis se había empeñado en celebrar por todo lo alto, sólo estaba cansada y deseando volver a su pisito de Marazul, a pesar de que Luis y Alberto, sus chicos, como había empezado a llamarlos tiempo atrás, se hubieran opuesto tajantemente a que se quedara sola allí. Al final habían zanjado la discusión con su promesa de que Óscar, el chófer, y Carmela se quedarían en la casita del personal para estar a mano si los necesitaba.

¿Para qué los iba a necesitar? Comía poco y no le molestaba prepararse ella misma cualquier cosa que le apeteciera. No pensaba salir de Marazul en unos cuantos días, lo que hacía un poco estúpida la presencia de un chófer, y tampoco le hacía falta la fuerza física de un hombre siempre pendiente de ella. En el caso de necesitar a alguien de improviso, para eso existían los teléfonos y había un ejército de empleados, amigos y conocidos dispuesto a ponerse en marcha en cuanto ella marcara un número. Aparte de que Marazul tenía el mejor personal de seguridad que se podía comprar con dinero y que todos sus vecinos eran gente que tenía sus propios guardas y estaban deseando poder hacerle algún favor a Ofelia Arráez.

Despidió a Óscar en la puerta, pero él, con una sonrisa de disculpa, pasó delante, se aseguró de que no hubiera nadie en ninguna de las habitaciones, ni en la terraza, ni en la piscina, y sólo entonces permitió que cerrara la puerta del apartamento.

509

Al quedarse sola en el vestíbulo, Ofelia lanzó un suspiro de alivio. No pudo evitar echar una mirada al espejo que cubría una de las paredes, lo que le arrancó una sonrisa amarga. Estaba hecha una anciana. Arreglada, eso sí, con un espléndido vestido de Valentino comprado para la ocasión, de ese rojo que sólo él era capaz de producir y unos zapatos diseñados por Luis especialmente para ella, bien peinada, bien maquillada sin estridencias, con las cejas tatuadas que no habían quedado mal y que con la luz adecuada parecían casi naturales, pero el hecho de haber cumplido los ochenta y cinco era algo que no se podía negar, algo que quedaba reforzado por el bastón que necesitaba para sentirse segura y los dolores de articulaciones que la acompañaban todas las horas del día y que ella mantenía a raya a base de pastillas.

La vejez es una humillación, se dijo como tantas veces. La muerte es algo necesario y, aunque sea un fastidio, es algo correcto, la única forma de hacer sitio para los que vienen detrás, pero la vejez... la degeneración, el hecho de ir perdiendo facultades, la sensación de que tu cuerpo y tu mente se van desintegrando y todo el mundo empieza a mirarte con impaciencia, como si estuvieran deseando que te quites de en medio… todo eso es humillante.

Aunque la alternativa es simplemente no estar ya, como Selma, como Gloria; no ser más que un recuerdo difuso en la memoria de los supervivientes, un resumen de mentiras, vaciedades, anécdotas falsas, como si tu vida, una vez que no estás tú ya para contarla, fuera sólo un eco desencarnado, una voz chocando entre los montes, perdiendo fuerza, perdiendo definición, hasta que se apaga definitivamente y no queda más que lo que otros creen recordar de ti o lo que han inventado.

Como le estaba pasando a ella misma con sus muertos más queridos. A veces le angustiaba darse cuenta de que ya casi había olvidado sus voces, esas voces tan amadas que tanto significaron para ella en otros tiempos.

«Tengo ya más muertos que vivos», pensó al entrar en su dormitorio y echar una mirada a las fotos enmarcadas. «Voy a tener que guardarlas en un armario. Esto de tener ahí las fotos de todos mis difuntos es cosa de viejas».

Dejó el bolso sobre la cama, una preciosidad de serpiente de sus granjas en Tailandia, y sacó la cajita del orfebre al que había encargado el trabajo. Se sentó en el sillón frente a la cristalera que daba a la piscina iluminada, extendió la pierna dolorida sobre el puf y se quedó mirando el cielo casi violeta en el que ya brillaban algunas estrellas.

La lámpara de mesa, detrás de ella, daba una luz suave, cálida, que la hacía más joven en el reflejo, con su vestido rojo y su pelo teñido de castaño, como siempre. Ella no era de las mujeres que, a los cincuenta años, decidían prescindir de su aspecto de mujer atractiva para convertirse en un ser andrógino, salvo por las inevitables redondeces femeninas, y evidentemente viejo, de pelo canoso y vestidos de corte saco dos tallas más grandes de lo necesario.

En su juventud le había costado mucho aceptarse como mujer, reconciliarse con el hecho de ser una muchacha que resultaba atractiva a los hombres, aunque a ella no le interesaran en absoluto. No iba a tirar por la borda lo que tanto le había costado conseguir, ni siquiera a los ochenta y cinco años.

Abrió la cajita que reposaba en su regazo. El casquillo de bala que tantas veces había llevado colgado del cuello se había convertido ahora en un alfiler de corbata que pensaba regalarle a su hijo para su sesenta y cinco cumpleaños, dentro de dos.

Si en algún momento tenía la sensación de que ella misma no llegaría, se lo daría antes, pero de todas formas escribiría, para guardarla dentro de la caja, una notita en la que quedara claro que aquella joya era para Luis.

Acarició la gruesa perla que tanto tiempo atrás el orfebre había engastado en el casquillo de latón bañado en oro.

¡Cuánto tiempo había pasado desde que aquella bala había significado su salvación!

Ofelia cierra los ojos y las imágenes acuden dóciles, como siempre, poderosas, como si los sesenta y cuatro años transcurridos desde entonces fueran sólo minutos.

Se ve a sí misma saliendo de casa hacia el ruido del tumulto que viene de la plaza punteado por disparos ocasionales. Va vestida de negro porque, salvo el par de meses en los que se vistió de miliciana con su amiga Raquel, aprovechando que su padre estaba fuera del pueblo y ella era libre, siempre ha ido de luto desde la muerte de su madre a consecuencia de aquella espantosa última paliza que le propinó su marido cuando un día dejó de llevar cuidado con la «mano dura» y cuando quiso darse cuenta ya era tarde para salvarla.

Ofelia cruza las dos calles sorteando a la gente que, aterrorizada, huye de la placeta de la Fraternidad tratando de salvarse del tiroteo. Ella quiere llegar a lo peor, quiere que la maten, que la mate alguna de las balas que suenan cada vez más cerca conforme se va acercando a la plaza. No sabe si su padre andará por allí, pero ya no le importa. Ahora que han ganado los suyos, Francisco Mallebrera se va a convertir en la peor bestia del universo y ella no quiere estar allí cuando suceda. No piensa soportar más palizas, no piensa convivir con una fiera salvaje cuya única satisfacción consiste en hacer daño y que ya le ha dicho que nunca le permitirá casarse porque, al ser su única hija, la necesita para que lo cuide en su vejez.

Recuerda las enormes manos de su padre paseándose por sus muslos desnudos, abriéndole las piernas a cualquier hora, de día o de noche desde que murió su madre, susurrándole cosas al oído que no quiere escuchar, que al principio no comprendía y que poco a poco va entendiendo, muerta de asco y de vergüenza.

511

La gente le tiene lástima porque es huérfana de madre y a ella lo que le gustaría es ser huérfana de padre, quedarse sola, cerrar la puerta de su casa, pequeña y pobre y alquilada, pero la única que tiene, y poder sentirse a salvo; pero eso no va a suceder. Lo único que le espera en el futuro son las palizas y las violaciones de su padre, y ahora, desde que se lo ha confirmado Aurora, la partera, ese niño que ha empezado a crecer en su vientre y que no quiere tener, porque es hijo de su padre, hijo y nieto, una aberración, lo peor que puede imaginarse.

Por eso ha decidido lanzarse al primer tiroteo que se produzca en Monastil, ahora que los franquistas han entrado por fin y empiezan a hacer limpieza, como ellos dicen.

Al llegar a la plaza solo ve gente en movimiento entre el humo de los disparos y el polvo levantado por tanta gente, por tantas botas. Hay gritos, sollozos, hombres peleando a puñetazos, mujeres arrodilladas en el suelo junto a hombres caídos, consignas en voz castrense, órdenes que no puede comprender.

Sus ojos saltan de unos a otros, tratando de orientarse, de saber cuál es el lugar más peligroso, cómo salir al encuentro de una bala destinada a otra persona.

Ve a su padre con una pistola en cada mano, la camisa azul abierta mostrando el pecho peludo, los correajes, el gorrillo negro del que está tan orgulloso y que él llama «chapiri». Él no la ha visto y ella, sin darse cuenta, se encoge como siempre en cuanto está cerca de él. Al otro lado de la pequeña plaza, Ramos, el fotógrafo, va de acá para allá, excitado, concentrado, tratando de captar con su cámara lo que sucede; una locura, van a acabar matándolo, pero ha oído decir a su mujer en el mercado que se ha pasado así toda la guerra, sacando fotos de todo «para la Historia». Cada vez hay más camisas azules, más gritos, más sangre.

Todos aquellos que se matan a su alrededor son vecinos suyos, conoce a la mayoría, aunque sólo sea de vista: está el sastre, que no sabe por qué, parece que no ha sido llamado a filas, el portero jorobado del casino, dos muchachos de su edad que conoció al principio de la guerra y que le consta que son anarquistas, un par de chicas que han acudido a ver qué pasa y ahora, aterrorizadas, abrazándose entre ellas, tratan de recular hasta alcanzar una de las calles laterales. Hay dos camiones del ejército de los que acaban de saltar unos soldados cetrinos, con cara de hambre, sin afeitar, aferrando sus armas con desesperación; hay también una mula dando vueltas sobre sí misma, enloquecida, buscando una salida de aquel infierno, pisoteando los pocos geranios rojos que quedan en los arriates. Nunca ha oído a una mula producir aquellos bramidos y el ruido, el terror puro de aquel sonido, le encoge el corazón.

De pronto un falangista levanta la pistola y le pega un tiro en el ojo. La mula cae, abatida, y de un momento a otro, durante un segundo, todo parece quedar en silencio, congelado, como en una estampa de calendario, aunque los gritos vuelven a sonar enseguida, los insultos, los disparos.

Ofelia va escurriéndose hasta estar casi detrás de su padre que, como si fuera de hierro, está de pie en un banco de piedra disparando a todo lo que se mueve, riéndose con ganas, sin miedo a las balas que zumban y explotan en torno a él. Su bigote negro y recortado salta en su cara acompañando su expresión de triunfo cuando acierta.

Ella quiere situarse cerca de él porque sabe que muchos intentarán matarlo. Si alguien lo consigue, ella está salvada. Si no, será ella la que se ponga en el camino de la bala.

A punto ya de llegar al banco, sorteando cadáveres y gente que arrastra a los heridos para ponerlos fuera de todo aquel pandemónium, un soldado malherido, tumbado en un charco de sangre, le agarra el tobillo. Ofelia, mordiéndose los labios hasta hacerlos sangrar, se agacha para soltarle la mano. Los ojos del chico la siguen y sus labios intentan decirle algo que ella no comprende ni quiere comprender; sólo quiere que la deje en paz, que se muera de una vez y que la deje morirse a ella como ha planeado.

Por fin los ojos del muchacho se quedan fijos en un punto del cielo, pierden de golpe la transparencia; su mano se afloja y Ofelia queda libre. Se frota el tobillo, asqueada.

De pronto se da cuenta de que hay una pistola al lado del chico. Una Astra como la de su padre. El muerto ya no la va a necesitar. La coge y la aprieta contra su pecho sin saber por qué. Nunca ha disparado una pistola, pero no debe de ser tan difícil si todos han aprendido tan deprisa.

Se pone de pie y mira a su alrededor con ojos de loca.

513

Aquello continúa. Seguramente no han pasado más de dos minutos, pero siente que llevan años en aquella plaza matándose, disparando, gritando, llorando… quiere salir de allí y a la vez sabe que no puede, que si su padre sobrevive y vuelve a casa, la violará otra vez y luego la matará a golpes, y ella no quiere morir así, como su madre. Ni quiere tener que decirle que está embarazada. De él.

Volverá a llamarla puta, como hace siempre cuando la viola, como ha hecho toda su vida, desde que puede recordar. «Tienes nombre de puta, Magdalena. No sé cómo consentí que tu madre te pusiera ese nombre. Pero te mereces lo que te pase. ¿Qué quieres que haga yo, si tienes nombre de puta, lo que eres, si tengo en casa a una putita para mí solo?»

No puede salir viva de aquella plaza, y ahora tiene una forma de evitarlo. Tiene una pistola. No hace falta que nadie haga nada por ella; ella puede sola. Siempre ha estado sola.

Levanta la pistola, se la apoya en la sien, como ha oído decir que se hace y se da cuenta de que le tiembla la mano. La mira como si no fuera parte de su cuerpo, obligándola a obedecer, a apretar el gatillo en el que se curva su dedo. Tiene veinte años, le faltan apenas unos días para cumplir veintiuno. La guerra ha terminado. Si no fuera por su padre, ahora podría vivir en paz.

Casi sin darse cuenta, gira el arma hacia su padre que, plantado en el banco, sigue disparando como en el pimpampúm de una feria, riéndose a carcajadas cada vez que consigue abatir a alguien. Aún no se ha dado cuenta de que ella está allí, frente a él. Las balas estallan a su alrededor, pero no parece darse cuenta. Está eufórico. Nunca lo ha visto tan feliz.

Dispara.

Por el rabillo del ojo ve cómo un buen pedazo de cabeza salta por los aires dejando sólo un chorro de sangre. Alza la vista y, al otro lado de la placeta, a menos de diez metros, se encuentra con la mirada horrorizada del sastre, que se ha dado cuenta de lo que ha hecho.

No puede entretenerse. Sabe lo que tiene que hacer.

Gira la pistola de nuevo, apunta y le acierta al sastre en pleno pecho. Lo ve caer con los brazos abiertos, su camisa blanca transformada en un paisaje escarlata. Suelta la pistola, que salta y cae de nuevo junto al soldado muerto.

Se acuclilla junto al cadáver de su padre. Algo brilla a sus pies. El casquillo de la bala que lo ha matado. Lo recoge y lo aprieta en el puño izquierdo mientras pone la otra mano sobre el pecho del hombre donde ya no late el corazón de hiena. Siente una sacudida de alegría, una patada salvaje de alivio, de gratitud, de horror. Se muerde los labios una y otra vez para evitar que se curven en una sonrisa. No piensa nada. Se niega a pensar. Su mano se aferra a los correajes que cruzan el pecho del que ha sido su padre, inclina la cabeza y hunde la mirada en los pelos negros que tantas veces ha mirado mientras él la desgarraba, y ahora asoman por el pico de la camisa de la Falange.

Así la encuentran poco después los camisas azules cuando ya han cesado los disparos a su alrededor: como una estatua junto al cadáver, con una mano en el pecho del hombre y la otra apretada en el bolsillo del delantal, con los ojos vacíos por el terror y la culpa de haber matado a un inocente, la culpa que la acompañará toda la vida.

Los falangistas la ayudan a levantarse, le pasan un brazo por los hombros, tratan de consolarla de su pérdida. Uno cuenta que ha visto cómo la muchacha vengaba la muerte de su padre ejecutando al cerdo comunista que había matado a Mallebrera. Es una heroína. Acaba de nacer una leyenda.

Abre los ojos y el apartamento de Marazul vuelve a cobrar realidad a su alrededor.

Las manos de Ofelia, surcadas de venas prominentes, siguen acariciando la perla y el casquillo. Los tiempos se difuminan. Es la anciana en la que se ha convertido la muchacha aterrorizada, la mujer de éxito, la gran empresaria y constructora, pero a la vez es aquella muchacha, y la novia insegura, y la que ayudó a Anselmo a convertirse en Selma, y la mujer que ha amado a tantas mujeres, y la madre de Luis.

Y la asesina de su padre.

Y del pobre sastre.

Vuelve a cerrar la tapa de la cajita. A partir de ahora, Luis llevará aquella joya como alfiler de corbata sin llegar a saber nunca la verdad. ¿Qué falta le hace? ¿Qué falta hace tanta verdad, si la verdad duele y no sirve de nada?

Ni siquiera le ha contado nunca con detalle cómo conoció a su padre, cómo Anselmo y ella, dos seres heridos, se encontraron por casualidad en casa de Remedios, la curandera, donde ella había acudido con la esperanza, cada vez más pequeña, de que Remedios pudiese deshacer lo que llevaba en el vientre. Prefería morirse desangrada a tener que parir a aquella criatura y luego tener que abandonarla.

Remedios le había asegurado que todo saldría bien, que aún estaban a tiempo, aunque sería peligroso y dolería, pero el dolor no le importaba, casi le parecía bien tener que sufrir como penitencia por lo que había hecho.

Antes de empezar, Remedios le había dicho que, cuando terminaran, un muchacho que esperaba fuera se ofrecería a llevarla a casa en su coche; que tenía que aceptar; que aquel muchacho sería su curación, igual que ella acabaría por salvarlo a él.

No preguntó nada. Lo aceptó como se acepta lo inevitable.

Cuando salió, temblorosa y asustada, Anselmo estaba allí, alto y guapo, con el sombrero entre las manos. Se había prometido a sí misma que nunca, nunca en toda su vida se dejaría volver a tocar por un hombre, pero Mito era distinto. ¡Tan distinto!

Apretó la cabeza contra el sillón. En el exterior ya había caído la noche; las estrellas brillaban como pedazos de hielo bajo una luz, como diamantes en un escaparate.

Sabía que le quedaba poco tiempo; que por mucho que tuviese aún por delante, lo mejor había pasado: su breve noviazgo, su boda, el viaje a Alicante, su primer lápiz de labios, Gloria y Ángel llegando a su casa, a esa casa de la que aún no se sentía dueña, muertos de hambre y de frío, el nacimiento de Luis, el taller, la fábrica, Kiki, París, la primera fiesta de disfraces, Valentina, la dulce gatita americana, el dolor, Selma, el entierro de Mito, la época de crecer, de viajar, de cosechar todo lo que había sembrado, Miami, Nueva York, los desfiles de moda, los premios, los grandes artistas calzando sus creaciones, la fiesta de Andy Warhol, los aviones —cuando volar era un privilegio al alcance de muy pocos—, Marazul… y poco a poco todo lo terrible, la soledad al perder a Gloria, por su propia culpa, por imbécil, por haberse encaprichado de la mexicanita, por no haber tenido el valor de pedirle perdón a su mujer, a su Gloria, por ese estúpido orgullo que tanto daño le había hecho a lo largo de su vida; el accidente de Ángel, el terrible desgarro de la muerte de Selma que la había dejado definitivamente sola, huérfana, sin nadie con quien hablar de verdad, sin nadie a quien mostrarse como era...; el ir teniendo que reconocer que el tiempo se acaba, que el cuerpo, que siempre ha sido tu aliado, de pronto es tu enemigo y te traiciona, que pierdes el brillo de los ojos, la tersura de la piel, la flexibilidad de los miembros..., que se va convirtiendo en un pesado abrigo mojado, frío, del que sólo quieres desprenderte..., que las mujeres jóvenes que se interesan por ti solo lo hacen atraídas por tu fama y tu dinero, por lo que puedes hacer por ellas...; que todo el mundo te llama doña Ofelia.

Se levantó con esfuerzo. En cuanto estaba un rato sentada, las articulaciones se le ponían rígidas y necesitaba unos minutos hasta que se calentaban y volvían a ponerse en marcha. Guardó la cajita en el tocador, pasó la mano por las rosas de mármol que coronaban el busto de Flora.

Como siempre, le acudió el recuerdo de aquellos días en Venecia y lo apartó de su mente con decisión. No era el momento adecuado; quizá más tarde, cuando se metiera en la cama.

517

Ahora bajaría a pedirle a Carmela que le calentara un poco de sopa de cocido. Desde que los había perdido a casi todos, le gustaba hablar con ella de vez en cuando.

¡Lástima no haber tenido una nieta a la que contarle sus experiencias, a la que poder enseñar todo lo que la vida le había enseñado a ella! Sólo a Carmela se lo había confesado alguna que otra vez. Habría sido bonito tener una sucesora, una mujer de su sangre que continuase su trabajo, que pudiera comprender ciertas cosas desde un punto de vista femenino, feminista, una mujer valiente y emprendedora que siguiera adelante, que supiera que para conseguir triunfar de verdad era necesario pagar un peaje y estuviera dispuesta a hacerlo. Una mujer joven en la que algo de Ofelia Arráez siguiera viviendo para siempre.

Sin embargo, no había por qué quejarse. Tenía un hijo y un casi nieto que continuarían la empresa y la tradición. Cuando ellos murieran... Se encogió de hombros. También el planeta se acabaría alguna vez. Lo que pasara después de su muerte ya no le concernía.

CUARTA PARTE

2018. Monastil

Duende 2: Porque si las cosas no se cubren con toda clase de pre-
cauciones...
Duende 1: No se descubren nunca.
Duende 2: Y sin este tapar y destapar...
Duende 1: ¿Qué sería de las pobres gentes?
Duende 2: Que no quede ni una rendija.
Duende 1: Que las rendijas de ahora son oscuridad mañana.

FEDERICO GARCÍA LORCA, «Amor de
don Perlimplín con Belisa en su jardín»

Sandra

$\mathcal{A}$hora que ya había pasado la parte oficial del acto y todos los presentes —más de quinientas personas— se habían repartido en grupillos en torno a los cientos de mesas altas vestidas de rosa y negro dispuestas en la inmensa sala de actos de «Ofelia Arráez», con una copa de champán en la mano —nada de cava; auténtico champán francés—, sorteando desconocidos y desconocidas vestidos de cóctel, me fui retirando discretamente hasta la puerta por donde los empleados del catering entraban y salían cargados con todas las delicias del mundo, pensando en cómo todo acaba por pasar y cómo el azar te acaba llevando a situaciones y lugares que nunca habrías imaginado.

Ocho meses atrás, yo ni siquiera sabía quién era don Luis y mucho menos doña Ofelia. Ahora, sin embargo, ya había terminado el libro de su vida y milagros, más vida que milagros, había cobrado mi sueldo, más dinero del que había visto nunca junto, había dejado contento al hombre que me había encargado el trabajo e incluso se me habían acercado dos posibles candidatos a ser biografiados por mí.

Como, por consejo de mis padres y de Félix, había tenido la precaución de imprimirme unas tarjetas de visita, les había dado una junto con mi mejor sonrisa y habían quedado en que me mandarían un e–mail próximamente. Uno de aquellos hombres era el dueño de la cadena de zapaterías más importante del país y el otro un político de nivel autonómico con aspiraciones a llegar más lejos. Los dos querían escribir sus memorias, o más bien que yo las escribiera para que ellos las firmaran.

«Anda, que después de toda la vida estudiando, acabar de negra…», pensé, dando un sorbo al champán que, todo había que decirlo, estaba riquísimo. Al menos, en inglés *ghostwriter* suena bien y lleva incluida la palabra «escritor», mientras que en español la cosa suena simplemente esclavista, pero de algo hay que vivir, y ser negro no es de los peores trabajos para una licenciada en historia en paro. Si todos me pagaban igual de bien, podría dejar de preocuparme por mi futuro, al menos en asuntos puramente crematísticos.

Lo que me fastidiaba era que, por mucho que hubiese estado bien pagado, había cosas que a mí me parecían importantes y que el dinero no podía cubrir.

Aunque comprendía que me faltaba *glamour*, me habría gustado ser yo quien presentara el libro, me habría parecido justo y lógico, pero no había contado con Alberto y sus pretensiones ni con la enorme ambición de don Luis, para quien nada era lo bastante bueno tratándose de su madre, de modo que había tenido que soportar cómo al final la elegida para presentar el libro y para conducir el evento era una exmodelo reconvertida a presentadora de televisión: una tipa ignorante, afectada y, eso sí, guapísima, que, encaramada a unos tacones para los que habría que hacerse un seguro de accidentes, había leído con más labios pintados que voz el resumen que yo había escrito de la vida de Ofelia para presentar el libro en ocho minutos sin correr el riesgo de que nadie se aburriese escuchando el panegírico, al menos en lo referente a la duración.

Don Luis estaba radiante y poco antes de comenzar el acto había vuelto a decirme lo contento que estaba de haberme elegido para escribir la biografía, aunque acabó confesándome que no siempre había sido así.

—A medias hubo un momento en que tuve miedo de que acabara por dar una imagen totalmente falsa de mi madre. No sé… de algún modo llegué a pensar que le había cogido una cierta manía —me había dicho, sincerándose de pronto conmigo sin que yo hubiese hecho nada por merecerlo.

—¿Por qué iba yo a tenerle manía a doña Ofelia?

—No sé. Creo que me dio por pensarlo sin que usted tuviera nada que ver con el asunto. Manías mías… Pero al final ha quedado perfecto, Sandra. Justo lo que yo me imaginaba. Muchas gracias.

Claro, hombre, pensé, torciendo el gesto en mi interior. Te he escrito una biografía a medida, exactamente lo que querías oír, sin mis sospechas, sin nada de lo que he averiguado y puedo probar, quitando todo lo que podría hacer que Ofelia brillase menos y se convirtiera en lo que a mí me habría gustado: en un ser de carne y hueso con sus debilidades y sus fortalezas, con sus luces y sus sombras. Al final he hecho lo que no quería hacer, una hagiografía, eliminando todo lo que podía dejarla en mal lugar. He traicionado todas mis convicciones de investigadora, de historiadora… y tú, tan contento. He cobrado bien y ahora ni siquiera me habéis permitido presentar mi propia obra porque, aunque soy joven, no tengo mala pinta y además soy la autora, no puedo competir ópticamente con una tía de metro setenta y cinco, cuarenta kilos de peso y labios y tetas de silicona. ¡Qué mierda de mundo!

Lógicamente no dije nada de todo esto, me limité a sonreír y a colocarme en una discreta tercera fila, detrás de todos los importantes, para aplaudir a la Barbie que, entre los tacones y las tetazas, parecía que estuviera a punto de caerse de boca de pura inestabilidad.

La cosa había acabado en unos treinta minutos, todos los que ocupaban el estrado estaban guapísimos —la flor y nata del mundo de la moda junto al de la política más bien de derechas, aunque había de todo— y todos se lanzaron como fieras corrupias sobre el maravilloso bufet, apenas se declaró abierto. Por muy de izquierdas que uno sea, si lo invitan a un evento en Ofelia Arráez donde dan marisco de la bahía, caviar iraní y tapas de diseño gratis, nadie dice que no.

Siempre me ha llamado la atención que la gente más rica y supuestamente más fina de nuestra sociedad se lance de ese modo sobre los canapés, el jamón recién cortado y la mesa del champán como si no fueran más que depredadores en la sabana africana, como si llevaran semanas sin comer. Debe de ser que, por dentro, una vez quitadas las pieles que nos cubren y nos disfrazan de personas civilizadas, seguimos siendo animales.

La verdad es que verlos comer con esa glotonería estaba empezando a quitarme el apetito y, ya estaba a punto de marcharme sin que nadie se diera cuenta, cuando me encontré de frente con don Luis que sonreía igual que si fuera a rajársele la cara como a una sandía de verano.

523

—¡Sandra, querida! ¿No comes nada?

Me llamó la atención que me tuteara de pronto, pero no se lo dije, evidentemente. Me cogió del codo y me fue dirigiendo hacia la zona donde dos camareros uniformados abrían ostras sin parar.

—Traídas especialmente de Nantes. Mis favoritas.

No le dije que no me gustan las ostras, de modo que me tragué dos con mucho limón, dije que eran exquisitas, lo que no era del todo mentira, aunque hubiese preferido un platito de jamón, y ya estaba tratando de quitármelo de encima cuando, con un guiño que nunca le había visto y que debía de ser consecuencia del alcohol y bajando la voz, me preguntó:

—¿Te gustaría ver algo que perteneció a mi madre y que no te he enseñado hasta ahora?

Asentí con la cabeza por pura inercia y, supongo, porque era lo que él esperaba. Sonrió, volvió a agarrarme del codo y fuimos sorteando grupos y grupos a base de inclinaciones de cabeza, sonrisas y medias frases hasta que salimos del salón por la puerta trasera a un largo pasillo desierto.

Curiosamente, sólo entonces me di cuenta de la música y el ruido que habíamos dejado atrás. Recorrimos el pasillo a paso vivo, bajamos dos pisos por las escaleras en un silencio cada vez más profundo en el que el claqueteo de mis tacones sonaba desagradablemente. Intenté no hacer ruido, pero no era posible.

—Me encanta el sonido de unos zapatos de mujer sobre un suelo de mármol —dijo don Luis, sobresaltándome. Se me ocurrió de pronto que estábamos solos y que, aunque siempre se había comportado como un perfecto caballero, aquello sonaba realmente raro, como la frase de apertura a algo que no quería pensar—. ¿A ti no?

—A mí me da más bien un poco de vergüenza. Será la falta de costumbre.

—¡Qué raras os habéis vuelto las jóvenes! Bueno… aquí es.

Sacó un manojo de llaves del bolsillo de la americana, eligió una, la giró en la cerradura y, antes de abrirme la puerta, se quitó la chaqueta mirándome fijo.

Recuerdo que miré el alfiler de corbata que había sido el colgante de su madre y antes que eso la bala que había matado a su abuelo. ¿Qué narices estaba haciendo don Luis desnudándose en el pasillo? ¿Debería quitarme los tacones, regalo de la empresa, y echar a correr hasta alcanzar de nuevo el salón lleno de gente? ¿Y si ahora don Luis me metía en aquel cuarto, cerraba con llave y nadie sabía dónde estaba?

Sin perder la sonrisa, me echó la americana por los hombros.

—Aquí dentro hace frío para llevar una blusa de tirantes, Sandra.

No sé lo que esperaba, pero me quedé pasmada en cuanto me percaté de lo que estaba viendo. Aquello estaba lleno de maravillosos abrigos de pieles y vestidos de fiesta y de ceremonia; debía de haber más de cincuenta, de todos los colores, de todos los tejidos, unos colgados y otros en cajones, con pedrería, con lentejuelas, con cualquier cosa que una se pudiera imaginar... y zapatos a juego... y bolsos de noche... Creo que se me llenaron los ojos de lágrimas, como me pasa a veces en los museos cuando algo me toca realmente el corazón.

Hacía mucho frío, pero no me importaba. Di un par de vueltas sobre mí misma sin reparar en don Luis que me miraba —supongo— disfrutando de mi asombro.

—¿Ves, Sandra? Esta es mi madre. Las muchas caras de mi madre.

—¿Por qué no me lo ha enseñado antes? —pregunté, tratando de que no sonara como un reproche, o al menos no demasiado.

Don Luis se encogió de hombros.

—Es una forma de mostrarte mi agradecimiento. Esto no lo ha visto nadie nunca. Esto es sólo para los que la amamos de verdad.

Me gustó que me incluyera en el grupo, aunque yo no estaba nada segura de amar a Ofelia, una mujer que fue capaz de matar para vengar a su padre que era un fascista de la peor calaña, que se alió con la amante de su marido para ir envenenándolo, quitárselo de encima con la excusa de que no siguiera sufriendo y así poder quedarse con el control exclusivo de la empresa, que nunca volvió a casarse porque era la única forma en la época de no perder las riendas, que estuvo relacionada con la mafia rusa y robó y engañó a propietarios de terrenos para poder hacerse millonaria con la construcción, que recibía anónimos en los que se la llamaba monstruo, que se quitó oficialmente el apellido de su padre cuando se dio cuenta de que los tiempos estaban

525

cambiando y ya no era ninguna ventaja ser la hija de la «bestia Mallebrera», como los republicanos del pueblo lo llamaban, que estaba metida en toda clase de chanchullos con políticos de todas las denominaciones y tenía cintas guardadas que probaban la implicación de unos y otros en diferentes negocios sucios, que no permitió que enterraran en el panteón familiar a la que había sido su mejor amiga durante cuarenta años...

Recuerdo que me pregunté vagamente por qué no le había dicho todo aquello a don Luis. Que no lo hubiera escrito era evidente: se trataba de una pura maniobra de supervivencia, pero que no se lo hubiera dicho era prueba... ¿de qué? ¿De que me importaba un poco aquel viejo elegante y obsesionado con su madre? ¿De que, por eso, no quería hacerle daño?

—Gracias —le dije. Y lo gracioso es que era verdad; le estaba agradecida por haberme enseñado aquello y por haberme incluido en el grupo de los que amaban a Ofelia. Yo no sabía aún si la amaba, pero la admiraba, y la admiración suele llevar al amor.

Ofelia Arráez era también la mujer que, de la nada, levantó un imperio; que cuando se presentaron Gloria y Ángel a su puerta, perseguidos por haber sido rojos, y en la peor de las miserias, los acogió en su piso de recién casada; que estuvo toda la vida pasando una mensualidad a las mujeres que se habían quedado viudas en el tiroteo de la placeta; que comprendió a su marido cuando él le confesó que tenía una amante y acabó por hacerse amiga suya; que colaboró con todas las obras de caridad de la zona y hasta creó una fundación para mujeres golpeadas y sus hijos; que se preocupó de que sus obreros prosperaran y se modernizaran; que concedió becas personales a chicos y chicas de Monastil para que pudieran ir a la universidad; que llevó flores y un lápiz de labios a su marido muerto todos los años de su vida...

Todo eso era admirable y era lo que yo había reflejado en la biografía. Sólo la parte luminosa. A mis ojos, todo aquello quedaba demasiado plano. Deslumbrante, por supuesto, justo lo que quería su hijo, pero cuando no hay sombras la luz no se permite apreciar los volúmenes y todo queda plano, como pintado, como un escenario de teatro, falso, bidimensional.

La oscuridad es necesaria. La luz sólo se ve en la oscuridad.

No sé si don Luis hubiese llegado a entenderlo. Ahora lo lamento, pero nunca se lo expliqué.

Subimos al salón en silencio, salvo el claqueteo de mis tacones. Don Luis ya caminaba con total normalidad, sin la ayuda de ningún bastón. Parecía que Diego había salido definitivamente de todas nuestras vidas.

—¿Qué planes tienes ahora, Sandra? —me preguntó.

Me encogí de hombros y le devolví la chaqueta.

—Ni idea. He vuelto a Madrid y, con lo que ahora tengo en el banco, me he permitido un tiempo de reflexión, pero aún no he decidido nada.

—Si puedo hacer algo por ti... ya sabes dónde estoy.

Nos dimos la mano formalmente. Luego me abrazó y por unos segundos me sentí bien, como si fuera un tío abuelo, protegida, parte de la familia. Luego abrió la puerta al salón y nos engulló de nuevo la masa.

* * *

—¡Cuánto tiempo sin verte, tía! ¿Qué es de tu vida?

Antes de girarme para encontrarme con su sonrisa traviesa, el champán había dado dos saltos en mi esófago quemándolo, al pasar, con una buena dosis de ácido estomacal. Hacía meses desde la última vez que lo había visto, concretamente la fatídica mañana en la que vino a mi casa a tratar de chantajearnos, a mis padres o a mí. Antes de eso, el día que lo encontré follando con Alberto. ¡Y yo que un momento antes había pensado que ya nos habíamos librado de él! Había pasado muchísimo tiempo y sin embargo me seguía afectando, como si no hubiese salido aún de la adolescencia. En lo que había mejorado respecto a aquella época es que mentía bastante mejor, de modo que me volví con todo el encanto de que dispongo y le solté:

—¿Qué coño haces tú aquí?

—Hombre, iba a decirte que lo mismo que tú, pero me he dado cuenta de que no es verdad. Tú eres la AUTORA, tía. —Puedo jurar que oí con claridad las mayúsculas y el recochineo—. Me ha invitado Alberto para que salude a don Luis y vea lo bien que se ha recuperado.

—O sea... que seguís liados. No te hacía yo tan fiel, ni tan enamorado.

527

—Psé. —No se inmutó—. Somos buenos amigos.

Pasó un camarero con una bandeja llena de canapés de tartar de salmón y cogí dos, primero porque aún no había comido nada y segundo para tener algo que morder.

—¿Lo sabe Luis?

—¿Ya os tuteáis? ¡Cómo has progresado, tía!

—¿Lo sabe?

—Ni idea. Yo no se lo he dicho... —terminó la frase con su famosa sonrisa lobuna— aún.

—Lo que significa que Alberto te mantiene, ¿no?

—Pues no, listilla. Yo tengo mi trabajo. Mis trabajos —enfatizó el plural—. No pensarás que cosas como... las de tus padres... las hago gratis.

Sé que me puse colorada porque es algo que detesto y prácticamente llevo la cuenta de todas las veces que me sucede.

—Pero, para demostrarte que tú y yo seguimos siendo amigos y no te guardo rencor...

—¿Tú a mí? —lo interrumpí.

—Me jodiste un negocio, no sé si te acuerdas, pero da igual, olvídalo. Sólo quería decirte que si quieres sacarle algo a Alberto o al viejo, ahora es el momento adecuado. Alberto daría cualquier cosa por que no se sepa lo nuestro y don Luis también, aunque por otras razones.

—No tengo tiempo de acertijos. —Estaba a punto de dejarlo allí plantado cuando Alberto se materializó a nuestro lado, pálido como un fantasma y mordiéndose compulsivamente el lado izquierdo del labio inferior.

—¿Cómo has entrado? —le preguntó en una voz que intentaba ser civilizada.

—Por la puerta, como todo el mundo.

—No estabas en la lista.

—No te guardo rencor. He supuesto que se te había olvidado invitarme.

—Hace tres meses que cortamos. Haz el favor de salir de aquí.

—¿O qué? —dijo separando las dos palabras y articulándolas con toda claridad. Me impresionó lo ofensivas que podían resultar dos palabras tan neutras.

La tensión entre los dos era tremenda. Me habría gustado

salir de allí en ese mismo momento, pero estaba fascinada por lo que estaba sucediendo entre los dos hombres. Nunca los había visto tan elegantes, sobre todo a Diego, que iba como nunca, con americana, camisa y corbata, y a la vez nunca había visto de cerca esa tensión animal que prometía violencia inmediata si alguien no hacía algo, y deprisa, por evitarlo.

—Venga —dije, sin saber qué más decir, cogiendo a Alberto del brazo— vamos a tomar una copa.

Ni siquiera me miró. Siguió con la vista clavada en Diego.

—O te vas inmediatamente o hago que te echen los de seguridad —gruñó.

Diego no perdió la sonrisa que me estaba sacando de quicio.

—Y yo me pongo a decir a gritos que somos amantes.

—No te atreverás.

—Pues claro, ¿qué voy a perder? Aquí el único que pierde eres tú. Bueno… y el pobre viejo con el que te vas a casar.

Alberto perdió de golpe el poco color que le quedaba en la cara. Yo me atraganté con mi propia saliva. Cogí al vuelo una copa de algo que un camarero llevaba en una bandeja y me la bebí para no ahogarme. Era un cóctel asquerosamente dulce. Tenía la sensación de que entre el alcohol y la noticia era como si me hubiesen dado un mazazo en el cráneo. ¡Por eso Alberto tenía tanto miedo de que don Luis se enterase de su relación con Diego! Porque eran pareja. ¡Y yo ni siquiera me había dado cuenta de que don Luis fuera homosexual!

—¿Qué quieres? —preguntó Alberto con los dientes apretados, agarrándolo de la manga para llevarlo a un lado del salón, a un lugar algo más discreto.

—Lo que tú sabes. O eso, o el equivalente en pasta de lo que habría podido sacar de ellas.

—¡Eres un buitre!

Diego se encogió de hombros, como aceptando esa pequeña imperfección.

Alberto estaba aterrorizado. Nunca había visto a nadie con un miedo tan evidente por la catástrofe que estaba a punto de caerle encima.

Yo no acababa de entender por qué era tan terrible que Luis se enterase de que Alberto había tenido un rollo con Diego meses atrás. Son cosas que, aunque no estén bien, pasan en casi todas las parejas y, aunque de momento te hacen mucho daño, luego se superan. Sin embargo se notaba que Alberto estaba sufriendo como un cerdo camino del matadero.

No podía evitar que me diera mucha lástima, pero lo que más me fastidiaba era la mueca de soberbia y superioridad de Diego, esa seguridad de ganar, de que nada podría salirle mal, de que lo tenía todo calculado y sabía que lo tenía bien agarrado por los huevos.

Me lo inventé todo en cuestión de segundos. Podría funcionar. O no. Pero al menos lo habría intentado.

Me aparté de ellos, que habían empezado a forcejear al tratar Alberto de dirigir a Diego hacia la puerta, busqué a toda prisa a don Luis y, en cuanto lo localicé hablando con el grupo del alcalde local, me lancé como un misil y, con toda amabilidad, murmuré una excusa, lo agarré del brazo y me lo llevé a la zona de detrás del estrado, donde había menos posibilidades de que nos oyeran.

—Tengo que decirle algo muy importante.

Algo debió de notar en mi expresión porque se puso serio de un momento a otro, a pesar de que se le notaba que había bebido un poco más de lo habitual. Nos apartamos más hacia el fondo para que la música de baile nos permitiera entendernos.

—Es sobre Alberto. —Me miró espantado—. ¿Se acuerda de Diego, el fisioterapeuta? —Asintió con la cabeza y con los ojos—. Pues ha estado tratando de chantajearlo con algo que yo no he entendido bien pero que parece que tiene relación con ciertos negocios poco limpios…

Yo iba improvisando sobre la marcha. No tenía ni idea, pero suponía que aquella gente, con la cantidad de líos que llevaba y el dinero que movía, tenía que tener cosas que no interesaba que supiera Hacienda e incluso la policía. Don Luis me dio la razón sólo con la expresión de su rostro, aunque no hizo exactamente lo que esperaba yo; más bien pareció sentir alivio.

—Sé de qué va. Alberto mismo me lo ha contado todo.

—Eso le acaba de decir Alberto a Diego, que no tiene nada que hacer, que ya no es ningún secreto para usted —seguí improvisando—. Entonces Diego, al ver que se quedaba sin nada con que chantajearlo, lo ha amenazado con contarle a usted que ellos han estado liados hasta ahora, que han sido amantes. Es mentira, claro, pero Diego sabe seguro que eso le haría a usted mucho daño, y que la gente solemos creernos esas cosas, especialmente cuando falta poco para la boda.

Don Luis se había quedado pálido y me miraba fijamente.

—¿Cómo sabes lo de la boda?

—Por Diego, que se ha enterado dios sabe cómo. Ya sabe usted lo cotilla que es.

—¿Y lo otro es mentira?

—Claro que es mentira. La que estuvo enrollada un tiempo con Diego fui yo. —Bajé los ojos como si me diera mucha vergüenza, lo que no era del todo mentira—. Él ni siquiera es gay. Se lo ha inventado todo para vengarse y malmeter.

—Gracias, hija. Te debo una.

Lo vi marcharse, rígido y furioso, en la dirección aproximada donde debían estar Alberto y Diego, y sin despedirme de nadie, salí del salón, cogí el coche de mi madre y me volví a casa.

No sé por qué hice todo aquello, cuando en el fondo ni Alberto ni Luis me importaban un pimiento y acababan de humillarme con lo de la Barbie presentadora, pero así es el azar, o el destino. Se toma una decisión repentina, la decisión tiene consecuencias, las cosas pasan… hay un golpe de timón y el curso de una vida cambia para siempre. Como me pasó a mí.

531

*F*altaban dos semanas para la boda. Por fin se habían decidido por una ceremonia más discreta y una recepción en Marazul para doscientas personas, aprovechando que con motivo de la presentación del libro ya habían invitado a más de quinientas. La confección de la lista había estado reñidísima, pero al final podían estar seguros de que todos los que estaban debían estar y que los que no estaban no se convertirían en enemigos. Sólo había un nombre que Alberto había subrayado, encerrado en un círculo, tachado, repuesto, y vuelto a tachar: Sandra Valdés.

—¿De verdad te parece que Sandra debe estar entre los doscientos elegidos? —insistió Alberto de nuevo mientras cenaban en la cocina ellos dos solos.

Luis estaba untando una tostada con su foie favorito. Levantó la vista y contestó sin sonreír.

—Sí. Por encima de todo. Sandra me ha demostrado su lealtad de un modo que nunca podré estarle bastante agradecido, como deberías estarlo tú también.

—Ya le regalé un bolso de la última colección.

—Eso no se paga con un bolso, Alberto. Si no llega a ser por ella, tú y yo no estaríamos a punto de casarnos.

—¿Te habrías creído las mentiras de Diego?

Luis guardó silencio durante unos segundos. Tenían puesta la radio en una emisora pensada para los residentes británicos en la Costa Blanca que daba música de los sesenta a los ochenta y en ese momento sonaba *Lola*, una canción que siempre le había gustado porque le recordaba a Nueva York y a la visita en casa de Selma. Había tenido razón ella, las cosas habían cambiado: «*Girls will be boys and boys will be girls…*» Él estaba a punto de casarse con el hombre al que amaba. Hacía más de un mes que lo sabía todo el mundo y las cosas no habían resultado tan terribles como él esperaba, al menos no a su cara. Puso con delicadeza la cebolla caramelizada sobre el foie y colocó dos pepinillos en miniatura encima antes de contestar la pregunta de Alberto.

—Tú sabes, igual que yo, que en esos temas es muy fácil creer ciertas cosas. Aparte de que no soy tan ciego ni tan ingenuo como tú crees, querido mío, y Diego puede ser muy simpático y muy persuasivo. Si él me hubiera dicho aquello… No sé… Gracias a que Sandra me confesó que ella estuvo liada con él y que luego, cuando pasó por el despacho a despedirse, me contó unas cuantas cosas más que no vale la pena detallar ahora, llegué a perdonártelo todo…

—¿Qué todo? —preguntó Alberto, picado y, a la vez, con un cierto temor de que volvieran a empezar.

—Tus mentiras digamos «profesionales»…, tus discretas infidelidades… No, no me interrumpas ni me lo niegues. No soy tonto y sé que tienes veinte años menos y que yo he estado meses jodido e inutilizado con lo de la cadera. No te echo nada en cara. Sólo quiero que sepas que Sandra se ha comportado como una hija… o como una nieta, lo que prefieras, y que me gustaría hacer algo por ella. Y lo primero es invitarla, claro.

Alberto inspiró hondo, se acabó la copa de vino y volvió a servirles a los dos. Él había creído que ahora que el libro había quedado listo, Sandra desaparecería de su vida para siempre.

—De acuerdo. Tienes razón. ¿Habías pensado en algo concreto?

—Aún no.

Alberto paseó el sorbo de tinto por la boca apreciando su textura y su sabor. Sandra se estaba convirtiendo en una auténtica espina, en una *pain in the ass* como decían los americanos, una especie de grano en el culo, primero simplemente molesto y luego cada vez más doloroso. A Diego había conseguido quitárselo de encima porque el tío había sido lo bastante idiota como para robarle un par de cosas del piso de Altea y la policía lo había pillado vendiéndolas. A veces aún le dolía haberse equivocado tanto con él, haber creído que era un tío legal que se había enamorado realmente de él en el peor momento, pero en cuanto se dio cuenta de que era un chantajista, que robaba ocasionalmente y que estaba metido en negocios turbios

533

en el ambiente de la prostitución empezó a resultarle más fácil desligarse de él emocionalmente.

Aparte de la denuncia oficial, le había pedido a Igor, el sucesor de Dimitri, que mandara a un par de armarios a avisarle de que a don Luis Márquez y a don Alberto Duarte había que dejarlos tranquilos. Siempre. O si no…

Diego era un mierda, pero no era tonto. Estaba seguro de que no volvería a verlo y eso le daba por un lado una enorme satisfacción, aunque por otro le seguía doliendo haberse equivocado tanto, y ¿para qué engañarse? también le dolía el tener que prescindir de su cuerpo, de su piel, de su olor y sus juegos en la cama.

En cualquier caso, Diego ya no era tema. O no debería serlo. Mientras que Sandra… No le gustaba la idea de que ella lo sabía todo y, si de momento había decidido ayudarlos, callar e incluso mentir para salvar la boda, no podía estar seguro de que fuera a hacerlo para siempre. Cualquier día se le cruzaban los cables, o se le acababa el dinero, y se le ocurría que tenía algo en la mano contra él. Había que hacer algo, pero a ella no podía mandarle a un par de matones porque no había hecho nada ilegal. Lo que sí podía era tratar de mandarla lejos, con un buen sueldo, dejándole claro qué esperaba a cambio.

—Oye, Luis, ¿qué dirías si le ofrecemos un trabajo?

—¿Un trabajo?

—Sé que le hace ilusión vivir una temporada en Estados Unidos. ¿Y si la mandamos a Nueva York?

—¿A hacer qué?

—Se me ocurren varias cosas: o a trabajar en el archivo de la empresa y hacer una historia del consorcio, o a colaborar en la revista escribiendo artículos o eligiendo fotos o algo así, o incluso a trabajar en nuestra tienda de allí. Ella tiene algo de experiencia, ha trabajado en tiendas de moda en Madrid. O que nos diga ella qué le gustaría hacer. ¿Te parece?

—Eres un as, querido mío. Creo que hemos dado con el mejor regalo de agradecimiento. Ya sabes: «Dale a un hombre un pescado y comerá un día, enséñale a pescar y comerá siempre». La llamaré mañana, a ver qué dice. Entrar en Ofelia Arráez no es moco de pavo. Muchas darían un brazo por conseguirlo —terminó con una sonrisa.

—Déjame encargarme yo de los detalles, por favor. Ya te dará las gracias en la boda y te podrá decir lo que ha elegido.

—De acuerdo. ¿Te ha dicho la florista si por fin ha conseguido las peonías? Será una estupidez, pero me gustaría tenerlas… por la tía Gloria.

—Sí. Recuerdo que a la abuela le encantaban. No te preocupes, sacaremos las peonías de donde sea, aunque haya que traerlas de la Patagonia.

Luis se echó a reír.

—No quiero ni pensar lo que dirían mis padres al vernos…

—Siempre fueron gente moderna, dentro de lo posible en su época. Estoy seguro de que estarían encantados de que seamos felices.

Se dieron un apretón de manos por encima de la mesa y volvieron a brindar por el futuro.

535

Epílogo

$\mathcal{M}$s. Sandy Mandelbaum es una señora que, a pesar de sus setenta y ocho años, se mueve con agilidad y ligereza, lleva el pelo corto a rayas atigradas a la última moda y en general da la impresión de ser diez años más joven de lo que pone en su pasaporte.

Cuando sale a nuestro encuentro en el hotel de cinco estrellas donde hemos quedado con ella, el Espíritu de Lavapiés, nos comenta: «A mi marido le gustaba el Ritz, pero yo prefiero lugares más modernos, de los que no existían hace veinte años. Me formé como historiadora, pero a veces el peso del pasado resulta excesivo y prefiero alojarme en hoteles que hasta hace muy poco no eran nada especial, donde no hay mucha gente que haya dormido antes que yo».

Tiene un ligero acento, herencia de sus casi cincuenta años viviendo en Estados Unidos. «Mi vida, desde hace mucho, se desenvuelve en inglés», nos dice. «Desde que murieron mis padres, hace tanto, ya no vengo mucho por España, salvo para asuntos puntuales que no me ocupan más que un par de días, normalmente en Madrid o en Barcelona. Hace siglos que no he estado en Monastil».

Ahora, Ms. Mandelbaum se desplazará a su ciudad natal con ocasión del aniversario de la empresa de la que es socia y presidenta. Ofelia Arráez cumple ciento cincuenta años y han decidido celebrarlo por todo lo alto, a pesar de que ya no queda nadie del equipo fundador.

«Sé que me va a dar mucha pena llegar allí y no poder darle un abrazo al tío Luis, ni a Alberto; también sé que voy a echar terriblemente de menos a Lew, mi marido, que falleció hace ya dieciocho años. Mientras tanto soy la más vieja de la empresa, la única que conoció realmente a dos de los fundadores».

—Fue también usted quien en 2018 escribió la biografía de Ofelia Arráez, la fundadora de la empresa, ¿no es cierto?

—Así es. Fue mi primer trabajo serio, al poco de terminar mi carrera de historia, para conmemorar los cien años del nacimiento de doña Ofelia. Ahora hace tantos años ya que no me dedico a ese tipo de cosas que ni recuerdo cómo fui capaz de hacerlo. Entré en la empresa ese mismo año, en 2018, en Nueva York, después de pasar una preselección durísima; empecé en el archivo, luego me presenté para ocupar un puesto en la revista de la empresa y conseguí la plaza, lo que tampoco fue fácil. Al cabo de un par de años era directora de la revista, pero me di cuenta de que la moda en sí me interesaba bastante más, a pesar de mi carrera de humanidades, y empecé a formarme para poder trabajar directamente con el equipo creativo. Pasé una larga temporada diseñando bolsos y accesorios. En esa época conocí al que sería mi marido, Lew Mandelbaum, y que entonces era jefe de marketing para Asia, y después de casarnos empecé a colaborar con su departamento. En unos años nos convertimos en socios de la empresa y yo me hice cargo de las tiendas de Ofelia Arráez repartidas por todo el planeta. Cuando yo empecé eran quince. Ahora tenemos doscientas veinte.

Alberto Duarte siempre me apoyó. Fue una lástima que muriera tan joven. El tío Luis quedó destrozado porque, lógicamente, siempre había supuesto que a su muerte, sería Alberto el que se haría cargo de todo. Fue entonces cuando prácticamente dejó la empresa en nuestras manos, de Lew y mías. Sabía que podía confiar en nosotros.

—¿Es verdad que su marca, además de ser una de las más prestigiosas a nivel internacional, surte a la mayor parte de travestis y personas transgénero del ambiente artístico?

—No sólo del ambiente artístico. Hace mucho que nos dimos cuenta de que hay un auténtico agujero de mercado… ¿se dice así en español?, en ese aspecto, y nos hemos preocupado de fabricar calzado femenino, y más tarde también masculino, para necesidades especiales. Zapatos de señora de un cuarenta y cinco, por ejemplo, en todos los modelos y colores. Zapatos de caballero en un treinta y ocho. No sólo para los que actúan cara al público, sino para hombres y mujeres y personas NB que tienen trabajos absolutamente normales y privados. Si una es, pongamos por caso, una mujer trans que trabaja en una librería o en un banco y calza un cuarenta y siete, es muy difícil encontrar unas simples sandalias de verano con poco tacón, pero con estilo, para poder ponérselas en el trabajo.

—Supongo que esa es una de las razones de su éxito.

—Sí, pero no sólo. Y hay que añadir que no fue idea mía. Ofelia y Anselmo, los fundadores de la empresa allá por 1940, ya empezaron a abrir brecha por este lado, lo que en la época era absolutamente rompedor. Y Luis Márquez, su hijo, continuó por este camino, aunque fui yo, y perdonen la inmodestia, la que vi realmente con claridad lo que hacía falta y amplié la fabricación, especialmente pensando en el mercado chino que en mi época, estamos hablando de 2030, más o menos, aún no estaba tan saturado. Ellos mismos no fabricaban este tipo de calzado porque la existencia de homosexuales y personas transgénero estaba no sólo prohibida sino que se negaba en general. Ahora resulta casi incomprensible.

—Ms. Mandelbaum, ¿usted siempre quiso dedicarse a la moda y al calzado?

—Siempre, desde mi infancia. Lo que pasa es que mis padres eran los dos profesores de instituto y me… iba a decir «obligaron»… pero no fue tan exagerada la cosa… digamos que me inculcaron la idea de que estudiar una carrera de humanidades tenía más posibilidades de éxito. Eran personas más bien conservadoras… Por eso cuando, por esas casualidades de la vida, me surgió la oferta de escribir la biografía de doña Ofelia, me precipité a ello, porque era una posibilidad única de entablar contacto con la empresa que yo más admiraba. Me parece que mis padres nunca estuvieron convencidos ni de mi creatividad ni de mis capacidades como posible CEO de una empresa internacional. Lamentablemente murieron antes de verme al frente de Ofelia Arráez. Creo que les habría gustado.

El camarero nos trae los gin-tonics que hemos pedido y Ms. Mandelbaum da un largo trago a su bebida, a pesar de que apenas son las once de la mañana.

—*Jet lag* —comenta sonriente cuando me descubre mirándola.

Lleva puesto un conjunto rojo de seda, de túnica bordada y pantalones, de diseño propio, según nos cuenta, y un colgante muy original: un cilindro de oro rematado por una gruesa perla.

—Es una herencia del tío Luis. Era de su madre, de la mismísima Ofelia, igual que este maravilloso bolso de serpiente que me acompaña en todos los viajes y ya debe de tener casi cien años. En cuanto al colgante… Fue todo un honor el que me lo regalara, pero como Luis no tuvo hijos y a mí me consideraba casi de la familia… Es un casquillo de bala, de una pistola Astra, de las que se usaban en la guerra civil española hace más de un siglo. Al parecer Ofelia lo recogió a la puerta de su casa justo el día en que murió su padre, se lo quedó como recuerdo y, en cuanto dispuso del dinero necesario, se lo hizo montar como colgante, para no olvidar el horror de la guerra, de todas las guerras, y trabajar siempre por la paz. Yo continúo su herencia y sus principios.

—Parece que Ofelia fue una gran mujer.

—Una gran mujer, efectivamente. Siempre la he admirado mucho. Ella me ha inspirado, su ejemplo ha guiado mi actuación y gracias a ella he llegado a donde estoy. Casi, casi la considero mi abuela. O mi bisabuela.

Le damos las gracias por la entrevista y le deseamos muchos éxitos y una gran fiesta de aniversario. Hoy en día no es frecuente que una empresa llegue a cumplir los ciento cincuenta años y que haya alguien al frente dispuesta a que dure cien años más. Sandy Mandelbaum, nacida Sandra Valdés, es esa persona.

Agradecimientos

Quiero dar las gracias a las lectoras y lectores que me han acompañado de nuevo en este viaje, a ti concretamente, que acabas de cerrar el libro, sintiendo —ojalá— que los personajes que tan de cerca has seguido a lo largo de estas páginas siguen dando vueltas en tu mente. Espero que te acompañen durante unos días aún, mientras te preguntas cosas y tal vez relees algunos párrafos buscando respuestas. Me gustaría que llegáramos a conocernos y que podamos hablar de lo que aquí se contiene. ¡Quizá lo logremos en un futuro próximo!

También quiero agradecer a mis fieles lectores cero —los sufridos amigos y familiares que reciben el manuscrito en su primera versión, aún sin pulir— su cariño, su rapidez y su inteligencia. Sus comentarios siempre me ayudan a mejorar. Klaus, mi marido; mis hijos, Ian y Nina; mi madre, Elia; mi hermana, Concha; mis amigos Charo, Michael, Martina, Ruth y Mario. Es un privilegio teneros.

A Alexander, sin el que mis libros no habrían llegado a tan buen puerto ni habrían aparecido en otros países, y a Silvia, sin la que no habría viajado y trabajado tanto, ni habría comido y me habría reído con tanta alegría.

A Lita Cabellut, la gran artista que también cuenta historias con sus cuadros, que entiende de ecos y que pone un rostro inconfundible a mis novelas. Con mi admiración.

Y no puedo acabar sin dar las gracias al magnífico equipo de Roca editorial que en tan poco tiempo se ha convertido en un grupo de amigos entusiasmados con nuestro proyecto común. A Blanca Rosa y a Carol, por creer en mí y en mis historias, a Silvia, Octavi, Carlos, Sunsi, Ilu, Gloria, Teresa… para nombrar a los que más cerca han estado siempre, pero sin olvidar a todos los demás; y a Pau Sanclemente por sus excelentes fotos.

Innsbruck, en un día de número capicúa (8102018):
8 de octubre de 2018.

ESTE LIBRO UTILIZA EL TIPO ALDUS, QUE TOMA SU NOMBRE
DEL VANGUARDISTA IMPRESOR DEL RENACIMIENTO
ITALIANO, ALDUS MANUTIUS. HERMANN ZAPF
DISEÑÓ EL TIPO ALDUS PARA LA IMPRENTA
STEMPEL EN 1954, COMO UNA RÉPLICA
MÁS LIGERA Y ELEGANTE DEL
POPULAR TIPO
PALATINO

EL ECO DE LA PIEL
SE ACABÓ DE IMPRIMIR
UN DÍA DE PRIMAVERA DE 2019,
EN LOS TALLERES GRÁFICOS DE LIBERDÚPLEX, S. L. U.
CRTA. BV-2249, KM 7,4. POL. IND. TORRENTFONDO
SANT LLORENÇ D'HORTONS (BARCELONA)